*Sophie von la Roche, Kuno Ridderhoff*

# Geschichte des Fräuleins von Sternheim

Literaricon

Sophie von la Roche, Kuno Ridderhoff

**Geschichte des Fräuleins von Sternheim**

ISBN/EAN: 9783959135030

Auflage: 1

Erscheinungsjahr: 2017

Erscheinungsort: Treuchtlingen, Deutschland

Literaricon Verlag UG (haftungsgeschränkt), Uhlbergstr. 18, 91757
Treuchtlingen. Geschäftsführer: Günther Reiter-Werdin, www.literaricon.de.
Dieser Titel ist ein Nachdruck eines historischen Buches. Es musste auf alte
Vorlagen zurückgegriffen werden; hieraus zwangsläufig resultierende
Qualitätsverluste bitten wir zu entschuldigen.

Printed in Germany

Cover: Marie Sophie La Roche, anonyme Bleistiftzeichnung, um 1780, Abb.
gemeinfrei

No. 138.             Dritte Folge No. 18.

# Deutsche Literaturdenkmale

### des 18. und 19. Jahrhunderts

# GESCHICHTE DES FRÄULEINS VON STERNHEIM

## VON

## SOPHIE VON LA ROCHE

### HERAUSGEGEBEN VON

## KUNO RIDDERHOFF

### BERLIN W. 35
### B. BEHR'S VERLAG
### 1907

# Inhaltsverzeichnis.

|  | Seite |
|---|---|
| Einleitung | V—XXXIX |
| Vorwort | V—VI |
| Entstehung des Romans | VII—XX |
| Aufnahme des Romans bei den Zeitgenossen | XXI—XXXIII |
| Die „Sternheim" und Richardson | XXXIII—XXXVI |
| Bibliographisches | XXXVI—XXXIX |
| Geschichte des Fräuleins von Sternheim | 1—335 |
| Anmerkungen | 336—345 |

# Einleitung.

## Vorwort.

Ein Jahrhundert ist seit dem Todestage Sophiens von La Roche (18. Febr. 1807) dahingerauscht, und dieses Jahrhundert hat genügt, um die Frau, deren Ruhm zu ihren Lebzeiten in allen Kulturstaaten verbreitet war, fast völliger Vergessenheit zu übergeben. Zwar dem Namen nach ist sie noch manchem als die Grossmutter von Clemens und Bettina Brentano, als die Freundin Wielands und Goethes bekannt, aber wer ausser dem berufsmässigen Literarhistoriker kennt heutzutage noch ihre Schriften, ihre Gedanken, ihre Ziele? Und doch hat gerade die jetzige Generation so mannigfache Veranlassung, mit Dankbarkeit das Gedächtnis an Sophie von La Roche und ihr schriftstellerisches Wirken in sich und ausser sich zu erneuen. Wenn die Freunde einer genügenden, umfassenderen Bildung unserer weiblichen Jugend heute die Forderung erheben, dass man im Mädchen nicht nur eine tüchtige Hausfrau, sondern auch einen geistigen Kameraden des Mannes heranziehen müsse, so verfolgen sie damit nur das gleiche Ziel, das schon Sophie von La Roche, die Freundin und Mitarbeiterin eines Pfeffel und Brechter, Rousseau und Basedow würdig ergänzend, unermüdlich ihren Zeitgenossen mit Wort und Schrift vor Augen gehalten hat. Alle ihre zahlreichen Schriften wurzeln in dem heissen Wunsche und Streben, die weibliche Jugend ihrer und der zukünftigen Tage zu körperlich, seelisch und geistig tüchtigen Frauen heran-

bilden zu helfen. Dies suchte sie nicht nur durch
nüchterne, theoretische Belehrung zu erreichen; viel
mehr als solche wirkten die Vorbilder, die sie in
ihren erzählenden Schriften schuf und denen nach-
zustreben und nachzuleben sie viele ihrer Zeit-
genossinnen begeisterte. Darum haben ihre Schriften
gerade heute wieder, wie ehedem, eine eminente
praktische Bedeutung.

Das am meisten und nachhaltigsten bewunderte Vorbild enthält das Erstlingswerk der La Roche, die 1771
erschienene „Geschichte des Fräuleins von Sternheim".
Diesen Roman einer unverdienten Vergessenheit zu
entreissen, ist der Zweck dieser Neuausgabe. War die
La Roche doch die erste deutsche Frau ihres Jahr-
hunderts, die es wagte, mit diesem Roman mit Männern
um die Palme zu ringen. Hat sie es doch fertig gebracht, trotz Anlehnung an gepriesene Muster des Aus-
landes und trotz geschickter Benutzung der in älteren
heimischen Werken üblichen Motive diesem ihrem Romane
in Inhalt und Form völlig das Gepräge ihres Geistes zu
geben, ihm trotz aller Vorliebe für das Ausland doch
durch warme vaterländische Gesinnung durchaus den
Charakter eines deutschen Werkes zu bewahren und,
wie uns nähere Betrachtung lehren wird, ihr Vorbild
Richardson mit ihm zu übertreffen. Als die La Roche
dies ihr Erstlingswerk schrieb, war ihre innere Entwicklung bereits im wesentlichen abgeschlossen. Wir
finden daher in der „Sternheim" schon so ziemlich die
ganze Gedankenwelt ausgeprägt, die die späteren Werke
erfüllt; eins aber hat die La Roche in diesen nie
wieder erreicht, das ist die knappe, sehr geschickte
Erzählung der Handlung, die noch heute das gespannte
Interesse des Lesers erweckt und festhält. So spannend
ist diese Erzählung, dass sie uns ganz die Tendenz
des Werkes vergessen lässt. Und diese Tendenz, sie
heisst: Belehrung, Erziehung.

## Entstehung des Romans.

Die La Roche selbst teilt über die Entstehung und
zugleich über den Zweck der „Geschichte des Fräuleins
von Sternheim" in ihren „Briefen über Mannheim"[1])
und in der Vorrede zu ihrem letzten Werke „Melu-
sinens Sommer-Abende"[2]) folgendes mit: „Mein erster
Versuch, die Geschichte des Fräuleins von Sternheim,
ist die Frucht des grössten Unmuths, welchen ich damals empfinden konnte. Ich trennte mich ungern von
meinen beiden Töchtern, welche durch Zwang der Umstände in Strassburg bei St. Barbara erzogen wurden,
und ich sprach öfters darüber in einem Tone voll
Trauer mit meinem zu früh verstorbenen Freunde
Brechter, Prediger in Schwaigern bei Heilbronn, einem
an Verstand und Herzen höchst vortrefflichen Manne,
welcher das Urbild aller Pfarrherren war, die so oft
in meinen Erzählungen vorkommen, so wie seine Frau
das Modell von Emilie in meiner Sternheim ist. Dieser
Mann sagte mir einst: Sie jammern mich! Ihre lebhafte
Seele windet sich immer um diesen Gegenstand. — —
Dies ist nicht gut; denn am Ende könnte wohl Ihr
Geist und Ihr Charakter dabei verlieren. Wissen Sie
was; bringen Sie alles, was Sie mir von Zeit zu Zeit
zu Ihrer Erleichterung mündlich sagen, so wie Ihre
Ideen sich folgen, genau zu Papier. Sie werden den
Vorteil davon haben, Ihren Kopf auszuleeren; können
dann in ruhigen Augenblicken es wieder lesen, und
beobachten, ob Sie einige Zeit vorher in dem un-
gestümen Treiben Ihrer Gedanken Recht hatten oder
nicht; üben zugleich Ihren Geist und erfüllen Ihre
durch Abwesenheit Ihrer Töchter einsame Stunden.
Das Ganze des Vorschlags gefiel mir — — —; aber
die Betrachtung kam nach: was wird dein guter Mann,
was der J ... (in den „Briefen über Mannheim": was

---

[1]) Mannheim, 1791, S. 201—204.
[2]) Herausgegeben von C. M. Wieland, Halle, 1806,
S. XXIV—XXX. Ich citiere nach diesem Werke.

der Graf St —n, sein grosser Freund und Hausherr) sagen,
wenn sie dich so viel schreiben sähen, und einmal
ein solches Blättchen fänden? — — Doch ich wollte
nun einmal ein papiernes Mädchen erziehen, weil ich
meine eigenen nicht mehr hatte, und da half mir meine
Einbildungskraft aus der Verlegenheit und schuf den
Plan zu Sophiens Geschichte. — Ihre Ältern erhielten
den Charakter der meinigen; ich benutzte Zufälle, die
an einem benachbarten Hofe sich ereigneten, und ver-
webte sie in Sophiens Leben, welcher ich ganz natürlich meine Neigungen und Denkart schenkte, wie jeder
Schriftsteller seine Lieblinge mit den seinigen aus-
zustatten pflegt.[1])   Der Grund meiner Seele war voll
Trauer; einsame Spaziergänge in einer lieblichen Gegend
gossen sanfte Wehmuth dazu, und daraus entstand der
gefühlvolle Ton, welcher in dieser Geschichte herrscht.
Da ich nun darin die Grundsätze meiner eigenen Erziehung zeigen wollte, suchte ich zu beweisen:
      Dass, wenn das Schicksal uns auch alles nähme,
was mit dem Gepräge des Glücks, der Vorzüge und
des Vergnügens bezeichnet ist: wir in einem mit nütz-
licher Kenntniss angebauten Geiste, in tugendhaften
Grundsätzen des Herzens und in wohlwollender Nächstenliebe die grössten Hülfsquellen finden würden."
      Diese Angaben der La Roche weisen auf die

----

[1]) Vgl. hierzu „Briefe an Lina" (Pomona", III, S. 1092):
„Die Frage, warum ich selbst Romane schrieb, kann ich
und will ich ganz einfach nach der Wahrheit beantworten.
Ich konnte manchmal etwas gut erzählen, und das geschah
einst in der Gesellschaft eines sehr vortrefflichen, aber ausser-
ordentlichen Mannes, der über manche Sachen einen sonderbaren, aber schönen Gang der Ideen zeigte. Dieser lobte
mich über mein erzählen, und ich sagte im Scherz, da er
von Romanen sprach: Wenn ich je einen Roman schreibe,
so sollen Sie der Held davon seyn.
      Einige Zeit nachher hörte ich einen Maskeraden-Auftritt
von einem Hof, den ich auffasste, und wozu ich die übrige
Fäden des Gewebes theils aus dem Zirkel, in dem ich damals
lebte, theils aus meinem Kopf und Herzen zog."

Jahre 1766 und 1767 hiu, in denen Graf Stadion mit
der Familie La Roche nach einem Zerwürfnis mit
Wieland von Warthausen nach Bönnighcim übergesiedelt
war. Näheres über die Entstehung des Romans können
wir aus Wielands Briefen dieser und der nächsten
Jahre zum Teil mit Sicherheit, zum Teil mit hoher
Wahrscheinlichkeit gewinnen.

In einem Briefe[1]) aus dem Jahre 1766 dankt
Wieland der La Roche für ihre „lettres à C.", die
seine Frau mit Begierde gelesen habe und aus denen
sie durch nochmalige Lektüre Nutzen ziehen wolle.
Diese „lettres à C." bespricht er in einem Briefe[2]) vom
17. Nov. 1767 ausführlich und mit hohem Lob. Seine
Worte „Je souhaite que la jeune Demoiselle se rende
digne de ce que Vous faites pour elle", sowie die ganze
Besprechung legen den Schluss nahe, dass es sich um
Briefe handelt, die die Erziehung eines jungen Mädchens zum Zweck haben. In einem Briefe schliesslich
aus dem Jahre 1768[3]) lesen wir: „J'ai lu vos lettres
à *** avec bien du plaisir, et avec le souhait, que
nous eussions dans notre langue une suite de pareilles
lettres, qui, j'ose l'assurer, serviroient infuiment mieux
à bien former de jeunes personnes de Votre sexe que
tout ce moralischer Quarck, dont notre pays est inondé,
et presque tous ces livres, que leur titre annonce d'être
destinés aux services des Dames. Voici encore quelque
chose, dont nous parlerons un jour serieusement."

Der Titel „lettres à C." oder „lettres à ***" verschwindet dann. Neben ihm erscheint in den Briefen
aus dieser Zeit der Titel „gouvernante". In einem
Schreiben vom Mai 1767[4]) dankt Wieland der Freundin

---

[1]) Horn, C. M. Wielands Briefe an Sophie von La Roche.
Berlin 1820, S. 65.

[2]) Horn, a. a. O. S. 76—77.

[3]) Horn, a. a. O. S. 85—86.

[4]) Hassencamp, Neue Briefe Chr. Mart. Wielands, vornehmlich an Sophie von La Roche. Stuttgart 1894.
S. 148—151.

für einige „petits contes moraux" und meint: „j'aime
surtout beaucoup de Tableau de votre vieux Curé et
de Vous même." Dann sagt er: „Mais de votre
gouvernante je me souviens avec un plaisir infini; le
bien que je vous en ai dit est à la lettre ce que j'en
pense; j'aime cette production . . . ." Indem er nach
einer Mad. de Rieben fragt, meint er: „mais je suis
charmé que Vous lui cachés notre Gouvernante; —
les belles ames sont si rares, ma bonne Amie!" Es
ist wohl nicht ganz zufällig, dass er diesen Worten
einen herzlichen Gruss an Brechter hinzufügt. Ein
Brief aus dem Anfang des Jahres 1768[1]) gibt uns
dann völlige Aufklärung über die „gouvernante":
„Voici votre gouvernante pour Sternheim. Les lettres
sont tres interessantes et je languis après la con-
tinuation." Dieser Brief wird ergänzt durch einen
aus derselben Zeit, vom 2. März 1768[2]): „J'approuve
fort l'idée que vous mandés sur votre gouvernante. —
Je ne crois pas qu'il soit difficile de trouver un libraire,
qui s'en charge et qui nous donne autant que vous avés
bésoin pour satisfaire la bienfaisance de votre cœur.
Vous n'avés qu'à m'envoyer le Mspt. Je le copierai
moi même et je tâcherai, de trouver l'homme, qu'il
nous faut." Wieland bedauert schmerzlich, der Freundin
nicht sogleich den voraussichtlichen Erlös des Verlags
vorstrecken zu können.

   Die „Geschichte des Fräuleins von Sternheim" ist
also aus den von Wieland mit „gouvernante" be-
zeichneten Erziehungsbriefen hervorgegangen. Diese
Briefe sind aber nach allem, was Wieland über die
„lettres à C." sagt, und nach der oben citierten An-
gabe der La Roche, sie habe in der „Sternheim"
„ein papiernes Mädchen erziehen" wollen, mit diesen

---

[1]) Hassencamp, a. a. O. S. 157.
[2]) Ludwig Wieland, Auswahl denkwürdiger Briefe von
C. M. Wieland. 2 Bde. Wien 1815. I, 122—123.

„lettres à C." und „lettres à \*\*\*" identisch. Vermutlich hat die La Roche auch jene „petits contes moraux", unter denen die Schilderung eines alten Pfarrers und eine sie selbst betreffende Darstellung besonders erwähnt werden, mit in die „Sternheim" verflochten, deren Heldin so viele Züge von ihr bekam und in der uns in Emiliens Vater ein alter, würdiger Pfarrer entgegentritt.

Noch eine andere litterarische Leistung der La Roche aus diesen Jahren dürfte in unseren Roman aufgegangen sein. Am 2. Mai 1767[1]) bespricht Wieland eine französisch geschriebene Erzählung der La Roche, „l'Anecdote Silesienne", von der er sagt: „Je donnerai tout ce que j'ai écrit, depuis que je sai manier une plume, pour être auteur de cette anecdote Silesienne." Von dieser Erzählung hören wir noch zweimal,[2]) das letzte Mal in dem Briefe, in dem Wieland sich so anerkennend über die „lettres à \*\*\*" äussert und erklärt, er wolle mit der La Roche eines Tages ernsthaft über sie sprechen. Hierzu fügt er hinzu: „Je reserve à ce même jour de Vous rappeler l'idée de notre avanture Silésienne, dont je fais un cas infini." Diese Erzählung findet sich in keinem der Werke der La Roche, auch nicht unter anderem Namen. Die Namen der Personen, sowie Andeutungen über den Inhalt bei Wieland schliessen dies aus. Wohl aber lassen einige Züge, die die La Roche der Heldin dieser Erzählung verliehen hat, nämlich die Kunst, die Laute zu spielen und italienische Arien zu singen, und die Fähigkeit, diese Kunst in den Dienst der Nächstenliebe zu stellen, darauf schliessen, dass die La Roche auf Wielands Rat diese Erzählung mit in die „Sternheim" verwebt hat, deren Heldin gerade durch diese Eigenschaften ausgezeichnet ist.

Der Wunsch der La Roche, ihr Werk, soweit es

---

[1]) Hassencamp, a. a. O. S. 144—148.
[2]) Hassencamp, a. a. O. S. 150. Horn, a. a. O. S. 86.

im Frühjahr 1768 vorlag, im Druck erscheinen zu
lassen, war vermutlich durch eine Notlage Brechters,
den sie unterstützen wollte, hervorgerufen. Sie liess
den Gedanken fallen und widmete sich in der Folge
fleissig der Fortsetzung und dem weiteren Ausbau des
Romans, von Wieland unausgesetzt mit Rat und Tat
unterstützt.

In den letzten Monaten des Jahres 1769 und im
Jahre 1770 hat sie die Briefe Derbys, des „Bösewichts",
geschrieben, auch schon solche aus dem 2. Teile. Bei
ihrer Denkweise mussten ihr gerade diese Briefe nicht
leicht fallen. Sie erhielt am 4. Nov. 1769[1]) deshalb
von Wieland folgendes Rezept: „Je conçois aisément
combien le caractère d'un homme-diable ou diable-
d'homme Vous doit faire de la peine. Pour monter
Votre imagination, Vous feres bien de lire quelquefois
Milton et Klopstock pour Vous familiariser un peu
avec les caractères de leurs diables. Prenez en ce qui
Vous faut, donnez lui une belle figure avec tous les
talens de plaire, bien du brillant, ajoutez y l'extrait
des qualités du cœur d'une demi-douzaine de *** que
Vous connoissez, et assaisonnez le tout avec une forte
dose d'esprit, et Vous aurez un Bösewicht tel qu'il
Vous faut."

Wieland hat bei diesem Ratschlage ein Muster
nicht mitgenannt, das sich wie kein anderes für den
„Bösewicht" der La Roche eignete, die Gestalt des
Lovelace in Richardsons „Clarissa". Er kannte die
Vorliebe der Freundin für Richardson, war bemüht,
sie hiervon abzubringen,[2]) und hütete sich, diese Neigung
durch Empfehlung auch nur einer Romangestalt zu
begünstigen. Unwillkürlich aber zeichnete er in den
citierten Worten Lovelaces Bild, und die La Roche
hat dies offenbar sogleich erkannt. In Anlehnung an

---

[1]) Horn, a. a. O. S. 102—103.
[2]) Vgl. Horn, a. a. O. S. 119. L. Wieland a. a. O. I
S. 150.

Lovelace und doch wieder mit ganz eigenen Farben
schuf sie in Derby eine Gestalt, die Wielands volle
Anerkennung fand und sie selbst ob ihres Gelingens
in ängstliches Staunen versetzte. Schrieb sie[1] doch
am 25. Febr. 1770 an den Freund: „Ich war sicher
dass die rothmachende Züge in Ihrem Diogenes, eben
so viel Mühe und Überwindung gekostet hätten, als
mich der Charakter meines Bösewichts: Woher komt
aber dass eben diese Stellen in Ihrem Buch, und diese
Briefe in meinem die Lebhafteste sind, und stärkere
Eindrücke, als die übrige machen."

Am 29. Juli 1770 sprach sich Wieland wieder sehr
anerkennend über drei ihm übersandte Derby-Briefe
des 2. Teiles aus, freilich meinte er:[2] „Je ne sais
pas si ce n'est pas l'effet d'un caprice de mon côté,
mais il me semble qu'elles sont en général moins bien
écrites que la plupart des autres. Et soit dit entre
nous, notre sogenannter Bösewicht ne me paroit pas si
diable que Vous voulez qu'on le croye. C'est un homme
qui après tout me revient beaucoup, et en sa place
j'aurois été tout aussi choqué de la bégueulerie manifeste
de la conduite de Madame." Die letzten Worte beziehen
sich auf die Szene am Toilettentisch (S. 210). Lord
Seymour gefiel Wieland damals so wenig wie früher.

Neben diesen Gutachten über die Derby-Briefe
liefen mancherlei Ratschläge und Mahnungen her.
Freudig erkannte Wieland die grosse natürliche Ge-
staltungskraft der La Roche an und ihre Fähigkeit,
immer den der Person und Situation angemessenen
Ausdruck ungesucht zu treffen; aber offen tadelte er
andererseits ihren Stil, ihr inkorrektes Deutsch. Schon
bei der Besprechung der „lettres à ***" hatte er
sie darauf aufmerksam gemacht,[3] dass sie beim Lesen

---

[1] Muncker, Wielands Pervonte, Anhang. Sitzungsberr.
d. K. B. Akad. d. Wiss. zu München, 1903. S. 205.

[2] Horn a. a. O. S. 130.

[3] Horn a. a. O. S. 87—88.

deutscher Bücher nicht nur auf den Inhalt, sondern
ebensosehr auf die Sprache achten müsse, und hatte
ihr an der Hand ihrer eigenen Sätze deren mangel-
haften Bau und unrichtige Sprache nachgewiesen. Hierauf wies er auch jetzt immer von neuem hin,[1]) ja er
ermahnte die Freundin dringend, ihre Korrespondenz
in deutscher, anstatt in französischer Sprache zu führen,
damit sie hierdurch Übung für ihr Werk erhalte, und
die La Roche befolgte diesen vortrefflichen Rat.[2])

Hinsichtlich der Komposition riet er[3]): „Suivez en
écrivant l'impulsion de Votre génie, n'écrivez jamais
que dans ces momens où Vous Vous sentez ou le cœur
ému ou l'imagination échauffée; alors, en voulant
composer quelque ouvrage de fiction, il Vous sera aisé
de Vous mettre à la place des personnes que Vous
voulez faire parler ou agir, supposé que ces personnes
Vous ressemblent. — Au reste point de règles, point
d'art, point d'attention particulière à l'arrangement et
à la manière d'exprimer ce que Vous sentez; cela ne
servira qu'à donner à Votre composition un air d'em-
barras, et une secheresse qui vaut infiniment moins que
les négligences d'un heureux naturel." Ein anderes
Mal schrieb er[4]): „Vous ne faites jamais mieux, que
quand Vous n'y songez pas, je veux dire, quand vous
Vous abandonnez à Vos idées, réflexions, sentiments,
enfin au ton de Votre ame et aux moments de génie.
Prenez cela pour la règle principale de composition,
et pour la seule qui Vous convient."

Die La Roche fand auch bei ihrem Gatten vollstes
Verständnis und so freundliche Förderung ihrer dichte-
rischen Tätigkeit, dass Wieland dies mit warmen Worten
pries[5]); sie fand daher noch zu einem zweiten Werke

---

[1]) Horn a. a. O. S. 108.
[2]) Muncker a. a. O. S. 205 und 206.
[3]) Horn a. a. O. S. 128—129.
[4]) Horn a. a. O. S. 132.
[5]) Hassencamp a. a. O. S. 185.

Zeit, das Wieland mit „petit Roman françois-Anglois"[1]) und „roman anglofrançois"[2]) bezeichnete. Es ist dies sicherlich das 1772 zu Zürich französisch und deutsch erschienene Werk „Les caprices de l'amour et de l'amitié. Anecdote Angloise; suivio d'une petite Anecdote Allemande". „Der Eigensinn der Liebe und Freundschaft. Eine engländische Erzählung. Nebst einer kleinen deutschen Liebesgeschichte. Aus dem Französischen übersetzt."[3])

Wieland hatte zu dem Gelingen der „Sternheim" solches Vertrauen, dass er seinen eigenen Verleger, Reich in Leipzig, für das Werk gewann und schon am 16. Dez. 1769 der Freundin mitteilen konnte:[4]) „Reich, mon ami Reich, le plus digne homme de sa profession peut-être en Europe, en sera l'éditeur, et il en fera une belle édition; Oeser l'embellira de ces desseins, en voilà un échantillon."

Die La Roche muss wohl einmal Bedenken über den Wert ihres Romans gehegt und geäussert haben, denn Wieland suchte solche mit folgenden Worten zu zerstreuen:[5]) „Allerdings, beste Freundin, verdient Ihre Sternheim gedruckt zu werden; und sie verdient es nicht nur; nach meiner vollen Überzeugung erweisen Sie Ihrem Geschlecht einen wirklichen Dienst dadurch. Sie soll und muss gedruckt werden, und ich werde Ihr Pflegevater seyn. Reich soll sie in einer nicht üppig gezierten, aber simpel schönen Ausgabe verlegen, und was er dafür bezahlen wird, wird immer so viel seyn, dass Ihr wohlthätiges Herz sich viel von diesem

---

[1]) Horn a. a. O. S. 98.
[2]) Hassencamp a. a. O. S. 185.
[3]) Vgl. hierüber Hassencamp a. a. O. S. 185. Anm. Hassencamp, Euphorion 1896, S. 530, 533, 539. Ridderhoff, Sophie von La Roche und Wieland. Progr. d. Gelehrtenschule d. Johanneums, Hamburg 1907. S. 35—37.
[4]) Horn a. a. O. S. 109.
[5]) Horn a. a. O. S. 124—125.

göttlichen Vergnügen, dem einzigen wofür es gemacht zu seyn scheint, wird verschaffen können." Hierzu fügte er noch folgende Ratschläge: „Mais il faut par plusieurs raisons (c'est à dire aus kaufmännischen Ursachen) que les deux Tomes paroissent ensemble. Ainsi je serois d'avis que vous m'envoyiez le Manuscript de premier Tome; et pendant que je m'occuperai de lui donner ce que nous autres auteurs appellons la dernière politure et qu'ensuite je le ferai transcrire pour l'impression, Vous acheverez le second Tome, à qui. pendant qu'on imprime le premier, je rendrai le même service. Cet arrangement ne Vous plait-il pas, cousine?"

Die La Roche war mit diesem Vorschlag völlig einverstanden, indes verzögerte sich die Fertigstellung des ersten Teiles der „Sternheim" noch eine Weile. Ungeduldig schrieb Wieland am 3. Juni 1770:[1] „Je n'ai encor ni votre Sternheim, ni une lettre de L. R." Im Juni oder Juli hat er dann wohl das Manuskript erhalten. Am 4. August[2] war er mit der Durchsicht bis Seite 134 gediehen und erklärte: „Il est vrai qu'elle moralise quelquefois un peu trop, et que ses reflexions ne sont pas toujours assez justes, p. e. ce qu'elle dit sur les caractères des nations Européennes et sa déclaration contre les Allemands." Er liess durch einen Schreiber Maier in einem besonderen Zimmer unter seiner Aufsicht eine Kopie des Romans anfertigen, an die sein Freund Riedel nach ihrer Vollendung die letzte Hand legen sollte. Während er aber bisher mit dem Namen „von Sternheim" durchaus einverstanden gewesen war, ja noch in dem zuletzt zitierten Briefe geäussert hatte: „elle gardera ce nom, parceque ni moi, ni Riedel sauroit lui trouver un autre qui nous sit et qui lui convient", bat er jetzt plötzlich die Freundin um eine Änderung des Namens:[3] „Riedel

---

[1] Hassencamp a. a. O. S. 205.
[2] Horn a. a. O. S. 135.
[3] Horn a. a. O. S. 136—137.

n'aime pas celui de Sternheim, qu'il dit être trop
ressemblant à d'autres dans quelques romans allemands
vulgaires; nous Vous prions de lui trouver ou créer
un autre; que La Roche Vous 'en cherche un (wenn
alles andre fehlt) parmi les noms alter ausgestorbener
hochadeliger Häuser in Schwaben oder Sachsen, oder
wo er will." Die La Roche ging hierauf nicht ein.
Bald darauf konnte ihr der Freund mitteilen,[1]) die
Kopie sei binnen kurzem fertig und druckreif; er knüpfte
daran die Frage, ob sie den zweiten Teil des Romans
bis zum Beginn des neuen Jahres fertigstellen könne.
In diesem Falle wolle der Verleger den Druck des
ersten Teiles bald in Angriff nehmen. Er bat sie, ihre
Wünsche über Format, Lettern und Honorar ihm aus-
zusprechen. Die La Roche hatte offenbar keine bestimmte Summe gefordert, war doch der Ertrag des
Werkes nach wie vor einem wohltätigen Zwecke bestimmt. Wieland schrieb daher:[2]) „Vous m'obligerez
infiniment à me dire ce que Vous croyez que tout
l'ouvrage devroit valoir à Votre caisse de charité. Il
suffit que Vous me nommiez une certaine somme, telle
que Vous imaginez qu'on puisse en tirer. Je verrois
alors ce que je devrai et pourrai faire. L'ami R.
(Reich) est un peu têtu en pareille matiére. Il veut
absolument qu'on lui détermine ce qu'il doit payer.
Exiger beaucoup, ce seroit le faire risquer son argent;
puisque le débit du meilleur ouvrage, dès que l'auteur
en est inconnu, est incertain; demander trop peu, ce
seroit un autre excès; ainsi je vous supplie, chère
amie, de me découvrir naivement votre sainte volonté
sur cet article."

Am 9. Sept. 1770 korrespondierten die La Roche
und Wieland noch über die Beschreibung von Warthausen und einige im Anschluss daran geschilderte

---

[1]) Horn a. a. O. S. 137—138.
[2]) Horn a. a. O. S. 138.

Personen des ersten Teiles der Sternheim[1]); bald darauf
muss indes die La Roche zu intensiver Arbeit am
zweiten Teile übergegangen sein. Am 30. Sept. schrieb
ihr Wieland[2]): „Je suis charmé d'apprendre que vous
avés retrouvé le ton unique et à Vous seule dans lequel
votre ouvrage est écrit, et ce qui doit regner d'un bout
à l'autre. Je voudrois qu'il fût possible que vous le
puissiés achever cet hyver. Je connois par experience
les grands changemens de circonstances; on ne s'y
retrouve pas si aisement. Ainsi faites votre possible
pour le finir avant que d'aller à M. (Mainz)." La Roche,
der damals nach dem Tode seines Gönners, des alten
Grafen Stadion, als Amtmann in Bönnigheim lebte,
dachte, unbefriedigt von seiner Stellung, ernstlich daran,
in die Dienste des Kurfürsten von Mainz zu treten.
In den Aufregungen dieser Zeit war Sophie von La Roche
offenbar lange, ohne innere Ruhe, nicht zu ernstlicher
und befriedigender Arbeit gelangt. Im Oktober ward
La Roche der viel lockendere Antrag zuteil, als Wirklicher Geheimer Rat in das Ministerium des Kurfürsten
Clemens Wenzeslaus von Trier einzutreten. Im November
entschied er sich für Annahme dieses Antrages. Am
24. November begleitete Wieland die Rücksendung von
Briefen des zweiten Teiles an die Freundin mit diesen
Worten[3]): „Lassen Sie Sich erbitten, liebste Sophie,
an der Fortsetzung ungesäumt zu arbeiten, ehe die
grosse Veränderung vorgeht, durch die Sie in eine
neue Welt gesetzt werden. Bekümmern Sie Sich nichts
um Correction, ich will das Nöthige schon besorgen.
Bloss um alle Gelegenheit abzuschneiden, wodurch Ihr
Genie durch sorgsame Aufmerksamkeit auf die kleinen
Regelchen der Grammatik, Orthographie, Distinktions-
Zeichen und dergleichen könnte aufgehalten werden,
habe ich unterlassen, in den zurückgehenden Bogen

[1]) Horn, a. a. O. S. 138—140.
[2]) Hassencamp, a. a. O. S. 212.
[3]) Horn, a. a. O. S. 140—141.

etwas zu corrigiren. Zu Ihrer Aufmunterung, liebste Freundin, kann ich nichts mehr sagen, als was ich Ihnen schon so oft mündlich und schriftlich gesagt habe. — Sie machen der Welt, und besonders Ihrem Geschlechte ein Geschenk mit einem Originalbuche, das in seiner Art unschätzbar ist. Meine gute Frau sehnt sich darnach, es gedruckt zu lesen, und meine Töchter sollen daraus Weisheit und Tugend lernen." Ungeduldig drängte er am 20. Januar 1771[1]): „Le II. Tome de votre aimable Sternheim n'arrivera-t-il pas bientôt? Le I. est sous la presse, mais ne paroitra pas sans le second." Es gelang aber der La Roche nicht, ihr Werk vor der Ende März 1771 erfolgenden Über-siedlung nach Ehrenbreitstein abzuschliessen. Erst auf der Rückreise von seinem Besuche bei La Roches, Anfang Juni, erhielt Wieland in Frankfurt das Manuskript, wie er am 12. Juni nach seiner Rückkehr mitteilte[2]). Am 17. Juni musste er noch gestehen[3]): „In proximo je vous parlerai de Votre Mscpt. Jusqu'ici je n'ai pas encore eu le moment d'y regarder."

Währenddem war bereits entgegen den früheren Entschliessungen aller Beteiligten der erste Band, mit Vorrede und Noten von Wieland, dem Herausgeber, versehen, im Buchhandel erschienen. Am 14. Juni schon hatte Caroline Flachsland ihn gelesen[4]). Ende Juni teilte sie Herder mit, dass Sophie von La Roche, „Wielands erste Geliebte", die Verfasserin sei; sie besprach Einzelheiten aus diesem ersten Teile und fügte hinzu[5]): „Sophie von La Roche hat Leuchsenring den zweiten Teil, womit das Buch aus ist, im Manuskript vorgelesen."

---

[1]) Hassencamp, a. a. O. S. 229.
[2]) Hassencamp, a. a. O. S. 243.
[3]) Hassencamp, a. a. O. S. 246.
[4]) Aus Herders Nachlass. Herausg. v. Heinr. Düntzer u. F. G. v. Herder. III. S. 67—68.
[5]) Aus Herders Nachlass, S. 75.

Wann der zweite Teil veröffentlicht wurde, lässt
sich nicht genau feststellen.    Wieland muss mit grösster
Eile das Manuskript durchgesehen und zum Druck be-
fördert haben.    Am 2. August 1771 versprach er der
Freundin[1]) auf ihren Wunsch „ein gestricheltes Exemplar
der Sternheim“.    Er fügte hinzu: „Ebenso thut man
in Biberach, Warthausen p. p. nichts als Applicationen
der Sternheimischen Personen zu machen.    Man glaubt
den Schlüssel dazu zu haben und verfehlt darüber den
Zweck des Buches.    So geht es beinahe immer mit
allem, was man für die Menschen thut.    Und doch,
denke ich, wollen wir uns dadurch weder irre noch
müde machen lassen.“    Die Worte klingen, als wäre
bereits die ganze „Sternheim“ den Biberachern bekannt
geworden, zwingen aber keineswegs zu der Annahme.
In der Mitte des August erhielt Wieland bereits von
Reich das Honorar für den zweiten Band ausgezahlt[2]).
Aber erst am 25. Oktober haben wir ein unzweifelhaftes
Urteil über das Gesamtwerk, in einem Briefe Sulzers
an Bodmer[3]); in einem Schreiben vom 6. November[4])
beruhigte Wieland die La Roche über die grosse Anzahl
von Druckfehlern, die mit Recht ihr Entsetzen hervorrief;
im November tauschten Herder und seine Braut ihre
Gedanken über das Gesamtwerk aus[5]), nachdem Herder
längere Zeit darauf gewartet hatte.    Diese Stimmen
lassen darauf schliessen, dass der zweite Band etwa im
Oktober 1771 erschienen ist.

---

[1]) Hassencamp, a. a. O. S. 249—250.
[2]) Hassenkamp, a. a. O. S. 254 und 255.
[3]) Briefe der Schweizer Bodmer, Sulzer, Gessner. Aus
Gleims litt. Nachlasse herausg. v. W. Körte. Zürich 1805.
S. 382—383.
[4]) Horn, a. a. O. S. 145.
[5]) Aus Herders Nachlass, III, S. 146 ff.  Danach ist der
falsch datierte Brief Herders an Merck in: Briefe an Joh.
Heinr. Merck von Goethe, Herder, Wieland u. and. bedeut.
Zeitgenossen, herausg. v. Dr. K. Wagner, Darmst. 1835, S. 29,
richtig zu datieren.

## Aufnahme des Romans bei den Zeitgenossen.

Wie das Werk von denen aufgenommen wurde, die Wieland für den Verfasser hielten, das geht am klarsten aus dem Briefe hervor, in dem Wieland der Freundin von zwei ungünstigen Rezensionen, in der Göttinger und in der Braunschweiger Zeitung, berichtete:[1] „Je ne me repentirai jamais d'être l'éditeur d'un ouvrage, que je crois utile et qui, à mon avis, fait honneur à Votre sexe. Mais c'est Vous qui devriez Vous repentir de m'avoir permi de l'introduire dans le monde. Cette circonstance le fait regarder au travers et juger malicieusement par un grand nombre de personnes qui ne sont pas mes amis. La manière dont il a été annoncé dans la gazette de Göttingen et de Braunschweig en fait preuve. Haller qui est l'auteur de la censure de Göttingen y attribue la Sternheim à moi même, il en parle très cavalièrement, même avec un air de mépris; il avoue cependant que la morale en vaut mieux que dans quelques autres de mes ouvrages. La gazette de Braunschweig trouve probable, que c'est moi qui en suis l'auteur; elle en dit froidement quelque bien; cependant, dit-on, il s'en faut que l'ouvrage soye si original, que Mr. Wieland prétend nous faire accroire. Car qui ne voit pas que le tout n'est qu'une imitation de Clarissa et de Charles Grandison?" Wieland hatte Recht, wenn er über diese Rezensionen sagte: „Voilà un petit échantillon de l'insolente et maussade manière de critiquer de nos gazettes littéraires." Es war schlechterdings unbegreiflich, wie man Wieland ein so ganz von seiner Art verschiedenes Werk zuschreiben konnte. Dass ihm aber diese Kritiken nicht so gleichgültig waren, wie er der Freundin in diesem Briefe einreden möchte, zeigt ein an demselben Tage an Jacobi geschriebener

---

[1] Horn a. a. O. S. 145—146.

Brief,[1]) in dem es heisst: „Zu Allen diesen kommen
noch eine Menge andrer Desagrémens, die elenden
Recensionen der Sternheim in der Göttinger und Braunschweiger Zeitung werden Ihnen bekannt seyn." Und
am 27. Dez. 1771 fragte er Jacobi:[2]) „Wer, mein
Liebster, mag wohl der Bube seyn, der mich in No. 192.
93 und 94 der Braunschw. Zeitung auf eine so boshafte und ungezogene Art angefallen hat?" Er fühlte —
was er ja auch in den oben zitierten Worten selbst
offen aussprach — sehr wohl, dass diese kühlen oder
gar absprechenden Kritiken sich weniger gegen das
Werk als gegen ihn, den vermeintlichen Verfasser,
richteten.

Und noch eine andere Erfahrung musste er machen:
Diejenigen, die das Werk und seine Verfasserin bewunderten, tadelten heftig Wielands Vorrede und Noten.
Sicherlich mit Recht. Selten ist wohl ein Werk mit
so wenig Takt und Geschick der Öffentlichkeit übergeben, als es durch diese Beigaben Wielands mit der
„Sternheim" geschehen ist. Vieles in ihnen machte
die Leser auf Schwächen aufmerksam, die ihnen wohl
sonst nicht in solchem Masse aufgefallen wären, vieles
in ihnen war geradezu, wenn nicht dazu bestimmt, so
doch geeignet, das Werk herabzusetzen, ja lächerlich
zu machen.

Daher wandte sich auch eine mit Sr. (Sulzer?)
unterzeichnete, sehr anerkennende Rezension in Nicolais
„Allgemeiner deutscher Bibliothek" (des sech-
zehnten Bandes zweites Stück. Berlin u. Stettin 1772.
S. 469—479), wenn auch sehr milde und taktvoll, gegen
Wielands Tadel und verteidigte „den sonderbaren, an
das enthusiastische angränzenden Schwung in der

---

[1]) Ausgewählte Briefe von C. M. Wieland an verschiedene
Freunde in den Jahren 1751 bis 1810 geschrieben und nach
der Zeitfolge geordnet. 4 Bde. Zürich 1815 u. 1816.
III, S. 85.
[2]) Ausgew. Briefe, III, S. 100.

Denkungsart der Sternheim", „womit Hr. W. nicht recht
zufrieden zu seyn scheint". Die La Roche habe sehr
richtig, „um die Originalität des Charakters" der Heldin,
ihren „moralischen Heroismus", „weniger auffallend zu
machen", „die Sternheim aus brittischem Blute ab-
stammen lassen". „Der V. von Sophiens Reise hat
es mit gutem Vorbedacht mit seiner Heldin eben so
gemacht. Ganz deutsche Charaktere lassen sich nicht
so hoch treiben, ohne ihre Würde zu verliehren oder
unwahrscheinlich zu werden, das frappante, das zum moralischen Heroismus erfordert wird, scheint allerdings
ein Vorrecht der Engländer zu seyn. In dieser Rück-
sicht, dass die Sternheim ein exotischer Charakter ist,
möchte also wohl ihre Prädilection für die Mylords
leichtlich Entschuldigung finden, da ausserdem diese
Partheylichkeit für die Engländer Ziererey seyn
würde."

Ungünstig wiederum für die La Roche muss eine
Rezension in der „Auserlesenen Bibliothek der
neuesten deutschen Litteratur" (1. Band Lemgo
1772) gewesen sein. Herder (?) warf in den „Frankfurter
Gelehrten Anzeigen" vom Jahre 1772 dieser Rezension[1]
„Niedriges und Ungerechtes im Tadel" vor.

Im übrigen konnte Sophie von La Roche nur
innige Freude über die begeisterte Aufnahme empfinden,
die ihrem Roman von allen Seiten zu teil wurde.

Ihre Freundin Julie von Bondeli widmete dem
Werke eine prächtige, eingehende Analyse,[2] in der
sie zu dem Schluss kam, dass Sophie Gefühl und
Genie auf das glücklichste vereinige und dass ihr
Roman durchaus den Vorzug vor Richardsons Clarissa
verdiene.

---

[1] Deutsche Litteraturdenkmale, Bd. 7 u. 8, S. 358,
vgl. S. LIX u. LXV. Ich habe mir leider diese Rezension
nicht verschaffen können.
[2] Sophie von La Roche, Mein Schreibetisch. 2 Bde.
Leipzig 1799. II, S. 285—308.

Ganz unerwartet, aber um so freudiger überraschend
war für die La Roche[1]) die hohe Anerkennung Herders.
Im August 1771 schrieb dieser nach der Lektüre des
ersten Bandes an Merck[2]): „Alles, was Sie mir von der
Verfasserin der Sternheim sagen, sind für mich wahre
Evangelien." „Man hört ja Erscheinungen von Engeln
und Geistern so gern, wenn man sie auch nicht siehet,
und ein solcher menschlicher Geist, wie weit mehr kann
der in der Seele würken! Es gibt doch immer gewisse
innere Winke und Divinationen: die sympathisiren in
mir so sehr mit dieser vortreflichen Frau, selbst in
Kleinigkeiten, über die man nicht gerne Rechnung ab-
leget: und die machen mich also wahrhaftig nicht blos
aufmerksam, sondern andächtig." Nachdem er im November auch den zweiten Band gelesen hatte, sandte
er an Merck diese Zeilen[3]): „Es ist glaub' ich natürlich,
dass der erste Theil gleichsam als Jugend, als Morgen-
röthe des Werks, indem er nur erste Bekanntschaft
und Ahnungen gibt, die das dem Ausgange Nähere
nicht hat, stärker frappire. Der Absicht der Verfasserin
aber nach, um zu zeigen wie die wohlthätige Seele sich
blos durch Activität aus dem erschrecklichsten Fall er-
hole, ist, glaub' ich der zweite Theil der schönre, und
die Situationen mit Derby als Ehemann, mit Seymour
wie er sich ins Kopfküssen wickelt, mit Rich, der ihre
Seele erräth, u. a. sind ausserdem meisterhaft, so wie
die Todtenstimme aus den Bleigebirgen mir rührender
als Hiob tönt. — Für mich aber muss ich sagen,
hat diese vortreffliche Frau die meisten sonderbaren
Würkungen, wenn ihre Personen: Sternheim, Seymour,

---

[1]) Vgl. ihre Briefe an Wieland bei Muncker, Wielands
Pervoute, Anhang. Sitzungsberr. d. K. B. Akad. d. Wiss.
zu München, 1903, S. 207 und 208.

[2]) Briefe an und von J. H. Merck, herausg. v. Wagner,
Darmst. 1838, S. 30.

[3]) Briefe an J. H. Merck von Goethe, Herder, Wieland
u. and. bedeut. Zeitg., herausg. v. Wagner, Darmst. 1835.
S. 29.

Rich u. s. w. (sie ist's am Ende doch immer selbst!) ihre Lieblingsgedanken, kleine Bemerkungen, Aussichten aufs Leben, süsse Blicke der Seele verrathen: in diesem Allem ist sie für mich einzig und weit mehr als Clarissa mit allen ihren herausgewundenen Situationen und Thränen. Dies ist auch etwas, was ihr ewigen Werth geben wird — nur Wieland's Noten sind abscheulich. — Ich weiss nicht, ob der elendeste Commentator je so zuwider dem Sinne seines Autors glossirt, als dieser: Sternheim, ein Engel vom Himmel, der uns Glauben an die Tugend durch sich selbst predigt, und Er, ich mag nicht sagen!"

Als Caroline Flachsland den ersten Band der „Sternheim" gelesen hatte, schrieb sie, ohne die Autorschaft der La Roche zu kennen, überwältigt von dem Eindruck an Herder[1]): „Mein ganzes Ideal von einem Frauenzimmer! sanft, zärtlich, wohlthätig, stolz und tugendhaft und betrogen. Ich habe köstliche, herrliche Stunden beim Durchlesen gehabt. Ach, wie weit bin ich noch von meinem Ideal, von mir selbst weg! welche Berge stehen gethürmt vor mir! ach! ach, ich werde im Staub und in der Asche bleiben!" — Mit begeisterter Verehrung blickte sie, ebenso wie Herder, zu der La Roche empor, seitdem sie erfahren hatte, dass diese die Verfasserin des bewunderten Werkes sei, und ihre und Herders Briefe aus dieser Zeit spiegeln in Erwähnungen und ausführlichen Betrachtungen immer aufs neue die Bewunderung für den Roman und die La Roche wieder,[2]) die hier wie auch sonst oft den Namen ihrer Heldin, Sternheim, erhält. Auch als Caroline Flachsland bei dem ersten persönlichen Zusammentreffen mit der La Roche einen ungünstigen Eindruck von der „Hofdame", der „Frau nach der Welt" erhalten hatte und in die ungerechten Worte ausgebrochen war: „Überhaupt, man sieht über-

---

[1]) Aus Herders Nachlass, III, S. 67—68.
[2]) Aus Herders Nachlass, III, S. 71, 75, 87—88, 109, 123, 133, 146—148, 150—151.

all, dass sie ein Geschöpf von Wieland ist," fand sie
bald das richtige und gerechte Urteil wieder.[1])

Sehr ehrend war für die La Roche besonders auch
Sulzers Anerkennung, die dieser in einem Briefe an
Bodmer vom 25. Okt. 1771 in die Worte kleidete:[2])
„Der Roman von der Sternheim ist gewiss von Mad.
la Roche; hier und da erkennt man die weibliche Hand
sehr deutlich. Der andere Theil ist sehr interessant.
Die Frau hat dann noch allemal mehr Verstand, als
die meisten, die man für die grossen Richter der
deutschen Litteratur ausgiebt."

Die geistreichste und treffendste Beurteilung ist die
von Goethe (oder Merck) in den „Frankfurter Gelehrten Anzeigen" von 1772.[3]) In Anknüpfung an die
bis dahin erschienenen und von ihm gemissbilligten
Rezensionen erklärte der Rezensent: „Es haben sich bey
der Erscheinung des guten Fräuleins von Sternheim sehr
viele ungebetene Beurtheiler eingefunden. Der Mann
von der grossen Welt, dessen ganze Seele aus Verstand
gebaut ist, kann und darf das nicht verzeihen, was er eine
Sotise du cœur nennt. Er überliess also schon lange
das gute Kind ihrem Schicksal, und gedachte ihrer so
wenig, als ein Cammerherr seiner Schwester, die einen
Priester geheurathet hat. Der Schönkünstler fand in
ihr eine schwache Nachahmung der Clarissa, und der
Kritiker schleppte alle die Solözismen, und baute sie
zu Haufen, wie das Thier Kaliban bey unserm Freund
Shakespeare. Endlich kam auch der fromme Eiferer
und fand in dem Geiste der Wohlthätigkeit dieses
liebenswürdigen Mädchens, einen gar zu grossen Hang
zu guten Werken. Allein alle die Herren irren sich,
wenn sie glauben, sie beurtheilen ein Buch — — es

---

[1]) Aus Herders Nachlass, III, S. 234—235, 239—240, 254.
[2]) Briefe der Schweizer Bodmer, Sulzer, Gessner,
S. 382—383.
[3]) Deutsche Litteraturdenkmale, Bd. 7 u. 8, S. 85—86,
vgl. S. LIII, LXVIII, LXXIX.

ist eine Menschenseele; und wir wissen nicht, ob diese
vor das Forum der grossen Welt, des Ästhetikers, des
Zeloten, und des Kritikers gehört. Wir getrauen uns
den Schritt zu entschuldigen, durch den sie sich Derbyn
in die Arme warf, wann wir den Glauben an die Tugend
in dem Gemälde Alexanders betrachten, da er seinem
Leibarzt den Giftbecher abnahm. Zu dem Glaubens-
eifer kommt oft Bekehrungssucht; und mischten wir
dazu ein wenig Liebe zum Ausländischen, zum Ausser-
ordentlichen, in der Seele eines guten Kindes von
20 Jahren, die sich in einer drückenden Situation be-
findet, so hätten wir ohngefähr den Schlüssel zu der
so genannten Sotise. Die Scene bey der Toilette zeigt
deutlich, dass das Werk keine Composition für das
Publikum ist, und Wieland hat es so sehr gefühlt, dass
er es in seinen Anmerkungen der grossen Welt vor-
empfunden hat. Das ganze ist gewiss ein Selbstgespräch,
eine Familienunterredung, ein Aufsatz für den engeren
Cirkel der Freundschaft: denn bey Lord Rich müssen
die individuellen Züge beweisen, dass dieser Charakter
zur Ehre der Menschheit existirt. Das Journal im
Bleygebürge ist vor uns die Ergiessung des edelsten
Herzens in den Tagen des Kummers; und es scheint
uns der Augenpunkt zu seyn, woraus die Verf. ihr
ganzes System der Thätigkeit und des Wohlwollens
wünscht betrachtet zu sehen. Auch der Muth hat uns
gefallen, mit dem sie dem Lord Rich einzelne Blicke
in ihr Herz thun, und ihn das niederschreiben lässt,
was ihr innerer Richter bewährt gefunden hat. Es war
ihr wahrscheinlich darum zu thun, sich selbst Rechenschaft zu geben, wie sie sich in der Situation ihrer
Heldinn würde betragen haben; und also betrachtet sie
den Plan der Begebenheiten, wie ein Gerüste zu ihren
Sentiments. Will der Herr Kritiker uns ins Ohr sagen,
dass die Fugen des Gerüstes grob in einander gepasst,
alles nicht gehörig behauen und verklebt sey, so antworten wir dem Herrn: Es ist ein Gerüste. Denn

wäre der Machiniste Derby so fein ausgezeichnet, wie
Richardsons Lovelace, so wäre das Ganze vielleicht ein
Spinnengewebe von Charakter, zu fein, um dem un-
geübteren Auge die Hand der Natur darin zu entdecken,
und der Schrifttext wäre Allegorie geworden."

Wie sehr man sich noch mit dem Werke beschäftigte, nachdem schon ein Jahr nach dem Erscheinen
verstrichen war, zeigen Goethes Worte bei Besprechung
der schon erwähnten Rezension in der „Allgemeinen
deutschen Bibliothek":[1] „Man wird nun hoffentlich
bald aufhören, von diesem Buche zu reden, und fortfahren, es zu lesen und zu lieben."

Goethes unglückseliger Freund Lenz war ein en-
thusiastischer Bewunderer des Romans und seiner Verfasserin und verurteilte, hier wie dort zu weitgehend,
Wielands Stellung zu beiden. Er sprach sein Urteil
höchst drastisch in der dramatischen Skizze „Pandae-
monium germanicum"[2] aus. Wir lassen hier die be-
treffenden Abschnitte folgen.

### Aus der 1. Szene des 2. Aktes:

„Eine Dame, die um nicht gesehen zu werden,
hinter Wielands Rücken gezeichnet hatte, unaufmerk-
sam auf alles was vorging, giebt ihm (Wieland) das
Bild zum Sehen. Er zuckt die Achseln, lächelt bis
an die Ohren hinauf, reicht aber doch das Bild gross-
müthig herum. Jedermann macht ihm Komplimente
darüber, er bedankt sich höchstens, steckt das Bild,
wie halb zerstreut, in die Tasche, und fängt ein ander
Stück zu spielen an.

Die Dame erröthet." —

---

[1] Deutsche Litteraturdenkmale, Bd. 7 u. 8, S. 528, vgl.
S. LXXXIV.

[2] Abgedruckt auch bei L. Assing, Sophie von La Roche,
die Freundin Wielands. Berlin 1859. S. 373—374, und:
J. W. Appell, Sophie La Roche. Rheinisches Taschenbuch.
1856, S. 120—122.

Aus der 4. Szene:

„Goethe zieht Wieland das Bild aus der Tasche, das er vorhin von der Dame eingesteckt.

Goethe: Seht dieses Blatt an — und hier ist die Hand, die es zeichnete.

Eine Prüde (weht sich mit dem Fächer): O, das wäre sie nimmer im Stande gewesen, allein zu machen.

Eine Kokette: Wenn man ein so grosses Genie zum Beistand hat, wird es nicht schwer, einen Roman zu schreiben.

Goethe: Erröthest Du nicht, Wieland? Verstummst Du nicht? Kannst Du ein Lob ruhig anhören, das so viel Schande über Dich zusammenhäuft?

Wieland: Ich musst' ihr meinen Namen leihen, sonst hätte sie keine Gnade bei den Kunstrichtern gefunden.

Goethe: Du warst der Kunstrichter. Du glaubtest, sie würde Danae Schaden thun. Wie, dass Du nicht Deine Leier in den Winkel warfst, demüthig vor ihr hinknietest und gestand'st, Du seist ein Pfuscher? Das allein hätte Dir Gnade beim Publikum erworben. (Stellt das Bild auf eine Höhe, alle Männer fallen auf ihr Antlitz.) Seht Plato's Tugend in menschlicher Gestalt! Sternheim! Wenn Du einen Werther hättest, tausend Leben müssten ihm nicht zu kostbar sein!"

Ebenso wie in dieser dramatischen Skizze gehen auch in Lenz' Briefen an die La Roche[1]) Bewunderung für sie und Unmut gegen Wieland Hand in Hand. So schreibt er am 1. Mai 1775: „So lange konnten Sie zusehen, dass Ihre Sternheim unter fremdem Namen möcht' ich beinahe sagen, vor der Welt aufgeführet wurde und mit halbsovielem Glück, als wenn jedermann gewusst, aus wessen Händen dieses herrliche Geschöpf entschlüpfte. O wahrhaftig starke Seele, müssen doch

---

[1]) Hassencamp, Rezens. von Waldmann, Lenz in Briefen. Euphorion, 1896. S. 529—540.

Männer vor Ihnen erröthen und zittern. Lassen Sie
mich aufrichtig reden, der Name des Verfassers komischer
Erzählungen war keine gute Empfehlung für einen Engel
des Himmels, der auf Rosengewölken herabsank, das
menschliche Geschlecht verliebt in die Tugend zu
machen; dieser Name warf einen Nebel auf die ganze
Erscheinung, und ich danke Ihnen ebenso eyfrig, dass
Sie ihn mir von den Augen genommen, als ich Ihnen
das erstemahl für Ihre Schöpfung gedankt haben würde.
Und wie es mir in die Seele hinein Vergnügen macht,
dass ich mich in der Ahndung auch um kein Haar
verschnappt, W. habe nur die Noten und die Vorrede
gemacht, denn sie sind so ganz sein würdig. Ich ver-
kenne diesen Mann nicht, aber er hätte mit mehrerer
Ehrfurcht dem Publikum ein Werk darstellen sollen,
dessen Verfasserin zu gross war, selber auf dem Schau-
platze zu erscheinen, und dies soll geahndet werden."

Im „deutschen Styl" der La Roche fand Lenz „unzählige Grazien", — „was auch der mir darum ver-
hasste Wieland in seinen Vorreden darüber raisonnirt.
Sie können das Feine und doch dabey so simple (das
eigentlich das wahre Erhabene macht), in Ihrem deutschen
Style so wenig selber sehen, als Ihr Gesicht."

Ganz besonders muss unser Interesse durch folgende
Herzensergiessung Lenz' gefesselt werden: „Die Erscheinung von einer Dame von Ihrem Range auf dem
Parnass (die so viele andre Sachen zu thun hat) musste
jedermann aufmerksam machen. Mich ärgerte nichts
mehr, als — Gott weiss, dass ich die Wahrheit sage, —
als die dummen Noten, die mich allemal bei den
seligsten Stellen in meinen Gefühlen unterbrachen, grad
als wenn einem kalt Wasser aufgeschüttet wird. Gleich
fühlte ich, dass in den Noten die Verfasserin nicht
war, einige dunkle Klatschereyen sausten mir um die
Ohren, Sie hätten dem Umgange mit Wieland vieles
zu danken; ich muss Ihnen aber zur Beruhigung sagen,
dass alle diese Nachrichten von Frauenzimmern kamen,

bei denen ich die Quellen leicht entdeckte. Verzeihen
Sie mir! Auf diesem Punkte ist ein kleiner Neid auch
manchmal bey edlen Personen Ihres Geschlechtes sehr
natürlich und mir also gar nicht einmal auffallend; nur
ärgerte mich's, dass ich Niemand von meinem Geschlecht hörte, der gesunden Menschenverstand oder
Edelmuth genug gehabt hätte, im Gegentheil zu behaupten: Wieland müsse Ihrem Umgange alles — alles
vielleicht zu danken haben, was Ihn schätzbar macht.
Ich sagte noch neulich (und das rechne ich mir nicht
zum Verdienste an) einer Frau von Stande, die auch
mit dem zweideutigen Tone von Ihrer Sternheim sprach:
‚Wieland könnte wohl viel Antheil daran haben‘, sehr
trocken, (ohne damals die geringste Nachricht zu haben,)
ich hielte W. nimmermehr für fähig, in seinem ganzen
Leben so feine moralische Schattierungen zu mahlen.
In der That muss es jedem halb gesunden Auge auf-
fallen, dass sein Pinsel viel zu grob dazu ist.“

„Die heilige Sternheim“ nannte er an anderer
Stelle die Heldin des Romans. Und wie der Bonner
Professor und Dichter Eulogius Schneider in sein
Buch: „Die ersten Grundsätze der schönen Künste
überhaupt, und der schönen Schreibart insbesondere“,
Abschnitte aus der „Sternheim“ als Muster eines guten
Stiles aufnahm, so rief Lenz der La Roche zu: „Ihre
deutsche Diction bewundre ich. Personen aus Ihrer
Sphäre (das will ganz etwas anderes sagen als: von
Ihrem Stande) sollten doch unserer treuen Muttersprache
die Hand bieten. Wär es auch nur, um einen ge-
wissen Ton in unsere Gesellschaft zu bringen, wo deutsch-
französisches Geplauder mit räthselhaftem Kränzchen —
Witz abwechseln.“

Wie hier Lenz die La Roche aufforderte, ihren
Einfluss zu Gunsten der deutschen Sprache geltend zu
machen, so rief Pfeffel sie gar zum Schaffen eines
deutschen Nationalgeschmacks auf, als eines Gegen-
gewichts gegen die allgemeine Vorliebe für das Aus-

ländische. Wie gross musste das Ansehen sein, in dem
die La Roche bei den besten Männern der Zeit stand!
Und dieses Ansehen war, wenn auch durch ihre späteren
Schriften befestigt, doch durch ihre „Sternheim" be-
gründet.

Der Name des Romans tritt uns denn auch sogleich
in Pfeffels Briefe[1]) entgegen. Pfeffel machte die
La Roche auf die Gefahr aufmerksam, die ihre in der
„Sternheim" und allen anderen Werken hervortretende
Vorliebe für England für „die Grundzüge des deutschen
Charakters" und für die „deutschen Mädchen" habe.
„Sie wissen nicht, verehrungswürdige Freundin, wie
sehr und wie gerne man Ihnen aufs Wort glaubt, und
wie viel ein Genie, wie das Ihrige, zur Stimmung der
besseren Hälfte Ihrer Nation beitragen könnte. Es
wäre eine der edlen La Roche würdige Arbeit, die
Grundlineamente des deutschen Charakters zu sammeln,
von allen Auswüchsen der Gallomanie und Anglomanie
zu reinigen und den deutschen Schönen deutsche Ideale
von beiden Geschlechtern vors Auge zu stellen. Sie
besitzen eine reizende Kunst, geschmackvolle Kleider-
trachten und Mobilien zu malen, und ich bin gewiss,
dass viele dieser Gemälde von Ihrer Erfindung sind.
Wie wäre es, wenn Sie es versuchten, einen deutschen
Nationalgeschmack einzuführen und das, was Sie anderen
Nationen allenfalls abborgen, entweder zu verhehlen,
oder doch so zu naturalisieren, wie Virgil die Gemälde
des Homers in Rom naturalisiert hat! Die Frauenzimmer
geben auch in Deutschland den Ton an; wenn Sie einmal diese gewonnen haben, so wird die Revolution
schnell und glücklich auf unsere anglisierenden und
französierenden Stutzer wirken, und die Neuerungssucht
des frei sein wollenden Deutschen wird seinen Nachbarn
weniger Stoff zu Vorwürfen und Spöttereien darbieten."

---

[1]) Hassencamp, Aus dem Nachlass der Sophie von La
Roche. Euphorion, 1898. S. 494—495.

Es war bei dem grossen Ruf, den der Roman sogleich nach seinem Erscheinen sich errang, nur natürlich, dass er binnen kurzem zahlreiche Auflagen erlebte[1]) und auch mehrere Übersetzungen hervorrief. Es waren dies:

1. Mémoires de Mademoiselle de Sternheim, publiés par M. Wieland, et traduits de l'Allemand par Madame***. I. II. A La Haye. Chez Pierre Fréderic Gosse. 1774. Die Übersetzerin war Madame de la Fite, die Vorleserin der Königin Charlotte von England.[2])

2. Eine andere Übersetzung ins Französische. Paris 1774.

3. Übersetzung ins Englische, unter Wielands Namen, von Joseph Collyer. London 1775.

Hierzu vergleiche man den Brief Wielands an die La Roche vom 21. Mai 1773 (Horn, S. 167): „Ihre Sternheim wird in London übersetzt — aber als mein Werk. Ich habe Ordre gegeben, dass dieser Irrthum gehoben wird."

4. Memoirs of Miss Sophie Sternheim, translated. 2 Vol. London 1776 (von Eduard Harwood).

5. Übersetzung ins Holländische. Amsterdam 1774.[3])

## Die „Sternheim" und Richardson.[4])

In der Form wie im Inhalt des Romans zeigt sich die La Roche als Jüngerin Richardsons.

Für die Form ist Richardsons Brieftechnik Vorbild

---

[1]) Vgl. den bibliograph. Teil.
[2]) Vgl. Horn, a. a. O. S. 166. Euphorion, 1898, S. 477, 484. Die Übersetzung ist in den „Anmerkungen" unserer Ausgabe verwertet.
[3]) Zu 2—5 vgl. L. Assing a. a. O. S. 144, 375. Appell, a. a. O. S. 113.
[4]) Über das Verhältnis der La Roche zu Richardson im ganzen vgl. Er. Schmidt, Richardson, Rousseau und Goethe, Jena 1875, S. 49—63. Ridderhoff, Sophie von La Roche, die Schülerin Richardsons und Rousseaus, Gött. Diss. 1895, S. 8—33; 43—57; 92—96; 99 ff.

gewesen. Wie Pamela an ihre Eltern, an Mylady Davers, an Miss Darnford u. s. w., wie Clarissa an Anna Howe, wie schliesslich Henriette Byron an Lucia Selby, so schreibt die Sternheim an ihre Freundin Emilia und an Frau T. Den Briefen Derbys an seinen Freund entsprechen die Briefe des Lovelace in der „Clarissa". Eingefügte Briefe wie der Rosinens an Emilia (S. 213), der Madame Hills an Herrn Prediger Br. (S. 231), des Grafen R. an Seymour (S. 252), des Lord Rich an den Dr. T. (S. 312, 320, 329, 332) finden sich ebenso bei Richardson sehr häufig. Den tagebuchähnlichen Aufzeichnungen S. 289—307 entsprechen ganz ähnliche Partien in der „Pamela" und „Clarissa". Für den „Plan der Hülfe für die Familie G. und die Jungfer Lehne" (S. 234) können wir die Zusammenstellung aller der Weisungen, die Pamela von ihrem Gatten erhalten hat, als Vorbild ansprechen (Pam. II, 320—324).[1]) Schliesslich kommt die „Sternheim" als Briefroman in derselben Weise zu Stande, wie die Romane Richardsons. Die Heldin bekommt alle Briefe, aus denen das Werk besteht, als Originale oder Abschriften nach und nach in ihren Besitz (S. 52, 312, 326). Die „Clarissa" wird dadurch ermöglicht, dass Belford zu den Briefen Lovelaces, die er selbst besitzt, die Briefe hinzusammelt, die im Besitze der Anna Howe und der Familie Harlowe sich befinden (vgl. auch Pam. III, 139, 140; IV, 53).

Sehr richtig aber empfand die La Roche es als einen Nachteil in der Brieftechnik Richardsons, dass den Briefen der Helden und Heldinnen fortwährend Antwortschreiben folgen, wodurch die Handlung ausser-

---

[1]) Pamela, or Virtue Rewarded. In Four Volumes. The Sixth Edition. London 1746. Clarissa, or The History of a Young Lady. In eight Volumes. The Third Edition. London 1751. The History of Sir Charles Grandison. By the Editor of Pamela and Clarissa. In six Volumes. London 1754.

ordentlich beschränkt und aufgehalten und der Umfang
der Werke unverhältnismässig aufgeschwellt wird. Sie
liess daher die Sternheim und Derby nur Briefe
schreiben, nicht empfangen und erzielte dadurch eine
frisch und lebhaft fortschreitende Handlung und einen
angemessenen, mässigen Umfang des Werkes.

Ein weiterer Vorzug der „Sternheim" ist, dass sie
viel natürlicher als die Richardsonschen Romane eine
mit Hülfe der Briefe gegebene Erzählung darstellt.
Die La Roche hat dies dadurch erreicht, dass sie den
ganzen äusseren Rahmen, in den die Briefe eingefügt
sind, von dem Kammermädchen der Sternheim, Rosine,
herstellen lässt. Diese erzählt in einer den Briefen
vorausgeschickten Einleitung (S. 10—52) die Geschichte der Eltern und der Jugend ihrer Herrin und
tritt weiterhin überall da, wo durch das Fehlen von
Briefen Lücken entstehen oder wo Erläuterungen nötig
sind, selbst erzählend und erklärend ein. (S. 187, 188,
219—223, 288—289). Die Anregung hierzu kann die
La Roche nur aus einer einzigen Stelle Richardsons
(Pam. I, 114—123) geschöpft haben. Diese ahmte sie
S. 288—289 völlig nach und verwertete sie weiter in
der geschilderten Weise.

Wie Richardson hat die La Roche einer jeden
Person einen besonderen, charakteristischen Stil verliehen. Wie bei Richardson verkörpern diese Personen
Tugend und Frömmigkeit, Gelassenheit und Empfindsamkeit, Vollkommenheit. Aber wie in der Form ihres
Werkes, so hat sich die La Roche, ihrer Eigenart
folgend, auch in der Darstellung ihrer Personen von
ihrem Vorbild frei zu machen gewusst und ist damit
über dies hinausgewachsen. Ist den Richardsonschen
Personen der Wohlthätigkeitssinn als etwas Selbst-
verständliches und gelegentlich auch stark Hervor-
tretendes eigen, so hat die La Roche diese Eigenschaft
zur wichtigsten gemacht, zu derjenigen, die die Heldin
in allen Lebenslagen bethätigt, die allein sie befähigt,

aus grösstem Unglück und tiefstem Seelenschmerz
sich wieder zu Seelenfrieden und Lebensfreude zu
erheben.

Hiermit verbindet sich ein weiterer grosser Vorzug,
eine innige Liebe zur Natur. Diese von Kindheit
an in der La Roche vorhandene Neigung war durch
ihren Vater, durch Bianconi, durch Wieland, durch
den Stadionschen Kreis und durch Rousseau zu einer
solchen Stärke ausgebildet, dass sie dieselbe ihrer
Heldin neben der Liebe zur Tugend und Wohlthätigkeit als wesentlichste Eigenschaft verlieh. Herzliche
Freude an der Schönheit der Natur, fromme Dankbarkeit für die in allen Jahreszeiten in ihr sich offen-
barende Güte des Schöpfers führen die Heldin zu
einem so innigen Zusammenleben mit der Natur, einem
solchen Aufgehen in ihr, wie es bei Richardson nirgends
auch nur in Andeutungen vorhanden ist.

Über die Übereinstimmungen mit Richardson im
einzelnen vgl. die „Anmerkungen".

## Bibliographisches.

Es sind, soweit ich feststellen konnte, acht Ausgaben des Romans vorhanden,[1] die in vier Gruppen
zerfallen:

I. Die Ausgaben des Jahres 1771.

**A.** Geschichte des Fräuleins von Sternheim. Von
einer Freundin derselben aus Original=Papieren und
anderen zuverläßigen Quellen gezogen. Herausgegeben
von C. M. Wieland. Erster und Zweyter Theil. Leipzig,
bey Weidmanns Erben und Reich. 1771. 367 und 302 S. 8.

Wohl die älteste Ausgabe. Keine der anderen
Ausgaben weist, abgesehen von B, annähernd so viele
Fehler im Texte auf. Die La Roche war entsetzt über
diese Zahl der Fehler (vgl. Horn, a. a. O. S. 145), und
Wieland gab der Übersetzerin Mad. La Fite gegenüber

---

[1] Vgl. L. Assing, a. a. O. S. 143.

zu, dass er wenig Musse bei der Veröffentlichung des Werkes gehabt habe und nicht alle „défauts" habe tilgen können (vgl. Vorrede zur Übers. der La Fite, S. XI). **B.** Titel usw. wie A. Stimmt im wesentlichen mit A überein; verbessert aber einige der Fehler von A. Auch in der Orthographie finden sich Unterschiede. Z. B. A: Individualifirung, Grofien, erholte, wiederholen; B: Individualifierung, Großen, erhohlte, wiederhohlen. **C.** Titel usw. wie A und B. Die in unserem Neudruck wiedergegebene Ausgabe; weitaus die beste unter den Ausgaben von 1771. C verbessert die Fehler von A bis auf fünf. Neuer Fehler: S. 300 (II, 231) fprarfam (sparsam). Falsche Paginierung: II, 169 (269). In unserem Texte sind alle Fehler verbessert.

Die Sprache zeigt neben vielen dialektischen Erscheinungen in Grammatik, Stil und Orthographie ausserordentlich viele Abweichungen vom gewöhnlichen Sprachgebrauch. Diese beruhen zum Teil auf willkürlicher und schwankender Behandlung, zum Teil auf mangelhafter Beherrschung der Sprache.[1]

Die Interpunktion weist völlige Regellosigkeit auf.[2] Sie ist ebenso wie die Sprache und ihre Schreibung im vorliegenden Neudruck fast ganz beibehalten, da sonst der Eindruck des Originals gänzlich verwischt worden wäre.

**II. D.** Erstes Blatt: Bibliothek für den guten Geſchmack. Erſter Band. Bern, bey Beat Ludwig Walthard. 1772. Zweites Blatt: Titel wie bei A, B, C. Erſter Theil. Auf dieser selben Seite beginnt der Text, die Vorrede Wielands. 311 S. 8.

Zweiter Teil: Erstes Blatt: Bibliothek für den guten Geſchmack. Zweyter Band. Bern 1773. Verlegts Beat

---

[1] Zu meinem grossen Bedauern ist es mir infolge der Knappheit des vorgeschriebenen Raumes versagt, eine eingehende Darstellung von Grammatik, Stil und Orthographie der La Roche zu geben.

[2] Vgl. zur Sprache u. Interpunkt. Horn, a. a. O. S. 141.

Ludwig Walthard, und zu finden in Amsterdam bey Johannes Schreuder. Zweites Blatt: Geschichte des Fräuleins von Sternheim. Darunter setzt sogleich der Text ein. 236 S. 8.

D übertrifft an Reinheit des Textes noch C. Es verbessert alle Fehler bis auf drei. Sprache, Orthographie und Interpunktion stimmen im wesentlichen mit C überein. Bemerkenswert ist die Vorliebe für das h als Dehnlaut und die häufige Schreibung Eckel für Ekel.

III. **E.** Titel wie bei A, B, C. Erster und Zweyter Theil. Mit Röm. Kayserl. Allergnädigstem Privilegio. Reuttlingen, Bey Johann Georg Fleischhauer. 1776. 366 und 272 S. 8.

**F.** wie E. 1787.

E und F stimmen so sehr überein, dass man F als Abdruck von E bezeichnen darf.

Wenige Unterschiede: I, 46 E: der geringe Mann F: der gemeine Mann   E: Erkänntniß   F: Erkenntniß II, 193 E: zerstören F: stören. S. XV. haben beide gegenüber Denkensart der anderen Ausgaben: Denkungsart.

Die Fehler von A verbessern E und F bis auf ein Drittel. E und F haben von allen Ausgaben die beste Orthographie. Indes findet sich auch: Stul, Mißbrauch, Nachläßigkeit, Prinzeßin, Justitzverwaltung.

Charakteristisch ist für E und F die durchgehende Schreibung Eckel.

IV. **G.** Erstes Blatt: Sammlung der besten deutschen prosaischen Schriftsteller und Dichter. Sieben und fünfzigster Theil. Geschichte der Fräulein von Sternheim. Herausgegeben von Wieland. Mit allerhöchst-gnädigst Kayserlichem Privilegio. Carlsruhe bey Christian Gottlieb Schmieder. 1777.

Zweites Blatt: Geschichte der Fräulein von Sternheim usw. wie A, B, C. Erster Theil. Das Weitere wie auf Blatt 1. 256 S. 8.

Zweiter Teil: Erstes Blatt: wie oben; hier: Acht
und fünfzigſter Theil. Zweites Blatt: wie oben; hier:
Zweyter Theil. Drittes Blatt: Geſchichte des Fräuleins
von Sternheim. Darunter setzt sogleich der Text ein.
208 S. 8.

**H.** Wie G, aber ohne erstes Blatt. Erſter Theil:
ohne den Vermerk Mit Allerhöchſt = gnädigſt Kayſer=
lichem Privilegio. 1783.

Zweyter Theil: genau wie G zweites und drittes
Blatt. 1777.

Das Verhältnis von G zu H. ist sehr interessant.
G verbessert die Hälfte der Fehler von A; H verbessert
noch einige mehr, schreibt aber dafür falsch II, 137
General statt Gemahl; II, 171 Lady statt Lidy. Ferner
schreibt H neben vielen anderen, unwichtigeren Unter-
schieden: II, 170 Thurms (G Thurns). II, 199 Ab=
hängigkeit (G Abhänglichkeit). II, 207 Phyſionomie (G
Phiſionomie). Die Orthographie ist in beiden Ausgaben
sehr schlecht. Wesentl. Unterschiede: G hat z und ß,
H hat nur z (nüzen, Wiz, lezte). G hat ſſ und ß, H
schreibt im ersten Bande nur: auſſer, äuſſerſte, ſüſſen,
gieſſen, groſſen, gröſſere usw. Im zweiten Bande findet
sich sehr oft auch: groſen, gröſere, vergröſerte, zurück=
ſtoſen usw.

G schreibt beſchäfftigen, H mit Vorliebe beſchäftigen.
G schreibt Ekel, H mit Vorliebe Eckel.

Zusätze und Auslassungen sind in keiner der
8 Ausgaben anzutreffen.

# An D. F. G. R. V.******

Erschrecken Sie nicht, meine Freundin, anstatt
der Handschrift von Ihrer Sternheim eine gedruckte
Copey zu erhalten, welche Ihnen auf einmal die ganze
5 Verrätherey entdeckt, die ich an Ihnen begangen habe.
Die That scheint beym ersten Anblick unverantwortlich.
Sie vertrauen mir unter den Rosen der Freundschaft ein
Werk Ihrer Einbildungskraft und Ihres Herzens an,
welches bloß zu Ihrer eigenen Unterhaltung aufgesetzt
10 worden war. „Ich sende es Ihnen, (schreiben Sie mir)
„damit Sie mir von meiner Art zu empfinden, von dem
„Gesichtspunct, woraus ich mir angewöhnt habe, die Gegen=
„stände des menschlichen Lebens zu beurtheilen, von den
„Betrachtungen, welche sich in meiner Seele, wenn sie
15 „lebhaft gerührt ist, zu entwickeln pflegen, Ihre Meynung
„sagen, und mich tadeln, wo Sie finden, daß ich unrecht
„habe. Sie wissen, was mich veranlaßt hat, einige Neben=
„stunden, die mir von der Erfüllung wesentlicher Pflichten
„übrig blieben, dieser Gemüths=Erhohlung zu wiedmen.
20 „Sie wissen, daß die Ideen, die ich in dem Character
„und in den Handlungen des Fräuleins von Sternheim
„und ihrer Aeltern auszuführen gesucht habe, immer
„meine Lieblings=Ideen gewesen sind; und womit be=
„schäfftigt man seinen Geist lieber als mit dem, was man
25 „liebt? Ich hatte Stunden, wo diese Beschäfftigung eine
„Art von Bedürfniß für meine Seele war. So entstund
„unvermerkt dieses kleine Werk, welches ich anfieng und

„fortſetzte, ohne zu wiſſen, ob ich es würde zum Ende
„bringen können; und deſſen Unvollkommenheiten ſie ſelbſt
„nicht beſſer einſehen können als ich ſie fühle. Aber es
„iſt nur für Sie und mich — und, wenn Sie, wie ich
„hoffe, die Art zu denken und zu handeln dieſer Tochter 5
„meines Geiſtes gutheiſſen, für unſre Kinder beſtimmt.
„Wenn dieſe durch ihre Bekanntſchaft mit jener in tugend=
„haften Geſinnungen, in einer wahren, allgemeinen, thätigen
„Güte und Rechtſchaffenheit geſtärket würden, — welche
„Wolluſt für das Herz Ihrer Freundin!“ — So ſchrieben 10
Sie mir, als Sie mir Ihre Sternheim anvertrauten; —
und nun, meine Freundin, laſſen Sie uns ſehen, ob ich
Ihr Vertrauen beleidiget, ob ich würklich ein Verbrechen
begangen habe, da ich dem Verlangen nicht widerſtehen
konnte, allen tugendhaften Müttern, allen liebenswürdigen 15
jungen Töchtern unſrer Nation ein Geſchenke mit einem
Werke zu machen, welches mir geſchickt ſchien, Weisheit
und Tugend, — die einzigen großen Vorzüge der Menſch=
heit, die einzigen Quellen einer wahren Glückſeligkeit —
unter Ihrem Geſchlechte, und ſelbſt unter dem meinigen, 20
zu befördern.

Ich habe nichts vonnöthen, Ihnen von dem aus=
gebreiteten Nutzen zu ſprechen, welchen Schriften von der=
jenigen Gattung, worunter Ihre Sternheim gehört, ſtiften
können, wofern ſie gut ſind. Alle Vernünftigen ſind über 25
dieſen Punct Einer Meynung, und es würde ſehr über=
flüſſig ſeyn, nach allem, was Richardſon, Fielding und ſo
viele Andre hierüber geſagt haben, nur ein Wort zur
Beſtätigung einer Wahrheit, an welcher niemand zweifelt,
hinzu zu ſetzen. Eben ſo gewiß iſt es, daß unſre Nation 30
noch weit entfernt iſt, an Original=Werken dieſer Art,
welche zugleich unterhaltend und geſchickt ſind, die Liebe
der Tugend zu befördern, Ueberfluß zu haben. Sollte
dieſe gedoppelte Betrachtung nicht hinlänglich ſeyn, mich
zu rechtfertigen? Sie werden, hoffe ich, verſucht werden, 35
dieſer Meynung zu ſeyn, oder wenigſtens mir deſto leichter
verzeihen, wenn ich Ihnen ausführlicher erzähle, wie der

Gedanke, Sie in eine Schriftstellerin zu verwandeln, in
mir entstanden ist.

Ich setzte mich mit allem Phlegma, welches Sie seit
mehrern Jahren an mir kennen, hin, Ihre Handschrift
5 zu durchlesen. Das Sonderbare, so Sie gleich in den
ersten Blättern der Mutter Ihrer Heldin geben, war,
meinem besondern Geschmack nach, geschickter mich wider
sie als zu ihrem Vortheil einzunehmen. Aber ich las
fort, und alle meine kaltblütige Philosophie, die späte
10 Frucht einer vieljährigen Beobachtung der Menschen und
ihrer grenzenlosen Thorheit, konnte nicht gegen die Wahr=
heit und Schönheit Ihrer moralischen Schilderungen aus=
halten; mein Herz erwärmte sich; ich liebte Ihren Stern=
heim, seine Gemahlin, seine Tochter, und sogar — seinen
15 Pfarrer, einen der würdigsten unter allen Pfarrern, die
ich jemals kennen gelernt habe. Zwanzig kleine Mißtöne,
welche der sonderbare und an das Enthusiastische an=
grenzende Schwung in der Denkensart Ihrer Sternheim
mit der meinigen macht, verlohren sich in der angenehmsten
20 Uebereinstimmung ihrer Grundsätze, ihrer Gesinnungen
und ihrer Handlungen mit den besten Empfindungen und
mit den lebhaftesten Ueberzeugungen meiner Seele.
Möchten doch, so dacht' ich bey hundert Stellen, möchten
meine Töchter so denken, so handeln lernen, wie Sophie
25 Sternheim! Möchte mich der Himmel die Glückseligkeit
erfahren lassen, diese ungeschminkte Aufrichtigkeit der
Seele, diese sich immer gleiche Güte, dieses zarte Gefühl
des Wahren und Schönen, diese aus einer innern Quelle
stammende Ausübung jeder Tugend, diese ungeheuchelte
30 Frömmigkeit, welche anstatt der Schönheit und dem Adel
der Seele hinderlich zu seyn, in der ihrigen selbst die
schönste und beste aller Tugenden ist, dieses zärtliche, mit=
leidsvolle, wohlthätige Herz, diese gesunde, unverfälschte Art
von den Gegenständen des menschlichen Lebens und ihrem
35 Werthe, von Glück, Ansehen und Vergnügen zu urtheilen, —
Kurz, alle Eigenschaften des Geistes und Herzens, welche
ich in diesem schönen moralischen Bilde liebe, dereinst in

1*

diesen liebenswürdigen Geschöpfen ausgedrückt zu sehen, welche schon in ihrem kindischen Alter die süßeste Wollust meiner ißigen, und die beste Hoffnung meiner künftigen Tage sind! Indem ich so dachte, war mein erster Einfall, eine schöne Abschrift von Ihrem Manuscripte machen zu lassen, um in einigen Jahren unsrer kleinen Sophie (denn Sie sind so gütig, sie auch die Ihrige zu nennen) ein Geschenke damit zu machen: — und wie erfreute mich der Gedanke, die Empfindungen unsrer vieljährigen, wohlgeprüften und immer lauter befundenen Freundschaft auch durch dieses Mittel auf unsre Kinder fortgepflanzt zu sehen! An diesen Vorstellungen ergößte ich mich eine Zeitlang, als mir, eben so natürlicher weise, der Gedanke aufsteigen mußte: Wie manche Mutter, wie mancher Vater lebt ißt in dem weiten Umfang der Provinzen Germaniens, welche in diesem Augenblicke ähnliche Wünsche zum Besten eben so zärtlich geliebter, eben so hoffnungsvoller Kinder thun! Würde ich diesen nicht Vergnügen machen, wenn ich sie an einem Gute, welches durch die Mittheilung nichts verliehrt, Antheil nehmen ließe? Würde das Gute, welches durch das tugendhafte Beyspiel der Familie Sternheim gewürkt werden kann, nicht dadurch über Viele ausgebreitet werden? Ist es nicht unsre Pflicht, in einem so weitem Umfang als möglich Gutes zu thun? Und wie viele edelgesinnte Personen würden nicht durch dieses Mittel den würdigen Character des Geistes und des Herzens meiner Freundin kennen lernen, und, wenn Sie und ich nicht mehr sind, ihr Andenken segnen! — Sagen Sie mir, meine Freundin, wie hätte ich, mit dem Herzen, welches Sie nun so viele Jahre kennen, und unter allen meinen äußerlichen und innerlichen Veränderungen immer sich selbst gleich befunden haben, solchen Vorstellungen widerstehen können? Es war also sogleich bey mir beschlossen, Copeyen für alle unsre Freunde und Freundinnen, und für alle, die es seyn würden, wenn sie uns kennten, machen zu lassen; ich dachte so gut von unsern Zeitgenossen, daß ich eine große Menge solcher Copeyen nöthig

zu haben glaubte; und so schickte ich die meinige an
meinen Freund Reich, ihm überlassend, deren so viele zu
machen, als ihm selbst belieben würde. Doch nein! So
schnell gieng es nicht zu. Bey aller Wärme meines
5 Herzens blieb doch mein Kopf kalt genug, um alles in
Betrachtung zu ziehen, was vermögend schien, mich von
meinem Vorhaben abzuschrecken. Niemals, daß ich wüßte,
hat mich das Vorurtheil für diejenige, die ich liebe, gegen
ihre Mängel blind gemacht. Sie kennen diese Eigenschaft
10 an mir, und sie sind eben so wenig fähig zu erwarten,
oder nur zu wünschen, daß man Ihnen schmeicheln soll,
als ich geneigt bin, gegen meine Empfindung zu reden.
Ihre Sternheim, so liebenswürdig sie ist, hat als ein
Werk des Geistes, als eine dichterische Composition, ja
15 nur überhaupt als eine deutsche Schrift betrachtet, Mängel,
welche den Auspfeiffern nicht verborgen bleiben werden.
Doch diese sind es nicht, vor denen ich mich in Ihrem
Namen fürchte. Aber die Kunstrichter auf der einen Seite,
und auf der andern die ekeln Kenner aus der Classe der
20 Weltleute, — soll ich Ihnen gestehen, meine Freundin,
daß ich nicht gänzlich ohne Sorgen bin, wenn ich daran
denke, daß Ihre Sternheim durch meine Schuld dem
Urtheil so vieler Personen von so unterschiedlicher Denkens=
art ausgestellt wird? Aber hören Sie, was ich mir
25 selbst sagte, um mich wieder zu beruhigen. Die Kunst=
richter haben es, in Absicht alles dessen, was an der
Form des Werkes und an der Schreibart zu tadeln seyn
kann, lediglich mit mir zu thun. Sie, meine Freundin,
dachten nie daran, für die Welt zu schreiben, oder ein
30 Werk der Kunst hervorzubringen. Bey aller Ihrer Be=
lesenheit in den besten Schriftstellern verschiedener Sprachen,
welche man lesen kann ohne gelehrt zu seyn, war es
immer Ihre Gewohnheit, weniger auf die Schönheit der
Form als auf den Werth des Inhalts aufmerksam zu
35 seyn; und schon dieses einzige Bewußtseyn würde Sie den
Gedanken für die Welt zu schreiben allezeit haben ver=
bannen heissen. Mir, dem eigenmächtigen Herausgeber Ihres

Manuscripts, wäre es also zugekommen, den Mängeln
abzuhelfen, von denen ich selbst erwarte, daß sie den
Kunstrichtern, wo nicht anstößig seyn, doch den Wunsch,
sie nicht zu sehen, abdringen könnten. Doch, indem ich
von Kunstrichtern rede, denke ich an Männer von seinem       5
Geschmack und reisem Urtheil; an Richter, welche von
kleinen Flecken an einem schönen Werke nicht beleidiget
werden, und zu billig sind, von einer freywillig hervor=
gekommenen Frucht der bloßen Natur und von einer
durch die Kunst erzogenen, mühsam gepflegeten Frucht       10
(wiewohl, was den Geschmack anbetrifft, diese nicht selten
jener den Vorzug lassen muß) einerley Vollkommenheit zu
fodern. Solche Kenner werden vermuthlich, eben so wohl
wie ich, der Meynung seyn, daß eine moralische Dichtung,
bey welcher es mehr um die Ausführung eines ge=          15
wissen lehrreichen und interessanten Hauptcharakters, als
um Verwicklungen und Entwicklungen zu thun ist, und
wobey überhaupt die moralische Nützlichkeit der erste Zweck,
die Ergötzung des Lesers hingegen nur eine Nebenabsicht
ist, einer künstlichen Form um so eher entbehren könne,    20
wenn sie innerliche und eigenthümliche Schönheiten für
den Geist und das Herz hat, welche uns wegen des
Mangels eines nach den Regeln der Kunst angelegten
Plans und überhaupt alles dessen, was unter der Be=
nennung Autors=Künste begriffen werden kann, schadlos     25
halten. Eben diese Kenner werden, (oder ich müßte mich
sehr betrügen) in der Schreibart des Fräuleins von Stern=
heim eine gewisse Originalität der Bilder und des Aus=
drucks und eine so glückliche Richtigkeit und Energie des
letztern, oft gerade in Stellen, mit denen der Sprachlehrer  30
vielleicht am wenigsten zufrieden ist, bemerken, welche die
Nachläßigkeit des Stils, das Ungewöhnliche einiger Redens=
arten und Wendungen, und überhaupt den Mangel einer
vollkommnern Abglättung und Rundung, — einen Mangel,
dem ich nicht anders als auf Unkosten dessen, was mir      35
eine wesentliche Schönheit der Schreibart meiner Freundin
schien, abzuhelfen gewußt hätte, — reichlich zu vergüten

scheinen. Sie werden die Beobachtung machen, daß unsre
Sternheim, ungeachtet die Vortheile ihrer Erziehung bey
aller Gelegenheit hervorschimmern, dennoch ihren Geschmack
und ihre Art zu denken, zu reden und zu handeln, mehr
5 der Natur und ihren eigenen Erfahrungen und Be=
merkungen, als dem Unterricht und der Nachahmung zu
danken habe; daß es eben daher komme, daß sie so oft
anders denkt und handelt als die meisten Personen ihres
Standes; daß dieses Eigene und Sonderbare ihres
10 Characters, und vornehmlich der individuelle Schwung
ihrer Einbildungskraft natürlicher weise auch in die Art
ihre Gedanken einzukleiden oder ihre Empfindungen aus=
zudrücken einen starken Einfluß haben müsse; und daß es
eben daher komme, daß sie für einen Gedanken, den sie
15 selbst gefunden hat, auch selbst auf der Stelle einen
eigenen Ausdruck erfindet, dessen Stärke der Lebhaftigkeit
und Wahrheit der anschauenden Begriffe angemessen ist,
aus welchen sie ihre Gedanken entwickelt: — und sollten
die Kenner nicht geneigt seyn mit mir zu finden, daß
20 eben diese völlige Individualisirung des Characters unsrer
Heldin einen der seltensten Vorzüge dieses Werkes aus=
macht, gerade denjenigen, welchen die Kunst am wenigsten,
und gewiß nie so glücklich erreichen würde, als es hier,
wo die Natur gearbeitet hat, geschehen ist? Kurz, ich
25 habe eine so gute Meynung von der feinen Empfindung
der Kunstrichter, daß ich ihnen zutraue, sie werden die
Mängel, wovon die Rede ist, mit so vielen, und so vor=
züglichen Schönheiten verwebt finden, daß sie es mir ver=
denken würden, wenn ich das Privilegium der Damen,
30 welche keine Schriftstellerinnen von Profession sind, zum
Vortheil meiner Freundin geltend machen wollte. Und
sollten wir uns etwan vor dem feinen und verwöhnten
Geschmacke der Weltleute mehr zu fürchten haben als vor
den Kunstrichtern? In der That, die Singularität unsrer
35 Helden, ihr Enthusiasmus für das sittliche Schöne, ihre
besondern Ideen und Launen, ihre ein wenig eigensinnige
Prädilection für die Milords und alles was ihnen gleich

sieht und aus ihrem Lande kommt, und, was noch ärger
ist als dies alles, der beständige Contrast, den ihre Art
zu empfinden, zu urtheilen und zu handeln mit dem Ge=
schmack, den Sitten und Gewohnheiten der großen Welt
macht, — scheint ihr nicht die günstigste Aufnahme in 5
der letztern vorherzusagen. Gleichwohl gebe ich noch nicht
alle Hoffnung auf, daß sie nicht, eben darum, weil sie
eine Erscheinung ist, unter dem Namen der liebens=
würdigen Grillenfängerin, ansehnliche Eroberungen
sollte machen können. In der That, bey aller ihrer moralischen 10
Sonderlichkeit, welche zuweilen nahe an das Uebertriebene,
oder was einige Pedanterey nennen werden, zu grenzen
scheint, ist sie ein liebenswürdiges Geschöpfe; und wenn
auf der einen Seite ihr ganzer Character mit allen ihren
Begriffen und Grundsätzen als eine in Handlung gesetzte 15
Satyre über das Hofleben und die große Welt angesehen
werden kann: so ist auf der andern eben so gewiß, daß
man nicht billiger und nachsichtlicher von den Vorzügen
und von den Fehlern der Personen, welche sich in diesem
schimmernden Kreise bewegen, urtheilen kann als unsre 20
Heldin. Man sieht, daß sie von Sachen spricht, welche
sie in der Nähe gesehen hat, und daß die Schuld weder
an ihrem Verstand noch an ihrem Herzen liegt, wenn sie
in diesem Lande, wo die Kunst die Natur gänzlich ver=
drungen hat, alles unbegreiflich findet, und selbst allen 25
unbegreiflich ist.

Vergeben Sie mir, meine Freundin, daß ich Ihnen
soviel über einen Punct, worüber Sie Ursache haben sehr
ruhig zu seyn, vorschwatze. Es giebt Personen, bey denen
es gar niemals eine Frage seyn soll, ob sie auch gefallen 30
werden; und ich müßte mich außerordentlich irren, wenn
unsre Heldin nicht in diese Classe gehörte. Die naive
Schönheit ihres Geistes, die Reinigkeit, die unbegrenzte
Güte ihres Herzens, die Richtigkeit ihres Geschmacks, die
Wahrheit ihrer Urtheile, die Scharfsinnigkeit ihrer Be= 35
merkungen, die Lebhaftigkeit ihrer Einbildungskraft und
die Harmonie ihres Ausdrucks mit ihrer eigenen Art zu

empfinden und zu denken, kurz, alle ihre Talente und
Tugenden sind mir Bürge dafür, daß sie mit allen ihren
kleinen Fehlern gefallen wird; daß sie Allen gefallen
wird, welche dem Himmel einen gesunden Kopf und ein
5 gefühlvolles Herz zu danken haben; — und wem wollten
wir sonst zu gefallen wünschen? — Doch der liebste
Wunsch unsrer Heldin ist nicht der Wunsch der Eitelkeit;
nützlich zu seyn, wünscht sie; Gutes will sie thun; und
Gutes wird sie thun, und dadurch den Schritt recht=
10 fertigen, den ich gewaget habe, sie, ohne Vorwissen und
Erlaubniß ihrer liebenswürdigen Urheberin in die Welt
einzuführen. Ich bin, u. s. w.

Der Herausgeber.

# Geschichte des Fräuleins von Sternheim.

Sie sollen mir nicht danken, meine Freundinn, daß ich so viel für Sie abschreibe. Sie wissen, daß ich das Glück hatte, mit der vortrefflichen Dame erzogen zu werden, aus deren Lebensbeschreibung ich Ihnen Auszüge und Ab= schriften von den Briefen mittheile, welche Mylord Seymour von seinen englischen Freunden und meiner Emilia sammelte. Glauben Sie, es ist ein Vergnügen für mein Herz, wenn ich mich mit etwas beschäfftigen kann, wodurch das ge= heiligte Andenken der Tugend und Güte einer Person, welche unserm Geschlechte und der Menschheit Ehre ge= macht, in mir erneuert wird.

Der Vater meiner geliebten Lady Sidney war der Oberste von Sternheim, einziger Sohn eines Professors in W., von welchem er die sorgfältigste Erziehung genoß. Edelmuth, Größe des Geistes, Güte des Herzens, waren die Grundzüge seines Charakters. Auf der Universität L. verband ihn die Freundschaft mit dem jüngern Baron von P. so sehr, daß er nicht nur alle Reisen mit ihm machte, sondern auch aus Liebe zu ihm mit in Kriegs= dienste trat. Durch seinen Umgang und durch sein Beyspiel wurde der vorher unbändige Geist des Barons so biegsam und wohldenkend, daß die ganze Familie dem jungen Mann dankte, der ihren geliebten Sohn auf die Wege des Guten gebracht hatte. Ein Zufall trennte sie. Der Baron mußte nach dem Tode seines ältern Bruders die Kriegsdienste verlassen, und sich zu Uebernehmung der Güther und Verwaltung derselben geschickt machen. Stern=

heim, der von Officiren und Gemeinen auf das voll=
kommenſte geehrt und geliebt wurde, blieb im Dienſte,
und erhielt darinn von dem Fürſten die Stelle eines
Oberſten, und den Adelſtand. „Ihr Verdienſt, nicht das
5 „Glück hat Sie erhoben,“ ſagte der General, als er ihm
im Nahmen des Fürſten in Gegenwart vieler Perſonen,
das Oberſten=Patent und den Adelsbrief überreichte; und
nach dem allgemeinen Zeugniſſe waren alle Feldzüge Ge=
legenheiten, wo er Großmuth, Menſchenliebe und Tapfer=
10 keit in vollem Maaß ausübte.

Bey Herſtellung des Friedens war ſein erſter Wunſch,
ſeinen Freund zu ſehen, mit welchem er immer Brief=
gewechſelt hatte. Sein Herz kannte keine andere Ver=
bindung. Schon lange hatte er ſeinen Vater verlohren;
15 und da dieſer ſelbſt ein Fremdling in W. geweſen war,
ſo blieben ſeinem Sohne keine nahe Verwandte von ihm
übrig. Der Oberſte von Sternheim gieng alſo nach P.,
um daſelbſt das ruhige Vergnügen der Freundſchaft zu
genießen. Der Baron P., ſein Freund, war mit einer
20 liebenswürdigen Dame vermählt, und lebte mit ſeiner
Mutter und zwoen Schweſtern auf den ſchönen Güthern,
die ihm ſein Vater zurück gelaſſen, ſehr glücklich. Die
Familie von P., als eine der angeſehenſten in der Gegend,
wurde von dem zahlreichen benachbarten Adel öfters be=
25 ſucht. Der Baron P. gab wechſelsweiſe Geſellſchaft und
kleine Feſte; die einſamen Tage wurden mit Leſung guter
Bücher, mit Bemühungen für die gute Verwaltung der
Herrſchaft, und mit edler anſtändiger Führung des Hauſes
zugebracht.

30 Zuweilen wurden auch kleine Concerte gehalten, weil
die jüngere Fräulein das Clavier, die ältere aber die
Laute ſpielte, und ſchön ſang, wobey ſie von ihrem Bruder
mit etlichen von ſeinen Leuten accompagnirt wurde. Der
Gemüthszuſtand des ältern Fräuleins ſtörte dieſes ruhige
35 Glück. Sie war das einzige Kind, welches der Baron P.
mit ſeiner erſten Gemahlin, einer Lady Watſon, die er
auf einer Geſandtſchaft in England geheyrathet, erzeugt

hatte. Dieses Fräulein schien zu aller sanften Liebens=
würdigkeit einer Engländerin, auch den melancholischen
Charakter, der diese Nation bezeichnet, von ihrer Mutter
geerbt zu haben. Ein stiller Gram war auf ihrem
Gesichte verbreitet. Sie liebte die Einsamkeit, verwendete 5
sie aber allein auf fleißiges Lesen der besten Bücher;
ohne gleichwohl die Gelegenheiten zu versäumen, wo sie,
ohne fremde Gesellschaft, mit den Personen ihrer Familie
allein seyn konnte.

Der Baron, ihr Bruder, der sie zärtlich liebte, 10
machte sich Kummer für ihre Gesundheit, er gab sich alle
Mühe, sie zu zerstreuen, und die Ursache ihrer rührenden
Traurigkeit zu erfahren.

Etlichemal bat er sie, ihr Herz einem treuen zärt=
lichen Bruder zu entdecken. Sie sah ihn bedenklich an, 15
dankte ihm für seine Sorge, und bat ihn mit thränenden
Augen, ihr ihr Geheimniß zu lassen, und sie zu lieben.
Dieses machte ihn unruhig. Er besorgte, irgend ein be=
gangener Fehler möchte die Grundlage dieser Betrübniß
seyn; beobachtete sie in allem auf das genaueste, konnte 20
aber keine Spur entdecken, die ihm zu der geringsten Be=
stärkung einer solchen Besorgniß hätte leiten können.

Immer war sie unter seinen oder ihrer Mutter
Augen, redete mit niemand im Hause, und vermied alle
Arten von Umgang. Einige Zeit überwand sie sich, und 25
blieb in Gesellschaft; und eine ruhige Munterkeit machte
Hoffnung, daß der melancholische Anfall vorüber wäre.

Zu diesem Vergnügen der Familie kam die unver=
muthete Ankunft des Obersten von Sternheim, von welchem
diese ganze Familie so viel reden gehört, und in seinen 30
Briefen die Vortrefflichkeit seines Geistes und Herzens
bewundert hatte. Er überraschte sie Abends in ihrem
Garten; die Entzückung des Barons, und die neu=
gierige Aufmerksamkeit der übrigen, ist nicht zu be=
schreiben. Es währte auch nicht lange, so flößte sein 35
edles liebreiches Betragen dem ganzen Hause eine gleiche
Freude ein.

Der Oberste wurde als ein besonderer Freund des
Hauses bey allen Bekannten vom Adel aufgeführt, und
kam in alle ihre Gesellschaften.

In dem Hause des Barons machte er die Erzählung
5 seines Lebens, worinn er ohne Weitläuftigkeit das Merk=
würdige und Nützliche was er gesehen, mit vieler Anmuth
und mit dem männlichen Tone, der den weisen Mann
und den Menschenfreund bezeichnet, vortrug. Ihm wurde
hingegen das Gemählde vom Landleben gemacht, wobey
10 bald der Baron von den Vortheilen, welche die Gegen=
wart des Herrn den Unterthanen verschafft, bald die alte
Dame von demjenigen Theil der ländlichen Wirthschaft,
der die Familienmutter angeht, bald die beyden Fräulein
von den angenehmen Ergötzlichkeiten sprachen, die das
15 Landleben in jeder Jahrszeit anbietet. Auf diese Ab=
schilderung folgte die Frage:

Mein Freund, wollten Sie nicht die übrigen Tage
Ihres Lebens auf dem Lande zubringen?

„Ja, lieber Baron! aber es müßte auf meinen
20 eignen Güthern und in der Nachbarschaft der Ihrigen
seyn.“

Das kann leicht geschehen, denn es ist eine kleine
Meile von hier ein artiges Guth zu kaufen; ich habe die
Erlaubniß hinzugehen, wenn ich will; wir wollen es
25 Morgen besehen.

Den Tag darauf ritten die beyden Herren dahin, in
Begleitung des Pfarrers von P., eines sehr würdigen
Mannes, von welchen die Damen die Beschreibung des
rührenden Auftritts erhielten, der zwischen den beyden
30 Freunden vorgefallen war.

Der Baron hatte dem Obersten das ganze Guth ge=
wiesen, und führte ihn auch in das Haus, welches gleich
an dem Garten und sehr artig gelegen war. Hier nahmen
sie das Frühstück ein.

35 Der Oberste bezeugte seine Zufriedenheit über alles
was er gesehen, und fragte den Baron: ob es wahr sey,
daß man dieses Guth kaufen könne?

Ja, mein Freund; gefällt es Ihnen?

Vollkommen; es würde mich von nichts entfernen, was ich liebe.

O wie glücklich bin ich, theurer Freund, sagte der Baron, da er ihn umarmte; ich habe das Guth schon vor drey Jahren gekauft, um es Ihnen anzubieten; ich habe das Haus ausgebessert, und oft in diesem Cabinette für Ihre Erhaltung gebetet. Nun werde ich den Führer meiner Jugend zum Zeugen meines Lebens haben!

Der Oberste wurde außerordentlich gerührt; er konnte seinen Dank und seine Freude über das edle Herz seines Freundes nicht genug ausdrücken; er versicherte ihn, daß er sein Leben in diesem Hause zubringen würde; aber zugleich verlangte er zu wissen, was das Guth gekostet habe. Der Baron mußte es sagen, und es auch durch die Kaufbriefe beweisen. Der Ertrag belief sich höher, als es nach dem Ankaufsschilling seyn sollte. Der Baron versicherte aber, daß er nichts als seine eigene Auslage annehmen würde.

Mein Freund, (sagte er) ich habe nichts gethan, als seit drey Jahren alle Einkünfte des Guths auf die Verbesserung und Verschönerung desselben verwendet. Das Vergnügen des Gedankens; du arbeitest für die Ruhetage des Besten der Menschen; hier wirst du ihn sehen, und in seiner Gesellschaft die glücklichen Zeiten deiner Jugend erneuern; sein Rath, sein Beyspiel, wird zu der Zufriedenheit deiner Seele und dem Besten deiner Angehörigen beytragen — Diese Gedanken haben mich belohnt.

Wie sie nach Hause kamen, stellte der Baron den Obersten als einen neuen Nachbar seiner Frau Mutter und seinen Schwestern vor. Alle wurden sehr froh über die Versicherung, seinen angenehmen Umgang auf immer zu genießen.

Er bezog sein Haus sogleich, als er Besitz von der kleinen Herrschaft genommen hatte, die nur aus zweyen Dörfern bestund. Er gab auch ein Festin für die kleine

Nachbarschaft, sieng gleich darauf an zu bauen, setzte noch
zween schöne Flügel an beyde Seiten des Hauses, pflanzte
Alleen und einen artigen Lustwald, alles in englischem
Geschmack. Er betrieb diesen Bau mit dem größten Eifer.
Gleichwohl hatte er von Zeit zu Zeit eine düstre Miene,
die der Baron wahrnahm, ohne anfangs etwas davon
merken zu lassen, bis er in dem folgenden Herbst einer
Gemüthsveränderung des Obersten überzeugt zu seyn
glaubte, bey welcher er nicht länger ruhig seyn konnte.
Sternheim kam nicht mehr so oft, redete weniger, und
gieng bald wieder weg. Seine Leute bedauerten die
ungewöhnliche Melancholie, die ihren Herrn befallen hatte.

    Der Baron wurde um so viel mehr bekümmert, als
sein Herz von der zurückgefallnen Traurigkeit seiner ältern
Schwester beklemmt war. Er gieng zum Obersten, fand
ihn allein und nachdenkend, umarmte ihn mit zärtlicher
Wehmuth, und rief aus: — „O mein Freund! wie nichtig
sind auch die edelsten, die lautersten Freuden unsers
Herzens! — Lange fehlte mir nichts als ihre Gegenwart;
nun seh' ich Sie; ich habe Sie in meinen Armen, und
sehe Sie traurig! Ihr Herz, Ihr Vertrauen ist nicht
mehr für mich; haben Sie vielleicht der Freundschaft zu
viel nachgegeben, indem Sie hier einen Wohnsitz nehmen?"
— Liebster bester Freund! quälen Sie sich nicht; Ihr
Vergnügen ist mir theurer als mein eignes, ich nehme
das Guth wieder an; es wird mir werth seyn, weil es
mir Ihr schätzbares Andenken, und Ihr Bild an allen
Orten erneuern wird."

    Hier hielt er inne; Thränen füllten sein Auge,
welches auf dem Gesicht seines Freundes geheftet war —
Er sah die größte Bewegung der Seele in demselben
ausgedrückt.

    Der Oberste stund auf, und umfaßte den Baron.
„Edler P. glauben Sie ja nicht, daß meine Freundschaft,
mein Vertrauen gegen Sie vermindert sey; noch weniger
denken Sie, daß mich die Entschließung gereue, meine
Tage in Ihrer Nachbarschaft hinzubringen. — O Ihre

Nachbarschaft ist mir lieber, als Sie sich vorstellen können!
— Ich habe eine Leidenschaft zu bekämpfen, die mein
Herz zum erstenmal angefallen hat. Ich hoffte, ver=
nünftig und edelmüthig zu seyn; aber ich bin es noch
nicht in aller der Stärke, welche der Zustand meiner
Seele erfodert. Doch ist es nicht möglich, daß ich mit
Ihnen davon spreche; mein Herz und die Einsamkeit sind
die einzigen Vertrauten, die ich haben kann.

Der Baron drückte ihn an seine Brust; ich weiß,
sagte er, daß Sie in allem wahrhaft sind, ich zweifle also
nicht an den Versicherungen Ihrer alten Freundschaft.
Aber warum kommen Sie so selten zu mir? Warum
eilen Sie so kalt wieder aus meinem Hause?

„Kalt, mein Freund! Kalt eile ich aus Ihrem Hause?
O P.! Wenn Sie das brennende Verlangen kennten, das
mich zu Ihnen führt; das mich Stunden lang an
meinem Fenster hält, wo ich das geliebte Haus sehe, in
welchem alle mein Wünschen, all mein Vergnügen wohnt;
Ach P.! —“

Der Baron P. wurde unruhig, weil ihm auf einige
Augenblicke der Gedanke kam, sein Freund möchte viel=
leicht seine Gemahlin lieben, und meide deswegen sein
Haus, weil er sich zu bestreiten suche. Er beschloß, acht=
sam und zurückhaltend zu seyn. Der Oberste hatte still
gesessen, und der Baron war auch aus seiner Fassung.
Endlich fieng der letztere an: Mein Freund, Ihr Ge=
heimniß ist mir heilig; ich will es nicht aus Ihrer Brust
erpressen. Aber Sie haben mir Ursache gegeben zu
denken, daß ein Theil dieses Geheimnisses mein Haus
angehe: Darf ich nicht nach diesem Theile fragen?

Nein! Nein, fragen Sie nichts, und überlassen Sie
mich mir selbst — Der Baron schwieg, und reiste traurig
und tiefsinnig fort.

Den andern Tag kam der Oberste, bat den Baron
um Vergebung, daß er ihn gestern so trocken heimreisen
ließ, und sagte, daß es ihn den ganzen Abend gequält
hätte. Lieber Baron, setzte er hinzu, Ehre und Edelmuth

binden meine Zunge! Zweifeln Sie nicht an meinem
Herzen, und lieben Sie mich!

Er blieb den ganzen Tag in P., — Fräulein Sophie
und Fräulein Charlotte wurden von ihrem Bruder ge=
5 beten, alles zu Ermunterung seines Freundes beyzutragen.
Der Oberste hielt sich aber meistens um die alte Dame
und die Gemahlin des Barons auf. Abends spielte
Fräulein Charlotte die Laute, der Baron und zween Be=
diente accompagnirten sie, und Fräulein Sophie wurde so
10 inständig gebeten, zu singen, daß sie endlich nachgab.

Der Oberste stellte sich in ein Fenster, wo er bey
halb zugezogenem Vorhang das kleine Familien=Concert
anhörte, und so eingenommen wurde, nicht wahrzu=
nehmen, daß die Gemahlin seines Freundes nahe genug
15 bey ihm stund, um ihn sagen zu hören: „O Sophie,
warum bist du die Schwester meines Freundes! warum
bestreiten die Vorzüge deiner Geburt die edle, die zärtliche
Neigung meines Herzens! —“

Die Dame wurde bestürzt; und um die Verwirrung
20 zu vermeiden, in die er gerathen seyn würde, wenn er
hätte denken können, sie habe ihn gehört, entfernte sie
sich; froh, ihrem Gemahl die Sorge benehmen zu können,
die ihn wegen der Schwermuth des Obersten plagte. —
So bald alles schlafen gegangen war, redete sie mit ihm
25 von dieser Entdeckung. Der Baron verstund nun, was
ihm der Oberste sagen wollte, da er sich wegen des ver=
meynten Kaltsinns vertheidigte, dessen er beschuldigt wurde.
Wäre Ihnen der Oberste als Schwager eben so lieb, wie
er es Ihnen als mein Freund ist? — fragte er seine
30 Gemahlin.

„Gewiß, mein Liebster! Sollte denn das Verdienst
des rechtschaffenen Mannes nicht so viel Werth haben, als
die Vorzüge des Nahmens und der Geburt!“

Werthe edle Helfte meines Lebens, rief der Baron,
35 so helfen Sie mir die Vorurtheile bey meiner Mama,
und bey Sophien überwinden! —

„Ich fürchte die Vorurtheile nicht so sehr, als eine

vorgefaßte Neigung, die unsre liebe Sophie in ihrem
Herzen nährt. Ich kenne den Gegenstand nicht, aber sie
liebt, und liebt schon lange. Kleine Aufsätze von Be=
trachtungen, von Klagen gegen das Schicksal, gegen
Trennung, — die ich in ihrem Schreibetische gefunden  5
habe, überzeugten mich davon. Ich habe sie beobachtet,
aber weiter nichts entdecken können." Ich will mit ihr
reden, sagte der Baron, und sehen, ob ihr Herz nicht
durch irgend eine Lücke auszuspähen ist.

Den Morgen darauf gieng der Baron zu Fräulein 10
Sophie, und nach vielen freundlichen Fragen um ihre
Gesundheit, nahm er ihre Hände in die seinigen. Liebe
theure Sophie, sprach er, du giebst mir Versicherung
deines Wohlseyns; aber warum bleibt dir die leidende
Miene? warum der Ton des Schmerzens; warum der 15
Hang zur Einsamkeit; warum entfliehen diesem edeln
gütigen Herzen so viele Seufzer? — O wenn du wüßtest,
wie sehr du mich diese lange Zeit deiner Melancholie
durch bekümmert hast; du würdest mir dein Herz nicht
verschlossen haben!                                   20

Hier wurde ihre Zärtlichkeit überwältiget. — Sie
zog ihre Hände nicht weg, sie drückte ihres Bruders seine
an ihre Brust, und ihr Kopf sank auf seine Schulter.
„Bruder, du brichst mein Herz! ich kann den Ge=
danken nicht ertragen, dir Kummer gemacht zu haben! 25
Ich liebe dich wie mein Leben; ich bin glücklich, ertrage
mich, und rede mir niemals vom Heyrathen."

Warum das, mein Kind? Du würdest einen recht=
schaffnen Mann so glücklich machen!

„Ja, ein rechtschaffner Mann würde auch mich 30
glücklich machen; aber ich kenne —" Thränen hinderten
sie, mehr zu sagen. —

O Sophie — hemme die aufrichtige Bewegung deiner
Seele nicht; schütte ihre Empfindungen in den treuen
Busen deines Bruders aus — Kind! ich glaube, es giebt 35
einen Mann, den du liebst, mit dem dein Herz ein
Bündniß hat. —

„Nein, Bruder! mein Herz hat kein Bündniß —"
Iſt dieſes wahr, meine Sophie?

„Ja, mein Bruder, ja — —"

Hier ſchloß ſie der Baron in ſeine Arme. — Ach
wenn du die entſchloßne, die wohlthätige Seele deiner
Mutter hätteſt! —

Sie erſtaunte. „Warum, mein Bruder? was willſt
du damit? bin ich übelthätig geweſen?"

Niemals, meine Liebe, niemals — aber du könnteſt
es werden, wenn Vorurtheile mehr als Tugend und Ver=
nunft bey dir gälten.

„Bruder, du verwirreſt mich! in was für einem
Falle ſollte ich der Tugend und Vernunft entſagen?"

Du mußt es nicht ſo nehmen! Der Fall, den ich
denke, iſt nicht wider Tugend und Vernunft; und doch
könnten beyde ihre Anſprüche bey dir verliehren? —

„Bruder, rede deutlich; ich bin entſchloſſen nach
meinen geheimſten Empfindungen zu antworten." —

Sophie, die Verſicherung, daß dein Herz ohne Bündniß
ſey, erlaubt mir, dich zu fragen: was du thun würdeſt,
wenn ein Mann, voll Weißheit und Tugend, dich liebte,
um deine Hand bäte, aber nicht von altem Adel wäre? —

Sie gerieth bey dieſem letzten Wort in Schrecken,
ſie zitterte, und wußte ſich nicht zu faſſen. Der Baron
wollte ihr Herz nicht lange quälen, ſondern fuhr fort:
wenn dieſer Mann der Freund wäre, dem dein Bruder
die Güte und Glückſeligkeit ſeines Herzens zu danken
hätte, — Sophie; was würdeſt du thun?

Sie redete nicht, ſondern ward nachdenkend und
wechſelsweiſe roth und blaß.

Ich beunruhige dich, meine Schweſter; der Oberſte
liebt dich. Dieſe Leidenſchaft macht ſeine Schwermuth;
denn er zweifelt, ob er werde angenommen werden. Ich
bekenne dir freymüthig, daß ich wünſchte, alle ſeine mir
erwieſne Wohlthaten durch dich zu vergelten. Aber
wenn dein Herz darwider iſt, ſo vergiß alles was ich
dir ſagte.

Das Fräulein bemühete sich einen Muth zu fassen;
schwieg aber eine gute Weile; endlich fragte sie den Baron:
„Bruder, ist es gewiß, daß der Oberste mich liebt?" —
Der Baron erklärte ihr hierauf alles was er durch seine
Unterredungen mit dem Obersten, und endlich durch die 5
Wünsche, welche seine Gemahlin gehört hatte, von seiner
Liebe wußte.

„Mein Bruder, sprach Sophie, ich bin freymüthig,
und du verdienst alle mein Vertrauen so sehr, daß ich
nicht lange warten werde, dir zu sagen, daß der Oberste 10
der einzige Mann auf Erden ist, dessen Gemahlin ich zu
werden wünsche.

Der Unterschied der Geburt ist dir also nicht anstößig?

„Gar nicht; sein edles Herz, seine Wissenschaft, und 15
seine Freundschaft für dich, ersetzen bey mir den Mangel
der Ahnen."

Edelmüthiges Mädchen! du machst mich glücklich
durch deine Entschließung, liebste Sophie! — Aber
warum batest du mich, dir nichts vom Heyrathen zu 20
sagen?

„Weil ich fürchtete, du redetest von einem andern"
sagte sie, mit leisem Ton, indem ihr glühendes Gesicht
auf der Schulter ihres Bruders lag —

Er umarmte sie, küßte ihre Hand: diese Hand, sagte 25
er, wird ein Segen für meinen Freund seyn! von mir
wird er sie erhalten! Aber, mein Kind, die Mama
und Charlotte werden dich bestreiten; wirst du standhaft
bleiben?

„Bruder, du sollst sehen, daß ich ein Engländisches 30
Herz habe. — Aber da ich alle deine Fragen beantwortete,
so muß ich auch eine machen: Was dachtest du von meiner
Traurigkeit, weil du mich so oft fragtest? —"

Ich dachte, eine heimliche Liebe, und ich fürchtete
mich vor dem Gegenstand, weil du so verborgen warest. 35

„Mein Bruder glaubte also nicht, daß die Briefe
seines Freundes, die er uns vorlas, und alles übrige,

was er von dem theuren Manne erzählte, einen Eindruck auf mein Herz machen könnte?"

Liebe Sophie, es war also das Verdienst meines Freundes, was dich so beunruhigte? — Glücklicher Mann, 5 den ein edles Mädchen wegen seiner Tugend liebt! — Gott segne meine Schwester für ihre Aufrichtigkeit! nun kann ich das Herz meines Freundes von seinem nagenden Kummer heilen.

„Thu' alles mein Bruder, was ihn befriedigen kann; 10 nur schone meiner dabey! du weißt, daß ein Mädchen nicht ungebeten lieben darf."

Sey ruhig, mein Kind; deine Ehre ist die meinige.

Hier verließ er sie, gieng zu seiner Gemahlin und theilte ihr das Vergnügen dieser Entdeckung mit. Sodann 15 eilte er zum Obersten, welchen er traurig und ernsthaft fand. — Mancherley Unterredungen, die er anfieng, wurden kurz beantwortet. Eine tödtliche Unruhe war in allen seinen Gebehrden. — Habe ich Sie gestört, Herr Oberster? sagte der Baron mit der Stimme der 20 zärtlichen Freundschaft eines jungen Mannes gegen seinen Führer, indem er den Obersten zugleich bey der Hand faßte.

„Ja, lieber Baron, Sie haben mich in der Ent= schließung gestört, auf einige Zeit weg zu reisen."

25 Weg zu reisen? und — allein? —

„Lieber P., ich bin in einer Gemüthsverfassung, die meinen Umgang unangenehm macht; ich will sehen, was die Zerstreuung thun kann."

Mein bester Freund! darf ich nicht mehr in ihr Herz 30 sehen? kann ich nichts zu ihrer Ruhe beytragen?

„Sie haben genug für mich gethan! Sie sind die Freude meines Lebens. — Was mir itzt mangelt, muß die Klugheit und die Zeit bessern."

Sternheim, Sie sagten letzt von einer zu be= 35 kämpfenden Leidenschaft. — Ich kenne Sie; Ihr Herz kann keine unanständige, keine böse Leidenschaft nähren; es muß Liebe seyn, was die Quaal Ihrer Tage macht!

„Niemals P., niemals sollen Sie wissen, was meinen itzigen Kummer verursacht."

Rechtschaffner Freund, ich will Sie nicht länger täuschen; ich kenne den Gegenstand Ihrer Liebe; Ihre Zärtlichkeit hat einen Zeugen gefunden; ich bin glücklich; Sie lieben meine Sophie! — Der Baron hielt den Obersten, der ganz außer sich war, umarmt; er wollte sich loswinden; es war ihm bange.

„P., was sagen Sie? was wollen Sie von mir wissen?"

Ich will wissen: ob die Hand meiner Schwester ein gewünschtes Glück für Sie wäre?

„Unmöglich! denn es wäre für Sie alle ein Unglück."

Ich habe also Ihr Geständniß; aber wo soll das Unglück seyn?

„Ja, Sie haben mein Geständniß; Ihre Fräulein Schwester ist das erste Frauenzimmer, welches die beste Neigung meiner Seele hat; aber ich will sie überwinden: man soll Ihnen nicht vorwerfen, daß Sie Ihrer Freundschaft die schuldige Achtung für Ihre Voreltern aufgeopfert haben. Fräulein Sophie soll durch mich keinen Anspruch an Glück und Vorzug verliehren. Schwören Sie mir, kein Wort mit ihr davon zu reden; oder Sie sehen mich heute zum letztenmal!"

Sie denken edel, mein Freund; aber Sie sollen nicht ungerecht werden. Ihre Abreise würde nicht allein mich, sondern Sophien und meine Gemahlin betrüben. Sie sollen mein Bruder seyn! —

„P., Sie martern mich mit diesem Zuspruch mehr, als mich die Unmöglichkeit marterte, die meinen Wünschen entgegen ist."

Freund! Sie haben die freywillige, die zärtliche Zusage meiner Schwester — Sie haben die Wünsche meiner Gemahlin und die meinige. Wir haben alles bedacht, was Sie bedenken können, — soll ich Sie bitten der Gemahl von Sophien von P. zu werden? —

„O Gott! wie hart beurtheilen Sie mein Herz! Sie

glauben also, daß es eigensinniger Stolz sey, der mich
unschlüssig macht?"

Ich antworte nichts, umarmen Sie mich und nennen
Sie mich Ihren Bruder! morgen sollen Sie es seyn!
Sophie ist die Ihrige. Sehen Sie sie nicht als das
Fräulein von P., sondern als ein liebenswürdiges und
tugendhaftes Frauenzimmer an, dessen Besitz alle Ihre
künftigen Tage beglücken wird; und nehmen Sie diesen
Segen von der Hand Ihres treuen Freundes mit Ver-
gnügen an!

„Sophie mein? mit einer freywilligen Zärtlichkeit
mein? Es ist genug; Sie geben alles; ich kann nichts
thun, als auf alles freywillig entsagen!"

Entsagen? — nach der Versicherung, daß Sie geliebt sind? — O meine Schwester, wie übel bin ich mit
deinem vortrefflichen Herzen umgegangen! —

„P., was sagen Sie! und wie können Sie mein
Herz durch einen solchen Vorwurf zerreissen? Wenn Sie
edelmüthig sind: soll ich es nicht auch seyn? soll ich die
Augen über die Mienen des benachbarten Adels zu-
schließen?"

Sie sollen es, wenn die Frage von Ihrer Freude
und Ihrem Glück ist.

„Was wollen Sie dann, daß ich thun soll?"

Daß Sie mich mit dem Auftrage zurück reisen lassen,
mit meiner Mutter von meinem Wunsche zu sprechen,
und daß Sie zu uns kommen wollen, wenn ich Ihnen
ein Billet schicke.

Der Oberste konnte nicht mehr reden: er umarmte
den Baron. Dieser gieng zurück, gerade zu seiner Frau
Mutter, bey welcher die beyden Fräulein und seine Gemahlin waren. Er führte die ältere Fräulein in ihr
Zimmer, weil er ihr den Bericht von seinem Besuch allein
machen wollte, und bat sie, ihn eine Zeitlang bey der
Frau Mutter und Charlotten zu lassen. Hier that er
einen förmlichen Antrag für seinen Freund. Die alte
Dame wurde betroffen; er sah es, und sagte: Theure

Frau Mutter! alle Ihre Bedenklichkeiten sind gegründet. Der Adel soll durch adeliche Verbindungen fortgeführt werden. Aber die Tugenden des Sternheim sind die Grundlagen aller großen Familien gewesen. Man hatte nicht unrecht zu denken, daß große Eigenschaften der Seele bey Töchtern und Söhnen erblich seyn könnten, und daß also jeder Vater für einen edlen Sohn eine edle Tochter suchen sollte. Auch wollt' ich, der Einführung der Heyrathen außer Stand nicht gerne das Wort reden. Aber hier ist ein besonderer Fall; ein Fall, der sehr selten erscheinen wird: Sternheims Verdienste, mit dem Charakter eines wirklichen Obersten, der schon als adelich anzusehen ist, rechtfertigen die Hoffnung, die ich ihm gemacht habe.

In Wahrheit, mein Sohn, ich habe Bedenklichkeiten. Aber der Mann hat meine ganze Hochachtung erworben. Ich würde ihn gern glücklich sehen.

Meine Gemahlin: was sagen Sie?

Daß bey einem Mann, wie dieser ist, eine gerechte Ausnahme zu machen sey. Ich werde ihn gerne Bruder nennen.

Ich nicht, sagte Fräulein Charlotte. —

„Warum, meine Liebe?"

Weil diese schöne Verbindung auf Unkosten meines Glücks gemacht wird.

„Wie das, Charlotte?"

Wer wird denn unser Haus zu einer Vermählung suchen, wenn die ältere Tochter so verschleudert ist?

„Verschleudert? bey einem Mann von Tugend und Ehre, bey dem Freunde deines Bruders?"

Vielleicht hast du noch einen Universitätsfreund von dieser Tugend, der sich um mich melden wird, um seiner aufkeimenden Ehre eine Stütze zu geben, und da wirst du auch Ursachen zu deiner Einwilligung bereit haben?

Charlotte, meine Tochter: was für eine Sprache?

Ich muß sie führen, weil in der ganzen Familie niemand auf mich und seine Voreltern denkt.

So, Charlotte; und wenn man an die Voreltern
denkt; muß man den Bruder und einen edelmüthigen
Mann beleidigen? — ſagte die junge Frau von P.

Ich habe Ihre Ausnahme ſchon gehört, die Sie für
5 den edelmüthigen Mann machen. Andre Familien werden
auch Ausnahmen haben, wenn ihr Sohn Charlotten zur
Gemahlin haben wollte.

„Charlotte, wer dich um Sternheims willen verläßt,
iſt deiner Hand und einer Verbindung mit mir nicht
10 werth. Du ſiehſt, daß ich auf die böſe jüngere Schweſter
noch ſtolz bin, wenn ich ſchon die gute ältere an einen
Univerſitätsfreund verſchlendere.“

Freylich muß die jüngere Schweſter böſe ſeyn, wenn
ſie ſich nicht zum Schuldenabtrag will gebrauchen laſſen!

15 „Wie unvernünftig boshaft meine Schweſter ſeyn
kann! Du haſt nichts von meinen Anträgen zu beſorgen.
Ich werde für niemand als einen Sternheim reden, und
für dieſen iſt ein Gemüthscharakter, wie der deinige, nicht
edel genug, wenn du auch eine Fürſtin wäreſt.“

20 Gnädige Mama; Sie hören zu, wie ich wegen des
elenden Kerls mißhandelt werde?

Du haſt die Geduld deines Bruders mißbraucht.
Kannſt du deine Einwendungen nicht ruhiger vorbringen?

Sie wollte eben reden, aber der Bruder fiel ihr ins
25 Wort: Charlotte, rede nicht mehr; der Ausdruck e l e n d e r
K e r l hat dir deinen Bruder genommen! Die Sachen meines
Hauſes gehen dich nichts mehr an. Dein Herz entehrt die
Ahnen, auf deren Nahmen du ſtolz biſt! O wie klein würde
die Anzahl des Adels werden, wenn ſich nur die dazu
30 rechnen dürften, die ihre Anſprüche durch die Tugenden
der edlen Seele des Stifters ihres Hauſes beweiſen könnten!

Lieber Sohn, werde nicht zu eifrig, es wäre würk=
lich nicht gut, wenn unſre Töchter ſo leichte geneigt wären,
außer Stand zu heyrathen.

35 „Das iſt nicht zu befürchten. Es giebt ſelten eine
Sophie, die einen Mann nur wegen ſeiner Klugheit und
Großmuth liebt.“

Fräulein Charlotte entfernte sich.

Hast du aber nicht selbst einmal deine dir so lieben Engländer angeführt, welche die Heyrath außer Stand den Töchtern weniger vergeben als den Söhnen, weil die Tochter ihren Nahmen aufgeben, und den von ihrem 5 Manne tragen muß, folglich sich erniedriget?

„Diß bleibt alles wahr, aber in England würde mein Freund tausendmal von diesem Grundsatz ausgenommen werden, und das Mädchen, das ihn liebte, würde den Ruhm eines edeldenkenden Frauenzimmers 10 erhalten."

Ich sehe wohl, mein Sohn, daß diese Verbindung eine schon beschlossene Sache ist. Aber hast du auch überlegt, daß man sagen wird, du opferst deine Schwester einer übertriebenen Freundschaft auf, und ich handle als 15 Stiefmutter, da ich meine Einwilligung gebe?

„Liebe Mama! lassen Sie es immer geschehen, unser Beweggrund wird uns beruhigen, und das Glück meiner Schwester wird, neben den Verdiensten meines Freundes, allen so deutlich in die Augen glänzen, daß man aufhören 20 wird, übel zu denken."

Hierauf wurde Fräulein Sophie von ihrem Bruder geholt. Sie warf sich ihrer Frau Mutter zu Füßen; die gute Dame umarmte sie: Liebe Fräulein Tochter, sprach sie, Ihr Bruder hat mich versichert, daß dieses Band 25 nach Ihren Wünschen wäre, sonst hätte ich nicht eingewilliget. Es ist wahr, es fehlt dem Manne nichts als eine edle Geburt. Aber, Gott segne Sie beyde!

Indessen war der Baron fort, er holte den Obersten, welcher halb außer sich in das Zimmer trat, aber gleich 30 zu der alten Dame gieng, ihr mit gebognem Knie die Hände küßte, und mit männlichem Anstand sagte!

Gnädige Frau! glauben Sie immer, daß ich Ihre Einwilligung als eine herablassende Güte ansehe; bleiben Sie aber auch versichert, daß ich dieser Güte niemals 35 unwürdig seyn werde.

Sie war so liebreich zu sagen: Es erfreut mich, Herr

Oberster, daß Ihre Verdienste in meinem Hause eine Be=
lohnung gefunden haben. Er küßte hierauf die Hände
der Gemahlin seines Freundes; wie viel Dank und Ver=
ehrung, rief er aus, bin ich der großmüthigen Vorsprecherin
5 der Angelegenheiten meines Herzens schuldig!

„Nichts, Herr Oberster! ich bin stolz, zu dem Glück
Ihres Herzens etwas beyzutragen; Ihre brüderliche Freund=
schaft soll meine Belohnung seyn."

Er wollte mit seinem Freunde reden; aber dieser
10 wieß ihn an Fräulein Sophie. Bey dieser kniete er still=
schweigend, und endlich sprach der edle Mann: Gnädiges
Fräulein! mein Herz ist zur Verehrung der Tugend ge=
bohren: wie war es möglich, eine vortreffliche Seele wie
die Ihrige mit allen äußerlichen Annehmlichkeiten begleitet
15 zu sehen, ohne daß meine Empfindungen lebhaft genug
wurden, Wünsche zu machen? Ich hätte diese Wünsche
erstickt; aber die treue Freundschaft Ihres Bruders hat
mir Muth gegeben, um Ihre Zuneigung zu bitten. Sie
haben mich nicht verworfen. Gott belohne Ihr liebreiches
20 Herz, und lasse mich die Tugend niemals verliehren, die
mir Ihre Achtung erworben hat! —

Fräulein Sophie antwortete nur mit einer Ver=
beugung, und reichte ihm die Hand mit dem Zeichen auf=
zustehen; darauf näherte sich der Baron, und führte beyde
25 an seinen Händen zu seiner Frau Mutter.

Gnädige Mama, sagte er, die Natur hat Ihnen an
mir einen Sohn gegeben, von welchem Sie auf das Voll=
kommenste geehrt und geliebt werden; das Schicksal giebt
Ihnen an meinem Freunde einen zweyten Sohn, der aller
30 Ihrer Achtung und Güte würdig ist. — Sie haben oft
gewünscht, daß unsre Sophie glücklich seyn möge. Ihre Ver=
bindung mit dem geistvollen rechtschaffnen Mann wird
diesen mütterlichen Wunsch erfüllen. Legen Sie Ihre
Hand auf die Hände Ihrer Kinder; ich weiß, daß der
35 mütterliche Segen ihren Herzen heilig und schätzbar ist.

Die Dame legte ihre Hand auf, und sagte: Meine
Kinder! wenn Euch Gott so viel Gutes und Vergnügen

schenkt, als ich von ihm für Euch erbitten werde, so wird
Euch nichts mangeln. Und nun umarmte der Baron den
Obersten als seinen Bruder, und auch die glückliche Braut,
welcher er für die Gesinnungen, die sie gegen seinen
Freund bezeugt hatte, zärtlich dankte. Der Oberste speiste 5
mit ihnen. Fräulein Charlotte kam nicht zur Tafel. Die
Trauung geschah ohne vieles Gepränge.

Etliche Tage nach der Hochzeit schrieb

**Frau von Sternheim an Ihre Frau Mutter.**

Da mich das schlimme Wetter und eine kleine Unpäßlich= 10
keit abhalten, meiner gnädigen Mama selbst aufzuwarten,
so will ich doch meinem Herzen das edle Vergnügen nicht
versagen, mich schriftlich mit Ihnen zu unterhalten.

Die Gesellschaft meines theuren Gemahls und die
Ueberdenkung der Pflichten, welche mir in dem neuen 15
Kreise meines Lebens angewiesen sind, halten mich in
Wahrheit für alle andre Zeitvertreibe und Vergnügungen
schadlos; aber sie erneuern auch mit Lebhaftigkeit alle
übrigen edlen Empfindungen, die mein Herz jemals ge=
nährt hat. Unter diese gehört auch die dankvolle Liebe, 20
welche Ihre Güte seit so vielen Jahren von mir verdient
hat, da ich in Ihrer vortrefflichen Seele alle treue und
zärtliche Sorgfalt gefunden habe, die ich nur immer von
meiner wahren Mutter hätte genießen können. Und doch
muß ich bekennen, daß Ihre gnädige Einwilligung in mein 25
Bündniß mit Sternheim die größte Wohlthat ist, die Sie
mir erzeigt haben. Dadurch ist das ganze Glück meines
Lebens befestiget worden; welches ich in nichts anderm suche
noch erkenne, als in Umständen zu seyn, worinn man
nach seinem eignen Charakter und nach seinen Neigungen 30
leben kann. Dieses war mein Wunsch, und diesen hab'
ich von der Vorsehung erhalten — Einen nach seinem
Geist und Herzen aller meiner Verehrung würdigen Mann:
und mittelmäßiges, aber unabhängiges Vermögen, dessen
Größe und Ertrag hinreichend ist, unser Haus in einer 35
edlen Genügsamkeit und standesgemäß zu erhalten, dabey
aber auch unsern Herzen die Freude giebt, viele Familien des

arbeitſamen Landmanns durch Hilfe zu erquicken, oder
durch kleine Gaben aufzumuntern.

Erlauben Sie, daß ich eine Unterredung wieder=
hole, welche der theure Mann mit mir gehalten, deſſen
Nahmen ich trage.

Nachdem meine gnädige Mama, mein Bruder, meine
Schweſter und meine Schwägerin abgereiſet waren, empfand
ich ſo zu ſagen das erſte mal die ganze Wichtigkeit meiner
Verbindung.

Die Veränderung meines Rahmens zeigte mir zu=
gleich die Veränderung meiner Pflichten, die ich alle in
einer Reyhe vor mir ſah.   Dieſe Betrachtungen, welche
meine ganze Seele beſchäftigen, wurden, denke ich, durch
die äußerlichen Gegenſtände lebhafter. Ein anderer Wohn=
platz; alle, mit denen ich von jugendauf gelebt, von mir
entfernt; die erſte Bewegung über Ihre Abreiſe u. ſ. w.

Alles dieſes gab mir, ich weiß nicht welch ein ernſt=
haftes Anſehen, das dem Auge meines Gemahls merk=
lich wurde.

Er kam mit dem Ausdruck einer ſanften Freudigkeit
in ſeinem Geſicht zu mir in mein Cabinett, wo ich ge=
dankenvoll ſaß; blieb in der Mitte des Zimmers ſtehen,
betrachtete mich mit zärtlicher Unruhe, und ſagte:

Sie ſind nachdenklich, liebſte Gemahlin: darf ich
Sie ſtören?

Ich konnte nicht antworten, reichte ihm aber meine
Hand.   Er küßte ſie, und nachdem er ſich einen Stuhl
zu mir gerückt hatte, fieng er an:

Ich verehre Ihre ganze Familie; doch muß ich ſagen,
daß mir der Tag lieb iſt, wo alle Geſinnungen meines
Herzens allein meiner Gemahlin gewiedmet ſeyn können.
Gönnen Sie mir Ihr Vertrauen, ſo wie Sie mir Ihre
Hochachtung geſchenkt haben; und glauben Sie, daß Sie
mit dem Mann, den Sie andern ſo edelmüthig vorgezogen
haben, nicht unglücklich ſeyn werden. Ihr väterlich Haus
iſt nicht weit von uns entfernt, und in dieſem hier wird
Ihr wohlgeſinntes Herz ſein Vergnügen finden, mich,

meine und Ihre Bediente, meine und Ihre Unterthanen
glücklich zu machen.  Ich weiß, daß Sie seit vielen Jahren
bey Ihrer Frau Mutter die Stelle einer Hauswirthin
versehen haben.  Ich werde Sie bitten, dieses Amt, mit
allem was dazu gehört, auch in diesem Hause zu führen. 5
Sie werden mich dadurch sehr verbinden; indem ich ge=
sinnet bin, alle meine Muße für das Beste unsrer kleinen
Herrschaft zu verwenden.  Ich setze dieses nicht allein
darinn, Güte und Gerechtigkeit auszuüben, sondern auch
in der Untersuchung: ob nicht die Umstände meiner Unter= 10
thanen in andrer Austheilung der Güther, in Besorgung
der Schulen, des Feldbaues und der Viehzucht zu ver=
bessern seyen?  Ich habe mir von allen diesen Theilen
einige Kenntniß erworben; denn in dem glücklichen Mittel=
stande der menschlichen Gesellschaft, worinn ich gebohren 15
wurde, sieht man die Anbauung des Geistes, und die
Ausübung der meisten Tugenden nicht nur als Pflichten,
sondern auch als den Grund unsers Wohlergehens an:
und ich werde mich dieser Vortheile allezeit dankbarlich
erinnern, weil ich Ihnen das unschätzbare Glück Ihrer 20
Liebe schuldig bin.  Wäre ich mit dem Rang und Ver=
mögen gebohren worden, die ich itzt besitze, so wäre viel=
leicht mein Eifer, mir einen Nahmen zu machen, nicht so
groß gewesen.  Was ich aber in dem Schicksal meiner
verfloßnen Jahre am meisten liebe, ist der Vater, den es 25
mir gab: weil ich gewiß in andern Umständen keinen so
treuen und weisen Führer meiner Jugend gehabt hätte,
als er für mich war.  Er verbarg mir aus weiser Ueber=
legung und Kenntniß meines Gemüths, (vielleicht des
ganzen menschlichen Herzens überhaupt) den größten Theil 30
seines Reichthums; einmal um der Nachläßigkeit vorzu=
bengen, mit welcher einzige und reiche Söhne den Wissen=
schaften obliegen; und dann die Verführung zu vermeiden,
denen diese Art junger Leute ausgesetzt ist; und weil er
dachte, wann ich einmal die Kräfte meiner Seele, für mich 35
und Andere, wohl zu gebrauchen gelernt hätte, so würde
ich einst auch von den Glücksgüthern einen klugen und

edeln Gebrauch zu machen wissen. Daher suchte mich
mein Vater zuerst, durch Tugend und Kenntnisse, moralisch
gut und glücklich zu machen, ehe er mir die Mittel in
die Hände gab, durch welche man alle Gattungen von
5 sinnlichem Wohlstand und Vergnügen für sich und Andre
erlangen und austheilen kann. Die Liebe und Uebung
der Tugend und der Wissenschaften, sagte er, geben ihrem
Besitzer eine von Schicksal und Menschen unabhängige
Glückseligkeit, und machen ihn zugleich durch das Beyspiel,
10 das seine edle und gute Handlungen geben, durch den
Nutzen und das Vergnügen, das sein Rath und Umgang
schaffen, zu einem moralischen Wohlthäter an seinen Neben=
menschen. Durch solche Grundsätze und eine darauf ge=
gründete Erziehung machte er mich zu einem würdigen
15 Freund Ihres Bruders; und wie ich mir schmeichle, zu
dem nicht unwürdigen Besitzer Ihres Herzens. Die
Hälfte meines Lebens ist vorbey. Gott sey Dank, daß
sie weder mit sonderbaren Unglücksfällen noch Vergehungen
wider meine Pflichten bezeichnet ist! — Der gesegnete
20 Augenblick, wo das edle gütige Herz der Sophie P., zu
meinem Besten gerührt war, ist der Zeitpunct, in welchem
der Plan für das wahre Glück meiner übrigen Tage
vollführt wurde. Zärtliche Dankbarkeit und Verehrung
wird die stete Gesinnung meiner Seele für Sie seyn.

25      Hier hielt er inne, küßte meine beyden Hände, und
bat mich um Vergebung, daß er so viel geredet hätte.

     Ich konnte nichts anders als ihn versichern, daß ich
mit Vergnügen zugehört, und ihn bäte fortzufahren, weil
ich glaubte, er hätte mir noch mehr zu sagen.

30      Ich möchte Sie nicht gerne ermüden, liebste Gemahlin;
aber ich wünsche, daß Sie mein ganzes Herz sehen könnten.
— Ich will also, weil Sie es zu wünschen scheinen, nur
noch einige Puncte berühren.

     Ich habe mir angewöhnt, in allen Stufen, die ich
35 in Erlernung der Wissenschaften oder in meinen Militar=
Diensten zu ersteigen hatte, mich sorgfältig nach allen
Pflichten umzusehen, die ich darinn in Absicht auf mich

selbst, meine Obern und die übrigen zu erfüllen verbunden
war. Nach dieser Kenntniß theilte ich meine Aufmerk=
samkeit und meine Zeit ab. Mein Ehrgeiz trieb mich,
alles was ich zu thun schuldig war, ohne Aufschub und
auf das Vollkommenste zu verrichten. War es geschehen,
so dachte ich auch an die Vergnügungen, die meiner
Gemüthsart die gemäßesten waren. Gleiche Ueberlegungen
habe ich über meine itzige Umstände gemacht; und da finde
ich mich mit vierfachen Pflichten beladen. Die erste, gegen
meine liebenswürdige Gemahlin, welche mir leicht sind,
weil immer mein ganzes Herz zu ihrer Ausübung bereit
seyn wird. — Die zwote gegen Ihre Familie und den
übrigen Adel, denen ich, ohne jemals schmeichlerisch und
unterwürfig zu seyn, durch alle meine Handlungen den
Beweis zu geben suchen werde, daß ich der Hand von
Sophien P., und der Aufnahme in die freyherrliche Classe
nicht unwürdig war. Die dritte Pflicht geht die Personen
von demjenigen Stande an, aus welchem ich herausgezogen
worden bin. Diese will ich niemals zu denken veranlassen,
daß ich meinen Ursprung vergessen habe. Sie sollen
weder Stolz noch niederträchtige Demuth bey mir sehen.
Viertens treten die Pflichten gegen meine Untergebene ein,
für deren Bestes ich auf alle Weise sorgen werde, um
ihrem Herzen die Unterwürfigkeit, in welche sie das Schick=
sal gesetzt hat, nicht nur erträglich, sondern angenehm zu
machen, und mich so zu bezeugen, daß sie mir den Unter=
schied, welchen zeitliches Glück zwischen mir und ihnen
gemacht hat, gerne gönnen sollen.

Der rechtschaffene Pfarrer in P. will mir einen
wackern jungen Mann zum Seelsorger in meinem Kirch=
spiele schaffen, mit welchem ich gar gerne einen schon lang
gemachten Wunsch für einige Abänderungen in der ge=
wöhnlichen Art, das Volk zu unterrichten, veranstalten
möchte. Ich habe mich gründlich von der Güte und dem
Nutzen der großen Wahrheiten unsrer Religion überzeugt;
aber die wenige Wirkung, die ihr Vortrag auf die Herzen
der größten Anzahl der Zuhörer macht, gab mir eher

einen Zweifel in die Lehrart, als den Gedanken ein, daß
das menschliche Herz durchaus so sehr zum Bösen geneigt
sey, als manche glauben. Wie oft kam ich von Anhörung
der Canzelrede eines berühmten Mannes zurück, und wenn
5 ich dem moralischen Nutzen nachdachte, den ich daraus gezogen, und dem, welchen der gemeine Mann darinn gefunden haben könnte, so fand ich in Wahrheit viel Leeres
für den letztern dabey; und derjenige Theil, welchen der
Prediger dem Ruhme der Gelehrsamkeit oder dem aus-
10 führlichen aber nicht allzuverständlichen Vortrag mancher
speculativer Sätze gewiedmet hatte, war für die Besserung
der meisten verlohren, und das gewiß nicht aus bösem
Willen der letztern.

Denn wenn ich, der von Jugend auf meine Verstands-
15 kräfte geübt hatte, und mit abstracten Ideen bekannt war,
Mühe hatte, nützliche Anwendungen davon zu machen; wie
sollte der Handwerksmann und seine Kinder damit zu rechte
kommen? Da ich nun weit von dem unfreundlichen Stolz
entfernt bin, der unter Personen von Glück und Rang
20 den Satz erdacht hat, „man müsse dem gemeinen Mann
„weder aufgeklärte Religionsbegriffe geben, noch seinen
„Verstand erweitern:‟ so wünsche ich, daß mein Pfarrer,
aus wahrer Güte gegen seinen Nächsten, und aus
Empfindung des ganzen Umfangs seiner Obliegenheiten,
25 zuerst bedacht wäre, seiner anvertrauten Gemeine das
Maaß von Erkenntniß beyzubringen, welches ihnen zu
freudiger und eifriger Erfüllung ihrer Pflichten gegen
Gott, ihre Obrigkeit, ihrem Nächsten und sich selbst nöthig
ist. Der geringe Mann ist mit der nehmlichen Begierde
30 zu Glück und Vergnügen gebohren, wie der größere, und
wird, wie dieser, von den Begierden oft auf Abwege geführt. Daher möchte ich ihnen auch richtige Begriffe von
Glück und Vergnügen geben lassen. Den Weg zu ihren
Herzen, glaube ich, könne man am ehesten durch Be-
35 trachtungen über die physicalische Welt finden, von der
sie am ersten gerührt werden, weil jeder Blick ihrer Augen,
jeder Schritt ihrer Füße sie dahin leitet. — Wären erst

ihre Herzen durch Erkänntniß der wohlthätigen Hand
ihres Schöpfers geöffnet, und durch historische Ver=
gleichungen von ihrem Wohnplatz und ihren Umständen
mit dem Aufenthalt und den Umständen andrer Menschen,
die eben so, wie sie, Geschöpfe Gottes sind, zufrieden ge= 5
stellt; so zeigte man ihnen auch die moralische Seite der
Welt, und die Verbindlichkeiten, welche sie darinn zu einem
ruhigen Leben für sich selbst, zum Besten der ihrigen,
und zur Versicherung eines ewigen Wohlstands zu er=
füllen haben. Wenn mein Pfarrer nur mit dem guten 10
Bezeugen der letzten Lebenstage seiner Pfarrkinder zu=
frieden ist, so werde ich sehr unzufrieden mit ihm sehn.
Und wenn er die Besserung der Gemüther nur durch so
genannte Gesetz= und Strafpredigten erhalten will, ohne
den Verstand zu öffnen und zu überzeugen, so wird er 15
auch nicht mein Pfarrer sehn. — Wenn er aufmerksamer
auf den Fleiß im Kirchengehen ist, als auf die Handlungen
des täglichen Lebens; so werde ich ihn für keinen wahren
Menschenfreund und für keinen guten Seelsorger halten.
    Auf die Schule, die gute Einrichtung derselben, und 20
die angemessene Belohnung des Schulmeisters, werde ich
alle Sorge tragen; mit der nöthigen Nachsicht verbunden,
welche die Schwachheit des kindlichen Alters erfodert. Es
soll darinn ein doppelter Catechismus gelehrt werden:
nehmlich der von den Christenpflichten, wie er eingeführt 25
ist, und bey jedem Hauptstück eine deutliche, einfache An=
wendung dieser Grundsätze auf ihr tägliches Leben; und
dann ein Catechismus von gründlicher Kenntniß des Feld=
und Gartenbaues, der Viehzucht, der Besorgung der Ge=
hölze und Waldungen, und dergleichen, als Pflichten des 30
Berufs und der Wohlthätigkeit gegen die Nachkommen=
schaft. Ueberhaupt wünsche ich, meine Unterthanen erst
gut gegen ihren Nächsten zu sehen, ehe sie einen Anspruch
an das Lob der Frömmigkeit machen.
    Dem Beamten, den ich hier angetroffen, werde ich 35
seinen Gehalt und die Besorgung der Rechnung lassen;
aber zur Justizverwaltung und Aufsicht auf die Befolgung

der Gesetze und auf Policey und Arbeitsamkeit, werde ich
den wackern jungen Mann gebrauchen, dessen Bekannt=
schaft ich in P. gemacht habe. Diesem, und mir selbst
will ich suchen, das Vertrauen meiner Unterthanen zu er=
5 werben, um alle ihre Umstände zu erfahren, und als
wahrer Vater und Vormünder ihre Angelegenheiten be=
sorgen zu können. Guter Rath, freundliche Ermahnung,
auf Besserung, nicht auf Unterdrückung abzielende Strafen,
sollen die Hülfsmittel dazu seyn: und mein Herz müßte
10 sich in seiner liebreichen Hoffnung sehr traurig betrogen
finden, wenn die sorgfältige Ausübung der Pflichten des
Herrn auf meiner, und eine gleiche Bemühung des Pfarrers
und der Beamten auf ihrer Seite, nebst dem Beyspiel
der Güte und Wohlthätigkeit, nicht einen heilsamen Ein=
15 fluß auf die Gemüther meiner Untergebenen hätte.

Hier hörte er auf, und bat mich um Vergebung, so
viel und so lange geredet zu haben.

Sie müssen müde worden seyn, theure Sophie, sagte
er, indem er einen seiner Arme um mich schlang.

20 Was blieb mir in der vollen Regung meines Herzens
übrig zu thun, als ihn mit Freudenthränen zu um=
armen? —

Müde, mein liebster Gemahl? Wie könnte ich müde
werden, über die glückliche Aussicht in meine künftigen
25 Tage, die von Ihrer Jugend und Menschenliebe bezeichnet
seyn werden? —

Geliebte Frau Mutter, wie gesegnet ist mein Looß!
Gott erhalte Sie noch lange, um ein Zeuge davon zu
seyn. —

—————

30 Niemand war glücklicher als Sternheim und seine
Gemahlin, deren Fußstapfen von ihren Unterthanen ver=
ehrt wurden. Gerechtigkeit und Wohlthätigkeit wurde in
dem kleinen Umkreis ihrer Herrschaft in gleichem Maaße
ausgeübt. Alle Proben von Landbau=Verbesserung wurden
35 auf herrschaftlichen Gütern zuerst gemacht; alsdann den
Unterthanen gelehrt, und dem Armen, der sich am ersten

3*

willig zur Veränderung zeigte, der nöthige Aufwand um=
sonst dazu gereicht; — weil Herr von Sternheim wohl
einsah, daß der Landmann auch das Nützlichste, wenn es
Geldauslagen, und die Missung eines Stücks Erdreichs
erforderte, ohne solche Aufmunterungen niemals eingehen 5
werde. Aber was ich ihnen Anfangs gebe, sagte er, trägt
mir mit der Zeit der vermehrte Zehnte ein, und die guten
Leute werden durch die Erfahrung am besten überzeugt,
daß es wohl mit ihnen gemeynt war.

Ich kann nicht umhin (ungeachtet es mich von dem 10
Hauptgegenstand meiner Erzählung noch länger entfernt)
Ihnen zu einer Probe der gemeinnützlichen und wohl=
thätigen Veranstaltungen, in deren Erfindung und Aus=
führung dieses vortreffliche Paar einen Theil seiner Glück=
seligkeit setzte, einige Nachricht von dem Armenhause zu 15
S** zu geben, welches nach meinem Begriff ein Muster
guter Einrichtung ist; und ich kann es nicht besser thun,
als indem ich Ihnen einen Auszug eines Schreibens des
Baron von P., an seine Frau Mutter über diesen Gegen=
stand mittheile.                                    20

───────

Wie getreu erfüllt mein Freund das Versprechen,
welches ich Ihnen für das Glück unsrer Sophie gemacht
habe! — Wie angenehm ist der Eintritt in dieses Haus,
worinn die edelste Einfalt und ungezwungenste Ordnung
der ganzen Einrichtung ein Ansehn von Größe geben! 25
Die Bedienten mit freudiger Ehrerbietung und Emsigkeit
auf Ausübung ihrer Pflichten bedacht! — Der Herr und
die Frau mit dem Ausdruck der Glückseligkeit, die aus
Güte und Klugheit entspringt; beyde, mich für meine ent=
schlossene Verwendung für ihr Bündniß segnend! Und 30
wie sehr unterscheiden sich die zwey kleinen Dörfer meines
Bruders von allen größern und volkreichern, die ich bey
meiner Zurückreise von Hofe gesehen habe! Beyde gleichen
durch die muntere und emsige Arbeitsamkeit ihrer Ein=
wohner, zween wohlangelegten Bienenstöcken; und Stern= 35
heim ist reichlich für die Mühe belohnt, die er sich ge=

geben, eine ſchicklichere Eintheilung der Güther zu machen,
durch welche jeder von den Unterthanen juſt ſo viel be=
kommen hat, als er Kräfte und Vermögen hatte anzubauen.
Aber die Verwendung des neu erkauften Hofguths von
5 dem Grafen A., welches gerade zwiſchen den zweyen
Dörfen liegt, diß wird ein ſegensvoller Gedanke in der
Ausführung ſeyn!

Es iſt zu einem Armenhauſe für ſeine Unterthanen
zugerichtet worden. Auf einer Seite; unten, die Wohnung
10 für einen wackern Schulmeiſter, der zu alt geworden, dem
Unterricht der Kinder noch nützlich vorzuſtehen, und nun
zum Oberaufſeher über Ordnung und Arbeit beſtellt wird;
oben, die Wohnung des Arztes, welcher für die Kranken
des Armenhauſes und der beyden Dörfer ſorgen muß.
15 Arbeiten ſollen alle nach Kräften, zur Sommerszeit in
einer nahe daran angelegten Sämerey und einem dazu
gehörigen Gemüsgarten. Beyder Ertrag iſt für die Armen
beſtimmt. An Regen= und Wintertagen ſollen die Weibs=
leute Flachs, und die dazu taugliche Männer, Wolle
20 ſpinnen, welche auch für ihr und anderer Nothleidenden
Leinen und Kleidung verwandt wird. Sie bekommen gut
gekochtes geſundes Eſſen. Der Hausmeiſter betet Morgens
und Abends mit ihnen. Die Weibsperſonen arbeiten in
einer, und die Mannsperſonen in der andern Stube,
25 welche beyde durch Einen Ofen erwärmt werden. In der
von den Weibsleuten ißt man; denn weil dieſe den Tiſch
decken, und für die Näharbeit und die Wäſche ſorgen
müſſen, ſo iſt ihre Stube größer. Diejenige arme Wittwe,
oder alte ledige Weibsperſon, welche das beſte Zeugniß
30 von Fleiß und gutem Wandel in den Dörfern hatte, wird
Oberaufſeherin und Anordnerin, ſo wie es der arme
Mann, der ein ſolches Zeugniß hat, unter den Männern
iſt. Zu ihrem Schlafplatz iſt der obere Theil des Hauſes
in zween verſchiedene Gänge durch eine volle Mauer ge=
35 theilt, auf deren jedem fünf Zimmer ſind, jedes mit zween
Betten, und allen Nothdürftigkeiten für jedes insbeſondere;
auf einer Seite gegen den Garten, die Männer; und auf

der gegen das Dorf, die Weiber; je zwey in Einem Ge=
mach, damit, wenn einem was zustößt, das andre Hülfe
leisten oder suchen kann. Von der Mitte des Fensters
an, geht eine hölzerne Schiedwand von der Decke bis auf
den Boden, etliche Schuh lang über die Länge der Bett= 5
stellen, so daß beyde auf eine gewisse Art allein seyn
können, und auch, wenn eines krank wird, das Andre
seinen Theil gesunde Luft besser erhalten kann. Auf
diese zween Gänge führen zwo verschiedene Stiegen, da=
mit keine Unordnung entstehen möge.                      10

Unter dem guten Hausmeister stehen auch die Knechte,
die den Bau des Feldguths besorgen müssen; und da
ihnen ein besserer Lohn, als sonst wo bestimmt ist, so
nimmt man auch die besten und des Feldbaues ver=
ständigsten Arbeiter, wobey zugleich auf solche, die einen 15
guten Ruf haben, vorzüglich gesehen wird.

Fremden Armen soll ein mäßiges Allmosen abgereicht,
und dabey Arbeit angeboten werden, wofür sie Taglohn
bekommen, und eine Stunde früher aufhören dürfen, um
das nächste fremde Ort, so fünf viertel Stunden davon 20
liegt, noch bey Tag erreichen zu können. Sternheim hat
auf seine Kosten einen schnurgeraden Weg mit Bäumen
umpflanzt dahin machen lassen; so wie er auch von dem
einen seiner Dörfer zum andern gethan hat. Nachts
müssen die bestellten Wächter der beyden Ortschaften 25
wechselsweise bis ans Armenhaus gehen, und die Stunden
ausrufen. Meine Schwester will ein klein Findelhaus
für arme Waisen dabey stiften, um Segen für das Kind
zu sammeln, welches sie unter ihrem liebreichen wohlthätigen
Herzen trägt. Mein Gedanke, gnädige Mama, ist, in meiner 30
größern und weitläuftigern Herrschaft auch eine solche
Armenanstalt zu machen, und wo möglich, mehrere Edel=
leute ein gleiches zu thun, zu überreden.

Fremde und einheimische Bettler bekommen bey
keinem Bauren nichts. Diese geben bloß nach Vermögen 35
und freyem Willen, nach jeder Erndte ein Allmosen in
das Haus, und so werden alle Armen menschlich und ohne

Mißbrauch der Wohlthäter versorgt. Auf Säufer, Spieler,
Ruchlose und Müßiggänger, ist eine Strafe, theils an
Frohnarbeit, theils an Geld gelegt, welches zum Nutzen
des Armenhauses bestimmt ist. — Künftigen Monat
5 werden vier Manns= und fünf Weibspersonen das Haus
beziehen, meine Schwester fährt alle Tage hin, um die
völlige Einrichtung zu machen. In der Sonntagspredigt
wird der Pfarrer über die Materie vom wahren Allmosen
und von würdigen Armen eine Rede halten, und der
10 ganzen Gemeinde die Stiftung und die Pflichten derer,
welche darinn aufgenommen werden, vorlesen. Sodann
ruft er die Aufgenommene mit ihren Namen vor den
Altar, und redt ihnen ins besondere zu, über die rechte
Anwendung dieser Wohlthat, und ihr Verhalten in den
15 letzten und ruhigen Tagen ihres Lebens gegen Gott und
ihren Nächsten; dem Hausmeister, dem Arzt und der
Hausmeisterin desgleichen, über ihre obliegenden Pflichten.
Zu diesem Vorgang werden wir alle von P., aus, kommen
ich bins gewiß.

20     Der benachbarte Adel ehrte und liebte den Obersten
Sternheim so sehr, daß man ihn bat auf einige Zeit
junge Edelleute in sein Haus zu nehmen, welche von
ihren Reisen zurückgekommen waren, und nun vermählt
werden sollten, um den Stamm fortzuführen. Da wollte
25 man sie die wahre Landwirthschaft eines Edelmanns ein=
sehen und lernen lassen. Unter diesen war der junge
Graf Löbau, welcher in diesem Hause die Gelegenheit
hatte, das endlich ruhig gewordene Fräulein Charlotte P.
kennen zu lernen und sich mit ihr zu verbinden.
30     Herr von Sternheim nahm die edle Beschäfftigung,
diesen jungen Herrn richtige Begriffe von Regierung der
Unterthanen zu geben, recht gerne auf sich. Seine
Menschenliebe erleichterte ihm diese Mühe durch den Ge=
danken: vielleicht gebe ich ihnen den so nöthigen Theil
35 von Mitleiden gegen Geringe und Unglückliche, deren
hartes mühseliges Leben durch die Unbarmherzigkeit und

den Stolz der Großen so oft erschwert und verbittert
wird. Ueberzeugt, daß das Beyspiel mehr würkt, als
weitläuftige Gespräche, nahm er seine jungen Leute überall
mit sich, und, wie es der Anlaß erfoderte, handelte er
vor ihnen. Er machte ihnen die Ursachen begreiflich, 5
warum er dieses verordnet, jenes verboten, oder diese,
oder jene andere Entscheidung gegeben; und je nach der
Kenntniß, die er von den Güthern eines jeden hatte, fügte
er kleine Anwendungen für sie selbst hinzu. Sie waren
Zeugen von allen seinen Beschäfftigungen, und nahmen 10
Antheil an seinen Ergötzlichkeiten; bey Gelegenheit der
letztern, bat er sie oft inständig, die Ihrigen ja niemals
auf Unkosten ihrer armen Unterthanen zu suchen; wozu
vornehmlich die Jagd einen großen Anlaß gebe. Er
nannte sie ein anständiges Vergnügen, welches aber ein 15
liebreicher menschlicher Herr allezeit mit dem Besten seiner
Unterthanen zu verbinden suche. Auch die Liebe zum
Lesen, war eine von den Neigungen, die er ihnen zu
geben suchte, und besonders gab ihm die Geschichte Ge=
legenheit von der moralischen Welt, ihren Uebeln und 20
Veränderungen zu reden, die Pflichten der Hof= und
Kriegsdienste auszulegen, und ihren Geist in der Ueber=
legung und Beurtheilung zu üben. Die Geschichte der
moralischen Welt, sagte er, macht uns geschickt mit den
Menschen umzugehen, sie zu bessern, zu tragen und mit 25
unserm Schicksal zufrieden zu seyn; aber die Beobachtung
der physicalischen Welt, macht uns zu guten Geschöpfen,
in Absicht auf unsern Urheber. Indem sie uns unsre
Unmacht zeigt, hingegen seine Größe, Güte und Weisheit
bewundern lehrt, lernen wir ihn auf eine edle Art lieben 30
und verehren; außer dem, daß uns diese Betrachtungen
sehr glücklich über mancherley Kummer und Verdrüßlich=
keiten trösten und zerstreuen, die in der moralischen Welt
über dem Haupte des Großen und Reichen oft in größerer
Menge gehäuft sind, als in der Hütte des Bauren, den 35
nicht viel mehr Sorgen, als die für seine Nahrung
drücken.

So wechselte er mit Unterredungen und Beyspiel ab.
In seinem Hause sahen sie, wie glücklich die Vereinigung
eines rechtschaffenen Mannes mit einer tugendhaften Frau
seye. Zärtliche, edle Achtung war in ihrem Bezeugen;
5 und die Dienerschaft ehrfurchtsvoll, und bereit, ihr Leben
für die eben so gnädige als ernstliche Herrschaft zu lassen.

Sternheim hatte auch die Freude, daß alle diese
junge Herren erkenntliche und ergebene Freunde von ihm
wurden, welche in ihrem Briefwechsel sich immer bey ihm
10 Raths erholten. Der Umgang mit dem verehrungs=
würdigen Baron P., der Ihnen öfters kleine Feste gab,
hatte viel zu ihrer Vollkommenheit beygetragen.

Seine Gemahlin hatte ihm eine Tochter gegeben,
welche sehr artig heran wuchs und von ihrem neunten
15 Jahr an (da Sternheim das Unglück hatte, ihre Mutter
in einem Wochenbette zugleich mit dem neugebohrnen
Sohne zu verlieren) der Trost ihres Vaters und seine
einzige Freude auf Erden war, nachdem auch der Baron
P. durch einen Sturz vom Pferde in so schlechte
20 Gesundheitsumstände gerathen, daß er wenige Monate
darauf ohne Erben verstorben war. Dieser hatte in
seinem Testamente nicht nur seine vortreffliche Frau wohl
bedacht, sondern, nach den Landesrechten, die Gräfin von
Löbau seine jüngere Schwester und die junge Sophie von
25 Sternheim, als die Tochter der ältern Schwester, zu
Haupterben eingesetzt; welches zwar dem Grafen und der
Gräfin als unrecht vorkam, aber dennoch Bestand hatte.

Die alte Frau von P., von Kummer über den frühen
Tod ihres Sohnes beynahe ganz niedergedrückt, nahm
30 ihren Wohnplatz bey dem Herrn von Sternheim, und
diente der jungen Fräulein zur Aufsicht. Der Oberste
machte ihr durch seine ehrerbietige Liebe und sein Beyspiel
der geduldigsten Unterwerfung viele Erleichterung in ihrem
Gemüthe. Der edeldenkende Pfarrer und seine Töchter
35 waren beynahe die einzige Gesellschaft, in welcher sie Ver=
gnügen fanden. Gleichwohl genoß das Fräulein von
Sternheim die vortrefflichste Erziehung für ihren Geist

und für ihr Herz. Eine Tochter des Pfarrers, die mit
ihr gleiches Alter hatte, wurde ihr zugegeben, theils einen
Wetteifer im Lernen zu erregen, theils zu verhindern,
daß die junge Dame nicht in ihrer ersten Jugend lauter
düstre Eindrücke sammeln möchte; welches bey ihrer Groß= 5
mutter und ihrem Vater leicht hätte geschehen können.
Denn beyde weinten oft über ihren Verlust, und dann
führte Herr von Sternheim das zwölfjährige Fräulein
bey der Hand zu dem Bildniß ihrer Mutter, und sprach
von ihrer Tugend und Güte des Herzens mit solcher 10
Rührung, daß das junge Fräulein knieend bey ihm
schluchzte, und oft zu sterben wünschte, um bey ihrer
Frau Mutter zu seyn. Dieses machte den Obersten fürchten,
daß ihre empfindungsvolle Seele einen zu starken Hang
zu melancholischer Zärtlichkeit bekommen, und durch eine 15
allzusehr vermehrte Reizbarkeit der Nerven unfähig werden
möchte, Schmerzen und Kummer zu ertragen. Daher
suchte er sich selbst zu bemeistern und seiner Tochter zu
zeigen, wie man das Unglück tragen müsse, welches die
Besten am empfindlichsten rührt; und weil das Fräulein 20
eine große Anlage von Verstand zeigte, beschäftigte er
diesen mit der Philosophie, nach allen ihren Theilen, mit
der Geschichte und den Sprachen, von denen sie die eng=
lische zur Vollkommenheit lernte. In der Musik brachte
sie es, auf der Laute und im Singen, zur Vollkommenheit. 25
Das Tanzen, soviel eine Dame davon wissen soll, war
eine Kunst, welche eher von ihr eine Vollkommenheit er=
hielt, als daß sie dem Fräulein welche hätte geben sollen;
denn, nach dem Ausspruch aller Leute, gab die unbeschreib=
liche Anmuth, welche die junge Dame in allen ihren Be= 30
wegungen hatte, ihrem Tanzen einen Vorzug, den der
höchste Grad der Kunst nicht erreichen konnte.

Neben diesen täglichen Uebungen, erlernte sie mit
ungemeiner Leichtigkeit, alle Frauenzimmerarbeiten, und
von ihrem sechszehnten Jahre an, bekam sie auch die 35
Führung des ganzen Hauses, wobey ihr die Tag= und
Rechnungsbücher ihrer Frau Mutter zum Muster gegeben

wurden. Angebohrne Liebe zur Ordnung und zum
thätigen Leben, erhöht durch eine enthusiastische Anhäng=
lichkeit für das Andenken ihrer Mutter, deren Bild sie
in sich erneuern wollte, brachten sie auch in diesem Stücke
5 zu der äußersten Vollkommenheit. Wenn man ihr von
ihrem Fleiß und von ihren Kenntnissen sprach, war ihre
bescheidene Antwort: willige Fähigkeiten, gute Beyspiele
und liebreiche Anführung haben mich so gut gemacht, als
tausend andere auch seyn könnten, wenn sich alle Umstände
10 so zu ihrem Besten vereinigt hätten, wie bey mir. —

Uebrigens war zu allem was Engländisch hieß, ein
vorzüglicher Hang in ihrer Seele, und ihr einziger Wunsch
war, daß ihr Herr Vater einmal eine Reise dahin
machen, und sie den Verwandten ihrer Großmutter zeigen
15 möchte.

So blühte das Fräulein von Sternheim bis nach
ihrem neunzehnten Jahre fort, da sie das Unglück hatte,
ihren würdigen Vater an einer auszehrenden Krankheit
zu verliehren, der mit kummervollem Herzen seine
20 Tochter dem Grafen Löbau und dem vortrefflichen Pfarrer
in S., als Vormündern empfahl. An den letztern hatte
er einige Wochen vor seinem Tode folgenden Brief ge=
schrieben.

### Herr von St. an Den Pfarrer zu S**.

25 Bald werde ich mit der besten Hälfte meines Lebens
wieder vereinigt werden. Mein Haus und die Glücks=
umstände meiner Sophie sind bestellt; diß war das letzte
und geringste, was mir für sie zu thun übrig geblieben ist.
Ihre gute und gesegnete Erziehung, als die erste und
30 wichtigste Pflicht eines treuen Vaters, habe ich nach dem
Zeugniß meines Herzens niemals verabsäumt. Ihre mit
der Liebe zur Tugend gebohrne Seele läßt mich auch nicht
befürchten, daß Sie, in meine Stelle eintretender väter=
licher Freund, den Sorgen und Verdrüßlichkeiten ausgesetzt
35 seyn werden, welche gemeindenkende Mädchen in ihren

Familien machen. Besonders wird die Liebe, bey aller
der Zärtlichkeit, die sie von ihrer würdigen Mutter geerbt
hat, wenig Gewalt über sie erhalten; es müßte denn seyn,
daß das Schicksal einen nach ihrer Phantasie tugendhaften
Mann*) in die Gegend ihres Aufenthalts führte. Was 5
ich Sie, mein theurer Freund, zu besorgen bitte, ist, daß
das edeldenkende Herz des besten Mädchens durch keine
Scheintugend hingerissen werde. Sie faßt das Gute an
ihrem Nebenmenschen mit so vielem Eifer auf, und schlüpft
dann über die Mängel mit so vieler Nachsicht hinweg, 10
daß ich nur darüber mit Schmerzen auf sie sehe. Un=
glücklich wird keine menschliche Seele durch sie gemacht
werden; denn ich weiß, daß sie dem Wohl ihres Nächsten
tausendmal das Ihrige aufopfern würde, ehe sie nur ein
minutenlanges Uebel auf andre legte, wenn sie auch das 15
Glück ihres ganzen eignen Lebens damit erkaufen könnte.
Aber da sie lauter Empfindung ist, so haben viele, viele,
die elende Macht, sie zu kränken. Ich habe bis itzt meine
Furcht vor dem Gemüthscharakter der Gräfin Löbau ge=
heim gehalten; aber der Gedanke, meine Sophie bey ihr 20
zu wissen, macht mich schaudern! Die äußerliche Sanft=
muth und Güte dieser Frau, sind nicht in ihrem Herzen;
der bezaubernd angenehme Witz, der feine gefällige Ton,
den ihr der Hof gegeben, verbergen viele moralische Fehler.
Ich wollte meiner Tochter niemals Mißtrauen in diese 25
Dame beybringen, weil ich es für unedel, und auch, so=
lang ich meiner Gesundheit genoß, für unnöthig hielt.
Aber wenn meine theure Frau Schwiegermutter auch unter
der Last von Alter und Kummer erliegen sollte, so nehmen
Sie meine Sophie in ihren Schutz! Gott wird Ihnen 30
diese Sorge erleichtern helfen, indem ich hoffe, daß er

---

*) Der Verfolg und der ganze Zusammenhang dieser Ge=
schichte giebt die Auslegung über diesen Ausdruck. Er soll ohne
Zweifel nichts anders sagen, als einen Mann, der dem besondern
Ideal von Tugend und moralischer Vollkommenheit, welches sich
in ihrer Seele ausgebildet hatte, bis auf die kleinsten Züge ähn=
lich wäre. A. d. H.

das letzte Gebet eines Vaters erhören wird, der für sein
Kind nicht Reichthum, nicht Größe, sondern Tugend und
Weisheit erbittet.   Vorsehen und verhindern kann ich
nichts mehr.   Also übergebe ich sie der göttlichen Güte,
5 und der treuen Hand eines versuchten Freundes. — Doch
trenne ich mich leichter von der ganzen Erde als von dem
Gedanken an meine Tochter.   Ich erinnere mich hier an
eine Unterredung zwischen uns, von der Stärke der Ein=
drücke, die wir in unsrer Jugend bekommen.   Ich empfinde
10 würklich ein Stück davon mit aller der Macht, die die
Umstände dazu beytragen.   Mein Vater hatte mir zwo
Sachen sehr eingeprägt, nehmlich die Gewißheit des Wieder=
vergeltungsrechts und den Lehrsatz der Wohlthätigkeit
unsers Beyspiels.   Die Gründe, welche er dazu anführte,
15 waren so edel, sein Unterricht so liebreich, daß es noth=
wendigerweise in meiner empfindlichen Seele haften mußte.
Von dem ersten bin ich seit langer Zeit wieder ein=
genommen, weil er mir oft sagte, daß der Kummer oder
das Vergnügen, die ich ihm geben würde, durch meine
20 Kinder an mir würde gerächt oder belohnt werden; Gott
sey Dank, daß ich durch meine Aufführung gegen meinen
ehrwürdigen Vater den Segen verdient habe, ein gehor=
sames tugendvolles Kind zu besitzen, welches mich an dem
Ende meines Lebens das Glück der Erinnerung genießen
25 läßt, daß ich die letzten Tage meines Vaters mit dem
vollkommensten Vergnügen gekrönt habe, das ein treues
väterliches Herz empfinden kann, nehmlich zu sagen —
„Du hast mich durch keine böse Neigung, durch keinen
„Ungehorsam jemals gekränkt, deine Liebe zur Tugend,
30 „dein Fleiß deinen Verstand zu üben und nützlich zu
„machen, haben mein Herz, so oft ich dich ansah, mit
„Freude erfüllt.   Gott segne dich dafür; und belohne dein
„Herz für die Erquickung, die dein Anblick deinem
„sterbenden Vater durch die Versicherung giebt, daß ich
35 „meinen Nebenmenschen an meinem Sohn einen recht=
„schaffnen Mitbürger zurücklasse.“   Dieses Vergnügen,
mein Freund, fühle ich itzt auch, indem ich meiner Tochter

das nehmliche Zeugniß geben kann, in der ich noch eine
traurige Glückseligkeit mehr genossen habe.   Ich sage,
traurige Glückseligkeit, weil sie als das wahre Bild meiner
seligen Gemahlin, das Andenken meiner höchstglücklichen
Tage und den Schmerz ihres Verlustes bey jedem Anblick 5
in mir erneuerte.   Wie oft riß mich der Jammer von
dem Tisch oder aus der Gesellschaft fort, wenn ich in den
zwey letztern Jahren (da sie den ganzen Wuchs ihrer
Mutter hatte, und Kleider nach meinem Willen trug) den
eignen Ton der Stimme, die Gebehrden, die ganze 10
Güte und liebenswürdige Fröhlichkeit ihrer Mutter an
ihr sah!

Gott gebe, daß dieses Beyspiel des Wiedervergeltungs=
rechts von meiner Tochter bis auf ihre späteste Enkel
fortgepflanzt werde; denn ich habe ihr eben so viel davon 15
gesprochen, als mein Vater mir!

––––––

Mit lebhafter Wehmuth erinnere ich mich der letzten
Stunden dieses edeln Mannes, und seiner Unterredungen
während den Tagen seiner zunehmenden Krankheit.   Das
theure Fräulein konnte wenig weinen, sie lag auf ihren 20
Knieen neben dem Bette ihres Vaters; aber der Ausdruck
des tiefsten Schmerzens war in ihrem Gesicht und in
ihrer Stellung.   Die Augen ihres Vaters auf sie ge=
heftet — eine Hand in den Ihrigen; ein Seufzer des
Vaters — Meine Sophie! und dann die Arme des 25
Fräuleins gegen den Himmel ausgebreitet, ohne einen
Laut — aber eine trostlose bittende Seele in allen ihren
Zügen!   O dieser Anblick des feyerlichen Schmerzens, der
kindlichen Liebe, der Tugend, der Unterwerfung, zerriß
uns allen das Herz.                                                     30

„Sophie, die Natur thut uns kein Unrecht, sechzig
„Jahre sind nicht zu früh.   Der Tod ist kein Uebel für
„mich; er vereinigt meinen Geist mit seinem liebreichen
„Schöpfer, und mein Herz mit deiner würdigen Mutter
„ihrem!   Gönne mir dieses Glück auf Unkosten des 35

„Vergnügens, das dir das längere Leben deines Vaters
„gegeben hätte."

Sie überwand ihren Kummer; sie selbst war es,
welche ihren Herrn Vater aufs sorgfältigste und ruhigste
5 pflegte. Er sah diese Ueberwindung, und bat sie, ihm in
den letzten Tagen den Trost zu geben, die Frucht seiner
Bemühungen für Sie in der Fassung ihrer Seele zu
zeigen. Sie that alles. „Bester Vater! Sie haben mich
„leben gelernt, Sie lernen mich auch sterben; Gott mache
10 „Sie zu meinem Schutzgeist, und zum Zeugen aller
„meiner Handlungen und Gedanken! Ich will Ihrer
„würdig seyn!"

Wie er dahin war, und sein ganzes Haus voll
weinender Unterthanen, sein Sterbezimmer voll knieender
15 schluchzender Hausbedienten waren, das Fräulein vor
seinem Bette die kalten Hände küssend nichts sagen konnte,
bald knieend, bald sich erhebend die Hände rang — O
meine Freundin! wie leicht grub sich das Andenken dieses
Tages in mein Herz! Wie viel Gutes kann eine
20 empfindende Seele an dem Sterbebette des Gerechten
sammeln! —

Mein Vater sah stillschweigend zu; er war selbst so
stark gerührt, daß er nicht gleich reden konnte. Endlich
nahm er das Fräulein bey der Hand: Gott lasse Sie die
25 Erbin der Tugend Ihres Herrn Vaters seyn, zu deren
Belohnung er nun gegangen ist! Erhalten Sie in diesen
gerührten Herzen (wobey er auf uns wies) das gesegnete
Andenken Ihrer verehrungswürdigen Aeltern, durch die
Bemühung in ihren Fußtapfen zu wandeln!

30 Die alte Dame war auch da, und dieser bediente
sich mein Vater zum Vorwand, das Fräulein aus dem
Zimmer zu bringen, indem er sie bat, ihre Frau Großmutter zur Ruhe zu führen. Wie das Fräulein anfieng
zu gehen, machten wir alle Platz. Sie sah uns an, und
35 Thränen rollten über ihre Backen; da drängten sich alle,
und küßten ihre Hände, ihre Kleider; und gewiß, es war
nicht die Bewegung sich der Erbin zu empfehlen, sondern

eine Bezeugung der Ehrfurcht für den Ueberreſt des beſten
Herrn, den wir in ihr ſahen.

Mein Vater und der Beamte ſorgten für die Be=
erdigung.

Niemals iſt ein ſolches Leichbegängniß geweſen. Es
war vom Herrn von Sternheim befohlen, daß es Nachts
und ruhig ſeyn ſollte: weil er ſeine Sophie mit der
Marter verſchonen wollte, ihn beyſetzen zu ſehen. Aber
die Kirche war voller Leute; alle feyerlich angezogen, der
Chor beleuchtet, wie es die traurige Urſache erfoderte;
alle wollten ihren Herrn, ihren Wohlthäter noch ſehen.
Greiſe, Jünglinge, weinten, ſegneten ihn, und küßten ſeine
Hände und Füße, das Leichentuch, den Deckel des Sarges,
— und erbaten von Gott, er möchte an der Tochter alles
das Gute, ſo ihnen der Vater bewieſen, belohnen!

Noch lange Zeit hernach war alles traurig zu S.,
und das Fräulein ſo ſtill, ſo ernſthaft, daß mein Vater
ihrenthalben in Sorgen gerieth; beſonders da auch die
alte Dame, welche gleich geſagt hatte, daß ihr dieſer Fall
das Herz gebrochen hätte, von Tag zu Tag ſchwächlicher
wurde. Das Fräulein wartete ſie mit einer Zärtlichkeit
ab, welche die Dame ſagen machte: „Sophie, die Sanft=
„muth, die Güte deiner Mutter, iſt ganz in deiner Seele!
„Du haſt den Geiſt deines Vaters, du biſt das glückſeligſte
„Geſchöpf auf der Erde, weil die Vorſicht die Tugenden
„deiner Aeltern in dir vereiniget hat! Du biſt nun Dir
„ſelbſt überlaſſen, und fängſt den Gebrauch deiner Un=
„abhängigkeit mit Ausübung der Wohlthätigkeit an deiner
„Großmutter an. Denn es iſt eine edlere Wohlthat, das
„Alter zu beleben, und liebreich zu beſorgen, als den
„Armen Gold zu ſchenken.“

Sie empfahl ſie auch dem Grafen und der Gräfin
von Löban auf das eifrigſte, als ſie von ihnen noch vor
ihrem Ende einen Beſuch erhielt. Dieſe beyden Perſonen
waren, dem Anſehen nach, gegen das Fräulein ſehr ver=
bindlich, und wollten ſie ſogleich mit ſich nehmen; aber
ſie bat ſich aus, ihr Trauerjahr in unſerm Hauſe zu halten.

In dieser Zeit bildete sich die vertraute Freundschaft, welche sie in der Folge allezeit mit meiner Schwester Emilia unterhielt. Mit dieser gieng sie oft in die Kirche zum Grabstein ihrer Aeltern, kniete da, betete, redete von ihnen. — „Ich habe keine Verwandten mehr, als diese „Gebeine, sagte sie. Die Gräfin Löbau ist nicht meine „Verwandtin; ihre Seele ist mir fremde, ganz fremde, ich „liebe sie nur, weil sie die Schwester meines Oheims war." Mein Vater suchte ihr diese Abneigung, als eine Un= gerechtigkeit, zu benehmen, und war überhaupt bemüht, alle Theile ihrer Erziehung mit ihr zu erneuern, und besonders auch ihr Talent für die Musik zu unterhalten. Er sagte uns oft: Daß es gut und wahr wäre, daß die Tugenden alle an einer Kette giengen, und also die Be= scheidenheit auch mit dabey sey. Und was würde auch aus der Fräulein von Sternheim geworden seyn, wenn sie sich aller ihrer Vorzüge in der Vollkommenheit bewußt gewesen wäre, worinn sie sie besaß?

Der Sternheimische Beamte, ein rechtschaffener Mann, heyrathete um diese Zeit meine älteste Schwester; und sein Bruder, ein Pfarrer, der ihn besuchte, nahm meine Emilia mit sich; mit dieser führte unser Fräulein einen Briefwechsel, welcher mir Gelegenheit geben wird, sie künftig öfter selbst reden zu lassen.

———

Aber vorher muß ich Ihnen noch das Bild meiner jungen Dame mahlen. Sie müssen aber keine vollkommene Schönheit erwarten. Sie war etwas über die mittlere Größe; vortrefflich gewachsen; ein länglich Gesicht voll Seele; schöne braune Augen, voll Geist und Güte, einen schönen Mund, schöne Zähne. Die Stirne hoch, und, um schön zu seyn, etwas zu groß, und doch konnte man sie in ihrem Gesichte nicht anders wünschen. Es war so viel Anmuth in allen ihren Zügen, so viel edles in ihren Geberden, daß sie, wo sie nur erschien, alle Blicke auf sich zog. Jede Kleidung ließ ihr schön, und ich hörte

Milord Seymour sagen, daß in jeder Falte eine eigne
Grazie ihren Wohnplatz hätte. Die Schönheit ihrer licht-
braunen Haare, welche bis auf die Erde reichten, konnte
nicht übertroffen werden. Ihre Stimme war einnehmend,
ihre Ausdrücke fein, ohne gesucht zu scheinen. Kurz, ihr
Geist und Charakter waren, was ihr ein unnachahmlich
edles und sanftreizendes Wesen gab. Denn ob sie gleich
bey ihrer Kleidung die Bescheidenheit in der Wahl der
Stoffe auf das äußerste trieb, so wurde sie doch hervorgesucht, wenn die Menge von Damen noch so groß gewesen wäre.

So war sie, als sie von ihrer Tante an den Hof
nach D. geführt wurde.

Unter den Zubereitungen zu dieser Reise, wozu sie
mein Vater mit bereden half, muß ich nur eine anmerken.
Sie hatte die Bildnisse ihres Herrn Vaters und ihrer
Frau Mutter in Feuer gemahlt, und zu Armbändern gefaßt, welche sie niemals von den Händen ließ. Diese
wollte sie umgefaßt haben, und es mußte ein Goldarbeiter
kommen, mit welchem sie sich allein beredete.
Die Bildnisse kamen wieder mit Brillianten besetzt,
und zween Tage vor der Abreise nahm sie meine Emilia,
und gieng zum Grab ihrer Aeltern, wo sie einen feyerlichen Abschied von den geliebten Gebeinen nahm, Gelübde
der Tugend erneuerte, und endlich ihre Armbänder loß
machte, an welchen sie die Bildnisse hatte hohl fassen
lassen, so daß sie mitten ein verborgenes Schloß hatten.
Dieses machte sie auf, und füllte den kleinen Raum mit
Erde, die sie in der Gruft zusammen faßte. Thränen
rollten über ihre Wangen, indem sie es that, und meine
Emilia sagte: Liebes Fräulein, was thun Sie? Warum
diese Erde? — Meine Emilie, antwortete sie, ich thue
nichts, als was bey dem weisesten und edelsten Volke für
eine Tugend geachtet wurde; den Staub der Rechtschaffenen
zu ehren; und ich glaube, es war ein empfindendes Herz,
wie das meinige, welches in spätern Zeiten die Achtung
der Reliquien anfieng. Dieser Staub, meine Liebe, der

die geheiligte Ueberbleibsel meiner Aeltern bedeckte, ist
mir schätzbarer, als die ganze Welt, und wird in meiner
Entfernung von hier, das Liebste seyn, was ich besitzen
kann.

⁵ Meine Schwester kam in Sorgen darüber und sagte
uns, es hätte sie eine Ahndung von Unglück befallen; sie
fürchte das Fräulein nicht mehr zu sehen. Mein Vater
beruhigte uns, und dennoch wurde auch er bestürzt, da er
erfuhr, daß Fräulein sey in den Dörfern, die ihr gehörten,
¹⁰ von Haus zu Haus gegangen, hätte allen Leuten liebreich
zugesprochen, sie beschenkt, zu Fleiß und Rechtschaffenheit
ermahnt, die Allmosen für Wittwen, Waisen, Alte und
Kranke vermehrt, dem Schulmeister eifrig zugeredet, seine
Besoldung verbessert, und Preiße für die Kinder ausgesetzt,
¹⁵ meinen Schwager, den Amtmann, mit einer Tabatiere,
und meine Schwester mit einem Ring zum Andenken be=
schenkt, und den ersten um wahre Güte und Gerechtigkeit
für ihre Unterthanen gebeten. Wir weinten alle über
diese Beschreibung. Mein Vater sprach uns Muth ein,
²⁰ indem er sagte: Alle melancholischzärtliche Charakter hätten
die Art, ihren Handlungen eine gewisse Feyerlichkeit zu
geben, es wäre ihm lieb, daß sie mit so starken Eindrücken
des wahren Edeln und Guten in die große Welt träte,
worinn doch manche von diesen Empfindungen geschwächt
²⁵ werden dürften, also, daß durch eine unmerkliche Mischung
von Leichtsinn und glänzender Munterkeit und die Ver=
mehrung ihrer Kenntniß vom menschlichen Herzen der
Enthusiasmus ihrer Seele gemildert und in den gehörigen
Schranken würde gehalten werden.

³⁰ Meine Emilia bekam ihr Bildniß und ein artiges
Kästgen, worinn Geld zu einer Haussteuer war. Ihren
Bedienten ließ sie zurück, weil er verheurathet war, und
der Graf von Löbau geschrieben hatte, daß seine Leute
zu ihren Diensten seyn sollten.

³⁵ Etliche Tage hernach kam der Graf, ihr Oncle, sie
abzuhohlen, und ich begleitete sie, wie sie sichs ausgebeten
hatte. Der Abschied von meinem Vater war rührend.

4*

Sie haben ihn gekannt, den ehrwürdigen Mann, Sie
wissen, daß er alle Hochachtung, alle Liebe verdient. Wir
reiseten erst auf das Löbauische Guth, und von da mit
der Gräfin nach D.; wo sich nun der fatale Zeitpunkt
anfängt, worinn Sie diese liebenswürdigste junge Dame 5
in Schwierigkeiten und Umstände verwickelt sehen werden,
die den schönen Plan eines glücklichen Lebens, den Sie
Sich gemacht hatte, auf einmal zerstörten, aber durch die
Probe, auf welche sie ihren innerlichen Werth setzten, ihre
Geschichte für die besten unsers Geschlechts lehrreich machen. 10
Ich glaube, daß ich am besten thun werde, wenn ich hier,
anstatt die Erzählung fortzusetzen, Ihnen eine Reihe von
Originalbriefen, oder Abschriften, welche in der Folge
in die Hände meines geliebten Fräuleins gekommen sind,
vorlege, aus denen Sie, theils den Charakter Ihres Geistes 15
und Herzens, theils die Geschichte ihres Aufenthalts in D.
weit besser als durch einen bloßen Auszug werden kennen
lernen.

-------

### Fräulein von Sternheim an Emilien.

„Ich bin nun vier Tage hier, meine Freundin, und 20
in Wahrheit nach allen meinen Empfindungen, in einer
ganz neuen Welt. Das Geräusch von Wagen und Leuten,
habe ich erwartet; doch plagte es mein an die ländliche
Ruhe gewöhntes Ohr, die ersten Tage über gar sehr.
Was mir noch beschwerlicher fiel, war, daß meine Tante 25
den Hoffriseur rufen ließ, meinen Kopf nach der Mode
zuzurichten. Sie hatte die Gütigkeit, selbst mit in mein
Zimmer zu kommen, wo sie meine Haare loßband, und
ihm sagte: Monsieur le Beau, dieser Kopf kann ihrer
Kunst, Ehre machen; wenden Sie alles an; aber haben 30
sie ja Sorge, daß diese schönen Haare durch kein heisses
Eisen verletzt werden?

Diese Schmeicheley meiner Tante nahm ich noch mit
Vergnügen an; aber der Friseur ärgerte mich mit seinen
Lobsprüchen. Es dünkte meinem Stolz, der Mensch hätte 35

mich sorgfältig bedienen, und stillschweigend bewundern
sollen. Aber der Schneider und die Putzmacherin waren
noch unerträglicher. Fragen Sie meine Rosine über ihr
albernes Geschwätz, und über die etwas boshafte An=
5 merkung die mir entfiel: Die Eitelkeit der Damen in D.
müßte sehr heißhungrig seyn, weil sie diese Art Leute
gewöhnt hätten, ihr eine so grobe und mir sehr unschmack=
hafte Nahrung zu bringen. Das Lob des Schlössers,
welches der schönen Montbason so viel besser gefiel, als
10 der Hofleute ihres, war von einer ganz andern Art, weil
es das Gepräge einer wahren Empfindung hatte, die durch
den Anblick dieser schönen Frau in ihm entstund, da er
ganz mit seiner Arbeit beschäfftigt, ungefehr aufsah, als
eben die Dame bey seiner Werkstatt vorbey fuhr. Aber
15 was heißt der Beyfall derer, welche ihren Nutzen von
mir suchen? Und wie froh bin ich, mit keiner besondern
Schönheit bezeichnet zu seyn; weil ich diese Art von Ekel
für allgemeinem Lob in mir fühle.

Diesen Nachmittag habe ich etliche Damen und
20 Cavaliere gesehen, denen meine Tante ihre Ankunft hatte
wissen lassen, indem sie die Unterlassung ihres eignen
Besuchs mit dem Vorwand einer großen Müdigkeit von
der Reise entschuldigte. Wiewohl die wahre Ursache nichts
anders war, als daß die Hof= und Stadtkleider noch nicht
25 fertig sind, in welchen ich meine Erscheinung machen soll.
Vielleicht stutzen Sie über das Wort Erscheinung, aber
es wurde heut von einem witzigen Kopf in der That sehr
richtig gebraucht, wiewohl er es nur auf mein Kleid und
meine erste Reise in die Stadt anwandte. Sie wissen,
30 Emilia, daß mein theurer Papa mich immer in den
Kleidern meiner Mama sehen wollte, und daß ich sie auch
am liebsten trug. Diese sind hier alle aus der Mode, und
ich konnte nach dem Ausspruch meiner Tante (der ich
dieses Stück von Herrschaft über meinen Geschmack gerne
35 einräume) kein anderes als das von weissem Taßt tragen,
welches sie mir zu Ende der Trauer hatte machen lassen.
Ende der Trauer, meine Emilia! O glauben Sie es

nicht so wörtlich; die äußerlichen Kennzeichen davon habe
ich abgelegt; aber sie hat ihren alten Sitz in dem Grunde
meines Herzens behalten, und ich glaube, sie hat einen
Bund mit der geheimen Beobachterin unsrer Handlungen
(ich meine das Gewissen) gemacht: denn bey der Menge
Stoffe und Putzsachen, die mir letzthin vorgelegt wurden,
und wovon dieses zur nächsten Galla, jenes auf den be=
vorstehenden Ball, ein anderes zur Assemblee bestimmt
war, wendete sich, indem ich das eine und andere be=
trachtete, unter der Bewegung meiner Hände, das Bild
meiner Mama an dem Armband, und indem ich, im
Zurechtemachen, meine Augen darauf heftete, und ihre
feine Bildung mit dem simpelsten Aufsatz und Anzug ge=
zieret sah, überfiel mich der Gedanke, wie unähnlich ich
ihr in kurzer Zeit in diesem Stück seyn werde! Gott
verhüte, daß diese Unähnlichkeit ja niemals weiter als auf
die Kleidung gehe! — die ich als ein Opfer ansehe,
welches auch die Besten und Vernünftigsten der Gewohn=
heit, den Umständen und ihrer Verhältniß mit andern,
bald in diesem, bald in jenem Stücke bringen müssen.
Dieser Gedanke dünkte mich ein gemeinschaftlicher Wink
der Trauer und des Gewissens zu seyn. Aber ich komme
von meiner Erscheinung ab. Doch Sie, mein väterlicher
Freund, haben verlangt, ich soll, wie es der Anlaß gebe,
das was mir begegnet und meine Gedanken dabey auf=
schreiben, und das will ich auch thun. Ich werde von
andern wenig reden, wenn es sich nicht besonders auf
mich bezieht. Alles was ich an ihnen selbst sehe, be=
fremdet mich nicht, weil ich die große Welt aus dem
Gemählde kenne, welches mir mein Papa und meine
Großmama davon gemacht haben.

Ich kam also in das Zimmer zu meiner Tante, da
schon etliche Damen und Cavaliere da waren. Ich hatte
mein weißes Kleid an, welches mit blauen Italienischen
Blumen garnirt worden war; mein Kopf nach der Mode
in D. gar schön geputzt. Meinen Anstand und meine
Gesichtsfarbe weis ich nicht; doch mag ich blaß ausgesehen

haben; weil kurz nachdem mich die Gräfin als ihre geliebte
Nichte vorgestellt hatte, ein von Natur artig gebildeter
junger Mann mit einem verkehrt lebhaften Wesen sich
näherte, und, Brust und Achseln mit einer seltsamen
5 Beugung gegen meine Tante, den Kopf aber seitwärts
gegen mich mit einer Art Erschrockenheit gewendet, aus=
rief: Meine gnädige Gräfin, ist es würklich ihre Niece?
— „Und warum wollen Sie meinem Zeugniß nicht
glauben?" — Der erste Anblick ihrer Gestalt, die Kleidung
10 und der leichte Sylphidengang, haben mich auf den Ge=
danken gebracht, es wäre die Erscheinung eines liebens=
würdigen Hausgespenstes. — Armer F**, sagte eine
Dame; und Sie fürchten sich vielleicht vor Gespenstern?
Vor den häßlichen, versetzte der witzige Herr, habe
15 ich natürlichen Abscheu, aber mit denen, welche dem
Fräulein von Sternheim gleichen, getraue ich mir ganze
Stunden allein hinzubringen.

„So, und Sie brächten mit diesem schönen Einfall,
mein Haus in den Ruf, daß es darinn spüke!"

20 Das möchte ich wohl; um alle übrige Cavaliere ab=
zuhalten, hieher zu kommen; aber dann würde ich auch
den reizenden Geist zu beschwören suchen, daß er sich
wegtragen ließe. —

„Gut, Graf F**, gut, das ist artig gesagt! Wurde
25 in dem Zimmer von allen Seiten wiederhohlt.

„Nun meine Nichte, würden Sie sich beschwören
lassen?"

Ich weis sehr wenig von der Geisterwelt, antwortete
ich; doch glaube ich, daß für jedes Gespenst, eine eigne
30 Art von Beschwörung gewählt werden müsse, und die
Entsetzung, die ich dem Grafen bey meiner Erscheinung ver=
ursachte, läßt mich denken, daß ich unter dem Schutz eines
mächtigern Geistes bin, als der ist, der ihn beschwören lernt.

Vortrefflich, vortrefflich; Graf F**. Wie weiter?
35 rief der Oberste von Sch***.

Ich habe doch mehr errathen, als Sie alle, ant=
wortete der Graf; denn wenn gleich das Fräulein kein

Geist ist, so sehe ich doch, daß sie unendlich viel Geist
haben müsse.

Das mögen Sie errathen haben, und das war ver=
muthlich auch der Grund, warum Sie in dieses Schrecken
geriethen, sagte das Fräulein von C**, Hofdame bey der
Prinzessin von W***, die bisher sehr stille gewesen war.

Sie mißhandeln mich immer, meine ungnädige C**.
Denn Sie wollen doch damit sagen, der kleine Geist hätte
sich vor dem größern zu fürchten angefangen.

Ja, dachte ich, in diesem Scherz ist in Wahrheit viel
Ernst. Ich bin würklich eine Gattung von Gespenstern,
nicht nur in diesem Hause, sondern auch für die Stadt
und den Hof. Jene kommen, wie ich, mit der Kenntniß
der Menschen unter sie, und verwundern sich über nichts
was sie sehen und hören, machen aber, wie ich, Ver=
gleichungen zwischen dieser Welt, und der, woher sie
kommen, und jammern über die Sorglosigkeit, womit die
Zukunft behandelt wird; die Menschen aber bemerken an
ihnen, daß diese Geschöpfe ob sie wohl ihre Form haben,
dennoch ihrem innerlichem Wesen nach, nicht unter sie
gehören.

Das Fräulein von C** ließ sich hierauf in eine
Unterredung mit mir ein, an deren Ende sie mir viele
Achtung bewies, und den höflichen Wunsch äußerte, öfters
in meiner Gesellschaft zu seyn. Sie ist sehr liebenswürdig,
etwas größer als ich, wohl gewachsen, ein großes Ansehen
in ihrem Gang und der Bewegung ihres Kopfs; ein
länglicht Gesicht, nach allen Theilen schön gebildet, blonde
Haare und die vortrefflichste Gesichtsform; einnehmende
Züge von Sanftmuth; nur manchmal dünkte mich, wären
ihre freymüthige ganz liebreiche Augen, zu lang und zu
bedeutend auf die Augen der Mannsleute geheftet gewesen.
Ihr Verstand ist liebenswürdig, und alle ihre Ausdrücke
sind mit dem Merkmal des gutgesinnten Herzens bezeichnet.
Sie war in der ganzen Gesellschaft die Person, die mir
am besten gefiel, und ich werde mir das Anerbieten ihrer
Freundschaft zu nutze machen.

Endlich kam die Gräfin F\*\*\* für welche mir meine
Tante viel Achtung zu haben empfohlen hatte, weil ihr
Gemahl meinem Oncle in seinem Processe viele Dienste
leisten könne. Ich that alles, aber doch fühlte ich einen
5 Unmuth über die Vorstellung, daß die Gefälligkeit der
Nichte gegen die Frau des Ministers die Gerechtsamen
des Oheims sollte stützen helfen. An seinem Platze würde
ich weder meine noch des Ministers Frau in diese Sache
mengen, sondern eine männliche Sache mit Männern be-
10 handeln. Der Minister, den seine Frau führt, steht mir
auch nicht an; doch ist alles dieses eine eingeführte Ge-
wohnheitssache, worüber der eine nichts klagt, und der
andre nicht stutzig wird.

Das Fräulein C\*\*\* und die Gräfin F\*\*\* blieben
15 beym Abendessen. Die Unterredungen waren belebt, aber
so verflochten, daß ich keinen Auszug machen kann. Die
Frau von F\*\*\* schmeichelte mir bey allen Gelegenheiten,
ich mochte reden oder vorlegen. Wenn sie im Sinn hat,
sich dadurch bey mir beliebt zu machen, so verfehlt sie
20 ihren Zweck. Denn diese Frau werde ich nimmer lieben,
wenn ich der Stimme meines Herzens folge; und dann
glaube ich nicht, daß mich eine Pflicht verbinde, meine
Abneigung gegen sie zu überwinden, wie ich bey meiner
Tante gethan habe; wiewohl auch diese manchmal auf-
25 wachte. Aber das Fräulein C\*\* werde ich lieben. Sie
war mit mir auf meinem Zimmer, wo wir so freundlich
redeten, als kennten wir uns viele Jahre her. Sie sprach
viel von ihrer Prinzessin, und wie diese mich lieben würde,
indem ich ganz nach ihrem Geschmack wäre. Wie ich
30 meine Laute und meine Stimme hören lassen mußte, gab
sie mir noch mehr Versicherungen darüber, und ich erhielt
überhaupt viele Lobsprüche. Der Ton und die Bezeugung
der Hofleute sind in der That dadurch angenehm, weil
die Eigenliebe eines jeden so wohl in Acht genommen wird.
35 Meine Tante war mit mir zufrieden, wie sie sagte;
denn sie hatte befürchtet, ich würde ein gar zu fremdes,
gar zu ländliches Ansehen haben. Die Gräfin F. hätte

mich gelobt, aber etwas stolz und trocken gefunden.
Ich war es auch. Ich kann die Versicherungen meiner
Freundschaft und Hochachtung nicht entheiligen. Ich kann
niemand betrügen, und sie geben, wenn ich sie nicht
fühle. Meine Emilia! mein Herz schlägt nicht für alle, 5
ich werde in diesem Stücke vor der Welt immer ein
Gespenst bleiben. Diß ist meine Empfindung. Kein
fliegender unwilliger Gedanke. Ich war billig; ich legte
keinem nichts zum Argen aus. Ich sagte zu mir: Eine
Erziehung, welche falsche Ideen giebt, das Beyspiel, so sie 10
ernährt, die Verbundenheit wie Andere zu leben, haben
diese Personen von ihrem eignen Character und von der
natürlichen sittlichen Bestimmung, wozu wir da sind, ab-
geführt: Ich betrachte sie als Leute, auf die eine Familien-
kränklichkeit fortgepflanzt ist; ich will liebreich mit ihnen 15
umgehen, aber nicht vertraut, weil ich mich der Sorge
mit ihrer Seuche angesteckt zu werden nicht enthalten kann.

So wünschen Sie mir denn eine dauerhafte Seelen-
gesundheit, meine liebe Freundin, und lieben Sie mich.
Unserm ehrwürdigen Papa alles Gute! wie wird er sich 20
von seiner ihn so zärtlich besorgenden Emilie trennen
können? Aber wie glücklich treten Sie den Kreis des
ehlichen Lebens an, da Sie den treuen Segen eines
würdigen Vaters mit sich bringen! Grüßen Sie mir den
auserwählten Mann, dessen Eigenthum Sie mit allen 25
diesen Schätzen werden.

------

### Zweyter Brief.

„Es ist mir lieb, meine Emilia, daß Sie diesen
Brief noch in dem väterlichen Hause erhalten, weil er
Ihnen eine scheinbare Verwirrung meiner Ideen zeigen 30
wird, wo unser Papa das beste Mittel, sie in Ordnung
zu bringen, anzeigen kann. Ich bin bey der Prinzessin
von W*. und dem ganzen Adel zur Erscheinung gebracht
worden, und kenne nun den Hof und die große Welt
durch mich selbst. 35

Ich habe Ihnen schon gesagt, daß ich beyde aus der
Abschilderung kenne, so mir davon gemacht worden. Lassen
Sie mich dieses Gleichniß noch weiter brauchen; es war
meinem Auge nichts fremde. Aber denken Sie sich eine
5 Person voll Aufmerksamkeit und Empfindung, die schon
lange mit einem großen Gemählde von reicher und weit=
läuftiger Composition bekannt ist. Oft hat sie es be=
trachtet, und über den Plan, die Verhältnisse der Gegen=
stände, und die Mischung der Farben, nachgedacht, alles
10 ist ihr bekannt; aber auf einmal kommt durch eine fremde
Kraft das stillruhende Gemählde, mit allem was es ent=
hält, in Bewegung; natürlicher Weise erstaunt diese Person,
und ihre Empfindungen werden auf mancherley Art ge=
rührt. Diese erstaunte Person bin ich; die Gegenstände
15 und Farben machen es nicht; die Bewegung, die fremde
Bewegung ists, die ich sonderbar finde.

Soll ich Ihnen sagen, wie ich hier und da auf=
genommen wurde? Gut, allenthalben gut! denn für solche
Begebenheiten hat der Hof eine allgemeine Sprache, die
20 der Geistlose eben so fertig zu reden weiß, als der Aller=
vernünftigste. Die Prinzessin, eine Dame von beynahe
funfzig Jahren, hat einen sehr seinen Geist; in ihrem
Bezeugen, und in ihren Ausdrücken herrscht ein Ton von
Güte, dessen allgemeine Gefälligkeit mir die Ueberbleibsel
25 von einer Zeit zu seyn schienen, wo sie die Freundschaft
aller Arten von Leuten für nöthig halten mochte. Denn
ich sehe schlechterdings diesen Beweggrund allein für
fähig an, jene Würkung in einem edeln Herzen zu machen.
Die niederträchtige Begierde, sich allen ohne Unterschied
30 beliebt zu machen, kann ich ihr unmöglich zuschreiben. Sie
unterredete sich lange mit mir, und sagte viel Gutes von
meinem geliebten Papa, den sie als Hauptmann und
Obersten gekannt hatte. Sie nennete mich die würdige
Tochter des rechtschaffenen Mannes, und sagte, sie wolle
35 mich öfters holen lassen. Sie glauben nun gewiß, meine
Emilia, daß ich diese Fürstin um so mehr liebe, weil
das Andenken meines Vaters von ihr geehrt wird.

Mehrere Charakter kann ich Ihnen nicht bezeichnen.
Die meisten sehen einander ähnlich, in so fern man sie
in dem Vorzimmer der Fürstin, oder bey gewöhnlichen
Besuchen sieht.

Gestern wurde ich im Schreiben unterbrochen, weil
Assemblee (wie sie es nennen) bey der Prinzessin angesagt
wurde. Da mußte ich die Zeit, welche mein Herz der
Freundschaft gewiedmet hatte, vor dem Putztisch ver=
schwenden.

Glauben Sie wohl, daß meine liebe Rosine eben so
ungeschickt ist, eine methodische Cammerjungfer zu seyn,
als ich es bin, meinen Damenstand durch die lange Ver=
weilung am Putztisch und durch unschlüßige ekle Wahl
meiner Kleidung und Schmucks zu beweisen? — Meine
Tante sucht diesen Fehlern abzuhelfen, und ich muß alle
Tage neben dem Friseur eine ihrer Jungfern um mich
haben, welche beyde durch ihr geziertes Wesen und die
vielen Umstände, die sie machen, meine Geduld in einer
mir sehr unangenehmen Uebung erhalten. Doch dißmal
war ich am Ende wohl zufrieden, weil ich würklich artig
gekleidet war.

Diß ist meine Freude, die Sie noch nicht an mir
kannten. Sie sollen auch die Ursache dazu nicht lange
suchen; ich will sie aufrichtig sagen, da sie mir bedeutend
scheint. Ich war nur deswegen über meinen wohl=
gerathnen Putz froh, weil ich von zween Engländern
gesehen wurde, deren Beyfall ich mir in allem zu
erlangen wünschte. Der eine war Milord G. Eng=
lischer Gesandter, und der andere Lord Seymour sein
Neffe, Gesandschafts=Cavalier, der sich unter der An=
führung seines Oheims zu dieser Art von Geschäfften
geschickt machen, und die deutschen Höfe kennen
lernen will.

Der Gesandte macht mit seiner Figur, einer edeln
und geistvollen Physionomie, und einer gewissen Würde,
die seine Höflichkeit begleitet, seinem Charakter Ehre. Ich
hörte ihn auch allgemein loben.

Den jungen Lord Seymour sah ich eine halbe Stunde
in Gesellschaft des Fräuleins von C**, mit der ich in
Unterredung war, und mit welcher er als ein zärtlicher
und hochachtungsvoller Freund umgeht. Sie stellte mich
⁵ ihm als ihre neue, aber liebste Freundin dar, von der
sie unzertrennlich seyn würde, wenn sie über ihr eigenes
und mein Schicksal zu gebieten hätte. Milord machte
nichts als eine Verbeugung; aber seine Seele redete
so deutlich in allen seinen Mienen, daß man zugleich
¹⁰ seine Achtung für alles was das Fräulein C* sagte,
und auch den Beyfall lesen konnte, den er ihrer
Freundin gab.

Wenn ich den Auftrag bekäme den Edelmuth und
die Menschenliebe, mit einem aufgeklärten Geist vereinigt,
¹⁵ in einem Bilde vorzustellen, so nähme ich ganz allein die
Person und Züge des Milord Seymour; und alle, welche
nur jemals eine Idee von diesen drey Eigenschaften hätten,
würden jede ganz deutlich in seiner Bildung und in seinen
Augen gezeichnet sehen. Ich übergehe den sanften männ=
²⁰ lichen Ton seiner Stimme, die gänzlich für den Ausdruck
der Empfindungen seiner edeln Seele gemacht zu seyn scheint;
das durch etwas melancholisches gedämpfte Feuer seiner
schönen Augen, den unnachahmlich angenehmen und mit Größe
vermengten Anstand aller seiner Bewegungen, und was
²⁵ ihn von allen Männern, deren ich, in den wenigen Wochen
die ich hier bin, eine Menge gesehen habe, unterscheidet,
ist (wenn ich mich schicklich ausdrücken kann) der tugend=
liche Blick seiner Augen, welche die einzigen sind, die mich
nicht beleidigten, und keine widrige antipathetische Be=
³⁰ wegung in meiner Seele verursachten.

Der Wunsch des Fräuleins C* mich immer um sich
zu sehen, verursachte bey ihm die Frage: Ob ich denn
nicht in D. bleiben würde? Meine Antwort war, ich
glaubte nicht, weil ich nur auf die Zurückkunft meiner
³⁵ Tante der Gräfin R. wartete, die mit ihrem Gemahl eine
Reise nach Italien gemacht, und mit welcher ich alsdann
auf ihre Güter gienge.

Es scheint mir unmöglich, sagte er, daß ein lebhafter
Geist, wie der ihrige, bey den immer gleichen Scenen des
Landlebens sollte vergnügt seyn können.

„Und mich dünkt unglaublich, daß Milord Seymour
im Ernste denken sollte, daß ein lebhafter und sich also
gern beschäftigender Geist, auf dem Lande einem Mangel
von Unterhaltung ausgesetzt sey."

Ich denke keinen gänzlichen Mangel, gnädiges
Fräulein, aber den Ekel und die Ermüdung, welche
nothwendiger Weise, erfolgen müssen, wenn wir unsere
Betrachtungen beständig auf einerley Vorwurf ein=
geschränkt sehen.

„Ich bekenne, Milord, daß ich seit meinem Aufenthalt
in der Stadt, bey den Vergleichungen beyder Lebensarten
gefunden habe, daß man auf dem Lande die nehmliche
Sorge trägt, seine Beschäftigungen und Ergötzlichkeiten
abzuändern, wie ich hier sehe; nur mit dem Unterschied,
daß bey den Arbeiten und Belustigungen der Landleute,
eine Ruhe in dem Grunde der Seele bleibt, die ich hier
nicht bemerkt habe; und diese Ruhe dünkt mich etwas
sehr vorzügliches zu seyn."

Ich halte es auch dafür, und ich glaube dabey, (sagte
er gegen dem Fräulein von C*) nach dem entschloßnen
Ton Ihrer verehrungswürdigen Freundin, daß sie diese
Ruhe behalten wird, wenn auch hier Tausende durch sie
in Unruh gesetzt würden.

Da er mich nicht ansah, als er dieß sagte, und das
Fräulein nur lächelte, so blieb auch ich stille; denn ein=
mal fühlte ich bey dieser seiner Höflichkeit, eine Ver=
wirrung, die ich ungern möchte gezeigt haben; und dann
wollte ich ihn nicht länger mit mir in einem Gespräche
halten, sondern seiner ältern Freundin den billigen Vor=
zug lassen; zumal, da er sich ganz beflissen gegen sie ge=
wendet hatte.

Sie sagen, ich höre es: warum ältere Freundin?
Waren Sie denn auch schon seine Freundin, Sie, die ihn
erst eine halbe Stunde gesehen hatten?

Ja, meine liebe Emilia, ich war ſeine Freundin, ehe
ich ihn ſah; das Fräulein C* hatte mir von ſeinem vor=
trefflichen Charakter geſprochen, ehe er von einer kleinen
Reiſe, die er mit ſeinem Oncle während der Abweſenheit
des Fürſten machte, zurückkam, und was ich Ihnen von
ihm geſchrieben, war nichts anders, als daß ich alles Edle,
alles Gute, ſo mir das Fräulein von ihm erzählt, in
ſeiner Phyſionomie ausgedrückt ſah.

Noch mehr, Emilia, rührte mich die tiefſinnige
Traurigkeit, mit welcher er ſich an den Pfeiler des Fenſters
ſetzte, wo wir beyde auf der kleinen Bank waren, und
unſre Unterredung fortführten. Ich deutete dem Fräulein
C* auf ihren Freund und ſagte leiſe: Geſchieht diß oft?
Ja, diß iſt Spleen.

Sie machte mir hierauf allerley Fragen, über die
Art von Zeitvertreiben, welche ich mir, im Ernſt, auf dem
Lande machen könnte. Ich erzählte ihr kurz, aber mit
vollem Herzen, von den ſeligen Tagen meiner Erziehung,
und von denen, welche ich in dem geliebten Hauſe meines
Pflegvaters zugebracht, und verſicherte ſie: daß ihre Perſon
und Freundſchaft das einzige Vergnügen ſey, welches ich
in D. genoſſen hätte. Sie drückte mir zärtlich die Hand,
und bezeugte mir ihre Zufriedenheit. Ich fuhr fort, und
ſagte, ich könnte das Wort Zeitvertreib nicht leiden; ein=
mal, weil mir in meinem Leben die Zeit nicht einen
Augenblick zu lang worden wäre (auf dem Lande, raunte
ich ihr ins Ohr) und dann weil es mir ein Zeichen einer
unwürdigen Bewegung der Seele zu ſeyn ſcheine. Unſer
Leben iſt ſo kurz, wir haben ſo viel zu betrachten, wenn
wir unſre Wohnung, die Erde kennen, und ſo viel zu
lernen, wenn wir alle Kräfte unſers Geiſtes (die uns nicht
umſonſt gegeben ſind) gebrauchen wollen; wir können ſo
viel Gutes thun, — daß es mir einen Abſcheu giebt,
wenn ich von einer Sache reden höre, um welche man
ſich ſelbſt zu betrügen ſucht.

Meine Liebe, Ihre Ernſthaftigkeit ſetzt mich in Er=
ſtaunen, und dennoch höre ich Sie mit Vergnügen. Sie

sind in Wahrheit, wie die Prinzessin sagte, eine ausser=
ordentliche Person.

Ich weiß nicht, Emilia, wie mir war. — Ich merkte
wohl, daß dieser Ton meiner Gedanken gar nicht der
wäre, der sich in diese Gesellschaft schickte: aber ich konnte
mir nicht helfen. Es hatte mich eine Bangigkeit befallen,
eine Begierde weit weg zu seyn, eine innerliche Unruh;
ich hätte sogar weinen mögen, ohne eine bestimmte Ur=
sache angeben zu können.

Milord G. näherte sich schleichend seinem Neffen,
faßte ihn beym Arm, und sagte: Seymour, Sie sind wie
das Kind, das am Rande des Brunnens sicher schläft.
Sehen Sie um sich. (Indem er auf uns beyde wies)
Bin ich nicht das Glück, das Sie erweckt?

Sie haben recht, mein Oncle; eine entzückende
Harmonie, die ich hörte, nahm mich ein, und ich dachte
an keine Gefahr dabey. Während er diß sagte, waren
seine Augen mit dem lebhaftesten Ausdruck von Zärtlich=
keit auf mich gewendet, so daß ich die meine niederschlug,
und den Kopf weg kehrte. Darauf sagte Milord auf
Englisch: Seymour, nimm dich in Acht, diese Netze sind
nicht vergeblich so schön und so ausgebreitet. Ich sah seine
Hand, die auf meinen Kopf und meine Locken wies; da
wurde ich über und über roth. Die Coketterie, die er
mir zuschrieb, ärgerte mich, und ich empfand auch den
Unmuth, den er haben mußte, wenn er hörte, daß ich
Englisch verstünde. Ich war verlegen; doch um ihm und
mir mehrere Verwirrung zu ersparen, sagte ich ganz kurz:
Milord, ich verstehe die Englische Sprache. Er stutzte
ein wenig, lobte meine Freymüthigkeit, und Seymour ent=
färbte sich; doch lächelte er dabey, und wandte sich gleich
zum Fräulein C*. — „Wollen Sie nicht auch Englisch
lernen?“

Von wem?

Von mir gnädiges Fräulein, und von dem Fräulein
von Sternheim; mein Oncle hälfe auch Lectionen geben,
und Sie sollten bald reden können.

Niemals ſo gut als meine Freundin, der es an=
gebohren iſt, denn ſie iſt eine halbe Engländerin. —

Wie das, ſagte Milord G., indem er ſich zu mir
wandte?

Meine Großmutter war eine Watſon und Gemahlin
des Baron P. welcher mit der Geſandtſchaft in Eng=
land war.

Das Fräulein C* bat, er möchte Engliſch mit mir
reden. Er that es, und ich antwortete ſo, daß er meine
Ausſprache lobte, und dem Fräulein C* ſagte, ſie ſollte
von mir lernen, ich ſpräche ſehr gut. Wie er ſich ent=
fernte, ſo lag Milord Seymour dem Fräulein an, ſie
möchte ſich doch die Mühe nehmen, nur leſen zu lernen:
ſie verſprachs, und ſagte dabey, alle Tage, wo ſie den
Hofdienſt nicht ganz hätte, wollte ſie zu mir kommen.

Dann habe aber ich kein Verdienſt dabey, ſagte
er traurig.

Sie ſollen alle Wochen einmal zuhören, wie viel ich
gelernt habe.

Er antwortete mit einer bloßen Verbeugung.

Die Fürſtin ließ mich rufen. Ich mußte ihr in ihr
Cabinet folgen. Da hat Sie meine Laute, liebe Sternheim,
ſagte ſie, alles ſpielt; laſſen Sie mich allein ihre Stimme
und Geſchicklichkeit hören. Was konnte ich thun? Ich
ſpielte und ſang das erſte Stück, das mir in die Finger
kam. Sie umarmte mich; liebenswürdiges Mädchen, ſagte
ſie, wie beſchämen Sie alle bey Hof erzogene Damen,
durch die vielen Talente, die Sie auf dem Lande ge=
ſammelt haben! — Sie führte mich an der Hand zurück
in den Saal; ich mußte bis zu Ende der Aſſemblee bey
ihr bleiben, und ſie ſprach von hundert Sachen mit mir.
Milord Seymour ſah mich oft an, und meine Emilia,
(leſen Sie dieß meinem lieben Pflegevater vor!) ſeine
Achtſamkeit freute mich. Manche Augen gafften nach mir,
aber ſie waren mir zur Laſt, weil mich immer dünkte,
es wäre ein Ausdruck darinn, welcher meine Grundſätze
beleidigte.

Heute machten wir einen Besuch bey der Gräfin F.
gegen die ich mich bemühte gefällig zu seyn. Man sieht
wohl, daß ihr Gemahl ein Liebling des Fürsten ist; denn
sie sprach beynahe von nichts als von Gnadenbezeugungen,
welche sie genössen; machte auch viel Aufhebens von der 5
Ergebenheit ihres Gemahls gegen einen Herrn, der alles
würdig wäre. Diesem folgten große Lobeserhebungen des
Prinzen; sie rühmte die Schönheit seiner Person, aller=
hand Geschicklichkeiten, seinen guten Geschmack in allem,
besonders in Festins, seine prächtige Freygebigkeit, worinn 10
er eine fürstliche Seele zeigte. (Ich dachte, die Dame
möge freylich Ursache haben, diese letzte Eigenschaft so sehr
anzupreisen.) Von seiner Neigung gegen das schöne Ge=
schlecht sagte sie: wir sind Menschen; es sind freylich darinn
Ausschweifungen geschehen; aber das Unglück war nur, 15
daß der Herr noch keinen Gegenstand gefunden hat, der
seinen Geist eben so sehr als seine Augen gefesselt hätte;
denn gewiß, eine solche Person würde Wunder für das
Land und für den Ruhm des Herrn gewürkt haben.

Meine Tante stimmte mit ein. Ich saß stille, und 20
fand in diesem Bild eines Landesherrn keinen einzigen
Zug von demjenigen, welches die Anmerkungen meines
Vaters über den wahren Fürsten, bey Durchlesung der
Historie, in meinem Gedächtniß gelassen hatten. Zumal,
wenn ich es noch dabey nach den Grundzügen des deutschen 25
National=Charakters beurtheilte. — Ich war froh, daß
man meine Gedanken nicht zu wissen verlangte; denn da
mich die Gräfin in ihr Zimmer führte, um mir sein
Bildniß in Lebensgröße zu weisen, konnte ich wohl sagen,
daß die Figur schön sey, wie sie es denn würklich ist. — 30
Ich soll auch gemahlt werden, will meine Tante. Ich
kann es leiden; und schicke dann meiner Emilia eine
Copie; ich weiß, daß sie mir dafür dankt. Ich bitte
mir die Gedanken meines Pflegvaters, über diesen
Brief aus. 35

## Dritter Brief.

Alles was Sie in meinem letztern Briefe gesehen haben, ist, daß Milord Seymour seine beste Freundin in mir gefunden hat; und mein lieber Pflegvater betet für mich, weil es für menschliche Kräfte das Einzige ist, das man nun für mich thun kann.

Emilia, Sie lieben mich; Sie kennen mich, und Sie dachten nicht an den Kummer, den mir dieser so viel bedeutende Gedanke ihres Vaters geben konnte?

Ich erkenne alles; die lebhafte Hochachtung, welche ich für die Verdienste, für die Vorzüge des Charakters vom Milord Seymour gezeigt habe, machen Sie besorgt für mich. Seyn Sie ruhig, werthe Freunde! Aller Antheil, den ich je an Milord Seymour nehmen kann, ist der, den mir meine Liebe für das Fräulein C*. giebt; Denn diese ists, die er liebt; Diese ists, die er glücklich machen wird. Der Theil, den ich davon genieße, ist allein die Freude, die ein edles Herz in der Zufriedenheit seiner Freunde und in der Betrachtung der guten Eigenschaften seiner Nebenmenschen findt.

Noch eins, meine Emilia, ist für mich dabey: Weil ich von der Würklichkeit eines vollkommenen edlen, gütigen und weisen liebenswürdigen Mannes überzeugt bin, so wird der Niederträchtige, oder der bloße Witzling und der nur allein artige Mann niemals, niemals keine Gewalt über mein Herz erhalten; und dieß ist viel Vortheil, den ich von der Bekanntschaft des Milords habe.

Ich bedaure, daß die Krankheit des rechten Arms Ihres Papa ihm nicht zuläßt selbst an mich zu schreiben; nicht weil ich mit ihren Briefen unzufrieden bin, sondern weil er mir mehr von seinen eignen Gedanken über mich sagen würde, als Sie. Ich hoffe, der Zufall verliehrt sich, und dann bitte ich ihn, es zu thun.

Gestern waren wir bey einer großen Mittagstafel bey Milord G. Der Graf F. kam Nachmittags dazu, und noch Abends spät reiseten alle zum Fürsten. Der

5*

Graf ist ein angenehmer Mann von vielem Verstand.
Seine Gemahlin führte ihn zu mir; da reden Sie selbst
mit meinem Liebling, sprach sie, und sagen: ob ich Un=
recht habe, mir eine solche Tochter zu wünschen? Er
sagte mir sehr viel höfliches, beobachtete mich aber dabey 5
mit einer Aufmerksamkeit, die mich sonderbar dünkte, und
mich beynahe aus aller Fassung brachte.

Milord Seymour hatte an der Tafel seinen Platz
zwischen dem Fräulein C* und mir bekommen, sich meistens
nur mit uns unterhalten, auch beym Caffee uns beyde 10
mit der liebenswürdigsten Galanterie bedient, englische
Verse auf Carten geschrieben, und mich gebeten, sie dem
Fräulein zu übersetzen. Wie die Gräfin F. ihren Gemahl
zu mir führte, entfernten sich beyde in etwas und redeten
lang an einem andern Fenster. Der Graf begab sich 15
von mir zu Milord G., und nahm im Weggehen Milord
Seymour am Arm mit sich zu dem ersten hin. Das
Fräulein C* und ich, giengen, die mit Gemählden und
Kupferstichen ausgezierten Zimmer zu besehen, bis man
uns zum Spielen hohlte. In der Zwischenzeit redeten 20
Graf F. und Milord G. mit mir von meinem Vater,
welchen F. sehr wohl gekannt hatte, und von meiner
Großmutter Watson, die er gleich bey ihrer Ankunft ge=
sehen hatte, und von welcher er behauptete, daß ich viele
Aehnlichkeit mit ihr hätte. Milord S. war neben dem 25
Fräulein C*., sah ernsthaft und nachdenklich aus, und es
schien mir, als ob seine Augen einigemal mit einer Art
von Schmerzen auf mich und die beyden Herren geheftet
wären. Das Getrippel vieler Leute, das man auf ein=
mal in der Straße hörete, machte alles an die Fenster 30
laufen. Ich gieng an das, wo Milord Seymour und
das Fräulein C* stunden. Es waren Leute, die von
einer kleinen, aber sehr artig angestellten Spazierfahrt
des Fürsten auf dem Wasser, zurücke kamen, welche zu
sehen, sie haufenweise gegangen waren. Da ich sehr viele 35
in armseliger Gestalt und Kleidung, und uns hingegen in
möglichster Pracht, und die Menge Goldes auf den Spiel=

tiſchen zerſtreut ſah; das Fräulein C* aber von einem
dergleichen Feſtin erzählte, deſſen Aufwand berechnete, und
auch die unzählige Menge Volks anführte, die von allen
Orten herzugelaufen, es zu ſehen; kam ich in Bewegung,
⁵ und ſagte: O wie wenig bin ich für dieſe Ergötzlichkeiten
geſchaffen!

„Warum das? Wenn Sie es einmal ſehen, werden
Sie ganz anders denken.“ (Milord Seymour war die
ganze Zeit ſtill und kalt) Nein, meine liebe C*, ich werde
¹⁰ nicht anders denken, ſo bald ich die Pracht des Feſtins,
des Hofes, das auf den Spieltiſchen verſchleuderte Gold,
neben einer Menge Elender, welche Hunger und Bedürfniß
im abgezehrten Geſichte und in den zerriſſnen Kleidern
zeigen, ſehen werde! Dieſer Contraſt wird meine Seele
¹⁵ mit Jammer erfüllen; ich werde mein eignes glückliches
Ausſehen, und das von andern haſſen: der Fürſt und
ſein Hof werden mir eine Geſellſchaft unmenſchlicher
Perſonen ſcheinen, die ein Vergnügen in dem unermeß=
lichen Unterſchied finden, der zwiſchen ihnen und denen=
²⁰ jenigen iſt, die ihrem Uebermuth zuſehen.

Liebes, liebes Kind; was für eine eifrige Straf=
predigt halten Sie da! ſagte das Fräulein; reden Sie
nicht ſo ſtark!

Liebe C*, mein Herz iſt aufgewallt. Die Gräfin F.
²⁵ machte geſtern ſo viel Rühmens von der großen Frey=
gebigkeit des Fürſten; und heute ſehe ich ſo viele Un=
glückliche!

Das Fräulein hielt meine Hände; ſt. ſt. — Milord
Seymour hatte mich mit ernſtem unverwandtem Blick be=
³⁰ trachtet, und erhob ſeine Hand gegen mich; Edles recht=
ſchaffenes Herz! ſagte er. Fräulein C* lieben Sie ihre
Freundin, Sie verdients! Aber, ſetzte er hinzu, Sie
müſſen den Fürſten nicht verurtheilen; man unterrichtet
die großen Herren ſehr ſelten von dem wahren Zuſtande
³⁵ ihrer Unterthanen.

Ich will es glauben, verſetzte ich: aber Milord, ſtand
nicht das Volk am Uſer wo die Schiffahrt war? hat der

Fürst nicht Augen, die ihm ohne fremden Unterricht tausend
Gegenstände seines Mitleidens zeigen konnten? Warum
fühlte er nichts dabey?

„Theures Fräulein; wie schön ist ihr Eifer! Zeigen
Sie ihn aber nur bey dem Fräulein C*."                              5

Hier rief Milord G. seinen Vetter ab, und kurz
darauf giengen wir nach Hause.

Heute spielte meine Tante eine seltsame Scene mit
mir. Sie kam, so bald ich angezogen war, in mein
Zimmer, wo ich schon bey meinen Büchern saß. Ich bin 10
eifersüchtig auf deine Bücher, sagte sie, du stehst früh auf,
und bist gleich angezogen; da könntest du zu mir kommen;
du weist, wie gern ich mich mit dir unterrede. Dein
Oncle ist immer mit seinen düstern Proceßsachen geplagt:
ich arme Frau muß schon wieder an ein Wochenbette 15
denken, und du unfreundliches Mädchen bringst den ganzen
Morgen mit deinen trocknen Moralisten hin. Schenke
mir die Stunde, und gieb mir deine ernsthafte Herren
zum Unterpfand.

Meine Tante, ich will gerne zu ihnen kommen; 20
aber meine besten Freunde kann ich nicht von mir ent=
fernt wissen.

Komme immer mit, wir wollen in meinem Zimmer
zanken.

Sie setzte sich an ihren Putztisch: da hatte ich auf 25
eine Viertelstunde Unterhalt mit ihren beyden artigen
Knaben, die um diese Tagszeit die Erlaubniß haben, ihre
Mama zu sehen. Aber so bald sie fort waren, so blieb
ich recht einfältig da sitzen, sah' der außerordentlichen Mühe
zu, die sie sich um ihren Putz gab, und hörte Hof= 30
erzählungen an, die mir mißfielen; Ehrgeiz und Liebes=
Intriguen, Tadel, Satyren, aufgethürmte Ideen zu dem
Glücksbau meines Oncles. Sey doch recht gefällig gegen
die Gräfin F. setzte sie hinzu; du kannst deinem Oncle
große Dienste thun und selbst ein ansehnliches Glück machen. 35

Dieß sehe und wünsche ich nicht, meine Tante; aber
was ich für Sie thun kann, soll geschehen.

Liebste Sophie, du bist eines der reizendesten Mädchen; aber der alte Pfarrer hat dir eine Menge pedantische Ideen gegeben, die mich plagen. Laß dich ein wenig davon zurückbringen.

5 Ich bin überzeugt, meine Frau Tante, daß das Hofleben für meinen Charakter nicht taugt; mein Geschmack, meine Neigungen, gehen in allem davon ab; und ich bekenne Ihnen, gnädige Tante, daß ich froher abreisen werde, als ich hergekommen bin.

10 Du kennest ja den Hof noch nicht; wenn der Fürst kömmt, dann lebt alles auf. Dann will ich dein Urtheil hören! und mache dich nur gefaßt; du kömmst vor künftigem Frühjahr nicht aufs Land.

O ja, meine gnädige Tante, auf den Herbst geh ich 15 zur Gräfin R. so bald sie zurückgekommen seyn wird.

Und mein Wochenbette soll ich allein ohne dich halten müssen?

Sie sah' mich zärtlich an, indem sie dieß sagte, und reichte mir die Hand. Ich küßte ihre Hand, versicherte 20 sie, bey ihr zu bleiben, wenn diese Zeit käme.

Vor der Tafel gieng ich in mein Zimmer. Da fand ich meine Büchergestelle leer: Was ist dieß, Rosine? Der Graf, sagte sie, wäre gekommen, und hätte alles wegnehmen lassen. Es wäre ein Spaß von der Gräfin, 25 hätte er gesagt.

Ein unartiger Spaß, der sie nichts nützen wird; denn ich will desto mehr schreiben; neue Bücher will ich nicht kaufen, um sie nicht über meinen Eigensinn böse zu machen. O wenn nur meine Tante R. bald käme! Zu 30 dieser, Emilia, zu dieser geh ich mit Vergnügen. Sie ist zärtlich, ruhig, sucht und findet in den Schönheiten der Natur, in den Wissenschaften und in guten Handlungen, das Maaß von Zufriedenheit, das man hier sucht, wo man es nicht findet, und darüber das Leben vertändelt.

35 Mein Fräulein C* hat Lection im Englischen angenommen; ich denke, sie wird bald lernen. Sie weiß schon viele, lauter zärtliche Redensarten, an denen ich

den Lehrmeister erkenne. Sie hat mit uns gespeist. Ich
klagte meine Tante, über ihren Bücherraub, im Scherz
an. Das Fräulein stund ihr bey: Das ist gut ausgedacht,
sagte sie, wir wollen sehen, was der Geist unsrer Stern=
heim macht, wenn sie ohne Führer, ohne Ausleger, mit 5
uns lebt. Ich lachte mit, und sagte: Ich verlasse mich
auf den rechtschaffenen Gelehrten, der einmal sagte: Die
Empfindungen der Frauenzimmer wären oft richtiger als
die Gedanken der Männer.*) — Darauf erhielt ich die
Erlaubniß zu arbeiten. Ich sagte, es wäre mir unmög= 10
lich am Putztisch immer zuzusehen, Nachmittags allezeit zu
spielen, oder müßig zu seyn; und es wurde eine schöne
Tapetenarbeit angefangen, woran ich sehr fleißig zu seyn
gedenke.

Morgen kommt der Fürst und der ganze Hof mit 15
ihm: diesen Abend sind die fremden Ministers angekommen.
Milord G. besuchte uns noch spät, und brachte Milord
Seymour nebst einem andern Engländer, Lord Derby
genannt, mit, den er als einen Vetter vorstellte, der durch
ihn und Lord Seymour ein grosses Verlangen bekommen, 20
mich zu sehen, besonders weil ich eine halbe Landsmännin
von ihm wäre. Lord Derby redete mich sogleich auf
Englisch an. Er ist ein feiner Mann von ungemein
vielem Geist und angenehmen Wesen. Man bat diese
Herren zum Abendessen; es wurde freudig angenommen, 25
und meine Tante schlug vor, im Garten zu speisen, weil
Mondschein seyn würde, und der Abend schön sey.

Gleich war der kleine Saal erleuchtet, und meine
Tante fieng bey der Thüre, da sie mit Milord G. hinaus
gieng, ganz zärtlich an: Sophie, meine Liebe, deine Laute 30
bey Mondschein wäre recht vielen Dank werth.

Ich befahl, sie zu holen; Lord Derby gab mir die
Hand, Seymour war schon mit dem Fräulein C* voraus.
Der kleine Saal war am Ende des Gartens, unmittelbar

---

*) Eine Bemerkung, welche der Herausgeber aus vieler
Erfahrung an sich und andern von Herzen unterschreibt.

am Flusse, so, daß man lange zu gehen hatte. Lord
Derby unterhielt mich in einem ehrerbietigen Ton von
lauter schmeichelhaften Sachen, die er von mir gehört
hätte. Mein Oncle kam zu uns, und wie wir kaum
5 etliche Schritte über den halben Weg waren, stieß er mich
mit dem Arme, und sagte: seht, seht, wie der trockne
Seymour bey Mondschein so zärtlich die Hände küssen
kann! Ich sah auf: und liebe Emilia, es dünkte mich,
ich fühlte einen Schauer. Es mag von der kühlen Abend=
10 luft gekommen seyn; weil wir dem Wasser ganz nahe
waren. Aber da mich ein Zweifel darüber ankam, als
ob dieser Schauer zweydeutig wäre, weil ich ihn nur in
diesem Augenblick empfand, so mußten Sie es wissen.

Der junge Graf F., Neveu des Ministers, kam auch
15 noch, und da er den Bedienten, der die Laute trug, an=
getroffen, und gefragt hatte, für wen? nahm er sie und
klimperte vor dem Saal, bis mein Oncle hinaussah und
ihn einführte. Ich mußte gleich noch vor dem Essen
spielen und singen. Ich war nicht munter, und sang
20 mehr aus Instinct als Wahl, ein Lied, in welchem Sehn=
sucht nach ländlicher Freyheit und Ruhe ausgedrückt war.
Ich empfand selbst, daß mein Ton zu gerührt war; meine
Tante rief auch: Kind, du machst uns alle traurig; warum
willst du uns zeigen, daß du uns so gerne verlassen
25 möchtest? Singe was anders. Ich gehorchte still, und
nahm eine Gärtnerarie aus einer Opera, welche mit vielem
Beyfall aufgenommen wurde. Milord G. fragte: ob ich
nicht englisch singen könnte? ich sagte, nein: aber wenn
ich was hörte, so fiele mirs nicht schwer. Derby sang
30 gleich, seine Stimme ist schön, aber zu rasch. Ich accom=
pagnierte ihm, sang auch mit. Daraus machte man viel
Lobens von meinem musicalischen Ohr.

Die Gräfin F. sagte mir Zärtlichkeiten; Lord
Seymour nichts: er gieng oft in den Garten allein, und
35 kam mit Zügen einer gewaltsamen Bewegung in der
Seele zurück, redete aber nur mit Fräulein C*, die auch
gedankenvoll aussah. G. sah mich bedeutend an, doch

war Vergnügen in seinem Gesichte: Lord Derby hatte
ein feuriges Falkenauge, in welchem Unruhe war, auf
mich gerichtet.    Mein Oncle und meine Tante liebkosten
mir.    Um eilf Uhr giengen wir schlafen, und ich schrieb
noch diesen Brief.    Gute Nacht, theure Emilia! Bitten 5
Sie unsern ehrwürdigen Vater, daß er für mich bete!
Ich finde Trost und Freude in diesem Gedanken.

*    *    *

Ich wünsche, daß meine Tante immer kleine Reisen
machte, ich würde sie mit viel mehr Vergnügen begleiten,
als ich es unter dem immerwährenden Kreislauf unserer 10
Hof= und Stadtvisiten thun kann.   Mein Oncle hat eine
Halbschwester in dem Damenstift zu G., die er wegen
einem reichen Erbe, so ihr zugefallen ist, zum Besten
seiner Kinder zu gewinnen sucht.   Und aus dieser Ursache
mußte meine Tante mit ihren beyden Söhnen die Reise
zu ihr machen.   Sie nahm mich mit, und verschaffte mir 15
dadurch einen Theil des Vergnügens, für welches ich am
empfindlichsten bin, abwechselnde Scenen der Natur und
Kunst, in ihren mannichfaltigen Abänderungen, zu be=
trachten.   Wäre es auch nichts als der Anblick der auf=
und niedergehenden Sonne gewesen, so würde ich diese 20
Ausflucht von D. geliebt haben; aber ich sah mehr.   Der
Weg, den wir zurück zu legen hatten, zeigte mir ein
großes Stück unsers deutschen Bodens, und darinn manch=
mal ein rauhes stiefmütterliches Land, welches von seinen
leidenden geduldigen Einwohnern mit abgezehrten Händen 25
angebaut wurde.

Zärtliches Mitleiden, Wünsche und Segen, erfüllten
mein Herz, als ich ihren sauren Fleiß und die traurigen,
doch gelassnen Blicke sah', mit welchen sie den Zug unsrer
zwoen Chaisen betrachteten.   Die Ehrerbietung, mit der 30
sie uns als Günstlinge der Vorsicht grüßten, hatten etwas
sehr rührendes für mich; und ich suchte durch Gegenzeichen
meiner menschlichen Verbrüderung mit ihnen, und auch
durch einige Stücke Gelds, die ich den Nächsten an unserm

Wege ungebeten, zuwarf, ihnen einen guten Augenblick zu
schaffen. Besonders gab ich armen Weibern, die bey ihrer
Arbeit hie und da ein Kind auf dem Felde sitzen hatten.
Ich dachte, meine Tante macht eine Reise zum verhofften
5 Vortheil ihrer Söhne, und diese Frau verrichtet zum
Besten der ihrigen, eine kümmerliche Arbeit; ich will dieser
Mutter auch eine unerwartete Güte genießen lassen.

Der reitende Bediente erzählte uns dann die Freude
der armen Leute, und den Dank den sie uns nachriefen.

10 Reiche Felder, fette Triften und grosse Scheuren der
Bauren in andern Gegenden, bewiesen mir das Glück
ihrer günstigen Lage, und ich wünschte ihnen einen guten
Gebrauch ihres Segens. Meine Empfindungen waren
angenehm, wie sie es allezeit beym ersten Anblick der
15 Kennzeichen des Glücks zu seyn pflegen; bis nach und
nach aus ihrer Betrachtung der Gedanke der Vergleichung
unserer minder guten Umständen entspringt, und der
bittern Unzufriedenheit einen Zugang in die Seele giebt.

Wir kehrten unterwegs, auf dem Schlosse des Grafen
20 von W. ein, dessen Beschreibung ich unmöglich vorbeygehen kann. Es ist an der Spitze eines Bergs erbaut,
und hat auf vierzehn Stunden weit, die schönste Gegend
eines mit Feldern, Wiesen und zerstreuten Bauerhöfen,
gezierten Thales vor sich liegen, welches ein fischreicher
25 Bach durchfließt, und waldichte Anhöhen umfassen. Auf
dem Berge sind weitläuftige Gärten und Spaziergänge,
nach dem edlen Geschmack des vorigen Besitzers angelegt,
in welchem ich seinen Lieblingsgrundsatz, „das Angenehme
immer mit dem Nützlichen zu verbinden," sehr schön aus-
30 geführt sah.

Dieses und die vollkommene Edelmanns-Landwirth-
schaft, die auserlesene Bibliothek, die Sammlung physicalischer Instrumenten, die edle, von Ueppigkeit und Karg-
heit gleichweit entfernte Einrichtung des Hauses, die
35 Stiftung eines Arztes für die ganze Herrschaft, der lebens-
längige Unterhalt, dessen sich alle Hausbedienten zu er-
freuen haben, die Wahl geschickter und rechtschaffener

Männer auf den Beamtungen, und eine Menge kluger
Verordnungen zum Besten der Unterthanen, ꝛc. alles
sind lebende Denkmale des Geschmacks, der Einsichten,
und der edlen Denkungsart des vormaligen Besitzers,
der, nachdem er mit größtem Ruhm viele Jahre 5
die erste Stelle an einem großen Hofe bekleidet hatte,
seine letzten Tage auf diesem angenehmen Landsitz ver=
lebte. Seine Güte und Leutseligkeit scheint seinen Erben,
mit den Gütern, eigen geworden zu seyn, daher sich immer
die beste Gesellschaft der umliegenden Einwohner bey ihnen 10
versammelt. Die sechs Tage über, welche wir da zu=
brachten, kam ich durch das Spielen auf eine Idee, die
ich gern von Herrn Br. untersucht haben möchte. Es
waren viele Fremde gekommen, zu deren Unterhaltung
man nothwendiger Weise Spieltische machen mußte. Denn 15
unter zwanzig Personen waren gewiß die Meisten von
sehr verschiedenem Geist und Sinnesart, welches sich bey
der Mittagstafel und dem Spaziergang am stärksten
äußerte, wo jeder nach seinen herrschenden Begriffen und
Neigungen von allen vorkommenden Gegenständen redete, 20
und wo öfters theils die feinern Empfindungen der
Tugend, theils die Pflichten der Menschenfreundlichkeit
beleidigt worden waren. Bey dem Spielen aber hatten
alle nur Einen Geist, indem sie sich denen dabey ein=
geführten Gesetzen ohne den geringsten Widerspruch unter= 25
warfen; keines wurde unmuthig, wenn man ihm sagte,
daß hier und da wider die Regeln gefehlt worden sey;
man gestund es, und besserte sich sogleich nach dem Rath
eines Kunsterfahrnen.

Ich bewunderte und liebte die Erfindung des 30
Spielens, da ich sie als ein Zauberband ansah, durch
welches in einer Zeit von wenigen Minuten, Leute von
allerley Nationen, ohne daß sie sich sprechen können, und
von Personen von ganz entgegengesetzten Charactern viele
Stunden lang sehr gesellig verknüpft werden; da es ohne 35
dieses Hülfsmittel beynahe unmöglich wäre, eine allgemeine
gefällige Unterhaltung vorzuschlagen. Aber ich konnte

mich nicht enthalten, der Betrachtung nachzuhängen: Wo=
her es komme, daß eine Person vielerley Gattungen
von Spielen lernt, und sehr sorgfältig allen Fehlern wider
die Gesetze davon auszuweichen sucht, so daß alles was
5 in dem Zimmer vorgeht, diese Person zu keiner Ver=
gessenheit oder Uebertretung der Spielgesetze bringen kann;
und eine Viertelstunde vorher war nichts vermögend, sie
bey verschiednen Anlässen von Scherzen und Reden ab=
zuhalten, die alle Vorschriften der Tugend und des Wohl=
10 standes beleidigten. Ein andrer, der als ein edler Spieler ge=
rühmt wurde, und in der That ohne Gewinnsucht mit einer
gleichgelassenen und freundlichen Miene spielte, hatte einige
Zeit vorher, bey der Frage von Herrschaft und Unterthan,
von den letztern als Hunden gesprochen, und einem jungen
15 die Regierung seiner Güther antretenden Cavalier die
heftigste und liebloseste Maaßregeln angerathen, um die
Bauren in Furcht und Unterwürfigkeit zu erhalten, und
die Abgaben alle Jahre richtig einzutreiben, damit man
in seinem standesgemäßen Aufwand nicht gestört würde. —
20    Warum? sagte mein Herz, warum kostet es die
Leute weniger, sich den oft bloß willführlichen Gesetzen
eines Menschen zu unterwerfen, als den einfachen, wohl=
thätigen Vorschriften, die der ewige Gesetzgeber zum Besten
unsrer Nebenmenschen angeordnet hat? Warum darf
25 man Niemand erinnern, daß er wider diese Gesetze fehle?
Meiner Tante hätte ich diesen zufälligen Gedanken nicht
sagen wollen; denn sie macht mir ohnehin immer Vor=
würfe über meine strenge und zu scharf gespannte
moralische Ideen, die mich, wie sie sagt, alle Freuden des
30 Lebens mißtönend finden ließen. Ich weiß nicht, warum
man mich immer hierüber anklagt. Ich kann munter seyn;
ich liebe Gesellschaft, Musik, Tanz und Scherz. Aber die
Menschenliebe und den Wohlstand kann ich nicht beleidigen
sehen, ohne mein Mißvergnügen darüber zu zeigen; und
35 dann ist es mir auch unmöglich, an geist= und empfindungs=
losen Gesprächen einen angenehmen Unterhalt zu finden, oder
von nichtswürdigen Kleinigkeiten Tage lang reden zu hören.

O fände ich nur in jeder großen Gesellschaft oder unter den Freunden unsers Hauses in D. Eine Person wie die Stiftsdame zu **, man würde den Ton meines Kopfs und Herzens nicht mehr mürrisch gestimmt finden! Diese edelmüthige Dame lernte mich zu G. kennen, ihre erste Bewegung für mich war Achtung, mich als eine Fremde etwas mehr als gezwungene Höflichkeit genießen zu lassen. Ich hatte das Glück ihr zu gefallen, und erhielt dadurch den Vortheil den liebenswürdigen Charakter ihres Geistes und Herzens kennen zu lernen. Niemals habe ich die Fähigkeiten des einen und die Empfindungen des andern in einem so gleichen Maaß Fein, Edel und Stark gefunden, als in dieser Dame. Ihr Geist und die angenehme Laune, die ihren Witz charakterisirt, machen sie zu der angenehmsten Gesellschafterin, die ich jemals gesehen habe; [und beynahe möchte ich glauben, daß einer unsrer Dichter an sie gedacht habe, da er von einer liebenswürdigen Griechin sagte:

— Es hätt' ihr Witz auch Wangen ohne Rosen
Beliebt gemacht, ein Witz, dem's nie an Reiz gebrach.
Zu stechen oder liebzukosen
Gleich aufgelegt, doch lächelnd wenn er stach,
Und ohne Gift — —] *)

Sie besitzt die seltene Gabe, für alles, was sie sagt und schreibt, Ausdrücke zu finden, ohne daß sie das geringste Gesuchte an sich haben; alle ihre Gedanken, sind wie ein schönes Bild, welches die Grazien, in ein leichtes natürlich fließendes Gewand eingehüllt haben. Ernsthaft, munter oder freundschaftlich, in jedem Licht nimmt die Richtigkeit ihrer Denkensart und die natürliche ungeschmückte Schönheit ihrer Seele ein; und ein Herz voll Gefühl und Empfindung für alles was gut und schön ist, ein Herz,

---

*) Um die vortreffliche Schreiberin für nichts responsabel zu machen, was nicht würklich von ihr kömmt, gesteht der Herausgeber, daß die in [ ] eingeschlossenen Zeilen von ihm selbst eingeschoben worden, da er das Glück hat, die Dame, deren getreues Bildniß hier entworfen wird, persönlich zu kennen.

das gemacht iſt durch die Freundſchaft glücklich zu ſeyn,
und glücklich zu machen, vollendet die Liebenswürdigkeit
ihres Charakters.

Nur um dieſer Dame willen, habe ich mir zum
5 erſtenmal alte Ahnen gewünſcht, damit ich Anſprüche auf
einen Platz in ihrem Stifte machen, und alle Tage meines
Lebens mit ihr hinbringen könnte. Die Beſchwerlichkeiten
der Präbende würden mir an ihrer Seite ſehr leichte
werden.

10 Urtheilen Sie ſelbſt, ob es mir empfindlich war,
dieſe liebenswürdige Gräſin wieder verlaſſen zu müſſen;
wiewohl ſie die Gütigkeit hat, mich durch ihren Brief=
wechſel für den Verluſt ihres reizenden Umgangs zu ent=
ſchädigen. Sie ſollen Briefe von ihr ſehen, und dann
15 ſagen, ob ich zuviel von den Reizungen ihres Geiſtes
geſagt habe.

Die Beſcheidenheit, welche einen beſondern Zug des
Charakters ihrer Freundin, der Gräſin von G. ausmacht,
ſoll mich, da ſie dieſen Brief nicht zu ſehen bekommen
20 kann, nicht verhindern, Ihnen zu ſagen, daß dieſe vor=
treffliche Dame nächſt jener den meiſten Antheil an dem
Wunſch hatte, mein Leben, wenn es möglich geweſen wäre,
in dieſer glücklichen Entfernung von der Welt hinzubringen.
Stilles Verdienſt, das nur deſto mehr einnimmt, weil es
25 nicht glänzen will, ein feiner, durch Beleſenheit und
Kenntniſſe ausgeſchmückter Geiſt, verbunden mit ungefärbter
Aufrichtigkeit und Güte des Herzens, macht dieſe Dame
der Hochachtung und der Freundſchaft jeder edlen Seele
werth. Selbſt der dichte Schleyer, den ihre, beynahe
30 allzugroße, wiewohl unaffectirte Beſcheidenheit über ihre
Vorzüge wirft, erhöht in meinen Augen den Werth der=
ſelben. Selten legt ſie dieſen anderswo als in dem
Zimmer der Gräſin S. von ſich; deren Beyfall ihr eine
Art von Gleichgültigkeit gegen alles andere Lob zu geben
35 ſcheint; ſo wie ſie auch der ſeltenen Geſchicklichkeit, womit
ſie das Clavier ſpielt, und welche genug wäre, hundert
andere ſtolz zu machen, nur darum, weil ſie ihrer Freundin

dadurch Vergnügen machen kann, einigen Werth beyzulegen scheint. Ich kann nicht vergessen, unter den übrigen würdigen Damen dieses Stifts, der Gräfin T. W. welche alle ihre Tage mit übenden Tugenden bezeichnet, und einen Theil ihrer besondern Geschicklichkeiten zum Unter= 5 richt armer Mädchen in allerley künstlichen Arbeiten ver= wendet, — und besonders der Fürstin, welche die Vor= steherin des Stifts ist, mit der zärtlichen Ehrerbietung zu erwähnen, welche Sie durch die vollkommenste Leutseligkeit, eine sich selbst immer gleiche Heiterkeit der Seele, und die 10 Würde voll Anmuth, womit sich diese Eigenschaften in Ihrer ganzen Person ausdrücken, allen die sich Ihr nähern, ein= flößt. Wenn ich etwas beneiden könnte, so würde es das Glück seyn, unter der Leitung der erfahrnen Tugend und Klugheit einer so würdigen mütterlichen Vorsteherin meine 15 Tage hinzubringen.

Ich begnüge mich, Ihnen, was den Hauptpunct meiner Tante bey dieser Reise betrifft, zu melden, daß er vollkommen erreicht wurde; wir sind nun wieder in T. und der Menge von Besuchen, welche wir zu geben und an= 20 zunehmen hatten, messen Sie die Schuld bey, daß Sie so lange ohne Nachricht von mir geblieben sind.

---

## Milord Seymour an den Doctor T**.

Lieber Freund, ich hörte Sie oft sagen, die Beob= achtungen, die Sie auf Ihren Reisen, durch Deutschland, 25 über den Grundcharakter dieser Nation gemacht, hätte in Ihnen den Wunsch hervorgebracht, auf einer Seite den Tiefsinn unsrer Philosophen mit dem methodischen Vor= trag der Deutschen, und auf der andern das kalte und langsam gehende Blut ihrer übrigen Köpfe, mit der 30 feurigen Einbildungskraft der unsern, vereinigt zu sehen. Sie suchten auch lang eine Mischung in mir hervor= zubringen, wodurch meine heftige Empfindungen möchten gemildert werden, indem Sie sagten, daß dieses die einzige

Hinderniß sey, warum ich in den Wissenschaften, die ich
doch liebte, niemals zu einer gewissen Vollkommenheit ge=
langen würde. Sie giengen sanft und gütig mit mir um,
weil Sie durch die Zärtlichkeit meines Herzens den Weg
5 zu der Biegsamkeit meines Kopfs finden wollten: ich weis
nicht, mein theurer Freund, wie weit Sie damit gekommen
sind: Sie haben mich das wahre Gute und Schöne er=
kennen und lieben gelehrt, ich wollte auch immer lieber
sterben, als etwas Unedles oder Bösartiges thun, und
10 doch zweifle ich, ob Sie mit der Ungeduld zufrieden seyn
würden, mit welcher ich das Ansehen meines Oheims über
mich ertrage. Es däucht mir eine dreyfache Last zu seyn,
die meine Seele in allen ihren Handlungen hindert;
Milord G. als Oheim, als reicher Mann, den ich erben
15 soll, und als Minister dem mich meine Stelle als
Gesandtschaftsrath unterwirft. Fürchten Sie dennoch nicht,
daß ich mich vergesse oder Milorden beleidige; nein, so
viel Gewalt habe ich über meine Bewegungen; sie werden
durch nichts anders sichtbar, als eine tödtende Melancholie,
20 die ich vergebens zu unterdrücken suche: aber warum mache
ich so viele Umschweife, um Ihnen am Ende meines
Briefs etwas zu sagen, das ich gleich Anfangs sagen
wollte, daß ich in einer jungen Dame die schöne und
glückliche Mischung der beyden Nationalcharaktere gesehen
25 habe. Ihre Großmutter mütterlicher Seite war eine
Tochter des alten Sir Watson, und ihr Vater, der
verdienstvolleste Mann, dessen Andenken in dem edelsten
Ruhme blühte. Diese junge Dame ist eine Freundin des
Fräulein C*, von welchem ich Ihnen schon geschrieben
30 habe, das Fräulein Sternheim ist aber erst seit einigen
Wochen hier und zwar zum erstenmal: vorher war sie
immer auf dem Lande gewesen. Erwarten Sie keine
Ausrufungen über ihre Schönheit; aber glauben Sie mir,
wenn ich sage, daß alle mögliche Grazien, deren die
35 Bildung und Bewegung eines Frauenzimmers fähig ist,
in ihr vereinigt sind: eine holde Ernsthaftigkeit in ihrem
Gesicht, eine edle anständige Höflichkeit in ihrem Bezeugen,

die äußerste Zärtlichkeit gegen ihre Freundin, eine an=
betungswürdige Güte und die feinste Empfindsamkeit der
Seele; ist dieß nicht die Stärke des Englischen Erbes von
ihrer Großmutter?*) Einen mit Wissenschaft und richtigen
Begriffen gezierten Geist, ohne das geringste Vorurtheil, 5
männlichen Muth Grundsätze zu zeigen und zu behaupten,
viele Talente mit der liebenswürdigsten Sittsamkeit ver=
bunden; dieses gab ihr der rechtschaffene Mann, der das
Glück hatte ihr Vater zu seyn. Nach dieser Beschreibung,
mein Freund, können Sie den Eindruck beurtheilen, welchen 10
sie auf mich machte. Niemals, niemals ist mein Herz so
eingenommen, so zufrieden mit der Liebe gewesen! Aber
was werden Sie dazu sagen, daß man dieses edle reizende
Mädchen zu einer Maitresse des Fürsten bestimmt? daß
mir Milord verboten ihr meine Zärtlichkeit zu zeigen, 15
weil der Graf F. ohnehin befürchtet, man werde Mühe
mit ihr haben? Doch behauptet er, daß sie deswegen an
den Hof geführt worden sey. Ich zeigte meinem Oncle
alle Verachtung, die ich wegen dieser Idee auf den Grafen
Löbau, ihren Oncle, geworfen; ich wollte das Fräulein 20
von dem abscheulichen Vorhaben benachrichtigen, und bat
Milorden fußfällig, mir zu erlauben, durch meine Ver=
mählung mit ihr, ihre Tugend, ihre Ehre und ihre An=
nehmlichkeiten zu retten. Er bat mich, ihn ruhig an=
zuhören, und sagte mir, er selbst verehre das Fräulein, 25
und sey überzeugt, daß sie das ganze schändliche Vorhaben
zernichten werde; und er gab mir die Versicherung, daß
wenn sie ihrem würdigen Charakter gemäß handle, er sich

---

*) Ich habe der kleinen Partheylichkeit des Fräulein von
Sternheim für die Englische Nation bereits in der Vorrede als
eines Fleckens erwähnt, den ich von diesem vortrefflichen Werke
hätte wegwischen mögen, wenn es ohne zu große Veränderungen
thunlich gewesen wäre. — Wenn wir den weisesten Engländern
selbst glauben dürfen, so ist eine Dame von so schöner Sinnesart,
als Fräulein St., in England nicht weniger selten als in Deutsch=
land. Doch, hier spricht ein junger Engländer, welcher billig für
seine Nation eingenommen seyn darf, und ein Enthusiast, der
das Recht hat, zuweilen unrichtig zu raisonnieren. A. d. H.

ein Vergnügen davon machen wolle, ihre Tugend zu krönen. „Aber so lang der ganze Hof sie als bestimmte Maitresse ansieht, werde ich nichts thun. Sie sollen keine Frau von zweydeutigem Ruhme nehmen; halten Sie sich an das Fräulein C*, durch diese können Sie alles von den Gesinnungen der Sternheim erfahren; ich will Ihnen von den Unterhandlungen Nachricht geben, die der Graf F. auf sich genommen hat. Alle Züge des Charakters der Fräulein geben mir Hoffnung zu einem Triumphe der Tugend. Aber er muß vor den Augen der Welt erlanget werden."

Mein Oheim erregte in mir die Begierde, den Fürsten gedemüthigt zu sehen, und ich stellte mir den Widerstand der Tugend als ein entzückendes Schauspiel vor. Diese Gedanken brachten mich dahin, meine ganze Aufführung nach der Vorschrift meines Oheims einzurichten. Milord Derby hat mir einen neuen Bewegungsgrund dazu gegeben. Er sah sie, und faßte gleich eine Begierde nach den seltnen Reizungen die sie hat; denn Liebe kann man seine Neigung nicht nennen. Er ist mir mit seiner Er= klärung schon zuvorgekommen: wenn er sie rührt, so ist mein Glück hin; eben so hin, als wenn sie der Fürst er= hielte: denn wenn sie einen Ruchlosen lieben kann, so hätte sie mich niemals geliebt. Aber ich bin elend, höchst elend durch die zärtlichste Liebe für einen würdigen Gegen= stand, den ich unglücklicher weise mit den Fallstricken des Lasters umgeben sehe. Die Hoffnung in ihre Grundsätze, und die Furcht der menschlichen Schwachheit martern mich wechselsweise. Heute, mein Freund, heute wird sie in der Hofcomödie dem Blick des Fürsten zum erstenmal ausgesetzt; ich bin nicht wohl; aber ich muß hingehen, wenn es mir das Leben kosten sollte.

Ich lebe auf, mein Freund, der Graf von F. zweifelt, daß man etwas über den Geist des Fräuleins gewinnen werde.

Milord befahl mir, mich in der Comödie nahe an ihn zu halten. Das Fräulein kam mit ihrer unwürdigen

6*

Tante in die Loge der Gräfin F.; sie sah so liebens=
würdig aus, daß es mich schmerzte. Eine Verbeugung,
die ich zugleich mit Milord an die drey Damen machte,
war der einzige Augenblick, wo ich mir getrauete sie an=
zusehen. Bald darauf war der ganze Adel und der Fürst 5
selbst da, dessen lüsternes Auge sogleich auf die Loge der
Gräfin F. gewendet war; das Fräulein verbeugte sich mit
so vieler Anmuth, daß ihn auch dieses hätte aufmerksam
machen müssen, wenn es ihre übrige Reize nicht gethan
hätten. Er redete sogleich mit dem Grafen F. und sah 10
wieder auf das Fräulein, die er jetzt besonders grüßte. Alle
Augen waren auf sie geheftet, aber eine kleine Weile
darauf verbarg sich das Fräulein hinter der Gräfinn F.
Die Opera gieng an: der Fürst redete viel mit F. der
endlich in die Loge seiner Gemahlin gieng, um Milorden 15
und den Gräfinnen zu verweisen, daß sie dem Fräulein
den Platz wegnähmen, da sie beyde das Spiel schon oft,
das Fräulein aber es noch niemals gesehen hätte.

Die Damen seyn nicht Ursache, Herr Graf, sagte
das Fräulein, etwas ernsthaft: ich habe diesen Platz ge= 20
wählt, ich sehe genug, und gewinne dabey das Vergnügen,
weniger gesehen zu werden.

„Aber sie berauben so viele des Vergnügens Sie
zu sehen?“ — Darüber hätte sie nur eine Verbeugung
gemacht, die an sich nichts als Geringschätzigkeit seines 25
Compliments angezeigt habe. Er hätte ihre Meynung
von der Comödie begehrt; darauf hätte sie wieder mit
einem ganz eignen Ton gesagt: Sie wundere sich nicht,
daß diese Ergötzlichkeit von so vielen Personen geliebt würde.

„Ich wünsche aber zu wissen, wie es Ihnen gefällt, 30
was Sie davon denken? Sie sehen so ernsthaft.“

Ich bewundere die vereinigte Mühe so vieler Arten
von Talente.

„Ist das Alles, was Sie dabey thun, empfinden
Sie nichts für die Heldin oder den Helden?“ 35
Nein, Herr Graf, nicht das geringste; hätte Sie mit
Lächeln geantwortet.

Man speiste bey der Fürstin von W*; der Fürst,
die Gesandtschaften und übrigen Fremde, worunter der
Graf Löbau, Oncle des Fräuleins Sternheim, auch ge=
rechnet wurde.   Die Gräfin F* stellte das Fräulein mit
5 vielem Gepränge dem Fürsten vor.  Dieser affectirte viel
von ihrem Vater zu sprechen.   Das Fräulein soll kurz
und in einem gerührten Tone geantwortet haben.   Die
Tafel war vermengt, immer ein Cavalier bey einer Dame.
Graf F* ein Neffe des Ministers war an der Seite des
10 Fräuleins, welche gerade so gesetzt wurde, daß sie der
Fürst im Gesicht hatte; er sah sie unaufhörlich an.   Ich
nahm mich in Acht, nicht oft nach dem Fräulein zu sehen;
doch bemerkte ich Unzufriedenheit an ihr.   Man hob die
Tafel bald auf, um zu spielen: die Prinzessin nahm das
15 Fräulein zu sich, gieng bey den Spieltischen mit ihr
herum, setzte sich auf den Sopha, und redete sehr freund=
lich mit ihr.  Der Fürst kam, nachdem er eine Tour mit
Milorden gespielt hatte, auch dazu.

Den zweeten Tag sagte Graf F. zu Milord: er
20 wünschte dem Löbau alles Böse auf den Hals, das
Fräulein hieher gebracht zu haben.   Sie ist ganz dazu
gemacht, um eine heftige Leidenschaft zu erwecken; aber
ein Mädchen, das keine Eitelkeit auf ihre Reize hat, bey
einem Schauspiel nichts als die vereinigte Mühe von
25 vielerley Talenten betrachtet, an einer ausgesuchten Tafel
nichts als eine Aepfel=Compotte ißt, Wasser dazu trinkt,
an einem Hofe nach dem Hause eines Landpfarrers seufzet,
und bey allem dem voll Geist und voll Empfindung ist,
— ein solches Mädchen ist schwer zu gewinnen!

30   Gott wolle es, dacht' ich; lange kann ich den gewalt=
samen Stand, in dem ich bin, nicht aushalten!

Schreiben Sie mir bald; sagen Sie mir, was Sie
von mir denken, und was ich hätte thun sollen.

### Das Fräulein von Sternheim an Emilia.

O meine Emilia! wie nöthig ist mir eine erquickende
Unterhaltung mit einer zärtlichen und tugendhaften
Freundin!

Wissen Sie, daß ich den Tag, an dem ich mich zu 5
der Reise nach D. bereden ließ, für einen unglücklichen
Tag ansehe. Ich bin ganz aus dem Kreise gezogen
worden, den ich mit einer so seligen Ruhe und Zufrieden=
heit durchgieng. Ich bin hier Niemanden, am wenigsten
mir selbst, nütze; das Beste, was ich denke und empfinde, 10
darf ich nicht sagen, weil man mich lächerlich=ernsthaft
findet; und so viel Mühe ich mir gebe, aus Gefälligkeit
gegen die Personen, bey denen ich bin, ihre Sprache zu
reden, so ist doch meine Tante selten mit mir zufrieden,
und ich, Emilia, noch seltener mit ihr. Ich bin nicht 15
eigensinnig, mein Kind, in Wahrheit, ich bin es nicht; ich
fordere nicht, daß jemand hier denken solle, wie ich; ich
sehe zu sehr ein, daß es eine moralische Unmöglichkeit ist.
Ich nehme keinem übel, daß der Morgen am Putztische,
der Nachmittag in Besuchen, der Abend und die Nacht 20
mit Spielen hingebracht wird. Es ist hier die große
Welt, und diese hat die Einrichtung ihres Lebens mit
dieser Haupteintheilung angefangen. Ich bin auch sehr
von der Verwunderung zurückgekommen, in die ich sonst
gerieth, wenn ich an Personen, die meine selige Groß= 25
mama besuchten, einen so großen Mangel an guten
Kenntnissen sah, da sie doch von Natur mit vielen Fähig=
keiten begabt waren. Es ist nicht möglich, meine Liebe,
daß eine junge Person in diesem betäubenden Geräusche
von lermenden Zeitvertreiben einen Augenblick finde, sich 30
zu sammeln. Kurz, alle hier, sind an diese Lebensart
und an die herrschenden Begriffe von Glück und Ver=
gnügen gewöhnt, und lieben sie eben so, wie ich die Grund=
sätze und Begriffe liebe, welche Unterricht und Beyspiel
in meine Seele gelegt haben. Aber man ist mit meiner 35
Nachsicht, mit meiner Billigkeit nicht zufrieden; ich soll

denken und empfinden wie sie, ich soll freudig über meinen
wohlgerathnen Putz, glücklich durch den Beyfall der andern,
und entzückt über den Entwurf eines Soupe', eines Bal's
werden. Die Opera, weil es die erste war, die ich sah,
5 hätte mich außer mir selbst setzen sollen, und der Himmel
weiß, was für elendes Vergnügen ich in dem Lob des
Fürsten habe finden sollen. Alle Augenblicke wurde
ich in der Comödie gefragt: Nun, wie gefällts ihnen,
Fräulein?

10 Gut, sagte ich ganz gelassen; es ist vollkommen nach
der Idee, die ich mir von diesen Schauspielen machte.
Da war man mißvergnügt, und sah mich als eine Person
an, die nicht wisse was sie rede. Es mag seyn, Emilia,
daß es ein Fehler meiner Empfindungen ist, daß ich die
15 Schauspiele nicht liebe, und ich halte es für eine Würkung
des Eindrucks, den die Beschreibung des Lächerlichen und
Unnatürlichen eines auf dem Schlachtfeld singenden
Generals und einer sterbenden Liebhaberin, die ihr Leben
mit einem Triller schließt, so ich im Englischen gelesen
20 habe, auf mich machte. Ich kann auch niemand tadeln,
der diese Ergötzlichkeiten liebt. Wenn man die Verbindung
so vieler Künste ansieht, die für unser Aug und Ohr dabey arbeiten, so ist schon dieses angenehm zu betrachten;
und ich finde nichts natürlicher, als die Leidenschaften,
25 die eine Actrice oder Tänzerin einflößt. Die Intelligenz,
(lassen Sie mir dieses Wort) mit welcher die erste ihre
Rolle spielt, da sie ganz in den Charakter, den sie vor=
stellt, eintritt, von edeln zärtlichen Gesinnungen mit voller
Seele redt, selbst schön dabey ist, und die ausgesuchte
30 Kleidung, die affectvolleste Musik, mit allen Verzierungen
des Theaters dabey zu Gehülfen hat, — wo will sich
der junge Mann retten, der mit einem empfindlichen
Herzen in den Saal tritt, und da von Natur und Kunst
zugleich bestürmt wird?

35 Die Tänzerin, von muntern Grazien umgeben, jede
Bewegung voll Reiz, in Wahrheit, Emilia, man soll sich
nicht wundern, nicht zanken, wenn sie geliebt wird! Doch

dünkt mich der Liebhaber der Actrice edler als der von
der Tänzerin. Ich habe irgendwo gelesen, daß die Linie
der Schönheit für den Mahler und Bildhauer sehr fein
gezogen sey, geht er darüber, so ist sie verlohren; bleibt
er unter ihr, so fehlt seinem Werk die Vollkommenheit. 5

Die Linie der sittlichen Reize der Tänzerin dünkt
mich eben so fein gezogen; denn sie schien mir sehr oft
übertreten zu werden.

Ueberhaupt bin ich es sehr zufrieden, ein Schauspiel
gesehen zu haben, weil die Vorstellung, die ich davon 10
hatte, dadurch ganz bestimmt worden ist; aber ich bin es
auch zufrieden, wenn ich keines mehr sehe.

Nach der Comödie speiste ich mit der Prinzessin
von W*, da wurde ich dem Fürsten vorgestellt. Was
soll ich Ihnen davon sagen? Daß er ein sehr schöner 15
Mann und sehr höflich ist, daß er meinen werthen Papa
sehr gelobt hat, und daß ich mißvergnügt damit war. Ja,
meine Emilia, ich kann nicht mehr so froh über die Lob=
sprüche seyn, die man ihm giebt; der Ton, worinn es
geschieht, klingt mir gerade, als wenn man sagte: Ich 20
weiß, daß sie von ihrem Vater sehr eingenommen sind,
ich sage ihnen also Gutes von ihm. Und dann, mein
Kind, muß ich Ihnen sagen, daß die Blicke, die der Fürst
auf mich warf, auch das Beste verdorben hätten, daß er
hätte sagen können. 25

Was für Blicke, meine Liebe! Gott bewahre mich,
sie wieder zu sehen! Wie haßte ich die Spanische Kleidung,
die mir nichts als eine Palatine erlaubte. Wäre ich je=
mals auf meine Leibesgestalt stolz gewesen, so hätte ich
gestern dafür gebüßt. Der bitterste Schmerz durchdrang 30
mich bey dem Gedanken, der Gegenstand so häßlicher
Blicke zu seyn. Meine Emilia, ich mag nicht mehr hier
seyn; ich will zu Ihnen, zu den Gebeinen meiner Aeltern.
Die Gräfin R. bleibt zu lange weg.

Heute erzählte mir die Gräfin F. mit vielem Wort= 35
gepränge das Lob des Fürsten über meine Person und
meinen Geist.

Morgen giebt der Graf ein großes Mittagessen, und
ich soll dabey seyn.  Niemals, seitdem ich hier bin, hatte
ich die Empfindungen eines Vergnügens nach meinem
Geschmack.  Die Freundschaft des Fräulein C* war das
5 Einzige, was mich erfreute: aber auch diese ist nicht mehr
was sie war.  Sie spricht so kalt; sie besucht mich nicht
mehr; wir kommen beym Spiel nicht mehr zusammen:
und wenn ich mich ihr, oder dem Milord Seymour nähere,
welche immer zusammen reden, so schweigen sie, und
10 Milord entfernt sich traurig, bewegt; und das Fräulein
sieht ihm nach, und ist zerstreut.  Was soll ich denken?
Will das Fräulein nicht, daß ich Milorden spreche?  Geht
er weg, um ihr seine vollkommene Ergebenheit zu zeigen?
Denn er redt mit keiner andern Seele als mit ihr.  O
15 mein Kind, wie fremd ist mein Herz in diesem Lande!
Ich, die mein Glück für anderer ihres hingäbe, ich muß
die Sorge sehen, daß ich es zu stören denke.  Liebes
Fräulein C*, ich will Ihnen diese Unruhe nehmen; denn
ich werde meinen Augen das Vergnügen versagen, Milord
20 Seymour anzuschauen.  Meine Blicke waren ohnehin flüchtig
genug.  Ich will Sie selbst nicht mehr aufsuchen, wenn
Sie in einem glücklichen Gespräche mit dem liebenswerthen
Manne begriffen sind. — Sie sollen sehen, daß Sophie
Sternheim das Glück ihres Herzens durch keinen Raub
25 zu erhalten sucht! — Emilia, eine Thräne füllte mein
Auge bey diesem Gedanken.  Aber der Verlust einer geliebten
Freundin, der einzigen, die ich hier hatte, der Verlust des
Umgangs eines würdigen Mannes, den ich hochschätze, dieser
Verlust verdient eine Thräne.  D. wird mich keine andere
30 kosten: Morgen, mein Kind, Morgen wünsche ich abzureisen.

Warum sagt mir Ihr Brief nichts von meinem
Pflegevater; warum nichts von Ihrer Reise und von
Ihrem Gesellschafter?

Emilia, Ihre Briefe, Ihre Liebe und Vertrauen
35 sind alles Gute, so ich noch erwarte.

D. hat nichts — nichts für mich.

### Milord Derby an seinen Freund in Paris.

Bald werde ich deinen albernen Erzählungen ein Ende machen, die ich bisher nur deswegen geduldet, weil ich sehen wollte, wie weit du deine Praleren in dem Angesichte deines Meisters treiben würdest. Auch solltest du heute die Geisel meiner Satyre fühlen, wenn ich nicht im Sinn hätte, dir den Entwurf einer deutsch=galanten Historie zu zeigen, zu deren Ausführung ich mich fertig mache. Was wollen die Pariser Eroberungen sagen, die du nur durch Gold erhältst? Dann was würde sonst eine Französin mit deinem breiten Gesicht und hagern Figürchen machen; die Eroberungen der Herren Milords in Paris, was sind die? Eine Coquette, eine Actrice, beyde artig einnehmend; aber sie waren es schon für so viele Leute, daß man ein Thor seyn muß, sich darüber zu beloben. War ich nicht auch da, meine schönen Herren? und weiß ich nicht ganz sicher, daß die wohlerzogene Tochter eines angesehenen Hauses und die geistvolle achtungswerthe Frau gar nicht die Bekanntschaften sind, die man uns machen läßt? Also prahle mir nicht mehr, mein guter B*, denn von Siegen wie die eurige, ist kein Triumphlied zu singen. Aber ein den Göttern gewiedmetes Meisterstück der Natur und der Kunst zu erbenten, den Argus der Klugheit und Tugend einzuschläfern, Staats= minister zu betrügen, alle weithergesuchte Vorbereitungen eines gefährlichen und geliebten Nebenbuhlers zu zernichten, ohne daß man die Hand gewahr wird, welche an der Zer= störung arbeitet; dieß verdient angemerkt zu werden!

Du weißt, daß ich der Liebe niemals keine andre Gewalt als über meine Sinnen gelassen habe, deren feinstes und lebhaftestes Vergnügen sie ist. Daher war die Wahl meiner Augen immer fein, daher meine Gegenstände immer abgewechselt. Alle Classen von Schönheiten haben mir gefröhnet; ich wurde ihrer satt, und suchte nun auch die Häßlichkeit zu meiner Sclavin zu machen: nach dieser mußten mir Talente und Charakter unterwürfig werden.

Wie viel Anmerkungen könnten nicht die Philoſophen
und Moraliſten über die feinen Netze und Schlingen
machen, in denen ich die Tugend, oder den Stolz, die
Weisheit, oder den Kaltſinn, die Coquetterie, und ſelbſt
⁵ die Frömmigkeit der ganzen weiblichen Welt gefangen
habe. Ich dachte ſchon mit Salomo, daß für mich nichts
neues mehr unter der Sonne wäre. Aber Amor lachte
meiner Eitelkeit. Er führte aus einem elenden Land=
winkel die Tochter eines Oberſten herbey, deren Figur,
¹⁰ Geiſt und Charakter ſo neu und reizend iſt, daß meinen
vorigen Unternehmungen die Crone fehlte, wenn ſie mir
entwiſchen ſollte. Wachſam muß ich ſeyn; Seymour liebt
ſie, läßt ſich aber durch Milord G. leiten, weil dieſe
Roſe für den Fürſten beſtimmt iſt, bey dem ſie einen
¹⁵ Proceß für ihren Oheim gewinnen ſoll. Der Sohn des
Grafen F. bietet ſich zur Vermählung mit ihr an, um
den Mantel zu machen; wenn ſie ihn aber liebt, ſo will
er die Anſchläge des Grafen Löbau und ſeines Vaters
zu nichte machen: der ſchlechte Pinſel! er ſoll ſie nicht
²⁰ haben. Seymour mit ſeiner ſchwermüthigen Zärtlichkeit,
die auf den Triumph ihrer Tugend wartet, auch nicht;
und der Fürſt — der iſt ſie nicht werth! Für mich ſoll
ſie geblüht haben, das iſt feſt geſetzt: allem meinem Ver=
ſtand iſt aufgeboten, ihre ſchwache Seite zu finden.
²⁵ Empfindlich iſt ſie: ich hab' es ihren Blicken angeſehen,
die ſie manchmal auf Seymouren wirft, wenn es gleich
ich bin, der mit ihr redet. Freymüthig iſt ſie auch; dann
ſie ſagte mir, es dünkte ſie daß es meinem Herzen an
Güte fehle. Halten Sie Milord Seymour für beſſer als
³⁰ mich? fragte ich ſie. Sie erröthete, und ſagte, er wäre
es. Damit hat ſie mir eine wüthende Eiferſucht gegeben,
aber zugleich den Weg zu ihrem Herzen gezeigt. Ich
bin zu einer beſchwerlichen Verſtellung gezwungen, da ich
meinen Charakter zu einer Harmonie mit dem ihrigen
³⁵ ſtimmen muß. Aber es wird eine Zeit kommen, wo ich
ſie nach dem meinigen bilden werde. Dann mit ihr
werd' ich dieſe Mühe nehmen, und gewiß, ſie ſoll neue

Entdeckungen in dem Lande des Vergnügens machen,
wenn ihr aufgeklärter und feiner Geist alle seine Fähig=
keiten dazu anwenden wird. Aber das Lob ihrer An=
nehmlichkeiten und Talenten rührt sie nicht; die allgemeinen
Kennzeichen einer eingeflößten Leidenschaft sind ihr auch
gleichgültig.　　Hoheit des Geistes und Güte der Seele
scheinen in einem seltenen Grad in ihr verbunden zu
seyn: so wie in ihrer Person alle Reize der vortrefflichsten
Bildung mit dem ernsthaften Wesen, welches große Grund=
sätze geben, vereinigt sind. Jede Bewegung, die sie macht,
der bloße Ton ihrer Stimme, lockt die Liebe zu ihr: und
ein Blick, ein einziger ungekünstelter Blick ihrer Augen,
scheint sie zu verscheuchen; so eine reine unbefleckte Seele
wird man in ihr gewahr. — Halt einmal: wie komme
ich zu diesem Geschwätz? — So lauteten die Briefe des
armen Seymour, da er in die schöne Y)** verliebt war:
sollte mich diese Landjungfer auch zum Schwärmer machen?
So weit es zu meinen Absichten dient, mag es seyn;
aber, beym Jupiter, sie soll mich schadlos halten! Ich
habe Milords G**s zweyten Secretair gewonnen? der
Kerl ist ein halber Teufel. Er hatte die Theologie
studiert, aber sie wegen der strengen Strafe, die er über
eine Büberey leiden müssen, verlassen: und seitdem sucht
er sich an allen frommen Leuten zu rächen. Es ist gut,
wenn man ihren Stolz demüthigen kann, sagte er; durch
ihn will ich Milord Seymouren ausforschen. Er kann
den letzten, wegen der Moral, die er immer predigt, nicht
ausstehen. Du siehst, daß der Theologe eine starke Ver=
wandlung erlitten hat; aber so einen Kerl brauche
ich itzt, weil ich selbst nicht frey agieren kann; heute
nichts mehr, man unterbricht mich.

---

### Fräulein von Sternheim an Emilia.

Emilia! ich erliege fast unter meinem Kummer;
mein Pflegevater todt! warum schrieben Sie mir, oder

doch Rosinen nichts, als da alles vorbey war? Die gute
Rosine vergeht vor Jammer.     Ich suche sie zu trösten,
und meine eigne Seele ist niedergeschlagen.     Meine werthe
Freundin, die Erde deckt nun das Beste, das sie uns ge=
5 geben hatte, gütige verehrungswürdige Aeltern! — Kein
Herz kennt Ihren Verlust so wohl als das meinige; ich
empfinde Ihren Schmerz doppelt. — Warum konnte ich
seinen Seegen nicht selbst hören? Warum benetzen meine
Thränen seine heilige Grabstätte nicht? da ich mit gleichen
10 kindlichen Gesinnungen wie seine Töchter um ihn weine.
— Die arme Rosine! Sie kniet bey mir, ihr Kopf liegt
auf meinem Schooße, und ihre Thränen träufeln auf die
Erde. Ich umarme sie und weine mit. Gott lasse durch
unsern Kummer Weisheit in unsrer Seele aufblühen; und
15 erfülle dadurch den letzten Wunsch unserer Väter! besonders
den, welchen mein Pflegevater für seine Emilia machte,
da seine zitternde Hand noch ihre Ehe einsegnete, und sie
so dem Schutz eines treuen Freundes übergab. Tugend
und Freundschaft sey mein und Rosinens Theil, bis die
20 Reyhe des Looses der Sterblichkeit auch uns in einer
glückseligen Stunde trifft! möchte alsdann ein edles Herze
mir Dank für das gegebene Beyspiel im Guten nachrufen,
und ein durch mich erquickter Armer mein Andenken
segnen! Dann würde der Weise, der Menschenfreund
25 sagen können, daß ich den Werth des Lebens ge=
kannt habe!
     Ich kann nicht mehr schreiben, unsre Rosine gar
nicht; sie bittet um ihres Bruders und ihrer Schwester
Liebe, und will immer bey mir leben. Ich hoffe, Sie
30 sind es zufrieden, und befestigen dadurch das Band unsrer
Freundschaft. Edelmuth und Güte soll es unzertrennlich
machen. Ich umarme meine Emilia mit Thränen; Sie
glauben nicht, wie traurig mir ist, daß ich diesen Brief
schließen muß, ohne etwas an meinen väterlichen Freund
35 beyzusetzen. Ewige Glückseligkeit lohne ihn und meinen
Vater! Lassen Sie uns, meine Emilia, meine Rosina so
leben, daß wir ihnen einmal als würdige Erbinnen

ihrer Tugend und Freundschaft dargestellt werden können!

————

## Milord Seymour an den Doctor B.

Immer wird mir das Fräulein liebenswürdiger und ich — ich werde immer unglücklicher. Der Fürst und 5 Derby suchen ihre Hochachtung zu erwerben; beyde sehen, daß dies der einzige Weg zu ihrem Herzen ist. Der doppelte Eigensinn, den meine Leidenschaft angenommen, hindert mich ein Gleiches zu thun. Ich bin nur bemüht, sie zu beobachten, und eine untadelhafte Aufführung zu 10 haben. Sie hingegen meidet mich und das Fräulein C*. Ich höre sie nicht mehr reden; aber die Erzählung des Derby, dem sie Achtung erweiset, sind mir beständige Beweise des Adels ihrer Seele. Ich glaube, daß sie die erste tugendhafte Bewegung in sein Herz gebracht hat. 15 Denn vor einigen Tagen sagt' er mir; er hätte das Fräulein in eine Gesellschaft führen sollen, und wie er in ihr Zimmer gegangen sie abzuholen, habe er ihre Cammerjungfer vor ihr knieen gesehen; das Fräulein selbst halb angezogen, ihre schönen Haare auf Brust und Nacken 20 zerstreut, ihre Arme um das knieende Mädchen geschlungen, deren Kopf sie an sich gedrückt, während sie ihr mit be= weglicher Stimme von dem Werth des Todes der Gerechten und der Belohnung der Tugend gesprochen. Thränen wären aus ihren Augen gerollt, die sie endlich gen Himmel 25 gehoben, und das Andenken ihres Vaters und noch eines Mannes für ihren Unterricht gesegnet hätte. Dieser An= blick hätte ihn staunen gemacht; und wie das Fräulein ihn gewahr worden, habe sie gerufen: „O Milord, sie „sind gar nicht geschickt mich in diesem Augenblicke zu 30 „unterhalten; haben sie die Güte zu gehen, und mich bey „meiner Tante zu entschuldigen; ich werde heute niemand „sehen.” Das feyerliche und rührende Ansehen, so sie gehabt, hätte ihm ihren Vorwurf zweyfach verbittert, da er die Geringschätzung gefühlt, die sie für seine Denkensart 35

habe. Er hätte auch geantwortet; wenn sie die Ehrfurcht
sehen könnte, die er in diesem Augenblicke für sie fühlte,
so würde sie ihn ihres Vertrauens würdiger achten. Da
sie aber, ohne ihm zu antworten, ihren Kopf auf den von
5 ihrem Mädchen gelegt, wäre er fortgegangen, und hätte
von der Gräfin L* gehört, daß diese Scene den Tod
des Pfarrers von P. angienge, der das Fräulein zum
Theil erzogen und der Vater ihrer Cammerjungfer gewesen;
der Graf Löbau und seine Gemahlin wären froh, daß
10 der schwärmerische Briefwechsel, den das Fräulein mit
diesem Manne unterhalten, nun ein Ende hätte, und man
sie auf eine ihrem Stande gemäßere Denkungsart leiten
könne. Sie wären auch beyde mit ihm zu dem Fräulein
gegangen, und hätten ihr ihre Traurigkeit und den Ent=
15 schluß verwiesen, daß sie nicht in die Gesellschaft gehen
wolle. Meine Tante, habe sie geantwortet, so viele
Wochen habe ich der schuldigen Gefälligkeit gegen sie, und
den Gewohnheiten des Hofes aufgeopfert: die Pflichten
der Freundschaft und der Tugend mögen wohl auch einen
20 Tag haben! Ja, habe die Gräfin versetzt, aber deine
Liebe ist immer nur auf eine Familie eingeschränkt ge=
wesen; du bist gegen die Achtung und Zärtlichkeit, so
man dir hier beweist, zu wenig empfindlich. Das Fräulein:
Meine gnädige Tante; es ist mir leid, wenn ich Ihnen
25 undankbar scheine; aber verdiente der Mann, der meine
Seele mit guten Grundsätzen, und meinen Geist mit
nützlichen Kenntnissen erfüllte, nicht ein größeres Maaß
von Erkenntlichkeit, als der höfliche Fremdling, der mich
nöthigt, an seinen vorübergehenden Ergötzlichkeiten Antheil
30 zu nehmen? Die Gräfin: Du hättest schicklicher das Wort
abwechselnde Ergötzlichkeiten gebrauchen können. Das
Fräulein: Alle diese Fehler beweisen Ihnen, daß ich für
den Hof sehr untauglich bin. Die Gräfin: Ja, Heute
besonders, du sollst auch zu Hause bleiben. —

35 　Derby erzählte mir dieses mit einem leichtsinnigen
Ton, aber gab genau auf meine Bewegungen acht. Sie
wissen, daß ich sie selten verbergen kann, und in diesem

Falle war mir³ ganz unmöglich. Der Charakter de³
Fräulein³ rührte mich. Ich mißgönnte Derby, sie ge=
sehen und gehört zu haben. Unzufrieden auf mich, meinen
Oncle und den Fürsten, brach ich in den Eifer au³, zu
sagen: Da³ Fräulein hat den edelsten und seltensten 5
Charakter; wehe den Elenden, die sie zu verderben suchen!
Sie sind ein eben so seltener Mann, erwiederte er, al³
da³ Fräulein ein seltene³ Frauenzimmer ist. Sie wären
der schicklichste Liebhaber für sie gewesen, und ich hätte
ihr Vertrauter und Geschichtschreiber seyn mögen.      10
    Ich glaube nicht, Milord Derby, daß Ihnen da³
Fräulein oder ich diesen Auftrag gemacht hätte, sagte ich.
Ueber diese Antwort sah ich eine Miene an ihm, die mir
gänzlich mißfiel; sie war lächelnd und nachdenkend; aber,
mein Freund, ich konnte mich nicht enthalten in meinem 15
Herzen zu sagen, so lächelt Satan, wenn er sich eine³
giftigen Anschlag³ bewußt ist.

------

### Fräulein von Sternheim an Emilien.

    Ihr Stillschweigen, meine Freundin, dünket mich und
Rosinen sehr lange und unbillig; aber ich werde mich 20
wegen der Unruhe, die Sie mir dadurch gemacht, nicht
ander³ rächen, al³ Ihnen, wenn ich einmal eine lange
Reise mache, auf halbem Wege zu schreiben; denn da ich
weiß, wie Sie mich lieben, so könnte ich den Gedanken
nicht ertragen, Ihrem zärtlichen Herzen den Kummer für 25
mich zu geben, den da³ meinige in dieser Gelegenheit für
Sie gelitten. Aber Ihre glückliche Ankunft in W. und
Ihr Vergnügen über Ihre Aussicht in die Zukunft hat
mich dafür belohnt. Auch ohne dieß, wie sehr, meine
Emilia, bin ich erfreut, daß mir mein Schicksal zu gleicher 30
Zeit einen vergnügenden Gegenstand zu etlichen Briefen,
an Sie gegeben hat! Denn hätte ich fortfahren müssen,
über verdrießliche Begegnisse zu klagen, so wäre Ihre
Zufriedenheit durch mich gestört worden, da Ihr lieb=

reiches Herz einen so lebhaften Antheil an allem nimmt,
was mich und die seltene Empfindsamkeit meiner Seele
betrifft. Ich habe in dieser für mich so dürren moralischen
Gegend, die ich seit drey Monaten durchwandre, zwey
5 angenehme Quellen und ein Stück urbares Erdreich an=
getroffen, wobey ich mich eine Zeitlang aufhalten werde,
um bey dem ersten meinen Geist und mein Herz zu er=
frischen, und für die Anpflanzung und Cultur guter
Früchte bey dem letztern zu sorgen. Doch ich will ohne
10 Gleichniß reden. Sie wissen, daß die Erziehung, die ich
genossen, meine Empfindungen und Vorstellungen von
Vergnügen, mehr auf das Einfache und Nützliche lenkte,
als auf das Künstliche und nur allein Belustigende. Ich
sah die Zärtlichkeit meiner Mama niemals in Bewegung,
15 als bey Erzählung einer edeln großmüthigen Handlung,
oder einer, so von der Ausübung der Pflichten und der
Menschenliebe und andern Tugenden gemacht wurde. Nie=
mals drückte sie mich mit mehr Liebe an ihr Herz, als
wenn ich etwas sagte, oder etwas für einen Freund des
20 Hauses, für einen Bedienten oder Unterthanen unternahm,
so die Kennzeichen der Wohlthätigkeit und Freude über
anderer Vergnügen an sich hatte; und ich habe sehr wohl
bemerkt, daß wenn mir, wie tausend andern Kindern,
ungesehr eine feine und schickliche Anmerkung oder ein
25 Gedanke beygefallen, worüber oft die ganze Gesellschaft
in Bewunderung und Lob ausgebrochen, sie nur einen
Augenblick gelächelt, und so fort die Achtung, welche mir
ihre Freunde zeigen wollten, auf die Seite des thätigen
Lebens zu lenken gesucht, indem sie entweder etwas von
30 meinem Fleiß in Erlernung einer Sprache, des Zeichnens,
der Musik oder anderer Kenntnisse lobte, oder von einer
erbetenen Belohnung oder Wohlthat für jemand redte, und
mir also dadurch zu erkennen gab, daß gute Handlungen
viel ruhmwürdiger seyn, als die feinsten Gedanken. Wie
35 einnehmend bewies mein Papa mir diesen Grundsatz, da
er mich in dem Naturreiche auf die Betrachtung führte,
daß die Gattungen der Blumen, welche nur zur Ergötzung

des Auges dienten, viel weniger zahlreich und ihre
Fruchtbarkeit weit schwächer wäre,*) als der nützlichen
Pflanzen, die zur Nahrung der Menschen und Thiere
dienen; und waren nicht alle Tage seines Lebens, mit
der Ausübung dieses Satzes bezeichnet? Wie nützlich
suchte er seinen Geist und seine Erfahrungen seinen
Freunden zu machen? Was that er für seine Unter=
gebenen und für seine Unterthanen? Nun, meine Emilie!
mit diesen Grundsätzen mit diesen Neigungen kam ich in
die große Welt, worinn der meiste Theil nur für Aug
und Ohr lebt, wo dem vortrefflichen Geist nicht erlaubt
ist, sich anders als in einem vorübergehenden witzigen
Einfalle zu zeigen; und Sie sehen, mit wie vielem Fleiße
meine Aeltern die Anlage zu diesem Talent in mir zu
zerstören suchten.

Ganz ist es nicht von mir gewichen; doch bemerkte
ich seine Gegenwart niemals mehr als in einem Anfalle
von Mißvergnügen oder Verachtung über jemands Ideen
oder Handlungen. Urtheilen Sie selber darüber! Letzt=
hin wurde ich durch meine Liebe für Deutschland in ein
Gespräch verflochten, worinn ich die Verdienste meines
Vaterlandes zu vertheidigen suchte; ich that es mit Eifer;
meine Tante sagte mir nachher, „ich hätte einen schönen
Beweis gegeben, daß ich die Enkelin eines Professors
sey." — Dieser Vorwurf ärgerte mich. Die Asche meines
Vaters und Großvaters war beleidigt, und meine Eigen=
liebe auch. Diese antwortete für alle dreye. „Es wäre
„mir lieber durch meine Gesinnungen den Beweis zu
„geben, daß ich von edeldenkenden Seelen abstamme, als
„wenn ein schöner Name allein die Erinnerung gäbe, daß

---

*) Man kann schwerlich sagen, daß es Gattungen von
Blumen oder Pflanzen gebe, welche nur zur Ergötzung des
Auges dienten; und, soviel mir bekannt ist, kennt man keine
einzige Gattung, welche nicht entweder einen ökonomischen oder
officinalischen Nutzen für den Menschen hätte, oder zum Unter=
halt einiger Thiere, Vögel Insecten und Gewürme diente, folg=
lich in Absicht des ganzen Systems unsers Planeten würklich
einen Nutzen hätte. A. d. H.

„ich aus einem ehemals edeln Blute entsprossen sey."
Dieses verursachte eine Kälte von einigen Tagen unter
uns beyden; doch unvermerkt erwärmten wir uns wieder.
Meine Tante, denke ich, weil sie nach dem alt adelichen
Stolz fühlte, wie empfindlich es seyn müsse, wenn einem
der Mangel an Ahnen vorgeworfen würde; und ich, weil
ich meine rächende Antwort mißbilligte, die mich just auf
eben die niedre Stufe setzte, auf welcher mir meine Tante
den unedlen Vorwurf gemacht hatte. Doch es ist Zeit,
Sie zu einer von den zwoen Quellen zu führen, wovon
ich Ihnen nach meiner Liebe zur Bildersprache geredet
habe.

Die erste hat sich in Privatbesuchen gezeiget, welche
meine Tante empfängt, und ablegt, worinn ich eine Menge
abwechselnder Betrachtungen über die unendliche Ver=
schiedenheit der Charakter und Geister machen kann, die
sich in Beurtheilungen, Erzählungen, Wünschen und Klagen
abdrücken. Aber was für ein Zirkel von Kleinigkeiten
damit durchlossen wird; mit was für Hastigkeit die Leute
bemüht sind, einen Tag ihres Lebens auf die Seite zu
räumen; wie oft der Hoston, der Modegeist, die edelsten Be=
wegungen eines von Natur vortrefflichen Herzen unterdrückt,
und um das Auszischen der Modeherren und Modedamen
zu vermeiden, mit ihnen lachen und beystimmen heißt: dieß
erfüllt mich mit Verachtung und Mitleiden. Der Durst
nach Ergötzlichkeiten, nach neuem Putz, nach Bewunderung
eines Kleides, eines Meubles, einer neuen schädlichen
Speise, — o meine Emilia! wie bange, wie übel wird
meiner Seele dabey zu Muthe, weil ich gewöhnt bin,
allen Sachen ihren eigentlichen Werth zu geben! Ich will
von dem falschen Ehrgeiz nicht reden, der so viele niedrige
Intriguen anspinnt, vor dem im Glücke sitzenden Laster
kriecht, Tugend und Verdienste mit Verachtung ansieht,
ohne Empfindung Elende macht, — Wie glücklich sind
Sie, meine Freundin! Ihre Geburt, Ihre Umstände
haben Sie nicht von dem Ziel unserer moralischen Be=
stimmung entfernt; Sie können ohne Scheu, ohne Hinderniß

7*

alle Tugenden, alle edeln und nützlichen Talente üben;
in den Tagen Ihrer Gesundheit, in den Jahren Ihrer
Kräfte alles Gute thun, was die meisten in der großen
Welt in ihren letzten Stunden wünschen gethan zu haben!

Indessen genießen dennoch Religion und Tugend 5
ganz schätzbare Ehrenbezeugungen. Die Hofkirchen sind
prächtig geziert, die besten Redner sind zu Predigern
darinn angestellt, die Gottesdienste werden ordentlich und
ehrerbietig besucht: der Wohlstand im Reden, im Bezeugen
wird genau und ängstlich beobachtet; kein Laster darf ohne 10
Maske erscheinen; ja selbst die Tugend der Nächstenliebe
erhält eine Art von Verehrung in den ausgesuchten und
feinen Schmeicheleyen, die immer eines der Eigenliebe des
andern macht. Alles dieses ist eine Quelle zu moralischen
Betrachtungen für mich worden, aus welcher ich den 15
Nutzen schöpfe, in den Grundsätzen meiner Erziehung
immer mehr und mehr bestärkt zu werden. Oft be=
schäfftiget sich meine Phantasie mit dem Entwurf einer
Vereinigung der Pflichten einer Hofdame, zu denen sie
von ihrem Schicksal angewiesen worden, mit den Pflichten 20
der vollkommenen Tugend, welche zu dem Grundbau
unserer ewigen Glückseligkeit erfordert wird. Es läßt
sich eine Verbindung denken; allein es ist so schwer sie
immer in einer gleichen Stärke zu erhalten, daß mich
nicht wundert, so wenig Personen zu sehen, die darum 25
bekümmert sind. — Wie oft denke ich; wenn ein Mann,
wie mein Vater war, den Platz des ersten Ministers hätte,
dieser Mann wäre der verehrungswürdigste und glück=
lichste der Menschen.

Es ist wahr, viele Mühseligkeit würde seine Tage 30
begleiten: doch die Betrachtung des großen Kreises, in
welchem er seine Talente und sein Herz zum Besten vieler
tausend Lebenden und Nachkommenden verwenden könnte;
diese Aussicht, die schönste für eine wahrhafterhabene und
gütige Seele, müßte ihm alles leicht und angenehm 35
machen. Die Kenntniß des menschlichen Herzens würde
seinem feinen Geiste den Weg weisen, das Vertrauen des

Fürsten zu gewinnen; seine Rechtschaffenheit, tiefe Einsicht
und Stärke der Seele, fänden dadurch ihre natürliche
Obermacht unterstützt, so daß die übrigen Hof- und Dienst-
leute sich für den Zügel und das Leitband des weisen
und tugendhaften Ministers eben so lenksam zeigen würden,
als man sie täglich bey den Unvollkommenheiten des
Kopfs und den Fehlern des Herzens derjenigen sieht, von
welchen sie Glück und Beförderung erwarten. So meine
Emilia, beschäfftigt sich meine Seele oft, seitdem ich von
den Umständen, dem Charakter und den Pflichten dieser
oder jener Person unterrichtet bin. Meine Phantasie
stellt mich nach der Reihe an den Platz derer, die ich
beurtheile; dann messe ich die allgemeinen moralischen
Pflichten, die unser Schöpfer jedem Menschen, wer er auch
sey, durch ewige unveränderliche Gesetze auferlegt hat,
nach dem Vermögen und der Einsicht ab, so diese Person
hat, sie in Ausübung zu bringen. Auf diese Weise, war
ich schon Fürst, Fürstin, Minister, Hofdame, Favorit,
Mutter von diesen Kindern, Gemahlin jenes Mannes, ja
sogar auch einmal in dem Platz einer regierenden und
alles führenden Maitresse: und überall fand ich Gelegenheit auf mannichfaltige Weise Güte und Klugheit auszuüben, ohne daß die Charakter oder die politische Umstände in eine unangenehme Einförmigkeit gefallen wären.
Bey vielen habe ich Ideen und Handlungen angetroffen,
deren Richtigkeit, Güte und Schönheit ich so leicht nicht
hätte erreichen, noch weniger verbessern können; aber auch
bey vielen war ich mit meinem Kopf und Herzen besser
zufrieden als mit dem Ihrigen. Natürlicher Weise führte
mich die Billigkeit nach diesen phantastischen Reisen meiner
Eigenliebe auf mich selbst, und die Pflichten zurück, die
mir auszurichten angewiesen sind. Sie verband mich so
genau und streng in Berechnung meiner Talente und
Kräfte für meinen Würkungs-Kreis zu seyn, als ich es
gegen andre war: und dadurch, meine Emilia, habe ich
eine Quelle entdeckt, meine Aufmerksamkeit auf mich selbst
zu verstärken, Kenntnisse, Empfindung und Ueberzeugung

des Guten tiefer in mein Herz zu graben, und mich von
Tag zu Tag mehr zu versichern, wie sehr ein großer
Beobachter der menschlichen Handlungen, recht hatte, zu
behaupten: „daß sehr wenige Personen seyn, welche das
ganze Maaß ihrer moralischen und physicalischen Kräfte 5
nützten.“　Denn in Wahrheit, ich habe viel leere Stellen
in dem Zirkel meines Lebens gefunden, zum Theil auch
solche, die mit verwerflichen Sachen und nichts werthen
Kleinigkeiten ausgefüllt waren.　Das soll nun weg ge-
räumet werden, und weil ich nicht unter der glücklichen 10
Classe von Leuten bin, die gleich von Haus aus ganz
klug, ganz gut sind; so will ich doch unter die gehören,
die durch Wahrnehmungen des Schadens der andern,
weise und rechtschaffen werden; um ja nicht unter die zu
gerathen, welche nur durch Erfahrung und eignes Elend, 15
besser werden können.

## Fräulein von Sternheim an Emilien.

Ich danke Ihnen, meine wahre Freundin, daß Sie
mich an den Theil meiner Erziehung zurückgewiesen, der
mich anführte, mich an den Platz der Personen zu stellen, 20
wovon ich urtheilen wollte; aber nicht allein, um zu sehen,
was ich in ihren Umständen würde gethan haben, sondern
auch mir die so nöthige menschenfreundliche Behutsamkeit
zu geben, „nicht alles was meinen Grundsätzen, meinen
„Neigungen zuwider ist, als böse oder niedrig anzusehen.“ 25
Sie haben mich daran erinnert, weil Ihnen meine Unzufriedenheit mit den Hofleuten zu unbillig und zu lebhaft und beynahe ungerecht schien.　Ich habe Ihnen gefolgt und dadurch die zwote Quelle meiner Verbesserung
gefunden, indem ich meine Abneigung vor dem Hofe durch 30
die Vorstellung gemäßigt, daß gleichwie in der materiellen
Welt alle mögliche Arten von Dingen ihren angewiesenen
Kreis haben, darinn sie alles antreffen, was zu ihrer
Vollkommenheit beytragen kann: so möge auch in der
moralischen Welt das Hofleben der Kreis seyn, in welchem 35

allein gewisse Fähigkeiten unsers Geistes und Körpers
ihre vollkommene Ausbildung erlangen können: als z. E.
die höchste Stufe des feinen Geschmacks in allem was die
Sinnen rührt, und von der Einbildungskraft abhängt;
5 dahin nicht allein eine unendliche Menge Sachen aller
Künste und beynahe aller Nothdürftigkeiten von Nahrung,
Kleidung, Geräthschaft, nebst allen Arten von Verzierungen
gehören, deren alle Gattungen von äußerlichen Gegen=
ständen fähig sind, sich beziehen. Der Hof ist auch der
10 schicklichste Schauplatz die außerordentliche Biegsamkeit
unsers Geistes und Körpers zu beweisen: eine Fähigkeit
die sich daselbst in einer unendlichen Menge feiner
Wendungen in Gedanken, Ausdruck und Gebehrden, ja
selbst in moralischen Handlungen äußert, je nach dem
15 Politik, Glück oder Ehrgeiz von einer oder andern Seite
eine Bewegung in der Hofluft verursachen. Viele Theile
der schönen Wissenschaften haben ihre völlige Auspolirung
in der großen Welt zu erhalten; gleichwie Sprachen und
Sitten allein von den da wohnenden Grazien eine aus=
20 gesuchte angenehme Einkleidung bekommen. Alles dieses
sind schätzbare Vorzüge, die auf einen großen Theil der
menschlichen Glückseligkeit ihren Einfluß haben, und wohl
ganz sicher Bestandtheile davon ausmachen. Das Pflanzen=
und Thierreich hat seine Züge von Schönheit und Zier=
25 lichkeit in Form, Ebenmaß und Farbenmischung; auch
die rauhesten Nationen haben Ideen von Verschönerung.
Unser Gesicht, Geschmack und Gefühl sind auch nicht um=
sonst mit so großer Empfindlichkeit im Vergleichen, Wählen,
Verwerfen und Zusammensetzen begabt, so daß es ganz
30 billig ist, diese Fähigkeiten zu benutzen, wenn nur die
Menschen nicht so leicht und so gerne über die Grenzen
träten, die für alles gezogen sind. Doch wer weiß, ob
nicht selbst dieses Ueberschreiten der Grenzen seine Trieb=
feder in der Begierde nach Vermehrung der Vollkommen=
35 heit unsers Zustandes hat? Einer Begierde, die der
größte Beweis der Güte unsers Schöpfers ist, weil sie,
so sehr sie in gesunden und glücklichen Tagen irrig und

übel verwendet wird, dennoch im Unglück, in dem Zeit=
punkt der Auflösung unsers Wesens, ihre Aussicht und
Hoffnung auf eine andre Welt, und dort immer daurende
unabänderliche Glückseligkeiten und Tugenden wendet, und
dadurch allein einen Trost ertheilt, welchen alle andre 5
Hülfsmittel nicht geben können. Sie denken leicht, meine
Emilia, in wie viel Stunden des Nachdenkens und Ueber=
legens sich alle diese, hier nur flüchtig berührte Gegen=
stände abtheilen lassen, und Sie sehen auch, daß mir da=
bey, neben den übrigen Zerstreuungen, die mir das Haus 10
meiner Tante giebt, kein Augenblick zu Langerweile bleibt.

Nun will ich Sie zu dem Stück urbaren Erdreichs
führen, das ich angetroffen habe. Dieses geschah auf dem
Landguthe des Grafen von F*. Eine Brunnencur, deren
sich die Gräfin bedient, gab Gelegenheit, daß wir auf ein 15
paar Tage zu einem Besuch dahin reisten. Meine Tante
hatte die Gräfin B* und das Fränlein R. auch hinbestellt,
und der Zufall brachte den Lord Derby dazu. Guth,
Haus und Garten ist sehr schön. Die Damen hatten viel
kleine weibliche Angelegenheiten unter sich auszumachen: 20
man schickte also das Fränlein R. und mich mit Herrn
Derby auf einen Spaziergang. Erst durchliefen wir das
ganze Haus und den Garten, wo Milord in Wahrheit
ein angenehmer Gesellschafter war, indem er uns von der
Verschiedenheit unterhielt, die der Nationalgeist eines jeden 25
Volks in die Bauart und die Verzierungen legte. Er
machte uns Beschreibungen und Vergleichungen von Eng=
lischen, Italienischen und Französischen Gärten und
Häusern, zeichnete auch wohl Eines und das Andre mit
einer ungemeinen Fertigkeit und ganz artig ab. Kurz, 30
wir waren mit unserm Spaziergang so wohl zufrieden,
daß wir Abrede nahmen, den andern Tag nach dem
Frühstück auf das freye Feld und in dem Dorfe herum=
zugehen.

Es waren zween glückliche Tage für mich. Land= 35
luft, freye Aussicht, Ruhe, schöne Natur, der Segen des
Schöpfers auf Wiesen und Kornfeldern, die Aemsigkeit

des Landmanns. — Mit wie viel Zärtlichkeit und Be=
wegung heftete ich meine Blicke auf dieß alles! Wie viel
Erinnerungen brachte es in mein Herz von verflossenen
Zeiten, von genossener Zufriedenheit! Wie eifrig machte
ich Wünsche für meine Unterthanen: für Segen zu ihrer
Arbeit, und für die Zurückkunft meiner Tante R.! Sie
wissen, meine Emilia, daß mein Gesicht allezeit die
Empfindungen meiner Seele ausdrückt. Ich mag zärt=
lich und gerührt ausgesehen haben; der Ton meiner
Stimme stimmte zu diesen Zügen. Aber Lord Derby er=
schreckte mich beynahe durch das Feuer, mit dem er mich
betrachtete, durch den Eifer und die Hastigkeit, womit er
mich bey der Hand faßte, und auf englisch sagte: „Gott!
„wenn die Liebe einmal diese Brust bewegt, und diesen
„Ausdruck von zärtlicher Empfindung in diese Gesichts=
„züge legt, wie groß wird das Glück des Mannes seyn,
der — —

Meine Verwirrung, die Art von Furcht, die er mir
gab, war eben so sichtbar, als meine vorige Bewegungen:
sogleich hielt er in seiner Rede inne, zog seine Hand ehr=
erbietig zurück, und suchte in allem seinem Bezeugen den
Eindruck, von Heftigkeit seines Charakters, zu mildern,
den er mir gegeben hatte.

Wir giengen in die Hauptgasse des schönen Dorfs;
da wir in der Hälfte waren, mußten wir einem Karren
ausweichen, der hinter uns gefahren kam. Er war mit
einer dichten Korbflechte bedeckt, doch sah man eine Frau
mit drey ganz jungen Kindern darinn. Die rührende
Traurigkeit, die ich auf dem Gesichte der Mutter erblickte,
das blasse, hagere Aussehen der Kinder, die reinliche,
aber sehr schlechte Kleidung von allen, zeugte von Armuth
und Kummer dieser kleinen Familie. Mein Herz wurde
bewegt: die Vorstellung ihrer Noth und die Begierde zu
helfen, wurden gleich stark. Froh sie an dem Wirthshaus
absteigen zu sehen, bedacht ich mich nicht lange. Ich gab
vor, ich kennte diese Frau und wollte etwas mit ihr reden;
und bat den Lord Derby, das Fräulein R. zu unterhalen,

bis ich wieder käme. Er sah mich darüber mit einem
ernsthaften Lächeln an, und küßte den Theil seines Ermels,
wo ich im Eifer meine Hand auf seinen Arm gelegt hatte.
Ich erröthete und eilte zu der armen Familie.

Bey dem Eintritt in das Haus fand ich alle im
Gang an einer Stiege sitzen; die Frau mit weinenden
Augen beschäfftigt aus einem kleinen Sack ein seiden Hals=
tuch und eine Schürze zu nehmen, die sie der Wirthin
zu kaufen anbot, um Geld genug zu bekommen den
Fuhrmann zu bezahlen. Zwey Kinder riefen um Brod
und Milch; ich faßte mich, so äußerst gerührt ich war,
näherte mich, und sagte der armen Frau mit der Miene
einer Bekannten, es wäre mir lieb sie wieder zu sehen.
Ich that dieses, um ihr die Verwirrung zu vermeiden,
die ein empfindliches Herz fühlt, wenn es viele Zeugen
seines Elends hat, und weil der Unglückliche eine Art
von Achtung, so ihm Angesehene und Begüterte erweisen,
auch als einen Theil Wohlthat aufnimmt. Ich sagte der
Wirthin, sie sollte mir ein Zimmer anweisen, in welchem
ich mit der Frau allein reden könnte, und bestellte, den
Kindern ein Abendbrod zu rechte zu machen. Während
ich dieses sagte, machte die Wirthin ein Zimmer auf, und
die gute arme Frau, stund mit ihrem kleinen Kind im
Arm da, und sah mich mit fremden Erstaunen an. Ich
reichte ihr die Hand und bat sie in das Zimmer zu gehen,
wohin ich die zwey ältern Kinder führte. Da ich die
Thüre zugemacht, leitete ich die zitternde Mutter zu einem
Stuhl, mit dem Zeichen sich zu setzen: bat sie ruhig zu
seyn, und mir zu vergeben, daß ich mich ihr so zudringe.
Ich wollte auch nicht unbescheiden mit ihr handeln; sie
solle mich für ihre Freundin ansehen, die nichts anders
wünsche, als ihr an einem fremden Orte nützlich zu seyn.
Eine Menge Thränen hinderten sie zu reden, dabey sah
sie mich mit einem von Hoffnung und Jammer be=
zeichneten Gesichte an.

Ich reichte ihr wehmüthig die Hand. Sie leiden
für Sie und Ihre Kinder unter einem harten Schicksal,

sagte ich; ich bin reich und unabhängig, mein Herz kennt
die Pflichten, welche Menschlichkeit und Religion den Be=
güterten auflegen: gönnen Sie mir dieses Vergnügen diese
Pflichten zu erfüllen, und Ihren Kummer zu erleichtern.
5 Indem ich dieses sagte, nahm ich von meinem Gelde, bat
sie, es anzunehmen, und mir den Ort ihres Aufenthalts
zu sagen. Die gute Frau rütschte von ihrem Stuhle auf
die Erde, und rief mit äußerster Bewegung aus:
O Gott, was für ein edles Herz läßt du mich
10 antreffen!
Die zwey größern Kinder liefen der Mutter zu,
fielen um ihren Hals und fiengen an zu weinen. Ich
umarmte sie, hob sie auf, umfaßte die Kinder, und bat
die Frau sich zu fassen und stille zu reden. Es sollte
15 hier niemand als ich, ihr Herz und ihre Umstände kennen;
sie sollte glauben, daß ich mich glücklich achten würde, ihr
Dienste zu beweisen; voritzt aber wollte ich nichts als
den Ort ihres Aufenthalts wissen, und ihr meinen Nahmen
aufschreiben, welches ich auch sogleich mit Reißbley that,
20 und ihr das Papier überreichte.
Sie sagte mir, daß sie wieder nach D* wo ihr
Mann wäre, zurücke gienge, nachdem sie von einem Bruder,
zu dem sie Zuflucht hätte nehmen wollen, abgewiesen
worden wäre. Sie wollte mir alle Ursachen ihres Elends
25 aufschreiben, und sich dann meiner Güte in Beurtheilung
ihrer Fehler empfehlen. Nach diesem laß sie mein Papier.
Sind Sie das Fräulein von Sternheim? O was ist der
heutige Tag für mich? Ich bin die Frau des unglück=
lichen Raths T. Wenn Sie mich Ihrer Tante, der
30 Gräfin L. nennen, so verliehre ich vielleicht Ihr Mit=
leiden; aber verdammen Sie mich nicht ungehört! —
Dieß sagte sie mit gefalteten Händen. Ich versprach es
ihr gerne, umarmte sie und die Kinder, und nahm Ab=
schied mit dem Verbot, daß sie nichts von mir reden,
35 und die Wirthin glauben lassen sollte, daß wir einander
kenneten. Im Weggehen befahl ich der Wirthin, der
Mutter und den Kindern gute Betten, Essen, und den

folgenden Morgen eine gute Kutsche zu geben, ich wollte
für die Bezahlung sorgen. Milord und das Fräulein R.
waren in dem Garten des Wirthshauses, wo ich sie an=
traf und ihnen für die Gefälligkeit dankte, daß sie auf
mich gewartet hätten. Mein Gesicht hatte den Ausdruck 5
des Vergnügens etwas Gutes gethan zu haben: aber
meine Augen waren noch roth vom Weinen. Der Lord
sah mich oft und ernsthaft an, und redete den ganzen
übrigen Spaziergang sehr wenig mit mir, sondern unter=
hielt das Fräulein R.; dieß war mir desto angenehmer, 10
weil es mich an einen Entwurf denken ließ, dieser ganzen
Familie so viel mir möglich aufzuhelfen, und dieß, meine
Emilia, ist das Stück urbaren Erdreichs so ich angetroffen:
wo ich Sorgen, Freundschaft und Dienste ansäen will.
Die Erndte und der Nutzen soll den drey armen Kindern 15
zu gute kommen. Denn ich hoffe, daß die Aeltern der
Pflichten der Natur getreu genug seyn werden, um davon
keinen andern Gebrauch, als zum Besten ihrer unschuldigen
und unglücklichen Kinder zu machen. Gelingt mir alles was
ich thun will, und was mir mein Herz angiebt, so will ich 20
meinen Aufenthalt segnen: dann nun achte ich die Zeit,
die ich hier bin, nicht mehr für verlohren. Ich soll in
wenigen Tagen von den Ursachen des Unglücks dieser
Familie Nachricht erhalten, nach dem werde ich erst eigent=
lich wissen, was ich zu thun habe. Der Rath T* ist sehr 25
krank, deswegen konnte die Frau noch nicht schreiben.
Vorgestern kamen wir zurück.


**Milord Derby an Milord B\* in Paris.**

Du bist begierig den Fortgang meiner angezeigten
Intrigue zu wissen. Ich will dir alles sagen. Weil man 30
doch immer einen Vertrauten haben muß, so kannst du
diese Ehrenstelle vertreten und dabei für dich selbst lernen.
Laß dir nicht einfallen zur Unzeit ein dummes Ge=
lächter anzufangen, wenn ich dir frey bekenne, daß ich

noch nicht viel würde gewonnen haben, wenn der Zufall
nicht mehr als mein Nachdenken und die feinste Wendung
meines Kopfs zur Beförderung meiner Absichten bey=
getragen hätte. Ich bin damit zufrieden; denn meine
5 Liebesgeschichte stehet dadurch in der nehmlichen Classe,
wie die Staatsgeschäfte der Höfe; der Zufall thut bey
vielen das Meiste, und die Weisheit manches Ministers
besteht allein darinn, durch die Kenntniß der Geschichte
der vergangenen und gegenwärtigen Staaten, diesen Augen=
10 blick des Zufalls zu benutzen, und die übrige Welt glauben
zu machen, daß es die Arbeit seiner tiefen Einsichten ge=
wesen sey.*) Nun sollst du sehen, wie ich diese Aehnlich=
keit gefunden, und wie ich mir eine unvorgesehene Ge=
legenheit durch die Historie der Leidenschaften und die
15 Kenntniß des weiblichen Herzens zu bedienen gewußt habe.

Ich war vor einigen Tagen in einer ungeduldigen
Verlegenheit über die Auswahl der Mittel, die ich brauchen
müßte, um das Fräulein von Sternheim zu gewinnen.
Hätte sie nur gewöhnlichen Witz und gewöhnliche Tugend,
20 so wäre mein Plan leicht gewesen; aber da sie ganz
eigentlich nach Grundsätzen denkt und handelt, so ist alles,
wodurch ich sonst gefiel, bey ihr verlohren. Besitzen muß
ich sie, und das mit Ihrer Einwilligung. Dazu gehört,
daß ich mir ihr Vertrauen und ihre Neigung erwerbe.
25 Nun bleibt mir nichts übrig, als mir, wie der Minister,
zufällige Anlässe nützlich zu machen. Von beyden erfuhr
ich letzthin die Probe auf dem Landguth oer Gräsin F*.
Ich wußte, daß das Fräulein mit ihrer Tante auf etliche
Tage hingieng, und fand mich auch ein. Ich kam zwey=
30 mal mit meiner Göttin und dem Fräulein R. allein auf

---

*) Es gehört immer noch viele Einsicht dazu, den Zufall
so wohl zu benutzen, und vielleicht mehr, als einen wohl=
ausgedachten Entwurf zu machen. Aber das ist der große Hause
nicht fähig zu begreifen; und daher pflegt man ihn immer gerne
glauben zu lassen, was, seinen Begriffen nach, denen die ihn
regieren die meiste Ehre macht. Die Welt wird nur darum so
viel betrogen, weil sie betrogen seyn will. A. d. H.

den Spaziergang, und hatte Anlaß etwas von meinen
Reisen zu erzählen. Du weißt, daß meine Augen gute
Beobachter sind, und daß ich manche halbe Stunde ganz
artig schwatzen kann. Der Gegenstand war von Gebäuden
und Gärten. Das Fräulein von Sternheim liebt Ver= 5
stand und Kenntnisse. Ich machte mir ihre Aufmerksamkeit
ganz vortheilhaft zu nutze, und habe ihre Achtung für
meinen Verstand so weit erhalten, daß sie eine Zeichnung
zu sich nahm, die ich während der Erzählung von einem
Garten in England machte. Sie sagte dabey zu Fräulein R. 10
„Dieses Papier will ich zu einem Beweis aufheben, daß
„es Cavaliere giebt, die zu ihrem Nutzen, und zum Ver=
„gnügen ihrer Freunde reisen.“ Diß ist ein wichtiger
Schritt, der mich weit genug führen wird. Keine lächer=
liche Grimasse, dummer Junge, daß du mich über diese 15
Kleinigkeit froh siehst, da ich es sonst kaum über den
ganzen Sieg war; ich sage dir, das Mädchen ist ausser=
ordentlich. Aus ihren Fragen bemerkte ich eine vorzüg=
liche Neigung für England, die mir ohne meine Bemühung
von selbst Dienste thun wird. Ich redete vergnügt und 20
ruhig fort: denn da sie durch die gleichgültigen Gegen=
stände unserer Unterredung zufrieden und vertraut wurde,
so hütete ich mich sehr, meine Liebe, und eine besondere
Aufmerksamkeit zu entdecken. Aber bald wäre ich aus
meiner Fassung gerathen, weil ich eine Veränderung der 25
Stimme und Gesichtszüge des Fräuleins von Sternheim
wahrnahm. Sie schien bewegt; ihre Antworten waren
abgebrochen: ich redete aber mit Fräulein R. so viel ich
konnte gleichgültig fort, beobachtete aber die Sternheim
genau. Indem brachte uns ein erhöhter Gang in den 30
Garten auf einen Platz, wo man das freye Feld entdeckte.
Wir blieben stehen. Das bezaubernde Fräulein von
Sternheim heftete ihre Blicke auf eine gewisse Gegend;
eine feine Röthe überzog ihr Gesicht und ihre Brust, die
von der Empfindung des Vergnügens eine schnellere Be= 35
wegung zu erhalten schien. Sehnsucht war in ihrem
Gesicht verbreitet, und eine Minute darauf stand eine

Thräne in ihren Augen. B* alles was ich jemals
reizendes an andern ihres Geschlechts gesehen, ist nichts
gegen den einnehmenden Ausdruck von Empfindung, der
über ihre ganze Person ausgegossen war. Kaum konnte
5 ich dem glühenden Verlangen widerstehen, sie in meine
Arme zu schließen. Aber ganz zu schweigen war mir
unmöglich. Ich faßte eine ihrer Hände mit einem Arme,
der vor Begierde zitterte, und sagte ihr auf englisch: ich
weis nicht mehr was; aber die Wuth der Liebe muß aus
10 mir gesprochen haben: denn ein ängstlicher Schrecken nahm
sie ein und entfärbte sie bis zur Todtenbläße. Da war's
Zeit mich zu erholen, und ich beschließ mich den ganzen
übrigen Abend recht ehrerbietig und gelassen zu seyn.
Mein Täubchen ist noch nicht kirre genug, um das Feuer
15 meiner Leidenschaft in der Nähe zu sehen. Dieses loderte
die ganze Nacht durch in meiner Seele; keinen Augenblick
schlief ich; immer sah' ich das Fräulein vor mir und
meine Hand schloß sich zwanzigmal mit der nehmlichen
Heftigkeit zu, mit welcher ich die ihrige gefaßt hatte.
20 Rasend dachte ich, Sehnsucht und Liebe in ihr gesehen zu
haben, die einen Abwesenden zum Gegenstand hatten; aber
ich schwur mir, sie mit oder ohne ihre Neigung zu be=
sitzen. Wenn sie Liebe, feurige Liebe für mich bekömmt,
so kann es seyn, daß sie mich fesselt: aber auch kalt, soll
25 sie mein Eigenthum werden.

Der Morgen kam und fand mich wie einen tollen
brennenden Narren mit offner Brust und verstörten
Gesichtszügen am Fenster. Der Spiegel zeigte mich mir
unter einer Satansgestalt, die fähig gewesen wäre, das
30 gute furchtsame Mädchen auf immer vor mir zu ver=
scheuchen. Wild über die Gewalt, so sie über mich ge=
wonnen, und entschlossen, mich dafür schadlos zu halten,
warf ich mich aufs Bette, und suchte einen Ausweg aus
diesem Gemische von neuen Empfindungen und meinen
35 alten Grundsätzen zu finden. Geduld brauchte es auf
dem langweiligen Weg, den ich vor mir sah; weil ich nicht
wissen konnte, daß der Nachmittag mir zu einem großen

Sprung helfen würde. Als ich wieder in ihre Gesell=
schaft kam, war ich lauter Sanftmuth und Ehrfurcht;
das Fräulein stille und zurückhaltend. Nach dem Essen
ließ man uns junge Leute wieder gehen, weil die Tante
und die Gräfin F* die Charte noch vollends zu mischen
hatten, mit welcher sie das Fräulein dem Fürsten zu=
spielen wollten. Nach unserer Abrede vom vorigen Tage
giengen wir in das Dorf. Als wir gegen das Wirths=
haus kamen, wo meine Leute einquartiert waren, begegnete
uns ein kleiner Wagen mit einer Frau und Kindern be=
laden, der langsam vorbey gieng, und uns hinderte vor=
zukommen. Meine Sternheim sieht die Frau starr an,
wird roth, nachdenklich, betrübt, alles schier in Einem
Anblick, und sieht dem Wagen melancholisch nach. Dieser
hält an dem Wirthshause, die Leute steigen aus; die
Blicke des Fräuleins sind unbeweglich auf sie geheftet:
Unruhe nimmt sie ein; sie sieht mich und das Fräulein R*
an, wendet die Augen weg, endlich legt sie ihre Hand
auf meinen Arm, und sagt mir auf englisch mit einem
verschönerten Gesichte und bittender zärtlicher Stimme:
Lieber Lord, unterhalten Sie doch das Fräulein R* einige
Augenblicke hier, ich kenne diese Frau, und will ein paar
Worte mit ihr reden. Ich stutzte, machte eine einwilligende
Verbeugung und küßte den Platz meines Rocks, wo ihre
Hand gelegen war und mich sanft gedrückt hatte. Sie
sieht dieses. Brennendroth und verwirrt eilt sie weg.
Was T — dachte ich, muß das Mädchen mit dem Weibe
haben; sie mag wohl irgend einmal Briefträgerin, oder
sonst eine dienstfertige Creatur in einem verborgenen
Liebeshandel gewesen seyn. Gestern nach meiner zärtlichen
Anrede war das Mädchen stutzig: heute den ganzen Tag
trocken, hoch, sah mich kaum an; ein Bettelkarn führt eine
Art Kupplerin herbey, und ihre Gesichtszüge verändern
sich, sie hat mit sich zu kämpfen, und endlich werde ich
der liebe Lord, auf den man die schöne Hand legt, seinen
Arm zärtlich drückt, die Stimme, den Blick beweglich
macht, um zu einer ungehinderten Unterredung mit diesem

Weibe zu kommen. Hm! Hm! wie siehts mit dieser strengen
Tugend aus? Ich hätte das Fräulein R* in der Mist=
pfütze ersäufen mögen, um mich in dem Wirthshause zu
verbergen und zuzuhören. Diese sieht der Sternheim
5 nach; und sagt: Was macht das Fräulein in dem Wirths=
hause? Ich antwortete kurz: sie hätte mir gesagt, daß
sie diese Bettelfrau kenne, und mit ihr etwas zu reden
hätte. Sie lacht, schüttelt den Kopf mit der Miene des
Affengesichts, das lang über die Vorzüge der Freundin
10 neidisch war, nichts tadeln konnte, und nun eine inner=
liche Freude über den Schein eines Fehlers fühlte. „Es
wird wohl eine alte gute Bekanntin vom Dorfe P. seyn"
zischte die Natter, mit einem Ansehen, als ob sie ganz
unterrichtet wäre. Ich sagte ihr: ich wollte einen meiner
15 Leute horchen lassen, denn ich wäre selbst über diesen
Vorgang in Erstaunen; schickte auch einen nach ihr, und
suchte indessen die R* folgendes auszulocken: was sie wohl
von Fräulein Sternheim denke?

„Daß sie ein wunderliches Gemische von bürger=
20 „lichem und adelichem Wesen vorstellt, und ein wunderlich
„Gezier von Delicatesse macht, die sich doch nicht souteniert.
„Denn was für ein Bezeugen von einer Person vom
„Stande ist das, von einer Dame und einem Cavalier
„wegzulaufen, um — ich weis nicht wie ich sagen soll —
25 „eine Frau zu sprechen, die sehr schlecht aussieht, und die
„vielleicht am besten die Art angeben könnte; wie dieses
„Herz zu gewinnen ist, ohne daß die vielen Anstalten
„und Vorkehrungen nöthig wären, die man mit ihr
„macht —

30 Ich sagte wenig darauf, doch so viel, um sie in
Athem zu halten, weiter zu reden. Die Genealogie des
Fräuleins Sternheim wurde also vorgenommen, ihr Vater
und ihre Mutter verläumdet, und die Tochter lächerlich
gemacht; mehr habe ich nicht behalten, der Kopf war mir
35 warm. Die Sternheim blieb ziemlich lange weg. End=
lich kam sie mit einem gerührten, doch zufriednen Gesichte,
etwas verweinten Augen und ruhigem Lächeln gegen uns,

und mit einem Ton der Stimme, so weich, so voll Liebe, daß ich noch toller als vorher wurde, und gar nicht mehr wußte, was ich denken sollte.

Das Fräulein R* betrachtete sie auf eine beleidigende Weise, und meine Göttin mochte unsere Verlegenheit ge= 5 merkt haben, denn sie schwieg, wie wir, in einem fort, bis wir wieder zu Hause kamen. Ich eilte Abends fort, um meine Nachrichten zu hören. Da erzählte mir mein Kerl; Er hätte die Wirthin und die Frau heulend über die Güte des Fräuleins angetroffen; die Frau sey dem 10 Fräulein ganz fremd gewesen, hätte sich über das Anreden dieser Dame verwundert und wäre ihr mit sorgsamen Gesicht in die Stube gefolgt, wohin sie sie mit den Kindern geführt. Da hätte ihr das Fräulein zugesprochen, sie um Vergebung über ihr Zudringen gebeten, und Hülfe an= 15 geboten, auch würklich Geld gegeben, und nachdem sie er= fahren, daß sie nach T* gehe, und dort wohne, hätte sie ihren Nahmen und Aufenthalt der Frau aufgeschrieben, und ihr auf das liebreichste fernere Dienste versichert, auch bey der Wirthin eine gute Kutsche bestellt, welche 20 die Frau und Kinder nach Hause bringen sollte.

Ich dachte, mein Kerl oder ich müßte ein Narr seyn, und widersprach ihm alles; aber er fluchte mir die Wahr= heit seiner Geschichte; und ich fand, daß das Mädchen den wunderlichsten Charakter hat. Was T* wird sie roth 25 und verwirrt, wenn sie etwas Gutes thun will; was hatte sie uns zu belügen, sie kenne diese Frau: besorgte sie, wir möchten Antheil an ihrer Großmuth nehmen?

Aber diese Entdeckung, das Ungefehr, werde ich mir zu nutze machen; ich will diese Familie aufsuchen, und 30 ihr Gutes thun, wie Engländer es gewohnt sind, und dieses, ohne mich merken zu lassen, daß ich etwas von ihr weiß. Aber gewiß werde ich keinen Schritt machen, den sie nicht sehen soll. Durch diese Wohlthätigkeit werde ich mich ihrem Charakter nähern, und da man sich alle= 35 zeit mit einer gewissen zärtlichen Neigung an die Gegen= stände seines Mitleidens und seiner Freygebigkeit heftet;

so muß in ihr nothwendiger Weise eine gute Gesinnung
für denjenigen entstehen, der, ohne ein Verdienst dabey
zu suchen, das Glück in eine Familie zurückrufen hilft.
Ich werde schon einmal zu sagen wissen, daß ihr edles
5 Beyspiel auf mich gewürkt habe, und wenn ich nur eine
Linie breit Vortheil über ihre Eigenliebe gewonnen habe,
so will ich bald bey Zollen und Spannen weiter gehen.

Sie beobachtet mich scharf, wenn ich nahe bey ihr,
in ein Gespräch verwickelt bin.  Dieser kleinen List, mich
10 ganz zu kennen, setzte ich die entgegen, allezeit, wenn sie
mich hören konnte, etwas vernünftiges zu sagen, oder den
Discurs abzubrechen und recht altklug auszusehen.  Aber
ob schon ihre Zurückhaltung gegen mich schwächer geworden
ist, so ist es doch nicht Zeit von Liebe zu reden; die
15 Waagschaale zieht noch immer für Seymour.  Ich möchte
wohl wissen, warum das gesunde junge Mädchen den
blassen traurigen Kerl meiner frischen Farbe und Figur
vorzieht, und seinen krächzenden Ton der Stimme lieber
hört, als den muntern Laut der meinigen, seine todten
20 Blicke sucht, und mein redendes Auge flieht?  Sollte so
viel Wasser in ihre Empfindungen gegossen seyn?  Das
wollen wir beym Bal sehen, der angestellt ist, denn da
muß eine Lücke ihres Charakters zum Vorschein kommen,
wenigstens sind alle möglichen Anstalten gemacht worden,
25 um die tiefschlafendsten Sinnen in eine muntere Ge=
schäftigkeit zu bringen.  Deinem Freund wird das Er=
wachen der ihrigen nicht entgehen, und dann will ich
schon Sorge tragen, sie nicht einschlummern zu lassen.

––––––

### Fräulein von Sternheim an Emilia.

30 Ich komme von der angenehmsten Reise zurück, die
ich jemals mit meiner Tante gemacht habe.  Wir waren
zehn Tage bey dem Grafen von T\*\*\* auf seinem Schlosse,
und haben da die verwittibte Gräfin von Sch\*. welche
immer da wohnt, zwey andere Damen von der Nachbar=

8\*

schaft, und zu meiner unbeschreiblichen Freude den Herrn[**]
gefunden, dessen vortreffliche Schriften ich schon gelesen,
und so viel Feines für mein Herz und meinen Geschmack
daraus erlernt hatte. Der ungezwungene ruhige Ton
seines Umgangs, unter welchen er seinen Scharfsinn und 5
seine Wissenschaft verbirgt; und die Gelassenheit, mit
welcher er sich in Zeitvertreibe und Unterredungen ein=
flechten ließ, die der Größe seines Genies und seiner
Kenntnissen ganz unwürdig waren, erregten in mir für
seinen leutseligen Charakter die nehmliche Bewunderung, 10
welche die übrige Welt seinem Geiste wiedmet. Immer
hoffte ich auf einen Anlaß, den man ihm geben würde,
uns allen etwas nützliches von den schönen Wissenschaften,
von guten Büchern, besonders von der deutschen Literatur
zu sagen, wodurch unsere Kenntnisse und unser Geschmack 15
hätte verbessert werden können; aber wie sehr, meine
Emilia, fand ich mich in meiner Hoffnung betrogen!
Niemand dachte daran; die Gesellschaft dieses feinen,
gütigen Weisen für den Geist zu benützen; man miß=
brauchte seine Geduld und Gefälligkeit auf eine unzähl= 20
bare Art mit geringschäzigen Gegenständen, auf welchen
der Kleinigkeitsgeist haftet, oder mit neu angekommenen
französischen Broschüren, wobey man ihm übel nahm,
wenn er nicht darüber in Entzückung gerieth, oder wenn
er auch andre Sachen nicht so sehr erhob, als man es 25
haben wollte. O! wie geizte ich nach jeder Minute, die
mir dieser hochachtungswerthe Mann schenkte; wenn er
mit dem liebreichsten, meiner Wißbegierde und Empfind=
samkeit angemeßnen Tone meine Fragen beantwortete,
oder mir vorzügliche Bücher nannte, und mich lehrte, wie 30
ich sie mit Nutzen lesen könne. Mit edler Freymüthigkeit
sagte er mir einst: „Ob sich schon Fähigkeiten und
„Wissensbegierde in beynahe gleichem Grade in meiner
„Seele zeigten, so wäre ich doch zu keiner Denkerin ge=
„bohren; hingegen könnte ich zufrieden seyn, daß mich die 35
„Natur durch die glücklichste Anlage, den eigentlichen End=
„zweck unsers Daseyns zu erfüllen, dafür entschädiget

„hätte; dieſer beſtehe eigentlich im Handeln, nicht im
„Speculieren;*) und da ich die Lücken, die andre in
„ihrem moraliſchen Leben und in dem Gebrauch ihrer
„Tage machen, ſo leicht und fein empfände, ſo ſollte ich
5 „meine Betrachtungen darüber durch edle Handlungen,
„deren ich ſo fähig ſey, zu zeigen ſuchen.**)

Niemals, meine Emilia, war ich glücklicher als zu
der Zeit, da dieſer einſichtsvolle Ausſpäher der kleinſten
Falten des menſchlichen Herzens, dem meinigen das Zeugniß
10 edler und tugendhafter Neigungen beylegte. Er verwieß
mir, mit der achtſamſten Güte, meine Zaghaftigkeit und
Zurückhaltung in Beurtheilung der Werke des Geiſtes, und
ſchrieb mir eine richtige Empfindung zu, welche mich be=
rechtigte meine Gedanken ſo gut als andre zu ſagen. Doch
15 bat er mich weder im Reden noch im Schreiben einen männ=
lichen Ton zu ſuchen. Er behauptete, daß es die Wirkung
eines falſchen Geſchmacks ſey, männliche Eigenſchaften des
Geiſtes und Charakters in einem Frauenzimmer vorzüglich zu
loben. Wahr ſey es, daß wir überhaupt gleiche Anſprüche, wie
20 die Männer, an alle Tugenden und an alle die Kenntniſſe
hätten, welche die Ausübung derſelben befördern, den
Geiſt aufklären oder die Empfindungen und Sitten ver=
ſchönern; aber daß immer in der Ausübung davon die

---

*) Wohlverſtanden, daß die Speculationen der Gelehrten,
ſo bald ſie einigen Nutzen für die menſchliche Geſellſchaft haben,
eben dadurch den Werth von guten Handlungen bekommen. H.

**) Herr ** (den wir zu kennen die Ehre haben) hat uns
auf Befragen geſagt, ſeine Meynung ſey eigentlich dieſe geweſen;
Er habe an dem Fräulein von St. eine gewiſſe Neigung über
moraliſche Dinge aus allgemeinen Grundſätzen zu raiſonnieren,
Diſtinctionen zu machen, und ihren Gedanken eine Art von
ſyſtematiſcher Form zu geben, wahrgenommen, und zugleich ge=
funden, daß ihr gerade dieſes am wenigſten gelingen wolle.
Ihn habe bedünkt, daß, worinn ihre Stärke liegt, ſey die Feinheit
der Empfindung, der Beobachtungsgeiſt, und eine wunderbare,
und gleichſam zwiſchen allen ihren Seelenkräften abgeredete Ge=
ſchäfftigkeit derſelben, bey jeder Gelegenheit die Güte ihres Herzens
thätig zu machen; und dieſes habe er eigentlich dem Fräulein
von St. ſagen wollen. H.

Verschiedenheit des Geschlechts bemerkt werden müsse.
Die Natur selbst habe die Anweisung hiezu gegeben, als
sie, z. E. in der Leidenschaft der Liebe den Mann heftig,
die Frau zärtlich gemacht; in Beleidigungen Jenen mit
Zorn, Diese mit rührenden Thränen bewaffnet; zu Ge=
schäfften und Wissenschaften dem männlichen Geiste Stärke
und Tiefsinn, dem weiblichen Geschmeidigkeit und An=
muth; in Unglücksfällen dem Manne Standhaftigkeit und
Muth, der Frau Geduld und Ergebung, vorzüglich mit=
getheilt; im häuslichen Leben Jenem die Sorge für die
Mittel die Familie zu erhalten, und Dieser die schickliche
Austheilung derselben aufgetragen habe, u. s. w. Auf
diese Weise, und wenn ein jeder Theil in seinem an=
gewiesnen Kreise bliebe, liefen beyde in der nehmlichen
Bahn, wiewohl in zwoen verschiednen Linien, dem End=
zweck ihrer Bestimmung zu; ohne daß durch eine er=
zwungene Mischung der Charakter die moralische Ordnung
gestört würde. — Er suchte mich mit mir selbst und
meinem Schicksale, über welches ich Klagen führte, zu=
frieden zu stellen; und lehrte mich, immer die schöne
Seite einer Sache zu suchen, den Eindruck der widrigen
dadurch zu schwächen, und auf diese nicht mehr Aufmerk=
samkeit zu wenden, als vonnöthen sey, den Reiz und Werth
des Schönen und Guten desto lebhafter zu empfinden.

O Emilia! in dem Umgang dieses Mannes sind die
besten Tage meines Geistes verflossen! Es ist etwas in
mir, das mich empfinden läßt, daß sie nicht mehr zurück
kommen werden, daß ich niemals so glücklich seyn werde,
nach meinen Wünschen und Neigungen, so einfach, so
wenig fodernd sie sind, leben zu können! Schelten Sie
mich nicht gleich wieder über meine zärtliche Klein=
müthigkeit: vielleicht ist die Abreise des Herrn** daran
Ursache, die für mich eine abscheuliche Leere in diesem
Hause läßt. Er kommt nur manchmal hieher. Wie
Pilgrimme einen verfallenen Platz besuchen, wo ehemals
ein Heiliger wohnte, besucht er dieses Haus, um noch
den Schatten des großen Mannes zu verehren, der hier

lebte, dessen großen Geist und erfahrne Weisheit er be=
wunderte, der sein Freund war und ihn zu schätzen wußte.

Den Tag nach seiner Abreise langte ein kleiner
französischer Schriftsteller an, den ein Mangel an Pariser
5 Glück und die seltsame Schwachheit unsers Adels „Die
„Französische Belesenheit immer der Deutschen vorzuziehen"
in dieses Haus führte. Die Damen machten viel Wesens
aus der Gesellschaft eines Mannes, der geraden Wegs
von Paris kam, viele Marquisinnen gesprochen hatte, und
10 ganze Reihen von Abhandlungen über Moden, Manieren
und Zeitvertreibe der schönen Pariser Welt zu machen
wußte; der bey allen Frauenzimmerarbeiten helfen konnte,
und der galanten Wittib sein Erstaunen über die Delicatesse
ihres Geistes und über die Grazien ihrer Person und
15 ihrer gar nicht deutschen Seele in allen Tönen und
Wendungen seiner Sprache vorsagte.

So angenehm es mir Anfangs war, ein Urbild der
Gemählde zu sehen, die mir schon oft in Büchern von
diesen Miethgeistern der Reichen und Großen in Frank=
20 reich vorgekommen waren; so wurde ich doch schon am
vierten Tag seiner leeren, und nur in andern Worten
wiederholten Erzählungen von Meubles, Putz, Gastereyen
und Gesellschaften in Paris herzlich müde. Aber die
Scene wechselte bey der Rückkunft des Herrn** der sich
25 Mühe nahm, diesen aus Frankreich berufenen Hausgeist
an den Platz seiner Bestimmung zu setzen.

Das Gepränge, womit das sclavische Vorurtheil, so
unser Adel für Frankreich hat, dem Herrn** den Pariser
vorstellte; das Gezier, die Selbstzufriedenheit, womit der
30 Franzose sich als den Autor sehr artiger und beliebter
Büchergen anpreisen hörte, würde meine Emilia, wie
mich, geärgert haben.

Aber wie schön leuchtete die Bescheidenheit unsers
weisen Landsmannes hervor, der mit der Menschen=
35 freundlichkeit, womit der ächte Philosoph die Thoren zu
ertragen pflegt, den Eindruck verhehlte, den der fade bel=
esprit auf ihn machen mußte, ja sogar sich mit wahrer

Herablassung erinnerte, eines von seinen Schriftchen ge=
lesen zu haben.

Mir schien der ganze Vorgang, als ob ein armer
Prahler mit lächerlichem Stolze dem edeln Besitzer einer
Goldmine ein Stückgen zackigt ausgeschnittenes Flittergold
zeigte, es zwischen seinen Fingern hin und her wendete,
und sich viel mit dem Geräusche zu gute thäte, so er
damit machen könnte, und wozu freylich der Vorrath ge=
diegenen Golds des edelmüthigen Reichen nicht tauglich
ist; aber dieser lächelte den Thoren mit seinem Spiel=
werk seutselig an, und dächte, es schimmert und tönt ganz
artig, aber du mußt es vor dem Feuer der Untersuchung
und dem Wasser der Wiederwärtigkeit*) bewahren, wenn
dein Vergnügen dauerhaft seyn soll.

Herr** fragte den Bel-esprit nach den großen
Männern in Frankreich, deren Schriften er gelesen hätte
und hochschätzte; aber er kannte sie, wie wir andern, nur
dem Nahmen nach, und schob immer anstatt eines Mannes
von gelehrten Verdiensten, den Nahmen eines reichen oder
großen Hauses ein.

Ich, die schon lange über den übeln Gebrauch, den
man von der Gesellschaft und Gefälligkeit des Herrn**
machte, erboßt war, zumal da ihm dem ungeachtet alle
um sich haben wollten, und mich wie neidischsumsende
Wespen hinderten, etwas Honig für mich zu sammeln,
auch nur den Pariser immer reden machten: ich warf
endlich die Frage auf: Was für einen Gebrauch die
französischen Damen von dem Umgang ihrer Gelehrten
machten? Ich vernahm aus der Antwort,

Sie lernten von ihnen

---

* Ich habe so viel Wahres und zugleich dem eigen=
thümlichen Charakter des Geistes der Fräulein von St. so an=
gemessenes in diesem Gleichnisse gefunden, daß ich mich nicht
entschließen konnte, etwas daran zu ändern, ungeachtet ich sehr
wohl empfinde, daß das Feuer der Untersuchung und das Wasser
der Wiederwärtigkeit keine Gnade vor der Critik finden können,
und würklich in Bunyans Pilgrimsreise besser an ihrem Platze
sind, als in diesem Buche. H.

„Die Schönheiten der Sprache und des Ausdrucks;

„Von allen Wissenschaften eine Idee zu haben, um hie und da etliche Worte in die Unterredung mischen zu können, die ihnen den Ruhm vieler Kenntnisse erhaschen
5 hälfen;

„Wenigstens die Nahmen aller Schriften zu wissen, und etwas das einem Urtheil gleiche darüber zu sagen;

„Sie besuchten auch mit ihnen die öffentlichen physicalischen Lehrstunden, wo sie ohne viele Mühe, sehr
10 nützliche Begriffe sammelten;

„Ingleichem die Werkstätte der Künstler, deren Genie für Pracht und Vergnügen arbeitet, und alles dieses trüge viel dazu bey, ihre Unterredungen so angenehm und abwechselnd zu machen.

15 Da fühlte ich mit Unmuth die vorzügliche Klugheit der französischen Eigenliebe, die sich in so edle nützliche Auswüchse verbreitet. Immer genug, wenn man begierig ist die Blüthe der Bäume zu kennen; bald wird man auch den Wachsthum und die Reise der Früchte er=
20 forschen wollen.

Wie viel hat diese Nation voraus, denn nichts wird schneller allgemein als der Geschmack des Frauenzimmers.

Warum brachten seit so vielen Jahren die meisten unserer Cavaliere von ihren Pariser Reisen ihren
25 Schwestern und Verwandtinnen, unter tausenderley verderblichen Modenachrichten, nicht auch diese mit, die alles andere verbessert hätte? Aber da sie für sich nichts als lächerliche und schädliche Sachen sammeln, wie sollten sie das Anständige und Nutzbare für uns suchen?

30 Ich berechnete noch über dieß den Gewinn, den selbst das Genie des Gelehrten durch die Fragen der lehr=begierigen Unwissenheit erhält, die ihn oft auf Betrachtung und Nachdenken über eine neue Seite gewisser Gegenstände führt, die er als gering übersah, oder die, weil sie allein
35 an das Reich der Empfindungen gränzte, von einem Frauenzimmer eher bemerkt wurde, als von Männern. Gewiß ist es, daß die Bemühung andere in einer Kunst

oder Wissenschaft zu unterrichten, unsere Begriffe feiner,
deutlicher und vollkommener macht. Ja, sogar des
Schülers verkehrte Art etwas zu fassen, die einfältigsten
Fragen desselben, können der Anlaß zu großen und nütz=
lichen Entdeckungen werden; wie diese von dem Gärtner 5
zu Florenz, über die bey abwechselnder Witterung bemerkte
Erhöhung oder Erniedrigung des Wassers in seinem
Brunnen, die vortreffliche Erfindung des Barometers
veranlaßte. Aber ich komme zu weit von dem liebens=
würdigen Deutschen weg, dessen feines und mit unend= 10
lichen Kenntnissen bereichertes Genie in unserer aus so
verschiednen Charaktern zusammen gesetzten Gesellschaft,
moralische Schattierfarben zu seinen reizenden Gemählden
der Menschen sammelte. Er sagte mir dieses, als ich
seine Herablassung zu manchen nichtsbedeutenden Ge= 15
sprächen lobte.

Mit Entzückung lernte ich in ihm das Bild der
ächten Freundschaft kennen, da er mir von einem hoch=
achtungswürdigen Manne erzählte, „der von dem ehe=
„maligen Besitzer des Hauses erzogen worden, und als 20
„ein lebender Beweis der unzähligen Fähigkeiten unsers
„Geistes anzuführen sey; weil er die Wissenschaft des
„feinsten Staatsmannes mit aller Gelehrsamkeit des
„Philosophen, des Physikers und des schönen Geistes ver=
„bände, alle Werke der Kunst gründlich beurtheilen 25
„könne, die Staatsökonomie und Landwirthschaft in allen
„ihren Theilen verstehe, verschiedene Sprachen gut rede
„und schreibe, ein Meister auf dem Clavier und ein
„Kenner aller schönen Künste sey, und mit so vielen
„Vollkommenheiten des Geistes das edelste Herz und den 30
„großen Charakter eines Menschenfreundes in seinem
„ganzen Umfange verbinde — —"

Sie sehen aus diesem Gemählde, ob Herr ** Ursache
hat, die Freundschaft eines solchen Mannes, für das vor=
zügliche Glück seines Lebens zu halten! Und Sie werden 35
sich mit mir über die Entschließung freuen, welche er
gefaßt hat, den ältesten Sohn seines Freundes an den

seit kurzem veränderten Ort seiner Bestimmung mit-
zunehmen. Durch die halbe Länge Deutschlandes von
den Freunden seines Herzens entfernt, will er alle die
Gesinnungen, die er für die Aeltern hat, auf das Haupt
5 dieses Knaben versammeln; ihn zu einem tugendhaften
Mann erziehn, und dadurch, weit von seinen Freunden,
die Verbindung seines Herzens mit den ihrigen unterhalten. O Emilia! Was ist Gold? was sind Ehren-
stellen, die die Fürsten manchmal dem Verdienste zutheilen,
10 gegen diese Gabe der Freundschaft des Herrn** an den
Sohn seiner glücklichen Freunde? Wie sehr verehrt ihn
mein Herz! Wie viele Wünsche mache ich für seine Erhaltung! Und wie selig müssen seine Abendstunden, nach
so edel ausgefüllten Tagen seyn!

15   Mein Brief ist lang; aber meine Emilia hat eine
Seele, die sich mit Ergötzen bey der Beschreibung einer
übenden Tugend verweilt, und mir Dank dafür weiß.
Herr** reiste Abends weg, und wir, zu meinem Vergnügen, den zweeten Morgen darauf. Denn jeder Platz
20 des Hauses und Gartens, wo ich ihn gesehen hatte, und
itzt mit Schmerzen vermißte, stürzte mich in einen Anfall
von Traurigkeit, die mir an unserm Hof nicht vermindert
wird. Doch ich will nach seinem Rath immer die schöne
Seite meines Schicksals suchen, und Ihnen in Zukunft
25 nur diese zeigen.

Nun muß ich mich zu einem Fest anschicken, welches
Graf F* auf seinem Landguth geben wird. Ich liebe die
aufgehäuften Lustbarkeiten nicht; aber man wird tanzen,
und Sie wissen, daß ich von allen andern Ergötzungen
30 für diese die meiste Neigung habe. —

## Milord Derby an seinen Freund B*.

Ich schreibe dir, um der Freude meines Herzens
einen Ausbruch zu schaffen; denn hier darf ich sie niemand
zeigen. Aber es ist lustig zu sehen, wie alle Anstalten
35 die man dem Fürsten zu Ehren macht, sich nur allein

dazu schicken müssen, das schöne schüchterne Vögelchen in
mein verstecktes Garn zu jagen. Der Graf F*, der den Ober=
jägermeister in dieser Gelegenheit macht, gab letzthin dem
ganzen Adel auf seinem Guthe ein recht artig Festin,
wobei wir alle in Bauerkleidungen erscheinen mußten. 5
    Wir kamen Nachmittags zusammen, und unsre Bauer=
kleider machten eine schöne Probe, was natürlich edle,
oder was nur erzwungene Gestalten waren. Wie manchem
unter uns fehlte nur die Grabschaufel oder die Pflug=
schare, um der Bauerknecht zu seyn, den er vorstellte; 10
und gewiß unter den Damen war auch mehr als eine,
die mit einem Hühnerkorbe auf dem Kopfe, oder bey der
Melkerey nicht das geringste Merkmal einer besondern
Herkunft oder Erziehung behalten hätte. Ich war ein
schottischer Bauer, und stellte den kühnen entschloßnen 15
Charakter, der den Hochländern eigen ist, ganz natürlich
vor; und hatte das Geheimniß gefunden, ihn mit aller
der Eleganz, die, wie du weißt, mir eigen ist, ohne Nach=
theil meines angenommenen Charakters, zu verschönern.
Aber diese Zauberin von Sternheim war in ihrer Ver= 20
kleidung lauter Reiz und schöne Natur; alle ihre Züge
waren ländliche Freude; ihr Kleid von hellblauem Tafft,
mit schwarzen Streifen eingefaßt, gab der ohnehin schlanken
griechischen Bildung ihres Körpers, ein noch feineres An=
sehen, und den Beweis, daß sie gar keinen erkünstelten 25
Putz nöthig habe. Alle ihre Wendungen waren mit
Zauberkräften vereinigt, die das neidische Auge der Damen,
und die begierigen Blicke aller Mannsleute an sich hefteten.
Ihre Haare schön geflochten und mit Bändern zurück=
gebunden, um nicht auf der Erde zu schleppen, gaben mir 30
die Idee, sie einst in der Gestalt der miltonischen Eva
zu sehen, wenn ich ihr Adam seyn werde. Sie war
munter, und sprach mit allen Damen auf das Gefälligste.
Ihre Tante und die Gräfin F* überhäuften sie mit Lieb=
kosungen, sie dachten dadurch das Mädchen in der muntern 35
Laune zu erhalten, in welcher sie ihre Gefälligkeit auch
auf den Fürsten ausbreiten könnte.

Seymour fühlte die ganze Macht ihrer Reizungen,
verbarg aber, nach der politischen Verabredung mit seinem
Oncle seine Liebe unter einem Anfall von Spleen, der
den sauertöpfischen Kerl, stumm und unruhig, bald unter
5 diesen, bald unter jenen Baum führte, wohin ihm Fräulein
C*, als seine Bäuerin, wie ein Schatten folgte. Meine
Leidenschaft kostete mich herculische Mühe, sie im Zügel
zu halten; aber schweigen konnte ich nicht, sondern haschte
jede Gelegenheit, wo ich an dem Fräulein von Sternheim
10 vorbeygehen, und ihr auf englisch etwas bewunderndes
sagen konnte. Aber etliche mal hätte ich sie zerquetschen
mögen, da ihre Blicke, wiewohl nur auf das Flüchtigste,
mit aller Unruh der Liebe nach Seymour gerichtet waren.
Endlich entschlüpfte sie unter dem Volke, und wir
15 sahen sie auf die Thüre des Gartens vom Pfarrhofe
zueilen; man beredete sich darüber, und ich blieb an der
Ecke des kleinen Milchhauses stehen, um sie beym Zurück-
kommen zu beobachten. Ehe eine Viertelstunde vorbey
war, kam sie heraus. Die schönste Carminfarbe, und der
20 feinste Ausdruck des Entzückens war auf ihrem Gesicht
verbreitet. Mit leutseliger Güte dankte sie für die Bemühung etlicher Zuseher, die ihr Platz geschafft hatten.
Niemals hatte ich sie so schön gesehen als in diesem Augenblick; sogar ihr Gang schien leichter und angenehmer als
25 sonst. Jedermann hatte die Augen auf sie gewandt; sie
sah es; schlug die ihre zur Erden, und erröthete außerordentlich. In dem nehmlichen Augenblick kam der Fürst
auch mitten durch das Gedränge des Volcks aus dem
Pfarrgarten heraus. Nun hättest du den Ausdruck des
30 Argwohns und des boshaften Urtheils der Gedanken über
die Zusammenkunft der Sternheim mit dem Fürsten sehen
sollen, der auf einmal in jedem spröden, coquetten und
devoten Affengesicht sichtbar wurde; und die albernen
Scherze der Mannsleute über ihre Röthe, da sie der
35 Fürst mit Entzücken betrachtete. Beydes wurde als der
Beweis ihrer vergnügten Zusammenkunft im Pfarrhaus
aufgenommen, und alle sagten sich ins Ohr: wir seyen

das Fest der Uebergabe dieser für unüberwindlich ge=
haltnen Schönen. Die reizende Art, mit welcher sie dem
Fürsten etwas Erfrischung brachte; die Bewegung, mit
der er aufstund, ihr entgegen gieng, und bald ihr Gesichte
bald ihre Leibesgestalt mit verzehrenden Blicken ansah, 5
und nachdem er den Sorbet getrunken hatte, ihr den
Teller wegnahm, und dem jungen F* gab, sie aber neben
ihn auf die Bank sitzen machte; die Freude des Alten
von F*, der Stolz ihres Oncles und ihrer Tante, der
sich schon recht sichtbar zeigte, — alles bestärkte unsre 10
Muthmaßungen. Wuth nahm mich ein, und im ersten
Anfall nahm ich Seymourn, der außer sich war, beym
Arm und redete mit ihm von dieser Scene. Die heftigste
äußerste Verachtung belebte seine Anmerkungen über ihre
vorgespiegelte Tugend, und die elende Aufopferung der= 15
selben; über die Frechheit sich vor dem ganzen Adel zum
Schauspiel zu machen, und die vergnügteste Miene dabey
zu haben. Dieser letzte Zug seines Tadels brachte mich
zur Vernunft. Ich überlegte, der Schritt wäre in Wahr=
heit zu frech und dabey zu dumm; die Scene des Wirths= 20
hauses in F* fiel mir ein; ein Zweifel, der sich darüber
bey mir erhob, machte mich meinen Will rufen. Ich ver=
sprach ihm hundert Guineen, um die Wahrheit dessen zu
erfahren, was im Pfarrhause zwischen dem Fürsten und
der Sternheim vorgegangen. In einer Stunde, wovon 25
mir jede Minute ein Jahr dünkte, kam er mit der Nach=
richt, daß die Fräulein den Fürsten nicht gesehen, sondern
allein mit dem Pfarrer gesprochen, und ihm zehn Carolinen
für die Armen des Dorfs gegeben habe, mit der in=
ständigsten Bitte, ja niemand nichts davon zu sagen. Der 30
Fürst wäre nach ihr gekommen, und hätte dem Adel von
weitem zusehen wollen, wie sie sich belustigten, ehe er
komme, um sie desto ungestörter fortfahren zu machen.

Da stund ich und fluchte über die Schwärmerin die
uns zu Narren machte. Und dennoch war das Mädchen 35
würklich edler als wir alle, die wir nur an unser Ver=
gnügen dachten, während sie ihr Herz für die armen

Einwohner des Dorfs eröffnete, um einen der Freude
gewiedmeten Tag bis auf sie auszudehnen. Was war
aber ihre Belohnung davor? Die niederträchtigste Be=
urtheilung ihres Charakters, wozu sich das elendeste Ge=
5 schöpf unter uns berechtigt zu seyn glaubte. In Wahr=
heit, eine schöne Aufmunterung zur Tugend! Willst du
mir sagen, daß die innerliche Zufriedenheit unsre wahre
Belohnung sey, so darf ich nur denken, daß just der
Ausdruck dieser Zufriedenheit auf dem Gesichte des eng=
10 lischen Mädchens, da es vom Pfarrhof zurück kam, zu
einem Beweis ihres Fehlers gemacht wurde. Aber wie
dankte ich meiner Begierde, die Sache ganz zu wissen,
die mich berufenen Bösewicht zu der besten Seele der
ganzen Gesellschaft machte; denn ich allein wollte die
15 Sache ergründen, ehe ich ein festes Urtheil über sie faßte,
und siehe, ich wurde auf der Stelle für diese Tugend mit
der Hoffnung belohnt, das liebenswerthe Geschöpfe ganz
rein in meine Arme zu bekommen; dann nun soll es nur
ihr oder mein Tod verhindern können; mein ganzes Ver=
20 mögen und alle Kräfte meines Geistes, sind zu Ausführung
dieses Vorhabens bestimmt.

Mit triumphirendem Gesichte eilte ich zur Gesellschaft,
nachdem ich Willen verboten, keiner Seele nichts von
seiner Entdeckung zu sagen, und ihm noch hundert Guineen
25 für sein Schweigen versprochen hatte. Du wirst fodern,
daß ich meine Entdeckung zum Besten des Fräuleins hätte
mittheilen sollen. Dann, meinst du, wäre mein Triumph
edel gewesen! Sachte, mein guter Herr! sachte! Ich
konnte auf dem Weg der guten Handlungen nicht so
30 eilend fortwandern, noch weniger gleich mein ganzes Ver=
gnügen aufopfern. Und wozu hätte meine Entdeckung
gedient, als des Fürsten und meine Beschwerlichkeiten zu
vergrößern? Wie vielen Spaßes hätte ich mich beraubt,
wenn ich die Unterredungen des vorigen Stoffs unter=
35 brochen hätte? Denn indeß ich weg war, hatte eine miß=
verstandne Antwort des Fürsten die ganze Sache ins
Reine gebracht. Denn da der Graf F. den Fürsten ge=

fragt: ob er das Fräulein im Pfarrgarten gesehen habe?
und der Fürst ihm ganz kurz mit Ja antwortete, und
die Augen gleich nach ihr kehrte; da war der Vorgang
gewiß; ja sie war, weil man doch auch dem Pfarrer eine
Rolle dabey zu spielen geben wollte, zur linken Hand 5
vermählt, und viele bezeugten ihr schon besondere Auf-
wartungen als der künftigen Gnaden Ausspenderin. Der
Graf F*, seine Frau, der Oncle und die Tante des
Fräuleins führten den Reihen dieser wahnsinnigen Leute.
Selbst Milord G. spielte die Rolle mit, ob sie gleich 10
etwas gezwungen bey ihm war. Aber Seymour, durch
die Beleidigung seiner Liebe und der Vollkommenheit des
Ideals, das er sich von ihr in den Kopf phantasiert hatte,
in einen unbiegsamen Zorn gebracht, konnte sich kaum zu
der gewöhnlichen Höflichkeit entschließen, einen Menuet 15
mit ihr zu tanzen; sein frostiges störrisches Aussehen,
womit er die freundlichsten Blicke ihrer schönen Augen
erwiederte, machte endlich, daß sie ihn nicht mehr ansah;
aber goß zugleich eine Niedergeschlagenheit über ihr ganzes
Wesen aus, welche die edle Anmuth ihres unnachahmlichen 20
Tanzes auf eine entzückende Art vergrößerte. Jeder Vorzug, den ihm ihr Herz gab, machte mich rasend, aber
verdoppelte meine Aufmerksamkeit auf alles, was zu Erhaltung meines Endzwecks dienen konnte. Ich sah, daß
sie die außerordentlichen Bemühungen und Schmeicheleyen 25
der Hofleute bemerkte, und Mißfallen daran hatte. Ich
nahm die Partie, ihr lauter edle feine Ehrerbietung zu
beweisen; es gefiel ihr, und sie redete in schönem Englischen mit mir recht artig und aufgeweckt vom Tanzen,
als der einzigen Ergötzlichkeit die sie liebte. Da ich die 30
Vollkommenheit ihres Menuet lobte, wünschte sie, daß ich
dieses von ihr bey den englischen Landtänzen sagen möchte,
in denen sie die schöne Mischung von Fröhlichkeit und
Wohlstand rühmte, die der Tänzerin keine Vergessenheit
ihrer selbst und dem Tänzer keine willkührliche Freyheiten 35
mit ihr erlaubte; wie es bey den deutschen Tänzen ge-
wöhnlich sey. Mein Vergnügen über diese kleine freund-

schaftliche Unterredung wurde durch die Wahrnehmung
des sichtbaren Verdrusses, den Seymour darüber hatte,
unendlich vergrößert. Der Fürst, dem es auch nicht ge=
fiel, näherte sich uns, und ich entfernte mich, um dem
5 Grafen F* zu sagen, daß das Fräulein gerne englisch
tanze. Gleich wurde die Musik dazu angefangen, und
jeder suchte seine Bäuerin auf. Der junge F* als
Compagnon des Fräuleins von Sternheim, stellte sich in
der halben Reyhe an; aber sein Vater machte alle Paare
10 zurücktreten, um dem Fräulein den ersten Platz zu geben:
die ihn mit Erstaunen annahm, und die Reyhe mit der
seltensten Geschwindigkeit und vollkommensten Anmuth
durchtanzte. Ich blieb bey der ersten Partie mit Fleiß
zurück, und gieng an der Reyhe mit Milord G. und dem
15 Fürsten auf und ab. Dieser hatte kein Auge, als für
Fräulein Sternheim, und sagte immer: tanzt sie nicht
wie ein Engel? Da nun Lord G. versicherte, daß eine
gebohrne Engländerin, Schritt und Wendungen nicht besser
machen könnte, so bekam der Fürst den Gedanken, das
20 Fräulein sollte mit einem Engländer tanzen. Ich trat
in ein Fenster, um zu warten, auf wen die Wahl kommen
würde; als einige Ruhezeit vorbey war, ersuchte der Fürst
das Fräulein um die Gefälligkeit, noch mit der zweyten
Reihe, aber mit einem von uns zween Engländern zu
25 tanzen. Eine schöne Verbeugung, und das Umsehen nach
uns zeigte ihre Bereitwilligkeit an. Wie zärtlich ihr
Blick den spröden Seymourn aufforderte, dem es F* zu=
erst, als Milord G. Nepoten, antrug, und der es verbat.
Die jähe Erröthung des Verdrusses färbte ihr Gesicht
30 und ihre Brust; aber sogleich war eine freundliche Miene
für mich da, der ich mit ehrerbietiger Eilfertigkeit meine
Hand anbot; aber diese Miene hielt mich nicht schadlos,
und preßte mir den Gedanken ab: O Sternheim! eine
solche Empfindung für mich hätte dir und der Tugend
35 mein Herz auf ewig erworben! Die Bemühung, dich
andern zu entreissen, vermindert meine Zärtlichkeit; Be=
gierde und Rache bleiben mir allein übrig. — Mein

äußerliches Ansehen sagte nichts davon; ich war lauter
Ehrfurcht. Sie tanzte vortrefflich; man schrieb es der
Begierde zu, dem Fürsten zu gefallen. Ich allein wußte,
daß es eine Bemühung ihrer beleidigten Eigenliebe war,
um den Seymour durch die Schönheit und Munterkeit
ihres Tanzes über seine abschlägige Antwort zu strafen.
Und gestraft war er auch! Sein Herz voll Verdruß war
froh bey mir Klagen zu führen, und sich selbst zu verdammen, daß er, ungeachtet sie alle seine Verachtung verdiente, sich dennoch nicht erwehren könnte, die zärtlichste
Empfindlichkeit für ihre Reizungen zu fühlen.

„Warum hast du denn nicht mit ihr getanzt?"

Gott bewahre mich, sagte er; ich wäre gewiß unter
dem Kampfe zwischen Liebe und Verachtung an ihrer
Seite zu Boden gesunken. Ich lachte ihn aus, und sagt;
er sollte lieben wie ich, so würde er mehr Vergnügen davon haben, als ihm seine übertriebene Ideen iemals ge-
währen würden.

Ich fühle, daß du glücklicher bist, als ich, sagte der
Pinsel, aber ich kann mich nicht ändern. Verdammt sey
die Liebe, dacht' ich, die diesen und mich zu so elenden
Hunden macht. Seymour, zwischen dem Schmerz der
Verachtung für einen angebeteten Gegenstand, und allen
Reizungen der Sinne herum getrieben, war unglücklich,
weil er nichts von ihrer Unschuld und Zärtlichkeit wußte.
Ich, der meiner Hochachtung und Liebe nicht entsagen
konnte, war ein Spiel des Neides und der Begierde mich
zu rächen, und genoß wenig Freude dabei, als diese,
andern die ihrige sicher zu zerstören, es folge daraus
was da wolle. — Arbeit habe ich! — Denn so künstlich
und sicher ich sonst meine Schlingen zu flechten wußte,
so nützen mich doch meine vorigen Erfahrungen bey ihr
nichts, weil sie so viele Entfernung von allen sinnlichen
Vergnügen hat. Bey einem Ball, wo beynahe alle
Weibspersonen Coquetten, und auch die Besten von der Begierde zu gefallen eingenommen sind, hängt sie der Uebung
der Wohlthätigkeit nach. Andre werden durch die Ver-

ſammlung vieler Leute und den Lermen eines Feſtes,
durch die Pracht der Kleider und Verzierungen betäubt,
durch die Muſik weichlich gemacht, und durch alles zu=
ſammen den Verführungen der Sinnlichkeit bloß gegeben,
5 Sie wird auch gerührt, aber zum Mitleiden für die
Armen; und dieſe Bewegung iſt ſo ſtark, daß ſie Geſell=
ſchaft und Freuden verläßt, um ein Werk der Wohl=
thätigkeit auszuüben. Ha! wenn dieſe ſtarke und ge=
ſchäfftige Empfindlichkeit ihrer Seele, zum Genuß des
10 Vergnügens umgeſtimmt ſeyn wird, und die erſten Töne
für mich klingen werden! — dann B., dann werde ich
dir aus Erfahrung von der feinen Wolluſt erzählen können,
die Venus in Geſellſchaft der Muſen und Grazien aus=
gießt. Aber ich werde mich dazu vorbereiten müſſen. Wie
15 Schwärmer, die in den perſönlichen Umgang mit Geiſtern
kommen wollen, eine Zeitlang mit Faſten und Beten zu=
bringen; muß ich dieſer enthuſiaſtiſche Seele zu gefallen,
mich aller meiner bisherigen Vergnügungen entwöhnen.
Schon hat mir meine, von ungefehr entdeckte Wohlthätigkeit
20 an der Familie T* große Dienſte bey ihr gethan; nun
muß ich ſie einmal in dieſem Hauſe überraſchen. Sie
geht manchmal hin, den Kindern Unterricht, und den
Aeltern Troſt zu geben. Dennoch hat alle ihre Moral
den Einfluß meiner Guineen nicht verhindern können,
25 durch die ich bey dieſen Leuten Gelegenheit finden werde,
ſie zu ſehen, und einen Schritt zu ihrem Herzen zu
machen; während, daß ich auf der andern Seite die
magiſche Sympathie der Schwärmerey zu ſchwächen ſuche,
die in einem einzigen Augenblick zwiſchen ihr und
30 Seymourn entſtehen könnte, wenn ſie jemals einander im
Umgang nahe genug kämen, den ſo gleich geſtimmten Ton
ihrer Seelen zu hören. Doch dem bin ich ziemlich zuvor
gekommen, indem ſich Seymour juſt des Secretairs ſeines
Oncles, der mein Sclave iſt, bedient, um Nachrichten ein=
35 zuziehen, die dieſer bey mir hohlt, ohne mit mir zu reden.
Denn wir ſchreiben uns nur, und ſtecken unſre Billets
hinter ein alt Gemählde im obern Gang des Hauſes.

9*

Dieser Jünger des Lucifers leistet mir vortreffliche Dienste.
Doch muß ich Seymourn die Gerechtigkeit wiederfahren
lassen, daß er uns die Mühe so viel an ihm ist, er=
leichtert.    Er flieht die Sternheim wie eine Schlange,
ungeachtet er sich um alle ihre Bewegungen erkundigt; 5
und diese werden durch die Farbe, welche ihnen meine
Nachrichten geben, schielend und zweydeutig genug, um
auf seinen schon eingenommenen Kopf alle Würkung zu
machen, die ich wünsche.    Den Fürsten fürchte ich nicht;
jeder Schritt, den er machen wird, entfernt ihn vom Ziel. 10
Von allem was Fürsten geben können, liebt sie nichts.
Das Mädchen macht eine ganz neue Gattung von
Charakter aus!

_____

## Milord Seymour an den Doctor B.

Ich bin seit vier Stunden von einem prächtigen und 15
wohl ausgesonnenen Feste zurückgekommen; und da ich
ungeachtet der heftigen Bewegungen, die meine Lebens=
geister erlitten, keinen Schlaf finden kann, so will ich
wenigstens die Ruhe suchen, welche eine Unterredung
mit einem würdigen Freund einem bekümmerten Herzen 20
giebt.    Warum, o mein theurer Lehrmeister, konnte Ihre
erfahrne Weisheit kein Mittel finden, meine Seele gegen
die Heftigkeit guter Eindrücke zu bewaffnen, so wie Sie
eins gefunden haben, mich gegen das Beyspiel und die
Aufmunterung der Bosheit zu bewahren.    Ich will Ihnen 25
die Ursache erzählen; so werden Sie selbst sehen, wie
glücklich ich durch eine vernünftige Gleichgültigkeit ge=
worden wäre.
    Der erste Minister des Hofs gab dem Adel, oder
vielmehr der Fürst gab unter dem Nahmen des Grafen F* 30
dem Fräulein von Sternheim eine Fête auf dem Lande,
welche die Nachahmung auf den höchsten Grad der Gleich=
heit führte, denn die Kleidungen, die Musik, der Platz,
wo die Lustbarkeit gegeben wurde, alles bezeichnete das
Landfest.    Mitten auf einer Matte waren eigne Bauren= 35

häuser und eine Tanzscheure erbaut. Der Gedanke und
die Ausführung entzückte mich, in den ersten zwo Stunden,
da ich nichts als die Schönheit des Festes und die alles
übertreffende Liebenswürdigkeit des Fräulein von Stern=
5 heim vor mir sah. Niemals, mein Freund, niemals wird
das Bild der lautern Unschuld, der reinen Freude
wieder so vollkommen erscheinen, als es diese zwo Stunden
durch, in der edeln schönen Figur der Sternheim ab=
gezeichnet war! Verdammt seyn die Künste, welche es
10 an ihr auszulöschen wußten! Aber in einer Person von
so vielem Geiste, von einer so vortrefflichen Erziehung,
muß der Wille dabey gewesen seyn; es war unmöglich
sie zu berücken; unmöglich ist es auch, daß es allein die
Würkung ihrer von Musik, Pracht und Geräusch empörten
15 Sinnen gewesen sey. Ich weiß wohl, daß man bey diesen
Umständen unvermerkt von der Bahn der moralischen
Empfindungen abweicht und sie aus dem Gesichte verliehrt.
Aber da sie die letzte Warnung ihres guten Genius ver=
warf, und wenige Minuten darauf der angestellten Unter=
20 redung mit dem Fürsten entgegen eilte, und sich dadurch
die Geringschätzung des Elendesten unter uns zuzog; da
hatte ich Mühe, den hohen Grad von Verachtung und
Abscheu, die mich gegen sie einnahmen, zu verbergen. Ich
muß Ihnen erklären, was ich unter den letzten Wink ihres
25 Genius verstehe. Es war eine Bilderbude da, wo die
Damen Lotteriezettel zogen; sagen Sie, ob es wohl ein
bloßes Ungefehr, oder nicht ein letzter Wink der Vorsicht
war, daß das Fräulein von Sternheim die vom Apollo
verfolgte Daphne bekam! Die Partie des Fürsten sah
30 es nicht gerne; sie dachte, es würde ihre Wiederspänstigkeit
bestärken. Ihr gefiel es, sie wies es jedermann, und redete
als eine gute Kennerinn von der Zeichnung und Mahlerey.
Meine Freude war nicht zu beschreiben; ich hielt die Be=
sorgnisse der Hofleute gegründet, und die Freude des
35 Fräuleins bekräftigte mich in der Idee, daß sie durch
ihre Tugend eine neue fliehende Daphne seyn würde.
Aber wie schmerzhaft, wie niederträchtig hat mich nicht

ihre Scheintugend betrogen, da sie sich gleich darauf dem
Apollo in die Arme warf! Ich sah sie mit ihrer ehr=
losen Tante, und der Gräfin F* einige Zeit auf und ab=
gehen; die zwo elenden Unterhändlerinnen schmeichelten
ihr in die Wette. Endlich merkte ich, daß sie mit einer 5
zärtlichen und sorgsamen Miene, bald die Gesellschaft,
bald die Thüre des Pfarrgartens ansah; und auf einmal
mit den leichtesten freudigsten Schritt durch die Zuscher
drang und in den Garten eilte. Lang war sie nicht
darinn, aber ihr Hineingehen hatte schon Aufsehen erweckt. 10
Wie vieles verursachte erst der Ausdruck von Zufrieden=
heit und Beschämung, mit welchem sie zurück kam; da
der Fürst bald nach ihr heraus trat, der sein Vergnügen
über sie nicht verbergen konnte, und seine Leidenschaft in
vollem Feuer zeigte. Mit wie viel niederträchtiger Ge= 15
fälligkeit bot sie ihm Sorbet an, schwatzte mit ihm, tanzte
ihm zu Liebe englisch, mit einem Eifer, den sie sonst nur
für die Tugend zeigte. Und wie reizend, o Gott, wie
reizend war sie! Wie unnachahmlich ihr Tanz; alle
Grazien in ihr vereinigt, so wie es die Furien in meinem 20
Herzen waren! denn ich fühlte es von dem Gedanken zer=
rissen, daß ich, der ihre Tugend angebetet hatte, der sie
zu meiner Gemahlin gewünscht, ein Zeuge seyn mußte,
wie sie Ehre und Unschuld aufgab, und im Angesicht
des Himmels und der Menschen, ein triumphirendes 25
Aussehen dabey hatte. Unbegreiflich ist mir eine Beob=
achtung über mein Herz in dieser Gelegenheit. Sie
wissen, wie heftig ich einst eine unserer Schauspielerinnen
liebte; ich wußte, daß ihre Gunst zu erkaufen war, und
daß sie für ihr Herz ganz keine Achtung verdiente. Ich 30
hatte auch keine, und dennoch dauerte meine Leidenschaft
in ihrer ganzen Stärke fort. Itzt hingegen verachte, ver=
fluche ich diese Sternheim und ihr Bild. Ihre Reize
und meine Liebe liegen noch, in dem Grunde meiner
Seele; aber ich hasse beyde, und mich selbst, daß ich zu 35
schwach bin, sie zu vernichten.

Mein Oncle redete mir im nach Hause fahren zu,

wie ein Mann, dessen Leidenschaften schon lange gesättigt
sind, und der, wenn er als Minister zur Vergnügung
des Ehrgeizes seines Fürsten tausend Schlachtopfer für
nichts achtet, natürlicher Weise die Aufopferung der Tugend
5 eines Mädchens zu Befriedigung der Leidenschaft eines
Großen für eine sehr wenig bedeutende Kleinigkeit ansehen
muß. O wäre sie ein gemeines Mädchen mit Papagayen=
Schönheit und Papagayen=Verstand gewesen, so könnte ich
es ansehen, wie Er! Aber die edelste Seele, und
10 Kenntnisse zu besitzen; an die Verehrung der ganzen
Welt Anspruch zu haben, und sich hinzuwerfen! Sie soll
zur linken Hand vermählt worden seyn. Elende lächer=
liche Larve, eine verstellte Tugend vor Schande sicher zu
stellen! — Alle schmeichelten ihr; Sie, mein Freund,
15 kennen mich genug, um zu wissen, ob ich es that. Ich
werde nicht an den Hof gehen biß ich ruhiger geworden
bin; niemals liebte ich das Hofleben ganz, nun verabscheue
ich es! Die Reisen meines Oncles will ich aushalten;
aber meine Frau Mutter soll nicht fordern, daß ich Hof=
20 dienste nehme, oder mich verheyrathe; das Fräulein von
Sternheim hat mich beydem auf ewig entsagen gemacht.
Derby, der ruchlose Derby, verachtet sie auch, aber er
hilft sie betäuben; denn er erzeigt ihr mehr Ehrerbietung
als sonst; — Der Bösewicht!

- - - - - - -

25     Fräulein von Sternheim an Emilien.

     Kommen Sie, meine Emilia, Sie sollen auch einmal
eine aufgeweckte Erzählung von mir erhalten. Sie wissen,
daß ich gerne tanze, und daß F* einen Bal geben wollte.
Dieser ist nun vorbey, und ich war so vergnügt dabey,
30 daß das Andenken davon mir noch itzt angenehm ist.
Alle Anstalten dieses niedlichen Festins waren völlig nach
meinem Geschmack, nach meinen eigensten Ideen eingerichtet.
Ländliche Einfalt und feine Hofkünste fanden sich so artig
mit einander verwebt, daß man sie nicht trennen konnte,

ohne dem einen oder dem andern seine beste Annehm=
lichkeit zu rauben.  Ich will versuchen, ob eine Be=
schreibung davon diese Vorstellung bey Ihnen be=
kräftigen wird.

Der Graf F* wollte auf dem Guth, wo seine Ge= 5
mahlin die Cur gebraucht, und die Besuche des ganzen
Adels empfangen hatte, zum Beweis seiner Freude über
das Wohlseyn der Gräfin und seines Danks für die ihr
bewiesene Achtung, an dem nehmlichen Orte, eine Ergötzung
für uns alle anstellen.  Wir wurden acht Tage voraus 10
geladen, und gebeten, Paar weise in schönen Bauer=
kleidungen zu erscheinen, weil er ein Landfest vorstellen
wollte.  Der junge Graf F* sein Nepote, wurde in der
Liste ein Bauer und ich bekam die Kleidung eines Alpen
Mädchens; lichtblau und schwarz; die Form davon brachte 15
meine Leibesgestalt in das vortheilhafteste Ansehen, ohne
im geringsten gesucht oder gezwungen zu scheinen.  Das
seine ganz nachläßig aufgesetzte Strohhütgen und meine
simpel geflochtnen Haare machten meinem Gesicht Ehre.
Sie wissen, daß mir viele Liebe für die Einfalt und 20
die ungekünstelten Tugenden des Landvolks eingeflößt
worden ist.  Diese Neigung erneuerte sich durch den An=
blick meiner Kleidung.  Mein edel einfältiger Putz rührte
mich; er war meinem die Ruhe und die Natur liebenden
Herzen noch angemeßner als meine Figur, wiewohl auch 25
diese damals, in meinen Augen, im schönsten Lichte stund.
Als ich völlig angezogen den letzten Blick in den Spiegel
warf und vergnügt mit meinem ländlichen Ansehen war,
machte ich den Wunsch, daß, wenn ich auch diese Kleidung
wieder abgelegt haben würde, doch immer reine Unschuld 30
und unverfälschte Güte meines Herzens den Grund einer
heitern wahren Freude in meiner Seele erhalten möchte!
Mein Oncle, meine Tante, und der Graf F* hörten nicht
auf, mein zärtliches und reizendes Ansehen zu loben,
und so kamen wir auf das Guth; wo wir in der halben 35
Allee, die auf schönen Wiesengrund gepflanzt ist, abstiegen,
und gleich den Ton der Schalmay hörten, verschiedene

Paare von artigen Bauren und Bäuerinnen erblickten,
und im Fortfahren, bald eine Maultrommel, bald eine
kleine Landpfeiffe, oder irgend ein andres Inſtrument
dieſer Art, das völlige Landfeſt ankündigen hörten. Simpel
5 gearbeitete hölzerne Bänke waren zwiſchen den Bäumen
geſetzt, und zwey artige Bauerhäuſer an beiden Seiten
der Allee erbaut, wo in Einem auf alle mögliche Art zu=
bereitete Milch und andre Erfriſchungen in kleinen porce=
lainen Schüſſelchen bereit waren. Jedes hatte ſeinen
10 hölzernen Teller und ſeinen Löffel von Porcelain. Unter
der Thüre dieſes Hauſes war die Gräfin F* als Wirthin
gekleidet, und bewillkommte die Gäſte mit einer reizenden
Gefälligkeit. Alle Bedienten des Hauſes waren als Keller=
jungen oder Schenkknechte, und auch die Muſicanten nach
15 bäueriſcher Art angezogen: auf einem Platz waren Becker
und Bilderkrämer, wo unſre Bauren uns hinführten und
eine Bäuerin eine Prezel oder ſonſt ein Stück aus ſeiner
Paſtille gearbeitetes Brod bekam, welches der Bauer zer=
brach und dann entweder ein Stück Spitzen, Bänder oder
20 andre artige Sachen darinn fand. Bey dem Bilderkrämer
bekamen wir niedliche Miniatur=Gemählde zu ſehen, welche,
wie aus einer Lotterie gezogen wurden. Ich bekam die
vom Apollo verfolgte Daphne, ein feines niedliches Stück;
es ſchien auch, daß mich andere darum beneideten, weil
25 es für das ſchönſte gehalten wurde. Es dünkte mich
vielerley Veränderungen und Ausdrücke auf den Geſichtern
einiger Damen zu leſen, da ſie es anſahen.
    Wie der ganze Adel beyſammen war, wurden wir
junge Fräulein gebeten, die ältern Damen und Cavaliere
30 mit Erfriſchungen bedienen zu helfen; unſre Geſchäfftigkeit
war artig zu ſehen; für eine fremde Perſon aber müßten
die forſchenden halb verborgnen Blicke, die immer eine
Dame nach der andern ſchickte, zu vielen kleinen Be=
trachtungen Anlaß gegeben haben. Ich war voll herz=
35 licher Freude: es war Grasboden, den ich betrat, Bäume,
unter deren Schatten ich eine Schüſſel Milch verzehrte,
friſche Luft, was ich athmete, ein heitrer offner Himmel

um mich her, nur zwanzig Schritte von mir ein schöner
Bach und wohlangebante reiche Kornfelder! Mir schien's,
als ob die unbegränzte Aussicht in das Reich der Natur
meinen Lebensgeistern und Empfindungen eine freyere
Bewegung verschaffte, sie von dem einkerkernden Zwang
des Aufenthalts in den Mauren eines Palaites voller
gekünstelten Zierrathen und Vergoldungen, in ihre natür=
liche Freyheit und in ihr angebohrnes Element setzte.
Ich redete auch mehr und freudiger als sonst, und war
von den ersten, die Reihentänze zwischen den Bäumen
anfiengen.    Diese zogen alle Einwohner des Dorfs aus
ihren Hütten, um uns zuzusehen.    Nach einigem Herum=
hüpfen ging ich mit meiner Tante und der Gräfin F*
die mich sehr lobten und liebkosten, auf und ab; wo mir
denn bald der fröhliche und glänzende Haufen von Land=
leuten, die wir vorstellten, in die Augen fiel, bald auch
der, welchen unsre Zuseher ausmachten, darunter ich viele
arme und kummerhafte Gestalten erblickte.    Ich wurde
durch diesen Contrast und das gutherzige Vergnügen, wo=
mit sie uns betrachteten, sehr gerührt, und so bald ich
am wenigsten bemerkt wurde, schlüpfte ich in den Pfarr=
garten, der ganz nahe an die Wiese stößt, wo wir tanzten;
gab dem Pfarrer etwas für die Armen des Dorfs und
gieng mit einem glücklichen Herzen zurück in die Gesell=
schaft.    Milord Derby schien auf meine Schritte gelauert
zu haben; denn wie ich aus dem Pfarrgarten heraus trat,
sah ich, daß er an dem einem Ende des Milchhauses
stand, und seine Augen unverwandt auf die Thüre des
Gartens geheftet hatte; mit forschenden und feurigen
Blicken sah er mich an, gieng mir hastig entgegen, um
mir einige außerordentliche, ja gar verliebte Sachen über
meine Gestalt und Physiognomie zu sagen.    Dieses und
die neugierige Art, womit mich alle ansahen, machte mich
erröthen und die Augen zur Erde wenden; als ich sie
in die Höhe hob, war ich einem Baume, an welchen sich
Milord Seymour ganz traurig und zärtlich aussehend
lehnte, so nahe, daß ich dachte, er müßte alles gehört

haben, was Milord Derby mir geſagt hatte. Ich weiß
nicht ganz warum mich dieſe Vorſtellung etwas verwirrte:
aber beſtürzt wurde ich, da ich alles aufſtehen und ſich
in Ordnung ſtellen ſah, weil der Fürſt eben aus dem
5 Pfarrgarten kam. Der Gedanke, daß er mich da hätte
antreffen können, machte mir eine Art Entſetzen, ſo daß
ich zu meiner Tante floh, gleich als ob ich fürchtete allein
zu ſeyn. Aber meine innerliche Zufriedenheit half mir
wieder zu meiner Faſſung, ſo daß ich dem Fürſten meine
10 Verbeugung ganz gelaſſen machte. Er betrachtete und
lobte meine Kleidung in ſehr lebhaften Ausdrücken. Die
Gräfin F*, welche mich nöthigte, ihm eine Schale Sorbet
anzubieten, brachte mich in eine Verlegenheit, die mir
ganz zuwider war: denn ich mußte mich zu ihm auf die
15 Bank ſetzen, wo er mir über meine Perſon und zum
Theil auch über den übrigen Adel, ich weiß nicht mehr
was für wunderliches Zeug vorſagte. Die meiſten fiengen
an einſam ſpazieren zu gehen. Da ich ihnen mit Auf=
merkſamkeit nachſahe, fragte mich der Fürſt: Ob ich auch
20 lieber herumgehen, als bey·ihm ſeyn wollte? Ich ſagte
ihm, ich dächte, es würden wieder Reihen getanzt und
ich wünſchte dabey zu ſeyn. Sogleich ſtund er auf, und
begleitete mich zu den übrigen. Ich dankte mir den
Einfall, und mengte mich eilends unter den Haufen junger
25 Leute, die alle beyſammen ſtunden. Sie lächelten über
mein Eindringen, waren aber ſehr höflich, bis auf
Fräulein C* die immer ganz mürriſch den Kopf nach
einer Seite kehrte. Ich wandte mich auch hin, und er=
blickte Seymourn und Derby, die einander am Arm
30 führten und mit haſtigen Schritten, am Bach auf und
nieder giengen. Indeſſen wurde es etwas dunkel, und
man lud uns zu dem Abendeſſen, welches in der andern
Bauerhütte bereit ſtund. Man blieb nicht lange bey
Tiſche; denn alles eilte in den Tanzſaal, der in einer
35 dazu aufgebauten Scheuer verſteckt war. Niemand konnte
über das Ende der Tafel froher ſeyn, als ich; denn als
die Ranglooſe gezogen wurden, ſetzte mich mein widriges

Geschicke gleich an den Fürsten, der beständig mit mir
redte, und mich alle Augenblicke etwas kosten machte.
Dieser Vorzug des ungefähr*) zeigte mir die Hofleute in
einem neuen aber sehr kleinen Lichte; denn ihr Betragen
gegen mich war, als ob ich eine große Würde erhalten 5
hätte, und sie sich mir gefällig machen müßten. Es war
niemand, der mir nicht irgend eine schickliche oder un=
schickliche Schmeichelei sagte, den einzigen Seymour aus=
genommen, welcher nichts redete. Sein Oncle G. und
Milord Derby sagten mir dagegen desto feinere Höflich= 10
keiten vor; besonders hatte dieser die gefälligste Ehr=
erbietung in seinem ganzen Bezeugen gegen mich. Er
sprach vom Tanzen mit dem eigentlichen Ton der für
diesen Gegenstand gehört, so daß er mir aufs neue Achtung
für seine Talente und Bedauern über die schlimme Ver= 15
wendung derselben einflößte. Ich fand bey dem Tanzen,
daß es nicht für alle vortheilhaft ist, daß der Bal sich
mit Mennetten anfängt, weil dieser Tanz so viel Anmuth
in der Wendung und so viel Nettigkeit des Schrittes er=
fordert, daß es manchen Personen sehr schwer fiel, diesen 20
Gesetzen Genüge zu leisten. Der außerordentliche Beyfall
den ich erhielt, führte mein Herz auf ein zärtliches An=
denken meiner theuren Aeltern zurück, die unter andern
liebreichen Bemühungen für meine Erziehung, auch das
frühzeitige und öftere Tanzen betrieben, weil mein schnelles 25
Wachsen eine große Figur versprach, und mein Vater
sagte: daß der frühe Unterricht im Tanzen einer großen
Person am nöthigsten sey, um durch die Musik ihre Be=
wegungen harmonisch und angenehm zu machen, indem
es immer bemerkt worden sey, daß die Grazien sich leichter 30

---

*) Wenige Leser werden der Erinnerung bedürfen, daß es
der Unschuld und Unerfahrenheit des Fräuleins von St. in den
Wegen der Welt, ganz natürlich war, für eine Wirkung des
Zufalls zu halten, was Absicht und Kunst war. An Höfen ver=
steht man keine Kunst besser, als ungefähre Zufälle zu machen,
wenn die Absicht ist, die Leidenschaften des Herrn auf eine feine
Art zu befördern. H.

mit einer Person von mittlerer Größe verbinden, als mit
einer von mehr als gewöhnlicher Länge. Dieses war die
Ursache, warum ich alle Tage tanzen, und bey meinen
Handarbeiten, wenn wir alleine waren, eine Menuet=Arie
5 singen mußte, denn mein Vater behauptete, daß durch
diese Uebung unvermerkt alle meine Wendungen natür=
liche Grazien erhalten würden. Sollte ich alles Lob
glauben, das man meinem Tanzen und Anstand giebt, so
sind seine Vermuthungen alle eingetroffen; so wie ich
10 seinen Ausspruch über den Vorzug der Anmuth vor der
Schönheit ganz wahr gefunden habe, weil ich gesehen,
daß die holdselige Miene der mit sehr wenig Schönheit
begabten Gräfin Zin*** ihr beynahe mehr Neiderinnen
zuzog, als die Fräulein von B* mit ihrer Venus=Figur
15 nicht hatte: und die Neiderinnen waren selbst unter der
Zahl der Frauenzimmer von Verdiensten. Woher dieses
Emilia? Fühlen etwan vernünftige Personen den Vor=
zug der Anmuth vor der Schönheit stärker als andere,
und wünschen sie daher begieriger zu ihrem Eigenthum?
20 Oder kam dieser Neid von der Beobachtung, daß die ganz
anmuthsvolle Gräfin Z*** die hochachtungswürdigste
Mannsperson an sich zog? Oder wagt die feine Eigen=
liebe eher einen Anfall auf Reize des Angenehmen, als
auf die ganze Schönheit, weil Jene nicht gleich von allen
25 Augen bemerkt werden, und der Mangel der äußersten
Vollkommenheit sehr leicht mit dem Gedanken eines fehler=
haften Charakters oder Verstandes verbunden wird, und
also der Tadlerin wohl noch den Ruhm eines scharfen
Auges geben kann, da hingegen die kleinsten Schmähungen
30 über ein schönes Frauenzimmer von jedem Zuhörer an
die Rechnung des Neides kommen? Edle und kluge
Eigenliebe soll sich immer die Gunst der Huldgöttinnen
wünschen, weil sie ihre Geschenke niemals zurücknehmen,
und weder Zeit noch Zufälle uns derselben berauben
35 können. Ich gestehe ganz aufrichtig, daß wenn ich in
den schönen griechischen Zeiten geboren gewesen wäre, so
hätte ich meine besten Opfer dem Tempel der Grazien

geweiht. — Aber, ich sehe meine Emilia, ich errathe,
was sie denkt: denn indem sie dieses Schreiben liest, fragt
der Ausdruck ihrer Physionomie: „War meine Freundin
„Sternheim so ganz fehlerfrey, weil sie die von den
„andern so dreuste bezeichnet? Neid mag sie nicht ge= 5
„habt haben, denn der Plan, dem sich ihre Eitelkeit nach=
„zugehen vorgenommen hatte, meynt durch nichts gestört
„worden zu seyn; der Dank für die Tanzübungen in
„ihrer Erziehung zeigt es an; oft ist es bloß ein großer
„Grad der Zufriedenheit mit sich selbst, was uns vom 10
„Neide frey macht, anstatt, daß es die wahre Tugend
„thun sollte.“

Seyn Sie ruhig, meine liebe strenge Freundin, ich
empfinde, daß Sie recht haben; ich war eitel und sehr
mit mir zufrieden; aber ich wurde dafür gestraft. Ich 15
hielt mich für ganz liebenswürdig, aber ich war es nicht
in den Augen desjenigen, bey dem ich es vorzüglich zu
seyn wünschte. Ich befliß mich so sehr gut englisch zu
tanzen, daß Milord G. und Derby zu dem Fürsten
sagten, eine gebohrne Engländerin könnte den Schritt, die 20
Wendungen und den Takt nicht besser treffen. Man bat
mich, mit einem Engländer eine Reihe durchzutanzen.
Milord Seymour wurde dazu aufgefordert, und Emilia!
er schlug es aus; mit einer so unfreundlichen, beynahe
verächtlichen Miene, daß es mir eine schmerzliche Emp= 25
findung gab. Mein Stolz suchte diese Wunde zu ver=
binden; doch beruhigte mich sein düstres Bezeugen gegen
alle Welt am allermeisten: er redete mit gar niemand
mehr, als mit seinem Oncle und Herrn Derby, welcher mit
entzückter Eilfertigkeit der Aufforderung entgegen gieng. 30
Ich suchte ihn auch dafür durch mein bestes Tanzen zu
belohnen, und zugleich Seymourn durch meine Munterkeit
zu zeigen, daß mich sein Widerwille nicht gerührt habe.
Sie kennen mich. Sie urtheilen gewiß, daß dieser Augen=
blick nicht angenehm für mich war; aber meine voreilige 35
Neigung verdiente eine Strafe! Warum ließ ich mich
durch die Lobreden der Liebhaberin des Milord Seymour

ſo ſehr zu ſeinem Beſten einnehmen, daß ich die Gerechtig=
keit für andere darüber vergaß, und auf dem Wege war,
die Achtung für mich ſelbſt zu vergeſſen? Aber ich habe
ihm Dank, daß er mich zum Nachdenken und Ueberlegen
zurückführte; ich bin nun ruhiger in mir ſelbſt, billiger
für andre, und habe auch deswegen neue Urſache mit
dieſem Feſte vergnügt zu ſeyn. Ich habe für meinen
Nächſten eine Pflicht der Wohlthätigkeit ausgeübt, und
für mich eine Lection der Klugheit gelernt, und nun
hoffe ich, meine Emilia iſt mit mir zufrieden, und liebt
mich wie ſonſt.

## Fräulein von Sternheim an Emilia.

Nun habe ich den Brief, den mir die arme Madam
T* auf dem Guthe des Grafen F* verſprochen, und
worinn ſie mir die Urſachen ihres Elends erzählt: er iſt
ſo weitläufig und auf ſo dichtes Papier geſchrieben, daß
ich ihn nicht beyſchlüßen kann. Sie werden aber aus
dem Entwurf meiner Antwort das meiſte davon ſehen,
und einige Hauptzüge will ich hier bemerken.

Sie iſt aus einer guten aber armen Raths=Familie
entſproſſen; ihre Mutter war eine rechtſchaffene Frau und
ſorgfältige Hauswirthin, die ihre Töchter ſehr gering in
Speiſe und Kleidung hielt, wenig aus dem Hauſe gehen
ließ, und zu beſtändigem Arbeiten anſtrengte, auch ihnen
immer von ihrem wenigen Vermögen redete, welches die
Hinderniß ſey, warum ſie und die ihrigen in Kleidung,
Tiſch und übrigem Aufwande andern, die reicher und
glücklicher wären, nicht gleich käme. Die Kinder ließen
ſichs, wiewohl ungern, gefallen. Die Mutter ſtirbt, der
Rath T* wirbt um die zwote Tochter, und erhält ſie ſehr
leicht, weil man wußte, daß er ein artiges Vermögen von
ſeinen Aeltern ererbt hatte. Der junge Mann will ſeinen
Reichthum zeigen, macht ſeiner Frau ſchöne Geſchenke, die
Einrichtung ſeines Hauſes wird auch ſo gemacht, ſie geben
Beſuche, laden Gäſte ein, und dieſe werden nach der Art

begüterter Leute bedient; sie ziehen sich dadurch eine
Menge Tischfreunde zu, und die gute Frau, welche in
ihrem Leben nichts als den Mangel dieser Glückseligkeiten
des Reichthums gekannt hatte, übergiebt sich mit Freuden
dem Genuß des Wohllebens, der Zerstreuung in Gesell=
schaften und dem Vergnügen schöner und abwechselnder
Kleidung. Sie bekömmt Kinder; diese fängt man auch
an standesmäßig zu erziehen; und das Vermögen wird
aufgezehrt; man macht Schulden, und führt mit entlehntem
Gelde den gewohnten Aufwand fort, bis die Summe so groß
wird, daß die Gläubiger keine Geduld mehr haben und sie
mit ihren Mobilien und dem Hause selbst die Bezahlung
machen müssen; und nun verschwanden auch alle ihre
Freunde. Die Gewohnheit eines guten Tisches und die
Liebe zu schöner Kleidung, nahm ihnen das Uebrige. Das
Einkommen von seinem Amte wurde in den ersten Monaten
des Jahres verbraucht; in den andern fand sich Mangel
und Kummer ein; der Mann konnte seinen Stolz, die
Frau ihre Liebe zur Gemächlichkeit nicht vergnügen; bey
ihm fehlte der Wille, bey ihr die Klugheit sich nach ihren
Umständen einzurichten; es wurden Wohlthäter gesucht;
es fanden sich einige; aber ihre Hülfe war nicht zureichend.
Der Mann wurde unmuthig, machte den Leuten, welche
seine Freunde gewesen, Vorwürfe, beleidigte sie, und sie
rächten sich, indem sie ihn seines Amts verlustig machten.
Nun war Verzweiflung und Elend in gleichem Maaß ihr
Antheil; beydes wurde noch durch den Anblick von sechs
Kindern vergrößert. Alle Verwandten hatten die Hände
abgezogen, und da ihr Elend sie zu allerhand kleinen,
oft niederträchtigen Hülfsmitteln zwang, so wurden sie
endlich ein Gegenstand der Verachtung und des Hasses.
In diesem Zustand lernte ich sie kennen, und bot ihnen
meine Hülfe an. Geld, Kleidung und Leinengeräthe und
andrer nöthiger Hausrath, war der Anfang davon. Ich
sehe aber wohl, daß dieses nicht hinreichen wird, wenn
das Uebel nicht in der Wurzel gehoben, und ihre Denkens=
art von den falschen Begriffen von Ehre und Glück ge=

heilt wird. Ich habe einen Entwurf dazu gemacht, und
ihren rechtschaffenen Mann, den einsichtsvollen Herrn Br*
bitte, ihn auszuarbeiten, und zu verbessern. Denn ich
sehe wohl ein, daß die Erfahrung und das Nachdenken
eines zwanzigjährigen Mädchens nicht hinreichend ist, die
dieser Familie auf allen Seiten nöthige Anweisung zu
einer richtigen Denkungsart zu geben. Sie, meine Emilia,
werden sehen, daß meine Gedanken meistens Auszüge aus
den Papieren meiner Erziehung sind, die ich auf diesen
Fall anzupassen suchte. Es ist für den Reichen schwer,
dem Armen einen angenehmen Rath zu geben; denn dieser
wird den Ernst des erstern bey seinen moralischen Ideen
immer in Zweifel ziehen, und seine Ermahnungen zu
Fleiß und Genügsamkeit, als Kennzeichen annehmen, daß
er seiner Wohlthätigkeit müde sey; und dieser Gedanke
wird alle gute Würkungen verhindern. Zwey Tage von
Zerstreuung haben mein Schreiben, wo ich bey dem Rath
T* stehen blieb, unterbrochen. Wollte Gott, ich hätte ihn
reich machen können, und hätte nur die Bitte zu dieser
Gabe setzen dürfen, sie mit Klugheit zu brauchen. Das
Wohlergehen dieser Familie hat mich mehr gekostet, als
wenn ich Ihnen die Hälfte meines Vermögens gegeben
hätte. Ich habe ihr einen Theil meiner Denkungsart
aufgeopfert; der Rath T* lag mir sehr an, ihm durch
meinen Oncle wieder ein Amt zu verschaffen. Ich sagte
es diesem, und er antwortete mir; er könne die Gnade,
welche er wieder anfange, bey dem Fürsten zu genießen,
für niemand als seine Kinder verwenden, indem er seinen
Familien=Proceß zu gewinnen suchte. Ich war darüber
traurig, aber meine Tante sagte mir: ich sollte bey nächster
Gelegenheit selbst mit dem Fürsten sprechen; ich würde
finden, daß er gerne Gutes thue, wenn man ihm einen
würdigen Gegenstand dazu zeigte, und ich würde gewiß
keine Fehlbitte thun. Nachmittags kamen der Graf F*
und seine Gemahlin zu uns; mit diesen beredete ich mich
auch, und ersuchte beyde, sich bey dem Fürsten dieser
armen Familie wegen zu verwenden; aber auch sie sagten

mir; weil es die erste Gnade wäre die ich mir ausbäte,
so würde ich sie am leichtesten durch mich selbst erhalten.
Zudem würde er es, der Seltenheit wegen, zusagen, weil
sich noch niemals eine junge muntere Dame mit so vielem
Eifer um eine verunglückte Familie angenommen habe, 5
und dieser neue Zug meines Charakters würde die Hoch=
achtung vermehren, die er für mich zeigte. Ich wurde
unmuthig keine Hand zu finden, die sich mit der meinigen
zu diesem Werk der Wohlthätigkeit vereinigen wollte; mit
dem Fürsten redete ich sehr ungern, ich konnte auf seine 10
Bereitwilligkeit zählen, denn seine Neigung für mich hatte
ich schon deutlich genug gesehen, aber eben daher entstund
meine Unschlüßigkeit, ich wünschte immer in einer Ent=
fernung von ihm zu bleiben, und meine Fürbitte, seine
Zusage und mein Dank nähern mich ihm und seinen Lob= 15
sprüchen, nebst den Erzählungen, die er mir schon vom
neuen ihm bisher unbekannten Gesinnungen, die ich ihm
einflößte, zweymal gemacht hat. Etliche Tage kämpfte ich
mit mir, aber da ich den vierten Abend einen Besuch in
dem trostlosen Hause machte, die Aeltern froh über meine 20
Gaben, das Haus aber noch leer von Nothdürftigkeiten
und mit sechs theils großen theils kleinen Kindern besetzt
sahe, o da hieß ich meine Empfindlichkeit für meine Ruhe
und Ideen derjenigen weichen, welche mich zum Besten
dieser Kinder einnahm; sollte die Delicatesse meiner Eigen= 25
liebe nicht der Pflicht der Hülfe meines nothleidenden
Nächsten Platz machen, und der Widerwille, den mir die
aufglimmende Liebe des Fürsten erreget, sollte dieser das
Bild der Freude verdrängen, welche durch die Erhaltung
eines Amts und Einkommens in diese Familie kommen 30
würde. Ich war der Achtung gewiß, die er für denselben
hätte; und was dergleichen mehr war. Man hatte mich
der Hülfe versichert; mein Herz wußte, daß mir die Liebe
des Fürsten ohne meine Einwilligung nicht schädlich seyn
konnte; ich führte also gleich den andern Tag meinen 35
Entschluß aus, da wir bey der Prinzessin von W* im
Concert waren, und ich meine Stimme hören lassen mußte.

Der Fürst schien entzückt, und ersuchte mich einigemal mit
ihm im Saal auf und abzugehen. Sie können denken, daß
er mir viel von der Schönheit meiner Stimme und der
Geschicklichkeit meiner Finger redete, und daß ich diesem
5 Lob einige bescheidne Antworten entgegen setzte; aber da
er den Wunsch machte, mir seine Hochachtung durch etwas
anders als Worte beweisen zu können; so sagte ich, daß
ich von seiner edeln und großmüthigen Denkungsart über=
zeugt wäre, und mir daher die Freyheit nähme, seine Gnade
10 für eine unglückliche Familie zu erbitten, die der Hülfe
ihres Landesvaters höchst bedürftig und würdig sey.

Er blieb stille stehen, sahe mich lebhaft und zärtlich
an: Sagen Sie mir liebenswürdiges Fräulein Sternheim:
wer ist diese Familie? was kann ich für sie thun? Ich
15 erzählte ihm kurz, deutlich und so rührend als ich konnte,
das ganze Elend, in welchem sich der Rath T* sammt
seinen Kindern befänden, und bat ihn um der letztern
willen, Gnade und Nachsicht für den ersten zu haben,
der seine Unvorsichtigkeit schon lange durch seinen Kummer
20 gebüßet hätte. Er versprach mir alles Gute, lobte mich
wegen meinen Eifer, und setzte hinzu, wie gerne er Un=
glücklichen zu Hülfe komme; aber, daß er wohl einsehe,
daß diejenigen, die ihn umgäben, immer zuerst für sich
und die ihrigen besorgt wären; ich würde ihm vieles
25 Vergnügen machen, wenn ich ihm noch mehr Gegenstände
seiner Wohlthätigkeit anzeigen wollte.

Ich versicherte ihn, daß ich seine Gnade nicht miß=
brauchen würde, und wiederholte nochmals ganz kurz
meine Bitte für die Familie T*.

30 Er nahm meine Hand, drückte sie mit seinen beyden
Händen, und sagte mit bewegtem Ton: ich verspreche Ihnen,
meine liebe, eifrige Fürbitterin, daß alle Wünsche ihres
Herzens erfüllt werden sollen, wenn ich erhalten kann, daß
Sie gut für mich denken.

35 Diesen Augenblick verwünschte ich beynahe mein mit=
leidendes Herz und die Familie T*; denn der Fürst sah
mich so bedeutend an, und da ich meine Hand wegziehen

**10\***

wollte, so hielt er sie stärker, und erhob sie gegen seine
Brust; Ja, wiederhohlte er, alles werde ich anwenden um
Sie gut für mich denken zu machen.

Er sagte dieses laut und mit einem so feurigen und
unruhvollen Ausdruck in seinem Gesichte, daß sich viele
Augen nach uns wendeten, und mich ein kalter Schauer
ankam. Ich riß meine Hand loß, und sagte mit halb
gebrochner Stimme: daß ich nicht anders als gut von
dem Fürsten denken könne, der so willig wäre seinen un=
glücklichen Landeskindern väterliche Gnade zu beweisen; 10
machte dabey eine große Verbeugung, und stellte mich
mit etwas Verwirrung hinter den Stuhl meiner Tante.
Der Fürst soll mir nachgesehen und mit dem Finger ge=
droht haben. Mag er immer drohen; ich werde nicht
mehr mit ihm spazieren gehen, und will meinen Dank 15
für seine Wohlthat an T* nicht anders als mitten im
Kreis ablegen, den man allezeit bey seinem Eintritt in
Saal bey Hofe um ihn schließt.

Alle Gesichter waren mit Aufmerksamkeit bezeichnet,
und noch niemals hatte ich an den Spieltischen eine so 20
allgemeine Klage über zerstreute Spieler und Spielerinnen
gehört. Ich fühlte, daß ihre Aufmerksamkeit auf mich
und den Fürsten Ursache daran war, und konnte mich
kaum von meiner Verwirrung erhohlen. Milord Derby
sah etwas traurig aus, und schien mich mit Verlegenheit 25
zu betrachten; er war in ein Fenster gelehnt und seine
Lippen bewegten sich wie eines Menschen, der stark mit
sich selbst redet; er näherte sich dem Spieltische meiner
Tante just in dem Augenblick da sie sagte:

Sophie, du hast gewiß mit dem Fürsten für den 30
armen Rath T* gesprochen; denn ich sehe dir an, daß
du bewegt bist.

Niemals war mir meine Tante lieber als diesen
Augenblick, da sie meinen Wunsch erfüllte, daß alle wissen
möchten, was der Innhalt meines Gesprächs mit dem 35
Fürsten gewesen sey. Ich sagte auch ganz munter: er
hätte meine Bitte in Gnaden angehört und zugesagt.

Die Düsternheit des Milords Derby verlohr sich und
blieb nur nachdenkend, aber ganz heiter, und die übrigen
zeigten mir ihren Beyfall über meine Fürbitte mit Worten
und Geberden. Aber was denken Sie, meine Emilia,
5 wie mir war, als ich nach der Gesellschaft mich nur auszog und einen Augenblick mit meiner Rosine in einem
Tragsessel mich zum Rath T* bringen ließ, der gar nicht
weit von uns wohnt; ich wollte den guten Leuten eine
vergnügte Ruhe verschaffen, indem ich ihnen die Gnade
10 des Fürsten versicherte. Ich hatte mich nahe an das
Fenster, welches in eine kleine Gasse gegen einen Garten
geht, gesetzt. Aeltern und Kinder waren um mich versammelt; der Rath T* hatte auf mein Zureden neben
mir auf der Bank Platz genommen, und ich zog die Frau
15 mit einer Hand an mich, indem ich beyden sagte; Bald,
meine lieben Freunde, werde ich sie mit einem vergnügten
Gesichte sehen, denn der Fürst hat dem Herrn Rath ein
Amt und eine andre Hülfe versprochen.

Die Frau und die zwey ältesten Kinder knieten vor
20 mich hin, mit Ausrufung voll Freude und Danks. Im
nehmlichen Augenblick pochte jemand an den Fensterladen;
Der Rath T* machte das Fenster und den Laden auf,
und es flog ein Paquet mit Geld herein, das ziemlich
schwer auffiel, und uns alle bestürzt machte. Eilends
25 näherte ich meinen Kopf dem Fenster und hörte ganz
deutlich die Stimme des Milords Derby, der auf englisch
sagte: „Gott sey Dank, ich habe etwas Gutes gethan,
mag man mich wegen meiner Lustigkeit immer für einen
Bösewicht halten!"

30 Ich bekenne, daß mich seine Handlung und seine
Rede in der Seele bewegte, und mein erster Gedanke
war: Vielleicht ist Milord Seymour nicht so gut als er
scheint, und Derby nicht so schlimm als von ihm gedacht
wird. Die Frau T* war an die Hausthüre gelassen und
35 rief: Wer sind Sie? Aber er eilte davon wie ein
fliehender Vogel. Das Paquet wurde aufgemacht und
funfzig Carolinen darinn gefunden. Urtheilen Sie von

der Freude, die darüber entstand. Aeltern und Kinder weinten und drückten sich wechselweise die Hände; wenig fehlte, daß sie nicht das Geld küßten und an ihr Herz drückten. Da sah ich den Unterschied zwischen der Würkung, welche die Hoffnung eines Glücks und der, die der würk= 5 liche Besitz desselben macht. Die Freude über das ver= sprochne Amt war groß, doch deutlich mit Furcht und Mißtrauen vermengt; aber funfzig Carolinen, die man in die Hände faßte, zählte, und ihrer sicher war, brachten alle in Entzückung. Sie fragten mich; was sie mit dem 10 Gelde anfangen sollten? Ich sagte zärtlich: meine lieben Freunde, gebrauchen sie es so sorgfältig, als wenn sie es mit vieler Mühe erworben hätten, und als ob es der ganze Rest ihres Glücks wäre; denn wir wissen noch nicht, wann oder wie der Fürst für sie sorgen wird. 15 Ich gieng so dann nach Hause und war mit meinem Tage vergnügt.

Ich hatte durch meine Fürbitte die Pflicht der Menschenliebe ausgeübt und den Fürsten zu einer Aus= gabe der Wohlthätigkeit gebracht, wie ihn andre zu Aus= 20 gaben von Wollust und Ueppigkeit verleiteten. Ich hatte die Herzen trostloser Personen mit Freude erfüllt, und das Vergnügen genossen, von einem für sehr boshaft ge= haltenen Mann, eine edle und gute Handlung zu sehen. Denn wie schnell hat Milord D. die Gelegenheit ergriffen 25 Gutes zu thun? An dem Spieltische meiner Tante hört er ungefehr von einem mitleidenswürdigen Hause reden und erkundigt sich gleich mit so vielem Eifer darnach, daß er noch den nehmlichen Abend eine so freygebige, wahrhaftig engländische Hülfe leistet. 30

Er dachte wohl nicht, daß ich da wäre sondern zu Hause an der Tafel sitzen würde, sonst sollte er nicht englisch geredet haben. In Gesellschaften hörte ich ihn ofte gute Gesinnungen äußern; aber ich hielte sie für Heucheleyen eines feinen Bösewichts: allein diese freye, 35 allen Menschen unbekannte Handlung kann unmöglich Heucheley seyn. O möchte er einen Geschmack an der

Tugend finden und ihr ſeine Kenntniſſe weyhen! Er
würde einer der hochachtungswürdigſten Männer werden.

Ich kann mich nun nicht verhindern, ihm einige
Hochachtung zu bezeugen, weil er ſie verdient. Seinen
5 ſeinen Schmeicheleyen, ſeinem Witz und der Ehrerbietung,
die er mir beweiſt, hätte ich ſie niemals gegeben. Es
kann oft geſchehen, daß äußerliche Annehmlichkeit uns die
Aufwartung, und vielleicht die ſtärkſte Leidenſchaft des
größten Böſewichts zuzieht. Aber wie verachtungswerth
10 iſt ein Frauenzimmer, die einen Gefallen daran bezeugt,
und ſich wegen dieſem armen Vergnügen ihrer Eigenliebe
zu einer Art von Dank verbunden hält. Nein! niemand
als der Hochachtungswürdige ſoll hören, daß ich ihn hoch=
ſchätze. Zu meiner Höflichkeit iſt die ganze Welt berechtigt;
15 aber beſſere Geſinnungen müſſen durch Tugenden er=
worben werden.

Nun glaube ich aber nöthig zu ſagen, daß mein
ganzer Plan für die Familie T* umgearbeitet werden
müſſe, wenn ſie ein ſicheres Einkommen erhalten. Ich
20 überlaſſe es Ihrem gutdenkenden und aller Claſſen der
Moral und Klugheit kundigen Manne, dieſen Plan brauch=
bar zu machen. Ich bitte Sie aber bald darum. Und
da meine Augen vor Schlaf zufallen, wünſche ich Ihnen,
meine theure Emilia, gute Nacht.

————

25 **Fräulein von Sternheim an Frau T*.**

Ich danke Ihnen, werthe Madam T* für das Ver=
gnügen, welches ſie mir durch ihre Offenherzigkeit gemacht
haben; ich verſichre Sie dagegen meiner wahren Freund=
ſchaft und eines unermüdeten Eifers Ihnen zu dienen.
30 Sie wiſſen von meinem letzten Beſuch, daß das
Verlangen des Herrn T* nach einem Amte, durch die
gnädigen Geſinnungen Ihres Fürſten zufrieden geſtellt
wird. Sie kennen meine Freude über den Gedanken,
Sie bald aus dem ſorgenvollen Stande gezogen zu ſehen,

in welchem Sie schmachten. Darf ich Ihnen aber auch
sagen, daß diese Freude mit dem Wunsch begleitet ist:
Daß Sie sich bemühen möchten, Ihren künftigen Wohl=
stand für Sie und Ihre Kinder dauerhaft zu machen.
Die Vergleichung Ihres vorigen Wohlstandes und der
kummervollen Jahre die darauf erfolgten, könnte die
Grundlage eines Plans werden, den Sie itzt mit Ihren
Kindern befolgten. Die Geschenke des Lord Derby haben
Sie in den Stand gesetzt, sich mit Kleidung und Haus=
geräthe zu besorgen, so daß das Einkommen Ihres Amts,
ganz rein zu Unterhaltung und Erziehung Ihrer Kinder
gewiedmet werden kann.

Ich trauete meinen jungen Einsichten nicht zu, den
Entwurf eines solchen Plans zu machen, und habe einen
Freund geistlichen Standes darum gebeten, der mir
folgendes zuschrieb.

Bey den drey ältern Kindern ist (wie ich aus der
Nachricht ersehe) der Verstand und die Empfindung reif
genug, um jene Vergleichung in ihrer Stärke und Nutz=
barkeit einzusehen. Wenn Sie Ihnen sodann die Be=
rechnung ihres Einkommens und der nöthigen Ausgaben
machen, werden Sie sich gerne nach Ihrem Plan führen
lassen. Sagen Sie Ihnen alsdann:

Gott habe zwo Gattungen Glückseligkeit für uns be=
stimmt, wovon die erste ewig für unsre Seele verheißen
ist, und deren wir uns durch die Tugend würdig machen
müssen.*) Die zwote geht unser Leben auf dieser Erde
an. Diese können wir durch Klugheit und Kenntnisse er=
halten. Reden Sie Ihnen von der Ordnung, die Gott
unter den Menschen durch die Verschiedenheit der Stände

---

*) Der Herausgeber überläßt dem Herrn Pfarrer, von
welchem diese Distinction herrühren soll, die Rechtfertigung der=
selben. Seiner Meynung nach, welche nichts Neues ist, läßt sich
auch in diesem Leben weder öffentliche noch Privat=Glückseligkeit
ohne Tugend denken; und nach den Grundsätzen der Offenbarung
gehört noch etwas mehr als Tugend zur Erlangung der ewigen
Glückseligkeit. H.

eingesetzt hat. Zeigen Sie Ihnen die Höhere und Reichere, aber auch die Aermere und Niedrigere als Sie sind. Reden Sie von den Vortheilen und Lasten, die jede Classe hat, und lenken Sie alsdenn ihre Kinder zu einer ehr= 5 erbietigen Zufriedenheit mit ihrem Schöpfer, der sie durch die Aeltern, die er ihnen gab, zu einem gewissen Stande bestimmte, und ihnen darinn ein eigenes Maaß besonderer Pflichten zu erfüllen auflegte; sagen Sie ihnen, zu den Pflichten der Tugend und der Religion sey der Fürst 10 wie der Geringste unter den Menschen verbunden.

Der erste Rang des Privatstandes habe die edle Pflicht, durch nützliche Kenntnisse und Gelehrsamkeit, auf den verschiedenen Stufen öffentlicher Bedienungen, oder in der höhern Classe des Kaufmannsstandes dem gemeinen 15 Wesen nützlich zu seyn.

Von diesem Begriffe machen Sie die Anwendung, daß Ihre Söhne durch den Stand des Herrn Rath T* in den ersten Rang der Privatpersonen gehören, darinn sie, nach Erfüllung der Pflichten für ihr ewiges Wohl, 20 auch denen nachkommen müssen, ihre Fähigkeiten des Geistes durch Fleiß im Lernen und Studieren so anzu= bauen, daß sie einst als geschickte und rechtschaffene Männer ihren Platz in der Gesellschaft einnehmen könnten. Der Ursprung des Adels wäre kein besonderes Geschenk der 25 Vorsicht, sondern die Belohnung der zum Nutzen des Vaterlandes ausgeübten vorzüglichen Tugenden und Talente gewesen. Der Reichthum sey die Frucht des unermüdeten Fleißes und der Geschicklichkeit; es stünde bey ihnen, sich auch auf diese Art vor andern ihres 30 gleichen zu zeigen, weil Tugend und Talente noch immer die Grundsteine der Ehre und des Glücks seyn.

Ihren Töchtern sollen Sie sagen, daß sie neben den Tugenden der Religion auch die Eigenschaften edelgesinnter liebenswürdiger Frauenzimmer besitzen müssen, und daß sie 35 dieses ohne großen Reichthum werden und bleiben könnten.

Unser Herz und Verstand sind dem Schicksal nicht unterworfen. Wir können ohne eine adeliche Geburt edle

Seelen, und ohne großen Rang, einen großen Geist haben:
ohne Reichthum glücklich und vergnügt, und ohne kostbaren
Putz durch unser Herz, unsern Verstand und unsre persön=
liche Annehmlichkeiten sehr liebenswürdig seyn, und also
durch gute Eigenschaften die Hochachtung unsrer Zeit= 5
genossen als die erste und sicherste Stufe zu Ehre und
Glück erlangen.

Dann sagen Sie ihnen ihre Einkünste und die An=
wendung, die sie davon, nach den Pflichten für die Be=
dürfnisse ihres Körpers in Nahrung und Kleider, für die 10
Bedürfnisse ihres Geistes und Vergnügens an Lehrmeistern,
Büchern und Gesellschaften machen wollten. Nennen Sie
auch den zurücklegenden Pfennig als eine Pflicht der
Klugheit für künftige Zufälle.

Wir brauchen Nahrung um die Kräfte unsers Körpers 15
zu unterhalten. Und diesen Endzweck der Natur können
wir durch die simpelsten Speisen am leichtesten erreichen.
Diese werden von dem kleinen Einkommen nicht zu viel
wegnehmen, und wir folgen dadurch der Stimme der
Natur für unsre Gesundheit, und geben zugleich unserm 20
Schicksal nach, welches uns die Ausschweifungen unsrer
Einbildung ohnehin nicht erlaubte. Und da der Reiche
nach dem schwelgerischen Genuß des Ueberflusses seine
Zuflucht zu einfachen Speisen und Wasser nehmen muß,
um seine Gesundheit wieder herzustellen, warum sollten 25
wir uns beklagen, weil wir durch unser Verhängniß ge=
zwungen sind in gesunden Tagen den einfachen Forderungen
der Natur gemäß zu leben? Kleider, haben wir zur
Bedeckung und zum Schutz gegen die Anfälle der Witterung
nöthig; diesen Dienst erhalten wir, von den geringen und 30
wohlfeilen Zeugen, wie von den kostbaren. Die meinem
Gesichte anständige Farbe und die Schönheit der Form
muß bey dem ersten wie bey dem letzten gesucht werden;
habe ich diese, so habe ich die erste Zierde des Kleides.
Ein edler Gang, eine gute Stellung, die Bildung so mir 35
die Natur gab, können meinem netten einfachen Putz ein
Ansehen geben, das der Reiche bey alle seinem Aufwand

nicht allezeit erhält; und bey Vernünftigen wird mir meine Mäßigung eben so viel Ehre machen, als der Reiche in dem Wechsel seiner Pracht immer finden kann.

Müssen wir in unserm Hausgeräthe den Mangel
5 vieles Schönen und Gemächlichen ertragen, so wollen wir in dem höchsten Grade der Reinlichkeit den Ersatz des Kostbaren suchen, und uns gewöhnen, wie der weise Araber, froh zu seyn, daß wir zu unserm Glück den Ueberfluß nicht nöthig haben. Und wie edel können einst
10 die Töchter des Herrn Raths die Würde ihres Hauses zieren, wenn die Zimmer mit schönen Zeichnungen, die Stühle und Ruhebänke mit Tapetenarbeit von ihren geschickten Händen bekleidet seyn werden! Sollten Sie nach dieser edelmüthigen Ergebung in ihr Schicksal, durch den
15 Anblick des Reichen, in eine traurige Vergleichung zwischen ihren und seinen Umständen verfallen, so halten Sie sich nicht bloß an die Idee des Vergnügens, das der Reiche in seiner Pracht und Wollust genießt, sondern wenden Sie Ihre Gedanken auf den Nutzen, den Kaufleute, Künstler
20 und Handarbeiter davon haben: denn bey dem ersten Gedanken fühlen Sie nichts als Schmerzen der Unzufriedenheit mit Ihrem Geschicke, welches Sie aller dieser Freuden beraubte; aber bey der zweyten Betrachtung empfinden Sie das Vergnügen einer edeln Seele, die sich über das
25 Wohl ihres Nächsten erfreut, und je kleiner Ihr Antheil an allgemeinem Glück ist, desto edler ist Ihre Freude.

Prüfen Sie das Maaß der Fähigkeiten Ihrer Kinder, lassen Sie keines unbebauet, und so bescheiden Sie in Kleidung und anderm Aufwand von Personen Ihres
30 Standes seyn mögen, so verwenden Sie alles auf die Erziehung. Zeichnen, Musik, Sprachen, alle schönen Arbeiten des Frauenzimmers für ihre Töchter; für ihre Söhne alle Kenntnisse, die man von wohlerzognen jungen Mannsleuten fodert. Flößen Sie beyden Liebe und Ge-
35 schmack für die edle und unserm Geiste so nützliche Beschäftigung des Lesens ein, besonders alles dessen, was zu der besten Kenntniß unsrer Körperwelt gehört. Es

ist eine Pflicht des guten Geschöpfs die Werke seines Ur=
hebers zu kennen, von denen wir alle Augenblicke unsers
Lebens so viel Gutes genießen; da die ganze physicalische
Welt lauter Werke und Zeugnisse der Wohlthätigkeit und
Güte unsers Schöpfers in sich faßt, deren Anblick und 5
Kenntniß das reinste und vollkommenste, keinem Zufall,
keinem Menschen unterworfene Vergnügen in unsre Seele
gießt. Je mehr Geschmack Ihre Kinder an der natür=
lichen Geschichte unsers Erdbodens, je mehr Kenntnisse
sie von seinen Gewächsen, Nutzbarkeit und Schönheit er= 10
langen, je sanfter werden ihre Gesinnungen, Leidenschaften
und Begierden seyn, und um so viel mehr wird ihr
Geschmack am Edeln und Einfachen gestärkt und befestigt
werden, und um so weiter entfernen sie sich von der
Idee, daß Pracht und Wollust das größte Glück sey. 15

Die Geschichte der moralischen Welt sollen Ihre
Kinder auch kennen; die Veränderungen, welche ganze
Königreiche und erhabne Personen betroffen, werden sie
zu Betrachtungen leiten, deren Würkung die Zufriedenheit
mit ihren eingeschränkten Umständen seyn, und den Eifer 20
für die Vermehrung der Tugend ihrer Seele und der
Kenntnisse ihres Geistes vergrößern wird; weil sie durch
die Geschichte finden werden, daß Tugend und Talente
allein die Güther sind, welche Verhängniß und Menschen
nicht rauben können. 25

Heute Abend sollen Ihre Kinder alle Bücher er=
halten, welche zu Erlangung dieses Nutzens erforderlich
sind. Der beste Segen meines Herzens wird den Korb
begleiten, damit diese Arbeiten wohlthätiger und liebens=
würdiger Männer auch für Sie eine Quelle nutzbarer 30
Kenntnisse und der besten Vergnügungen ihres Lebens
werden, gleich wie sie es für mich sind.

Noch eins bitte ich Sie, theure Madam T*. Suchen
Sie ja keine Tischfreunde mehr. Beweisen Sie denen, so
Ihnen in Ihrem Unglücke dienten, Ihre Dankbarkeit und 35
Achtung, Freundschaft und alle Gesinnungen der Ehre;
thun Sie nach allen Ihren Kräften andern Nothleidenden

Gutes, und leben Sie mit Ihren Kindern ruhig und
einſam fort, bis Ihr Umgang von Rechtſchaffnen geſucht
wird. Halten Sie Ihre heranwachſenden Töchter, je mehr
Schönheit, je mehr Talente ſie haben werden, je mehr zu
5 Hauſe; das Lob ihrer Lehrmeiſter, und die Beſcheidenheit
und Klugheit ihrer Lebensart ſoll ſie bekannt machen,
ehe man mit ihren Geſichtern ſehr bekannt ſeyn wird.
Ich bin überzeugt, daß Sie einſt zufrieden ſeyn werden,
dieſer Phantaſie Ihrer Freundin gefolgt zu haben.

———

10 **Milord Derby an ſeinen Freund in Paris.**

Heyda, Brüderchen, rufen ſich die Landsleute meiner
Sternheim zu, wenn ſie ſich recht luſtig machen wollen.
Und weil ich meine engliſchen Netze auf deutſchem Boden
ausgeſteckt habe, ſo will ich dir auch zurufen: Heyda,
15 Brüderchen! die Schwingen meines Vögelchens ſind ver=
wickelt! Zwar ſind Kopf und Füße noch frey, aber die
kleine Jagd, welche auf der andern Seite nach ihr ge=
macht wird, ſoll ſie bald ganz in meine Schlingen treiben,
und ſie ſogar nöthigen, mich als ihren Erretter anzuſehen.
20 Vortrefflich war mein Gedanke, mich nach ihrem Geiſte
der Wohlthätigkeit zu ſchmiegen, und dabey das Anſehen
der Gleichgültigkeit und Verborgenheit zu behalten. Bey=
nahe hätte ich es zu lange anſtehen laſſen, und die beſte
Gelegenheit verſäumt, mich ihr in einem vortheilhaften
25 Lichte zu zeigen; aber die Geſchwätzigkeit ihrer Tante half
mir alles einbringen.

In der letzten Geſellſchaft bey Hofe wurden wir
alle durch ein langes Geſpräch der Sternheim mit dem
Fürſten beſonders aufmerkſam gemacht; ich hatte ihren
30 Ton behorcht, welcher ſüß und einnehmend geſtimmt war,
und da ich nachdachte; was das Mädchen vorhaben möchte?
ſah ich den Fürſten ihre Hände ergreiffen, und wie mich
dünkte, eine küſſen. Der Kopf wurde mir ſchwindlicht,
ich verlohr meine Karten, und legte mich voll Gift an

ein Fenster; aber wie ich sie zum Spieltische ihrer Tante
eilen und ihre Augen voller Bewegung und verwirrt auf
das Spiel richten sah, näherte ich mich. Sie warf einen
heftigen halbscheuen Blick nach mir. Ihre Tante fieng
an: Sie sähe ihr an, daß sie mit dem Fürsten für den 5
Rath T* geredet habe: das Fräulein bejahte es, sagte
freudig, daß er ihr Gnade für die Familie versprochen,
und setzte etwas von dem Nothstande dieser Leute hinzu.
Dieses faßte ich mir, um gleich den andern Tag etwas
für sie zu thun, ehe der Fürst die Bitte der Sternheim 10
erfüllte. Ich gieng nach meiner Gewohnheit in dem
Ueberrock meines Kerls an die Fenster des Speisesaals
vom Grafen Löbau, weil ich alle Tage wissen wollte, wer
mit meiner Schönen zur Nacht esse; kaum war ich in
der Gasse, so sah ich Tragsessel kommen, die an dem 15
Hause hielten, zwo ziemlich verkappte Frauenzimmer kamen
an die Thür und ich hörte die Stimme der Sternheim
deutlich sagen, zu Rath T* am S***Garten. Ich wußte
das Haus, lief in mein Zimmer, holte mir Geld, und
warf es, da sie noch da war, bey dem Rath T* durchs 20
Fenster, an welchem das Fräulein saß, murmelte einige
Worte von Freude über die Wohlthätigkeit, und als man
an die Thür kam, eilte ich davon. Zauberkraft war in
meinen Worten: denn da ich zween Tage darauf dem
Fräulein in Graf F*s Hause entgegen gieng, um ihr 25
meine angenommene Ehrerbietung zu bezeugen, bemerkte
ich, daß ihr schönes Auge sich mit einem Ausdruck von
Achtung und Zufriedenheit auf meinem Gesichte verweilte;
sie fieng an mir etliche Worte auf englisch zu sagen, aber
da sie sehr spat gekommen war, wurde ihr gleich vom 30
jungen Grafen F* eine Karte zu ziehen angeboten: sie
sah sich unschlüssig, wie durch eine Ahndung um, und zog
einen König, der sie zur Partie des Fürsten bestimmte.
　　Mußte ich just diese ziehen, sagte sie, mit unmuthiger
Stimme; aber sie hätte lange wählen können, sie würde 35
nichts als Könige gezogen haben, dann der Graf F* hatte
keine andre Karten in der Hand, und ihre Tante war

mit Bedacht spat gekommen, da alle Spieltische besetzt,
und der Fürst just als von ungefähr in die Gesellschaft
gekommen, und so höflich war, keinem sein Spiel nehmen
zu wollen, sondern dem Zufall unter der Leitung des
5 discreten F. die Sorge übertrug, ihm jemand zu schaffen.
Der Französische Gesandte und die Gräfin F* machten
die Partie mit: mein Pharaon erlaubte mir manchmal
hinter den Stuhl des Fürsten zu treten, und meine
Augen dem Fräulein etwas sagen zu lassen: bezaubernde,
10 unnachahmliche Anmuth begleitete alles was sie that, der
Fürst fühlte es einst, als sie mit ihrer schönen Hand
Karten zusammen raffte, so stark, daß er haftig die seinige
ausstreckte, einen ihrer Finger faßte und mit Feuer ausrief; „Ist es möglich, daß in P** alle diese Grazien er-
15 „zogen wurden? Gewiß, Herr Marquis, Frankreich kann
„nichts Liebenswürdigers zeigen.“
Der Gesandte hätte kein Franzose und kein Gesandter
seyn müssen, wenn er es nicht bekräftiget hätte, wäre er
auch nicht überzeugt gewesen: und meine Sternheim glühete
20 von Schönheit und Unzufriedenheit. Denn die Blicke des
Fürsten mögen noch lebhafter gewesen seyn, als der Ton,
mit welchem er redete. Mein Mädchen mischte die Karte
mit niedergeschlagenem Auge fort. Als sie selbige aus-
theilte; machte ich eine Wendung: sie blickte mich an; ich
25 zeigte ihr ein nachdenkendes trauriges Gesichte, mit welchem
ich sie ansah, meine Augen auf den Fürsten heftete und
mit schnellem Schritte mich an den Pharao-Tisch begab,
wo sie mich spielen sehen konnte. Ich setzte stark, und
spielte zerstreut; meine Absicht war, die Sternheim denken
30 zu machen, daß meine Beobachtung der Liebe des Fürsten
gegen sie Ursache an der Nachläßigkeit für mein Glück,
und der scheinbaren Zerstreuung meiner Gedanken sey.
Dieses konnte sie nicht anders als der Stärke meiner
Leidenschaft für sie zuschreiben, und es gieng, wie ich es
35 haben wollte. Sie war auf alle meine Bewegungen aufmerksam. Als die Spiele geendigt waren, gieng ich
schwermüthig zum Piquet eben da das Fräulein ihr ge=

wonnenes Geld zusammen faßte; es war viel und alles
von dem Fürsten.

Heute noch, sagte sie, sollen es die Kinder des
Rath T* bekommen, denen ich sagen werde, daß Euere
Durchlaucht ihnen zu lieb es so großmüthig verlohren 5
haben.

Der Fürst sah sie lächelnd und vergnügt an, und
ich riß mich aus dem Zimmer weg, mit dem Entschluß
auf sie zu lauren, wenn sie zum Rath T* gienge, um
mich dort einzudringen und ihr von meiner Liebe zu 10
reden. Den ganzen Nachmittag hatte sie mich mit Tief=
sinn und Heftigkeit wechselsweise behaftet gesehen; mein
Eindringen konnte auf die Rechnung meiner starken Leiden=
schaft geschrieben werden. Ich habe ohnehin während
meinem Aufenthalt in Deutschland gefunden, daß ein 15
günstiges Vorurtheil für uns darinn herrschet, kraft dessen
man von unsern verkehrtesten Handlungen auf das Ge=
lindeste urtheilt; Ja, sie noch manchmal als Beweise
unsrer großen und freyen Seelen ansieht.

Bey dieser Kunst den Augenblick des Zufalls zu be= 20
nutzen, habe ich mehr gewonnen als ich durch ein ganzes
Jahr Seufzen und Winseln erhalten hätte. Lies diese
Scene und bewundere die Gegenwart des Geistes und
die Gewalt, die ich über meine sonst unbändige Sinnen,
in der ganzen halben Stunde hatte, die ich allein, ganz 25
allein mit meiner Göttin in einem Zimmer war, und
ihre schöne Figur in der allerreizendsten Gestalt vor mir
sah. Sie war nach Hause gegangen, um ihr Oberkleid
und ihren Kopfputz abzulegen, und warf nur einen großen
Mantel und eine Kappe über sich, als sie sich zu Rath 30
T* tragen ließ. Die Kappe, welche sie abzog, nahm
allen Puder von ihren Castanien=Haaren hinweg, und
brachte auch die Locken etwas in Unordnung; ein kurzes
Unterkleid, und die schöne erhöhete Farbe, die ihr mein
Anblick und meine Unterredung gab, machten sie unbe= 35
schreiblich reizend.

Als sie einige Minuten da war, pochte ich an die

Thüre, und rief sachte nach der Madam T*. Sie kam;
ich sagte ihr, daß ich Secretair bey Milord G. wäre, der
mich mit einem Geschenk für ihre Familie zu dem Fräulein
von Sternheim geschickt hätte, der ich es selbst übergeben
5 solle, und mit ihr deswegen zu reden habe: die Frau
hieß mich einen Augenblick warten, und lief hin, ihren
Mann und ihre Kinder in ein ander Zimmer zu schaffen;
sie winkte mir sodann. Ich Narr zitterte beynahe, als
ich den ersten Schritt in die Thüre trat; aber die kleine
10 Angst die das Mädchen befiel, erinnerte mich noch zu
rechter Zeit an die Oberherrschaft des männlichen Geistes,
und eine überbleibende Verwirrung mußte mir dazu
dienen, mein gezwungenes Eindringen zu beschönen. Ehe
sie sich von ihrem Erstaunen mich zu sehen erhohlen
15 konnte, war ich zu ihren Füßen; machte in unsrer Sprache
einige lebhafte Entschuldigungen wegen des Ueberfalls,
und wegen des Schreckens, den ich Ihr verursacht, aber
es sey mir unmöglich gewesen noch länger zu leben, ohne
Ihr das Geständniß der lebhaftesten Verehrung zu machen,
20 und daß, da mir durch Milord G. die vielen Besuche in
dem Hause Ihres Oncles untersagt worden, und ich gleich=
wohl mit Augen gesehen, daß andere die Kühnheit hätten,
Ihr ihre Gesinnungen zu zeigen: so wollte ich nur das
Vorrecht haben, Ihr zu sagen, daß ich Sie wegen Ihrem
25 seltenen Geist verehrte, daß ich Zeuge von Ihrer aus=
übenden Tugend gewesen wäre, und Sie allein mich an
den Ausspruch des Weisen erinnert hätte, der gesagt, daß
wenn die Tugend in sichtbarer Gestalt erschiene, niemand
der Gewalt ihrer Reizungen würde wiederstehen können;
30 daß ich dieses Haus als einen Tempel betrachtete, in
welchem ich zu Ihren Füßen die Gelübde der Tugend
ablegte, welche ich durch Sie in Ihrer ganzen Schönheit
hätte kennen lernen, daß ich mich nicht würdig schätzte,
Ihr von Liebe zu reden, ehe ich mich ganz umgebildet
35 hätte, wobey ich Ihr Beyspiel zum Muster nehmen würde.
Meine Erscheinung und der Fast der Leidenschaften, in
welchem ich zu ihr sprach, hatte sie wie betäubt, und auch

Anfangs etwas erzürnt; aber das Wort Tugend, welches
ich etlichemal aussprach), war die Beschwörung, durch
welche ich ihren Zorn besänftigte, und ihr alle Auf=
merksamkeit gab, die ich nöthig hatte, um mir ihre Eitel=
keit gewogen zu machen. Ich sah' auch, wie mitten unter 5
den Runzeln, die der Unmuth der jungfräulichen Sitt=
samkeit über ihre Stirne gezogen hatte, da sie mich etliche=
mal unterbrechen und forteilen wollte, mein Plato mit
seiner sichtbar gewordenen Tugend diese ernsthaften Züge
merklich aufheiterte und der feinste moralische Stolz auf 10
ihren zur Erde geschlagnen Augen saß. Diese Bemerkung
war mir für diesmal genug, und ich endigte meine ganz
zärtlich gewordene Rede mit einer wiederhohlten demüthigen
Abbitte meiner Ueberraschung.

Sie sagte mit einer etwas zitternden Stimme: Sie 15
bekenne, daß mein Anblick und meine Anrede ihr sehr
unerwartet gewesen sey, und daß sie wünschte, daß mich
meine Gesinnungen, wovon ich ihr redete, abgehalten
hätten, sie in einem fremden Hause zu überraschen.

Ich machte einige bewegliche Ausrufungen, und mein 20
Gesicht war mit der Angst bezeichnet ihr mißfallen zu
haben; sie betrachtete mich mit Sorgsamkeit und sagte:
Milord; Sie sind der erste Mann, der mir von Liebe
redt, und mit dem ich mich allein befinde; beydes macht
mir Unruhe; ich bitte Sie, mich zu verlassen, und mir 25
dadurch eine Probe der Hochachtung zu zeigen, die Sie
für meinen Charakter zu haben vorgeben.

Vorgeben! O Sternheim, wenn es vorgebliche Ge=
sinnungen wären, so hätte ich mehr Vorsicht gebraucht
um mich gegen Ihren Zorn zu bewahren. Anbetung 30
und Verzweiflung war's, die mich zu der Verwegenheit
führten hieher zu kommen; sagen Sie, daß Sie mir
meine Verwegenheit vergeben und meine Verehrung nicht
verwerfen.

Nein, Milord, die wahre Hochachtung des recht= 35
schaffnen Mannes werde ich niemals verwerffen; aber wenn
ich die Ihrige erhalten habe, so verlassen Sie mich.

Ich erhaſchte ihre Hand, küßte ſie und ſagte zärt=
lich und eifrig: Göttliches, anbethungswerthes Mädchen!
ich bin der erſte Mann, der Dir von Liebe redet: O wenn
ich der erſte wäre, den Du liebteſt!

Seymour fiel mir ein, es war gut, daß ich gieng;
an der Thür legte ich mein Paquet Geld hin, und ſagte
zurück: Geben Sie es der Familie.

Sie ſah mir mit einer ſeutſeligen Miene nach; und
ſeitdem habe ich ſie zweymal in Geſellſchaften geſehen, wo
ich mich in einer ehrerbietigen Entfernung halte und nur
ſehr gelegen etliche Worte von Anbetung, Kummer oder
ſo etwas ſage, und wenn ſie mich ſehen oder hören kann,
mich ſehr weislich und züchtig aufführe.

Von Milord G. weiß ich, daß man bey Hof ver=
ſchiedene Anſchläge macht, ihren Kopf zu gewinnen; das
Herz, denken ſie, haben ſie ſchon; weil ſie gerne Gutes
thut, und ihr der Fürſt alles bewilligen wird. Man hält
in ihrer Gegenwart immer Unterredungen von der Liebe
und galanten Verbindungen, die man leicht, und was man
in der Welt Philoſphiſch heißt, beurtheilt. Alles dieſes
dient mir; denn jemehr ſich die andern bemühen, ihre
Begriffe von Ehre und Tugend zu ſchwächen, und ſie
zum Vergeſſen derſelben zu verleiten; je mehr wird ſie
gereizt mit allem weiblichen Eigenſinn ihre Grundſätze zu
behaupten. Die trockne Höflichkeit des Milord G., die
argwöhniſche und kalte Miene des Seymor beleidigt die
Ueberzeugung, die ſie von dem Werthe ihrer Tugend hat.
Ich beweiſe ihr Ehrerbietung; ich bewundere ihren ſeltnen
Charakter, und achte mich nicht würdig ihr von Liebe zu
reden, bis ich nach ihrem Beyſpiel umgebildet ſeyn werde,
und ſo werde ich ſie, in dem Harniſch ihrer Tugend und
den Banden der Eigenliebe verwickelt zum Streit mit
mir untüchtig ſehen; wie man die Anmerkung von den
alten Kriegsrüſtungen machte, unter deren Laſt endlich
der Streiter erlag und mit ſeinem ſchönen feſten Panzer
gefangen wurde. Sage mir nichts mehr von der frühen
Sättigung, in welche mich der ſo lange geſuchte Genuß

der schönen frommen \*\*\* brachte, und daß mich, nach aller Mühe, mit dieser Tugend das nehmliche Schicksal erwarte. Du bist weit entfernt eine richtige Idee von der seltenen Creatur zu haben, von der ich dir schreibe. Eine zärt= liche Andächtige hat freylich eben so viel übertriebne Be= griffe von der Tugend als meine Sternheim, und es ist angenehm alle diese Gespenster aus einer liebenswürdigen Person zu verjagen; aber der Unterschied ist dieser; so wie die Devote bloß aus Zärtlichkeit für sich selbst den schrecklichen Schmerzen der Hölle durch Frömmigkeit zu entfliehen und hingegen den Genuß der ewigen Wonne zu erhalten sucht, folglich aus lauter Eigennutz tugendhaft ist, und Furcht der Hölle und Begierde nach dem Himmel, allein aus dem feinen Gefühl ihrer Sinnen quilt: So kann auch ihre Ergebung an einen Liebhaber, allein aus der Vorstellung des Vergnügens der Liebe kommen: denn wenn die Sinnen nicht so viel bey frommen Leuten gälten, woher kämen wohl die sinnlichen Beschreibungen ihrer himmlischen Freuden, und woher die entzückte Miene, mit welcher sie Leckerbissen verkäuen?

Aber meine Moralistin ist ganz anders gestimmt; sie setzt ihre Tugend und ihre Glückseligkeit in lauter Handlungen zum Besten des Nebenmenschen. Pracht, Gemächlichkeit, delicate Speisen, Ehrenbezeugungen, Lust= barkeiten, — nichts kann bey ihr dem Vergnügen Gutes zu thun, die Waagschaale halten, und aus diesem Beweg= grunde wird sie einst die Wünsche ihres Verehrers krönen, und das nehmliche Nachdenken, das sie hat, alles Uebel der Gegenstände ihrer Wohlthätigkeit zu erleichtern und neues Glück für sie zu schaffen, dieses Nachdenken wird sie auch zur Vergrößerung meines Vergnügens verwenden, und ich halte für unmöglich, daß man ihrer satt werden sollte. Doch in kurzer Zeit werde ich dir Nachricht davon geben können, denn die Comödie eilt zum Schlusse, weil die Leidenschaft des Fürsten so heftig wird, daß man die An= stalten zu ihrer Verwicklung eifriger betreibt, und Feste über Feste veranstaltet.

## Fräulein von Sternheim an Emilia.

Würden Sie, liebſte Emilia, jemals geglaubt haben,
daß es eine Stunde meines Lebens geben könnte, in der
mich reuete Gutes gethan zu haben? Und ſie iſt ge=
5 kommen, dieſe Stunde, in welcher ich mit dem warmen
Eifer meines Herzens für das verbeſſerte Wohlergehen
meines Nächſten unzufrieden war, und den Streit zwiſchen
Mein und Dein empfunden habe. Sie wiſſen aus meinen
vorigen Briefen, was es mich koſtete den Fürſten um eine
10 Gnade für die Familie T* zu bitten. Sie kennen die
Beweggründe meiner Abneigung und Ueberwindung der=
ſelben: aber die verdoppelte Beunruhigung, die mir da=
mit durch den Fürſten und Milord Derby zugekommen
iſt, gab mir die Stärke des Unmuths, der mich zur Un=
15 zufriedenheit mit meinem Herzen brachte. Der Fürſt,
welcher mich in Geſellſchaften mit ſeinen Blicken und
Unterredungen mehr als vorher verfolgt, ſcheute ſich nicht
bey einem Piquet, das ich mit ihm ſpielte, Ausrufungen
über meine Annehmlichkeiten zu machen, und dieſes mit
20 einem Ton, worinn Leidenſchaft war, und der alle Leute
aufmerkſam machte. Milord Derby war eben vom Pharao=
Tiſch zu uns gekommen, und da ich in der Verwirrung, in die
ich aus Zorn und Verlegenheit über die Aufführung des Fürſten
gerieth, ungefehr meine Augen auf Derby richtete, ſahe ich wohl
25 den Ausdruck einer heftigen Bewegung in ſeinem Geſicht, und
daß er ſich, nachdem ſeine Augen den Fürſten etwas wild
angeſehen, wegbegab, und wie ein verwirrter Menſch ſpielte:
Aber das konnte ich nicht ſehen, daß ich von ihm noch
den nehmlichen Abend auf das äußerſte beunruhigt werden
30 ſollte. Der Fürſt verlohr viel Geld an mich; ich hatte
bemerkt, daß er mit Vorſatz ſchlecht ſpielte, wenn er allein
gegen mich war; dieſes verdroß mich: ſeine Abſicht mag
geweſen ſeyn, was ſie will, ſein Geld freute mich nicht,
und ich ſagte: daß ich es den Kindern des Raths T*
35 noch den Abend geben wollte. Derby mußte es gehört
haben, und faßte den Entſchluß mich zu belauſchen und

bey dem Rath T* zu sprechen. Listig fieng er es an:
denn als ich eine kleine Weile da war, kam er an das
Haus, fragte nach der Frau T* und sagte dieser: er sey
Secretair bey Milord G. und hätte mir etwas für ihre
Familie zu bringen. Die Frau, von der Hoffnung eines 5
großen Geschenks eingenommen, hohlte ihren Mann und
Kinder sammt der Rosine aus dem Zimmer, wo ich war,
und ehe ich sie fragen konnte, was sie wollte, trat sie
mit Milord Derby herein, meldete mir ihn als Secretair,
redete von seinem an sie habenden Geschenke und begab 10
sich weg. Erstaunen und Unmuth betäubten mich lange
genug, daß Milord zu meinen Füßen knien und mir seine
Entschuldigungen und Abbitten machen konnte, ehe ich
fähig war über sein Eindringen meine Klage zu führen.
Ich that es mit wenigen ernsthaften Worten: da fieng 15
er an von einer langen verborgnen Leidenschaft und der
Verzweiflung zu reden, in welche ihn Milord G. stürzte,
da er ihm verboten, nicht mehr in unser Haus zu gehen,
und er doch sehen müßte, daß andre mir von ihrer
Liebe redeten. Milords G. Verbot machte mich stutzend 20
und nachdenkend: Derby redete immer in der heftigsten
Bewegung fort: ich dachte an den Jast, worinn ich ihn
den ganzen Abend in der Gesellschaft gesehen hatte, und
meine Verlegenheit vergrößerte sich dadurch. Ich foderte,
daß er mich verlassen sollte, und wollte zugleich der Thür 25
zugehen: er widersetzte sich mit sehr ehrerbiethigen Gebehrden, aber mit einer Stimme und Blicken so voll
Leidenschaft, daß mir bange und übel wurde. Dies
war der Augenblick, wo ich böse auf mein Herz war, daß
es mich gerade diesen Abend noch mein Spielgeld den 30
Kindern bringen hieß und mich dadurch dieser Verlegenheit ausgesetzt hatte.

Ich erholte mich endlich, da ich ihn den geheiligten
Namen der Tugend aussprechen hörte, in welchem er
mich beschwur, ihn nur noch einen Augenblick reden zu 35
lassen. Wiederhohlen kann ich nichts, aber er redete gut;
wenig von meinen äusserlichen Annehmlichkeiten, aber er

behauptete meinen Charakter zu kennen, den er als selten
ansieht, und am Ende legte er auf eine rührende Weise
eine feyerliche Gelübde von Tugend und Liebe ab.

Unzufrieden mit ihm und mit mir selbst, bestürzt
5 und bewegt, machte ich an ihn die Bitte, mir den Be=
weis von seinen Gesinnungen zu geben, daß er mich ver=
ließe. Er gieng gleich mit ermunterter Abbitte seines
Ueberraschens, und legte an der Thür noch ein schweres
Paquet Geld für die arme Familie hin.

10 Ein ungewöhnlicher Kummer beklemmte mein Herz:
das beste Glück, das ich mir in dieser Minute wünschte,
war einsam zu seyn. Aber die Frau T* kam herein, ich
übergab ihr das Geschenk sammt dem gewonnenen Gelde.
Ihre Freude erleichterte mich ein wenig, aber ich eilte
15 mit dem festen Vorsatz fort, dieses Haus nicht mehr zu
betreten, so lange Milord Derby noch in D* seyn würde.
Mein Oncle und meine Tante spielten noch, als ich nach
Hause kam, und ich legte mich zu Bette. Traurige Nächte
hatte ich schon durch meinen an Aeltern und Freunden
20 erlittenen Verlust gehabt: aber die mit Unruhe und
Schmerzen der Seele erfüllte schlaflose Stunden habe ich
niemals gekannt, welche auf die Betrachtung folgten, daß
mein Schicksal und meine Umstände meinen Wünschen und
meinem Charakter völlig entgegen sind. Meine äußerste
25 Bemühung war immer, unsträflich in meiner Aufführung
zu seyn, und doch wurde ich durch Milord Derby der
Nachrede einer Zusammenkunft ausgesetzt. Milord G.,
dessen Achtung ich zu verdienen glaubte, verbietet seinen
Verwandten den vorzüglichen Umgang mit mir. Ich hatte
30 die Freundschaft eines tugendhaften Mannes gewünscht,
und dieser flieht mich, während daß mich der Fürst und
der Graf F* zu verfolgen anfangen. Und was soll ich
von Milord Derby sagen: Ich bekenne, die Liebe eines
Engländers ist mir vorzüglich angenehm, aber — Und
35 doch; warum wählte ich einen und verwarf den andern,
ehe ich sie kannte: ich war gewiß voreilig und unbillig.
Derby ist rasch und unbesonnen: aber voller Geist und

Empfindsamkeit. Wie schnell wie eifrig thut er Gutes? Sein Herz kann nicht verdorben seyn, weil er so viele Aufmerksamkeit für gute Handlungen hat; ich möchte bald hinzusetzen, weil er mich und meine Denkungsart lieben kann. Aber alle halten ihn für einen bösen Menschen; er muß Anlaß zu einer so allgemeinen Meynung gegeben haben; und gleichwohl hat die Tugend Ansprüche auf sein Herz. Emilia! wenn ihn die Liebe ganz von Irrwegen zurückführte, wenn sie es um meinetwillen unternähme: Wäre ich ihr da nicht das Opfer des Vorzugs schuldig, den ich einem andern ohne sein Verlangen gab? Aber itzt wünsche ich aller Wahl überhoben zu seyn, und daß meine Tante R. bald käme. Vergeblicher Wunsch! Sie ist in Florenz und wird da ihre Wochen halten. Sie sehen also, daß alle Umstände wider mich sind. Der ländliche Frieden, die Ruhe, die edle Einfalt, welche mein einsames S*** bewohnen, wären meinem armen Kopf und Herzen so erquickend, als Hofleuten der Anblick einer freyen Gegend ist, wenn sie lange in Kunstgärten herum-geirrt, und ihr Auge durch Betrachtungen der gesuchten und gezwungenen Schönheiten ermüdet haben. Wie gerne stellen sie ihre durch zerstoßnen Marmor ermattete Füße auf ein mit Mooß bewachsenes Stück Erde, und setzen sich in dem unbegränzten schönen Gemische von Feld, Waldungen, Bächen und Wiesen um, wo die Natur ihre besten Gaben in reizender Unordnung verbreitet! Bey vielen beobachtete ich in dieser Gelegenheit die Stärke der reinen ersten Empfindungen der Natur. So gar ihr Gang und ihre Gebehrden wurden freyer und unge-zwungener, als sie in den sogenannten Lustgärten waren; aber einige Augenblicke darauf sah ich auch die Macht der Gewohnheit, die, durch einen einzigen Gedanken rege gemacht, die sanfte Zufriedenheit störte, welche die Herzen eingenommen hatte. Urtheilen Sie, meine Emilia, wie ermüdet mein moralisches Auge über den täglichen Anblick des Erkünstelten im Verstande, in den Empfindungen, Vergnügungen und Tugenden ist! Dazu kommt nun der

Antrag einer Verbindung mit dem jungen Grafen F*,
die ich, wenn mir auch der Mann gefiele, nicht annehmen
würde, weil sie mich an den Hof fesseln würde. So sehr
auch diese Fesseln übergüldet und mit Blumen bestreut
wären, so würden sie doch mein Herz nur desto mehr
belästigen. Ich leide durch den Gedanken, jemand eine
Hoffnung von Glück zu rauben, deren Erfüllung in meiner
Gewalt steht: aber warum machen die Leute keine Ver=
gleichung zwischen ihrer Denkart und der meinigen? Sie
würden darinn ganz deutlich die Unmöglichkeit sehen, mich
jemals auf den Weg ihrer Gesinnungen zu lenken. Mein
Oncle und meine Tante machen mich erstaunen. Sie, die
meine Aeltern und meine Erziehung kannten, Sie, die von
der Festigkeit meiner Ideen und Empfindungen überzeugt
sind, sie dachten mich durch glänzende Spielwerke von
Rang, Pracht und Ergötzlichkeiten, zur Uebergabe meiner
Hand und meines Herzens zu bewegen? Ich kann nicht
böse über sie werden: sie suchen mich nach ihren Begriffen
von Glück durch eine vornehme Verbindung glücklich zu
machen, und geben sich alle ersinnliche Mühe, mir den
Hof von seiner verführerischen Seite vorzustellen. Sie
haben gesucht, meine Liebe zur Wohlthätigkeit als eine
Triebfeder anzuwenden. Weil der Graf F* versicherte,
daß mich der Fürst sehr hochschätze, daß er mit Vergnügen
alle Gnaden bewilligen würde, die ich mir ausbitten könnte;
so haben sie, denke ich, Leute angestellt, mich um Für=
sprache bey dem Herrn anzuflehen. Ihre Vermuthung,
daß dieses die stärkste Versuchung für mich sey, ist ganz
richtig; dann die Gewalt Gutes zu thun, ist das einzige
wünschenswerthe Glück das ich kenne.

Zu meinem Vergnügen war die erste Bitte ein
Wunsch von Eitelkeit, welcher etwas begehrte, dessen man
wohl entbehren konnte; so daß ich ohne Unruhe mein
Vorwort versagen konnte. Ich zeigte dabey meinen Ent=
schluß an, den Fürsten niemals mehr zu beunruhigen,
indem mich nur die äußerste Noth und Hülflosigkeit der
Familie T* dazu veranlaßt habe. Wäre es eine noth=

leidende Person gewesen, die mich um Fürbitte an=
gesprochen hätte, so wäre mein Herz wieder in eine
traurige Verlegenheit gerathen, zwischen meiner Pflicht
und Neigung ihr zu dienen, und zwischen meinem Wider=
willen dem Fürsten für eine Gefälligkeit zu danken, einen
Entschluß zu machen.    Für meines Oncles Proceß muß
ich noch reden, und es soll auf einem Masquenball ge=
schehen, dazu man schon viele Anstalten macht.    Eine
allgemeine Anstrengung der Erfindungskraft ist aus diesem
Vorhaben erfolgt; ein jedes will sinnreich und gefällig ge=
kleidet seyn, Hof= und Stadtleute werden dazu geladen, es soll
eine Nachahmung der englischen Masquenbälle zu Vaur=
hall werden. Ich bekenne, daß der ganze Entwurf etwas
angenehmes für mich hat; einmal, weil ich das Bild der
römischen Saturnalien, die ich Gleichheitsfeste nennen
möchte, sehen werde, und dann, weil ich mir ein großes
Vergnügen aus der Betrachtung verspreche, den Grad der
Stärke und Schönheit der Einbildungskraft so vieler
Personen in ihren verschiedenen Erfindungen und Aus=
wahlen der Kleidungen zu bemerken.    Der Graf F*, sein
Nepote, mein Oncle, meine Tante und ich, werden eine
Truppe Spanischer Musicanten vorstellen, die des Nachts
auf die Straße ziehn, um vor den Häusern etwas zu
ersingen.    Der Gedanke ist artig, unsre Kleidung in
Cramoisi mit schwarzem Taft, sehr schön; aber meine
Stimme vor so vielen Leuten erschallen zu lassen, dieß
vergället meine Freude; es scheint so zuversichtlich auf
ihre Schönheit und so begierig nach Lob.    Doch man
will damit dem Fürsten, der mich gerne singen hört, ge=
fällig seyn, weil man glaubt, der Proceß meines Oncles
gewinne dabey, und ich will ihm lieber vor der ganzen
Welt singen, als noch einmal in unserm Garten, wie
gestern; wo ich darauf mit ihm spazieren gehen, und ihn
von Liebe reden hören mußte.    Er hatte sie zwar in
Ausdrücke der Bewunderung meines Geistes und meiner
Geschicklichkeit eingewickelt; „aber meine Augen, meine
„Gestalt und meine Hände hätten viel Verwirrung an

„ſeinem Hof angerichtet, ihm wäre es unmöglich Rath
„darinn zu ſchaffen, weil die Macht meiner Reize den
„Herrn eben ſo wenig verſchonet hätte als ſeine Diener.“

Meine Entfernung wird alſo das beſte Mittel wider
5 dieſe Unordnung ſeyn, ſagte ich.

„Das ſollen Sie nicht thun, Sie ſollen meinen Hof
der Zierde nicht berauben, die er durch ſie erhalten; einen
Glücklichen ſollen Sie wählen, und ſich niemals, niemals
von D* entfernen.

10 Ich wußte ihm Dank, daß er dieſes hinzuſetzte: er
muß es gethan haben, weil er bemerkte, daß ich in Verwirrung gerathen war, und auf einmal traurig und ernſthaft ausſah. Denn wie er von der Wahl eines Glücklichen redete, wandte er ſich zu mir und blickte mich ſo
15 ſehnſuchtsvoll an, daß ich mir vor ſeinen weitern Er-
klärungen fürchtete. Er fragte mich zärtlich nach der Urſache meiner Ernſthaftigkeit; ich faßte mich, und ſagte
ihm ziemlich munter: Der Gedanke von einer Auswahl
wäre ſchuld daran; weil ich in D* nach meiner Phantaſie
20 keine zu machen wüßte.

„Gar keine? Nehmen Sie den, der Sie am meiſten
liebt, und Ihnen ſeine Liebe am beſten beweiſen kann.“
— Mit dieſem Geſpräche kamen wir zur Geſellſchaft an.
Alle ſuchten etwas in den Geſichtszügen des Fürſten zu
25 leſen: er war ſehr höflich gegen ſie; gieng aber bald
darauf weg, und ſagte mir noch mit Lächeln: ich möchte
ſeinen Rath nicht vergeſſen. Ich redete meiner Tante
ernſthaft von den Geſinnungen die ich bemerkt hätte, und
daß ich in keinem Menſchen Liebe ſehen und ernähren
30 würde, die ich nicht billigen könnte; daß ich alſo auf dem
Bal nicht ſingen wollte, und ſie bäte mich nach Sternheim zurück zu laſſen.

Da war Jammer über meine zuweitgetriebne grillen-
hafte Ideen, die nicht einmal eine zärtliche Höflichkeit er-
35 tragen könnten; ich möchte doch um des Himmels und
ihrer Kinder willen die Bal-Partie nicht verſchlagen:
wenn ich nach dieſem unzufrieden wäre, ſo verſprach ſie

mir, mich nach Sternheim zu begleiten, und den Ueber=
rest des Jahres dort zu bleiben. Bey diesem Versprechen
hielt ich sie und erneuerte ihr das meinige. Dies ist
also die letzte Tyrannie, welche die Gefälligkeit für andre
an mir ausüben wird, und dann werde ich mein Stern= 5
heim wiedersehen. O Emilia! mit was für Entzücken
der Freude werde ich dieses Haus betreten, wo jeder Platz
an die ausgeübten Tugenden meiner Aeltern mich erinnern,
mich aufmuntern wird, ihrem Beyspiel zu folgen! Tugenden
und Fehler der großen Welt sind nichts für meinen 10
Charakter; die ersten sind mir zu glänzend und die
andern zu schwarz. Ein ruhiger Cirkel von Beschäfftigung
für meinen Geist und für mein Herz ist das mir zu=
gemessene Glück, und dieses finde ich auf meinem Guthe.
Ehemals wurde es durch den freundschaftlichen Umgang 15
meiner Emilia vergrößert; aber die Vorsicht wollte ihre
Tugenden in einer andern Gegend leuchten machen, ließ
mir aber ihren Briefwechsel.

Sehr lieb ist mir, daß ich die große Welt und ihre
Herrlichkeiten kennen gelernt habe. Ich werde sie nun 20
in allen Theilen richtiger zu beurtheilen wissen. Ich
habe ihr die Verfeinerung meines Geschmacks und Witzes,
durch die Kenntniß des Vollkommnen in den Künsten zu
danken. Ihr Luxus, ihre lermende ermüdende Ergötzungen
haben mir die edle Einfalt und die ruhigen Freuden 25
meines Stammhauses angenehmer gemacht; der Mangel
an Freunden, den sie mich erdulden ließ, hat mich den
Werth meiner Emilia höher schätzen gelehrt; und ob ich
schon gefühlt habe, daß die Liebe Ansprüche auf mein
Herz hat, so freut mich doch, daß es allein durch den 30
Sohn der himmlischen Venus verwundet werden kann,
und daß die Tugend ihre Rechte ungestört darinn erhalten
hat. Denn gewiß wird meine Zärtlichkeit niemals einen
Gegenstand wählen, der sie verdrängen wird.

Schönheit und Witz haben keine Gewalt über mein 35
Herz, ungeachtet ich den Werth von beyden kenne; eine
feurige Leidenschaft und zärtliche Reden auch nicht; am

wenigsten aber die Lobeserhebungen meiner persönlichen
Annehmlichkeiten; denn da sehe ich in meinem Liebhaber
nichts als die Liebe seines Vergnügens. Die Achtung
für die gute Neigungen meines Herzens und für die Be-
5 mühungen meines Geistes um Talente zu sammeln, dieses
allein rührt mich, weil ich es für ein Zeichen einer gleich-
gestimmten Seele und der wahren dauerhaften Liebe halte;
aber es wurde mir von niemand gesagt, von dem ich es
zu hören wünsche. Derby hatte diesen Ton: Aber nicht
10 eine Saite meines Herzens hat darauf geantwortet. Auch
dieses Mannes Liebe, oder was es ist, vermehrt meine
Sehnsucht und Eile nach Ruhe und Einsamkeit. In acht
Tagen ist der Bal; vielleicht, meine Emilia, schreibe ich
Ihnen meinen nächsten Brief in dem Cabinette zu Stern-
15 heim zu den Füßen des Bildnisses meiner Mama, dessen
Anblick meine Feder zu einem andern Innhalt meiner
Briefe begeistern wird.


## Milord Derby an seinen Freund.

Die Comödie des Fürsten mit meiner Sternheim,
20 wovon ich dir letzthin geschrieben, ist durch die romantischen
Grillen des Vetters Seymour zu einem so tragischen
Ansehen gestiegen, daß nichts als der Tod oder die Flucht
der Heldin zu einer Entwicklung dienen kann; das Erste,
hoffe ich, solle die Göttin der Jugend verhüten, und für
25 das Zweyte mag Venus durch meine Vermittlung sorgen.
Man hat, weil das Fräulein gerne tanzt, die
Hoffnung gefaßt, sie durch Ballustbarkeiten eher biegsam
und nachgebend zu machen; und da sie noch niemals
einen Masquenbal gesehen, so wurden auf den Geburts-
30 tag des Fürsten, die Anstalten dazu gemacht. Man be-
wog das Mädchen zu dem Entschluß, bey dieser Gelegenheit zu singen, und sie gerieth auf den artigen Einfall,
in Gesellschaft etlicher Personen einen Trupp Spanischer
Musicanten vorzustellen. Der Fürst erhielt die Nachricht

davon und ersuchte den Grafen Löbau, ihm das Ver=
gnügen zu lassen, die Kleidung des Fräuleins zu besorgen,
um ihr dadurch unversehens ein Geschenk zu machen.
Oncle und Tante nahmen es an, weil ihre Masquen zu=
gleich angeschafft wurden; aber zween Tage vor dem Bal
war es dem Hof und der Stadt bekannt, daß der Fürst
dem Fräulein die Kleidung und den Schmuck gäbe, und
auch selbst ihre Farben tragen werde. Seymour gerieth
in den höchsten Grad von Wuth und Verachtung; ich
selbst wurde zweifelhaft, und nahm mir vor, die Stern=
heim schärfer als jemals zu beobachten.

Nichts kann reizender seyn als ihr Eintritt in den
Saal gewesen ist. Die Gräfin Löbau, als eine alte Frau
bekleidet, ging mit einer Laterne und etlichen Rollen
Musicalien voraus. Der alte Graf F* mit einer Baß=
geige; Löbau mit der Flütetraverse und das Fräulein
mit einer Laute, kamen nach. Sie stellten sich vor die
Loge des Fürsten, fiengen an zu stimmen, die Tanzmusik
mußte schweigen, und das Fräulein sang eine Arie; sie
war in Cramoisi und schwarzen Taft gekleidet, ihre
schönen Haare in fliegenden nachläßigen Locken verbreitet;
ihre Brust ziemlich, doch weniger als sonst verhüllt; über=
haupt schien sie mit vielem Fleiß, auf eine Art gekleidet
zu seyn, die alle reizenden Schönheiten ihrer Figur
wechselsweise entwickelte; denn der weite Ermel war ge=
wiß allein da, um während sie die Laute schlug, zurück
zu fallen und ihren vollkommen gebildeten Arm in sein
ganzes Licht zu setzen. Die halbe Masque zeigte uns
den schönsten Mund, und ihre Eigenliebe bemühete sich
die Schönheit ihrer Stimme zu aller Zauberkraft der
Kunst zu erhöhen.

Seymour in einem schwarzen Domino an ein Fenster
gelehnt, sah sie mit convulsivischen Bewegungen an. Der
Fürst in einem venetianischen Mantel in seiner Loge, Be=
gierde und Hoffnung in seinen Augen gezeichnet, klatschte
fröhlich die Hände zusammen und kam, einen Menuet mit
ihr zu tanzen, nachdem er vieles Lob von ihren Fingern

gemacht hatte. Mein Kopf fieng an warm zu werden
und ich empfahl meinem Freunde John, dem Secretair
von Milord G., seine Aufmerksamkeit zu verdoppeln, weil
mein aufkochendes Blut nicht mehr Ruhe genug dazu hatte.
5 Doch machte ich noch in Zeiten die Anmerkung, daß unser
Gesicht, und das was man Physionomie nennt, ganz
eigentlich der Ausdruck unsrer Seele ist. Denn ohne
Masque war meine Sternheim allezeit das Bild der sitt=
lichen Schönheit, indem ihre Miene und der Blick ihrer
10 Augen, eine Hoheit und Reinigkeit der Seele über ihre
ganze Person auszugießen schien, wodurch alle Begierden,
die sie einflößte, in den Schranken der Ehrerbietung ge=
halten wurden. Aber nun waren ihre Augenbraunen,
Schläfe und halbe Backen gedeckt, und ihre Seele gleich=
15 sam unsichtbar gemacht; sie verlohr dadurch die sittliche
charakteristische Züge ihrer Annehmlichkeiten, und sank zu
der allgemeinen Idee eines Mädchens herab. Der Ge=
danke, daß sie ihren ganzen Anzug vom Fürsten erhalten,
ihm zu Ehren gesungen hatte, und schon lange von ihm
20 geliebt wurde, stellte sie uns allen als würkliche Maitresse
vor; besonders da eine Viertelstunde darauf der Fürst in
einer Masque von nehmlichen Farben als die ihrige kam,
und sie, da eben Deutsch getanzt wurde, an der Seite
ihrer Tante, mit der sie stehend redte, wegnahm, und
25 einen Arm um ihren Leib geschlungen, die Länge des
Saals mit ihr durchtanzte. Dieser Anblick ärgerte mich
zum rasend werden, doch bemerkte ich, daß sie sich viel=
fältig sträubte und loswinden wollte; aber bey jeder Be=
mühung drückte er sie fester an seine Brust, und führte
30 sie endlich zurück, worauf der Graf F* ihn an ein Fenster
zog, und eifrig redte. Einige Zeit hernach stund eine
weisse Masque en Chauve-Souris neben dem Fräulein,
die ich auf einmal eine heftige Bewegung mit ihrem
rechten Arm, gegen ihre Brust machen, und einen Augen=
35 blick darauf, ihre linke Hand nach der weißen Masque
ausstrecken sah. Diese entschlüpfte durch das Gedränge,
und das Fräulein gieng mit äußerster Schnelligkeit den

Saal durch. Ich folgte der weissen Masque auf die
Ecke eines Gangs, wo sie die Kleider fallen ließ, und
mir den Lord Seymour in seinem schwarzen Domino
zeigte, der in der stärksten Bewegung die Treppe hinunter
lief, und mich über seine Unterredung mit dem Fräulein
in der größten Verlegenheit ließ. John, der sie nicht
aus dem Gesichte verlohr, war ihr nachgegangen, und sah,
daß sie in das Zimmer, wo ihr Oncle und die Gräfin
F* waren, gieng, gleich beym Eintritt allen Schmuck ihres
Aufsatzes vom Kopfe riß, mit verachtungs= und schmerzens=
vollen Ausdrücken zu Boden warf, ihren Oncle, der sich
ihr näherte, mit Abscheu ansah, und mit der kummer=
vollsten Stimme ihn fragte: Womit habe ich verdient,
daß Sie meine Ehre und meinen guten Nahmen zum
Opfer der verhaßten Leidenschaft des Fürsten machten?

Mit zitternden Händen band sie ihre Masque loß, riß
die Spitzen ihres Halskragens, und ihre Manschetten in
Stücken, und streute sie vor sich her. John hatte sich gleich
nach ihr an die Thüre gedrungen, und war Zeuge von
allen diesen Bewegungen. Der Fürst eilte mit dem
Grafen F* und ihrer Tante herbey, die übrigen ent=
fernten sich, und John wickelte sich in den Vorhang der
Thüre, welche sogleich verschlossen wurde. Der Fürst
warf sich zu ihren Füßen, und bat sie in den zärtlichsten
Ausdrücken, ihm die Ursache Ihres Kummers zu sagen: sie
vergoß einen Strohm von Thränen, und wollte von ihrem
Platz gehen: er hielt sie auf und wiederhohlte seine Bitten.

Was soll diese Erniedrigung von Ihnen? Sie ist
kein Ersatz für die Erniedrigung meines guten Nahmens.
— O meine Tante, wie elend, wie niederträchtig sind
Sie mit dem Kind ihrer Schwester umgegangen! — O
mein Vater, was für Händen haben Sie mich anvertraut!

Der feyerliche schmerzvolle Ton, mit welchem sie
dieses sagte, hätte das innerste seiner Seele bewegt.
Ihre Tante fieng an: Sie begreife kein Wort von ihren
Klagen und von ihrem Unmuth; aber sie wünschte, sich
niemals mit ihr beladen zu haben.

Erweiſen Sie mir die letzte Güte, und führen Sie
mich nach Hauſe. Sie ſollen nicht lange mehr mit mir
geplagt ſeyn.

Dieſes ſprach meine Sternheim mit einer ſtotternden
5 Stimme. Ein außerordentliches Zittern hatte ſie befallen:
ſie hielt ſich mit Mühe an einem Stuhl aufrecht, der
Fürſt war mit der Zärtlichkeit eines Liebhabers bemüht,
ſie zu beruhigen. Er verſicherte ſie, daß ſeine Liebe
alles in der Welt für ſie thun würde, was in ſeiner
10 Gewalt ſtünde.

O es iſt nicht in Ihrer Gewalt, rief ſie, mir die
Ruhe meines Lebens wieder zu geben, deren Sie mich
beraubt haben. — Meine Tante, haben Sie Erbarmen
mit mir, bringen Sie mich nach Hauſe!

15 Ihr Zittern nahm zu; der Fürſt gerieth in Sorgen
und gieng ſelbſt in das Nebenzimmer, um eine Kutſche
anſpannen und ſeinen Medicum rufen zu laſſen.

Die Gräfin Löbau hatte die Grauſamkeit dem
Fräulein Vorwürfe über ihr Betragen zu machen. Das
20 Fräulein antwortete mit nichts als einem Strohm von
Thränen, die aus ihren gen Himmel gerichteten Augen
floſſen, und ihre gerungenen Hände benetzten.

Der Fürſt kam mit dem Medico, der das Fräulein
mit Staunen anſah, ihr den Puls fühlte, und den Aus=
25 ſpruch that, daß das heftigſte Fieber mit ſtarken Zückungen
vorhanden wäre; der Fürſt empfohl ſie ſeiner Aufſicht
und Sorgfalt auf das Inſtändigſte. Als die angeſpannte
Kutſche gemeldet wurde, ſah ſich das Fräulein ſorgſam
und erſchrocken um, fiel vor dem Fürſten nieder, und
30 indem ſie ihre Hände gegen ihn erhob, rief ſie:

O wenn es wahr iſt, daß Sie mich lieben, laſſen
Sie mich nirgend anders wohin führen, als in mein Haus.

Der Fürſt hob ſie auf, und ſagte ihr bewegt: Er
ſchwöre ihr die ehrerbietigſten Geſinnungen, und hätte
35 keinen Gedanken ſie zu betrügen; er bäte ſie nur, daß
ſie ſich faſſen möchte, der Doctor ſollte ſie begleiten.

Sie gab dem Alten ihre Hand, nachdem ſie ihr

Halstuch um ihren Hals gelegt hatte, und gieng mit
wankenden Füssen aus dem Zimmer. Ihre Tante blieb
und sieng an über das Mädchen zu reden. Der Fürst
hieß sie schweigen, und sagte ihr mit Zorn: sie hätten
ihm alle eine falsche Idee von dem Charakter des Fräuleins 5
gegeben, und ihn lauter verkehrte Wege geführt. Damit
ging er fort, die Gräfin auch, und John wurde seines
Gefängnisses erledigt.

Im Saal hatte man fort getanzt, aber daneben viel
von der Begebenheit gezischelt. Fast bey allen wurde die 10
Aufführung des Fräuleins als ein übertriebenes Geziere
getadelt. „Man kann tugendhaft seyn, ohne ein großes
„Geräusch zu machen. Sollte man nicht denken, der Fürst
„hätte noch keine Dame als sie geliebt? aber es giebt
„eine sanftere und edlere Art von Vertheidigung seiner 15
„Ehre, zu der man just nicht die ganze Welt zu Zeugen
„nimmt; und dergleichen.*)

Andre hielten es für eine schöne Comödie, und
waren begierig, wie weit sie die Rolle treiben würde.

Ich war überzeugt, daß Seymour die Ursache dieses 20
aufwallenden Fastes von Tugend gewesen seyn müsse,
aber was er ihr gesagt, und was für einen Eindruck er
dadurch auf sie gemacht hätte, das wünschte ich zu wissen,
um meine Maaßregeln darnach zu nehmen. Ich verbarg
diese Unruhe, und spottete eins mit; indem ich die Zurück= 25
kunft des Johns erwartete, der nach Hause geeilt war,
um den Seymour auszuspähen.

Aber stelle dir, wenn du kannst, das Erstaunen vor,
als mein John sagte, Seymour wäre gleich nach seiner
Zurückkunft in einer Post=Chaise mit Sechsen und einem 30
einzigen Kerl davon gefahren. Was T— konnte das
anders bedeuten als eine verabredete Entführung! Ich
riß John am Arm zum Saal hinaus, warf auf der
Straße meine Masque ab, und zog den Ueberrock meines

---

*) Und diejenige, welche so sagten, hatten an sich selbst
eben nicht so gar Unrecht. H.

Kerls an, in welchem ich an das Löbauische Haus eilte,
um Nachricht von der neuen Actrice zu hören. Eifer=
sucht, Wuth und Liebe jagten sich in meinem Kopfe her=
um; und gewiß derjenige, der mir gesagt hätte, sie wäre
5 fort, hätte es mit seinem Leben bezahlen müssen; aber
ehe eine Viertelstunde um war, lief jemand aus dem
Hause nach der Apothek. Die Thür blieb offen; ich schlich
in den Hof und sah Licht in den Zimmern der Stern=
heim. Es wurde mir leichter, aber meine Zweifel blieben;
10 diese Lichter konnten Blendwerk seyn. Ich wagte mich
in das Zimmer ihrer Cammerjungfer; die Thür des
Cabinetts war offen und ich hörte mein Mädchen reden.
Also war Seymour allein fort. Ich sann auf eine taug=
liche Entschuldigung meines Daseyns, und gab dem
15 Cammermädchen ganz herzhaft ein Zeichen zu mir zu
kommen. Sie kannte mich nicht, rannte auf die Thür
zu, die sie den Augenblick hinter sich schloß und fragte
hastig: wer ich sey, was ich haben wollte?

Ich gab mich zu erkennen, bat sie in kummervollen
20 ehrerbietigen Ausdrücken, um Nachricht von des göttlichen
Fräuleins Befinden, und beschwur sie auf den Knieen,
alle Tage einem meiner Leute etwas davon zu sagen.
Ich sagte ihr, ich wäre Zeuge gewesen, wie edel und
anbetungswürdig sich der Charakter des Fräuleins gezeigt
25 hätte, ich verehrte und liebte sie über allen Ausdruck;
ich sey bereit mein Leben und alles zu ihrem Dienste
aufzuopfern; aber mir sey für ihre Gesundheit bange,
indem ich den Medicum von einem Fieber hätte reden
hören.

30 Die Katze war froh, die Geschichte des Abends von
mir zu hören, indem, wie sie sagte, das Fräulein fast
nichts als weinte und zitterte. Ich putzte die Geschichte
so sehr als mir möglich war, zur Verherrlichung des
Fräuleins aus, und nannte die weisse Masque; da fiel
35 mir das Mädchen ein: O diese Masque ists, die mein
Fräulein krank gemacht hat! Denn sie sagte ihr ganz
frey: Ob sie denn alle Gesetze der Ehre und Tugend so

sehr unter die Füße getreten habe, daß sie sich in einer
Kleidung und in einem Schmuck sehen lasse, welche der
Preiß von ihrer Tugend seyn werde; daß es ihr alle
Masquen sagen würden; daß alle sie verachteten, weil
man von ihrem Geist und ihrer Erziehung etwas bessers 5
erwartet hätte.

Und wer war diese Masque? Dieß wisse das
Fräulein nicht: aber sie nenne sie eine edle wohlthätige
Seele, ungeachtet sie ihr das Herz zerrissen habe.

Ich dachte: Der Himmel segne den wohlthätigen 10
Seymour für seine Narrheit! Sie soll meinem Verstande
schöne Dienste thun. Ich versprach dem Mädchen, mich
um die Entdeckung zu bemühen, und erzählte ihr noch
die Urtheile der Gesellschaft, mit dem Zusatz, daß ich der
Vertheidiger des Fräuleins werden wollte, und sollte es 15
auch auf Unkosten meines Halses seyn; sie sollte mir nur
sagen, was ich für sie thun könnte. Das Mädchen war
gerührt. Mädchen sehen die Gewalt der Liebe gerne:
sie nehmen Antheil an der Macht, die ihr Geschlecht über
uns ausübt, und helfen mit Vergnügen an den Kränzen 20
flechten, womit unsre Beständigkeit belohnt wird. Sie
sagte mir den folgenden Abend eine zweyte Unterredung
zu, und ich gieng recht munter und voller Anschläge
zu Bette.

Meine Hauptsorge war, dem pinselhaften Seymour 25
den Widerstand des Fräuleins und die heroisch aus=
gezeichnete Würkung seiner unartigen Vorwürfe zu ver=
bergen. Aber da ich nicht erfahren konnte, wo er sich
aufhielt, mußte ich meine Guineen zu Hülfe nehmen, und
einen Post=Officier gewinnen, der mir alle Briefe zu 30
liefern versprochen hat, die an das Fräulein, an Löbau
und an alle Bekannten des Seymour einlaufen werden.
Daß sie in ihrem eignen Hause keine bekommen kann, bin
ich sicher. Sie wollte zwar unverzüglich auf ihre Güther;
aber ihr Onkle erklärte, daß er sie nicht reisen lasse. 35
Ihr Fieber dauert; sie wünscht zu sterben; sie läßt
niemand als den Doctor und ihre Katze vor sich. Die

letzte habe ich ganz gewonnen; ich ſehe ſie alle Nacht,
wo ich viel von den Tugenden ihres Fräuleins muß er=
zählen hören: „Sie iſt ſehr zärtlich, aber ſie wird niemand
„als einen Gemahl lieben."

5　Merkſt du den Wink?

Hat ſie niemals geliebt? fragte ich unſchuldig.

Nein; ich hörte ſie nicht einmal davon reden, oder
einen Cavalier loben, als im Anfang unſers Hierſeyns
den Lord Seymour; aber ſchon lange nennt ſie ihn
10 nicht mehr. Von Euer Gnaden Wohlthätigkeit hält
ſie viel.

Ich that ſehr beſcheiden und vertraut gegen das
Thierchen; und da ſie mir im Nahmen ihres Fräuleins,
alle Vertheidigung ihrer Ehre, die ich ihr angeboten,
15 unterſagte, ſo ſetzte ich kläglich hinzu: Wird ſie meine
Anwerbung auch verwerfen? Ungeachtet ich ſie auch
wider den Willen des Lord G. machen müßte, ſo würde
ich doch alles wagen, um ſie aus den Händen ihrer un=
würdigen Familie zu ziehen und ſie in England einer
20 beſſern vorzuſtellen. Ich mußte dieſe Sayte anſtimmen,
weil ſie mir ſelbſt den Ton dazu angegeben, und weil
ich ihren Ekel für D* und ihren Hang für England be=
nutzen wollte, ehe der Jaſt von Seymour verlöſchen
würde und er bey ſeiner Zurückkunft im Enthuſiasmus
25 der Belohnung ihrer Tugend ſo weit gienge, als ihn
ſeine Verachtung geführt hatte. Sie hatte ihn ſonſt vor=
züglich gelobt, itzt ſprach ſie nicht mehr von ihm, ſie
nennte auch den Lord G. nicht. Lauter Kennzeichen
einer glimmenden Liebe. Ich fand Wege, ihr kleine
30 ſatyriſche Briefchen zu ſchicken, worinn ihre Krankheit
und der Scene, die ſie auf dem Bal geſpielt hatte, ge=
ſpottet wurde. Die Geringſchätzigkeit, welche Lord G. für
ſie bezeugte, wurde auch angemerkt. Neben dieſem wieder=
hohlte ich beynahe alle Tage das Anerbiethen meiner Hand,
35 da ich zugleich ihrer freyen Wahl überließ: Ob ich es
bekannt machen ſollte, oder ob ſie ſich meiner Ehre und
Liebe anvertrauen wollte. Dieſe Miene überlaſſe ich nun

dem Schicksal. Lange kann ich nicht mehr herum kriechen.
Zwo Wochen dauert es schon, und ohne die Anstalten, die
der Hof auf die Ankunft zweyer Prinzen von ** macht,
hätte ich vielleicht meine Arbeit unterbrechen müssen. John
ist ein vortrefflicher Kerl: er will im Fall der Noth die 5
Trauungs=Formeln auswendig lernen, und die Person
des englischen Gesandtschaftspredigers spielen. Meine
letzten Vorschläge müssen etwas fruchten, denn mit allen
ihren stralenden Vollkommenheiten ist sie doch — nur
ein Mädchen. Ihr Stolz ist beleidigt, und es ist schwer 10
der Gelegenheit zur Rache zu entsagen. Keine Seele
nimmt sich ihrer an, als ich; auch findet sie mich groß=
müthig und weiß mir vielen Dank für meine Gesinnungen.
„Niemals hätte sie dieß vermuthet: aber sie will mich
„nicht unglücklich machen, es soll niemand in ihr Elend 15
„verwickelt werden." Meine Zurückhaltung, daß ich auf
keinen Besuch in ihrem Zimmer dringe, erfreut sie auch,
vielleicht deswegen, weil sie sich nicht gerne mit ihrer
Fieberfarbe sehen lassen will.

In wenig Tagen muß meine Miene springen, und 20
es dünkt mich, sie soll gerathen. Giebst du mir keinen
Segen dazu?

### Milord Derby an seinen Freund.

Sie ist mein, unwiderruflich mein; nicht eine meiner
Triebfedern hat ihren Zweck verfehlt. Aber ich hatte eine 25
teuflische Gefälligkeit nöthig, um bey ihr gewisse Ge=
sinnungen zu unterhalten, und daneben zu hindern, daß
andre keinen Gebrauch von ihrer Empfindlichkeit machten.
Aber ihr guter Engel muß sie entweder verlassen haben,
oder er ist ein phlegmatisches träges Geschöpfe; denn 30
er that auf allen Seiten nichts, gar nichts für sie. —
Sagte ich dir nicht daß ich sie durch ihre Tugend fangen
würde? Ich habe ihre Großmuth erregt, da ich mich
für sie aufopfern wollte; dafür war sie, um nicht meine
Schuldnerin zu bleiben, so großmüthig, und opferte sich 35

auf. Solltest du es glauben? Sie willigte in ein ge=
heimes Bündniß; einige Bedingungen ausgenommen, die
nur einer Schwärmerin, wie sie ist, einfallen konnten.
Meine satyrischen Briefe hatten ihr gesagt, daß ihr Oncle
5 sie dem Interesse seines Processes habe aufopfern wollen;
daß man sich um so weniger darüber bedacht hätte, weil
man gesagt, die Mißheyrath ihrer Mutter verdiene ohne=
hin nicht, daß man für sie die nehmliche Achtung trüge,
als für eine Dame.

10    Nun war alles aufgebracht; Tugend, Eigenliebe,
Eitelkeit; und ich bekam das ganze Paquet satyrischer
Briefe zu lesen. Sie schrieb einen Auszug aus den
meinigen, und fragte mich: Ob ich durch meine Beob=
achtungen über ihren Charakter genugsame Kenntniß ihres
15 Herzens und Denkungsart hätte, um der Falschheit dieser
Beschuldigungen überzeugt zu seyn? Sie wisse, daß man
in England einem Manne von Ehre keinen Vorwurf mache,
wenn er nach seinem Herzen und nach Verdiensten heyrathe.
Sie könne an meiner Edelmüthigkeit nicht zweifeln, weil
20 sie solche mich schon oft gegen andre ausüben sehen; sie
hätte mich deswegen hochgeschätzt; und nun, da das
Schicksal sie zu einem Gegenstande meiner Großmuth
gemacht habe, so trüge sie kein Bedenken, die Hülfe eines
edeln Herzens anzunehmen: ich könnte auf ewig ihres
25 zärtlichen Danks und ihrer Hochachtung versichert seyn;
sie gienge alle Bedenklichkeiten wegen der Bekanntmachung
unsers Bündnisses ein; es wäre ihr selbst angenehm,
wenn alles stille bleiben könnte, und wenn sie mich nichts
als die Sorgen der Liebe kostete.   Nur bäte sie mich
30 um die Gewährung von vier Bedingnissen, davon die
erste beschwerlich, aber unumgänglich nöthig für ihre Ruhe
sey, nehmlich zu sorgen, daß ich mit ihr vermählt würde,
ehe sie das Haus ihres Oncles verließe, indem sie nicht
anders als an der Hand eines würdigen Gemahls daraus
35 gehen wolle.   Die zweyte; daß ich ihr erlauben möchte,
von den Einkünften ihrer Güther auf drey Jahre eine
Vergabung zu machen. (Die gute Haustaube!) Drittens,

möchte ich sie gleich zu ihrem Oncle, dem Grafen R*,
nach Florenz führen, denn diesem wollte sie ihre Ver=
mählung sagen: ihre Verwandten in D* verdienten ihr
Vertrauen nicht. Von Florenz aus wäre sie mein, und
würde in ihrem übrigen Leben keinen andern Willen als 5
den meinigen haben; übrigens und viertens, möchte ich
ihre Cammerjungfer bey ihr lassen.

Ich machte bey dem ersten Artikel die Einwendung
der Unmöglichkeit, weil Lord G., oder der Fürst alles er=
fahren würde: wir wollten uns an einem andern sichern Orte 10
trauen lassen. Aber da war die entscheidende Antwort;
so bleibe sie da, und wollte ihr Verhängniß abwarten.
— Nun rückte John an, und ich schrieb ihr in zween
Tagen, daß ich unsern Gesandschafts=Prediger gewonnen
hätte, der uns trauen würde; sie möchte nur ihre Jungfer 15
schicken, um Abends selbst ihn zu sprechen. Dieß geschah;
das Mädchen brachte ihm einen in englischer Sprache ge=
schriebenen Brief, worinn meine Heldin die Ursachen einer
geheimen Heyrath auskramte und ihren Entschluß ent=
schuldigte, sich seinem Gebet und seiner Fürsorge empfahl 20
und einen schönen Ring beylegte.

John, der Teufel, hatte die Kleider des Doctors an,
und seine Perucke auf; und redete gebrochen, aber sehr
pathetisch Deutsch. Das Kätzchen kroch sehr andächtig um
ihn herum; ich gab ihr eine Verschreibung mit, die John 25
unterzeichnete, und sagte ihr, daß das bevorstehende Fest
den besten Anlaß geben würde, unser Vorhaben aus=
zuführen, weil man sie wegen ihrer andaurenden Kränk=
lichkeit nicht einladen und nicht beobachten würde.

Alles geschah nach Wunsche; sie war froh über mein 30
Papier und meine Gefälligkeit gegen ihre Vorschriften.
Warum haben doch gute Leute so viel Schafmäßiges an
sich, und warum werden die Weibsbilder nicht klug, un=
geachtet der unzähligen Beyspiele unserer Schelmereyen,
welche sie vor sich haben? Aber die Eitelkeit beherrscht 30
sie unumschränkt, daß eine jede glaubt, sie hätte das Recht
eine Ausnahme zu fodern, und sie sey so liebenswürdig,

daß man unmöglich nur seinen Spaß mit ihr treiben
könne. Da mögen sie nun die angewiesne natürliche
Bestrafung ihrer Thorheiten annehmen, indessen wir die
Belohnung unsers Witzes genießen. Gewiß, da meine
5 Sternheim keine Ausnahme macht, so giebt es keine in
der Welt. Indessen ist ihr Verderben deswegen nicht
beschlossen. Wenn Sie mich liebt, wenn mir ihr Besitz
alle die abwechselnden lebhaften Vergnügungen giebt, die
ich mir verspreche; so soll sie Lady Derby seyn, und mich
10 zum Stammvater eines neuen närrisch genug gemischten
Geschlechts machen. Für mein erstes Kind ist es ein
Glücke, daß seine Mutter eine so sanfte fromme Seele
ist; denn wenn sie von dem nehmlichen Geist angefeuert
würde wie ich, so müßte der kleine Balg zum Besten der
15 menschlichen Gesellschaft in den ersten Stunden erstickt
werden; aber so giebt es eine schöne Mischung von Witz
und Empfindungen, welche alle Junge von unsrer Art
auszeichnen wird. Wie zum Henker komme ich zu diesem
Stücke von Hausphysik! Freund, es sieht schlimm aus,
20 wenn es fortdauert; doch ich will die Probe bis auf den
letzten Grad durchgehen.

Mein Mädchen ließ sich noch Medicin machen, und
packte daneben einen Coffer mit Weißzeug und etwas
leichten Kleidern voll, den ich und John an einem Abend
25 fortschleppten. Sie schrieb einen großen Brief im
gigantischen Ton der hohen Tugend, worinn sie sagt, daß
sie mit einem würdigen Gemahl von der Gefahr und
Bosheit fliehe; sie weißt ihrem Oncle den dreyjährigen
Genuß aller ihrer Einkünfte an, um seinen Proceß da=
30 mit zu betreiben; sie hoffte, sagte sie, er würde dadurch
mehr Segen für seine Kinder erlangen, als er durch die
Grausamkeit erhalten, die er an ihr ausgeübt habe. Von
Florenz werde er Nachricht von ihr erhalten. Ihre
reichen Kleider schenkte sie in die Pfarre für Arme. Von
35 dieser Art von Testamente schickte sie auch dem Fürsten
und dem Lord G. Copien zu.

Den Tag, wo das große Festin auf dem Lande

gegeben wurde, waren meine Anstalten gemacht, ich war
den ganzen Tag bey Hofe überall mit vermengt. Als
das Getümmel recht arg wurde, schlich ich in meinen
Wagen, und flog nach D*. John eilte mit mir in den
kleinen Gartensaal des Grafen Löbau, wo ich in Wahrheit mit einem das Erstemal pochenden Herzen das artige
Mädchen erwartete. Sie wankte endlich am Arm ihres
Kätzchens herein, niedlich gekleidet, und vom Haupt bis
zu den Füßen mit Adel und rührender Grazie bewaffnet.
Sie zagte einen Augenblick an der Thüre, ich lief gegen
ihr, sie machte einen Schritt, und ich kniete bey ihr mit
einer wahren Bewegung der Zärtlichkeit. Sie gab mir
ihre Hände, konnte aber nicht reden: Thränen fielen aus
ihren Augen, die sich zu lächeln bemühten; ich konnte ihre
Bestürzung genau nachahmen, denn ich fühlte mich ein
wenig beklemmt, und John sagte mir nachher, daß es
Zeit gewesen wäre, ihm das Zeichen zu geben, sonst
würde er nichts mehr geantwortet haben, indem ihn seine
Entschlossenheit beynahe verlassen habe.

Doch das waren leere Aufstoßungen unserer noch
nicht genug verdauten jugendlichen Vorurtheile.

Ich drückte die rechte Hand meines Mädchens an
meine Brust.

Ist sie mein, diese segensvolle Hand? Wollen Sie
mich glücklich machen? — sagte ich mit dem zärtlichsten
Tone.

Sie sagte ein stotterndes Ja! Und zeigte mit ihrer
linken Hand auf ihr Herz. John sah mein Zeichen und
trat herbey, that auf Englisch eine kurze Anrede, plapperte
die Transformel her, — segnete uns ein, und ich — hob
meine halb ohnmächtige Sternheim triumphierend auf,
drückte sie das Erstemal in meine Arme, und küßte den
schönsten Mund, den meine Lippen jemals berührten. Ich
fühlte eine mir unbekannte Zärtlichkeit und sprach ihr
Muth zu. Einige Minuten blieb sie in ein stillschweigendes
Erstaunen verhüllt. Endlich legte mit einer bezaubernden
Vertraulichkeit ihren schönen Kopf an meine Brust,

erhob ihn wieder, drückte meine Hände an ihren Busen;
und sagte:

Milord, ich habe nun niemand auf der Erde als
Sie, und das Zeugniß meines Herzens. Der Himmel
5 wird Sie für den Trost belohnen, den Sie mir geben,
und dieses Herz wird Ihnen ewig danken.

Ich umarmte sie und schwur ihr alles zu. Nach=
dem mußte sie mit ihrem Mädchen beiseyte gehen und
Mannskleider anziehen. Ich ließ sie allein dabey, weil
10 ich meiner Leidenschaft nicht trauete, und die Zeit nicht
verlieren durfte. Wir kamen unbemerkt aus dem Hause,
und da wegen des Festes, welches man dem Prinzen
von ** gab, viel Kutschen aus und einfuhren, achtete
man die meinige nicht, in welcher ich meine Lady und
15 ihr Mädchen fortschickte. John, der seine eigne Gestalt
wieder angenommen, war ihr Begleiter. Ich redete ihren
Ruheplatz in dem Dorfe Z* unweit B* mit ihm ab, und
eilte zum Bal zurück, wo niemand meine Abwesenheit
wahrgenommen hatte.*) Ich tanzte meine Reihen mit
20 Fröhlichkeit durch, und lachte, als der Fürst dem englisch
tanzen nicht zusehen wollte, indem ihn das Andenken der
Sternheim quälte.

Das Gelerme, Muthmaßen und Nachschicken des
zweyten Tages, will ich dir in einem andern Briefe be=
25 schreiben. Ich reise itzt auf acht Tage zu meiner Lady,
die, wie mir John schreibt, sehr tiefsinnig ist und viel weint.

Sie sehen, meine Freundin, aus den Briefen des
ruchlosen Derby, was für abscheuliche Ränke gebraucht
wurden, um die beste junge Dame, an den Rand des
30 größten Elends zu führen. Sie können sich auch vor=
stellen, wie traurig ich die Zeit zugebracht habe, von dem
Augenblick an, da sie vom Bal kam, krank war und da=
bey immer aus einer bekümmernden Unruhe des Gemüths

*) Heureusement!

in die andre gestürzt wurde. Da sie von keinem Menschen
mehr Briefe bekam, vermutheten wir, der Fürst und der
Graf Löbau ließen sie auffangen. Die Art, mit welcher
ihr abgeschlagen wurde auf ihre Güther zu gehen, und
ein Besuch des Fürsten beförderten die Absichten des Lord ₅
Derby. Unglücklicher weise betäubte mich der unmenschliche
Mann auch, daß ich zu allem half, um meine Fräulein
aus den Händen ihres Oncle zu ziehen.

Sie sehen aus seinen Briefen, wie viel Arglist und
Verstand er hatte. Daneben war er ein sehr schöner ₁₀
Mann; und mein Fräulein freuete sich, ihre Begierde
nach England zu befriedigen.

O wie viel werden Sie noch zu lesen bekommen,
worüber Sie erstaunen werden. Ich will so fleißig seyn,
als mir möglich ist, um Sie nicht lange darauf warten ₁₅
zu lassen.

# Geschichte

## des

# Fräuleins von Sternheim.

Von einer Freundin derselben aus Original=
Papieren und andern zuverläßigen Quellen
gezogen.

Herausgegeben

von

## C. M. Wieland.

Zweyter Theil.

Leipzig,

bey Weidmanns Erben und Reich. 1771.

### Seymour an Doctor T.

Zween Monate sinds, seit ich Ihnen schrieb; seit ich, von Zweifel und Argwohn gemartert, mich von aller Gesellschaft enthielt, und mich endlich durch einen übel= verstandenen Eifer für die Tugend zu dem elendesten Geschöpfe auf der Erde machte. O, wär' ich es allein, ich würde mich glücklich dabey achten; aber ich habe die beste, die edelste Seele zu einem Entschluß der Verzweif= lung gebracht; ich bin die Ursache des Verderbens meines angebeteten Fräuleins von Sternheim. Kein Mensch kann mir was von ihrem Schicksal sagen: aber mein Herz sagt mir, daß sie unglücklich ist. Dieser Gedanke frißt das Herz, in welchem er sich ernährt. Aber ich sage Ihnen unbegreifliche Dinge; ich muß mich verständlich machen; Sie wissen, wie mißvergnügt ich von dem Feste des Grafen F. zurück kam, und daß ich von diesem Augen= blick mich aller Gesellschaft entäußerte. Meine Liebe war verwundet, aber nicht getödtet; ich dachte, sie würde durch Verachtung und Fliehen geheilt werden; ich wollte sogar nichts von dem Fräulein reden hören; als endlich mein Oheim meine Leidenschaften auf einmal zu löschen glaubte, da er mir die Nachricht gab: „daß auf das Geburtsfest „des Fürsten ein Maskenball angestellt wäre; daß der „Fürst die Maske des Fräuleins tragen würde, und sie „Kleidung und Schmuck von ihm bekomme. Ich könnte „also schliessen, daß sie sich aufgeopfert habe; sie hätte „schon vorher Gnaden von ihm erbeten, und alles erhalten, „was sie verlangt habe; der Fürst käme Abends in den „Garten des Grafen Löbau, allein von seinem Liebling

„begleitet u. s. w. —" Mein Oheim erreichte seinen
Zweck; die Sorge meiner Liebe verlor sich mit meiner
Hochachtung, und mit der Hoffnung, die ich immer blind=
lings behalten hatte. Aber gleichgültig war ich noch nicht:
meine Seele war durch das Andenken ihres Geistes und
ihrer Tugend gekränkt. Wie glücklich, o Gott, wie glücklich
hätte sie mich machen können, (rief ich) wenn sie ihrer
Erziehung und ihrer ersten Anlage getreu geblieben wäre!
Ohne Erinnerung und Bestrafung wollt' ich sie nicht
lassen, und der Maskenball dünkte mich ganz bequem zu
meinem Vorhaben. Ich machte eine doppelte Maske.
In der ersten wollt' ich mich noch von allem überzeugen,
was mir von der Vergessenheit ihres Werths und ihrer
Pflichten gesagt worden war. Sie kam von allen Grazien
begleitet in den Saal; sie trug den Schmuck, welchen der
Hofjuwelierer dem Lord gewiesen hatte. Sie war so
niederträchtig gefällig, ihre schöne Stimme hören zu lassen
und ihn nebst der Gesellschaft zur Freude aufzumuntern.
Hätte ich Kräfte gehabt, sie ihrer reizenden Gestalt und
aller ihrer Talenten zu berauben, ich würd' es in diesem
Augenblick gethan haben. Leichter wär' es mir gewesen,
sie elend, häßlich, ja gar todt zu sehen, als ein Zeuge
ihrer moralischen Zernichtung zu seyn. Der tiefste Schmerz
war in meiner Seele, als ich sie singen hörte, und mit
dem Fürsten und mit andern Menuette tanzen sah. Aber
als er sie um den Leib faßte, an seine Brust drückte,
und den sittenlosen, frechen Wirbeltanz der Deutschen,
mit einer, alle Wohlstandsbande zerreißenden Vertraulich=
keit an ihrer Seite daher hüpfte — da wurde meine
stille Betrübniß in brennenden Zorn verwandelt; ich eilte
in meine zwote Maske, näherte mich ihrer darinn, und
machte ihr bittere und heftige Vorwürfe über ihre Frech=
heit, sich mit so vieler Lustigkeit in ihrem schändlichen
Putz zu zeigen. Ich setzte hinzu: daß alle Welt sie ver=
achtete, sie, die man angebethet habe. — Meine erste An=
rede brachte das vollkommenste Erstaunen in ihr hervor;
sie konnte nichts sagen, als ihre Hand gegen die Brust

heben, — ich — ich) — ſtotterte ſie — mit der andern
wollte ſie mich haſchen. Aber ich Elender, entfloh, ohne
auf die Würkung achten zu wollen, die meine Rede machen
würde. Nach Hauſe eilte ich, ließ mir ſechs Poſtpferde
5 vor meine Chaiſe geben, nahm meinen alten Dik mit, und
fuhr ſechs Tage ohne zu wiſſen, wohin; bis ich endlich
in einem Dorfe liegen bleiben mußte, wo ich Diken auf
das äußerſte verbot, jemandem Nachricht von mir zu geben.
Mein Gemüthszuſtand iſt nicht zu beſchreiben; gefühllos,
10 geiſtlos war ich, misvergnügt, unruhig, und dennoch ver=
ſagt' ich mir die einzige Hülfe, die meine Leiden er=
forderten — Nachrichten von D. zu haben. Dieſer un=
ſelige Eigenſinn legte den Grund zu der tiefen Traurig=
keit, die mich bis an mein Ende begleiten wird. Denn
15 während ich das ſtumme Wüthen meiner unüberwindlichen
Liebe in dem äußerſten Winkel eines einſamen Dorfes
verbarg, um die erſten Triumphtage des Fürſten vorbey=
rauſchen zu laſſen, hatte das Fräulein den edelſten Wider=
ſtand gemacht, hatte aus Kummer beinahe das Leben ver=
20 loren, und war endlich aus dem Hauſe ihres Oheims ent=
wichen, weil man ſie nicht auf ihre Güter gehen laſſen
wollte. Einen Monat nach dieſem Vorgang kam ich ab=
gezehrt und finſter zurück; Mylord empfieng mich mit
väterlicher Zuneigung; er ſagte mir alle Sorgen, die ich
25 ihm verurſacht hätte, auch daß er auf den Gedanken ge=
rathen ſey, ich möchte das Fräulein entführt haben.

Wollte Gott, Sie hätten mir's erlaubt, rief ich; ich
wäre nicht ſo elend. Aber reden Sie mir nicht mehr
von ihr.

30 Er umarmte mich und ſagte:

Lieber Carl, du mußt doch hören was geſchehen iſt.
Sie war doch edel, tugendhaft, alles was uns zu ihrem
Nachtheil geſagt wurde, war Betrug, und ſie iſt entflohen.

Meine Begierde, alles zu wiſſen, war nun ſo groß,
35 als vorher meine Sorge darüber geweſen war.

Das Fräulein ſoll geglaubt haben, ihre Tante hätte
ihren Schmuck neu faſſen laſſen, und lehnte ihn ihr zum

Ball; die Kleider habe sie ihrem Kaufmann schuldig zu
seyn geglaubt; ihr Singen wäre eine gezwungene Gefällig=
keit gewesen, und sie hätte in einem Brief an den Fürsten
eine weiße Maske gesegnet, die ihr alle Bosheiten entdeckt
habe, welche ihren Ruhm zernichtet hätten.                  5

O Mylord, rief ich; diese weiße Maske war ich;
ich habe mit ihr gesprochen, und ihr Vorwürfe gemacht;
aber gleich nach dieser Unterhaltung eilt' ich fort. Er
fuhr fort mir zu erzählen: das Fräulein hätte noch auf
dem Ball dem Fürsten seinen Schmuck vor die Füße ge= 10
worfen, und wäre in der äußersten Beängstigung nach
Haus gefahren; sie wäre aber acht Tage sehr krank ge=
legen, und hätte keinen Menschen vor sich gelassen. Bey
ihrer Wiederherstellung hätte sie auf ihre Güter zu gehen
verlangt, ihr Oncle aber hätte sie nicht gehen lassen, und 15
acht Tage darauf, als man dem Prinzen von P. zu Ehren
bey Hofe Lustbarkeiten angestellt, sey sie mit ihrer Kammer=
jungfer verschwunden. Der Graf und die Gräfinn Löbau,
die bis Morgens bey dem Ball gewesen, und ihre Leute,
welche auch nicht früh munter geworden, hätten nicht an 20
das Fräulein gedacht, bis Nachmittags, da man die Tafel
für den Grafen gedeckt hatte, man erst angefangen, das
Fräulein und ihr Mädchen zu vermissen; aber als man
ihre Zimmer aufgesprengt, an ihrer Statt blos Briefe
gefunden habe, einen an den Fürsten, einen an Mylord C, 25
und einen an ihren Oheim, dem sie noch ein Verzeichniß
angeschlossen von den Kleidern, die sie an den Pfarrer
geschickt habe, um sie zu verkaufen, und das Geld den
Armen des Kirchspiels zu geben. Ihrem Oheim hätte
sie kurz, aber mit vieler Würde und Rührung von den 30
Klagen gesprochen, die sie über ihn und seine Frau zu
führen habe, und von den Ursachen, warum sie sich von
ihnen entferne, und sich in den Schutz eines Gemahls
begebe, den sie sich gewählt hätte, und mit welchem sie
als seine vermählte Frau aus ihrem Hause gehe, um sich 35
nach Florenz zum Grafen R. zu begeben, woher sie wieder
Nachricht von ihr erhalten sollten; indessen überlasse sie

ihm auf drey Jahre den Genuß aller Einkünfte ihrer
Güter, um damit die Beendigung seines Rechtshandels
zu betreiben, die er auf eine so niederträchtige Art durch
die Aufopferung ihrer Ehre zu erhalten gesucht hätte; es
5 wäre ein Geschenk, welches sie seinen zweenen Söhnen
machte, und wodurch sie mehr Segen erhalten würden,
als durch den Entwurf ihres Untergangs. Dem Fürsten
hätte sie geschrieben: sie fliehe an der Hand eines edel=
müthigen und würdigen Gemahls vor den Verfolgungen
10 seiner verhaßten und entehrenden Leidenschaft; sie habe
inzwischen ihrem Oncle die Einkünfte von ihren Gütern
auf drey Jahre überlassen, hoffe aber nach Verfluß dieser
Zeit sie von der Gerechtigkeit des Landesfürsten wieder
zurück zu erlangen; gegen Mylord aber hätte sie sich
15 erklärt: daß sie seinen Geist und seinen Gemüthscharacter
jederzeit verehrt, und gewünscht habe, einigen Antheil an
seiner Achtung zu haben; es wäre sehr wahrscheinlich,
daß die Umstände, in welche man sie gestellt, ihre Gemüths=
art mit einem so starken Nebel umhüllet hätten, daß Er
20 sich keinen richtigen Begriff davon habe machen können;
sie versichere ihn aber, daß sie seiner Hochachtung niemals
unwürdig gewesen, und seine harte nachtheilige Beurtheilung
nicht verdient habe; und dieses möchte er auch seinem
Neffen Seymour lesen lassen; Löbau sey nach dieser Ent=
25 deckung zum Fürsten geeilt, der darüber ins größte Er=
staunen gerathen, und aller Orten habe nachschicken wollen;
aber Graf F. hätte es mißrathen, und es wäre allein ein
Courier an den Grafen R. nach Florenz abgeschickt worden,
von wannen man aber bis itzt keine Nachricht von dem
30 Fräulein erhalten habe.

Solange die Erzählung von Mylord dauerte, schienen
alle Triebfedern meiner Seele zurückgehalten zu seyn;
aber als er aufhörte, kamen sie in volle Bewegung. Er
mußte meine bittersten Klagen über seine Politik hören,
35 durch die er mich verhindert hatte, mich mit dem edelsten
Herzen zu verbinden. Ihre großmüthige Wohlthätigkeit
an ihrem Oncle, diese edle Rache für seine abscheuliche

Beleidigung, ihr Andenken an die Arme; und an mich,
bey dem sie gerechtfertigt zu seyn suchte; wie viele Risse
in mein Herz! Wie verhaßt wurde mir D., wie viele
Mühe hatte ich, die Ausdrücke meines Zorns zu ver=
bergen, wenn ich ihre Feinde sah, oder wenn mir jemand
von ihr reden wollte! Denn der herzhafte Schritt, welchen
sie zu ihrer Rettung gemacht, wurde von jedermann ge=
tadelt, alle ihre vortrefflichen Eigenschaften verkleinert,
und ihr Fehler und Lächerlichkeiten angedichtet, deren sie
gänzlich unfähig war. Wie elend, aber auch wie all=
gemein ist das Vergnügen, Fehler am Verdienst auf=
zuspähen! Tausend Herzen sind eher bereit, sich zu der
Bosheit zu erniedrigen, an einer vortrefflichen Person die
Gebrechen der Menschheit zu entdecken, als eines zu finden
ist, das die edle Billigkeit hat, einem andern den größten
Antheil an Kenntnissen und Tugend einzugestehen, und
ihn aufrichtig zu verehren.

Ich schickte einen Courier nach Florenz, und schrieb
dem Grafen R. die Geschichte seiner würdigen Nichte.
Aus der Antwort, so ich von ihm erhielt, erfuhr ich, daß
er nicht das geringste von ihrem Aufenthalte wisse. Alle
Bemühungen, welche er bis itzt angewandt, sie auszuspähen,
sind vergeblich gewesen; — und alles dieß vergrößert die
Vorwürfe, die ich mir wegen meiner übereilten Abreise
von D. mache. Warum wartete ich nicht auf die Folge
meiner Unterredung? — wenn man bessern will, ist es
genug, bittere Verweise zu geben? — Mein ganzes Herz
würde sich empören, wenn ich einen Kranken schlagen oder
mißhandeln sähe; und ich gab einer Person, die ich liebte,
die ich für verblendet hielt, Streiche, die ihre Seele ver=
wunden mußten! Aber ich sah sie als eine freywillig
weggeworfene meiner Achtung unwürdige Creatur an,
und dünkte mich berechtigt, ihr auch so zu begegnen.
Wie grausam war meine Eigenliebe gegen das liebens=
werthe Mädchen! erst wollte ich nicht von meiner Liebe
reden, bis sie sich ganz nach meinen Begriffen in dem
vollen Glanz einer triumphierenden Tugend gezigt haben

würde. Sie gieng ihren eigenen ſchönen Weg, und weil
ſie meinen idealiſchen Plan nicht befolgte, eignete ich mir
die Gewalt zu, ſie darüber auf das empfindlichſte zu be=
ſtrafen. Wir beurtheilten und verdammten ſie alle; aber
⁵ ſie — wie edel, wie groß wird ſie, in dem Augenblick,
da ich ſie für erniedrigt hielt! ſie ſegnete in der weißen
Maske mich wütenden Menſchen, der ſie an den Rand
eines frühen Grabes geſtoßen hatte — O, was kann ſie
itzt von dem Geſchöpfe ſagen, durch deſſen Unbeſonnenheit
¹⁰ ſie in eine übereilte und gewiß unglückliche Ehe geſtürzt
wurde, die ſie ſchon bereut, und nicht wieder brechen
kann. Sie ſchrieb meinen Namen noch, ſie wollte, daß
ich Gutes von ihr glauben ſoll! O Sternheim, ſelbſt in
deinem von mir verurſachten Elende würde deine groß=
¹⁵ müthige, unſchuldige Seele die Marter meines Herzens
beweinen, wenn du darinn das Bild meiner erſten Hoff=
nungen mit allen Schmerzen der Selbſtberaubung ver=
einigt ſehen würdeſt!

Derby iſt nach einer Abweſenheit von acht Wochen
²⁰ wieder von einer Reiſe nach H. zurückgekommen, und
bewies mir eine ganz beſondere Achtſamkeit; ich goß allen
meinen zärtlichen Kummer bey ihm aus; er belachte mich,
und behauptete, daß er mit dem Ruf ſeiner Bosheit viel
weniger ſchädlich ſey, als ich es durch dieſen Tugendeifer
²⁵ geweſen; ſeine Bosheit führe eine Art von Verwarnung
bey ſich, die alle Menſchen vorſichtig machen könne. Die
Strenge meiner Grundſätze hätte mir eine Grauſamkeit
gegen die anſcheinenden, und unvermeidlichen Fehler der
Menſchen gegeben, welche die Widerſpenſtigkeit der Böſen
³⁰ vermehre, und die guten Leute zur Verzweiflung bringe.
Wie kömmt Derby zu dieſem Anſpruch der Wahrheit?
ich fühlte, ja ich fühlte, daß er Recht hatte, daß ich grau=
ſam war, daß ich es war, ich — Elender! der die Beſte
ihres Geſchlechts unglücklich gemacht!

³⁵ O mein Freund, mein Lehrer, das Maaß meines
Verdruſſes iſt voll; alle Stunden meines Lebens ſind
vergiftet. John, unſer Sekretaire, iſt zwey Tage vor

der Flucht des Fräuleins abgereiset, und seitdem nicht
mehr gekommen. Die Kammerjungfer des Fräuleins war
einmal bey ihm, und unter seinen Papieren hat man ein
zerrissenes Blatt gefunden, wo mit der Hand meiner
Sternheim geschrieben stund, — „ich gehe in alle Ursachen 5
„ein, die Sie wegen der Verborgenheit unserer Verbindung
„angeben; sorgen Sie nur für unsere Trauung; denn
„ohnvermählt werd' ich nicht fortgehen, ob ich gleich die
„Verbindung mit einem Engländer allen andern vor=
„ziehe — 10

So ist sie also das Eigenthum eines der verwerf=
lichsten Menschen aller Nationen geworden! O, — ich
verfluche den Tag, wo ich sie sah, wo ich die sympathe=
tische Seele in ihr fand! — und, ewig verdamme Gott
den Bösewicht, dem sie sich in die Arme warf! Was für 15
Ränke muß der Kerl gebraucht haben! es ist nicht anders
möglich, der Kummer hat ihren Verstand zerrüttet. Aber
die Briefe, die sie zurück ließ, sind in einem so wohl=
thätigen, so edlem Ton, und mit so vielem Geiste ge=
schrieben! — doch dünkt mich einst gelesen zu haben, daß 20
just in einer Zerrüttung der künstlichen und gelernten
Bewegung des Verstandes die Triebfedern an den Tag
kämen, durch welche er von unsern natürlichen und vor=
züglichen Neigungen gebraucht wird. Urtheilen Sie also
von dem edlen Grund des Charakters unsers Fräuleins. —— 25

------

## Fräulein von Sternheim an Emilia.

Hier in einem einsamen Dorfe, allen, die mich sehen,
unbekannt, denen, die mich kannten, verborgen, hier fand'
ich mich wieder, nachdem ich durch meine Eigenliebe und
Empfindlichkeit so weit von mir selbst geführt worden, 30
daß ich mit hastigen Schritten einen Weg betrat, vor
welchem ich in gelassenen denkenden Tagen mit Schauer
und Eifer geflohen wäre; O wenn ich mir nicht sagen
könnte, wenn meine Rosine, wenn Mylord Derby selbst
nicht zeugen müßten, daß alle Kräfte meiner Seele durch 35

Unmuth und Krankheit geschwächt und unterdrückt waren;
wo, meine Emilia, wo nähme ich einen Augenblick Ruhe
und Zufriedenheit bey dem Gedanken, daß ich heimliche
Veranstaltungen getroffen — ein heimliches Bündniß
gemacht, und aus dem Hause entflohen bin, in welches
ich selbst durch meinen Vater gegeben wurde.

Es ist wahr, ich wurde in diesem Hause grausam
gemißhandelt; es war ohnmöglich, daß ich mit Vertrauen
und Vergnügen darinn bleiben konnte; gewiß war meine
Verbitterung nicht ungerecht; denn wie konnte ich ohne
den äußersten Unmuth denken, daß mein Oncle, und meine
Tante mich auf eine so niederträchtige Weise ihrem Eigen=
nutze aufopferten, und Fallstricke für meine Ehre flechten,
und legen halfen?

Ich hatte sonst keinen Freund in D., mein Herz
empörte sich bey der geringsten Vorstellung, daß ich nach
wiedererlangter Gesundheit, Verwandte, die mich meines
Ruhms beraubt, und diejenige wieder sehen müßte, die
über meinen Widerstand und Kummer gespottet hatten,
und alle schon lange zuvor die Absichten wußten, welche
man durch meine Vorstellung bey Hofe erreichen wollte.
Ja, alle wußten es, sogar mein Fräulein C., und keines
von allen war edel und menschlich genug, mir, nachdem
man doch meinen Charakter kannte, nur den geringsten
Fingerzeig zu geben; mir, die ich keine Seele beleidigte,
mich bemühte, meine Gesinnungen zu verbergen, so bald
sie die ihrige zu tadeln, oder zu verdrießen schienen!
Wie bereit war ich, alles, was mir Fehler däuchte, zu
entschuldigen! Aber sie dachten, es wäre nicht viel an
einem Mädchen, aus einer ungleichen Ehe, verloren.
Konnte ich bey diesem vollen Uebermaaße von Be=
leidigungen, die über meinen Charakter, meine Geburt
und meinen Ruhm ausgegossen wurden, den Trost von
mir werfen, den mir die Achtung und Liebe des Mylord
Derby anbot? Die Entfernung des Grafen, und der
Gräfinn R., ihr Stillschweigen auf meine letzten Briefe,
die Unart, mit welcher mir die Zuflucht auf meine Güter

versagt wurde; und, meine Emilia, ich berge es Ihnen
nicht, meine Liebe zu England, der angesehene Stand, zu
welchem mich Mylord Derby durch seine Hand und seine
Edelmüthigkeit erhob; auch diese zwo Vorstellungen hatten
große Reize für meine verlassene und betäubte Seele. ⁵
Ich war vorsichtig genug, nicht unvermählt aus meinem
Hause zu gehen, ich schrieb es dem Fürsten, dem Mylord
Craston und meinem Oheim. Ich nannte meinen Gemahl
nicht; wiewohl er so großmüthig war, mir die volle Frey=
heit dazu zu lassen, ohngeachtet er damit die Gnade des ¹⁰
Gesandten und seines Hofes verwürft hätte, weil man
den Gedanken fassen konnte, Mylord Craston hätte dazu
geholfen, und dieser Argwohn widrige Folgen hätte haben
können; sollte ich da nicht auch großmüthig seyn, und ¹⁵
denjenigen, der mich liebte und rettete, durch mein Still=
schweigen vor Verdruß und Verantwortung bewahren?
Es war genug, daß er den Gesandtschaftsprediger gewann,
dem ich die ganze Geschichte meiner geheimen Trauung
schrieb, und welchem Mylord eine Pension giebt, wovon ²⁰
er wird leben können, wenn er auch die Stelle bey dem
Gesandten verliert. Durch alles dieses unterstützt, reißte
ich mit frohem Herzen von D. ab, von einem der ge=
treuesten Leute des Lords begleitet; mein Gemahl mußte,
um allen Verdacht auszuweichen, zurückbleiben, und den ²⁵
Festen beywohnen, welche zween fremden Prinzen zu
Ehren angestellt wurden. Dieser Umstand war mir
angenehm, denn ich würde an seiner Seite gezittert
und gelitten haben, da ich hingegen mit unserer Rosine
glücklich und ruhig meinen Weg fortsetzte, bis ich in ³⁰
diesem kleinen Dorfe meinen Aufenthalt nahm, wo ich
vier Wochen war, ehe Mylord den schicklichen Augen=
blick finden konnte, ohne Besorgniß zu mir zu eilen.
Mein erster Gedanke war immer, meine Reise nach
Florenz zu verfolgen, und Mylorden da zu erwarten; ³⁵
aber ich konnte seine Einwilligung dazu nicht erlangen,
und auch itzt will er sich vorher völlig von Mylord
Craston losmachen, und erst alsdann mit mir zum

Grafen R., nach diesem aber gerade in sein Vater=
land gehen.

In diesen vier Wochen, da ich allein war, hielt ich
mich eingesperrt, und hatte keine andere Bücher, als
5 etliche englische Schriften von Mylord, die ich nicht
lesen mochte, weil sie übergebliebene Zeugnisse seiner
durch Beyspiel und Verführung verderbten Sitten waren.
Ich warf sie auch alle an dem ersten kalten Herbsttag,
der mich nöthigte Feuer zu machen, in den Ofen, weil
10 ich nicht vertragen konnte, daß diese Bücher und ich einen
gemeinsamen Herrn, und Wohnplatz haben sollten. Die
Tage wurden mir lang, meine Rosina nahm sich Näh=
arbeit von unsrer Wirthinn, und ich sieng an mit dem
zunehmenden Gefühl, der sich wieder erhohlten Kräfte
15 meines Geistes, Betrachtungen über mich und mein
Schicksal anzustellen.

Sie sind traurig, diese Betrachtungen, durch den
Widerspruch, der seit dem Tod meines geliebten ehr=
würdigen Vaters, noch mehr aber seit dem Augenblick
20 meines Eintritts in die große Welt, zwischen meinen
Neigungen und meinen Umständen herrschet.

O hätte ich meinen Vater nur behalten, bis meine
Hand unter seinem Segen an einen würdigen Mann ge=
geben gewesen wäre! Meine Glücksumstände sind vortheil=
25 haft genug, und da ich nebst meinem Gemahl den Spuren
der edlen Wohlthätigkeit meiner Aeltern gefolgt wäre, so
würde die selige Empfindung eines wohlangewandten
Lebens, und die Freude über das Wohl meiner Unter=
gebenen alle meine Tage gekrönt haben. Warum hörte
30 ich die Stimme nicht, die mich in P. zurückhalten wollte,
als meine Seele ganz mit Bangigkeit erfüllt, sich der
Zuredungen meines Oheims, und Ihres Vaters wider=
setzte? Aber ich selbst dachte endlich, daß Vorurtheil
und Eigensinn in meiner Abneigung seyn könnte, und
35 willigte ein, daß der arme Faden meines Lebens, der
bis dahin so rein und gleichförmig fortgelassen war,
nun mit dem verworrnen, ungleichen Schicksal meiner

Tante verwebt wurde, woraus ich durch nichts als ein
gewaltsames Abreißen aller Nebenverbindungen los=
kommen konnte. Mit diesem vereinigte sich die Ver=
schwörung wider meine Ehre, und meine von Jugend auf
genährte Empfindsamkeit, die nur ganz allein für meine
beleidigte Eigenliebe arbeitete. O, wie sehr hab' ich den
Unterschied der Würkungen, der Empfindsamkeit für andere,
und der für uns allein kennen gelernt!

Die zwote ist billig, und allen Menschen natürlich;
aber die erste allein ist edel; sie allein unterhält die
Wahrscheinlichkeit des Ausdrucks, daß wir nach dem Eben=
bild unsers Urhebers geschaffen seyn, weil diese Empfind=
samkeit für das Wohl und Elend unsers Nebenmenschen
die Triebfeder der Wohlthätigkeit ist, der einzigen Eigen=
schaft, welche ein zwar unvollkommnes, aber gewiß ächtes
Gepräge dieses göttlichen Ebenbildes mit sich führt; ein
Gepräge, so der Schöpfer allen Creaturen der Cörper=
welt eindrückte, als in welcher das geringste Grashälmchen
durch seinen Beytrag zur Nahrung der Thiere eben so
wohlthätig ist, als der starke Baum es auf so mancherley
Weise für uns wird. Das kleinste Sandkörnchen erfüllt
seine Bestimmung wohlthätig zu seyn, und die Erde durch
Lockernheit fruchtbar zu erhalten, so wie die großen Felsen,
die uns staunen machen, unsern allgemeinen Wohnplatz
befestigen helfen. Ist nicht das ganze Pflanzen= und
Thierreich mit lauter Gaben der Wohlthätigkeit für unser
Leben erfüllt? Die ganze physicalische Welt bleibt diesen
Pflichten getreu; durch jedes Frühjahr werden sie erneuert;
nur die Menschen arten aus, und löschen dieses Gepräge
aus, welches in uns viel stärker, und in größerer Schön=
heit glänzen würde, da wir es auf so vielerley Weise
zeigen könnten.

Sie erkennen hier, meine Emilia, die Grundsätze
meines Vaters; meine Melancholie rief sie mir sehr leb=
haft zurück, da ich in der Ruhe der Einsamkeit mich um=
wandte, und den Weg abmaß, durch welchen mich meine
Empfindlichkeit gejagt, und so weit von dem Orte meiner

Bestimmung verschlagen hatte. O, ich bin den Pflichten
der Wohlthätigkeit des Beyspiels entgangen!*) Niemand
wird sagen, daß Kummer und Verzweiflung Antheil an
meinem Entschluß hatten; aber jede Mutter wird ihre
5 Tochter durch die Vorstellung meiner Fehler warnen;
und jedes bildet sich ein, es würde ein edlers und tugend=
hafters Hülfsmittel gefunden haben. Ich selbst weiß, daß
es solche giebt; aber mein Geist sah sie damals nicht, und
es war niemand gütig genug, mir eines dieser Mittel zu
10 sagen. Wie unglücklich ist man, meine Emilia, wenn man
Entschuldigungen suchen muß, und wie traurig ist es, sie
zu leicht, und unzulänglich zu finden! So lang ich für
andere unempfindlich war, fehlte ich nur gegen die Vor=
urtheile der fühllosen Seelen, und wenn es auch schien,
15 daß meine Begriffe von Wohlthätigkeit übertrieben wären,
so bleiben sie doch durch das Gepräge des göttlichen Eben=
bildes verehrungs= und nachahmungswürdig. Aber itzt,
da ich nur für mich empfand, fehlte ich gegen den Wohl=
stand und gegen alle gesellschaftliche Tugenden eines guten
20 Mädchens. — Wie dunkel, o wie dunkel ist dieser Theil
meines vergangenen Lebens! was bleibt mir übrig, als
meine Augen auf den Weg zu heften, den ich nun vor
mir habe, und darinn einen geraden Schritt, bey klarem
Lichte fortzugehen?

25 Meine ersten Erquickungsstunden hab' ich in der
Beschäfftigung gefunden, zwo arme Nichten meiner Wirthinn
arbeiten und denken zu lehren. Sie wissen, Emilia, daß
ich gerne beschäfftiget bin. Mein Nachdenken, und meine
Feder machten mich traurig; ich konnte am geschehenen
30 nichts mehr ändern, mußte den Tadel, der über mich er=
gieng, als eine gerechte Folge meiner irregegangenen
Eigenliebe ansehen, und meine Ermunterung außer mir

---

*) Aber werden nicht eben durch dieses warnende Beyspiel
ihre Fehler selbst wohlthätig? Warum findet sie nichts tröstendes
in dieser Betrachtung? — Weil auch die edelmüthigsten Seelen
nicht auf Unkosten ihrer Eigenliebe wohlthätig sind. H.

suchen, theils in dem Vorsatze, Mylord Derby zu einem
glücklichen Gemahl zu machen, theils in der Bestrebung
meinen übrigen Nebenmenschen alles mögliche Gute zu
thun. Ich erkundigte mich nach den Armen des Orts,
und suchte ihnen Erleichterung zu schaffen. Bey dieser 5
Gelegenheit, sagte mir die gute Rosina, von zwoen Nichten
der Wirthinn, armen verwaißten Mädchen, die der Wirth
haßte, und auch seiner Frau, deren Schwester=Töchter sie
sind, wegen dem wenigen, so sie genießen, sehr übel be=
gegnete. Ich ließ sie zu mir kommen, forschte ihre Nei= 10
gungen aus, und was jede schon gelernt hätte, oder noch
lernen möchte; beyde wollten die Künste der Jungfer
Resine wissen; ich theilte mich also mit ihr in dem Unter=
richt der guten Kinder; ich ließ auch beyde kleiden, und
sie kamen gleich den andern Tag, um meinem Anziehen 15
zu zusehen. Vierzehn Tage darauf bedienten sie mich
wechselsweise. Ich redete ihnen von den Pflichten des
Standes, in welchen Gott sie, und von denen, in welchen
er mich gesetzt habe, und brachte es so weit, daß sie sich
viel glücklicher achteten, Kammerjungfern, als Damen zu 20
seyn, weil ich ihnen sehr von der großen Verantwortung
sagte, die uns wegen dem Gebrauch unsrer Vorzüge und
unsrer Gewalt über andere aufgelegt sey. Ihre Begriffe
von Glück, und ihre Wünsche waren ohnehin begrenzt,
und die kleinen Prophezeyhungen, die ich, jeder nach ihrer 25
Gemüthsart machen kann, vergnügen sie ungemein; sie
glauben, ich wisse ihre Gedanken zu lesen. Ich zahle dem
Wirth ein Kostgeld für sie, und kaufe alles, was sie zu
ihren Lehrarbeiten nöthig haben. Ich halte ihnen Schreibe=
und Rechnungsstunden, und suche auch, ihnen einen Ge= 30
schmack im Putz einer Dame zu geben, besonders lehre ich
sie alle Gattung von Charakter zu kennen, und mit guter
Art zu ertragen. Die Wirthinn und ihre Nichten sehen
mich als ihren Engel an, und würden alle Augenblicke
vor mir knien, und mir danken, wenn ich es dulden 35
wollte. Süße glückliche Stunden, die ich mit diesen
Kindern hinbringe! Wie oft erinnere ich mich an den

Ausſpruch eines neuern Weiſen, welcher ſagte: „biſt du
„melancholiſch, ſiehſt du nichts zu deinem Troſt um dich
„her —

„Lies in der Bibel;

5 „Befreye dich von einem anklebenden Fehler; oder
„ſuche deinem Nebenmenſchen Gutes zu thun: ſo wird
„gewiß die Traurigkeit von dir weichen —"

Edles unfehlbares Hülfsmittel! wie höchſt vergnügt
gehe ich mit meinen Lehrmädchen ſpazieren, und rede
10 ihnen von der Güte unſers gemeinſamen Schöpfers!
Mit welchem innigen Vergnügen erfüllt ſich mein Herz,
wenn ich beyde, über meine Reden bewegt, ihre Augen
mit Ehrfurcht und Dankbarkeit gen Himmel wenden ſeh,
und, ſie mir dann meine Hände küſſen und drücken: in
15 dieſen Augenblicken, Emilia, bin ich ſogar mit meiner
Flucht zufrieden, weil ich ohne ſie, dieſe Kinder nicht ge=
funden hätte.

## Fräulein von Sternheim an Emilien.

O — noch einmal ſo lieb ſind mir meine Mädchen
20 geworden, ſeitdem Mylord da war; denn durch die Freude
an den unſchuldigen Creaturen, hat ſich mein Geiſt und
mein Herz geſtärkt. Mylord liebt das Ernſthafte meiner
Gemüthsart nicht; er will nur meinen Witz genährt
haben; meine ſchüchterne und ſanfte Zärtlichkeit, iſt auch
25 die rechte Antwort nicht, die ich ſeiner raſchen und heftigen
Liebe entgegen ſetze, und über das Verbrennen ſeiner
Bücher hat er einen männlichen Hauszorn geäußert. Er
war drey Wochen da. Ich durfte meine Mädchen nicht
ſehen; ſeine Gemüthsverfaſſung ſchien mir ungleich: bald
30 äußerſt munter, und voller Leidenſchaft; bald wieder düſter
und trocken; ſeine Blicke oft mit Lächeln, oft mit denken=
den Misvergnügen auf mich geheftet. Ich mußte ihm die
Urſachen meines anfänglichen Widerwillens gegen ihn,
und meine Aendrung erzählen; ſodann fragte er mich
35 über meine Geſinnungen für Lord Seymour. Mein Er=

röthen bey diesem Namen gab seinem Gesicht einen mir
entsetzlichen Ausdruck, den ich ihnen nicht beschreiben kann,
und in einer noch viel empfindlichern Gelegenheit merkte
ich, daß er eifersüchtig über Mylord Seymour ist; ich
werde also beständig wegen anderer zu leiden haben. 5
Mylord liebt die Pracht, und hat mir viel kostbare Putzsachen gegeben, ich werde in seine Gesinnung eingehen,
ungeachtet ich mich lieber in Bescheidenheit, als in Pracht
hervorthun möchte. Gott gebe, daß dieses der einzige
Punkt seyn möge, in welchem wir verschieden seyn; aber 10
ich fürchte mehrere. — O Emilie, beten Sie für mich!
— Mein Herz hat Ahnungen; ich will keine Gefälligkeit,
keine Bemühung versäumen, meinem Gemahl angenehm
zu seyn; aber ich werde oft ausweichen müssen; wenn ich
nur meinen Charakter, und meine Grundsätze nicht auf- 15
opfern muß! —

Ich wählte ihn, ich übergab ihm mein Wohl, meinen
Ruhm, mein Leben; ich bin ihm mehr Ergebenheit, und
mehr Dank schuldig, als ich einem Gemahl unter andern
Umständen schuldig wäre. 20

O wenn ich einst in England in meinem eigenen
Hause bin, und Mylord in Geschäfften seyn wird, die
dem Stolz seines Geistes angemessen sind: dann wird,
hoffe ich, sein wallendes Blut im ruhigen Schooße seiner
Familie sanfter fließen lernen, sein Stolz in edle Würde 25
sich verwandeln, und seine Hastigkeit tugendhafter Eifer
für rühmliche Thaten werden. Diesen Muth werd' ich
unterhalten, und, da ich nicht so glücklich war, eine Griechinn
der alten Zeiten zu seyn, mich bemühen, wenigstens eine
der besten Engländerinnen zu werden. 30

## Mylord Derby an seinen Freund.

Verwünscht seyst du mit deinem Vorhersagungen;
was hattest du sie in meine Liebesgeschichte zu mengen?
Meine Bezaubrung würde nicht lange dauern, sagtest du!
wie zum Henker konnte dein Dummkopf dieses in Paris 35

sehen, und ich hier so ganz verblendet seyn? — Aber
Kerl, du hast doch nicht ganz recht! Du sprachst von
Sättigung; diese hab' ich nicht, und kann sie nicht haben,
weil mir noch viel von der Idee des Genusses fehlt; und
5 dennoch kann ich sie nicht mehr sehen! — Meine Sternheim,
meine eigene Lady nicht mehr sehen! Sie, die ich fünf
Monate lang bis zum Unsinn liebte! Aber ihr Verhäng=
niß hat mein Vergnügen, und ihre Gesinnungen gegen
einander gestellt; mein Herz wankte zwischen beyden; sie
10 hat die Macht der Gewohnheit miskannt; sie hat die
feurigen Umarmungen ihres Liebhabers bloß mit der
matten Zärtlichkeit einer frostigen Ehefrau erwiedert;
kalte — mit Seufzern unterbrochene Küsse gab sie mir,
sie, die so lebhaft mitleidend, sie, die so geschäfftig, so
15 brennend eifrig für Ideen, für Hirngespenster seyn kann!
Wie süß, wie anfesselnd, hab' ich mir ihre Liebe, und
ihren Besitz vorgestellt! wie begierig war ich auf die
Stunde, die mich zu ihr führte! Pferde, Postknechte,
und Bedienten hätte ich der Geschwindigkeit meiner Reise
20 aufopfern wollen. Stolz auf ihre Eroberung, sah' ich
den Fürsten und seine Helfer mit Verachtung an. Mein
Herz, mein Puls klopften vor Freude, als ich das Dorf
erblickte, wo sie war, und beynah hätt' ich aus Ungeduld
meine Pistole auf den Kerl losgefeuert, der meine Chaise
25 nicht gleich aufmachen konnte. In fünf Schritten war
ich die Treppe hinauf. Sie stand oben in englischer
Kleidung, weiß, schön, majestätisch sah sie aus; mit Ent=
zückung schloß ich sie in meine Arme. Sie bewillkommte
mich stammelnd; wurde bald roth, bald blaß. Ihre Nieder=
30 geschlagenheit hätte mich glücklich gemacht, wenn sie nur
einmal die Mine des Schmachtens der Liebe gehabt hätte;
aber alle ihre Züge waren allein mit Angst und Zwang
bezeichnet. Ich gieng mich umzukleiden, kam bald wieder,
und sah durch eine Thüre sie auf der Bank sitzen, ihre
35 beyden Arme um den Vorhang des Fensters geschlungen,
alle Muskeln angestrengt, ihre Augen in die Höhe ge=
hoben, ihre schöne Brust von starkem tiefen Athemholen,

langsam bewegt; kurz, das Bild der stummen Verzweiflung!
Sage, was für Eindrücke mußte das auf mich machen?
Was sollt' ich davon denken? Meine Ankunft konnte ihr
neue, unbekannte Erwartungen geben; etwas bange mochte
ihr werden; aber wenn sie Liebe für mich gehabt hätte, 5
war wohl dieser starke Kampf natürlich? Schmerz und
Zorn bemächtigten sich meiner; ich trat hinein; sie fuhr
zusammen, und ließ ihre Arme, und ihren Kopf sinken;
ich warf mich zu ihren Füßen, und faßte ihre Knie mit
starren bebenden Händen.    10

    „Lächeln Sie, Lady Sophie, lächeln Sie, wenn Sie
„mich nicht unsinnig machen wollen — schrie ich
„ihr zu.

    Ein Strom von Thränen floß aus ihren Augen.
Meine Wuth vergrößerte sich, aber sie legte ihre Arme 15
um meinen Hals, und lehnte ihren schönen Kopf auf
meine Stirne.

    „Theurer Lord, o, seyn Sie nicht böse, wenn Sie
„mich noch empfindlich für meine unglückliche Umstände
„sehen; ich hoffe, durch Ihre Güte alles zu vergessen. 20

    Ihr Hauch, die Bewegung ihrer Lippen, die ich,
indem sie redte, auf meiner Wange fühlte, einige Zähren,
die auf mein Gesicht fielen, löschten meinen Zorn, und
gaben mir die zärtlichste, die glücklichste Empfindung die
ich in dreyen Wochen mit ihr genoß. Ich umarmte, ich 25
beruhigte sie, und sie gab sich Mühe den übrigen Abend,
und beym Speisen zu lächeln. Manchmal deckte sie mir
mit allem Zauber der jungfräulichen Schamhaftigkeit die
Augen zu, wenn ihr meine Blicke zu glühend schienen.

    Reizende Creatur, warum bliebst du nicht so gesinnt? 30
warum zeigtest du mir deine sympathetische Neigung zu
Seymour.

    Die übrigen Tage suchte ich munter zu seyn. Ich
hatte ihr eine Laute mitgebracht, und sie war gefällig
genug, mir ein artiges welsches Liedchen zu singen, welches 35
sie selbst gemacht hatte, und worinn sie die Venus um
ihren Gürtel bat, um das Herz, so sie liebte, auf ewig

damit an ſich zu ziehen. Die Gedanken waren ſchön und
fein ausgedrückt, die Melodie rührend, und ihre Stimme
ſo voll Affect, daß ich ihr mit der ſüßeſten und ſtärkſten
Leidenſchaft zuhörte. Aber mein ſchöner Traum verflog
5 durch die Beobachtung, daß ſie bey den zärtlichſten Stellen,
die ſie am beſten ſang, nicht mich, ſondern mit hängendem
Kopfe die Erde anſah, und Seufzer ausſtieß, welche gewiß
nicht mich zum Gegenſtande hatten. Ich fragte ſie am
Ende, ob ſie dieſes Lied heute zum erſtenmale geſungen?
10 Nein, ſagte ſie erröthend; dieſes veranlaßte noch einige
Fragen, über die Zeit, da ſie angefangen hätte, gut für
mich zu denken, und über ihre Geſinnungen für Seymour.
Aber verdammt ſey die Freymüthigkeit, mit welcher ſie
mir antwortete; denn damit hat ſie alle Knoten los=
15 gemacht, die mich an ſie banden. Hundert Kleinigkeiten,
und ſelbſt die Mühe, die es ſie koſtete, zärtlich und fröhlich
zu ſeyn, überzeugten mich, daß ſie mich nicht liebte. Ein
wenig Achtung für meinen Witz und für meine Freygebig=
keit, die Freude nach England zu kommen, und kalter
20 Dank, daß ich ſie von ihren Verwandten, und dem Fürſten
befreyt hatte: dieß war alles, was ſie für mich empfand,
alles, was ſie in meine Arme brachte! Ja, ſie war un=
vorſichtig genug, mir auf meine verliebte Bitte, die Eigen=
ſchaften zu nennen, die ſie am meiſten an mir lieben
25 würde, — nichts anders als ein Gemählde von Seymour
vorzuzeichnen; und immer betrieb ſie unſere Reiſe nach
Florenz; deutliches Anzeigen, daß ſie nicht für das Glück
meiner Liebe, ſondern für die Befriedigung ihres Ehr=
geizes bedacht war! denn ſie vergiftete alle Tage ihres
30 Beſitzes durch dieſe Erinnerung, welcher ſie alle mögliche
Wendungen gab, ſo gar, daß ſie mich verſicherte, ſie würde
mich erſt in Florenz lieben können. Sie vergiftete, ſagt'
ich dir mein Glück, aber auch zugleich mein Herz, welches
närriſch genug war, ſich zuweilen meine falſche Heurath
35 gereuen zu laſſen, und ſehr oft ihre Partie wieder mich
ergriff. In der dritten Woche fraß das Uebel um ſich.
Ich hatte ihr engliſche Schriften gegeben, die mit den

feurigsten und lebendigsten Gemählden der Wolluſt an=
gefüllt waren. Ich hoffte, daß einige Funken davon, die
entzündbare Seite ihrer Einbildungskraft treffen ſollten:
aber ihre widerſinnige Tugend verbrannte meine Bücher,
ohne ihr mehr zu erlauben, als ſie durchzublättern, und
zu verdammen. Der Verluſt der Bücher, und meiner
Hoffnung brachte einen kleinen Ausfall von Unmuth her=
vor, den ſie mit gelaſſener Tapferkeit aushielt. Zween
Tage hernach, kam ich an ihren Nachttiſch, juſt wie ihre
ſchönen Haare gekämmt wurden; ihre Kleidung war von
weißen Muſſelin, mit rothen Taſt, nett an den Leib an=
gepaßt, deſſen ganze Bildung das vollkommenſte Ebenmaaß
der griechiſchen Schönheit iſt; wie reizend ſie ausſah! ich
nahm ihre Locken, und wand ſie unter ihrem rechten
Arme um ihre Hüſten. Milton's Bild der Eva kam mir
in den Sinn. Ich ſchickte ihr Kammermenſch weg, und
bat ſie, ſich auf einen Augenblick zu entkleiden, um mich
ſo glücklich zu machen, in ihr den Abdruck des erſten
Meiſterſtücks der Natur zu bewundern.*) Schamröthe
überzog ihr ganzes Geſicht; aber ſie verſagte mir meine
Bitte gerade zu; ich drang in ſie, und ſie ſträubte ſich
ſo lange, bis Ungeduld und Begierde mir eingaben ihre
Kleidung vom Hals an durchzureiſſen, um auch wider
ihren Willen zu meinem Endzweck zu gelangen. Sollteſt
du glauben, wie ſie ſich bey einer in unſern Umſtänden
ſo wenig bedeutenden Freyheit gebehrdete? — „Mylord,
„rief ſie aus, Sie zerreiſſen mein Herz, und meine Liebe
„für Sie; niemals werd' ich Ihnen dieſen Mangel feiner
„Empfindungen vergeben! O Gott, wie verblendet war
„ich!" — Bittere Thränen, und heftiges Zurückſtoſſen
meiner Arme, begleiteten dieſe Ausrufungen. Ich ſagte
ihr trocken: ich wäre ſicher, daß ſie dem Lord Seymour
dieſe Unempfindlichkeit für ſein Vergnügen nicht gezeigt
haben würde. „Und ich bin ſicher, ſagte ſie im hohem

---

*) Welche Zumuthung, Mylord Derby? Konnten Sie
ihre Zeit nicht beſſer nehmen. H.

„tragischen Ton, daß Mylord Seymour mich einer edlern,
„und feinern Liebe werth gehalten hätte."

Hast du jemals die Narrenkappe einer sonderbaren
Tugend mit wunderlichern Schellen behangen gesehen, als
daß ein Weib ihre vollkommenste Reize nicht gesehen, nicht
bewundert haben will? Und wie albern, eigensinnig war
der Unterschied, den sie zwischen meinen Augen, und
meinem Gefühl machte? Ich wollt' es Nachmittags von
ihr selbst erklärt wissen, aber sie konnte mit allem Nach=
sinnen nichts anders sagen, als daß sie bey Entdeckung
der besten moralischen Eigenschaften ihrer Seele, die nehm=
liche Widerstrebung äußern würde, ungeachtet sie mir
gestund, daß sie mit Vergnügen bemerkte, wenn man von
ihrem Geist, und von ihrer Figur vortheilhaft urtheile;
dennoch wolle sie lieber dieses Vergnügen entbehren, als
es durch ihre eigene Bemühung erlangen.*) Denkst du
wohl, daß ich mit diesem verkehrten Kopfe vergnügt sollte
leben können? Dieses Gemische von Verstand und Narr=
heit hat ihr ganzes Wesen durchdrungen, und gießt Träg=
heit und Unlust über alle Bewegungen meiner muntern
Fibern aus. Sie ist nicht mehr die Creatur die ich
liebte; ich bin also auch nicht mehr verbunden, das zu
bleiben, was ich ihr damals zu seyn schien. — Sie selbst
hat mir den Weg gebahnt, auf welchem ich ihren Fesseln
entfliehen werde. Der Tod meines Bruders stimmt ohne=
hin die Sayten meiner Leyer auf einen andern Ton; Ich
muß vielleicht bald nach England zurücke, und dann kann
Seymour sein Glücke bey meiner Witwe versuchen; denn

---

*) In der That löset diese Antwort das Räthsel gar nicht
auf. Mylord Derby ersparte ihr ja diese eigene Bemühung. —
Warum wurde sie dennoch so ungehalten? Warum sagte sie, er
zerreisse ihr Herz, da er doch nur ihr Deshabille zerriß?
Vermuthlich, weil sie ihn nicht liebte, nicht zu einer solchen Scene
durch die gehörige Gradation vorbereitet, und überhaupt in einer
Gemüthsverfassung war, welche einen zu starken Absatz von der
seinigen machte, um sich zur Gefälligkeit für einen Einfall, in
welchem mehr Muthwillen als Zärtlichkeit zu seyn schien, herab=
zulassen. H.

ich denke, sie wird's bald seyn; und bloß ihrem eigenen
Betragen wird sie dieß zu danken haben.  Da sie sich
für meine Ehefrau hält, war es nicht ihre Pflicht, sich in
allem nach meinem Sinne zu schicken?  Hat sie diese
Pflicht nicht gänzlich aus den Augen gesetzt?  Liebt sie ₅
nicht so gar einen andern?  Und ist es also nicht billig
und recht, daß der Betrug, den ihr Ehrgeiz an mir be=
gangen, auch durch mich an ihrem Ehrgeiz gerächet
werde?  Freudig seh ich um mich her, wenn ich bedenke,
daß ich das auserwählte Werkzeug war, durch welches die ₁₀
Niederträchtigkeit ihres Oheims, die Lüsternheit des Fürsten,
und die Dummheit der übrigen Helfer gestraft wurde!
Es ist ja ein angenommener Lehrsatz; daß die Vorsicht
sich der Bösewichter bediene, um die Vergehungen der
Frommen zu ahnden.  Ich war also nichts als die Maschine, ₁₅
durch welche das Weglaufen der Sternheim gebüßt werden
sollte; dazu wurde mir auch das nöthige Pfund von Gaben
und Geschicklichkeit gegeben.  Meine Belohnung hab' ich
genossen.  Sie mögen sich nun sammt und sonders ihre
erhaltene Züchtigung zu Nutz machen! ₂₀

Wisse übrigens, daß ich würklich der Vertraute von
Seymourn geworden bin.  Auf einem Dorfe saß er, und
beheulte den Verlust der Tugend des Mädchens, während,
daß ich es in aller Stille auf der andern Seite unter
Dach brachte, und ihn belachte.  Er wollte von mir wissen, ₂₅
wer wohl der Gemahl, mit dem sie, nach ihrem Briefe,
entflohen wäre, seyn könnte?  Er hat Couriere nach
Florenz abgeschickt; aber ich hab' ein Mittel gefunden,
seinen Nachspürungen Einhalt zu thun, da ich in dem
letzten Billet, das mir die Sternheim nach D. geschrieben ₃₀
hatte, alle Worte abriß, die mich hätten verrathen können,
und das übrige Stück unter die Papiere des Sekretärs
John warf, über dessen Ausbleiben man stutzig wurde,
und sein Zimmer auf mein Anrathen aussuchte.  Bey
diesem Stück Papier wurden dann die Vermuthungen auf ₃₅
ihn festgesetzt, und er für den Erlöser erklärt, den sich
das seine Mädchen erwählt habe.  Eine Sache, die man

als den Beweis anſah, daß lauter bürgerliche Begriffe und Neigungen in ihrer Seele herrſchen; und ein Text, worüber nun die adelichen Mütter ihren Töchtern gegen die Heurathen außer Stand Jahre lang predigen werden, Seymours Liebe verſinkt in Unmuth und Verachtung; er nennt ihren Namen nicht mehr, und ſchickt keine Couriere mehr fort, — ich aber erwarte einen aus England, und dann wirſt du erfahren, ob ich zu dir komme oder nicht.

### Roſina an ihre Schweſter Emilia.

O meine Schweſter, wie ſoll ich dir den entſetzlichen Jammer beſchreiben, der über unſer geliebtes Fräulein gekommen iſt! — Lord Derby! Gott wird ihn ſtrafen, und muß ihn ſtrafen! der abſcheuliche Mann! er hat ſie verlaſſen, und iſt allein nach England gereiſt. Seine Heurath war falſch; ein gottloſer Bedienter, wie ſein Herr, in einen Geiſtlichen verkleidet, verrichtete die Trauung. Ach, meine Hände zittern es zu ſchreiben: der ſchändliche Böſewicht kam ſelbſt mit dem Abſchieds= briefe, damit uns ſein Geſicht keinen Zweifel an unſerm Unglück übrig laſſen ſollte. Der Lord ſagt: die Dame hätte ihn nicht geliebt, ſondern nur immer Mylord Seymourn im Herzen gehabt; dieſes hätte ſeine Liebe ausgelöſcht, ſonſt wäre er unverändert geblieben. Der ruchloſe Menſch! Ewiger Gott! Ich, ich habe auch zu der Heurath geholfen! Wär' ich nur zum Lord Seymour gegangen! ach wir waren beyde verblendet — ich darf unſere Dame nicht anſehen; das Herz bricht mir; ſie ißt nichts; ſie iſt den ganzen Tag auf den Knien vor einem Stuhl, da hat ſie ihren Kopf liegen; unbeweg= lich, außer, daß ſie manchmal ihre Arme gen Himmel ſtreckt, und mit einer ſterbenden Stimme ruft: ach Gott, ach mein Gott!

Sie weint wenig, und nur ſeit heute; die erſten zween Tage fürchtete ich, wir würden beyde den Verſtand verlieren, und es ist ein Wunder von Gott, daß es nicht geschehen ist.

Zwo Wochen hörten wir nichts vom Lord; sein Kerl reiste weg, und fünf Tage darnach kam der Brief, der uns so unglücklich machte. Der verfluchte Bösewicht gab ihn ihr selbst. Blaß und starr wurde sie; endlich, ohne ein Wort zu sagen, zerriß sie mit der größten Heftigkeit seinen Brief, und noch ein Papier, warf die Stücke zu Boden, deutete mit einer Hand darauf, und mit einem erbärmlichen Ausdruck von Schmerzen sagte sie dem Kerl: geh, geh; zugleich aber fiel sie auf ihre Knie, faltete ihre Hände, und blieb über zwo Stunden stumm, und wie halb todt liegen. Was ich ausstund, kann ich dir nicht sagen; Gott weiß es allein! Ich kniete neben sie hin, faßte sie in meine Arme, und bat sie so lange mit tausend Thränen, bis sie mir mit gebrochener matter Stimme und stotternd sagte: Derby verlasse sie — ihre Heurath wäre falsch, und sie hätte nichts mehr zu wünschen als den Tod. — Sie will sich nicht rächen; bey dir, liebste Schwester, will sie sich verbergen. Uebermorgen reisen wir ab; ach Gott sey uns gnädig auf unserer Reise! Du mußt sie aufnehmen; Dein Mann wird es auch thun, und ihr rathen. Wir nehmen nichts mit, was vom Lord da ist; Seinen Wechselbrief von sechshundert Carolinen hat sie zerrissen. All ihr Geld beläuft sich auf drey= hundert; davon giebt sie den zwoen Mädchen noch funfzig, und den andern Armen noch funfzig. Ihr Schmuck und ein Coffre mit Kleidern ist alles, was wir mitbringen. Du wirst uns nicht mehr kennen, so elend sehen wir aus. Sie spricht mit niemand mehr, der Bruder von den zwoen Mädchen führt uns den halben Weg zu dir. Wir suchen Trost bey dir, liebe Schwester! Sie möchte dir selbst schreiben, und kann kaum die lieben wohlthätigen Hände bewegen. Ich darf nicht nachdenken, wie gut sie gegen alle Menschen war, und nun muß sie so unglücklich seyn! Aber Gott muß und wird sich ihrer annehmen.

## Fräulein Sternheim an Emilien.

O meine Emilia, wenn aus diesem Abgrunde von
Elend die Stimme Ihrer Jugendfreundinn noch zu Ihrem
Herzen dringt, so reichen Sie mir Ihre liebreiche Hand;
5 lassen Sie mich an Ihrer Brust meinen Kummer und
mein Leben ausweinen. O wie hart, wie grausam
werde ich für den Schritt meiner Entweichung bestraft!
O Vorsicht —

Ach! ich will nicht mit meinen Schicksal rechten.
10 Das erstemal in meinem Leben erlaubte ich mir einen
Gedanken von Rache, von heimlicher List; muß ich es
nicht als eine billige Bestrafung annehmen, daß ich in
die Hände der Bosheit und des Betrugs gefallen bin?
Warum glaubte ich dem Schein? — aber, o Gott! wo,
15 wo soll ein Herz wie dieß, das du mir gabst, wo soll
es den Gedanken hernehmen, bey einer edlen, bey einer
guten Handlung böse Grundsätze zu argwohnen!

Eigenliebe, du machtest mich elend; du hießest mich
glauben, Derby würde durch mich die Tugend lieben
20 lernen! — Er sagt: er hätte nur meine Hand, ich aber
sein Herz betrogen. Grausamer, grausamer Mann! was
für einen Gebrauch machst du von der Aufrichtigkeit
meines Herzen, das so redlich bemüht war, dir die zärt=
lichste Liebe und Achtung zu zeigen! du glaubst nicht an
25 die Tugend, sonst würdest du sie in meiner Seele gesucht
und gefunden haben.

Wahr ist es, meine Emilia, ich hatte Augenblicke,
wo ich meine Befreyung von den Händen des Mylord
Seymour zu erhalten gewünscht hätte; aber ich riß den
30 Wunsch aus meinem Herzen; Dankbarkeit und Hochachtung
erfüllten es für den Mann, den ich zu meinem Gemahl
nahm — tödtender Name, wie konnte ich dich schreiben —
aber mein Kopf, meine Empfindungen sind verwüstet,
wie es mein Glück, mein Ruhm, und meine Freude sind.
35 Ich bin in den Staub erniedriget; auf der Erde liege ich,
und bitte Gott, mich nur so lange zu erhalten, bis ich

bey Ihnen bin, und den Trost genieße, daß Sie die Un=
schuld meines Herzens sehen, und eine mitleidige Thräne
über mich weinen. Alsdann, o Schicksal, dann nimm es,
dieses Leben, welches mit keinem Laster beschmutzt, aber
seit vier Tagen durch deine Zulassung so elend ist, daß 5
es ohne die Hoffnung eines baldigen Endes unerträg=
lich wäre.

------

### Derby an seinen Freund.

Ich reise nach England, und komme vorher zu Dir.
Sage mir nichts von meiner letzten Liebe; ich will nicht 10
mehr daran denken; es ist genug an der unruhigen Er=
innerung, die sich mir wider meinen Willen aufdringt.
Meine halbe Lady ist fort, aus dem Dorfe, wo ihrem
abentheuerlichen Charakter ein abentheuerliches Schicksal
zugemessen wurde; mit stolzem Zorn ist sie fort; meinen 15
Wechselbrief zerriß sie in tausend Stücke, und alle meine
Geschenke hat sie zurückgelassen. Ich hätte sie bald des=
wegen wieder eingehohlt, aber wenn sie mir meine Streiche
vergeben könnte, so würde ich sie verachten. Lieben kann
sie mich nach allem diesem unmöglich, und ich hätte nicht 20
mehr glücklich mit ihr seyn können; wozu würde also die
Verlängerung meiner Rolle gedient haben? Sie muß
doch immer meine Wahrheitsliebe verehren, und meine
Kenntnisse der geheimsten Triebfedern unsrer Seele be=
wundern. Ich verließ sie, unschlüßig, was ich mit ihr 25
und meinem Bündniß machen sollte; aber ihre unaufhör=
liche Anfoderung, sie nach Florenz zu führen, und die
Drohung auch ohne mich abzureisen, brachte mich dahin,
ihr ganz trocken zu schreiben:

„Ich sehe wohl, daß sie sich meiner Liebe nur bedient 30
„habe, um ihrem Oheim Löbau zu entgehen, und ihren
„Ehrgeiz in Sicherheit zu setzen, daß sie das Glück
„meiner Liebe, und meines Herzens niemals in Be=
„trachtung gezogen, indem sie mir nicht den geringsten
„Zug meines eigenen Charakters zu gut gehalten, und 35

„mich nur dann geachtet habe, wenn ich mich nach
„ihren Phantasien gebogen, und meine Begriffe mit
„ihren Grillen geputzt; es sey mir unmöglich dem Ge-
„mählde gleich zu werden, welches sie mir von den
„beliebten Eigenschaften ihres Mannes vorgezeichnet,
„indem ich nicht Seymour wäre, für welchen allein
„sie die zärtliche Leidenschaft nährte, die ich von ihr
„zu verdienen gewünscht hätte; ihre Bestürzung, wenn
„ich ihn genennt, ihre Sorgsamkeit nicht von ihm zu
„reden, ja selbst die Liebkosungen, die sie mir zu Ver-
„tilgung meines Argwohns gemacht — wären lauter
„Bekräftigungen der Fortdauer ihrer Neigung zu
„Seymour. Sie wäre die Erste, welche mich zu dem
„Entschlusse mich zu vermählen gebracht hätte; dennoch
„aber hätt' ich noch so viel Vorsichtigkeit übrig be-
„halten, mich zuvor ihrer ganzen Gesinnungen ver-
„sichern zu wollen; hierzu hätte mir die Maske des
„Priesterrocks, den einer meiner Leute angezogen, die
„Gelegenheit verschafft. Meine Liebe und Ehre würde
„dadurch eben so fest gebunden gewesen seyn, als durch
„die Trauung, und wenn sie der Primas von England,
„oder der Pabst selbst verrichtet hätte; aber da die
„Vereinigung unserer Gemüther als das erste Haupt-
„stück fehlte, so wäre es gut, daß wir uns ohne Zeugen
„und Gepränge trennten, wie wir uns verbunden hätten,
„weil ich nicht niederträchtig genug sey, mich mit dem
„bloßen Besitz ihrer reizenden Person zu vergnügen,
„ohne Antheil an ihrem Herzen haben, und nicht ein-
„fältig genug, um sie für den Lord Seymour nach
„England zu führen; sie hätte nicht Ursache über mich
„zu klagen, denn ich wäre es, der sie den Verfolgungen
„des Fürsten, und der Gewalt ihres Oncles entrissen;
„ich hätte nur ihre Hand, sie aber, weil sie die Liebe
„nicht für mich gefühlt habe, welcher sie mich versichert,
„hätte mein Herz betrogen; und nun schenke ich ihr
„ihre volle Freyheit wieder.

Ich schickte den Kerl ab, und gieng nach B. bey

meiner Tänzerinn ein ohnfehlbares Mittel gegen alle
Gattungen von unruhigen Gedanken zu suchen; auch gab
sie mir einen guten Theil meiner Munterkeit wieder.

Mein Bruder könnte zu keiner gelegnern Zeit ge=
storben seyn, als izt. Meine Gelder wurden seltner ge= 5
schickt, und dieser närrische Roman war ein wenig kostbar;
doch, sie verdiente alles. Hätte sie mich nur geliebt, und
ihre Schwärmerey abgeschworen! — Ich war närrisch
genug, mich meinen Brief gereun zu lassen, und ließ vor
zween Tagen nach ihr fragen; aber weg war sie; und 10
alles wohl erwogen, hat sie recht daran gethan; wir
können und sollen uns nicht mehr sehen. Ihre Briefe,
ihr Bildniß hab ich zerrissen, wie sie meinen Wechsel;
aber D., wo alles von ihr spricht, wo mich alles an sie
erinnert, ist mir unerträglich. Halte mir eine lustige 15
Bekanntschaft zurechte, wie sie für einen englischen Erben
gehört, um meine wieder erhaltene Portion Freyheit mit
ihr zu verzehren. Denn mein Vater wird mir das Joch
über den Hals werfen, so bald ich ihm nahe genug dazu
seyn werde. Er kann mir geben, welche er will; keine 20
Liebe bring ich ihr nicht zu. Das wenige was von meinem
Herzen noch übrig war, hat mein deutsches Landmädchen
aufgezehrt; — der Platz ist nun völlig leer, ich fühle
es: hier und da schwärmen noch einige verirrte Lebens=
geister herum, und wenn ich ihnen glaubte, so flüsterten 25
sie mir was von dem Bilde meiner vierzigtägigen Ge=
mahlin zu, deren Schatten noch darinn herumwandern
soll; aber ich achte nicht auf dieses Gesumse. Meine
Vernunft und die Umstände reden meinem ausgeführten
Plan das Wort; und am Ende ist es doch nichts anders, 30
als die Gewohnheit, die mir ihr Bild in D. zurückruft,
wo ich sie in allen Gesellschaften zu sehen pflegte, und
immer von ihr reden höre. — Aber bey dem allen schwör'
ich dir, nimmermehr soll eine Methaphysikerinn, noch eine
Moralistinn meine Geliebte werden. Ehrgeiz und Wollust 35
allein haben Leute in ihren Diensten, die Unternehmungen
wagen, und ausführen helfen; auch sind dieses die einzigen

Gottheiten, die ich künftig verehren will; Jener, weil ich
von ihm so viel Ansehen und Gewalt zu erlangen hoffe,
um alle Gattungen des Vergnügens in meinen Schutz zu
nehmen und zu vertheidigen, bis ich einst die liebens=
5 würdigste davon bey einer Parlamentswahl ersäufe, oder
bey einem Pferderennen den Kopf zerquetsche. Ha, siehst
du, wie schön die gewöhnlichen Lordseigenschaften in mir
erwacht sind; erst durch alle seine Ränke ein artiges
Mädchen an mich gezogen, und sie denen entrissen, durch
10 welche sie glücklich geworden wäre; unsinnige Verschwen=
dungen gemacht, und wenn man alles dessen satt ist, den
Ton eines Patrioten bey Wettrennen und Wahlen an=
genommen und der Zeit überlassen, was nach diesen ver=
schiedenen Aufgährungen in dem Faß nützliches übrig
15 bleiben mag. —

————

Hier, meine Freundin, muß ich selbst wieder das
Wort nehmen, um ihnen von dem, was auf die unglück=
liche Veränderung in dem Schicksal meiner geliebten Dame
gefolget ist, eine zusammenhangende Geschichte zu liefern.
20 Das Haus meiner Schwester war itzt der einzige
Ort, wohin wir in diesen Umständen Zuflucht nehmen
konnten. Man durfte ihr weder von Rache, noch von
Behauptung ihrer Rechte sprechen; und der Gedanke auf
ihre Güter zu gehen, war in diesen Umständen auch nicht
25 zu fassen. Ihr Kummer war so groß, daß sie hoffte, er
würde sie tödten; ich glaube auch, daß es geschehen wäre,
wenn wir uns länger in dem Hause aufgehalten hätten,
wo die unglückliche Heurath vollzogen worden war. Da
ich bey den Zurüstungen auf unsre Abreise ein paar mal
30 die Thüre des Wohnzimmers von Lord Derby öffnete,
und sie einen Blick hinwarf, glaubte ich, ihr Schmerz
würde sie auf der Stelle ersticken. Sie blieb mit dem
äußersten Jammer beladen in meinem Zimmer, während,
daß ich einpacken mußte. Aber alle Geschenke von Lord
35 Derby, welche sehr schön und in großer Menge da waren,
mußte ich der Wirthinn übergeben. Wir nahmen nichts

als das wenige zusammen, so wir von unsrer Flucht aus
D. mitgebracht hatten.  Die Wirthinn, welche auf einen
Monat voraus bezahlt war, wollte uns noch behalten;
aber wir reisten den zweyten Tag, von ihrem Seegen
für uns, und Flüchen über den gottlosen Lord begleitet, ₅
Morgens um vier Uhr ab.

Still und blaß wie der Tod, die Augen zur Erde
geschlagen, saß meine liebe Dame bey mir; kein Wort,
keine Thräne erleichterte ihr beklemmtes Herz; zween Tage
reisten wir durch herrliche Landschaften, ohne daß sie auf ₁₀
etwas achtete; nur manchmal umfaßte sie mich mit einer
heftigen gichterischen Bewegung, und legte ihren Kopf
einige Augenblicke auf meine Brust; Ich wurde immer
ängstiger, und weinte mit lauter Stimme; darüber sah
sie mich rührend an, und sagte mit ihrem himmlischen
Ton, indem sie mich an sich drückte: ₁₅

O meine Rosina, dein Kummer zeigt mir erst den
ganzen Umfang meines Elends.  Sonst lächeltest du,
wenn du mich sahst, und nun betrübt mein Anblick
dein Herz!  O, laß mich nicht denken, daß ich auch
dich unglücklich gemacht habe! sey ruhig, du siehst ja ₂₀
mich ganz gelassen.

Ich war froh, sie wieder so viel reden zu hören,
und einige Zähren aus ihren erstorbenen Augen fallen
zu sehen; Ich antwortete:

ich wollte gerne ruhig seyn, wenn ich Sie nicht so ₂₅
niedergeschlagen sähe, und wenn ich nur noch einige
Funken der Zufriedenheit bey Ihnen bemerkte, die sie
sonst bey dem Anblick einer schönen Gegend fühlten.

Sie schwieg einige Minuten, und betrachtete den Himmel
um uns her; dann sagte sie unter zärtlichem Weinen: ₃₀

Es ist wahr, liebe Rosina, ich lebe, als ob mein Unglück
alles Gute und Angenehme auf Erden verschlungen
hätte; und dennoch liegt die Ursache meines Jammers
weder in den Geschöpfen, noch in ihrem wohlthätigen
Urheber.  Warum bin ich von der vorgeschriebenen ₃₅
Bahn abgewichen? —

Sie fieng darauf eine Wiederholung ihres Lebens,
und der merkwürdigsten Umstände ihres Schicksals an.
Ich suchte sie mit sich selbst, und den Beweggründen ihrer
Handlungen, besonders mit den Ursachen ihrer heimlichen
5 Heurath, und Flucht aus D., zufrieden zu stellen, und
gewann doch so viel, daß sie bey dem Anblick der vollen
Scheuren, und dem Gewühle der Herbstgeschäffte in den
Dörfern die wir durchfuhren, vergnügt aussah, und sich
über das Wohl der Landleute freute.     Aber der Anblick
10 junger Mädchen, besonders, die in einerley Alter mit ihr
zu seyn schienen, brachte sie in ihre vorige Traurigkeit,
und sie bat Gott mit gefalteten Händen, daß er ja jede
reine wohldenkende Seele ihres Geschlechts, vor dem
Kummer bewahren möge, der ihr zärtliches Herz
15 durchnage.

Unter diesen Abwechslungen kamen wir glücklich in
Vaels an.     Mein Schwager und meine Schwester empfiengen
uns mit allem Trost der tugendhaften Freundschaft, und
suchten meine liebe Dame zu beruhigen; aber am fünften
20 Tage wurde sie krank, und zwölf Tage lang dachten wir
nichts anders, als daß sie sterben würde.     Sie schrieb
auch einen kleinen Auszug ihres Verhängnisses, und ein
Testament.     Aber sie erhohlte sich wider ihr Wünschen;
und als sie wieder auf seyn konnte, setzte sie sich in die
25 Kinderstube meiner Emilia, und lehrte ihr kleines Pathchen
lesen; diese Beschäfftigung, und der Umgang mit meinem
Schwager und meiner Schwester, beruhigten sie augen=
scheinlich; so, daß mein Schwager es einmal wagte, sie
über ihre Entschließungen und Entwürfe für die Zukunft
30 zu befragen.     Sie sagte:

„Sie hätte noch nichts bedacht, als daß sie auf ihren
„Gütern ihr Leben beschließen wollte; aber bis zu Ende
„der drey Jahre, für welche sie dem Graf Löbau ihre
„Einkünfte versichert hätte, wollte sie nichts von sich
35 „wissen lassen; — und wir mußten ihrem eifrigen
Anhalten hierinn nachgeben.     Sie nahm eine fremde Be=
nennung an; sie wollte in Beziehung auf ihr Schicksal

Madam Leidens heißen, und als eine junge Officiers=
witwe bey uns wohnen. Sie verkaufte die schönen
Brillianten, welche die Bildnisse ihres Herrn Vaters und
ihrer Frau Mutter umfasseten, und entschloß sich auch
den übrigen Theil ihres Schmucks zu Geld zu machen, 5
und von den Zinsen zu leben; daneben aber wollte sie
Gutes thun, und einige arme Mädchen im Arbeiten
unterrichten.

Dieser Gedanke wurde nachher die Grundlage zu
dem übrigen Theil ihres Schicksals. Denn eines dieser 10
Mädchen, welche von einer der reichsten Frauen in der
Gegend aus der Taufe gehoben worden, gieng zu ihrer
Pathe, um ihr etwas von der erlernten Arbeit zu weisen.
Diese Frau fragte nach der Lehrmeisterinn, und drang
hernach in meinen Schwager, daß er die Madam Leidens 15
zu ihr bringen möchte, um eine wohlthätige Schule in
ihrem Hause zu errichten, und als Gesellschafterinn bey
ihr zu leben. Meine Dame wollte es Anfangs nicht
eingehen, indem sie fürchtete, zuviel bekannt zu werden;
aber mein Schwager stellte ihr so eifrig vor, daß sie 20
eine Gelegenheit versäume, viel Gutes zu thun, daß
er sie endlich überredete, zumal da sie dadurch das
Haus ihrer Emilia zu erleichtern glaubte, wo sie be=
fürchtete, Beschwerden zu machen, ohngeachtet sie Kost=
geld bezahlte. 25

Sie kleidete sich bloß in streifige Leinwand, zu Leib=
kleidern gemacht mit großen weißen Schürzen, und Hals=
tüchern, weil ihr noch immer etwas engländisches im
Sinne lag; ihre schöne Haare und Gesichtsbildung ver=
steckte sie in außerordentliche große Hauben; sie wollte 30
sich damit verstellen, aber ihre schönen Augen, das Lächeln
der edlen Güte, so unter den Zügen des innerlichen Grams
hervorleuchtete, ihre feine Gestalt und Stellung, und der
artigste Gang zogen alle Augen nach sich, und Madam
Hills war stolz auf ihre Gesellschaft. Ihre Abreise 35
schmerzte uns, denn der Wohnort von Madam Hills
war drey Stunden entfernt; aber ihre Briefe trösteten

uns wieder. Auch Sie werden ſie gewiß lieber leſen, als mein Geſchmier.

_____

## Fräulein von Sternheim als Madam Leidens an Emilia.

5 Erſt den zehnten Tag meines Hierſeyns ſchreibe ich Ihnen, meine ſchweſterliche Freundinn! bisher konnte ich nicht; meine Empfindungen waren zu ſtark und zu wallend, um den langſamen Gang meiner Feder zu ertragen. Nun haben mir Gewohnheit und zween heitere Morgen, und 10 die Ausſicht in die ſchönſte und freyeſte Gegend, das Maas von Ruhe wiedergegeben, das nöthig war, um mich ohne Schwindel und Beängſtigung die Stufen betrachten zu laſſen, durch welche mein Schickſal mich von der Höhe des Anſehens und Vorzugs herunter geführt hat. Meine 15 zärtlichſten Thränen floſſen bey der Erinnerung meiner Jugend und Erziehung; Schauer überfiel mich bey dem Gedanken an den Tag, der mich nach D. brachte, und ich eilte mit geſchloſſenen Augen bey der folgenden Scene vorüber. Nur bey dem Zeitpuncte meiner Ankunſt in 20 Ihrem Hauſe verweilte ich mit Rührung; denn nachdem mir das Verhängniß alles geraubt hatte, ſo war ich um ſo viel aufmerkſamer auf den Zufluchtsort, den ich mir gewählt hatte, und auf die Aufnahme, die ich da ſand. Zärtliches Mitleiden war in dem Geſichte meiner treuen 25 Emilia, Ehrfurcht und Freundſchaft in dem von ihrem Manne gezeichnet; ich ſah, daß ſie mich unſchuldig glaubten, und mein Herz bedauerten; Ich konnte ſie als Zeugen meiner Unſchuld und Tugend anſehen. O, wie erquickend war dieſer Gedanke für meine gekränkte Seele! 30 Meine Thränen des erſten Abends waren der Ausdruck des Danks für den Troſt, den mich Gott in der treuen Freundſchaft meiner Emilia hatte finden laſſen. Der zweyte Morgen war hart durch die wiederholte Erzählung aller Umſtände meiner jammervollen Geſchichte. Die Be= 35 trachtungen und Vorſtellungen ihres Mannes tröſteten

mich), noch mehr aber meine Spaziergänge in ihrem Hause,
der armen übelgebauten Hütte, worinn mit Ihnen alle
Tugenden unsers Geschlechts, und mit ihrem Manne alle
Weisheit und Verdienste des seinigen wohnen. Ich aß
mit Ihnen, ich sah Sie bey Ihren Kindern; sah die edle 5
Genügsamkeit mit Ihrem kleinen Einkommen, Ihre zärt=
liche mütterliche Sorgen, die vortreffliche Art, mit der
Ihr Mann seine arme Pfarrkinder behandelt. Dieses,
meine Emilia, goß den ersten Tropfen des Balsams der
Beruhigung in meine Seele. Ich sahe Sie, die in ihrem 10
ganzen Leben alle Pflichten der Klugheit und Tugend
erfüllet hatten, mit Ihrem Hochachtungswürdigen Manne
und fünf Kindern unter der Last eines eisernen Schicksals,
ohne daß Ihnen das Glück jemals zugelächelt hätte; Sie
ertrugen es mit der rühmlichsten Unterwerfung; und ich! 15
ich sollte fortfahren über mein selbstgewebtes Elend
gegen das Verhängniß zu murren? Eigensinn und Un=
vorsichtigkeit, hatten mich, ungeachtet meiner redlichen
Tugendliebe, dem Kummer, und der Verächtlichkeit ent=
gegen geführt; ich hatte vieles verloren, vieles ge= 20
litten; aber sollte ich deswegen das genossene Glück
meiner ersten Jahre vergessen, und die vor mir liegende
Gelegenheit, Gutes zu thun, mit gleichgültigem Auge
betrachten, um mich allein der Empfindlichkeit meiner
Eigenliebe zu überlassen? Ich kannte den ganzen Werth 25
alles dessen, was ich verlohren hatte; aber meine
Krankheit und Betrachtungen, zeigten mir, daß ich noch
in dem wahren Besitz der wahren Güter unsers Lebens
geblieben sey.

„Mein Herz ist unschuldig und rein;                    30

„Die Kenntnisse meines Geistes sind unvermindert;

„Die Kräfte meiner Seele und meine guten Neigungen

„haben ihr Maas behalten; und ich habe noch das

„Vermögen, Gutes zu thun.

Meine Erziehung hat mich gelehrt, daß Tugend und 35
Geschicklichkeiten das einzige wahre Glück, und Gutes thun,
die einzige wahre Freude eines edlen Herzens sey; das

Schicksal aber hat mir den Beweis davon in der Er=
fahrung gegeben.

Ich war in dem Kreise, der von großen und glänzen=
den Menschen durchlossen wird; nun bin ich in den ver=
5 setzt, den mittelmäßiges Ansehen und Vermögen durch=
wandelt, und gränze ganz nahe an den, wo Niedrigkeit
und Armuth die Hände sich reichen. Aber so sehr ich
nach den gemeinen Begriffen vom Glück gesunken bin, so
viel Gutes kann ich in diesen zween Kreisen ausstreuen.
10 Meine reiche Frau Hills, lass' ich durch meinen
Umgang und meine Unterredungen, das Glück der Freund=
schaft und der Kenntnisse genießen. Meinen armen Mädchen
gebe ich das Vergnügen, geschickt und wohl unterrichtet
zu werden, und zeige ihnen, eine angenehme Aussicht in
15 ihre künftigen Tage.

Madam Hills hat mir ein artiges Zimmer, wovon
zwey Fenster ins Feld gehen, eingeräumt; von da geh ich
in ihren Saal, der für die Unterrichtsstunden meiner
dreyzehn Mädchen bestimmt ist. Sie ernährt und kleidet
20 sie, schafft Bücher und Arbeitsvorrath an; nicht eine
Stunde versäumt sie, und hört meinen Unterricht mit
vieler Zufriedenheit; manchmal vergießt sie Thränen, oder
drückt mir die Hände, und wohl zwanzigmal nickt sie mir
den freundlichsten Beyfall zu. So oft es geschieht, fällt
25 ein Strahl von Freude in mein Herz. Es ist angenehm
um sein selbst Willen geliebt zu werden! Und nun hab'
ich einen Gedanken, Emilia; aber ihr Mann muß mir
ihn ausarbeiten helfen.

Madam Hills hat eine Art von Stolz, aber er ist
30 edel und wohlthätig. Sie möchte ihr großes Vermögen
zu einer ewig daurenden Stiftung verwenden; aber sie
sagt, es müßte eine Stiftung seyn, die ganz neu wäre,
und die ihr Ehre und Segen brächte; und sie will, daß
ich auf etwas sinne. — — Könnte itzt nicht meine kleine
35 Mädchenschule der Anlaß dazu werden, ein Gesindhaus
zu stiften, worinn arme Mädchen zu guten und geschickten
Dienstmädchen gezogen würden? Ich wollte an meinen

dreyzehn Schülerinnen die Probe machen, und theilte sie
nach der Anlage von Geist und Herzen in Classen.

1) Sanfte, gutherzige Geschöpfe, bildete ich zu
Kinderwärterinnen;

2) Die Anlage zu Witz, und geschickte Finger zur
Cammerjungfer;

3) Nachdenkende und fleißige Mädchen zu Köchinnen
und Haushälterinnen; und

4) die letzte Classe von dienstfähigen zu Haus=
Küchen= und Gartenmägden —

Dazu muß ich nun ein schickliches Haus mit einem
Garten haben; einen vernünftigen Geistlichen, der sie die
Pflichten ihres Standes kennen und lieben lehrte; und
dann wackere und wohldenkende arme Witwen, oder be=
tagte ledige Personen, die den verschiedenen Unterricht
in Arbeiten besorgten.

Diese Idee beschäftiget mich genug, um dem ver=
gangenen schmerzhaften Theil meines Lebens, das meiste
meines Nachdenkens zu entziehen, und über meinen bittern
Kummer den süßen Trost zu streuen, daß ich die Ursache,
so vieler künftigen Wohlthaten werden könnte. Aber hier=
bey fällt mir ein Gleichniß ein, so ich mit der Eigenliebe
machen möchte; — daß sie von Polypen=Art sey; man
kann ihr alle Zweige und Arme nehmen, ja so gar den
Hauptstamm verwunden; sie wird doch Mittel finden, sich
in neue Auswüchse zu verbreiten. Wie verwundet, wie
gedemüthiget war meine Seele! und nun — lesen sie
nur die Blätter meiner Betrachtungen durch, und be=
obachten sie es, was für schöne Stützen meine schwankende
Selbstzufriedenheit gefunden hat, und wie ich allmählich
zu der Höhe eines großen Entwurfs empor gestiegen bin
— o, wenn die wohlthätige Nächstenliebe, nicht so tiefe
Wurzeln in meinem Herzen gefasset hätte, daß sie mit
meiner Eigenliebe ganz verwachsen wäre, was würde aus
mir geworden seyn?

## Zweyter Brief von Madam Leidens.

Sie ſind, liebſte Freundinn, mit dem Ton meines
letzten Briefs beſſer zufrieden, als ſie es ſeit meiner
Abreiſe aus D. niemals waren. Darf ich wohl meine
5 Emilia einer Ungerechtigkeit anklagen, weil ſie mir von
der Veränderung meiner Ideen und Ausdrücke ſpricht.
Ich fühle dieſe Verſchiedenheit ſelbſt; aber ich finde auch,
daß ſie eine ganz natürliche Würkung der großen Ab=
änderung meines Schickſals iſt. Zu D. war ich an=
10 geſehen, mit Glücksausſichten umgeben, und mit mir ſelbſt
zufrieden, daher auch geſchickter, muntere Beobachtungen
über fremde Gegenſtände zu machen. Mein Witz ſpielte
frey mit kleinen Beſchreibungen, und mit Lob und Tadel
alles deſſen, was mit meinen Ideen ſtimmte, oder nicht.
15 Nach dem wurde ich von Glück und Selbſtzufriedenheit
entfernt; Thränen und Jammer ſind mein Antheil worden.
War es da möglich, daß ſich die Schwingen meiner Ein=
bildungskraft unbeſchränkt und freudig hätten bewegen
können, da das Beſte, was alle Kräfte meiner Seele
20 thun konnten, gelaſſene Ertragung meines Schickſals war,
— eine Tugend, wobey der Geiſt wenig Geſchäfftigkeit
äußern kann. Ihr Mann kannte mich; er ſah: daß er
mich gleichſam aus mir ſelbſt herausführen, und mir be=
weiſen mußte, daß es noch in meiner Gewalt ſtehe, Gutes
25 zu thun. Dieſer Gedanke allein, konnte mich ins thätige
Leben zurückführen.

Haben Sie Dank, beſte Freunde, daß Sie meinen
Entwurf zu einem Geſindhaus ſo ſehr billigen und er=
heben; es dünkt mich, als ob Jemand meiner gebeugten
30 Seele die Hand reiche und ſie liebreich ermuntere, ſich
wieder zu erhehen, und mit einem edlen Schritte vorwärts
zu gehen, da ſie von dem kleinen dornichten Pfad, auf
welchen ſie durch einen blendenden Schein gerathen war,
nun auf einen ebenen Weg geleitet worden iſt, deſſen
35 Seiten freylich mit kleinen glänzenden Paläſten und
prächtigen Auftritten der großen Welt umfaßt ſind, aber

dagegen jedem ihrer Blicke, die reinen Reize der un=
verdorbenen Natur, in ihren physischen und moralischen
Würkungen zeiget.

Diese Ermunterung hatte ich nöthig, meine Freunde,
weil ich schon so lange dachte, daß ich an den edeln 5
Stolz eines fehlerfreyen Lebens keinen Anspruch mehr zu
machen habe, indem ich die Hälfte meines widrigen Schick=
sals, meiner eignen Unbedachtsamkeit zuzuschreiben hätte;
und die Frucht dieser Betrachtung war Unterwerfung und
Geduld. Hätte ich nach den Regeln der Klugheit ge= 10
handelt, und durch mein heimliches Verbindniß und Fliehn,
keine Gesetze beleidiget, so hätte ich in der Idee einer
übenden Standhaftigkeit und Großmuth schon eine Stütze
des edlen Stolzes gefunden, welche der Schuldlose ergreift,
wenn er durch Bosheit anderer, und unvorgesehenes Unglück, 15
in dem Genuß seines Vergnügens gestört wird. Er kann
seine Beleidiger mit Herzhaftigkeit ansehen, oder seinen
Blick mit ruhiger Verachtung von ihnen wenden; Er sieht
sich nicht nach Freunden, die ihn bedauren, sondern nach
Zeugen seines bewundernswürdigen Betragens um; unter 20
diesen Beschäftigungen seines Geistes, stärkt sich seine
Seele, und sammelt ihre Kräfte, um den Berg der Ehre,
und des Wohlergehens auf einer andern Seite zu ersteigen.
Ich aber mußte mich durch die Erinnerung meiner Un=
vorsichtigkeit in den Schleyer der Verborgenheit hüllen, 25
ehe ich mich der neuern Führung meines Geschickes über=
ließ. Dennoch sehe ich blühende Blumen, welche die
Hoffnung eines guten Erfolgs, zum Besten vieler Nach=
kommenden, auf meine nun betretenen Wege ausstreuet;
Ruhe und Zufriedenheit lächeln mir zu; die Tugend, hoffe 30
ich, wird mein Flehen erhören, und meine beständige Be=
gleiterinn seyn. Das Glück meines Herzens wird größer
und edler, da es Antheil an dem Wohlergehen so vieler
anderer nimmt, seine angenehmsten Gewohnheiten und
Wünsche vergißt, und sein Leben und seine Talente zum 35
Besten seines Nächsten verwendet. Aber bey jedem Schritte
meines jetzigen Lebens vergrößert sich das Glück meiner

genossenen Erziehung, worinn mir alles in den richtigen
moralischen Gesichtspunkt gestellet wurde. Nach diesem
bildete man meine Empfindungen, während dem mein
Verstand zu Beobachtungen über verkehrte Begriffe, und
5 dadurch eingewurzelte Gewohnheiten geleitet wurde.

Wie glücklich ist es für mein Herz, daß mir die
Wahrheit: daß vor Gott kein anderer, als der moralische
Unterschied unserer Seelen Statt finde; so tief eingeprägt
wurde! was hätte ich in meinen itzigen Umständen zu
10 leiden, wenn ich mit den gewöhnlichen Vorurtheilen meiner
Geburt behaftet wäre! Wie verehrungswürdig, wie ver=
dienstvoll ist der kluge Gebrauch, den meine geliebte
Aeltern von der uns allen angebornen Eigenliebe, bey
meiner Erziehung machten! Wären kostbare Kleider und
15 Putz jemals ein Theil meiner Glückseligkeit gewesen; wie
schmerzhaft wäre mir der Anzug meiner gestreisten Lein=
wand? Reinlichkeit, und wohlausgesuchte Form meiner
Kleider, lassen meine ganze Weiblichkeit zufrieden vom
Spiegel gehen; und was bleibt meiner höchsten Einbildung
20 noch zu wünschen übrig, da ich mich in dieser geringen
Kleidung mit Liebe und Ehrfurcht betrachtet sehe, und
diese Gesinnungen allein dem Ausdruck meines moralischen
Charakters zu danken habe?

Ich stehe früh auf, ich lege mich an mein Fenster,
25 und sehe, wie getreu die Natur die Pflichten des ihr auf=
gelegten ewigen Gesetzes der Nutzbarkeit in allen Zeiten
und Witterungen des Jahres erfüllt. Der Winter nähert
sich; die Blumen sind verschwunden, und auch bey den
Stralen der Sonne hat die Erde kein glänzendes Ansehen
30 mehr; aber einem empfindsamen Herzen giebt auch das
leere Feld ein Bild des Vergnügens. Hier wuchs Korn,
denkt es, und hebt ein dankbares Auge gen Himmel; der
Gemüßgarten, die Obstbäume stehen beraubt da, und der
Gedanke des Vorraths von Nahrung, den sie gegeben,
35 mischet unter den Schauer des anfangenden Nordwindes
ein warmes Gefühl von Freude. Die Blätter der Obst=
bäume sind abgefallen, die Wiesen verwelkt, trübe Wolken

gießen Regen aus; die Erde wird locker, und zu Spazier=
gängen unbrauchbar; das gedankenlose Geschöpf murret
darüber; aber die nachdenkende Seele sieht die erweichende
Oberfläche unsers Wohnplatzes mit Rührung an. Dürre
Blätter und gelbes Gras werden durch Herbstregen zu ⁵
einer Nahrung der Fruchtbarkeit unsrer Erde bereitet;
diese Betrachtung läßt uns gewiß nicht ohne eine frohe
Empfindung über die Vorsorge unsers Schöpfers, und
giebt uns eine Aussicht auf den nachkommenden Frühling.
Mitten unter dem Verlust aller äußerlichen Annehmlich= ¹⁰
keiten, ja selbst dem Widerwillen ihrer genährten und er=
götzten Kinder ausgesetzt, fängt unsere mütterliche Erde
an, in ihrem Innern für das künftige Wohl derselben zu
arbeiten. Warum, sag' ich dann, warum ist die moralische
Welt ihrer Bestimmung nicht eben so getreu, als die ¹⁵
physicalische? Die Frucht der Eiche brachte niemals was
anders, als einen Eichbaum hervor; der Weinstock allezeit
Trauben; warum ein großer Mann klein denkende Söhne?
— warum der nützliche Gelehrte und Künstler unwissende
elende Nachkömmlinge? — tugendhafte Aeltern Bösewichter? ²⁰
— Ich denke über diese Ungleichheit, und der Zufall zeigt
mir eine unzählige Menge Hindernisse, die in der moralischen
Welt (so wie es auch öfters in der physicalischen begegnet)
Ursache sind, daß der beste Weinstock aus Mangel guter
Witterung saure, unbrauchbare Trauben trägt — und ²⁵
vortreffliche Aeltern schlechte Kinder erwachsen sehen.
Etliche Schritte weiter in meiner Vorstellung stehe ich
still, kehre in mich selbst zurück, und sage: ist nicht die
helle Aussicht meiner glücklichen Tage auch trübe geworden,
und der äußerliche Schimmer wie vertrocknetes Laub von ³⁰
mir abgefallen? vielleicht hat unser Schicksal auch Jahres=
zeiten? Ist es: so will ich die Früchte meiner Erziehung
und Erfahrung während dem traurigen Winter meines
Verhängnisses zu meiner moralischen Nahrung anwenden;
und da die Aernte davon so reich war, dem Armen, dessen ³⁵
kleiner, ungebesserter Boden wenig trug, davon mittheilen
was ich kann. Würklich hab' ich einen Theil guter Saamen=

körner in eine dritte Hand gelegt, um einen magern,
dürren Boden anzubauen. Der sanften Freundschaft ist
die Pflege anvertraut, und ich werde acht Tage lang die
Oberaufsicht haben. Leben Sie wohl!

5 **Madam Hills an Herrn Prediger Br °°.**

Erschrecken Sie nicht, lieber Herr Prediger, daß Sie
anstatt eines Briefes von Madam Leidens einen von mir
bekommen. Sie ist nicht krank, gewiß nicht: aber die
liebe Frau hat mich auf vierzehn Tage verlassen, und
10 wohnt in einem ganz fremden Hause, wo sie viel arbeitet,
und — was mir Leid thut — auch gar schlecht ißt:
hören Sie nur wie dieß zugieng! O, ein solcher Engel
ist noch nie in eines Reichen, noch in eines Armen Hause
gewesen! ich kann das nicht so sagen was ich denke, und
15 schreiben kann ich gar nicht. Doch sehen Sie: Ihre Frau
weiß, wie arm der Herr G. nach Verlust seines Amts
mit Frau und Kindern geworden ist. Nun, ich gab immer
was; aber ich konnte die Leute nicht dulden; Jedermann
sagte auch, daß Er hochmüthig und Sie nachläßig wäre,
20 und daß alles Gute an ihnen verloren sey. Dieß machte
mich böse, und ich redte davon mit der Jungfer Lehne,
der ich auch Hülfe gebe; Sie arbeitet aber auch; Madam
Leidens war dabey, und fragte die Jungfer nach den
Leuten; und sie erzählte ihr den ganzen Lebenslauf, weil
25 sie von Kind auf beysammen gewesen waren. Den andern
Tag besuchte Madam Leidens die Frau G., und kam sehr
gerührt nach Hause. Beym Nachtessen sagte sie mir von
den Leuten so viel bewegliches, daß ich über sie weinte,
und ihnen so gut wurde, daß ich gleich sagte: ich wollte
30 Aeltern und Kinder versorgen. Aber dieß wollte sie nicht
haben. Den folgenden Morgen aber brachte sie mir dieß
Papier. Sie müssen mirs wieder geben, es soll bey
meinem Testamente liegen mit meiner Unterschrift, und
ein Lob auf Madam Leidens von meiner eigenen Hand,

und noch etwas für Madam Leidens, das ich itzt nicht
sage. Sie gieng zu ihren Mädchen, und ließ mir das
Papier. Ich habe mein Tage nichts klüger ausgedacht
gesehen. Zween Fische mit einer Angel zu fangen, und
die Leute klug und geschickt zu machen, nun dieß versteht
sie recht schön. Ich verwunderte mich, und weinte zweymal, weil ich es zweymal durchlesen mußte, um es recht
zu fassen. Ich schrieb darunter: alles, alles bewilligt,
und gleich auf Morgen, — aber dieß sagte ich ihr mündlich, und ich schrieb es auch auf das Papier, wenn ichs
zum Testament lege, daß sie mich nicht ihre Wohlthäterinn
nennen soll. Was gab ich ihr dann? — ein Bißchen
Essen und ein Zimmerchen. — Aber warten Sie nur,
ich will schon was aussinnen; sie soll nicht aus meinem
Hause kommen, wie sie meint. Wenn ich nur noch den
Bau meines Gesindhauses erlebe; da laß ich ihren Namen
zu dem meinigen in Stein hauen, und da heiße ich sie
meine angenommene Tochter, und da wird sich jeder
wundern, daß sie mein Geld nicht für sich behalten, und
einen andern hübschen Mann genommen habe, und da
lobt man mich und sie zusammen, und dieß gönn' ich ihr
recht wohl. Sie muß mir auch arme Kinder aus der
Taufe heben, damit es Kinder mit ihrem Namen hier
giebt, und diese sollen, wie meine Aennchens, vorzüglich
in mein Gesindhaus kommen.

Meine Brille machte mich müde; ich kennte heute
früh nicht weiter schreiben, und da mir die Zeit nach
Madam Leidens lang war: so gieng ich schnur gerad hin
ins Haus der Frau G. Es reute mich, weil mir die
Leute so viel dankten, und vielleicht geglaubt haben, ich
wäre deswegen gekommen; und es geschah doch bloß, um
meine Tochter zu sehen; denn ich sag' Ihnen, wenn sie
zurück kömmt, muß sie mich ihre Mutter nennen.

Ich ließ mein Aufwartmädchen die Thüre ein wenig
aufmachen, und es war gewiß schön in dem Zimmer durch
die Leute darinn, nicht durch die Möbeln, denn es sind
keine schöne da; — Strohstülchen und ein Paar Tische.

In einer Ecke war der Vater mit dem ältesten Sohne,
der bey ihm schrieb und rechnete; im halben Zimmer der
andre Tisch; Frau G. strickte; Jungfer Lehne saß zwischen
den zwo kleinen Mädchen, und lehrte sie nähen; Madam
5 Leidens hatte ein Bouquet italiänische Blumen vor sich,
die sie für Stühle zum Verkauf abzeichnet. Der jüngere
Sohn und die älteste Tochter sahen ihr auf die Finger,
und sie redte recht süß und freundlich mit ihnen. Ich
mußte über sie weinen, und auch über die Kinder, die sie
10 so lieb haben, und mir so dankten. Der wilde Mann
wurde roth, wie er mir dankte, und die Frau lachte ganz
leichtsinnig dabey; das thut aber nichts, ich will Ihnen,
wie es Madam Leidens veranstaltete, aufhelfen, bis sie
ganz auf den Beinen sind; und Jungfer Lehne soll den
15 ersten Platz der Lehrmeisterinnen für Cammerjungfern
haben. Ich ließ zartes Abendbrodt und gutes Obst holen;
Sie können nicht glauben, wie die Kinder Freude daran
hatten; aber Madam Leidens war nicht damit zufrieden.
Sie fürchtet, die geringen Speisen, welche das wenige
20 Vermögen zuläßt, möchten itzt den Kindern nicht mehr so
lieb seyn; sie sagt: sie wolle sie nicht durch den Magen
belohnen, und itzt gebe ich nichts wieder; Sie aß auch
nur einen Apfel und ein Stück Hausbrodt. Ich fragte
sie darum, und sie sagte zu der Tochter: solche Aepfel
25 können wir in unserm Garten ziehen, aber dieß Brodt
kann nur eine Madam Hills backen lassen. Da hatte
ichs! Aber ich wurde nicht böse; sie hatte Recht; Sie
will nicht, daß man gewöhnliches Brodt essen für Unglück
halte. — Nun sind acht Tage vorbey, daß sie bey den
30 Leuten ist; künftige Woche kömmt sie wieder zu mir, und
da wird sie Ihnen schreiben. Beten Sie für das liebe
Kind, und für mein Leben. — O, niemals werde ich vergessen, daß Sie mir diese Person anvertrauten; ich war
mein Tage nicht so fröhlich mit allem meinem Gelde, als
35 ich es bin, seit ich sie bey mir habe! —

## Plan der Hülfe für die Familie G. und die Jungfer Lehne.

Meine liebe Wohlthäterinn hat mir aufgetragen, meine Gedanken der Hülfe für die Familie G. aufzu=
schreiben. Ich möchte mit diesen aus eigner Schuld elend 5
gewordenen Leuten gerne umgehen, wie der Arzt mit
einem Kranken, der seine Gesundheit muthwillig verdorben
hat; er thut alles, was zur Hülfe nöthig ist, aber er ver=
bindet seine Verordnungen zugleich mit Ausübung einer
Diät, die er ihm durch Vorstellung der künftigen Gefahr 10
und der vergangenen Leiden augenscheinlich nothwendig
macht; durch eine langsame, aber anhaltende Cur hilft er
ihm zu neuen Kräften, so, daß er endlich wieder ohne
Arzt leben kann. Zu sehr stärkende Mittel gleich Anfangs
gebraucht, würden das Uebel in dem Cörper befestigen, 15
und also für die Zukunft schädlich seyn. Der Familie G.
würde es mit großen Geschenken auch so ergehen; wir
wollen ihr also mit Vorsicht zu Hülfe kommen, und die
Wurzel des Uebels zu heilen suchen.

Die wohlthätige Güte der Madam Hills giebt An= 20
fangs die nöthigen Kleider, Leinen und Hausgeräthe.
Von den ersten wurden nur die allerunentbehrlichsten
Stücke schon verfertigt gegeben; das übrige aber im
Ganzen, damit die Frau und ihre Töchter es mit eigner
Handarbeit zurechte machen; und wenn sie damit fertig 25
sind, so bekommen sie einen Vorrath an Flachs und Baum=
wolle, um selbige zu verarbeiten, und in Zukunft das ab=
gehende an Leinen= und baumwollenen Zeuge ersetzen zu
können, und dieses ist die Sache der Mütter und Töchter.

Die Talente und den Stolz des Herrn G. will ich 30
dahin zu bringen suchen, seinen zerfallenen Ruhm durch
die Bemühung einer guten Kinderzucht wieder aufzubauen.
Erziehung ist er seinen Kindern schuldig; das Vermögen
hat er nicht, Lehrmeister zu bezahlen; wie edel wär' es,
wenn er mit Fleiß und Vatertreue den Schaden des ver= 35
schwendeten Vermögens ersetzte, und seinen Kindern Schreib=

und Rechnungsunterricht gäbe! Für das Latein der Söhne
erhalten Madam Hills zween Plätze, welche armen Schülern
bestimmt sind; Herr G. hält aber die Lehr= und Wieder=
holungsstunden selbst mit ihnen; und gewiß würde man
5 einem Mann, der seine väterlichen Pflichten so getreu er=
füllte, mit der Zeit ein Amt des Vaterlandes anvertrauen.
Nun kömmt die Betrachtung, daß die beschuldigte Nach=
läßigkeit der Frau G. alles wieder zu Grunde richten
würde; diesem Uebel hoffe ich durch die Jungfer Lehne
10 zuvor zu kommen.

Sie war die Jugendfreundinn der Frau G., und hat
von ihren Eltern Gutes genossen. Ich denke, sie würde
es der Tochter gerne vergelten, wenn sie nicht selbst arm
wäre; da sie aber einen vorzüglichen Reichthum an Ge=
15 schicklichkeit besitzt, so könnte sie dadurch eine Wohlthäterinn
ihrer Freundinn werden, wenn sie das Amt einer Auf=
seherinn über den Gebrauch der Wohlthaten und der
Lehrmeisterinn bey den Töchtern der Frau G. verwalten
wollte.

20 Madam Hills thun der Jungfer Lehne Gutes, ich
weiß, daß sie dankbar seyn möchte, und wie kann sie es
auf eine rühmlichere Art werden, als wenn sie ihrer
eigenen Beschützerinn die Hände reicht, um ihre unglückliche
Freundinn aus dem Verderben zu ziehen? Und mit wie
25 vieler Achtung wird sie von den besten Einwohnern an=
gesehen worden, wenn sie durch die Güte ihres Herzens
die Grundlage der Wohlfahrt von drey unschuldigen Kindern
befestigen und bauen hilft?

Wenn meine theure Frau Hills mit diesen Gedanken
30 zufrieden sind, so will ich sie dem Herrn und der Frau G.,
wie auch der Jungfer Lehne vortragen; und, dann bitte
ich, mir zu erlauben, auf zwo Wochen in dem Hause des
Herrn G. zu wohnen, um ihnen zu zeigen, daß diese Vor=
schriften zu der Verwendung ihres Lebens nicht hart und
35 nicht unangenehm sind. Denn ich will durch gute Worte
und Achtung den Mann an sein Haus und an seine
Familie gewöhnen, und dann einige Tage die Stelle der

Mutter, und wieder einige die Stelle der Jungfer Lehne bekleiden, und daneben die Herzen der Kinder zu guten Neigungen zu lenken, und ihre Fähigkeiten ausfindig zu machen suchen, um sie mit der Zeit nach ihrem besten Geschicke anzubauen. Aber in Kleidung, Essen, Hausgeräthe, sollen sie noch den Mangel fühlen, und durch dieses Gefühl zu Erkenntniß und Aufmerksamkeit kommen; biß sie durch Genügsamkeit, Fleiß und gute Gesinnungen wieder in die Classe eintreten können, aus der sie durch Verschwendung und Sorglosigkeit gefallen sind. Vorwürfe werde ich ihnen nicht machen; aber ich werden ihnen durch Erzählung einiger Umstände meines Lebens die Zufälligkeit des Glücks beweisen, und den Kindern sagen, daß mir nichts als meine Erziehung übrig geblieben sey, welche mir die Freundschaft von Madam Hills, und die Gelegenheit gegeben hätte, ihnen Dienste zu leisten. Dann werde ich auch von dem Stolze reden können, der uns bloß führen soll, einen edlen Gebrauch von Glück und Unglück zu machen. Denn ich möchte nicht bloß ihren Körper ernährt und gekleidet sehen, sondern auch die schlechten Gesinnungen ihrer Seele gebessert, und ihren Verstand mit schicklichen Begriffen erfüllet wissen.

---

### Madam Leidens an Emilien.

Nun bin ich wieder zu Haus, und wollte Ihnen von der Aussaat reden, wovon mein letzter Brief sagte, daß ich sie einer dritten Hand anvertrauen würde; aber Madam Hills erzählt mir: daß sie Ihnen alles geschrieben habe. O meine Freundin! wie schön wäre der moralische Theil unsers Erdkreises, wenn alle Reichen so dächten, wie Madam Hills, die sich freut, wenn man ihr Gelegenheit giebt, ihre Glücksgüter wohl anzuwenden! Sie, meine Emilia, sollen die Beweggründe sehen, die mich dazu brachten, der Jungfer Lehne das Verwaltungsamt zu geben. Sie wissen: wie ich die arme Familie kennen lernte: eben diese Person redte bey Frau Hills von ihren

Umſtänden.   Ich bemerkte in ihrem halb mitleidigen, halb
anklagendem Ton eine Art von Neid über die Wohlthaten,
welche jene genoſſen, und die Begierde, ſie allein an ſich
zu ziehen.   Sie ſprach zugleich viel davon, wie ſie es
5 an der Stelle von Frau G. machen würde.   Ich ärgerte
mich, ſo kalte, und übelthätige Ueberbleibſel einer ſo ſtark
geweſenen Jugendfreundſchaft anzutreffen, und hatte Muth
genug den Plan zu faſſen, dieſes halb vermoderte Herz
zu dem Nutzen ſeiner erſten Freundinn brauchbar zu
10 machen.   Ich ließ ſie nichts von meinen Betrachtungen
über ſie merken, und ſagte ihr nur, daß ſie mich in das
Haus führen ſollte.   Der Anblick des Elends, und die
Zärtlichkeit, welche ihr die Frau bewieß, rührte ſie, und
in dieſer Bewegung nahm ich ſie in mein Zimmer, las
15 ihr meinen Plan vor, und mahlte mit den lebhafteſten
Farben die Schönheit der Rolle, die ich ihr auftrüge,
worinn ſie ſich das Wohlgefallen Gottes, und die Achtung
und die Segnungen aller Rechtſchaffenen zu verſprechen
hätte.   Ich überzeugte ſie, daß ſie mehr Gutes thue, als
20 Frau Hills, welche bey ihren Geldgaben nur das Vergnügen genöſſe, von ihrem Ueberfluſſe von Zeit zu Zeit
etwas abzugeben; da hingegen ihre täglichen Bemühungen
und ihre Geduld die Tugenden des edelſten Herzens ſeyn
würden.   Ich gewann ſie um deſto leichter, weil ich ihr
25 das Lob der Madam Hills dadurch zuzog, daß ich
ſagte: der Einfall wäre ihr ſelbſt gekommen.   Mein Plan
wurde bewilligt, und ich führte ihn die erſten zwo Wochen
ſelbſt aus.

Die Annahme einer Verwalterinn ſchien beſchwerlich,
30 aber ich erhielt doch die Einwilligung, beſonders da ich
ſagte, daß ich ſelbſt vierzehn Tage bey ihnen wohnen
würde.

Den erſten Tag legte ich ihnen die Geſchenke der
Madam Hills vor, theilte jedem das Seinige, mit Er-
35 mahnung zur Sorgfalt, zu, und ſagte ihnen: daß ſie durch
Schonen, und ſparſamen Gebrauch der Wohlthaten,
theils ihre Dankbarkeit, theils ein edles Herz zeigen

würden, welches die Güte, die man ihm beweist, nicht
mißbrauchen möchte.  Hierauf sagte ich, wie ich ihre Um=
stände ansähe, und was ich für einen Plan ihres Lebens,
und ihrer Beschäfftigungen daraus gezogen hätte; bat aber
jedes: mir seine Wünsche, und Einwendungen zu sagen.  5
    Ehe ich diese beantwortete, machte ich ihnen einen
kurzen und nützlichen Auszug meiner eigenen Geschichte.
Ich blieb bey dem Artikel des Ansehens und Reichthums
stehen, worinn ich geboren und erzogen worden; sagte
ihnen meine ehemaligen Wünsche und Neigungen, auch wie  10
ich mir sie itzt versagen müsse, und schloß diese Erzählung
mit freundlichen Anwendungen, und Zusprüchen für sie.
Durch dieses öffnete sich ihr Herz zum Vertrauen, und
zur Bereitwilligkeit meinem Rathe zu folgen.  Die besten
Sachen, so eine reiche und glückliche Person gesagt hätte,  15
würden wenig Eindruck gemacht haben; aber der Gedanke,
daß auch ich arm sey, und andern unterworfen leben
müsse, brachte Biegsamkeit in ihre Gemüther.  Ich fragte:
was sie an meiner Stelle würden gethan haben?  Sie
fanden aber meine Moral gut, und wünschten auch so zu  20
denken.  Darauf gieng ich in den Vorschlag ein, was ich
an ihrem Platze thun würde; und sie waren es herzlich
zufrieden.  O, dachte ich, wenn man bey Beweggründen
zum Guten allezeit in die Umstände und Neigungen der
Leute eingienge, und der uns allen gegebenen Eigenliebe  25
nicht schnurstracks Gewalt anthun wollte, sondern sie mit
eben der Klugheit zum Hülfsmittel verwände, wodurch der
schmeichelnde Verführer sie zu seinem Endzweck zu lenken
weiß; so würde die Moral schon längst die Grenzen ihres
Reichs und die Zahl ihrer Ergebenen vergrößert haben.  30
    Eigenliebe! angenehmes Band, welches die liebreiche
Hand unseres gütigen Schöpfers dem freyen Willen an=
legte, um uns damit zu unsrer wahren Glückseligkeit zu
ziehen; wie sehr hat dich Unwissenheit und Härte ver=
unstaltet, und die Menschen zu einem unseligen Mißbrauch  35
der besten Wohlthat gebracht!  Lassen Sie mich zurück=
kommen.

Am zweyten Tage stellte ich die Frau G. vor, und
in ihrer Person sprach ich mit Jungfer Lehne von unsrer
alten Liebe, und wie gern ich ihr die Stelle gönnte, die
sie in meinem Hause zu vertreten hätte, da ich glaubte:
5 sie würde den Gebrauch eines guten Herzens davon machen.
Ich sagte, was ich (nach dem Willen der Frau G., mit
der ich allein vorher gesprochen hatte) von ihr wünschte,
wieß die Töchter an sie an, und setzte hinzu: daß wir
allezeit alles gemeinschaftlich überlegen und vornehmen
10 wollten.   Sodann war ich zween Tage Jungfer Lehne,
— und die folgenden drey in der Stelle der drey Töchter.

Unter dem Arbeiten machte ich sie durch Hülfe der
Religion mit dem beruhigenden Vergnügen bekannt, welches
die Betrachtung der Natur in verschiedenem Maaße in
15 unser Herz gießt.   Frau Hills schaffte Bücher an, die ich
ausgesucht hatte, und die beyden Söhne mußten wechsels=
weise etwas daraus vorlesen, wobey ich die Kinder immer
Betrachtungen und Anwendungen machen lehrte.   Die zwo
ältesten Mädchen haben viel Geschicke und Verstand.   Ich
20 lehrte sie meine Tapetenarbeit, und die älteste Zeichnungen
dazu zu machen.   Ich ermunterte ihren Fleiß durch den
Stolz, indem ich ihnen sagte: daß sie diese Arbeit ent=
weder ganz an Kaufleute verhandeln, oder sich um die
Hälfte wieder neue Wolle schaffen, und für die andre
25 etwas eintauschen könnten, so ihnen nöthig wäre; ich ver=
sprach ihnen auch, diese Arbeit sonst niemanden zu lehren.
Nun sitzen des Tags die zwo Mädchen und die Mutter
daran, weil die Vorstellung vom Verhandeln ihrer Eitel=
keit schmeichelt.

30 Jungfer Lehne sagt: daß alles gut fortgehe, und ist
selbst ungemein vergnügt, da sie wegen ihrer Aufsicht und
Probe einer wahren Freundschaft so sehr gelobt wird.

Ich habe das Haus mit Thränen verlassen, und
werde alle Wochen zween halbe Tage hingehen.   Die
35 vierzehn Tage, die ich da zubrachte, flossen voll Unschuld
und Friede dahin; eine jede Minute davon, war mit einer
übenden Tugend erfüllt, da ich Gutes that und Gutes

lehrte. Nun bitten Sie Gott, liebste Emilia, daß er diese kleine Saat meiner verarmten Hand zur reichen Aernte für das Wohl dieser Familie werden lasse. Niemals, nein, niemals haben mir die Einkünfte meiner Güter, welche mich in Stand setzten, dem Armen durch Geldgaben zu Hülfe zu kommen, so viel wahre Freude gegeben, als der Gedanke: daß mein Herz ohne Gold, allein durch Mittheilung meiner Talente, meiner Gesinnungen, und etlicher Tage meines Lebens, das Beste für diese Familie gethan hat.

Meine kleinen Zeichnungen sind Ursache, daß der zweyte Sohn zu einem Mignatürmahler kömmt, weil der junge Knabe sie mit der größten Pünktlichkeit und außerordentlich fein nachahmte.

Die ganze Familie liebt und segnet mich. Madam Hils läßt bereits die Steine zum Gesindhaus führen und behauen. Denken Sie nicht, beste Freundinn, daß sich zu gleicher Zeit, dauerhafte Grundtheile eines neuen moralischen Glücksbaues in meiner Seele sammlen, worinn meine Empfindungen Schutz und Nahrung finden werden, bis der Sturm von sinnlichem Unglück vorüber seyn wird, der den Wohnplatz meines äußerlichen Wohlergehens zerstörte?

## Madam Leidens an Emilien.

Emilia! fragen Sie den metaphysischen Kopf ihres Mannes, woher der Widerspruch käme, der sich, zwischen meinen stärksten immerwährenden Empfindungen und meinen Ideen zeigte, als ich von Frau Hills gebeten wurde: ihre liebste Freundinn, die schöne anmuthsvolle Witwe von C. — zu einem gütigen Entschluß, für einen ihrer Verehrer, bereden zu helfen? Woher kam es, daß ich der Liebe und dem aus ihr kommenden Glück irgend eines Mannes das Wort reden konnte, da die Fortdauer meiner durch die Liebe erfahrnen Leiden mich eher zur Unterstützung der Kaltsinnigkeit der schönen Witwe hätte bringen sollen?

Ich kann nicht denken: daß allein der Geist des Wider=
spruchs, durch welchen es uns natürlich ist anders zu
denken als andre Leute, daran Ursache sey. Oder wäre
es möglich, daß in einem Stücke meines, durch die Hände
5 der Liebe zerrissenen Herzens noch ein Abdruck der wohl=
thätigen Gestalt geblieben wäre, worunter ich mir einst
in den heitern Tagen meiner lächelnden Jugend, ihr Bild
vormahlte? Oder konnte wohl der lange Gram meine
junge Vernunft zu dem Grade der Reise gebracht haben,
10 welcher nöthig ist: mich über die Umstände einer andern
Person, ohne alle Einmischung meiner eignen Empfindungen
nachdenken und urtheilen zu lassen? Sie sehen, daß ich
über mich zweifelhaft bin; helfen Sie mir zu Rechte.
    Hier ist mein Gespräch mit der Wittwe.
15    „Vier rechtschaffene Männer bewerben sich um ihre
„Gunst, woher kömmt es, theuerste Frau von C— daß
„Sie so lange wählen?"

    „Ich wähle nicht; ich will meine Freyheit genießen, die
„ich durch so viele Bitterkeit erkaufen mußte. —

20    „Sie haben nicht Unrecht Ihre Freyheit zu lieben,
„und auf alle Weise zu genießen, der edelste Gebrauch
„davon, wäre aber doch derjenige: aus freyem Willen
„jemanden glücklich zu machen.

    „O, das Glück, wovon Sie reden, ist meistens nur in
25 „der feurigen Phantasie eines itzt brennenden Lieb=
„habers, und verschwindet, sobald die erloschene Flamme
„ihr Zeit giebt, sich wieder abzukühlen.

    „Dieses, meine geliebte Frau von C— kann wahr
„seyn, wenn die Liebe eines jungen Mannes allein durch
30 „die Augen entstanden ist, und an der Seite des blühenden
„Mädchens lodert, deren unausgebildeter Charakter diesem
„Feuer keine dauerhafte Nahrung geben kann. Aber Sie,
„die wegen Ihrem Geist, wegen Ihrem edlen Herzen
„geliebet werden, Sie sind sicher es unauslöschlich zu
35 „machen.

    „Meine Verdienste hätten also die Eigenschaft des
„persischen Naphta; aber in welchem meiner Liebhaber

„liegt das Herz, welches ein gleichdauerndes Feuer
„aushalten könnte?

„In jedem; denn Liebe und Glückseligkeit sind der
„unverzehrbare Stoff, woraus unsere Herzen gebauet sind.*)

„Jeder hat aber auch eine eigene Idee von der Glück= 5
„seligkeit; ich könnte also bey meiner zwoten Wahl,
„wieder just das Herz treffen, dessen Begriffe von
„Glückseligkeit nicht mit meinem Charafter überein=
„stimmten, und da verlöhren wir beyde.

„Ihre Ausflucht ist fein, aber nicht richtig. Zehn 10
„Jahre, welche zwischen der ersten und letzten Wahl stehen,
„haben durch viele Erfahrungen Ihren Einsichten die Kraft
„gegeben, die Verschiedenheit der Personen und Umstände
„zu beurtheilen, und besonders die Gewalt zu bemerken,
„mit welcher die letztere Sie in Ihre erste Verbindung 15
„hineingezogen.

„Wie genau Sie alles hervorsuchen; Aber sagen Sie,
„liebe Madam Leidens, wen würden Sie wählen, wenn
„Sie an meiner Stelle wären?

„Den, von dem ich hoffte, ihn am meisten glücklich 20
„machen zu können.

„Und dieß wäre in ihren Augen —

„Der liebenswürdige Gelehrte, dessen schöner und
„aufgeflärter Geist Ihnen das Vergnügen gewährte, daß
„nicht die geringste Schattierung Ihrer Verdienste ungefühlt, 25
„und ungeliebt bliebe, in dessen Umgang der edelste Theil
„Ihres Wesens unendliche Vortheile genießen könnte,
„indem Er Sie an der Hand der Zärtlichkeit durch das
„weite Gebiet seiner Wissenschaft führen würde, wo sich
„Ihr Geist so angenehm unterhalten und stärken könnte. 30
„Wie glücklich würde sein gefühlvolles Herz durch das
„Vergnügen, durch die Verdienste und die Liebe seiner
„schätzbaren Gattinn werden; und wie glücklich würde

---

*) Der ziemlich ins Preciöse fallende und von der gewöhn=
lichen schönen Simplicität unsrer Sternheim so starf abstechende
Styl dieses Dialogen scheint zu beweisen, daß sie bey dieser
Unterredung mit Frau von C. nicht recht à son aise war.

„Ihre empfindſame Seele durch das von Ihnen geſchaffene
„Glück dieſes würdigen Mannes ſeyn! Wie ſüß wäre
„Ihr Antheil an ſeinem Ruhm, und an ſeinen Freunden!
„O Madam Leidens! wie ſtark mahlen Sie die ſchöne
5 „Seite! Soll ich nicht ſehen, daß alle Stärke dieſer ſchätz=
„baren Empfindlichkeit ſich auch bey meinen wahren, und
„zufälligen Fehlern zeigen würde, und wohin neigt ſich
„da die Wagſchale der Glückſeligkeit?

„Dahin, wo Ihre angeborne Sanftmuth, und Ge=
10 „fälligkeit ſie feſt halten wird.

„Gefährliche Frau, wie viele Blumen Sie auf die ver=
„ſteckte Kette ſtreuen!

„Sie thun mir Unrecht, ich zeige nur den Vorrath
„von Blumen, deren Werth ich kenne, und die Ihnen die
15 „Liebe anbietet, um eine Kette von Zufriedenheit daraus
„zu binden —

„Und überſehen die Menge von Dornen, welche unter
„dieſen Roſen verborgen ſind —

„Darauf antworte ich nicht, ich würde Ihre Klugheit
20 „und Billigkeit beleidigen.

„Werden Sie nicht böſe, und weiſen Sie mir noch die
„ſchönen Farben der übrigen Bänder, wovon Sie mir
„Schleifen knüpfen wollen.

„Kommen Sie, vielleicht wird der artige Uebermuth,
25 „den Ihnen Ihre vorzügliche Liebenswürdigkeit giebt,
„durch die Eigenſchaften der Geburt und Perſon eines
„der edelſten Söhne des preußiſchen Kriegesgotts leichter
„gezähmt, als durch die ſanfte Hand der Muſen: dieß
„Band iſt ſchön, ein glänzender Name, Edelmüthigkeit der
30 „Seele, wahre Liebe und Verehrung ihres Charakters iſt
„darein verwebt; goldene Streifen des angeſehenen Rangs,
„des neuen ſchönen Kreiſes, in den ſie dadurch verſetzt
„werden, liegen im Grunde, Blicke in angenehme Gegenden,
„wo Ihnen die Briefe der Hochachtungswürdigen Frau
35 „von *** zeigen, daß ſeine Liebe Ihnen ſchon Freundinnen
„und Verehrer bereitet hat; und verdiente nicht ſchon die
„großmüthige Aufopferung aller Vorrechte des alten

„Abels, das Gegenopfer Ihrer Unschlüßigkeit und Ihres
„Mistrauens?

„Zauberinn! wie künstlich mischen Sie Ihre Farben!

„Warum Zauberinn, liebste Frau von C—? fühlen
„Sie den starken Reiz der strahlenden Fäden, womit der ⁵
„Zufall dieß Band umwunden hat?

„Ja, aber dem Himmel sey Dank, Sie schrecken mich
„just deswegen, weil Sie mich blenden.

„Liebenswürdige Schüchternheit, o, könnte ich dich in
„die Seele jedes gefühlvollen Geschöpfs legen, welches von ¹⁰
„den schönen Farben eines Kunstfeuers angelockt, ver=
„blendet, und auf einmal in der grausamen Finsterniß
„eines traurigen Schicksals verlassen wird!

„Liebe Frau! wie rührend loben Sie mich; wie sehr
„erwecken Sie die mütterliche Sorgen für meine an= ¹⁵
„wachsende Tochter!

Zärtlich umarmte ich Sie für diese edle Bewegung
ihres, von wahrer Güte belebten Herzens; „gönnen Sie
„mir, (sagte ich) in diesem, der Empfindung geweyhten
„Augenblicke, Ihre Aufmerksamkeit, für die, in Wahrheit ²⁰
„wenig schimmernde, aber fest gegründete Zufriedenheit,
„die Sie in dem artigen Landhause des Herrn T. erwartet,
„worinn Sie durch einen edelmüthigen Entschluß zugleich
„drey der heiligsten Pflichten erfüllen könnten; — Die
„sehnlichen Wünsche eines verdienstvollen angenehmen ²⁵
„Mannes zu krönen, der Sie nicht um der Reize Ihrer
„Person willen, (denn diese kennt er nicht) sondern wegen
„dem reizenden Bilde liebt, so ihm von Ihrer Seele
„gemacht wurde; der, nachdem Er allen Ausdruck seiner
„Empfindungen für Sie erschöpft hatte; mit der edelsten ³⁰
„Bewegung, die jemals das Herz eines Reichen erschütterte,
„hinzusetzte: Ihre Tochter sollte das Kind ihres Herzens
„werden, und alles sein Vermögen ihr zugewandt seyn.
„Würden sie nicht dadurch zugleich der mütterlichen
„Pflicht auch für die äußerliche Glückseligkeit ihres Kindes ³⁵
„zu sorgen, genug thun? Und konnte die gehorsame Er=
„gebung des Willens Ihrer Jugendlichen Jahre dem

„Herzen Ihres ehrwürdigen Vaters jemals so viele Freude
„machen, als Sie ihm in den itzigen Jahren Ihrer Freyheit
„machen würden, wenn Sie seinen Rath, seine zärtlichen
„Wünsche für eine Verbindung befolgten, wodurch Sie
5 „ihm genähert, und in den Stand gesetzt würden, sein
„väterliches Herz in dem letzten Theile seines Lebens für
„alle Mühe der Erziehung seiner Kinder zu belohnen?
„Bedenken Sie sich, liebreiche und gegen alle Menschen
„leutselige und wohlthätige Frau! Ich will Ihnen nichts
10 „von der hochachtungswürdigen Hand sagen, die in einer
„unsrer schönsten Residenzstädte auf den gütigen Wink
„der Ihrigen wartet, wo eine Anzahl verdienstvoller Per=
„sonen, Ihnen Bürge für die Tugend des Herzens, für
„die Kenntnisse des Geistes, und für die zärtliche Reigung
15 „sind, die einer der schönsten und besten Männer für Sie
„ernährt, und der darum der Glücklichste wurde, weil er
„in Ihnen die beste würdigste Mutter für seine zwey
„Kinder zu erhalten hoffte. Sie wissen, daß Er ein edler
„Besitzer eines schönen Vermögens ist, und kennen alle
20 „gesellschaftlichen Annehmlichkeiten, die in dieser Stadt
„auf sie warten. — — Aber thun Sie, liebenswürdige
„Frau von C. was Sie wollen, ich habe Ihnen die
„Beweggründe meines Herzens gesagt; ich weiß wohl,
„daß wir alle einen verschiedenen Gesichtspunkt über den
25 „nehmlichen Gegenstand haben, und unser Gefühl darnach
„richten; doch ist eine Seite, die wir alle betrachten
„müssen — die Glückseligkeit unsers Nächsten eben so
„sehr, als die unsrige zu lieben, und sie nicht aus kleinen
„Beweggründen zu verzögern.
30    „Sie haben mein Herz in die äußerste Verlegenheit
„gebracht, (sagte Sie mir mit Thränen) aber meine
„traurige Erfahrung empört sich wider jede Idee von
„Verbindung; ich wünsche diesen Männern würdigere
„Gattinnen, als sie sich mich abschildern; aber mein
35 „Nacken ist von dem ersten Joche so verwundet worden,
„daß mich das leichteste Seidenband drücken würde.
    „Ich habe die Bitte ihrer Freundinn erfüllt, und

„nichts anders bey Ihrem Entschlusse zu sagen, als daß
„Sie immer glücklich seyn mögen.

Sie umarmte mich, und ich bat Madam Hills: bey
meiner Zurückkunft die liebe Frau ruhig zu lassen;
wunderte mich aber in meinem Zimmer über den Eifer,
womit ich mich in diese Sache gemischt hatte.

Klären Sie mir das Dunkle in meiner Seele darüber
auf; es dünkt mich: daß ich lauter unrechte Ursachen
hasche.

--------

### Lord Seymour an Doctor T.

Bester Freund, geben Sie mir Ihren Rath, um mich
in dem Kummer zu erhalten, in welchen ich aufs neue,
und, gewiß auf ewig gefallen bin! Sie wissen, daß ich
meine Leidenschaft für das Fräulein von Sternheim ganz
unterdrückt hatte, weil die Versicherung ihres niederträchtigen
Bündnisses mit John ihren Geist und Charakter aller
meiner Hochachtung beraubte. Ich fieng auch an, eine
ruhige und reizende Liebe zu kosten, indem ich meine
ganze Zärtlichkeit dem Fräulein von C— widmete, und
der ihrigen völlig versichert war: als mein Oheim un=
versehens den Befehl vom Hofe erhielt, eine Reise nach
W. zu machen. Die Empfindlichkeit des liebenswürdigen
Fräuleins von C-- hatte vieles bey unserer Trennung
zu leiden, und ich war ebenso traurig als sie. Miß=
vergnügt und murrend über die Fesseln, welche mir der
Ehrgeiz meiner Familie, und die Zuneigung von Mylord
Craston anlegten, saß ich stumm und finster neben dem
liebreichsten Manne, dessen feste Ruhe des Geistes meinen
empörten Empfindungen ärgerlich war, so, daß ich der
Geduld nicht achtete, mit welcher er meine Unart ertrug.
Aber, mein Freund, stellen Sie sich, wenn es möglich ist,
die Bewegungen vor, in die ich gerieth, als wir den zweyten
Tag Abends bey sehr schlimmen Wetter, durch Versehen
des Postillions, auf ein Dorf kamen, wo wir übernachten
mußten, am Wirthshause anfuhren, und eben aussteigen

wollten, als die Wirthinn auf einmal anfieng: „was, Sie
„ſind Engländer? fahren Sie fort, ich laſſe Sie nicht in
„mein Haus; Sie können meinetwegen im Walde bleiben,
„aber meine Schwelle ſoll kein Engländer mehr betreten —
5 Während dem letztern Worte, zog ſie ihren Sohn, der
wie ein wackerer Menſch ausſah, und ihr immer zuredete,
beym Arme gegen die Thüre des Hauſes, ſo ſie zuſchließen
wollte.   Der ſchreyende Unwille dieſer Frau war ſeltſam
genug, um mich aufmerkſam zu machen; unſere Kerls
10 ſchrien und zankten wieder, die Poſtillions auch.   Mylord
befahl unſern Leuten zu ſchweigen, und ſagte zu mir:
hier muß etwas ernſthaftes vorgegangen ſeyn, da es
wichtig genug iſt, die gewöhnliche Gewinnbegierde dieſer
Leute zu unterdrücken.

15      Er rief der Frau freundlich zu: ſie möchte ihm die
Urſache ſagen, warum ſie uns nicht aufnehmen wollte?

„Weil die Engländer gewiſſenloſe Leute ſind, die
„ſich nichts aus dem Unglücke der beſten Menſchen machen,
„und ich meine Tage keinen mehr beherbergen will; fahren
20 „Sie mit ihren ſchönen Worten nur fort, ſie können alle
„ſo ſchöne Worte geben.

Sie wandte ſich von uns weg, und ſagte zu ihrem
Sohne, der ihr vermuthlich wegen dem Gewinn zuredete.

„Nein, und wenn ſie meine Stube voll Gold ſteckten, ſo
25 „brech' ich mein Gelübde nicht, das ich der lieben Dame
„wegen that —

Ich kochte vor Ungeduld; aber Mylord, der von
ſeiner Parlamentsſtelle her gewohnt war, den wüthenden
Aufwallungen des Pöbels nachzugeben, winkte ganz ruhig
30 dem Sohne, und fragte ihn um die Urſache der Abneigung
und der Vorwürfe ſeiner Mutter.

„Vor einem halben Jahre, antwortete dieſer, führte
„ein Engländer ſeine Frau, eine ſchöne gütige Dame zu
„uns; er gieng weg und kam wieder, nachdem er viele
35 „Wochen weggeweſen, indeſſen hatte die junge Frau, die
„immer ſehr traurig war, meine Baaſen gekleidet, ſie viele
„hübſche Sachen gelehret, und den Armen viel Gutes gethan!

„o, sie war so sanft als ein Lamm; sogar mein Vater wurde
„sanft seit sie in unserm Hause war; wir mußten sie alle
„lieben. Aber einen Tag, da der böse Lord lange weg
„gewesen, kam einer seiner Leute geritten, und sagte, er
„hätte Briefe an die Dame; wir fragten: ob sein Herr 5
„bald käme? nein — sagt' er, Er kömmt nicht wieder;
„hier ist noch Geld für den übrigen Monat; und dieß
„sagte er wild und trotzig, wie ein böser Hund. Meiner
„Mutter ahndete nichts gutes, und sie schlich sich in eine
„Nebenkammer, um auf den Brief zu horchen; da sah sie 10
„unsre liebe schöne Dame auf der Erde knien und weinen,
„und ihrem Cammermädchen erzählen: in dem Briefe
„stünde: ihre Heurath wäre falsch gewesen: der Bothe, der
„ihn gebracht, wäre in einen Geistlichen verkleidet gewesen,
„und hätte sie eingesegnet: sie könne hin wo sie wolle: 15
„da ist sie auch zwey Tage darauf fort; aber sie muß
„unterwegs gestorben seyn, so krank und betrübt war sie;
„da will nun meine Mutter keinen Engländer mehr ins
„Haus aufnehmen.

Mylord sah mich gerührt an;                            20

Carl, was sagt dein Herz zu dieser Erzählung?

O Mylord, es ist mein Fräulein Sternheim, —
schrie ich — aber der Bösewicht soll es bezahlen! Auf=
suchen will ich ihn; es ist Derby; kein anderer ist dieser
Grausamkeit fähig.                                     25

Junger Freund, sagte Mylord dem Sohne der
Wirthinn; sag' er seiner Mutter: sie hätte recht, den bösen
Engländer zu hassen; auch soll er vom König nach der
Schärfe abgestraft werden. Aber mach' Er, daß ich ins
Haus komme.                                           30

„Steigen Sie aus, ich will meine Mutter be=
friedigen.

Er lief hinein, und bald darauf kam uns die Frau
selbst entgegen; „Wenn Sie den abscheulichen Mann recht
„strafen wollen, wie Sie sagen, so kommen Sie, ich will 35
„Ihnen alles erzehlen wie es war; Sie sind ein alter
„Herr, gnädiger Lord, Sie können das Unrecht junger

„Leute gut einsehen, machen Sie ein Exempel aus dem
„bösen Mann, er könnte noch viele Streiche anfangen.

Still, und langsam folgte ich ihr und Mylorden die
Treppe hinauf. „Hier, sagte sie oben, hier ist der liebe
5 „Engel gestanden, wie ihr Herr das erstemal kam, sie zu
„besuchen, nun, er herzte sie recht schön, und sie hatte
„ihre lieben Hände so hübsch nach ihm ausgestreckt, daß
„mich ihre Einigkeit freute; aber sie redte so sanft und
„wenig, und er so laut, seine Augen waren so groß, und
10 „beschauten sie so geschwind, er ruste auch gleich so viel
„nach seinen Kerls, daß man wohl daraus hätte etwas
„vermuthen können. Mein Mann war wild, doch hat er
„im Anfange allezeit leise und freundlich geredt und ge=
„blinzelt; aber man denkt, jeder Mensch hat seine Weise,
15 „und wie sollte einem einfallen: daß man ein schönes
„frommes Tugendbild betrügen könne?

Nun waren wir im Zimmer, wo ihre Cammerfrau
gewohnt hatte; hernach wieß sie uns das von der Dame;
sie ruste Gretchen, die sich hinsetzen und zeigen mußte,
20 wo die Dame gesessen, wie sie die Mädchen gelehrt hätte;
hernach nahm sie ein Bild von der Wand, und sagte:
„da, mein Gärtchen, meine Bienengestelle, und das Stück
„Matte, wo meine Kühe auf der Weide giengen, zeichnete sie.
— Indem sie es Mylorden hingab, küßte sie das Stück,
25 und sagte mit Weinen: Du liebe, liebe Dame, Gott habe
dich selig, denn du lebst gewiß nicht mehr.

Ein einziger Blick überzeugte mich völlig: daß es
die Sternheim gemacht hatte; die richtigen Umrisse, die
feinen Schattierungen erkannte ich; mein Herz wurde
30 beklemmt; ich mußte mich setzen; Thränen füllten meine
Augen; das Schicksal des edlen Mädchens, die rauhe,
aber herzliche Liebe dieser Frau rührten mich; es gefiel
ihr, Sie klopfte mich auf die Achsel: „das ist recht, daß
„Sie betrübt sind, bitten Sie Gott um ein gutes Herz,
35 „daß Sie niemanden verführen; denn Sie sind auch ein
„Engländer, und ein hübscher Mensch; Sie können einem
„in die Augen gehen.

Nun mußte das Mädchen und der Sohn, und die
übrigen Leute erzählen, wie gut die Dame gewesen, und
was sie gemacht hatte; dann wieß sie uns das Schlaf=
zimmer. „Seit dem Brief, fuhr sie fort, ist sie nicht
„mehr hinein gegangen, sondern schlief im Bette ihrer  5
„Jungfer; ich denke es wohl, wer möchte noch unter der
„Decke eines Spitzbuben schlafen? — Hier ist der Schrank,
„worein sie alle Kostbarkeiten von Gold, von Geschmeide,
„o, gar viele Sachen legte, die er ihr mitgebracht hatte,
„und die ich ihm zurückgeben sollte; denn sie nahm nichts 10
„davon mit; zween Tage nachdem sie weg war, kam
„wieder ein Brief; er wolle kommen, sagte der Mensch;
„aber ich gab ihm seinen Pack Sachen, und schaffte ihn
„aus dem Hause.

Mylord fragte sie noch genauer um alles was ge= 15
schehen war; halb hörte ichs, halb nicht; ich war außer
mir; und da die Frau nicht sagen konnte: wo die Dame
hingereiset wäre; so war mir am übrigen nichts gelegen.
Ich hatte genug gehöret, um in Mitleiden zu zerschmelzen,
und das geliebte Bild der leidenden Tugend mit er= 20
neuerter Zärtlichkeit in meine Seele zu fassen. Ich nahm
das Zimmer ihrer Jungfer, weil ich darinn den Platz
bemerket hatte, wo sie gekniet, wo sie den unaussprech=
lichen Schmerzen gefühlt hatte, betrogen und verlassen zu
seyn. Derbys Schlafzimmer gab mir den nehmlichen 25
Abscheu wie ihr selbst, und ich warf mich unausgekleidet
mit halb zerrütteten Sinnen auf das Bette, worinn
Sternheim so kummervolle Nächte zugebracht hatte. Trost=
lose Zärtlichkeit, und ein Gemische von bitterm Vergnügen
bemächtigten sich meiner mit der Empfindung, welche mir 30
sagten: hier lag das liebenswürdige Geschöpfe, in dessen
Armen ich alle meine Glückseligkeit gefunden hätte; hier
beweinte ihr blutendes Herz die Treulosigkeit des ver=
ruchtesten Bösewichts! Und ich — O Sternheim, ich
beweine dein Schicksal, deinen Verlust, und meine ver= 35
dammte Saumseligkeit, deine Liebe für mich zu gewinnen!
— Vergnügen, ja ein schmerzhaftes Vergnügen genoß ich

bey dem Gedanken: daß meine verzweiflungsvolle Thränen
noch die Spuren der ihrigen antreffen, und sich mit ihnen
vereinigen würden. Ich stand auf, ich kniete auf den
nehmlichen Platz, wo der stumme zerreissende Jammer
⁵ über ihre Erniedrigung sie hingeworfen hatte; wo sie sich
Vorwürfe über das blinde Vertrauen machte, womit sie
sich dem grausamsten Manne ergab, und wo — ich ihrem
Andenken schwur: sie zu rächen.

O mein Freund, warum, warum konnte Ihre Weißheit
¹⁰ meinen Muth nicht stählen? — Wie elend, wie beklagungs-
werth war ich, da ich mit ihr jeden Augenblick verfluchte,
worinn sie das Eigenthum von Derby war! alle ihre
Schönheit, alle ihre Reize sein Eigenthum waren! Sie
liebte ihn: sie empfieng ihn mit offenen Armen an der
¹⁵ Treppe. — Wie war' es möglich: daß die edle reine Güte
ihres Herzens den gefühllosen boshaften Menschen lieben
konnte? —

Ich habe das kleine Hauptküssen vom Sohn der
Wirthinn gekauft; ihr Kopf hatte sich mit der nehmlichen
²⁰ Bedrängniß darauf gewälzt, wie meiner; ihre und meine
Thränen haben es benetzt; ihr Unglück hat meine Seele
auf ewig an sie gefesselt; von ihr getrennt, vielleicht auf
immer getrennt, mußten sich in dieser armen Hütte die
sympathetischen Bande ganz in meine Seele verwinden,
²⁵ welche mich stärker zu ihr, als zu allem, was ich jemals
geliebt habe, zogen.

Mylord fand mich am Morgen in einem Fieber:
sein Wundarzt mußte mir eine Ader öffnen, und eine
Stunde hernach folgte ich ihm in dem Wagen, nachdem
³⁰ ich die kleine Zeichnung des Gärtchens geraubt, und dem
Mädchen, welches die Schülerinn meiner Sternheim gewesen, einige Guineen zugeworfen hatte.

Die Kälte, welche die Politik ohnvermerkt bald in
größerem, bald in kleinerem Maaße auch in das wärmste
³⁵ Herz zu gießen pflegt, und es über einzelne Uebel hinaus
gehen heißt, gab Mylorden eine Menge Vernunftgründe
ein, womit Er mich zu zerstreuen und gegen meinen

Kummer und Zorn zu bewaffnen suchte. Ich mußte ihn
anhören und schweigen; aber Nachts hielt mich mein
Küssen schadlos; ich zehrte mich ab, und erschöpfte mich.
Mein Schmerz ist ruhiger, und meine Kräfte erhohlen sich
in dem Vorsatze, das Unglück des Fräuleins an Derby    5
zu rächen, wenn er auch den ersten Rang des Königreichs
besitzen sollte. Beobachten Sie ihn wenn Sie nach London
kommen, ob Sie nicht Spuren von Unruhe und quälender
Reue an ihm sehen. Ewigkeiten durch möchte ich ihm die
Marter der Reue empfinden lassen, dem ewig hassens=   10
würdigen Mann!

Ich gebe mir alle mögliche Mühe, die Folgen des
Schicksals des Fräuleins zu erfahren, aber bis itzt war
alles vergeblich; so wie Ihre Bemühungen vergeblich seyn
werden, wenn Sie ihr Andenken in mir auslöschen wollten;  15
— mein Kummer um sie ist meine Freude, und mein
einziges Vergnügen geworden.

-------

### Graf R— an Lord Seymour.

Sie geben mir Nachricht von meiner theuren un=
glücklichen Nichte. Aber, o Gott, was für Nachrichten,  20
Mylord! das edelste, beste Mädchen der Raub eines
teuflischen Bösewichts! Ich dachte wohl, als Sie mir
den Secretair Ihres Oheims nannten, daß ein gemeiner
schlecht denkender Mensch ihre Hand niemals hätte er=
halten können. Ein Heuchler, ein die Klugheit und  25
Tugend lebhaft spielender Heuchler mußte es seyn, der
ihren Geist blendete, und sie aus den Schranken zu führen
wußte. Ich flehe den Lord Crafton um seine Beyhülfe
an, den nichtswürdigen Mann auch unter dem Schutze
der ganzen Nation zur Verantwortung zu ziehen.        30

Nichts, als die schlechten Gesundheitsumstände meiner
Gemahlinn, und meines einzigen Sohns, hindern meine
Abreise von hier; aber ich habe für das Andenken dieser
liebenswürdigen Person doch dieses gethan: von dem
Fürsten zu begehren, daß Er ihre Güter durch einen  35

fürstlichen Rath besorgen lasse. Die Einkünfte sollen ihrer
Gesinnung gemäß für die Kinder des Grafen Löbau ge=
sammlet werden; aber der Vater und die Mutter sollen
nichts davon genießen, sie, die zuerst das Herz des guten
5 Kindes zerrissen haben, und allein die Ursache sind, daß
sie von Angst betäubt ihrem Verderben zulief. —

Käme ich nur bald nach D. und hätten wir nur
einiges Licht von ihrem Aufenthalt! Aber es geschehe
das eine und das andere wenn es will: so soll der Elende,
10 der ihren Werth nicht zu schätzen wußte, Rechenschaft von
ihrer Entführung und Verlassung geben.

Ich bedaure Sie, Mylord, wegen der Leiden ihres
Gemüths, die nun durch die wiederkehrende Liebe ver=
größert sind. — Aber wie konnte ein Mann, dem die
15 weibliche Welt bekannt seyn muß, dieses auserlesene
Mädchen miskennen, und den allgemeinen Maaßstab vor=
nehmen, um ihre Verdienste zu prüfen? Unterschied sie
sich nicht in allem? Verzeihen Sie Mylord, es ist un=
billig ihren Kummer zu vermehren! die Zärtlichkeit meiner
20 nahen Verwandtschaft übertrieb meinen Unmuth, und machte
mich das geschehene und ungeschehene mit gleichem Haß
verfolgen.

Fliehen Sie keinen Aufwand, um den Aufenthalt
des geliebten Kindes zu erfahren; ich fürchte, o, ich fürchte,
25 daß wir sie nur todt wieder finden werden! —

Wehe dem Lord Derby; — Wehe Ihnen, wenn
Sie nicht Ihre Hand mit der meinigen vereinigen, um
sie zu rächen! Aber alles was Sie thun werden, um
Ihre edelmüthige Liebe, obwohl zu spät zu beweisen, soll
30 sie in dem Oheim des edelsten Mädchens den besten
Freund und Diener finden lassen. Allen Aufwand theile
ich mit Ihnen, wie ich alle Ihre Sorgen und Schmerzen
theile. — Hier halte ich alles geheim, weil ich meiner
Gemahlinn zärtliches Herz nicht mit unmäßigem Jammer
35 beladen will.

## Madam Leidens an Emilien.

Meine liebenswürdige Witwe, Frau von C., hat eine
schöne Seele voll zärtlicher Empfindungen. Sie bemerkte
letzthin das kurz abgebrochene Ende meiner Vorstellungen
sehr genau, und kam etliche Tage nachher zu mir, um 5
mit freundlicher Sorgsamkeit nach der Ursache davon zu
fragen. Ich hatte die stutzige Art meines schnellen Still=
schweigens selbst empfunden, aber da meine Beweggründe
so stark in mir arbeiteten, und ich ihren Empfindungen
nicht zu nahe treten wollte, so sah ich keinen andern Weg, 10
als abzubrechen, und nach Hause zu gehen, wo ich den
Unmuth recht deutlich fühlte, den ich bloß deswegen über
sie hatte, weil sie den Aussichten von Wohlthätigkeit nicht
so eifrig zueilte, als ich an ihrer Stelle würde gethan
haben. Es freut mich auch, daß der Mann meiner 15
Emilie den warmen Ton meiner Fürsprache zum Besten
der Liebe allein in meiner Neigung zum Wohlthun suchte,
ob er mich schon einer Schwärmerey in dieser Tugend
beschuldigt.

(C! möchte doch dieses Uebermaaß einer guten 20
Leidenschaft der einzige Fehler meiner künftigen Jahre
seyn!) —

Ich antwortete der lieben Frau von C. ganz aufrichtig:

„Daß es mich sehr befremdet hätte: eine Seele
„voller Empfindlichkeit so frostige Blicke in das Gebiete 25
„der Wohlthätigkeit werfen zu sehen — sie antwortete:

„Ich erkenne ganz wohl: daß ihr thätiger Geist
„mißvergnügt über meine Unentschlossenheit werden mußte;
„Sie wußten nicht, daß die Idee des Wohlthuns meine
„erste Wahl bestimmte; aber ich habe so sehr erfahren, 30
„daß man andere glücklich machen kann, ohne es selbst zu
„werden: daß ich nicht Herz genug habe, mich noch ein=
„mal auf diesen ungewissen Boden zu wagen, wo die
„Blumen des Vergnügens sobald unter dem Nebel der
„Sorgen verblühen. — 35

Der äußerste Grad der Rührung war in allen
Zügen der reizenden Bildung dieser sanften Blondine aus=

gedrückt; ihr Ton stimmte mit ein, und rief in mir die
Erinnerung des jähen Verderbens zurück, welches meine
kaum ausgesäete Hoffnung betroffen hatte.   Meine eignen
Leiden haben die Empfindung der Menschlichkeit in mir
5 erhöhet, und ich fühlte nun ihre Sorgen so stark, als ich
die Vorstellung der Glückseligkeit der andern empfunden hatte.

Vergeben Sie mir, liebe Madam C—! (sagte ich)
ich erkenne: daß ich gegen Sie die beynahe allgemeine
Unbilligkeit ausübte, zu fodern: daß Sie in alle Gründe
10 meiner Denkensart eingeben sollten; und ich foderte es
um so viel eifriger, als ich von der innerlichen Güte
meiner Bewegursachen überzeugt war.   Warum hab' ich
mich nicht früher an ihren Platz gestellet: die Seite,
welche Sie von meinen Vorschlägen sehen, hat in Wahrheit
15 viel abschreckendes, und ich werde, ohne Ihnen Unrecht zu
geben, nichts mehr von allem diesem reden.

„Es freut mich: daß Sie mit mir zufrieden scheinen;
„aber Sie haben mir viele Unruhe und Mißvergnügen
„über mich selbst gegeben.

20    Ich fragte sie eilig wie, und worinn?

„Durch die Vorstellung aller dieser Gelegenheiten
„glückliche Personen zu machen.   Mein Widerwille und
„Ausweichen schmerzt mich; ich möchte es in irgend etwas
„anders ersetzen.   Können Sie mir nichts bey Ihrem Gesind=
25 „hause zu thun geben?

Sie bekam ein freymüthiges Nein zur Antwort.
Aber, sagte ich lächelnd, da ich sie bey der Hand nahm:
ich möchte mir bald das Gefühl ihrer Reue, und die
Begierde des Ersatzes zu Nutze machen, und Sie ver=
30 binden: daß, da Sie durch ihr eigen Herz keinen Mann
mehr glücklich machen wollen, Sie die liebreiche Mühe
nähmen, durch Ihren Umgang und gefälligen Unterricht
den Töchtern Ihrer Verwandten und Freunde, Ihre edle
Denkensart mitzutheilen, und dadurch ihrem Wohnorte
35 liebenswürdige Frauenzimmer zu bilden, und für der
Madams Hills gute Mädchen, auf ihrer Seite gute Frauen
zu ziehen.

Dieser Vorschlag gefiel ihr: aber gleich wollte sie von mir einen Plan dazu haben.

Das werde ich nicht thun, Madam C—, ich kann mich nicht von meinem Selbst so loß machen, daß der Plan zu Ihrer Absicht und Ihrem Vergnügen zugleich paßte. Sie haben Klugheit, Erfahrung, Kenntniß der Gewohnheiten des Orts, und ein Herz voll Freundlichkeit. Diese vereinigte Stücke werden Ihnen alles anweisen, was zu diesem Plan das Beste seyn kann.

„Daran zweifle ich sehr; sagen Sie mir nur ein „Buch, darinn ich eine Ordnung für meinen Unterricht „finden würde.

Nach der Ordnung eines Buchs zu verfahren, würde Sie und Ihre junge Freundinnen bald müde machen. Diese sind nach verschiedener Art erzogen; die Umstände der meisten Aeltern leiden keine methodische Erziehung, und funfzehnjährige Mädchen, wie die Gespielinnen Ihrer Tochter, gewöhnen sich nicht gerne mehr daran. Sie sollen auch keine Schule halten; nur einen zufälligen abwechselnden Unterricht in dem Umgange mit dem jungen Frauenzimmer ausstreuen. Zum Beyspiel: es klagte eine über den Schnee, der während der Zeit fiel, da sie bey Ihnen zum Besuch wäre, und sie wegen ihres Zurückgehens ungeduldig über die Beschwerde machte; — so würden Sie fragen: ob sie nicht wissen möchte, woher der Schnee kömmt? — es kurz und deutlich erzählen, die Nutzbarkeit davon nach der weisen Absicht des Schöpfers anführen, sanft von der Unbilligkeit ihrer Klagen reden, und ihr mit einem muntern liebreichen Ton in dem heut unangenehmen Schnee nach etlichen Tagen das Vergnügen einer Schlittenfahrt zeigen. Dieses wird Ihre jungen Zuhörerinnen auf die Unterredungen von schöner Winterkleidung, schöner Gattung Schlitten, und s. w. führen. Unterbrechen Sie selbige ja nicht durch irgend eine ernste oder mißvergnügte Mine; sondern zeigen Sie, daß Sie gerne ihre verschiedenen Gedanken anhörten. Sagen Sie etwas vom guten Geschmack in Putz, in Verzierungen, und wie Sie ein

fest anstellen und halten würden; laßen Sie Ihren Witz
alles dieses mit der Farbe der heitersten Freude mahlen;
Gestehen Sie Ihren jungen Leuten das Recht ein, diese
Freude zu genießen, und setzen Sie mit einem zärtlichen
5 rührenden Ton dazu: daß Sie aber Sorge haben würden
den Schauplatz dieser Ergötzlichkeit durch die Fackeln der
Tugend, und des feinen Wohlstandes zu beleuchten.

Bey dieser ersten Probe können Sie die Herzen und
Köpfe Ihrer Mädchen ausspähen; aber ich müßte mich
10 sehr betrügen, wenn sie nicht gerne wieder kämen, Sie
von etwas reden zu hören.

„Das denke ich sicher; aber erlauben Sie mir einen
„Zweifel! — Sie führen das Mädchen zur physikalischen
„Kenntniß des Schnees, und zum moralischen Gedanken
15 „der Wohlthätigkeit Gottes darüber; aber wird nicht die
„Schlittenfahrt das Andenken des erstern auslöschen, und
„also den Nutzen des ernsten Unterrichts verlieren machen?

Dieß glaube ich nicht; denn wir vergessen nur die
Sachen gerne, die mit keinem Vergnügen verbunden sind;
20 und die lächelnde, zu der Schwachheit der Menschen sich
herablassende Weisheit will daher, daß man die Pfade der
Wahrheit mit Blumen bestrene. Die Tugend braucht
nicht mit ernsten Farben geschildert zu werden, um Verehrung zu erhalten; ihr inneres Wesen, jede Handlung
25 von ihr ist lauter Würde. Würde ist ein unzertrennbarer
Theil von ihr, auch wenn sie in der Kleidung der Freude
und des Glücks erscheint. In dieser Kleidung allein
erhält sie Vertrauen und Ehrfurcht zugleich. Laßen Sie
sie die Hand ja niemals zu strengem Drohen, sondern
30 allein zu freundlichen Winken erheben! Denn, so lange
wir in dieser Körperwelt sind, wird unsere Seele allein
durch unsere Sinnen handeln; wenn diese auf eine wider-
wärtige Weise und zu unrechter Zeit zurückgestoßen werden,
so kommen aus dem Contrast des Zwanges der Lehre,
35 und der Stärke, der durch die Natur in uns gelegten
Liebe zum Vergnügen, lauter schlimme Folgen für den
Wachsthum unsers moralischen Lebens hervor. Umsonst

hat der Schöpfer die süßen Empfindungen der Freude
nicht in uns gelegt; umsonst uns nicht die Fähigkeit ge=
geben, tausenderley Arten des Vergnügens zu genießen.
Mischen Sie nur eine fröhliche Tugend unter den Reyhen
der Ergötzlichkeiten, und sehen Sie, ob die junge Munterkeit 5
noch von ihr fliehen, und in entlegenen Orten, mit Un=
mäßigkeit und wilder Lust vereinigt, sich über versagten
Freuden schabloß halten wird.    Giebt nicht die göttliche
Sittenlehre selbst reizende Aussichten in ewige, himmlische
Glückseligkeiten, wenn sie uns auf die Wege der Tugend 10
und Weisheit leitet?

Das schöne Auge der Madam C — war mit einem
staunenden Vergnügen auf mich geheftet.  Ich bat sie um
Verzeihung so viel geredet zu haben; sie versicherte mich
aber ihrer Zufriedenheit, und wollte wissen: warum ich 15
nicht lieber gesucht hätte, als Hofmeisterinn junger Frauen=
zimmer zu erscheinen, als eine Lehrerinn von angehenden
Dienstmädchen abzugeben?

Ich sagte ihr: weil ich in Vergleichung des Antheils
von Glückseligkeit, zu jedem Stande zugemessen wurde, 20
den von der niedrigen Gattung so klein, und unvollständig
gefunden, daß ich mich freute etwas dazuzusetzen.  Die
Großen und Mittlern haben mündlichen und schriftlichen
Unterricht neben allen Vortheilen des Reichthums und
Ansehens; und die geringe, so nützliche Classe bekömmt 25
kaum den Abfall des Ueberflusses von Kenntnissen und
Wohlergehen.

„Sie reden von Kenntnissen; soll ich suchen meine
„junge Frauenzimmer gelehrt zu machen?

Gott bewahre Sie vor diesem Gedanken, der unter 30
tausend Frauenzimmern des Privatstandes kaum bey Einer
mit ihren Umständen paßt!  Nein, liebe Madam C—
halten Sie sie zur Uebung jeder häuslichen Tugend an:
aber lassen Sie sie daneben eine einfache Kenntniß von
der Luft, die sie athmen, von der Erde, die sie betreten, 35
der Pflanzen und Tiere, von welchen sie ernähret und
gekleidet werden, erlangen; einen Auszug der Historie,

damit ſie nicht ganz fremde da ſitzen und lange Weile
haben, wenn Männer ſich in ihrer Gegenwart davon
unterhalten, und damit ſie ſehen, daß Tugend und Laſter
beſtändig einen Kreislauf durch das ganze menſchliche
5 Geſchlecht gemacht haben; laſſen Sie ſie jedes Wort, ſo eine
Wiſſenſchaft bezeichnet, verſtehen.   Zum Ex. was Philoſophie,
was Mathematik ſey — aber von der Bedeutung des
Ausdrucks Edle Seele, von jeder wohlthätigen Tugend,
geben Sie ihnen den vollkommenſten Begriff, theils durch
10 Beſchreibung, theils und am meiſten durch Beyſpiele von
Perſonen, welche dieſe oder jene Tugend auf eine vor=
zügliche Art ausgeübt haben.

„Soll ich ſie auch Romane leſen laſſen?"

Ja, zumal da Sie es ohnehin nicht werden verhindern
15 können.   Aber ſuchen Sie, ſo viel Sie können, nur ſolche,
worinn die Perſonen nach edlen Grundſätzen handeln, und
wo wahre Scenen des Lebens beſchrieben ſind.   Wenn
man das Romanenleſen verbieten wollte, ſo müßte man
auch in Geſellſchaft vermeiden, vor jungen Perſonen, bald
20 einen kurzen, bald weitläufigen Auszug von einer Liebes=
geſchichte zu erzehlen, die in der nehmlichen Stadt oder
Straße wo man wohnt, vorgieng; unſere Väter, Männer
und Brüder müßten nicht ſo viel von ihren artigen Be=
gebenheiten und Beobachtungen auf Reiſen und ſ. w.
25 ſprechen; ſonſt machte auch dieſes Verbot und die Gegen=
übung wieder einen ſchädlichen Contraſt.   Ein vortrefflicher
Mann und Kenner des Menſchen wünſcht: daß man
jungen Perſonen beyderley Geſchlechts zur Stillung der
Neugierde die meiſten großen Reiſebeſchreibungen gäbe,
30 wo von der Naturhiſtorie und den Sitten des Landes
viel verkömmt, weil dadurch viele nützliche Wiſſenſchaft in
ihnen ausgebreitet würde. — Moraliſche Gemählde von
Tugenden aller Stände, beſonders von unſrem Ge=
ſchlechte, möchte ich geſammlet haben; und darinn ſind
35 die Franzöſinnen glücklicher als wir.   Das weibliche
Verdienſt erhält unter ihnen öffentliche und dauernde
Ehrenbezeugungen.

„Vielleicht aber verdienen wir mehr als sie, weil
„wir uns auch ohne Belohnung um Verdienste bemühen.
Dieß ist wahr, aber nur für die kleine Anzahl von
Seelen, die sich über alle Schwierigkeiten erheben, die sie
antreffen, und worüber andere durch nichts als Ermunterungen
siegen. Ich möchte daher in jeder Standesclasse Beyspiele
aufstellen, die aus ihrem Mittel gezogen wären, damit
man sagen könnte: ihre Geburt, ihre Umstände waren wie
die eurige; der Eifer der Tugend, und die gute Verwendung
ihres Verstandes haben sie verehrungswerth gemacht. Ein
vorzüglicher Platz in einer öffentlichen Versammlung, ein
besonderes Stück Kleidung, könnte den Werth der Belohnung erhalten, wie es die alten großen Kenner der
menschlichen Herzen gemacht haben. Aber wir sind nicht
mit dem Auftrag beladen, diese Einrichtung anzuordnen,
sondern allein mit der Pflicht so viel Gutes zu thun als
wir können. Ich stehe würklich in dem Kreise armer und
dienender Personen: also achte ich mich verbunden: diese
durch Unterricht und Beyspiel zu ihrem Maaß von Tugend
und Glück zu führen; wobey ich aber sehr vermeiden
werde, ihnen Begriffe oder Gesinnungen einzuflößen, die
meinen glänzenden und angesehenen Umständen gemäß
waren, weil ich fürchten würde: daß aus der vermischten
Denkensart vermischte Begierden und Wünsche mit allen
ihren Fehlern entstehen möchten. Sie sind eine Witwe
von erstem Range Ihres Orts. Ihre Leutseligkeit, Ihr
vernünftiger angenehmer Umgang macht, daß Sie von
allen Personen Ihres Standes gesucht werden. Sie haben
eine Tochter zu erziehen. Sie würden also an allen
Mädchen ihres Alters und Standes Edelmüthigkeit ausüben, wenn diejenigen unter denselben mit bey den Lehrstunden Ihrer Tochter wären, deren Mütter durch Haus-
sorgen oder kleinere Kinder verhindert sind: mit ihren
Töchtern viel zu lesen, oder zu reden. Machen Sie
sie denken und handeln wie Frauenzimmer vom Privat-
stande es sollen, um in ihrer Classe vortrefflich zu werden.
Dieses wird das einzige Mittel seyn, womit Sie den

Schaden ersetzen können, welchen Sie durch den Vorsatz verursachen, unverheurathet zu bleiben. — Sie lächelte über dieses, und über meine Abbitte ihr eine Vorschrift gemacht zu haben, und gab mir alle Merkmale von
5 Freundschaft und Zufriedenheit.

## Madam Leidens an Emilien.

Ungern, sehr ungern, meine Emilia, begleite ich die Madam Hills ins Bad. Es ist wahr, meine Gesundheit zerfällt, und ich erkenne, daß ich die Hülfe brauche, die
10 mir die Wasserkur verspricht: denn mein stillschweigender Gram benagt die Kräfte meines Körpers, und der jastige Eifer, den ich diese Zeit über in mein moralisches Leben legte, hat auch vieles zu der Schwächlichkeit beygetragen, über welche Sie, liebe Freundinn, so jammerten, als ich
15 die letzten zehn glückliche Tage bey Ihnen zubrachte. Ihr Mann hat gestern meinen Widerwillen überwältigt, aber allein damit, daß Er die erste Woche bey uns bleiben wird; bis dahin, hofft Er, werde mein Haß gegen große und fremde Gesellschaft gemindert sey. Er behauptet
20 auch: daß mein Herz diesen Winter über alle Kräfte meines Geistes in Dienstbarkeit gehalten und ermüdet hätte, und daß dieser sich allein in freyer Luft und durch Umgang erholen würde. Ich bin so hager und blaß, meine Augen, denen man Anzüglichkeit zuschrieb, erheben
25 sich so selten, und meine Kleidung ist so einfach, daß ich keine Verfolgungen von Mannsleuten zu besürchten habe. Also auf zwey Monate adieu liebste Freundinn; morgen früh reisen wir mit Ihrem Manne, einem Aufwart=mädchen und einem Bedienten ab.

———

30 ## Madam Leidens an Emilien aus Spaa.

Sagen Sie mir, meine Freundinn, woher kommt die Gewalt, mit welcher Ihr Mann über meine Seele herrschet? Erst führte er mich in den geschäftigen Kreis,

den ich bey Madam Hills durchlief; dann brachte Er mich,
ungeachtet meines Widerstandes nach Spaa, macht mich
den vierten Tag mit Lady Summers bekannt, und nun,
meine Liebe, bin ich durch seine Hände an die Lady gebunden, und ich werde mit ihr nach England gehen.  Sie 5
wissen von ihm, daß unsere Reise glücklich war; daß der
Reichthum der Madam Hills uns vier sehr bequeme
Zimmer verschaffte, und uns ein Ansehen giebt, so wir
nicht einmal suchten. — Er gieng gleich den ersten Abend
zur Lady; den zweyten Tag wies er mir sie auf dem 10
Spaziergang. Ihre Gestalt ist edel, obgleich sehr schwächlich;
ihre Gesichtsbildung lauter Leutseligkeit; ihr schönes großes
Auge voller Empfindung, und alle ihre Bewegungen,
Würde voller Anmuth. Sie grüßte und betrachtete uns
zwey Frauenzimmer mit Aufmerksamkeit, ohne uns etwas 15
zu sagen, ob sie schon den Herrn B. von uns wegrief.
Den folgenden Tag nahm sie ihn auch von unsrer Seite
weg zum Mittagsessen, und sagte nur auf Englisch zu mir:
Diesen Abend sollen Sie meine Gesellschaft seyn. — Als
ich mich verbeugt hatte, und antworten wollte, war sie 20
schon weit weg. Aber ich würde auch gestottert haben,
denn Sie können nicht glauben, was für einen Schmerzen
der Seele ich bey dem wahren Accent der englischen
Sprache fühlte; schnell wie die Würkung des Blitzes fühlte
ich ihn, und ebenso schnell drangen sich traurige Erinnerungen 25
und Bilder in meine Seele. Gut war es, Emilia, daß
die Lady mich nicht gleich mit sich begehrte, meine Verlegenheit war zu sichtbar. Abends speisete Madam Hills
und Herr B. mit mir bey der Lady; sie war sehr gütig,
aber mit untersuchenden Blicken war ihr Auge bey allem 30
was ich vornahm und redete. Sie lobte Madam Hills
wegen der Stiftung des Gesindhauses, und setzte hinzu,
daß sie ihrem Beyspiel folgen, und auch eins in England
errichten wollte.     Herr B., welcher der Madam Hills
dieses übersetzte, machte der guten Frau viele Freude 35
damit und ihr redliches Herz lächelte durch thränende
Augen, da sie schnell meine Hand nahm und zu Herrn B.

ſagte: er möchte die Lady unterrichten: daß ſie nur ein
überflüſſiges Geld, ich aber die Erfindung dazu gegeben
hätte. Ich erröthete außerordentlich dabey, und die Lady
ſtreichelte meine Wange indem ſie ſagte: Das iſt gut
5 meine Tochter, wahre Tugend muß beſcheiden ſeyn;

Die Achtſamkeit, welche ich hatte, Madam Hills zu
unterhalten, und ihr alles zu überſetzen, wovon die Lady
mit mir oder Herrn B. in gleichgültigen Dingen redte,
erhielt auch den ganzen Beyfall der Lady.

10 Sie muß noch gute Tage erleben, ſagte ſie, weil ihre
Tugend das Alter glücklich zu machen ſucht.

Dieſe Anweiſung auf meine künftige Tage bewegte
mein Innerſtes, und unmöglich wars meine Augen trocken
zu erhalten. Die Lady ſah' es, und neigte ſich gegen
15 mich mit feſtem zärtlichem Blick.

Arme, gute Jugend, ſagte ſie, ich weiß eine Hand die
alle deine künftige Zähren abwiſchen wird.

Ich verbeugte mich und ſah Herrn B. an; er ant=
wortete mir mit muntern Nicken; die Lady winkte ihm.
20 Heute nichts, ſagte ſie; aber morgen ſollen Sie alles
verſichern.

Und dieſer Morgen war vor ſechs Tagen, wo mein
Herz zwiſchen Vorſchlägen und Entſchließungen wankte,
und endlich auf dem Gedanken befeſtigt wurde, dieſes
25 Jahr bey der Lady auf ihrem Landhauſe zuzubringen,
und künftige Waſſerszeit wieder mit ihr zurückzukommen.

Nach London würde ich nicht gegangen ſeyn; Gott
bewahre mich vor der Gelegenheit Engländer, die ich ſchon
kenne, zu ſehen! Aber keiner von dieſen wird eine alte
30 Frau in ihrem einſamen Wohnorte ſuchen, und ich kann
ruhig meine lange Begierde ſtillen, dieſes Land zu ſehen,
und nach der Familie Watſon mich zu erkundigen. Herr B.
hat der Madam Hills eine Pflicht daraus gemacht: mich
nicht aufzuhalten, weil ich ein Geſindhaus einrichten ſolle,
35 und hat ſie am meiſten durch den Gedanken beruhiget:
daß es in England heißen werde, es ſey nach dem Plan
des ihrigen und durch ihr edles Beyſpiel erbauet worden.

Meine Lady, Emilia, — O! diese ist ein Engel, der lange Jahre unter den Menschen wandelte, um den süßen Balsam der edelsten Freundschaft in fühlbare Seelen zu gießen. Meine Seele lebt wieder ganz auf.

_____

**Madam Leidens an Emilia aus Summerhall.**　　5

Mein erster Brief hat Ihnen schon gesagt, daß ich glücklich, sehr glücklich mit der gütigen Lady angelangt bin. Ich hoffe auch, meine Rosina und Herr B. sind eben so wohl zurückgekommen. Es war mir leid, daß Rosina nicht über die See wollte; Uebelkeit macht sie, 10 aber es ist leicht zu überstehen.

Gewiß haben Sie schon Beschreibungen von englischen Landhäusern gelesen. Denken Sie sich das schönste im alten Geschmacke davon, und nennen es Summerhall; legen Sie aber an die Seite des Parks ein großes 15 hübsches Dorf, und stellen Sie sich meine Lady und mich vor, wie wir, einander im Arme die Gassen durchgehen, mit Kindern oder Arbeitern reden, einen Kranken besuchen, und den Bedürftigen Hülfe reichen. Dieß ist Nachmittags und Abends das Geschäffte meiner Lady; Morgens lese 20 ich ihr vor, und besorge ihr Haus; Besuche, die sie von der wenigen Nachbarschaft erhält, und der Umgang mit dem vortrefflichen Pfarrherrn des Orts füllen das übrige der Zeit so aus, daß mir wenig zu meinem besondern Lesen übrig bleibt. Die Bücher, welche sich meine Lady 25 ausgesucht hat, bezeichnen den Nationalgeist, und die Empfindung der sich immer nähernden Grenzen Ihres Lebens. Jenes Fach füllen die Geschichtschreiber von England und die Hofzeitungen, dieses die besten englischen Prediger aus. Ich habe mir die Naturhistorie von Eng= 30 land dazu genommen, und hievon reden wir in den Spaziergängen mit des Pfarres Familie, weil seine Frau und zwo Töchter sehr vernünftig sind, und ich meine Lieblingskenntnisse gern vermehre und ausbreite. Ich bin wohl und genieße einer sanften Zufriedenheit, die 35

aber eher einer Beruhigung, als einem Vergnügen gleichet,
indem ich die eifrige Geschäfftigkeit nicht in mir fühle,
welche sonst meine Empfindungen und Gedanken beherrschte.
Vielleicht hat mich der Hauch der sanften Schwermuth ge=
troffen, welche die besten Seelen der brittischen Welt
beherrschet, und die lebhaften Farben des Charakters
wie mit einem feinen Duft überzieht. Ich habe meine
Laute und meine Stimme wieder hervorgesucht; beyde
sind mir unschätzbar, wenn ich bey meinem Singen, meine
Lady mir einen Kuß zuwerfen, oder bey einem wohl=
gespielten Adagio ihre Hände falten sehe. Aber urtheilen
Sie überhaupt, wie stark meine Liebe zu England seyn
mußte, da ich, ungeachtet der grausamen Erinnerungen,
die ich von einem Eingebornen habe, dennoch mit einiger
Freude die Luft eines Parks athme, und dieses Land
für mein väterliches Land ansehe. Ich habe die Kleidung
und den Ton der Sprache ganz, und wünschte auch das
Thun, und das Bezeigen der Engländerinnen zu haben;
aber meine Lady sagt, daß alle meine Bemühungen den
liebenswürdigen fremden Genius nicht verjagen würden,
der jede meiner Bewegungen regierte. Das Vertrauen
ihrer Leute, welches ich erworben; die außerordentliche
Aufmerksamkeit auf ihre Lady, und die Ergebenheit die
sie ihr beweisen, welches sie als Folgen von jenem ansieht,
und meinem Einfluß auf ihre Gemüther zuschreibt, dieß
ist von allem was ich für sie thue, dasjenige wovon Sie
am meisten gerührt scheint, und wofür sie mir die zärt=
liche Dankbarkeit bezeugt. Wenige Abende bin ich hier
ohne Empfindung einer reinen Glückseligkeit schlafen ge=
gangen, wenn mich die gute alte Lady aus ihrem Bette
segnete, und ihre Hausbediente mit zufriedener Mine und
einem liebenden Ton mir gute Ruhe wünschten; und mit
einer süßen Bewegung gehe ich Morgens bey Aufgang
der Sonne in den Park, wo der Hirt mich wundernd
ansieht, und mir mit seinem Knaben guten Morgen, gute
Miß, zuruft. Dieser Zuruf dünkt mich in dem Augen=
blick, wo ich auf der Flur die Wohlthaten Gottes ver=

breitet sehe, ein Zeugniß zu seyn, daß ich auch gerne die
Pflicht des Wohlthuns übe; mit thränenden Augen danke
ich dann unserm Urheber, daß er mir diese Macht meines
Herzens gelassen hat.　Sie wissen, daß mir ein Moos=
wäldchen und die geringsten Arten von Blümchen ver= 5
gnügte Stunden geben können; und sie denken also wohl.
daß ich in unserm Park diese alten Freunde meiner besten
Lebenszeit aufsuche, und mit Rührung betrachte.　Denn
immer binden sich in mir die Ideen des Vergangenen,
mit der Empfindung des Gegenwärtigen bey allen An= 10
lässen zusammen.　Ein freundliches Moos, und Zweige
die aus der Wurzel eines gestürzten Baums aufgewachsen
waren, machten mich sagen: bin ich nicht wie ein junger
Baum, der in seiner vollen Blüthe durch Schläge eines
unglücklichen Schicksals seiner Crone und seines Stammes 15
beraubt wurde? lange Zeit steht der Ueberrest traurig
und trocken da, endlich aber sprossen aus der Wurzel
neue Zweige hervor, die unter dem Schutz der Natur
wieder stark und hoch genug werden können, in einem
gewissen Zeitlauf wieder wohlthätige Schatten um sich zu 20
verbreiten.　Mein Ruhm, mein glückliches Aussehen meine
Stelle in der großen Welt hab' ich verloren; lange be=
täubte der Schmerz meine Seele, bis die Zeit meine
Empfindlichkeit verringerte, die Wurzeln meines Lebens,
welche mein Schicksal unberührt ließ, neue Kräfte samm= 25
leten, und die guten Grundsätze meiner Erziehung, frische,
obwohl kleine Zweige von Wohlthätigkeit und Nutzen für
meine Nebenmenschen emportrieben.　Sie sind, wie die
Wurzelzweige meines Ebenbildes bey niedrigem Moos,
und kleinen Grasarten aufkeimten, auch unter der geringen 30
Classe meiner Nebenmenschen entsprossen; aber es erfreut
mich diese Classe in der Nähe gesehen zu haben; denn
ich habe manche schöne Blume darunter entdeckt, die dem
erhabenen Haupte eines großen hochgewachsenen Baums
ungekannt verblühet; und kann ich nicht zu meinem 35
süßesten Troste sagen, daß unter dem Schatten meines
Umgangs und meiner Sorgen die freygebige Aussaat der

liebreichen Stifterinn des Gesindhauses so viele nützliche
Creaturen erwachsen macht? Und nun ruhet das edle
Herz meiner geliebten Lady Summers von großen und
kleinen Lebenssorgen ungestört unter der vereinigten Be=
5 mühung aller meiner Fähigkeiten und meiner Dankbegierde,
von den mühsamen Schritten aus, welche das sechzigste
Jahr unsers Alters zwischen fliehenden Freuden, und an=
kommenden Schwächlichkeiten zu machen hat.

## Madam Leidens an Emilien.

10      Nicht wahr, meine Emilia, es giebt Reiche, die eine
Art von Mangel fühlen, welchen sie durch Häufung aller
Arten von Ergötzlichkeiten zu heben suchen, und dennoch
dem Uebel nicht abhelfen können, weil sie von Niemand
unterrichtet wurden, daß unser Geist und Herz auch ihre
15 Bedürfnisse haben, zu deren Befriedigung alles Gold von
Indien, und alle schönen wollüstigen Kostbarkeiten Frank=
reichs nichts vermögen, weil die wahren Hülfsmittel da=
gegen allein in der Hand eines empfindungsvollen Freundes,
und in einem lehrreichen und unterhaltenden Umgang zu=
20 finden sind. Wie klein ist die Anzahl glücklicher Reichen,
welche diese Vortheile kennen? Würklich bin ich im Be=
sitze mancher angenehmen Güter des Lebens, ich fühle
den vergnügenden Reiz, welcher darinn liegt, ich genieße
die Geschenke des Glücks mit aller Empfindung, welche
25 das Schicksal für diese Gaben fordern kann; aber es mangelt
meinem Herzen der Busen einer vertrauten Freundinn, in
den es das Uebermaaß seiner Empfindungen ausgießen
könnte. Ich bin beliebt; meine hie und da mit Bescheidenheit
erscheinende Grundsätze ziehen mir Verehrung zu; das
30 Gefühl der Schönheiten Schakspears, Thomsons, Addisons,
und Pope's haben meinem Geiste eine neue lebendige
Nahrung in den Unterhaltungen unsers Pfarrers und eines
sehr philosophisch denkenden Edelmanns in der Nachbar=
schaft erworben. Die älteste Tochter des Pfarrers ist
35 sanft, gefühlvoll, und dabey mit wahrem Verstande begabt;

ich liebe sie; aber mitten in einer zärtlichen Umarmung
empfinde ich, wie viel mein Herz noch zu wünschen hat,
um den Ersatz für meine Emilia zu erhalten. Schelten
Sie mich deswegen nicht undankbar; ich weiß, daß ich
Ihre Freundschaft noch besitze, und die von der liebens= 5
würdigen Emma zugleich habe; Ihnen schreibe ich von
dem Theile meiner Seele, den ich hier nicht zeigen kann,
und mit Emma rede ich von dem, der in dem Zirkel
meines englischen Aufenthalts sichtbar wird; aber ich kann
mich nicht verhindern die Länge des Weges abzumessen, 10
den meine armen Briefe durchlaufen müssen, bis sie zu
Ihnen kommen, und zu fühlen, daß diese Entfernung der
liebsten Gewohnheit meines Herzens schmerzlich fällt.
Vielleicht, meine Emilia, bin ich bestimmt die ganze Reyhe
moralischer Empfindnisse durchzugehen, und werde dadurch 15
geschickt, mit schneller Genauigkeit ihre mannichfaltige Grade
und Nüancen im bittern und süßen zu bemerken. Ich will
mich auch diesem Theile meines Geschickes gerne unterwerfen,
wenn ich nur zugleich den nehmlichen Grad von Fühlbarkeit
für alles Weh und Wohl meines Nächsten behalte, und, 20
so viel ich kann, seine Leiden zu vermindern suche.

Lady Summers hat zu gleicher Zeit für ihre Ehre
und für meinen vermutheten Stolz zu sorgen geglaubt,
da sie mich als eine Person von sehr edlem Herkommen
dargestellt hat, welche älternlos sich mit wenigem Ver= 25
mögen verheyrathet, und ihren Mann gleich wieder ver=
loren hätte. Meine Hände, meine feine Wäsche und
Spitzen, die in Feuer so schön gemahlten Bildnisse
meiner Aeltern, und der Ton meines gesellschaftlichen
Bezeugens, haben mehr zu Bekräftigung dieser Idee bey= 30
getragen als meine eigentliche Denkungsart hätte thun
können. Aber ein schönes und für die Tugend der Lady
Summers fest errichtetes Denkmal, ist der Glaube an die
Reinigkeit meiner Sitten, in welche, weil sie mich liebt,
keine Seele den geringsten Zweifel setzt; denn, sagt der 35
Pfarrer, die Luftsäule, in welcher die Lady athme, wäre
so moralisch geworden, daß der Lasterhafte sich ihr niemals

nähern würde. Denken Sie nicht mit mir, daß dieses
die erhabenste Stelle des wahren Ruhms ist? O was
für ein Kenner der Menschen, des Guten und Edlen ist
Ihr Mann, der mir in den ehrwürdigen Falten der
5 Stirne meiner Lady alles dieß zeigte, als er mir in
ihrem Hause die Bestärkung meiner Tugend, und Uebung
meiner Geisteskräfte versprach! Lord Rich, der philosophische
Edelmann, von dem ich im Anfange dieses Briefes schrieb,
hat sein Haus nur eine Meile von hier; es ist ganz
10 einfach, aber in dem edelsten Geschmacke gebauet. Die
besten Auszierungen des Innern bestehen aus verschiedenen
schönen Sammlungen von Naturalien, aus einem voll=
ständigen Vorrath mathematischer Instrumenten und einer
großen Büchersammlung, worunter zwanzig Folianten sind,
15 in denen er beynahe alle merkwürdige Pflanzen des Erd=
bodens mit eigner Hand getrocknet hat. Sein wohlangelegter
Garten, in welchem er selbst arbeitet, und sein Park der
an den unsern stößt, haben uns das erstemal angelockt
hinzugehen. Aber die simple deutliche Art, womit er
20 uns alle seine Schätze vorlegte und benennte, die großen
asiatischen Reisen, welche er gemacht, und seine weitläuftige
Kenntniß schöner Wissenschaften, machen seinen Umgang so
reizend, daß die Lady selbst entschlossen ist, ihn öfters zu
besuchen, weil es ihr, wie sie sagt, sehr erfreulich ist, nah
25 an dem Abend ihres Lebens so ergötzende Blicke in die
Schöpfung zu thun. Lord Rich, der bisher ganz einsam
gelebet, und Niemand als den Pfarrer zu sehen pflegte,
ist sehr vergnügt über unsre Bekanntschaft, und kömmt
oft zu uns. Sein Thun und Lassen scheint mit lauter
30 Ruhe bezeichnet zu seyn, gleich als ob seine Handlungen
die Natur der Pflanzenwelt angenommen hätten, die un=
merksam, aber unablässig arbeitet; doch dünkt mich auch,
daß sein Geist den moralischen Theil der Schöpfung
nun eben so untersuchend betrachtet, wie ehemals den
35 physikalischen. Meine Emma, und meine Lady Summers
gewinnen viel dabey; aber mich hat er schüchtern gemacht.
Da ich letzthin seine Meynung über meine Gedanken

wissen wollte, sagte er: „gerne möchte ich von den Wurzeln
„der schönen Früchte Ihrer Empfindungen reden, aber
„wir erhalten sie nur von der Hand Ihrer Gefälligkeit,
„welche sie uns mitten aus dem dichten Nebel darbietet,
„der ihr ursprüngliches Land beständig umgiebt." — Ich fand ⁵
mich in Verlegenheit, und wollte mir durch den Witz helfen
lassen, der ihn fragte: ob er denn meinen Geist für be-
nebelt hielte? — Er sah mich durchdringend und zärtlich
an; gewiß nicht auf die Art, wie Sie meynen, sagte er;
beweist nicht diese Thräne in Ihren Augen, daß ich Recht 10
hatte, da ich Ihren Geist für umwölkt hielte? Denn
warum kann die kleinste Bewegung Ihrer Seele diesen
Nebel, wovon ich rede, in Wassertropfen verwandeln?
Aber liebe Madam Leidens, ich will niemals mehr davon
sprechen; aber fragen Sie auch mein Herz nicht mehr um 15
sein Urtheil von dem Ihrigen.

Sehen Sie, Emilia, wie viel mir mit Ihnen fehlt;
alle Empfindungen, die sich in mir zusammen dringen,
würde ich Ihnen sagen: da wäre mein Herz erleichtert,
und schien nicht durch diesen bemerkten Nebel hindurch. 20
Ich war froh, mich genug zu fassen, um ihm in seinem
physikalischen Ton zu antworten, daß Er glauben möchte,
diese Wolken würden durch meine Umstände, und nicht
durch die Natur meines Herzens hervorgebracht. Ich bin
es überzeugt, sagte er, auch seyn Sie ruhig! es gehört 25
alle meine Beobachtung dazu, dieses feine Gewölke zu
sehen. Andere sind nicht so aufmerksam und erfahren,
als ich es bin. Unsere Unterredung wurde durch Miß
Emma unterbrochen, und Mylord Rich trägt seitdem Sorge,
daß er mich nicht zu genau betrachtet. 30

## Madam Leidens an Emilia.

Sagen Sie, meine Emilia, woher kömmt es, daß
man auch bey der besten Gattung Menschen eine Art von
eigensinniger Befolgung eines Vorurtheils antrifft. Warum
darf ein edeldenkendes, tugendhaftes Mädchen nicht zuerst 35

sagen, diesen würdigen Mann liebe ich? warum vergiebt man ihr nicht, wenn sie ihm zu gefallen sucht, und sich auf alle Weise um seine Hochachtung bemühet?*)

Den Anlaß dieser Fragen gab mir Lord Rich, dessen Geist alle Fesseln des Wahns abgeworfen zu haben scheint, und der allein der wahren Weisheit und Tugend zu folgen denkt. Er bezeugt eine Art Widerwillen gegen die zärtliche Neigung der Miß Emma, von welcher er doch allezeit mit der größten Achtung sprach, ihren Verstand, ihr Herz rühmte, alle ihre Handlungen seines Beyfalls würdigte, und den ihrigen liebte. Nun setzt er der sanften Glut, die seine Verdienste in ihrem Herzen angefacht haben, nichts als die kälteste Heftigkeit entgegen: und gewiß aus dem nehmlichen Eigensinne fängt er an, mir, die ich außer meiner Hochachtung für seine Kenntnisse ganz gleichgültig gesinnt bin, eine anhaltende zärtliche Aufmerksamkeit, die mir Zwang anthut, zu bezeigen. Ich unterdrücke zehnmal die Aussprüche einer Empfindung, oder eines Gedankens, nur um seinen Beyfall zu vermeiden, und nicht einen Tropfen Oel wissentlich in das anglimmende Feuer zu gießen. Denn, da ich nicht geneigt bin, seine Liebe anzu= nehmen, warum sollte ich sie meiner weiblichen Eitelkeit zu gefallen vergrößern? Wir werden heute nach Mittag zu ihm gehen, um einem neuen Versuch von Besäung der Aecker mit einer Maschine zuzuschauen. Meine liebe Lady ist gar zu gerne dabey, wenn etwas umgegraben oder gepflanzet wird; Jeder Tag, sagt sie, führt mich näher zu der Vereinigung mit unserer mütterlichen Erde, und ich glaube, daß dieses meine innerliche Neigung gegen sie bestärkt. Ich würde, liebste Emilia, einen glücklichen Tag gehabt haben, wenn nicht der Zufall wider mich und den guten Lord Rich gearbeitet hätte. Der Pfarrer war da, ich kam neben ihm zu sitzen, als uns Lord Rich von dem Feldbau und der Verschiedenheit der

---

*) Diese Frage ist eben nicht schwer zu beantworten; daß edelbenkende, tugendhafte Mädchen darf dieß nicht, weil man keine eigene Moral für sie machen kann.

Erde, und der daher erforderlichen Verschiedenheit des
Anbaues redte. Sein Ton war edel, einfach, und deutlich;
er erzählte uns von den vielfachen Erfindungen, wozu
der schlechte Ertrag der Güter, die Landleute dieser und
jener Nation getrieben hätte, und wie weit ihre Mühe 5
belohnet worden sey. Da er zu reden aufhörte, konnte
ich mich nicht hindern dem Pfarrer zuzulispeln, daß ich
wünschte, die Moralisten möchten durch ihre Kenntniß
der verschiedenen Stärke und Gattung angeborner Neigungen
und Leidenschaften, auch auf Vorschriften der mannich= 10
faltigen Mittel gerathen, wie alle auf ihre Art nützlich
und gut gemacht werden könnten.

Es ist schon lang geschehen, sagte er, aber es giebt zu
viel unverbesserlichen moralischen Boden, wo der beste
Bau und Saamen verloren ist. 15

Es ist mir leid, erwiederte ich: daß ich denken muß,
es gebe in der moralischen Welt auch sandige Striche in
denen nichts wächst — Heiden, die kaum kleines, trocknes
Gesträuche hervorbringen, und morastige Gegenden, welche
die allgemeine moralische Verbesserung eben so weit hinaus= 20
setzen, wie in der Physikalischen viele Menschenalter vorbey=
gehen, ehe Noth und Umstände sich vereinigen, den Sand
mit Bäumen und Hecken durchzuziehen, um dadurch wenigstens
zu verhindern, daß ihn der Wind nicht auf gutes Land
treibe, und auch dieses verderbe. Lange brauchts bis 25
man Heiden anbaut, Morästen ihr Wasser abzapft, und
sie nützlich macht; dennoch beweisen alle Ihre Versuche,
daß die Tugend der Nutzbarkeit in der ganzen Erde liege,
wenn man nur die Hindernisse ihrer Wirkung wegnimmt.
Der Grundstoff der moralischen Welt hält gewiß auch 30
durchgehends die Fähigkeiten der Tugend in sich; aber
sein Anbau wird oft vernachläßiget, oft verkehrt an=
gefangen, und dadurch Blüthe und Früchte verhindert.
Die Geschichte beweist es wie mich dünkt. Barbarische
Völker werden edel, tugendhaft; andere, die es waren, 35
durch Nachläßigkeit wieder verwildert: wie ein Acker, der
einst Waitzen trug, und eine ganze Familie ernährte, durch

Unterlassung des Anbaues Dornbüsche und schädliches
Gehecke zu tragen anfängt. — Mit ruhiger Geduld hörte
der Pfarrer mir zu; aber Lord Rich, der sich hinter uns
gesetzt hatte, stund auf einmal lebhaft auf, und indem er
5 mich über meinen Stuhl bey den Armen faßte, sagte er
gerührt: o, Madam Leidens, was haben Sie mit dem
Ton Ihres Herzens in der großen Welt gemacht? Sie
können nicht glücklich darinn gewesen seyn! Dannoch
Mylord, antwortete ich: man lernt da die wahre Ver=
10 schiedenheit zwischen Geist und Herz kennen, und sieht,
daß der erste als ein schöner Garten angelegt werden
kann. Mit Enthusiasmus sagte er:
    edelangebaute Seele, in einer gesegneten Gegend bist du
    erwachsen, und die schöne Menschlichkeit pflegte dich!
15 Aus Bewegung meines Herzens küßte ich die Bildnisse
meiner Aeltern, die ich immer an meinen Händen trage;
Thränen fielen auf sie; ich gieng ans Fenster; Lord Rich
folgte mir; eine antheilnehmende Traurigkeit war in seinen
Zügen, als ich nach einigen Minuten ihn ansah, und er
20 seine Blicke auf die Bilder heftete. Dieß sind die Bildnisse
Ihrer Aeltern, Madam Leidens, leben Sie noch? — —
sagte er sanft. — O, nein, Mylord, sonst wäre ich nicht
hier, und meine Augen würden nur Freudenthränen zu
vergießen haben. — Also hat Sie ein Sturm nach Eng=
25 land geführt? — Nein, Mylord, denn Freundschaft und
freye Wahl ist kein Sturm, versetzte ich, indem ich mich
zu lächeln bemühte. Lebhaft sagte Lord Rich, Dank sey
Ihrer halben Aufrichtigkeit, daß Sie mich Ihrer Freyheit
zu wählen versichert. Die edelste Neigung, welche jemals
30 ein Mann ernährte, wird auf diesen Grund ihre Hoffnung
bauen. „Das kann nicht seyn, Mylord, denn ich sage
Ihnen, daß die Eigenthümerinn dieses Grunds auf ewig
mit der Hoffnung entzweyet ist. Lady Summers war
bey uns, als ich dieses sagte, und streckte bey den letzten
35 Worten ihre Hand aus, mir den Mund zuzuhalten; „das
„sollen Sie nicht sagen, sprach sie; wollen Sie eigenmächtig
„die künftigen Tage zu den vergangenen werfen? Die

„Vorsicht wird Ihrer nicht vergessen, meine Liebe, machen
„Sie nur keine eigensinnigen Foderungen an Sie. —
Dieser Vorwurf machte mich aus Empfindlichkeit erröthen,
ich küßte die Hand der Lady, mit welcher sie meinen
Mund hatte zuhalten wollen, und fragte sie zärtlich: 5
„theure Lady, wann haben Sie mich eigensinnig in meinen
Forderungen gefunden? — In Ihrer beständigen Traurigkeit
über das Vergangene, wo Sie Zurückforderungen aus dem
Reiche der Todten machen, war ihre Antwort." — O
meine geliebte würdige Lady Summers, warum, ach — 10
warum — Diese Ausrufung entfloh mir, weil ich, gerührt
über ihre Güte, innig bedauerte, daß wir sie durch eine
falsche Erzählung betrügen mußten; aber sie nahm es
anders, und fiel mir ein: „Meine Tochter, sagen Sie
mir, kein Ach warum mehr; leiten Sie das Gefühl Ihres 15
Herzens auf die Gegenstände der Zufriedenheit, die sich
Ihnen anbieten, und zählen Sie auf meine mütterliche
Zärtlichkeit, so lange Sie sie genießen mögen." Ich
drückte Ihre Hand an meine Brust, und sah sie voll
Rührung an mit dem vollkommnesten Gefühle kindlicher 20
Liebe; ihr Herz empfand es, und belohnte mich durch
eine mütterliche Umarmung. Lord Rich hatte uns mit
Bewegung betrachtet und ich sah den nehmlichen Augen=
blick die schönen Augen der Emma voll schmelzender
Liebe auf ihn geheftet; Ich sagte ihm auf italienisch, dort 25
wären unvermischte Empfindungen, die allein fähig seyn,
die Tage eines edeldenkenden Mannes mit der feinsten
Glückseligkeit zu erfüllen. Er antwortete in nehmlicher
Sprache: Nicht so Madam Leidens, denn diese Art
Empfindlichkeit ist nicht diejenige, welche eine einsamwohnende 30
Person beglücken kann. Was wollte er damit sagen? Ich
schüttelte den Kopf halb misvergnügt und sagte nur: O
Mylord von was für einer Farbe sind Ihre Empfindungen?
— — „Von der allerdauerhaftesten, denn sie sind aus
übender Tugend entstanden." — Ich gab keine Antwort, 35
sondern wandte mich, nach einer Verbeugung gegen Ihn,
zur Emma, die an meinem Arm, aber ganz in ein

trauriges Stillſchweigen gehüllt, nach Summerhall zurück
gieng; und nun höre ich, daß ſie wegreiſen wird.

## Madam Leidens an Emilia.

Ueberfluß, iſt, wenn Sie ihm die Gewalt der Wohl=
5 thätigkeit nehmen, kein Glück, meine liebe Emilia; er
zerſtört den ächten Gebrauch der Güter, er zerbricht in
der Seele des Leichtſinnigen die Schranken unſerer Begierden,
ſchwächt das Vergnügen des Genuſſes, und ſetzt, wie ich
erfahre, ein genügſames Herz und ſeine mäßigen Wünſche
10 in eine Art unangenehmer Verlegenheit. — Sie wiſſen
vermuthlich nicht, meine Freundinn, wo Sie die Urſache
dieſes Ausfalls auf einen Zuſtand, der von meinem der=
maligen ſo weit entfernt iſt, ſuchen ſollen. Aber Sie
wiſſen doch, daß mich alle Gegenſtände auf eine beſondere
15 Art rühren, und werden ſich nicht wundern, wenn ich
Ihnen ſage, daß die Geſinnungen des Lord Rich der
eigentliche Anlaß zu meiner unmuthigen Betrachtung des
Ueberfluſſes waren. Er verfolgt mich mit Liebe, mit
Bewunderung, mit Vorſchlägen, und (was mir Kummer
20 macht) mit der Ueberzeugung, daß ich ihn glücklich machen
würde. O, hätte ich denken können, daß die Sympathie
unſers Geſchmacks an den Vergnügungen und Beſchäfftigungen
des Geiſtes in ihm die Idee hervorbringen würde, daß
ich auch eine ſympathetiſche Liebe empfinden müßte, ſo ſollte
25 er nicht die Hälfte der Gewalt geſehen haben, womit die
Reize der Schöpfung auf meine Seele würkten, und niemals
hätte ich mich in Geſpräche mit ihm eingelaſſen. Aber
ich war um ſo ruhiger, da ich wußte, daß er ein niedliches
Bild griechiſcher Schönheiten von der Inſel Scio mit ſich
30 gebracht, und in ſeinem Hauſe hatte. Ich hielt lange
Zeit ſein Aufſuchen meiner Geſellſchaft und das Ausfragen
meiner Gedanken für nichts anders, als für die Luſt der
Befriedigung ſeiner Lieblingsideen, weil ich, ohne die
geringſte Zerſtreuung, mit ununterbrochener Aufmerkſamkeit
35 bald die Hiſtorie eines Landes, bald einer Pflanze, bald

eines griechischen Ruins, bald eines Metalls, bald eines
Steins anhörte, nicht müde wurde, und ihm also die
Freude gab, seine Kenntnisse zu zeigen, und zu sehen,
daß ich die edle Verwendung seines Reichthums und
Lebens zu schätzen, und zu loben wußte. Sein Um= 5
gang war mir durch seine Wissenschaft und Erzählungen
unendlich werth; sein Entschluß, nach zehnjährigen Reisen
durch die allerentferntesten Gegenden des Weltkreises, seine
übrigen Tage in Anbauung eines Theils seiner mütter=
lichen Erde zuzubringen, machte mir ihn vorzüglich an= 10
genehm; dieses erfreute mich; aber seine Liebe ist der
Ueberfluß davon, der mich belästigt und in Verlegenheit
setzt. Er hat sich bey der Lady um mich erkundiget; ihre
Antwort hat seinen Eifer nicht vermehrt, aber anhaltender
gemacht; und ein einziges Wort von mir gegen die Lady, 15
brachte ihn zu dem Entschluß seine Griechinn zu ver=
heurathen, und mit ihrem Manne nach London zu schicken.
Sie können nicht glauben, wie schwer meinem Herzen
dieses vermeynte Opfer wiegt, da er, wegen leerer Hoffnungen
des künftigen Vergnügens meiner Gesellschaft, die Er= 20
munterung von ihm entfernt: welche der Besitz des
reizenden Mädchens ihm gegeben hätte. Sein Secretär
liebte sie, sagt er, schon lang, und das Mädchen ihn auch;
beyde hätten ihm auf den Knien für ihre Vereinigung
gedankt. Er fühlt aber das Leere so ihre Abreise in 25
seinem Herzen gelassen hat, denn er ist seitdem mit auf=
gehender Sonne in unserm Park, und beraubt mich der
Morgenluft, weil ich ihn vermeiden will, da er eine An=
foderung von Ersatz an mich zu machen scheint. Niemals,
nein, niemals mehr werde ich den Witz um Hülfe bitten, 30
mich aus einer Verwirrung zu reißen. Die Lady Summers
hatte mit mir über die angehende Liebe des Lords
gescherzt; ich widersprach ihr lange in gleichem Ton, und
behauptete es wäre nichts als Selbstliebe, weil ich ihm so
gerne zuhörte. Sie bestrafte mich ganz ernsthaft über 35
diese Anklage: „Lord Rich verehret Ihre edle Wißbegierde,
er sucht sie durch Mittheilung seiner Kenntnisse zu be=

friedigen, und seine Belohnung soll in dieser beissenden
Beschuldigung bestehen?" — Ich war gerührt, weil ich
nicht einmal das Ansehen einer Ungerechtigkeit dulden
kann, und nun selbst eine ausübte; aber meine Lady fuhr
ganz gütig fort, mir viele Beweise seiner zärtlichen Hoch=
achtung zu wiederholen, die ich als wahre Kennzeichen
der edelsten Neigung ansehen mußte; Ich gestund auch,
daß sie eine Rückgabe verdienten; aber da sie bey allem,
was ich von meinen freundschaftlichen Gegengesinnungen
sagte, immer den Kopf schüttelte, und mehr für den Lord
foderte: so versicherte ich sie, daß es unmöglich sey, daß
Lord Rich mehr von mir wünschen könnte, da er bey
seiner schönen Griechinn alles fände, was die Liebe bey=
tragen könne, ihn glücklich zu machen. Sie schwieg
freundlich, und ließ mich nicht merken, sie dächte das einzige
Hinderniß meiner Verbindung mit Lord Rich entdeckt zu
haben. Dieser war auch einige Tage still von seiner
Liebe und sehr munter, besonders an dem, wo er mit
dem ruhigsten und ungezwungnesten Ton von der Heurath
und Abreise seiner Assy redte. Ich war betroffen, und
fürchtete mich vor dem Erbtheil seines ganzen Herzens,
welches ihm ihre Heurath rückfällig machte; Er sagt mir
nichts, die Lady aber desto mehr. „Warum, liebste Lady,
„wollen Sie Ihre angenommene Tochter von sich ent=
„fernen? bin ich Ihnen unangenehm geworden? sagte ich."
Sie reichte mir die Hand, nein, mein Kind, Sie sind
mir unendlich werth, und ich werde die zärtliche Be=
sorgerinn meines Alters gewiß vermissen; aber ich habe
für den Herbst meines Lebens Früchte genug gesammlet,
ohne nöthig zu haben, Ihren Frühling seiner schönsten
Blüthe zu berauben. Sie sind jung, reizend, und fremde,
was wollen Sie nach meinem Tode machen? — „Wenn
ich dieses Unglück erlebe, so gehe ich zu meiner Emilia
zurück." —

Liebe Leidens, bedenken Sie sich! ein Frauenzimmer
von ihrer Geburt und Liebenswürdigkeit muß entweder
bey nahen Verwandten, oder unter dem Schutz eines

würdigen Mannes seyn. Lord Rich hat Ihre ganze
Hochachtung; der edle Mann verdient sie auch; Sie wissen,
daß Sie ihn glücklich machen können; seine Freundschaft,
sein Umgang ist Ihnen angenehm; Ihr Wille, Ihre
Person ist frey; die edelsten Beweggründe leiten Sie zu 5
dieser Verbindung; machen Sie Ihrer gefundenen Mutter
die Freude, in Ihnen und dem Lord Rich die ächten
Bildnisse männlicher und weiblicher Tugend vereint zu sehen.

So nahe drang die theure Lady in mich. Ich legte
meinen Kopf auf ihre Hand, die ich küßte, und mit den 10
zärtlichsten Thränen benetzte; es war in meiner Seele,
als ob ich den Widerhall der Stimme meiner geliebten
zärtlichen Mutter gehört hätte. Ach, diese Tugenden
waren das Band ihrer Ehe! Wie ungleich hatte ich
gewählt! Die Verdienste des Lord Rich konnten sich an 15
die Seite der vortreflichen Eigenschaften meines Vaters
setzen; mein Glück wäre wie das ihrige gewesen; aber
meine Verwicklung, meine unselige Verwicklung! — O,
Emilia, schreiben Sie mir bald, recht bald Ihre Gedanken.
—— Aber ich kann nicht mehr lieben; ich kann mich nicht 20
mehr verschenken; ja die zärtliche Achtung selbst, welche
ich für den Lord Rich habe, empört sich wider diesen
Gedanken; Mein Schicksal hat mich durch die Hand der
Bosheit in den Staub geworfen; die Menschenfreundlichkeit
nahm mich auf; an diese allein habe ich Ansprüche; meine 25
Leichtgläubigkeit hat mich aller übrigen beraubet, und ich
will kein fremdes, kein unverdientes Gut an mich ziehen.

### Madam Leidens an Emilia.

O meine Freundinn! ein neues unerwartetes Uebel
drängt sich mir zu; Ich zweifle, ob alle meine Stand= 30
haftigkeit hinreichen wird es zu ertragen, da ich ohnehin
gezwungen bin, zu meiner gehäßigsten Feindinn, der Ver=
stellung, meine Zuflucht zu nehmen. Aber weil in meinen
itzigen Umständen mehr Aufrichtigkeit mir nichts nützen,
und andern schaden würde, so will ich den fressenden 35

Kummer in meine Brust verschließen, und selbst für das
Vergnügen des Urhebers meiner Leiden, die Ueberreste
einer ehemals lächelnden Einbildungskraft verwenden.
Hören Sie, meine Emilia, hören Sie, was für eine Rück=
5 kehr das Unglück macht, das Ihre Jugendfreundinn verfolgt.
Vor einigen Tagen mußte ich die ganze Geschichte von
Lord Richs Herzen anhören; ihr letzter Theil enthielt die
Abschilderung seiner Liebe für mich. „Es ist, spricht er,
die Leidenschaft eines fünf und vierzig jährigen Mannes,
10 die durch die Vernunft in sein Herz gebracht wurde, alle
Kräfte meiner Erfahrung, meiner Kenntniß der Menschen
bestärken sie." — Theurer Lord Rich, Sie betrügen sich;
niemals hat die Vernunft für die Liebe gegen die Freundschaft
gesprochen; Sie besitzen den höchsten Grad dieser edlen
15 Neigung in meinem Herzen; lassen Sie — „Nichts mehr
Madam Leidens, ehe Sie mich angehört haben. Meine
Vernunft machte mich zu Ihrem Freund und wies Ihnen
in meiner Hochachtung einen Platz an, den ich auch dem
Verdienste eines Mannes würde gegeben haben." — Hier
20 rechnete er mir Tugenden und Kenntnisse zu, wovon ich
sagen mußte, daß ich sie für nichts anders als schöne
Gemählde liebenswürdiger Fremdlinge betrachten könnte.
„Und ich, (fuhr er fort) muß Ihnen in erhöhtem Maaße
das feine Lob zurückgeben, welches die Bescheidenheit
25 meiner schönen Landsmänninnen von einem Fremden erhielt,
da Ihnen die Vorzüge Ihres Geistes eben so unbekannt
sind, als jenen die Reize ihrer Gestalt. Hierauf beschrieb
er meine mir eigenen Weiblichkeiten, wie er sie nannte,
als Früchte eines feurigen Genie, und einer sanften
30 empfindsamen Grazie, und machte aus diesem allen den
Schluß; daß der Ton meines Kopfs und Herzens just
derjenige wäre, welcher mit dem seinigen so genau zu=
sammenstimmt, als nöthig sey, die vollkommenste Harmonie
einer moralischen Vereinigung zu machen. — — Das
35 Bild seiner Glückseligkeit folgte mit so rührenden Zügen,
daß ich überzeugt wurde, er kenne alle Triebfedern meiner
Seele, und wisse wohin mich der Gedanke vom Wohlthun

führen könne. Mit aller Feinheit der Empfindung zeichnete
er einen flüchtigen Entwurf davon. O meine Emilia, es
war der Abdruck meiner ehemaligen Wünsche und Hoffnungen
im ehelichen Leben. Aeußerst gerührt und bestürzt konnte
ich meine Thränen nicht zurückhalten. Er stund von der  5
Rasenbank auf, und ergriff meine beyden Hände; eine
vieldenkende männliche Zärtlichkeit war in seinem Gesichte
als er mich betrachtete, und meine Hände an seine Brust
drückte. — — „O Madam Leidens, sagte er, was für
ein Ausdruck von tiefen Kummer ist in ihren Gesichts= 10
zügen! Entweder hat der Tod Ihrem Herzen alle Freuden
des Lebens und der Jugend entrissen, oder es liegt in
Ihren Umständen irgend eine Quelle von bitterm Jammer
verborgen. Sagen Sie, theure geliebte Freundinn, wollen
Sie nicht, können Sie nicht dieser Quelle einen Ausfluß 15
in den Busen Ihres treuen, Ihres Sie anbetenden
Freundes verschaffen?" Mein Kopf sank auf seine Hände,
die noch immer die meinigen hielten. Mein Herz war
beklemmter als jemals in meinem Leben. Das Bild
meines Unglücks, die Verdienste dieses edelmüthigliebenden 20
Mannes, die schwere Kette meiner wiewohl falschen Ver=
bindung, mein auf ewig verlornes Vergnügen bedrängten
auf einmal meine Seele. Reden konnte ich nicht; schluchzen
und seufzen mußte ich. Er schwieg tiefsinnig, und mit
einer zitternden Bewegung seiner Hände, sagte er, in dem 25
traurigsten aber sanftesten Ton, indem er seinen Kopf
sachte gegen den meinigen neigte: O dieser Sie quälende
Kummer giebt mir ein trauriges Licht — Ihr Gemahl
ist nicht todt — Eine Seele wie die Ihrige würde durch
einen Zufall den die Gesetze der Natur herbeybringen, 30
nicht zerrissen sondern nur niedergeschlagen. Aber der
Mann ist Ihrer unwürdig, und das Andenken dieser
Fesseln verwundet Ihre Seele. — Hab' ich Recht, o,
sagen Sie, ob ich nicht Recht habe?" — Seine Rede machte
mich schauern; ich konnte noch weniger die Sprache wieder 35
finden als vorher. Er war so gütig mir zu sagen:
„heute nichts mehr! beruhigen Sie sich; lassen Sie mich

nur Ihr Vertrauen erwerben." — Ich erhob meine Augen
und drückte aus einer unwillkührlichen Bewegung seine
Hände. O Lord Rich — war alles was ich aussprechen
konnte. „Bestes weibliches Herz! was für ein Unmensch
5 konnte dich mißkennen, und elend machen?" — Lieber Lord,
Sie sollen alles, alles wissen, Sie verdienen mein Ver=
trauen. — Dieß sagte ich, als ein Bedienter der Lady
Summers kam, mich zu rufen, weil wichtige Briefe von London
angekommen wären. — Ich suchte mich so viel als möglich
10 zu fassen, und eilte zur Lady, die mir gleich die angesehene
Henrath ihrer einzigen Nichte mit Mylord R** anzeigte,
und sich auf den Besuch freute, den ihr Bruder und die
Neuvermählten in vierzehn Tagen bey ihr ablegen würden.
Wir müssen auch auf ein artiges Landfest sinnen, sagte
15 sie, um den jungen Leuten Freude bey ihrer alten Tante
zu machen. Hierauf gab Sie mir im Aufstehen einen
Brief zu lesen, den das junge Paar ihr zusammen ge=
schrieben hatte, und entfernte sich, um den Bedienten
wieder abzufertigen. Was für ein Grauen überfiel mich,
20 meine Emilia, als ich die Hand des Lord Derby erblickte,
der nun wirklicher Gemahl der jungen Lady Alton war!
Mit bebenden Füßen eilte ich in mein Zimmer, um meine
Betäubung vor der Lady Summers zu verbergen. Weinen
konnte ich nicht, aber ich war dem Ersticken nahe. Wie
25 fühlte ich meine Unvorsichtigkeit nach England gegangen
zu seyn! Meinen Schutzort mußte ich verlieren; un=
möglich war's in Summerhall zu bleiben. Ach ich gönnte
dem Bösewicht sein Glücke; aber warum mußte ich aber=
mals das Opfer davon werden? Ich gieng ans Fenster,
30 um Athem zu schöpfen, und erhob meine Augen gen
Himmel; O Gott, mein Gott der du alles zuläßt, erhalte
mich in diesem Bedrängniß! Was soll ich thun? O
meine Emilia, beten Sie für mich! Ein Wunder, ja ein
Wunder ist's, daß ich mich sammlen konnte. — Ich beschloß,
35 mich zu verstellen, der Lady alle Anstalten des Empfangs
machen zu helfen, und dann eine Krankheit und Ermattung
vorzuschützen, so lange die Gäste da seyn würden, und in

meinem Zimmer bey zugezogenen Vorhängen zu liegen,
als ob der Tag meinem Kopf, und meinen Augen schmerzte.
— Ich fand in dieser äußersten Noth kein anders Mittel;
ich unterdrückte also meinen Jammer, und gieng zur
Lady, die ich noch aus dem Fenster dem zurückkehrenden
Abgeschickten freundlich zurufen hörte. Die Lady erzählte
mir die Größe des Reichthums und Ansehen des Hauses
von Lord N** der durch den Tod seines Bruders einziger
Erbe war. Nun, sagte sie, würde ihr Bruder vergnügt
seyn, der sonst keinen Fehler als den Ehrgeiz hätte; seine
Freude machte die ihrige. Dankbarkeit und Freundschaft,
ihr unterstützet mich — Denn wo hätte sonst meine Ver=
nunft, meine völlig zerstörte Seele, die Kraft gehabt, mich
aufrecht zu erhalten, mich lächeln zu lassen? Der Antheil,
den ich an der Freude meiner Wohlthäterinn nahm, stärkte
mich. Alles Uebel war geschehen; wenn ich geredet hätte,
würde nur das Gute, nicht das Böse, unterbrochen worden
seyn. Die erste Stunde war voll der größten Quaal,
die mein Herz jemals betroffen hatte: aber grausam würde
ich gewesen seyn, wenn ich das Herz der lieben Lady
durch meine Entdeckungen geängstiget hätte. Sie liebt
mich, sie ist gerecht und tugendhaft; der heftigste Abscheu
würde sie gegen den bösen Menschen erfüllen, der nun
ihr Neffe, der geliebte Gemahl ihrer Nichte ist. Vielleicht
ist er auf dem Wege der Besserung — und gewiß wäre
er selbst in der äußersten Sorge, wenn er wüßte, daß
ich hier bin. — Er kannte mich niemals; niemals dachte
Er, daß das Schicksal mir einst die Gewalt geben würde,
ihm so sehr zu schaden. Aber ich will sie nicht gebrauchen,
diese Gewalt; ungestört soll er das Glück genießen, welches
ihm das Verhängniß giebt, und meinem Herzen soll es
nicht umsonst die Probe angeboten haben, in welcher die
Tugend ihre wahren Ergebenen erkennt, den Feinden
wohlzuthun. Laß mich, o Vorsicht, laß mich dieses Ge=
präge der wahren Größe der Seele erhalten! viele, aber
milde Thränen überströmten nach diesem Gebet meine
Lagerstätte. Die Wohlthätigkeit, die ich meinem größten

Feind gelobte, wurde durch die seligste Empfindung belohnt:
mein Herz fühlte den Werth der Tugend, es fühlte, daß
es durch sie edel und erhaben war. Nun falteten sich
meine Hände mit der reinen Bewegung des Danks, da
5 sie wenige Stunden vorher der Schmerz der Verzweiflung
in einander gewunden hatte. — Sanft schlief ich ein,
ruhig wachte ich auch, ruhig habe ich schon einen Plan
des Lanfestes aufgesetzt, das die Lady geben will. — Aber
bemerken Sie, meine Emilia, wie leicht sich Böses mit
10 Gutem mischt. — Einige Minuten lang war der Gedanke
in mir, das Fest in kleinem so zu veranstalten, wie das
vom Grafen F. auf seinem Landgut war, um den Lord
in ein kleines Staunen zu setzen. Aber auch dieses verwarf
ich als eine masquirte Rache, die sich in meine Ein-
15 bildung schleichen wollte, da sie aus meinem Herzen ver-
bannet war. — Ich glaube, Emilia, Rich sieht beynahe
was ich denke. Er kam erst den vierten Tag nach meiner
Unterredung mit ihm zu uns. Die Lady erzählte ihm
bey dem Mittagessen die Ursache, warum wir alle so
20 beschäfftiget seyn, und führte ihn Nachmittags in die schon
bereiteten Zimmer. Ich mußte sie begleiten, und auch
die Veranstaltungan für das Pachterfest vorlesen. Lord
Rich schien sehr aufmerksam, lobte alles, aber sehr kurz,
und begleitete alle meine Bewegungen mit Blicken, welche
25 Neugierde und Unruhe in sich zeigten. — Lady Summers
verließ uns einige Minuten, und er kam an den Tisch, wo
ich italiänische Blumen aussuchte und zusammen band.
mit einer sorgsamen zärtlichen Miene nahm er eine
meiner Hände; „Sie sind nicht wohl, meine Freundinn,
30 Ihre Hände arbeiten zitternd; eine gewisse Hastigkeit ist
in ihren Bewegungen, welche durch die angenommene
Munterkeit wider ihren Willen hervorbricht; Ihr Lächeln
kommt nicht aus dem Herzen; was bedeutet dieses?"
Lord Rich, Sie machen mir bange mit Ihrer Scharfsicht,
35 antwortete ich. — „Ich sehe also doch gut?" Fragen
Sie mich nicht weiter, Mylord; meine Seele hat den
äußersten Kampf erlitten, aber ich will ißt dem Ver-

gnügen der Lady Summers alles, was mich angeht, auf=
opfern. — „Ich besorge nur, Sie opfern sich selbst dabey
auf, sagte der Lord. Fürchten Sie nichts, antwortete
ich, das Schicksal hat mich zum Leiden bestimmt; es wird
mich dazu erhalten. Ich sagte dieß, wie mich dünkte,
ruhig und lächelnd; aber Lord Rich sah mich mit Be=
stürzung an. Wissen Sie, Madam Leidens, daß dieß,
was Sie sagen, den größten Grad von Verzweiflung
anzeigt, und mich in die tödtlichste Unruhe wirft? —
Reden Sie — reden Sie — mit der Lady Summers;
Sie werden ein mütterliches Herz in ihr finden. — Ich
weiß es, bester Lord! aber es kann itzt nicht seyn; bleiben
Sie unbesorgt über mich; mein Zittern ist nichts anders
als die letzte Bewegung eines Sturms, dem bald eine
ruhige Stille folgen wird. O Gott, rief er aus, wie
lange werden Sie die Marter dauern lassen, die mir der
Gedanke von Ihrem Kummer macht? Die Lady kam
zurück, und zog mich aus der Sorge weichherzig zu werden.
Lord Rich gieng mit einem Ansehen von trotzigem Mis=
vergnügen hinweg. Wir bemerkten es beyde. Lady
Summers sagte mir lächelnd: „können Sie gutherzig seyn
und gute Leute plagen? o wenn ich denken könnte, daß
eine dieser Blumen Sie als die Braut von Lord Rich zum
Altare schmücken würde!“ — Mein Bruder soll die Vater=
stelle vertreten, so wie ich die Mutter seyn werde.“ Liebste
Lady, antwortete ich in der äußersten Bewegung, meine
Widersetzung wird mir immer schmerzhafter; aber noch
immer ist es mir unmöglich eine Entschließung zu fassen.
Dulden Sie mich, so wie ich bin, noch einige Zeit. Ein
Strom von Thränen, den ich nicht zurückhalten konnte,
machte die Lady gleichfalls weinen; aber sie versprach mir,
nicht weiter in mich zu setzen.

———

**Auszug aus einem Briefe von Lord N. an Lord B—**

Du weißt, daß ich mit der reichen zierlichen Alton
vermählt bin, und daß sie stolz darauf ist, mich in

Hymens Fesseln gebracht zu haben.  Einfältig brüstet sie
sich, wenn ich, um das Maaß ihrer albernen Denkensart
zu ergründen, mit einer Mine voller Gefälligkeit nach
ihren neuen Wünschen frage.  Ich wollte damit eine
5 Zeitlang meinen Scherz haben, um mein Register über
weibliche Narrheiten vollzumachen, und ich habe mir einen
sehr wesentlichen Dienst dadurch gethan.  Denn nachdem
das elende Gepränge vorbey war, womit neuvermählte
einander im Triumphe herumzuführen scheinen, fragte ich
10 meine Lady, ob sie nicht irgend eine Landreise machen
wollte, und sie schlug mir einen Besuch bey ihrer Tante
Summers vor, die eine langweilige Frau, aber reich und
angenehm zu erben sey. — Wir schrieben ihr, und ich
schickte den John mit unserm Briefe unsern Besuch zu
15 melden.  Die Matrone nahm ihn sehr freundlich auf:
während sie mit der Antwort beschäfftigt war, gieng John
mit ihrem Hausmeister in einem Zimmer auf und ab:
die Lady hatte gleich um eine Madam Leidens geschickt.
Eine Viertelstunde darauf, tritt mit eilfertigem Schritte
20 eine feine englisch gekleidete Weibsperson in den Vorsaal,
und geht mit beynahe geschlossenen Augen ins Zimmer
der Lady.  John, wie vom Blitz gerührt, erkennt die
Sternheim in ihr, erhohlt sich aber gleich, und fragt, wer
diese Lady sey?  Der Hausmeister erzählt, daß sie mit
25 der Lady aus Deutschland gekommen wäre, und daß die
Lady sie außerordentlich liebte: sie sey ein Engel von
Güte und Klugheit, und Lord Rich, dessen Güter an der
Lady ihre grenzten, würde sie heurathen. — Mein armer
Teufel, John, zitterte vor Aengsten, zu der Lady gerufen
30 zu werden, und betrieb seine Abfertigung.  Die Alte kam,
aber allein: John ließ sich so schnell als möglich ab=
fertigen, und jagte zurück. — Urtheile selbst wie ich von
dieser Nachricht überrascht wurde!  Ueber keinen meiner
kleinen Streiche bin ich jemals so verlegen gewesen, als
35 diesen Augenblick über den, welchen ich dieser Schwärmerinn
gespielet hatte.  Wo mag sie die Verwegenheit genommen
haben, sich in England zu zeigen?  Aber geht's nicht

allezeit so? Die furchtsamste Creatur wird in den Armen
eines Mannes herzhaft gemacht. Ich hatte ihr also etwas
von meiner Unverschämtheit mitgetheilt, welches sie mir
in dem Hause der Lady Summers wieder zurückgeben
konnte. Diesem wollte ich mich nicht aussetzen, indem 5
meine Absichten unumgänglich die Beobachtung des Wohl=
standes erfoderten. Ich wußte mir Dank, den John bey
mir behalten zu haben; denn der listige Hund fand eher
einen Ausweg als ich. Er schlug mir vor, sie entführen
zu lassen: dieß mußte aber bald geschehen, und der Ort 10
ihres Aufenthalts mußte sehr entfernt seyn. Ich be=
stimmte ihr den nehmlichen Platz in den schottischen
Gebürgen auf Hoptons Gütern, wo ich vor einigen Jahren
die Nancy aufgehoben habe; und da diese von ihrem Vater,
der ein Advocat war, nicht gefunden werden konnte, wer 15
sollte eine Ausländerinn da suchen? Ich gestehe dir, es
ist ein verfluchtes Schicksal für eines der artigsten Mädchen,
daß sie so viele hundert Meilen von ihrem Geburtsort
bey einem armen Bleyminenknecht in Schottland Haberbrod
fressen muß. Aber was zum T— hatte sie mir auf 20
meinem Weg nach England zu begegnen? Es ist billig,
daß sie diese Frechheit bezahle. Sie ist bereits sicher an
Ort und Stelle angekommen, und ich habe Befehl gegeben,
daß man gut mit ihr umgehen soll. John machte die
Anstalten, und weil er vom Hausmeister der Lady Summers 25
wußte, daß Lord Rich, und die Töchter und Frau des
Pfarrers öfters mit meiner Heldinn im Park Unter=
redungen hatten, so ließ er sie im Nahmen der Miß
Emma auf einen Augenblick in den Park rufen. Sie
kam, er packte sie auf, und brachte sie, wie er sagt, mit 30
Mühe lebendig nach Schottland. Den ganzen Weg
über hat sie nichts als ein paar Gläser Wasser zu sich
genommen, und, eine Ausrufung über mich unter dem
Nahmen Derby ausgenommen, wie ein todtes Bild in der
Schäse gesessen. Wenn du toller Narr hier gewesen wärst, 35
so hätte ich sie, Dir in Verwahrung gegeben; und gewiß,
wenn der heulende Genius, der dich ehemals regierte, um

sie geschwebt wäre, hättest du sie zahm machen können, und
noch eine bessere Beute an ihr gemacht, als alles dein Gold
in den Galanteriebuden zu Paris nicht erkaufen kann.
Denn sie ist eine der schönsten Blumen von allen, die
5 an dem feurigen Busen deines Freundes verwelkt sind.
Sobald ich Nachricht von ihrer zweytägigen Abreise hatte,
gieng ich mit meiner Lady und ihrem Vater nach Summer=
hall, wo die Matrone im Bette lag, und um ihre Pfleg=
tochter wehklagte. Alle Leute im Hause und im Orte,
10 die Familie des Pfarrers, besonders Lord Rich, ein alter
Knabe, der den Philosophen spielt, bejammerten den
Verlust von Madam Leidens. Lady Summers flehte
mich um Hülfe an; ich gab mir auch das Ansehen aller
Bewegungen, sie suchen zu helfen, und erfuhr bey dieser
15 Gelegenheit, wie sie nach England gekommen war. Jeder=
man rühmte ihre Reize, ihre Talente und ihr gutes Herz;
die Narren machten mich toll und müde damit; besonders
Rich, der Weise, der mich zum Vertrauten seiner Leidenschaft
machte, und so weise ist sich einzubilden, daß sie sich vor
20 ihm geflüchtet habe, weil er sie so weit gebracht hätte,
ihm die Erzählung ihrer Geschichte zu versprechen, die
gewiß besonders seyn müsse, indem das junge Frauen=
zimmer alle Merkmale der edelsten Erziehung, der voll=
kommensten Tugend, und der feinsten weiblichen Zärtlichkeit
25 in ihrem Betragen hätte. Er vermuthete, ein Bösewicht
habe ihre Gutherzigkeit betrogen, und dadurch den Grund
des Kummers gelegt, mit welchem er sie immer kämpfen
sehen. War es nicht eine verdammte Sache, alles dieses
anzuhören, und fremde zu scheinen? Er wies mir ihr
30 Bildniß, wohl getroffen, vor einem Tische, wo ein Gestelle
mit Schmetterlingen war, von denen sie, ich weiß nicht
welchen, Gebrauch zu einem Fest machen wollte, so mir
zu Ehren angestellt werden sollte, und wovon sie die
Erfinderinn war. Der Einfall war nicht gut gewählt;
35 sie verstund sich wenig auf die Schmetterlingsjagd, sonst
hätte sie meine Fittige nicht frey gelassen. Aber ihr Bild
machte mehr Eindruck auf mich als alle Züge von ihrem

Charakter. Es ist, bey meinem Leben! Schade um sie;
und ich möchte wissen, was sie bey der Vorsicht, die sie
doch so stark verehrt, verschuldet haben mag, daß sie in
der schönsten Blüthe ihres Lebens aus ihrem Vaterlande
gerissen, zu Grunde gerichtet, und in den elendesten Winkel 5
der Erde geworfen werden mußte. Und was wollte das
Verhängniß mit mir, daß ich der Henkerbube seyn mußte,
der diese Verurtheilung vollzog? O ich schwör' es, wenn
ich jemals eine Tochter erziehe, so soll sie alle Stricke kennen
lernen, womit die Bosheit unsers Geschlechts die Unschuld 10
des ihrigen umringt! — Aber was hilft dieß dir arme
Sternheim? — — Komm zurück, wir wollen im Früh=
jahre sie einmal besuchen; diesen Winter muß sie aus=
harren, ob sie mich schon jammert.

### Einschaltung der Abschreiberinn.          15

Hier, meine Freundinn, müssen Sie noch etwas von
meiner Feder lesen, um eine Lücke auszufüllen, welche sich
in den Papieren, wovon ich Ihnen die Auszüge mittheile,
findet. Meine liebe Dame wurde nach dem Anschlag des
gottlosen Lords in den Garten zu den Töchtern des 20
Pfarrers gerufen, just, da sie eben ihren letzten Brief an
meine Emilia endigte; sie steckte die ganze Rolle des
Papiers zu sich, um zu verhindern, daß man nichts zum
Nachtheil des Lords finden möchte, gieng gegen den Park
zu, und da sie sich zwanzig Schritte weit an der Seite 25
des Gartens gegen das Dorf umgesehen hatte, und niemand
erblickte, gieng sie zurück. Aber plötzlich zeigte sich im
Park eine Weibsperson die ihr winkte; sie eilte gegen ihr;
diese Person eilte gleichfalls auf sie zu; und faßte sie an
der Hand; Im nehmlichen Augenblicke kamen noch zwo 30
vermummte Personen, warfen ihr eine dichte runde Kappe
über den Kopf, und schleppten sie mit Gewalt fort. Ihr
heftiges Sträuben, ihre Bemühung zu rufen, war ver=
gebens; man warf sie in eine Halbschäse, und jagte die
ganze Nacht mit ihr fort. Essen und Trinken bot man 35
ihr in einem Walde an; sie konnte aber und mochte nichts

als ein Glaß Wasser nehmen! gleich jagte man wieder
weiter; äußerst traurig und abgemattet saß sie neben einer
Person in Weibskleidern, von welcher sie fest umgefaßt
gehalten wurde; Sie bat einmal auf den Knien um
5 Erbarmen, erhielt aber keine Antwort, und wurde endlich
in der Hütte eines schottischen Bleyminenknechts auf ein
elendes Bette gesetzt.    Dieß war alles was sie von ihrer
Entführung zu sagen wußte; denn sie war beynahe sinn=
los.    Ihr Tagbuch kann zum Beweis dienen, wie sehr
10 ein heftiger Schmerz des Gemüths das edelste Herz
zerrütten kann.    Aber eben dieses Tagbuch beweist, daß,
sobald ihre Kräfte sich erhohlten, auch die vortrefflichen
Grundsätze ihrer Erziehung wieder ihre volle Wirksamkeit
erhielten.

15        Den Kummer, in welchen durch diesen Zufall die
Lady Summers gesetzt wurde, und den Jammer meiner
Emilia und den meinigen über die Nachricht von ihrem
Unsichtbarwerden können Sie sich leichter selbst vorstellen,
als ich ihn beschreiben könnte; zumal da alles mögliche,
20 um auf ihre Spur zu kommen, vergebens angewandt
wurde.    Unvermeidliche Zufälle hielten meinen Schwager
den Winter durch zurück selbst nach England zu gehen,
um der Lady Summers seine Vermuthungen gegen Lord
Derby zu entdecken; und dieser Winter war der längste
25 und traurigste, den jemals eine kleine Familie erlebt hat,
welche durch das Unglück einer innigst geliebten Freundinn
elend gemacht wurde.

––––––––

**Madam Leidens in den schottischen Bleygebürgen.**

Emilia! theurer geliebter Name! Ehemals warst
30 du mein Trost und die Stütze meines Lebens, itzt bist du
eine Vermehrung meiner Leiden geworden.    Die klagende
Stimme, die Briefe deiner unglücklichen Freundinn dringen
nicht mehr zu dir, alles, alles ist mir entrissen, und noch
mußte mein Herz mit der Last des bittern Kummers
35 beschweret werden, die Angst meiner Freunde zu fühlen.

Beste Lady! — liebste Emilia! warum mußte euer lieb=
reiches Herz mit in das Loos von Quaal der Seele
fallen, welches das Verhängniß mir Unglücklichen zuwarf?
— O Gott, wie hart strafest du den einzigen Schritt
meiner Abweichung von dem Pfade der bürgerlichen Gesetze! ₅
— Kann meine heimliche Heurath dich beleidiget haben?
— arme Gedanken, wo irret ihr umher? Niemand höret
euch, niemand wird euch lesen: diese Blätter werden mit
mir sterben und verwesen; Niemand als mein Verfolger
wird meinen Tod erfahren, und er wird froh seyn die ₁₀
Zeugnisse seiner Unmenschlichkeit mit mir begraben zu
wissen. O Schicksal, du siehst meine Unterwerfung, du
siehst, daß ich nichts von dir bitte; du willst mich langsam
zermalmen; thue es — rette nur die Herzen meiner
tugendhaften Freunde von dem Kummer der sie meinet= ₁₅
wegen ängstiget!

### Dritter Monat meines Elendes.

Noch einen Monat hab' ich durchgelebt, und finde
mein Gefühl wieder, um den ganzen Inbegriff meines
Jammers zu kennen. Selige Tage, wo seyd ihr, an ₂₀
denen ich bey dem ersten Anblick des Morgenlichts meine
Hände dankbar zu Gott erhob und mich meiner Erhaltung
freute? Itzt benetzen immer neue Thränen mein Auge
und mit neuem Händeringen bezeichne ich die erste Stunde
meines erneuerten Daseyns. O mein Schöpfer, solltest ₂₅
du wohl die bittere Zähre meines Jammers lieber sehen,
als die überfließende Thräne der kindlichen Dankbarkeit?

\*        \*        \*

Hoffnungslos, aller Aussichten auf Hülfe beraubt,
kämpfe ich wieder mich selbst; ich werfe mir meine
Traurigkeit als ein Vergehen vor, und folge dem Zug ₃₀
zum Schreiben. Eine Empfindung von besserer Zukunft
regt sich in mir. — Ach! redete sie nicht noch lauter in
meinem vergangenen Tagen? — Täuschte sie mich nicht?
— Schicksal! hab ich mein Glück gemißbraucht? Hieng

mein Herz an dem Schimmer der mich umgab? Oder
ist der Stolz auf die Seele, die ich von dir empfieng,
mein Verbrechen gewesen? — Arme, arme Creatur, mit
wem rechte ich! Ich beseelte Handvoll Staubes empöre
5 mich wider die Gewalt, die mich prüft — und erhält.
Willt du, o meine Seele, willt du durch Murren und
Ungeduld das ärgste Uebel in den Kelch meines Leidens
gießen? — Vergieb, o Gott, vergieb mir, und laß mich
die Wohlthaten aufsuchen, mit denen du auch hier mein
10 empfindliches Herz umgeben hast.

*     *     *

Komm, du treue Erinnerung meiner Emilia, komm
und sey Zeuge, daß das Herz deiner Freundinn seine
Gelübde der Tugend erneuert, daß es zu dem Wege seiner
Pflichten zurückkehrt, seiner eigensinnigen Empfindlichkeit
15 absagt, und vor den Merkmalen einer liebreichen immer-
dauernden Vorsicht nicht mehr die Augen verschließt. —
— Beynahe drey Monate sinds, daß ich durch einen
betrügerischen Ruf in dem Park von Summershall anstatt
meiner gefühlvollen freundlichen Emma einem der grausamsten
20 Menschen in die Gewalt kam, der mich Tag und Nacht
reisen machte, um mich hieher zubringen; Derby! Niemand
als du, war dieser Barbarey fähig! In der Zeit, wo
ich für dein Vergnügen arbeitete, zetteltest du ein neues
Gewebe von Kummer für mich an. — — Ehre und
25 Großmuth müssen dir sehr unbekannt seyn, weil du nicht
denken konntest, daß sie mich deinen Augen entziehen, und
mich schweigen heißen würden! Was für ein Spiel
machst du dir aus der Trübsal eines Herzens, dessen
ganze Empfindsamkeit du kennst? — Warum, o Vorsicht,
30 warum mußten alle boshafte Anschläge dieses verdorbenen
Menschen in Erfüllung kommen, und warum alle guten
Entwürfe der Seele, die du mir gabst, in diese traurige
Gebürge verstoßen werden?

*     *     *

Wie unstät macht die Eigenliebe den Gang unserer
Tugend! Vor zween Tagen wollte mein Herz voll edler
Entschlüsse geduldig auf dem dornichten Pfade meines
unglücklichen Schicksals fortgehen, und meine Eigenliebe
führt die Widererinnerung dazu, welche meine Blicke von 5
den gegenwärtigen und künftigen entfernt, und allein auf
das unveränderliche vergangene heftet. — Tugendlehre,
Kenntnisse und Erfahrung sollen also an mir verloren
seyn, und ein niederträchtiger Feind soll die verdoppelte
Gewalt haben, nicht nur mein äußerliches Ansehen von 10
Glück, wie ein Räuber ein Kleid von mir zureissen,
sondern meine Gesinnungen, die Uebung meiner Pflichten,
und die Liebe der Tugend selbst in meiner Seele zu
zerstören?

       \* \*

    Glückliche, ja allerglücklichste Stunde meines Lebens, 15
in der ich mein ganzes Herz wieder gefunden habe; in
welcher die selige Empfindung wieder in mir erwachte,
daß auch hier die väterliche Hand meines Schöpfers für
die besten Güter meiner Seele gesorget hat! Er ist es
der meinen Verstand von dem Wahnsinne errettete, welcher 20
in den ersten Wochen sich meiner bemeistern wollte; Er
gab meinen rauhen Wirthen Leutseligkeit und Mitleiden
für mich; das reine moralische Gefühl meiner Seele
erhebt sich allmählich über die Düsternheit meines Grams;
Die Heiterkeit des Himmels, der diese Einöde umgiebt, 25
gießt, ob ich ihn schon seufzend anblicke, eben so viel
Hoffnung und Friede in mein Herz, als der zu Stern=
heim, Vaels und Summerhall. Diese aufgethürmten Berge
reden mir von der allmächtigen Hand, welche sie schuf;
überall ist die Erde mit den Zeugnissen seiner Weisheit 30
und Güte erfüllt, und überall bin ich sein Geschöpf. Er
wollte hier meine Eitelkeit begraben, und die letzten
Probestunden meines Lebens sollen allein vor seinen Augen
und vor dem Zeugniß meines Herzens verfließen! Vielleicht
werden sie nicht lange dauern. Soll ich denn nicht 35

suchen, sie mit dem Ueberrest von Tugend auszufüllen,
deren Ausübung noch in meiner Gewalt geblieben ist! —
Gedanke des Todes, wie wohlthätig bist du, wenn du,
von der Versicherung der Unsterblichkeit unserer Seele
5 begleitet, zu uns kommst! wie lebhaft erweckest du das
Gefühl unserer Pflichten, und wie eifrig machst du unsern
Willen Gutes zu thun?   Dir danke ich die Ueberwindung
meines Grams, und die erneuerten Kräfte der Tugend
meiner Seele!   Du machtest mich mit Lebhaftigkeit den
10 Entschluß fassen, meine letzten Tage mit edlen Gesinnungen
auszufüllen, und zu sehen, ob ich nicht auch hier Gutes
thun kann.

*   *   *

Ja, ich kann, ich will noch Gutes thun; o! Geduld,
du Tugend des Leidenden, nicht des Glücklichen, dem alle
15 Wünsche gewähret sind, wohne bey mir, und leite mich zu
ruhiger Befolgung der Rathschlüsse des Schicksals! —
Mühsam und einzeln sammlet man die Wurzeln und
Kräuter, welche unsere leiblichen Uebel heilen.   Eben so
besorgt sollte man die Hülfsmittel unserer moralischen
20 Krankheiten suchen; sie finden sich oft, wie jene, am nächsten
Fußsteige von unserem Aufenthalt.   Aber wir sind gewohnt
das Gute immer in der Ferne zu suchen, und das an
der Hand liegende mit Verachtung zu übersehen.   Ich
machte es so; meine Wünsche und meine Klagen führten
25 meine Empfindung weit von dem was mich umgab; wie spät
erkenne ich die Wohlthat, eine ganze Rolle Papier mit
mir gebracht zu haben, die mir bisher in den Sammlungs=
stunden meines Geistes so große Dienste gethan hat.
War es nicht Güte der Vorsicht, die mich auf meiner
30 beschwerlichen Reise hieher vor aller Beleidung schützte,
und mir alles erhielt, was mir in den Zeiten meiner Ruhe
nützen konnte?

*   *

Emilia, heilige Freundschaft, geliebtes Andenken! dein
Bild steigt aus dem Schutte meiner Glückseligkeit lächelnd

empor. Thränen, viele Thränen kostest du mich. — Aber
komm, diese Blätter sollen dir geweyhet seyn! Von Jugend
auf ergossen sich meine geheimsten Empfindungen in dein
treues zärtliches Herz; der Zufall kann diese Papiere er=
halten, sie können dir noch zukommen, und du sollst darinn 5
sehen, daß mein Herz die Tugend des Deinigen, und seine
Güte für mich niemals vergessen hat. Vielleicht benetzt
einst die Zähre deiner freundschaftlichen Liebe diese Ueber=
bleibsel deiner unglücklichen Sophie. Auf meinem Grabe
wirst du sie nicht weinen können; denn ich werde das 10
Schlachtopfer seyn, welches die Bosheit des Derby hier
verscharret; und da der Gedanke an Tod und Ewigkeit,
meine Klagen und Wünsche endiget, so will ich dir noch
den jähen Absturz beschreiben der mich in meine frühe
Grube bringt. Ich konnte es nicht eher thun; ich wurde 15
zu sehr erschüttert, so oft ich daran dachte.

✻          ✻          ✻

Halb leblos bin ich hier angelangt, und drey Wochen
in einer Gemüthsverfassung gewesen, die ich nicht be=
schreiben kann; was ich in dem zweyten und dritten Monat
meines Aufenthalts war, zeigen die Stücke die ich in 20
meinen Erquickungsstunden schrieb. Urtheilen Sie aber,
Emilia, von der Zerrüttung meiner Empfindnisse, weil ich
nicht beten konnte; ich rief auch den Tod nicht, aber, in
dem vollen Gefühl des Uebermaaßes von Unglück, so mich
betroffen, würde ich dem auf mich fallenden Blitz nicht 25
ausgewichen seyn. Ganze Tage war ich auf meinen
Knien, nicht aus Unterwerfung, nicht um Gnade vom
Himmel zu erflehen; Stolz, empörter Stolz war mit dem
Gedanken des unverdienten Elends in meine Seele ge=
kommen. Aber, o meine Emilia, dieser Gedanke ver= 30
mehrte mein Uebel, und verschloß jeder übenden Tugend
meiner Umstände mein Herz; und übende Tugend allein,
kann den Balsam des Trostes in die Wunden der Seele
träuflen. Ich empfand dieses das erstemal, als ich das
arme fünfjährige Mädchen, die auf mich Acht haben mußte, 35

mit Rührung ansah, weil sie sich bemühte, meinen nieder=
gesunkenen Kopf mit ihren kleinen Händen aufzurichten;
ich verstund ihre Sprache nicht, aber ihr Ton und der
Ausdruck ihres Gesichts war Natur und Zärtlichkeit und
5 Unschuld; ich schloß sie in meine Arme, und vergoß einen
Strom von Thränen; es waren die ersten Trostthränen,
die ich weinte, und in die Dankbarkeit meines Herzens
gegen die Liebe dieses Geschöpfs mischte sich die Empfindung,
daß Gott diesem armen Kinde die Gewalt gegeben hätte,
10 mich die Süßigkeit des Mitleidens schmecken zu lassen.
Von diesem Tage an rechne ich die Wiederherstellung
meiner Seele.    Ich fieng nun an dankbar die kleinen
Brosamen von Glückseligkeit aufzusammlen, die hier neben
mir im Staube lagen.    Meine erschöpften Kräfte, die
15 Schmerzen, welche mir das Haberbrodt verursachte, ließen
mich meinen Tod nahe glauben; ich hatte keinen Zeugen
meines Lebens mehr um mich; ich wollte meinem Schöpfer
ein gelassenes, ihn liebendes Herz zurückgeben, und dieser
Gedanke gab den tugendhaften Triebfedern meiner Seele
20 ihre ganze Stärke wieder.    Ich nahm meine kleine Wohl=
thäterinn zu mir in den armen abgesonderten Winkel,
den ich in der Hütte besitze, ich theilte mein Lager mit
ihr, und von ihr nahm ich die erste Unterweisung der
armen Sprache, die hier geredet wird.    Ich gieng mit
25 ihr in die Stube meiner Hauswirthe; der Mann hatte
lang in den Bleyminen gearbeitet, und ist nun aus
Kränklichkeit unvermögend dazu geworden, bauet aber mit
seiner Frau und Kindern ein kleines Stück Feld, das ihm
der Graf Hopton nah an einem alten zerfallenen Schlosse
30 gegeben, mit Haber und Hanf an; den Haber stoßen sie
mit Steinen zum Gebrauch klein, und der Hanf muß sie
kleiden.    Es sind arme gutartige Leute, deren ganzer
Reichthum wirklich in den wenigen Guineen besteht, welche
sie für meine Verwahrung erhalten haben.    Es freute
35 sie, daß ich ruhiger wurde, und zu ihnen kam; Jedes
befleiß sich, mir Unterricht in ihrer Sprache zu geben,
und ich lernte in vierzehn Tagen so viel davon, um kurze

Fragen zu machen und zu beantworten. Die Leute wissen, wie weit sie mich außer dem Hause lassen dürfen, und der Mann führte mich an einem der letzten Herbsttage etwas weiter hinaus. O, wie arm ist hier die Natur! man sieht, daß ihre Eingeweyde bleyern sind. Mit thränenden Augen sah ich das rauhe magere Stück Feld, auf dem mein Haberbrodt wächst, und den über mich fließenden Himmel an; die Erinnerung machte mich seufzen, aber ein Blick auf meinen abgezehrten Führer hieß mich zu mir selbst sagen: ich habe mein Gutes in meiner Jugend reichlich genossen, und dieser gute Mann und seine Familie sind so lange sie leben in Elend und Mangel gewesen; sie sind Geschöpfe des nehmlichen göttlichen Ur= hebers, ihrem Körper fehlt keine Sehne, keine Muskel die sie zum Genuß physicalischer Bedürfnisse nöthig haben; da ist kein Unterschied unter uns; aber wie viele Theile der Fähigkeiten ihrer Seele schlafen, und sind unthätig geblieben! Wie verborgen, wie unbegreiflich sind die Ursachen die in unsrer körperlichen Einrichtung keinen Unterschied entstehen ließen, und im moralischen Wachsthum und Handlen, ganze Millionen Geschöpfe zurücklassen! wie glücklich bin ich heute noch durch den erhaltenen Anbau meines Geistes und meiner Empfindung gegen Gott und Menschen! Wahres Glück, einzige Güter, die wir auf Erde sammlen und mit uns nehmen können, ich will aus Ungeduld euch nicht von mir stoßen; ich will die Gutherzigkeit meiner armen Wirthe durch meine Freundlichkeit belohnen. — Eifrig lernte ich an ihrer Sprache fort, und erfuhr beym Nachforschen über ihre manchmalige Härte gegen das junge Mädchen, daß es nicht ihr Kind, sondern des Lords Derby wäre, daß die Mutter des Kindes, bey ihnen gestorben sey, und der Lord nichts mehr zu dessen Unterhalt hergäbe. Ich mußte bey dieser Nachricht in meinen Winkel; ich empfand mit Schmerzen mein ganzes Unglück wieder. Die arme Mutter! sie war schön wie ihr Kind, und jung, und gut; — bey ihrem Grabe wird das meinige seyn. O Emilia, Emilia,

wie kann, o wie kann ich diese Prüfung aushalten! Das
gute Mädchen kam und nahm meine Hand, die über mein
armes Bette hieng, während mein Gesicht gegen die Wand
gekehrt war. Ich hörte sie kommen; ihr Anrühren, ihre
5 Stimme machte mich schauern, und widerwillig entriß ich
ihr meine Hand. Derbys Tochter war mir verhaßt.
Das arme Mädchen gieng mit Weinen an den Fuß
meines Lagers und wehklagte. Ich fühlte mein Unrecht,
die unglückliche Unschuld leiden zu machen; ich gelobte
10 mir, meinen Widerwillen zu unterdrücken, und dem Kinde
meines Mörders, Liebe zu erweisen. Wie froh war ich,
da ich mich aufrichtete und sie rief. Auf ihre kleine Brust
gelehnt legte ich das Gelübde ab, ihr Güte zu erweisen.
Ich werde es nicht brechen, ich hab' es zu theuer erkauft!

❊    ❊    ❊

15 O Derby! wie voll, wie voll machst du das Maaß
deiner Härte gegen mich! heute kommt ein Bote, und
bringt einen großen Pack Vorrath zur Tapezerey; nieder=
trächtig spottet er: „da mir bey Hofe die Zeit ohne
„Tapetenarbeit zu lang gewesen, so möchte es hier auch
20 „so seyn; er schickte mir also Winterarbeit; im Frühjahre
„würde er es holen lassen." Es ist zu einem Cabinet;
die Risse liegen dabey. — Ich will sie anfangen, ja ich
will; er wird nach meinem Tode die Stücke kriegen; er
soll die Ueberreste seiner an mir verübten Barbarey sehen,
25 und sich erinnern, wie glücklich ich war, als er das erste=
mal meine Finger arbeiten sah; er wird auch denken
müssen, in was für einen Abgrund von Elend er mich
stürzte und darinn zu Grunde gehen machte.

❊    ❊    ❊

Niemals mehr, o Schicksal niemals mehr will ich
30 mich dem Murren meiner Eigenliebe überlassen! wie
verkehrt heißt sie uns urtheilen! Ich klagte über das,
was mein Vergnügen geworden ist. Meine Arbeit erheitert
meine trüben Wintertage; meine Wirthe sehen mir mit

roher Entzückung zu, und ich gebe ihrer Tochter Unter=
weisung darinn.   Mit frohem Stolz sah das Mädchen um
sich, als sie das erste Blättchen genäht hatte.   Unglück
und Mangel hat schon viele erfindsam gemacht; ich bin
es auch worden.   Ich weiß, daß der Graf von Hopton, 5
dem die Bleyminen zugehören, einige Meilen von hier
ein Haus hat und daß er manchmal auf einige Tage
hinkömmt.   Auf der letzten Reise hatte er eine Schwester
bey sich, die er sehr liebt, und die als Witwe oft bey
ihm ist.   Auf diese Dame baue ich Hoffnungen, die mit 10
der Dauer meines Lebens wieder rege in mir sind.   Ich
habe meinen Wirthen den Gedanken gegeben, ihre Tochter
Maria in die Dienste dieser Dame zu bringen; ich
versprach sie alles zu lehren was dazu nöthig sey.   Schon
lehre ich sie englisch reden und schreiben; die Tapetenarbeit 15
kann sie, und da mich der Mangel dazu trieb, aus den
Spitzen meines Halstuchs noch zwo Hauben zu machen,
so hat sie auch diese Kunst gelernet; Vom übrigen gebe
ich ihr Unterricht bey der Arbeit.   Das Mädchen ist so
geschickt zum fassen und urtheilen, daß ich oft darüber 20
erstaune.   Diese soll mir den Weg zur Freyheit bahnen;
denn durch sie hoffe ich der Lady Douglaß bekannt zu
werden.   O Schicksal, laß mir diese Hoffnung!

\*          \*          \*

Ich will meiner Emilia noch ein Nebenstück meines
quälenden Schicksals erzählen.   Sie wissen, wie reinlich 25
ich immer in Wäsche war, und hier zog ich mich, ich weiß
nicht wie lang, gar nicht aus; endlich kam mit meiner
Ueberlegung das Misvergnügen über den Kleidermangel,
und beym Nachdenken war ich sehr froh, daß ich bey
meiner Entführung ein ganz weißes leinen Kleid anhatte, 30
welches ich gleich auszog, und der modischen Ueppigkeit
für die vielen Falten dankte, die sie darinn gemacht hatte;
denn ich konnte füglich drey Hemden daraus schneiden,
und ein kurz Kleid daneben behalten; meine Schürze
machte ich zu Halstüchern, und aus dem ersten Rock 35

Schürzen, so daß ich mit ein wenig leichter Lauge meine
Kleidung recht reinlich halten kann, und abzuwechseln weiß.
Ich plätte sie mit einem warmen Stein. Die kleine Lidy
hab' ich auch nähen gelernt, und sie macht recht artige
5 Stiche in meinem Tapetengrund. Meine Wirthe säubern
ihre Wohnung mir zu lieb' alle Tage sehr ordentlich, und
mein gekochtes Haberbrodt fängt an mir wohl zu be=
kommen. Die Bedürfnisse der Natur sind klein, meine
Emilia; ich stehe satt von dem magern Tische auf, und
10 meine Wirthe hören mich mit Erstaunen von den übrigen
Theilen der Welt erzählen. Ich habe die Bildnisse meiner
Aeltern noch; ich wieß sie den Leuten, und erzählte ihnen
von meiner Erziehung und ehemaligen Lebensart, was
sie fassen konnten, und ihnen gut war. Ungekünstelte
15 mitleidige Zähren tränfelten aus ihren Augen, da ich
von meinem genossenen Glücke sprach, und ihnen die
Geduld erklärte, die wirklich in meinem Herzen ist. Ich
rede wenig von Ihnen, meine liebe! Ich bin nicht stark
genug, oft an Ihren Verlust zu denken, an Ihren Kummer
20 um mich zu denken. Könnte ich durch mein Leiden nur
Ihres, um mich, und meiner gütigen Lady ihres, los=
kaufen, ich wollte mich bemühen nicht mehr zu sagen, daß
ich leide; aber das Schicksal wußte, was mich am meisten
quälen würde; es wußte, daß mich meine Unschuld und
25 meine Grundsätze trösten und beruhigen würden, es wußte,
daß ich Armuth und Mangel ertragen lernen würde; daher
gab es mir das Gefühl von dem Weh meiner Freunde,
ein Gefühl, dessen Wunde unheilbar ist, weil es ein Ver=
gehen wäre, wenn ich mich davon loszumachen suchte. —
30 Wie glücklich machte mich dieses Gefühl ehemals, da ich
im Besitz meiner Güter jeden belauschten Wunsch meiner
Freunde befriedigen, und jeden bemerkten Schmerzen lindern
konnte. Zwey Jahre sind es, daß ich glänzend unter den
schimmernden Haufen trat, und Aussichten von Glück vor
35 mir hatte, mich geliebt sah, und wählen oder verwerfen
konnte. — O mein Herz, warum hütetest du dich so lange
vor dieser Erinnerung! Niemals mehr getrautest du dir

den Nahmen Seymour zu denken, nun fragst du, was
würde er sagen? und weinst über seine Vergessenheit!
O! nimm diesen Theil weg, laß ihn nimmer in mein
Gedächtniß kommen; — sein Herz kannte das meine für
ihn niemals, und nun ist es zu spät! — Mein Papier, 5
ach Emilia, mein Papier geht zu Ende; ich darf nun
nicht mehr viel schreiben; der Winter ist lange; ich will den
Ueberrest auf Erzählung meiner noch dunklen Hoffnungen
erhalten. O mein Kind! einige Bogen Papier waren
mein Glück, und ich darf es nicht mehr genießen! Ich 10
will Cannevas sparen und Buchstaben hinein nähen.

## Im Aprill.

O Zeit, wohlthätigstes unter allen Wesen, wie viel
Gutes hab' ich dir zu danken! du führtest allmählich die
tiefen Eindrücke meiner Leiden und verlornen Glückseligkeit 15
von mir weg, und stelltest sie in den Nebel der Ent=
fernung, während du eine liebreiche Heiterkeit auf die
Gegenstände verbreitetest, die mich umgeben. Die Er=
fahrung, welche du an der Hand führest, lehrte mich die
übende Weisheit und Geduld kennen. Jede Stunde, da 20
ich mit ihnen vertrauter wurde, verminderte die Bitterkeit
meines Grams. Du, alle Wunden des Gemüths heilende
Zeit, wirst auch den Balsam der Beruhigung in die Seele
meiner wenigen Freunde gießen, und sie in Umstände
setzen, worinn sie die frohen Aussichten ihres Geschickes 25
ohne den vergällenden Kummer um mich genießen können.
Du hast die Trostgründe der Güte meines Schöpfers,
die das geringste Erdwürmchen unter den Schutz kleiner
Sandkörner begleitet, wieder in meine Seele gerufen; du
hast mich sie in diesen rauhen Gebürgen finden lassen, 30
den Gebrauch meiner Kenntnisse in mir erneuert, und die
im Schooße des Glückes schlafenden Tugenden erweckt und
geschäftig gemacht. Hier, wo die physicalische Welt wenige
Gaben sparsam unter ihre traurigen Bewohner austheilt,
hier habe ich den moralischen Reichthum von Tugenden 35
und Kenntnissen in der Hütte meiner Wirthe verbreitet,

und mit ihnen genieße und koste ich ihre Süßigkeit. Von
allem, was den Nahmen von Glück, Ansehen und Gewalt
führt, völlig entblößt, mein Leben den Händen dieser
Fremdlinge anvertraut, wurde ich ihre moralische Wohl=
5 thäterinn, indem ich ihre Liebe zu Gott erweiterte, ihren
Verstand erleuchtete, und ihre Herzen beruhigte, da ich
durch Erzählungen von andern Welttheilen und von den
Schicksalen ihrer Einwohner in den Erholungsstunden
meiner armen Wirthe Vergnügen um sie hergoß. Ich
10 habe die traurigen unschuldsvollen Tage einer doppelt
unglücklichen Waise durch Liebe, Sorge und Unterricht mit
Blumen bestreut; von dem Genusse alles dessen, was die
Menschen als Wohlseyn betrachten, entfernt, genieße ich
die wahren Geschenke des Himmels, die Freude wohlzuthun
15 und die Ruhe des Gemüths, als Früchte der wahren
Menschenliebe und erfahrner Tugend. — Reine Freude,
wahre Güter! ihr werdet mich in die Ewigkeit begleiten,
und für euren Besitz wird meine Seele das erste Danklied
anstimmen.

20      Zu Ende des Brachmonats.

Emilia, haben Sie sich jemals in den Platz eines
Menschen stellen können, der in einem elenden Kahn auf
der stürmenden See ängstlich sein Leben fühlt, und mit
zitternder Hoffnung hin und her um Anschein der Hoffnung
25 sieht? Lange stoßen ihn die Wellen herum, und lassen
ihn Verzweiflung fühlen; endlich erblickt er eine Insel
die er zu erreichen hofft, mit gefalteten Händen ruft er:
O Gott, ich sehe Land! — Ich, mein Kind, ich fühle
alles dieses; ich sehe Land. Der Graf von Hopton ist
30 in seinem Haus auf dem Gebürge, und Lady Douglaß,
seine Schwester, hat die Tochter meiner Wirthinn zu sich
genommen. Sie gieng mit ihrem Bruder und einer
Tapete zur Lady, ihre Dienste anzubieten. Voller Ver=
wunderung über ihre Arbeit und ihre Antworten, hat die
35 Lady gefragt, wer sie unterrichtet hätte, und das dankbare
Herz des guten Mädchens erzählte ihr von mir was sie

wußte und empfand. Die edle Dame wurde bis zu
Thränen gerührt; sie versprach dem Mädchen sogleich sie
zu nehmen, ließ den jungen Leuten zu Essen geben, und
schickte den Sohn allein nach Hause mit zwo Guineen für
seine Aeltern und dem Versprechen: sie wollte vor ihrer 5
Abreise noch selbst zu ihnen kommen. Mich ließ sie be=
sonders grüßen und für meine Mühe mit ihrem Mädchen
segnen. Ich habe sie um Papier Feder und Dinte bitten
lassen; ich will mich dieser Gelegenheit bedienen, um an
meine Lady Summers zu schreiben; aber ich will der 10
Lady Douglaß den Brief offen geben, um ihr meine
Aufrichtigkeit zu zeigen. Ich würde strafbar seyn, wenn
ich nicht alle Gelegenheit anwendte, um meine Freyheit
zu erlangen, da sich edle Mittel dazu anbieten. Ich will
auch den Lord Hopton, um seine Gnade für meine armen 15
Wirthe bitten; die guten Leute wissen sich vor Freude
über die Versorgung ihrer Tochter und über das Geld,
so sie bekommen haben, nicht zu fassen; sie liebkosen und
segnen mich wechselsweise. Meine Waise lasse ich nicht
zurück; das Kind würde nun, da ich sie an gutes Bezeigen 20
gewöhnt habe, durch den Verlust doppelt unglücklich seyn,
und alle meine Tage würden durch ihr Andenken be=
unruhiget, wenn ich zum Glücke zurückkehrte, und sie dem
offenbaren Elend zum Raube ließe.

*     *     *

O! Meine Freundinn, es war Vorbedeutung, die 25
mich in meinem letztern Blatte das Gleichniß eines auf
der tobenden See irrenden Kahns finden ließ; ich war
bestimmt die höchsten Schmerzen der Seele zu fühlen,
und dann in dem Augenblick der Hoffnung zu sterben.
Die unaussprechliche Bosheit meines Verfolgers reißt mich 30
dahin, wie eine schäumende Welle Kahn und Menschen in
den Abgrund reißt. Diese Gewalt wurde ihm gelassen,
und mir alle Hülfsmittel entzogen: bald wird ein einsames
Grab meine Klagen endigen, und meiner Seele die End=
zwecke zeigen, warum ich dieses grausame Verhängniß 35

erdulden mußte. Ich bin ruhig, ich bin zufrieden; mein
letzter Tag wird der freudigste seyn, den ich seit zwey
Jahren hatte. Ihnen, meine biß in den letzten Augenblick
zärtlich geliebte Freundinn wird die Lady Summers mein
5 Paquet Papiere schicken, und Ihr Herz bey dem Gedanken,
das alles mein Leiden sich in einer seligen Ewigkeit ver=
loren hat, beruhiget werden. Meine letzten Kräfte sind
Ihnen gewidmet. Sie waren die Zeuginn meines glück=
lichen Lebens; Sie sollen auch, so viel ich es thun kann,
10 von dem Ende meiner trübseligen Tage wissen.
       Ich war voller Hoffnungen und mit fröhlichen Aus=
sichten umgeben, als der vertrauteste Bösewicht des Derby
anlangte, um mir den verhaßten Vorschlag zu thun; „ich
„sollte mich zu dem Lord nach London begeben; er liebe
15 „seine Gemahlinn nicht, wäre auch selbst kränklich geworden,
„und halte sich meistens auf einem Landhause zu Windsor
„auf, wo ihm mein Umgang sehr angenehm seyn würde.“
Er selbst schrieb in einem Billet: wenn ich freywillig
kommen wollte und ihn lieben würde, so denke er, sich
20 von Lady Alton scheiden zu lassen, und unsere Heurath
zu bestätigen, wie es die Gesetze und meine Verdienste
erfoderten; aber wenn ich aus einer meiner ehemaligen
Wunderlichkeiten diesen Vorschlag verwärfe, so möchte ich
mir mein Schicksal gefallen lassen, wie er es für gut
25 finden würde. — Dieß mußte ich anhören, denn lesen
wollte ich das Billet nicht; das Aergste von dieser un=
erträglichen Beleidigung war, daß ich den unseligen Kerl
sehen mußte, durch dessen Hand meine falsche Verbindung
geschehen war. Auf das äußerste betrübt und erbittert
30 verwarf ich alle diese unwürdigen Vorschläge, und der
Barbar rächte seinen Herrn, indem er mich nach der
zweyten förmlichen Absage mit der heftigsten Bosheit
beym Arm und um den Leib packte, zum Hause hinaus
gegen den alten Thurm hinschleppte, und mit Wüthen
35 und Fluchen zu einer Thüre hinein stieß, mit dem Aus=
druck, daß ich da crepieren möchte, damit sein Herr und
Er einmal meiner los würden. Mein Sträuben und die

entsetzliche Angst so ich hatte, ich möchte mit Gewalt nach
London geführet werden, hatte mich abgemattet, und halb
von Sinnen gebracht; ich fiel nach meiner ganzen Länge
in das mit Schutt und Morast angefüllte Gewölbe, wo
ich auf den Steinen meine linke Hand und das halbe
Gesicht beschädigte, und heftig aus der Nase und Mund
blutete. Ich weiß nicht, wie lang ich ohne Bewußtseyn
da lag; als ich mich wieder fühlte, war ich ganz ent=
kräftet und voll Schmerzen; die faule, dünstige Luft die
ich athmete beklemmte in kurzer Zeit meine Brust so sehr,
daß ich an dem letzten Augenblicke meines Lebens zu
seyn glaubte. Ich sah nichts, aber ich fühlte mit der einen
Hand, daß der Boden stark abhängig war, und besorgte
daher bey der geringsten Bewegung gar in einen Keller
zu fallen, wo ich nicht ohne Verzweiflung meinen Geist
aufgegeben hätte. Mein Jammer und die Empfindungen
die ich davon hatte, ist nicht zu beschreiben; die ganze Nacht
lag ich da; es regnete stark; das Wasser schoß unter
der Thüre herein auf mich zu, so daß ich ganz naß und
starr wurde, und von meinem Unglück gänzlich darnieder
geschlagen, mir den Tod wünschte. Ich bekam, wie mich
däucht, innerliche Zückungen. So viel weiß ich noch; als
ich mich wieder besinnen konnte, war ich auf meinem
Bette, um welches meine armen furchtsamen Wirthe stunden,
und wehklagten. Meine Waise hatte meine Hand und
ächzte ängstlich; ich fühlte mich sehr übel, und bat die
Leute, mir den Geistlichen des Grafen von Hopton zu
holen, weil ich sterben würde. Mit aufgehobenen Händen
bat ich sie; der Sohn gieng fort, und die Aeltern er=
zählten mir, daß sie mir nicht hätten helfen dürfen, bis
Sir John (wie sie ihn nannten) abgereiset gewesen wäre.
Schreckliches Loos der Armuth, daß sie selten Herz genug
hat, sich der Gewalt des reichen Lasters entgegen zu
setzen! Der Regen hatte den Bösewicht aufgehalten, doch,
sagen sie, sey er noch an die Thüre des Thurns gegangen,
hätte sie aufgemacht und gehorcht, den Kopf verdrießlich
in die Höhe geworfen, und ohne die Thüre zuzuschließen,

oder ihnen noch etwas zu sagen, wäre er davon gegangen.
Sie hätten aus Furcht vor ihm noch eine Stunde gewartet,
und wären dann mit einem Licht zu mir gekommen, da
sie mich denn für todt angesehen und heraus getragen
hätten.   Der Geistliche kam, und die Lady Douglaß mit
ihm: beyde betrachteten mich aufmerksam und mitleidend.
Ich reichte der Lady meine Hand, der sie die ihrige mit
Güte entgegen gab.   Edle Lady sagte ich mit thränenden
Augen, Gott wird diese menschenfreundliche Bemühung
um mich, an Ihrer Seele belohnen; glauben Sie nur
auch, daß ich es würdig bin.   Ich bemerkte, daß ihre
Augen auf meine Hand und das Bildniß meiner Mutter
geheftet waren; — da sagte ich ihr, es ist meine Mutter,
eine Enkelinn von Lord David Watson — und hier, indem
ich die andere Hand erhob, ist mein Vater, ein würdiger
Edelmann in Deutschland; schon lange sind beyde in der
Ewigkeit, und bald, bald hoffe ich, bey ihnen zu seyn,
setzte ich mit gefalteten Händen hinzu.   Die Dame weinte,
und sagte dem Geistlichen, er solle meinen Puls fühlen;
er thats, und versicherte, daß ich sehr übel wäre.   Mit
liebreichem Eifer sah sie um sich, und fragte, ob ich nicht
weggebracht werden könnte. — Nicht ohne Lebensgefahr,
sagte der Geistliche — ach das ist mir leid, sprach die
liebe Dame, indem sie mir die Hand drückte.   Sie gieng
hinaus, und der Geistliche fieng an mit mir zu reden;
ich sagte ihm kurz, daß ich aus einer edlen Familie
stammte, und durch den schändlichen Betrug einer falschen
Heurath aus meinem Vaterlande gerissen worden sey:
Myladi Summers, unter deren Schutz ich gestanden,
könnte Ihnen Zeugnisse von mir geben.   Ich hieß ihn
zugleich die Papiere nehmen, welche ich an sie geschrieben
hatte, und die hinter einem Brette lagen.   Ich setzte selbst
ohne sein Fragen ein Bekenntniß meiner Grundsätze hinzu,
und bat ihn, sich mit ihrem Mann im Briefwechsel ein=
zulassen.   Die Dame klopfte an, und kam, mit Maria,
der Tochter meiner Wirthe, die eine Schachtel trug, zu
meinem Bette.   Sie hatte allerley Labsale und Arzneyen

darinn, wovon sie mir gab. Die kleine Lidy kam auch
herein, und warf sich bey meinem Bette auf die Knie.
Die Dame betrachtete das Mädchen und mich mit zu=
nehmender Traurigkeit. Endlich nahm sie Abschied, ließ
die Maria bey mir, und der Geistliche versprach, den 5
Morgen wieder da zu seyn. Aber er kam den ganzen
Tag nicht; doch wurde zweymal nach mir gefragt. Ich
war diesen Morgen besser als ich gestern gewesen war;
daher schrieb ich Ihnen. Nun ist's bald sechs Uhr Abends,
und ich werde zusehends schlechter; meine zitternde un= 10
gleiche Schrift wird es Ihnen zeigen. Wer weiß, was
heute Nacht aus mir wird; ich danke Gott, daß ich
sterblich bin, und daß mein Herz mit dem Ihrigen noch
reden konnte. Ich bin ganz gefaßt, und dem Augenblicke
nah, wo Glück und Elend gleichgültig ist. — 15

### Nachts um neun Uhr.

Das letztemal, meine Emilia, habe ich meine schwachen
entkräfteten Arme nach der Gegend ausgestreckt, wo sie
wohnen. Gott segne Sie, und belohne Ihre Tugend und
Ihre Freundschaft gegen mich! Sie werden ein Papier 20
bekommen, das Ihr Mann meinem Onele dem Grafen R.
selbst übergeben soll. Es betrifft meine Güter.

Alles, was von der Familie von P. da ist, soll des
Grafen Löbaus Söhnen gegeben werden. Ihr Schwager,
der Amtmann, hat das Verzeichniß davon. 25

Was ich von meinem geliebten Vater habe, davon
soll die Hälfte zu Erziehung armer Kinder gewidmet seyn.
Einen Theil der andern Hälfte gebe ich Ihren Kindern
und meiner Freundinn Rosina. Von dem andern Theil
soll meinen armen hiesigen Hauswirthen tausend Thaler, 30
und der unglücklichen Lidy auch so viel gegeben, von dem
Ueberrest aber, mir zu den Füssen der Grabmäler meiner
Aeltern, ein Grabstein errichtet werden, mit der simplen
Aufschrift:

    Zum Andenken ihrer nicht unwürdigen Tochter, 35
    Sophia von Sternheim —

Ich will hier unter dem Baume begraben werden,
an dessen Fuß ich dieses Frühjahr oft gekniet, und Gott
um Geduld angesleht habe. Hier, wo mein Geist ge=
martert wurde, soll mein Leib verwesen. Es ist auch
5 mütterliche Erde die mich decken wird; bis ich einst in
verklärter Gestalt unter den Reihen der Tugendhaften
treten, und auch Sie, meine Emilia, wiedersehen werde.
Rette indessen, o meine Freundinn, rette mein Andenken
von der Schmach des Lasters! Sage: daß ich der Tugend
10 getreu, aber unglücklich, in den Armen des bittersten
Kummers, meine Seele voll kindlichen Vertrauens auf
Gott, und voll Liebe gegen meine Mitgeschöpfe ihrem
Schöpfer zurückgegeben, daß ich zärtlich meine Freunde
gesegnet und aufrichtig meinen Feinden vergeben habe.
15 Pflanzen Sie, meine Liebe, in Ihrem Garten eine Cypresse,
um die ein einsamer Rosenstock sich winde, an einem nahen
Felsstein. Weyhen Sie diesen Platz meinem Andenken;
gehen Sie manchmal hin; vielleicht wird es mir erlaubt
seyn, um Sie zu schweben, und die zärtliche Thräne zu
20 sehen, mit der Sie die abfallende Blüthe der Rose be=
betrachten werden. Sie haben auch mich blühen und
welken gesehen; nur das letzte Neigen meines Haupts
und den letzten Seufzer meiner Brust entzog das Schicksal
Ihrem Blick. — Es ist gut, meine Emilia; du würdest
25 zu viel leiden, wenn du mich sehen könntest. — Der
Grund meiner Seele ist lauter Ruhe; ich werde sanft
einschlafen, denn das Verhängniß hat mich müde, sehr müde
gemacht. Lebe wohl, beste freundschaftliche Seele; laß
deine Thränen um mich ruhig seyn, wie die, die um dich
30 in meinen trüben Augen schwimmet. — —

## Lord Seymour an Doctor T.

O Gott, warum hindert Ihre Krankheit Sie, mich
auf zween Tage zu sehen! Ich bin dem Unsinn und der
Wuth ganz nahe. Mein Bruder Rich, den Sie noch aus
35 dem Hause des ersten Gemahls meiner Mutter kennen,

ist mit aller seiner stoischen Philosophie, durch eben den
Streich zur Erde gedrückt. In zween Tagen reisen wir
in die schottischen Bleygebürge, um — o tödtender Gedanke!
um das Grab des ermordeten Fräuleins von Sternheim
aufzusuchen, und ihren Körper in Dumfries prächtig be= 5
erdigen zu lassen. — Wie konntest du, ewige Vorsicht,
wie konntest du dem verruchtesten Bösewicht das Beste, so
du jemals der Erde gabst, Preis geben? Meine Leute
machen Anstalten zu unserer Reise; ich kann nichts thun;
ich ringe meine Hände wie ein tobender Mensch, und 10
schlage sie tausendmal wider meine Brust und meinen
Kopf. Derby, der Elende! hat die Frechheit zu sagen,
um meinet Willen, aus Eifersucht über mich habe er das
edelste, liebenswürdige Geschöpfe betrogen, unglücklich gemacht,
und getödtet. Er beheult es nun, der wüthende Hund, 15
er beheult es. Seine Ruchlosigkeit hat ihn an den Rand
des frühen Grabes geführet, vor welchem er zittert, und
das ihn vor der Rache schützt, die ich an ihm ansüben
würde. Hören Sie, mein Freund, hören Sie das
Fürchterlichste, so jemals der Tugend begegnete, und das 20
Aergste, so jemals die Bosheit ansüben konnte. — Sie
wissen, daß ich vor vier Monaten krank mit Mylord
Crafton nach England zurück kam, und gleich zu meiner
Frau Mutter nach Seymour=House gieng, dem Uebel
meines Körpers und meiner Seele nachzuhängen. Ich 25
fragte endlich nach Derby, itzo Lord R., man sagte mir,
daß er auf seinem Landhause zu Windsor krank liege.
Ich wollte seine und meine Genesung abwarten; aber
etliche Tage nach meiner Frage um ihn, ließ er mich zu
sich bitten. Ich war nicht wohl und schlug es ab. Einige 30
Tage hernach reisete ich zu meinem Bruder Rich, den ich
freundschaftlich, wiewohl eben so finster fand als ich es
selbst war. Die brüderliche Vertraulichkeit wurde ohnehin
schon durch die funfzehn Jahre gehindert, die er älter ist
als ich, und seine trockne Stille munterte mich nicht auf, 35
eine Erleichterung bey ihm zu suchen. Wir brachten
vierzehn Tage hin, ohne von was anders als unsern

Reisen, und auch dieses nur abgebrochen, zu reden; bis
wir endlich in einer Minute zur offenherzigen Sprache
kamen, da ein Kammerdiener von Lord N. einen Brief
an mich brachte, worinn er mich bat, mit Lord Rich zu
5 ihm zu kommen, in einer Sache, welche das Fräulein
Sternheim beträse; ich sollte dem Lord Rich nur sagen,
daß es die Dame wäre, welche Er bey Lady Summers
gesehen, und welche von da entführt worden sey. Ich
fuhr wie aus einem schreckenden Traume auf, und schrie
10 nur dem Kerl zu, ich würde kommen. Meinen Bruder
packte ich beym Arme, und fragte ihn auf eine hastige
Art nach der jungen Dame, die er in Summerhall
gesehen. Mit Bewegung fragte er: ob ich sie kenne, und
was ich von ihr wisse? — Ich zeigte ihm das Billet
15 und erzählte ihm kurz von allem, was das ewig theure
geliebte Fräulein angieng; Eben so kurz, so unterbrochen,
erzählte er, wie er sie gesehen und geliebt hätte; gieng,
mir ein Bildniß von ihr zu holen, und konnte mir nicht
genug von ihrem Geiste, von ihren edlen Gesinnungen,
20 von der Traurigkeit, womit sie beladen gewesen, sagen,
besonders zur Zeit da Derbys Heurath mit Lady Alton
bekannt worden. Wir waren bald entschlossen, abzureisen,
und kamen in Windsor an; Lord Rich tiefsinnig aber
gesetzt; ich voll Unruh, voller Vorsätze und Entschlüsse.
25 Schauer und Hitze eines wüthenden Fiebers befielen mich
beym Eintritt in Derbys Haus. Mein Haß gegen ihn
war so aufgebracht, daß ich seines elenden Aussehens und
der sichtbaren Schwachheit, die ihn im Bette hielt, nicht
achtete. Mit stummer Feindseligkeit sah ich ihn an; er
30 heftete seine erstorbenen Augen mit einem flehenden Blick
auf mich, und streckte seine abgezehrte, rothbrennende
Hand gegen mich. „Seymour, sagte er, — ich kenne
dich; aller Haß deines Herzens liegt auf mir; — aber
du weißt nicht, wie viel wüthende Scenen in dieser Brust
35 wegen dir entstanden sind." Ich hatte ihm meine Hand
nicht gegeben, und sagte mit Widerwillen und trotzigem
Kopfschütteln: Ich weis keinen Anlaß dazu als die Un=

gleichheit unserer Grundsätze. Derby antwortete: Seymour!
diesen Ton hättest du nicht wenn ich gesund wäre, und
der Stolz, mit dem du von deinen Grundsätzen sprichst,
ist ein eben so großes Vergehen, als der Misbrauch, den
ich von meinen Talenten machte. Lord Rich fiel ein: 5
daß von allem diesen die Frage nicht seyn könnte, und
daß Lord Derby nur Nachricht von der entführten Dame
geben möchte. „Ja, Lord Rich, Sie sollen sie haben,
sagte er; es liegt mehr Menschlichkeit in Ihrer Kälte, als
in Seymours kochender Empfindlichkeit. Er mag Ihnen 10
sagen, was in der ersten Zeit unserer Bekanntschaft mit dem
Fräulein von Sternheim vorgieng. Wir liebten sie beyde
zum Unsinn; aber ich bemerkte zuerst ihren vorzüglichen
Hang für ihn und wandte alles an, ihn zu zerstören.
Durch Verstellung und Ränke gelung es mir, sie unter 15
der Verfolgung des Fürsten und der dummen Bedenklichkeit
des Seymours, durch eine falsche Vermählung in meine
Gewalt zu bekommen. Aber mein Vergnügen dauerte
nicht lange; ihr zu ernsthafter Charakter ermüdete mich,
und ihre geheime Neigung gegen Seymour regte sich, so 20
bald nur meine Gedanken im geringsten von dem ihrigen
entfernet waren. Die Eifersucht machte mich rachgierig,
und die Veränderung meiner Umstände, durch den Tod
meines Bruders, gab mir Anlaß sie auszuüben. Ich
verließ sie; doch reute es mich wenige Tage hernach, und 25
ich schickte nach dem Dorfe, wo sie sich aufgehalten hatte,
aber sie war fort. Lange wußte ich nichts von ihr, bis
ich sie in England bey der Tante meiner Lady fand, wo
ich sie nicht lassen konnte, und entführen ließ. Es
jammerte mich ihrer schon damals, aber es war kein 30
anders Mittel. — Mein Misvergnügen mit der Lady
Alton brachte die Sternheim in meine Erinnerung zurück.
Ich dachte: sie ist mein, und um von dem elenden Leben
im Gebürge loszukommen, wird sie gern in meine Arme
eilen. Ich dachte es um so mehr, als ich wußte, daß sie 35
mein, von der Nancy Hatton zurückgelassenes Mädchen
liebreich besorgte und erzog; ich schrieb es einer Art

Neigung zu, und schickte ihr darauf mit angenehmen Vor=
schlägen meinen vertrauten Kerl ab; aber sie verwarf
alles mit äußerstem Stolz und Bitterkeit. — Hier hielt
er mit Stocken und Bewegung inne, sah bald mich, bald
5 den Lord Rich an, bis ich mit stampfenden Füßen und
mit Schreyen den Verfolg seiner Erzählung foderte. —
Seymour! — Rich! — sagte er mit tiefen traurigen
Ton, mit ringenden Händen und stotternd, o wäre ich
elender selbst hin, und hätte ihre Vergebung und Liebe
erflehet! Mein Kerl, der Hund, wollte sie zwingen zurück
10 zu gehen. — Er wußte, wie glücklich mich ihre Gesellschaft
gemacht hätte — er sperrete sie in ein altes verfallenes
Gewölbe, worinn sie zwölf Stunden lag, und — aus
Kummer starb. — Sie starb — schrie ich, Teufel!
Unmensch! und du lebst noch nach diesem Mord? — Du
15 lebst noch? — Lord Rich sagt, ich hätte die Stimme und
das Ansehen der Raserey gehabt. Er fiel mir in die
Arme, und riß mich weg in ein anderes Zimmer, lange
brauchte er, mich zu besänftigen und zu dem Versprechen
zu bringen, daß ich nicht reden wollte. — Er sagte:
20 Derby liegt auf der Folter der Reue und der Erinnerung
unwiederbringlicher übel verwendeter Lebenstage; willt du
deine Hand an den Gegenstand des göttlichen Gerichts
legen? Glaube, mein Bruder, aller unser Schmerz ist
süß gegen die Pein seiner Seele. — Mein Herz blutet
25 über das unglückliche Schicksal der Sternheim; aber die
Tugend und die Natur rächet sie an ihrem Verfolger;
laß mich ihn, ich bitte dich, noch fragen, was er von
uns gewollt hat; überwinde dich, sey großmüthig, sey auch
gegen das unglückliche Laster mitleidig! — Ich versprachs
30 ihm, wollte aber bey der Unterredung zugegen seyn. —
Der elende Mensch heulte, da wir wieder zu ihm kamen,
und foderte, daß wir nach Schottland reisen, den Körper
des Engels ausgraben lassen, und ihn in einen zinnernen
Sarg zu Dumfries beysetzen lassen sollten. Zwey tausend
35 Guineen will er auf ihr Grabmal verwenden, worauf die
Beschreibung ihrer Tugenden und ihres Unglücks neben

den Merkmalen seiner ewigen Reue aufgezeichnet werden
soll. Er bat uns, nach) D. Bericht davon zu geben;
übergab uns alle Briefe, die er über sie an seinen Freund
B. geschrieben hatte, und flehte uns, ihm zu schwören,
daß wir unverzüglich abreisen wollten, damit er noch) den   5
Trost erleben möchte, daß dem Andenken der edelsten
Seele eine öffentliche Ehrenbezeugung wiederfahren sey. —
Lord Rich redete ihm hierauf wenige pathetische Worte zu,
und ich) bezwang meinen mit der Wuth kämpfenden Kummer;
wir reisten so gleich) ab; — Morgens gehen wir nach) 10
Dumfries. — Was für eine Reise! — o Gott, was für
eine Reise! —

---

### Lord Rich aus den Bleygebürgen an Doctor T.

Ich glaube, Sie kennen mich nicht mehr, aber die
starke Seite meiner Seele ist mit der Ihrigen verwandt, 15
und Seymour ist mein Bruder. Von diesem und von
dem Gegenstand seiner Schmerzen soll ich) ihnen reden.
Wir kamen heute Abend hier an; unsere Reise war
traurig, und jeder nähernde Schritt zu dieser Gegend
beklemmte unser Herz. Die ganze Erde hat keinen Winkel 20
mehr, der so elend, so rauh) seyn kann, wie der Zirkel
um diese Hütte. Mit Grausamkeit hat das Schicksal in
dieser Landschaft dem Boshaftesten unter allen Menschen
die Hand geboten, die empfindsamste Seele zu martern.
Wenn ich an die edle kindliche Bewegung ihres Herzens 25
denke, die sie bey den Schönheiten der Natur gegen
ihren Schöpfer zeigte, so fühle ich das Maaß des
Leidens, so diese unfruchtbare Steine für sie enthielten;
— und die Hütte, worinn sie eine so lange Zeit
wohnte, ihre arme Lagerstätte, wo sie den edelsten 30
Geist aushauchte, der jemals eine weibliche Brust be=
lebte. — O Doctor! selbst Ihr theologischer Geist
würde, wie mein philosophischer Muth, in Thränen aus=
gebrochen seyn, wenn Sie dieses, wenn Sie den
Sandhügel gesehen hätten, der an dem Fuße eines 35

einſamen magern Baums die Ueberbleibſel des liebens=
würdigſten Frauenzimmers bedeckt. Der arme Lord
Seymour ſank darauf hin, und wünſchte ſeine Seele da
auszuweinen und neben ihr begraben zu werden; ich
5 mußte ihn mit unſern zween Leuten davon wegziehen.
Im Hauſe wollt' er ſich auf ihr Sterbebette werfen; ich
ließ es aber wegnehmen, und führte ihn auf den Platz,
wo die Leute ſagen, daß ſie meiſtens geſeſſen wäre; da
liegt er ſeit zwo Stunden, unbeweglich auf ſeine Arme
10 geſtützt, ſieht und hört nichts. Die Leute ſcheinen mir
keine guten Leute zu ſeyn; ich fürchte, ſie haben ihre
Hände auch zu dem Einkerkern geboten. Sie ſehen ſcheu
aus; ſie beredeten ſich ſchon etlichemal vor der Hütte
allein, haben auf meine Fragen nach der Dame kurz und
15 verwirrt geantwortet, und waren ſehr betroffen, wie ich
ſagte, das Grab müßte Morgen geöffnet werden. Ich
zittre ſelbſt davor; ich beſürchte Merkmale eines gewalt=
ſamen Todes zu finden. Was würde da aus meinem
Bruder werden? Ich ſage nichts von mir ſelbſt; ich
20 verberge meinen Jammer, um Seymours ſeinen nicht zu
vergrößern, aber gewiß hat die Angſt des Untergangs in
einem Sturm, und die Quaal eines lechzenden Durſtes in
den ſandigten Gegenden von Aſien, meine Seele nicht ſo
heftig angegriffen, als der Gedanke an den Leiden dieſes
25 weiblichen Engels. Mein Bruder iſt aus Mattigkeit ein=
geſchlafen, er liegt auf den Kleidern unſrer Leute, die
ſie auf den Boden gebreitet haben; immer fährt er auf,
und ſtößt ächzende Seufzer aus; doch beruhiget mich unſer
Wundarzt wegen ſeiner Geſundheit. Ich kann nicht ſchlafen,
30 der morgende Tag quält mich voraus; ich ſammle Muth,
um Seymourn zu ſtützen, aber ich bin ſelbſt wie ein
Rohr, und ich fürchte, bey dem Anblick dieſer Leiche mit
ihm zu ſinken. Denn ich liebte ſie nicht mit der jugendlich
aufwallenden Leidenſchaft meines Bruders; meine Liebe
35 war von der Art Anhänglichkeit, welche ein edeldenkender
Mann für Rechtſchaffenheit, Weisheit, und Menſchenliebe
fühlt. Niemals hab ich Verſtand und Empfindungen ſo

moralisch gesehen als beyde in ihr waren; niemals das
Große mit einem so richtigen Maaß wahrer Würde, und
das Kleine mit einer so reizenden Leichtigkeit behandeln
gesehen. Ihr Umgang hätte das Glück eines ganzen
Kreises geistvoller und tugendliebender Personen gemacht; 5
— und hier mußte sie unter aufgethürmten Steinen, ben
eben so gefühllosen Menschen, unter der höchsten Marter
des Gemüths, ihren schönen Geist aufgeben! O Vorsicht!
du siehst die Frage, welche in meiner Seele schwebt; aber
du siehst auch die Ehrerbietung für das unergründliche 10
deiner Verhängnisse, welche ihren Ausdruck zurück hält! —

### Fortsetzung den zweyten Tag.

Doctor — Menschenfreund! nehmen Sie Theil an
unserer Freude. Der Engel, Sternheim, lebt noch. Eine
göttliche Schickung hat sie erhalten. Seymour weint 15
Thränen der Freude, und umfaßt die armen Wirthe
dieser Hütte unaufhörlich. Vor einer Stunde schleppten
wir uns bleich, traurig, mit einer todten Stille gegen
den kleinen Garten, wo man uns gestern das Grab
gewiesen hatte. Der Mann und sein Sohn giengen un= 20
entschlossen und mit einem merklichen Widerwillen mit
uns. Als wir nahe an der Stelle des Sandhügels
waren, und ich den Leuten kurz sagte — grabt auf —
sank mein Bruder an meinen Hals, und umfaßte mich,
indem er mit Schmerz, o Rich! ausrief, und seinen Kopf 25
auf meiner Achsel verbarg. Diese Bewegung von ihm,
just da die erste Schaufel voll Sand durch einen meiner
Leute vom Grab gehoben wurde, durchbohrte meine Seele;
ich schloß meine Arme um ihn und erhob meine Augen
zum Himmel, um Stärke für ihn und mich zu erflehen. 30
Den nehmlichen Augenblick aber, fielen Mann, Frau, und
Sohn vor uns auf die Knie, und baten um unsern Schutz.
Ich gerieth in die äußerste Bestürzung, weil ich mich vor
der Entdeckung eines an der Dame verübten Mords=
fürchtete. — Leute! was wollt ihr, was soll euer Rufen 35
um Schutz? „Wir haben unsern Lord betrogen, riefen

sie; die Frau ist nicht gestorben, sie ist fort." — wohin,
Leute, wohin, rief ich; betrügt ihr uns nicht? — „Nein,
guter Lord, sie ist bey des Grafen Hoptons Schwester;
diese hat sie zu sich genommen, und gesagt, wir sollten
5 dem Lord melden, sie wäre todt; wir hatten die Frau
lieb, und ließen sie gehen: aber wenn es nun der Lord
erfährt, so wird er Rache an uns nehmen. Seymour
umarmte den Mann mit lautem Freudengeschrey, und
sagte, o mein Freund, du sollst mit mir kommen, ich will
10 dich beschützen und belohnen. Wo ist der Graf Hopton?
wie ist dieß zu gegangen? — Rich — lieber Bruder
Rich, wir wollen gleich abreisen. — Ich versicherte ihn,
daß ich eben so begierig sey, wie er, die Dame selbst zu
sehen; er solle Anstalten zur Reise machen, ich wollte
15 indessen mit den Leuten reden. Ich beruhigte sie mit
dem Verspruch, daß der Lord sie für ihre Liebe zu der
Frau selbst belohnen würde; denn er habe gar nicht gerne
gehört, daß John so übel mit ihr umgegangen sey; dabey
gab ich ihnen eine Handvoll Guineen, und fragte sie nach
20 dem Leben und Bezeugen der Dame. O Doctor! wie
viel Glanz breitete die einfache abgekürzte Erzählung dieser
Leute über die Tugend meiner Freundinn aus! Gestern
murrte ich über ihr hartes Schicksal; und itzt möchte ich
der Vorsicht für das edle Beyspiel danken, welches sie den
25 übrigen Menschen durch die Prüfung dieser großen Seele
gegeben hat. Tief unauslöschlich sind die Züge ihres
Charakters in mein Herz gegraben! — Wir reisen ab.
Am Fuße des Berges schickte ich einen meiner Leute an Lord
Derby, mit der für ihn gewiß trostvollen Nachricht. Denn
30 da er sich dem Zeitpunkt nähert, wo man alles versäumte
Gute möchte einholen, und alles verübte Böse auslöschen
können: so muß es eine Erquickung für ihn seyn, die
Summe seiner Vergehungen, um ein so großes vermindert
zu sehen.

## Madam Leidens an Emilia.

### Tweedale, Sitz des Grafen von Douglaß=March.

Ich schreibe auf meinen Knien, um meine Dankbarkeit
gegen Gott für das entzückende Gefühl von Freyheit,
Leben und Freundschaft in kindlicher Demuth auszudrücken. 5
O meine geliebte, meine theure Freundinn! durch wie viel
Schmerzen bin ich gegangen, und wie sehr erfreut es mich,
Ihren Kummer und die Sorgen meiner Lady Summers
endigen zu können. Morgen schickt die Gräfinn Douglaß
einen Courier an meine Lady; dieser wird auch gleich 10
mit einem Paquet an Ihren Mann nach Harwich abgehen,
um ja Ihre Unruhe nicht einen Augenblick zu verlängern.
Die Auszüge von meinen mit Reißbley geschriebenen
Papieren werden Ihnen zeigen, wie hart und dornigt der
Weg war, welchen ich in dem letztern Jahre zu gehen 15
hatte. Aber wie angenehm ist mir der Ausgang davon
geworden, da ich von der Hand der leutseligsten Tugend
daraus geführt wurde! Ist dieses nicht eine Probe, daß
ich mich in den Tagen meiner Prüfung der Vorsorge
Gottes nicht unwürdig machte, weil sie eine der edelsten 20
Seelen zu meiner Hülfe schickte? — Auf meinem letzten
Blatte glaubte ich die letzte Nacht meines Lebens an=
gebrochen zu sehen, und dachte auch, von der Gräfinn
Douglaß verlassen, zu sterben; aber um eilf Uhr kam der
Geistliche mit einem Wundarzt, und Morgens darauf ein 25
von zwey Pferden getragenes Bette mit der Lady Douglaß
selbst, die mir auf die liebreichste Art ihr Haus, ihre
Vorsorge und Freundschaft anbot. Bald wäre mir das
Uebermaaß meiner Freude schädlich geworden; denn indem
ich der Lady Hand an meine Brust drückte, und von 30
meinem Dank und von meiner Freude sprechen wollte,
sank ich zurück; als ich erwachte, baten sie mich ruhig zu
bleiben, und sagten, daß sie mit meinen Wirthen verab=
redet hätten, sie sollten ein Grab im Garten aufwerfen,
und dem Lord Derby wissen lassen, ich wäre todt; die 35
Leute wären es zufrieden, und sie wollten mich nun in

des Grafen Hoptons Haus bringen. Nachmittags um
vier Uhr fühlte ich mich stark genug, um aufzustehen,
Molly kleidete mich in Gegenwart der Lady Douglaß an;
ich nahm die fünf Guineen, so ich bey mir hatte, und
5 machte sie zusammen, um sie meinen Wirthen zu geben.
Den Augenblick als ich aufstund, der Lady eine Bitte
wegen der guten Waise zu machen, kroch die arme kleine
Lidy auf ihren Knien herein, und bat mit Schluchzen
und aufgehobenen Händchen, ich sollte sie doch mitnehmen;
10 innig gerührt sah ich sie und die Lady an, welche nach
einem Augenblick Nachdenken, dem Mädchen die Hand bot,
und mit mitleidiger Stimme sagte: „Ja, meine kleine,
du sollst auch mit kommen.“ Gott segne Sie, theure
Lady, sagte ich, für ihre großmüthige Menschenliebe; ich
15 wollte Sie um Erlaubniß bitten, dieses unschuldige Opfer
auch zu retten. „Gerne, antwortete sie, sehr gerne, es
erfreut mich, daß Sie so zärtlich für sie sorgen. Ich
umarmte meine weinende Wirthe mit Thränen, sah noch
seufzend mich in der traurigen Gegend um, und reiste
20 mit der Lady ab. Graf Hopton empfieng mich mit
vieler Höflichkeit; aber seine Blicke durchspürten zugleich
meine ganze Person mit einem Ausdruck, als ob er ab=
wägen wollte, ob ich mehr die Nachstellungen eines Lieb=
habers oder des Mitleidens einer tugendliebenden Dame
25 verdiente. Eine Bewegung seiner Augen von Betrachtung
der Lidy auf mich, machte mich erröthen, und dieses ihn
lächeln; ich errieth, daß er mich für ihre Mutter hielt,
und empfand die Verringerung seiner für mich vortheil=
haft gefaßten Begriffe. Lady Douglaß führte mich in
30 ein artiges Zimmer, und hieß mich zu Bette gehen;
Molly war dabey und fragte die Dame, wo die kleine
Lidy hin sollte? — Hieher, sagte Lady Douglaß, denn
Sie werden die kleine am liebsten bey sich haben, und es
gefällt mir sehr, daß Sie auch im Unglück der Pflichten
35 der Natur getreu geblieben sind.“ Beste Lady, fiel ich
ein, Sie = = = = = Keine Unruhe meine liebe, sprach sie
mit lebhaftem aber liebreichem Tone, legen Sie sich, ich

komme dann zurück, aber von allem unangenehmen Ver=
gangenen sollen Sie nicht reden" — und damit gieng sie
weg. — Ich warf mich aufs Bette mit der traurigen
Betrachtung, daß ich den ersten freyen Athemzug durch
Erduldung eines widrigen Urtheils bezahlen müsse. Ich 5
wollte diese Begriffe keine Wurzeln in der Lady Douglaß
fassen lassen, und verlangte Schreibzeug und Papier. Ich
schrieb den andern Tag der Lady die Erklärung ihrer
Zweifel wegen der kleinen Lidy, und zeigte die Beweg=
gründe an, warum ich mich des Kindes angenommen 10
hätte. Ich bat sie daneben mir bald Gelegenheit zu
geben, Nachrichten an Lady Summers gelangen zu lassen;
denn durch diese Dame würde sie auch überzeuget werden,
daß alles was ich ihr sagte, die Wahrheit sey, und daß
sie ihre bisherige Güte für mich nicht zu bereuen haben 15
würde. Sie konnte die drey Blätter kaum gelesen haben,
so kam sie zu mir, und bat mich gleich beym Eintritt in
das Zimmer, ihr die Unruhe zu vergeben, die sie mir
gemacht hätte; aber es wäre nicht leicht möglich gewesen
bey einer fremden Person einen solchen Grad von Liebe 20
und Sorge für das Kind eines Feindes zu denken, und
ich könne glauben, daß, da sie mich wegen meiner ver=
meynten Muttertreue geliebt habe, sie mich wegen meiner
großmüthigen Liebe gegen das Blut meines unwürdigen
Verfolgers desto mehr liebe und bewundere. Zwo Stunden 25
redte sie mit mir von vielen Sachen in einem feinen
zärtlichen Tone fort. Die theure Lady besitzt eine bey
den Großen seltene Eigenschaft; sie nimmt Antheil an
den Leiden der Seele, und sucht mit der edelsten feinsten
Empfindung Trostworte und Hülfsmittel aus. In den 30
Zeiten meines ehemaligen Umganges mit der großen
glücklichen Welt beobachtete ich, daß ihr Mitleiden meistens
für äußerliche Uebel, Krankheiten, Armuth u. s. w. in
Bewegung kam; Kummer des Gemüths, Schmerzen der
Seele von denen man ihnen redete oder die sie verur= 35
sachten, machten wenig Eindruck, und brachten selten eine
antheilnehmende Bewegung hervor. — Aber sie werden

auch selten gewöhnt, an den innerlichen Werth oder die wahre
Beschaffenheit der Sachen zu denken; durch äußerlichen
Glanz verblenden sie und werden verblendet. Witz hat
die Stelle der Vernunft, eine kalte gezwungene Umarmung
5 heißt Freundschaft, Pracht und Aufwand, Glück = = = = =
O mein Kind, sollte ich jemals wieder diesem Kreise mich
nähern, so will ich mit inniger Sorge alles vermeiden,
was mich in den Stufen meiner Erniedrigung und meines
Unglücks an den Großen und Glücklichen schmerzte. Die
10 Gräfinn Douglaß nimmt die kleine Lidy zu sich; sie sagt,
ich hätte genug für das Kind gethan, und es solle
Niemand mehr Anlaß haben, die Uebung der größten
Tugend als die Folge eines Fehltritts zu beurtheilen;
am allerwenigsten solle Derby auch nicht vermuthen können,
15 daß eine Anhänglichkeit für ihn auf irgend eine Weise
Ursache an meinem Mitleiden gewesen sey). Ich sah alles
Edle ihrer Beweggründe und dankte ihr zärtlich, daß sie
mich nicht nur für künftigen falschen Beurtheilungen
schützte, sondern auch der Belästigung des Lobs enthöbe,
20 das man meiner sogenannten Großmuth noch einmal
geben könnte. Meine Briefe an Lady Summers hat die
Gräfinn gelesen; sie wollte es nicht thun, um mich von
ihrem Vertrauen in mich zu überzeugen. Die Briefe an
Sie hab' ich ihr durchgeblättert, weil sie aber ganz deutsch
25 sind, so hätte die Uebersetzung viele Zeit gekostet; ich
redete ihr also kurz von dem Inhalt eines jeden Blatts;
denn ich eilte zu sehr Ihnen Nachrichten zu geben, und
gerne schlüpfte ich über das Gute darinn hinweg, weil
mich dünkte, daß das Vergnügen mich loben zu hören
30 die Summe meiner innerlichen Zufriedenheit vermindert.
Möchte ich doch bald Nachrichten von Lady Summers
haben, und zu ihr reisen können, um mich bald, bald in
die Arme meiner Emilia zu werfen. Mein Enthusiasmus
für England ist erloschen: es ist nicht, wie ich geglaubt
35 habe, das Vaterland meiner Seele. = = Ich will auf
meine Güter, einsam will ich da leben und Gutes thun.
Mein Geist, meine Empfindungen für die gesellschaftliche

Welt sind erschöpft; ich kann ihr auch zu nichts mehr
gut seyn, als einigen Unglücklichen eine kleine Lehrschule
von Ertragung widriger Schicksale zu halten. In Wahrheit,
es ist bey der neu erheiterten Aussicht in meine künftigen
Tage einer der ersten Wünsche meiner Seele gewesen,
daß bey jedem Anbau eines jungen Herzens diejenigen
Samenkörner meiner Erziehung eingestreuet würden, deren
erquickende Früchte in der Zeit meiner härtesten Leiden
reif wurden, die mein anfängliches Murren besänftigten,
und mir die Stärke gaben, alle Tugenden des Unglück=
lichen auszuüben. Mein erneuertes Gefühl der Schönheiten
unsrer physicalischen Welt kann ich ihnen unmöglich in
seiner Stärke beschreiben; es war groß, mannichfaltig, wie
die schöne Aussicht dieses Edelsitzes, wo man über einen
jähen Absturz an dem Flusse Tweda die fruchtbarsten
Hügel von ganz Schottland übersieht die von Schafen
wimmeln. Die Sehkraft meiner Augen dünkt mich ver=
vielfältigt, wird verfeinert, so wie sie mich in den
Bleygebürgen vermindert und stumpf gemacht dünkte.
Können nicht, meine Emilia, alle Kräfte meiner Seele
wieder so aufleben wie das Gefühl für die wohlthätigen
Wunder der Schöpfung, und das von der frohen Hoffnung,
die Freundinn meines Herzens bald wieder zu umarmen? —

### Lord Rich von Tweedale, an Doctor T.

Wenn es billig ist, daß der Stärkere nicht nur seine
eigene volle Last, sondern auch die Bürde des Schwächern
trage, so erfülle ich meine Pflicht, indem ich nicht nur
unter dem gehäuften Maaß meiner Empfindungen seufze,
sondern auch das überströmende Gefühl von meinem
Bruder zusammen fassen muß. Meine Briefe an Sie
sind die Stütze, die meine Seele erleichtert. Seymour
sitzt wirklich zu den Füßen des Gegenstandes meiner
Wünsche; ich entfernte mich; ihre Augen sagten mir zwar,
daß sie mich gerne bleiben sähe; aber mein Bruder hielt ihre
Hand, sein Herz fühlte den sanften Druck, den die ihrige

ihm vielleicht ohne ihr Wissen gab; das einige fühlte ich
auch), und dieses Gefühl hieß mich gehen. Zwey Tage
sinds, daß wir hier angekommen. Sechs Pferde machten
Aufsehen im Schloßhofe, und die Bedienten liefen zu=
⁵ sammen; mein Bruder warf sich vom Pferde und rief:
ist die Gräfinn Douglaß mit der Lady aus den Bley=
gebürgen hier? — Auf die Antwort Ja zog er mich am
Arm mit einem eifrigen kommen Sie, Bruder, kommen
Sie. Wen muß ich melden? — rief ein Diener; Lord
¹⁰ Rich, Lord Seymour rief mein Bruder haftig, und eilte
dem Kerl nach, der kaum klopfen konnte, als wir schon
in der Thüre waren. Die Gräfinn Douglaß saß der
Thüre gegen über; Lady Sternheim aber mit dem Rücken
gegen uns, und las der Dame etwas vor. Seymours
¹⁵ Eindringen, und das eilende Rufen des Bedienten, wer
wir wären, machte die Gräfinn stutzen und meine englische
Freundinn den Kopf wenden. Sie fuhr mit Schrecken
zusammen — O Gott, rief sie, und ließ das Buch auf
die Erde fallen, als Seymour sich zu ihren Füßen warf;
²⁰ O die ehrlichen Leute — sie lebt — O mein göttliches,
mein angebetetes Fräulein Sternheim! rief er mit aus=
gestreckten Armen. Sie sah halb außer sich ihn und mich
an, wendete aber den Augenblick den Kopf weg, und ließ
ihn auf ihren zitternden Arm sinken — Die Gräfinn
²⁵ Douglaß sah mit Staunen hin und her, ich mußte reden
— aber mein erstes war auf die Sternheim zu zeigen.
Theure Gräfinn unterstützen Sie den Engel den Sie bey
sich haben! Ich bin Lord Rich, hier ist Lord Seymour
— Die Gräfinn hatte sich eilends meiner Freundinn
³⁰ genähert, die ihre beyden Armen um sie schlug und ihr
Gesicht einige Minuten an der Gräfinn Busen verbarg.
Seymour konnte dieses Abwenden ihres Gesichts nicht
ertragen und rief in vollem Schmerzen aus — O mein
Onkel, warum mußte ich meine Liebe verbergen! Alle
³⁵ Quaal, alle Zärtlichkeit meines Herzens kann mich nun
nicht von dem Widerwillen schützen, den mir meine Nach=
läßigkeit zuzog! — o Sternheim, Sternheim! was soll

aus mir werden, wenn ich in dem Augenblicke der Freude,
sie wieder gefunden zu haben, Ihren Unmuth auf mir
liegen sehe? Gönnen Sie mir, o, gönnen Sie mir nur
Einen gütigen Blick. — Mit dem Anblick eines Engels
und der ganzen Würde der sich fühlenden Tugend, richtete 5
Lady Sternheim sich auf, reichte erröthend meinem Bruder
die Hand, und mit gedämpfter Stimme sagte Sie: stehen
Sie auf, Lord Seymour, ich versichere Sie, daß ich nicht
den geringsten Unmuth über Sie habe; und, seufzend
setzte sie hinzu, wo wäre mein Recht dazu gewesen? — 10
Feurig zärtlich küßte er ihre Hand; meine Augen sanken
zur Erde; aber sie näherte sich mir mit freundschaftlichen
Blicken, nahm meine Hand: — Theurer Lord! was für
Freundschaft! wie haben Sie mich finden können? Hat
Lady Summers es Ihnen gesagt? — was macht sie, 15
meine liebreiche Mutter? — Ich küßte die Hand auch
die sie mir gegeben hatte; Lady Summers ist wohl, ant=
antwortete ich, und wird glücklich seyn, Sie wieder zu
sehen; aber nicht Lady Summers hat mich hergeleitet;
Reue und Gerechtigkeit riefen meinen Bruder und mich 20
auf. — Mit einer erhöheten Gesichtsfarbe fragte sie mich:
ist Lord Seymour Ihr Bruder? — Ja, und dieß von
der edelsten Mutter die jemals lebte. Sie antwortete
mir nur mit einem bedeutenden Lächeln, und wandte sich
zur Gräfinn Douglaß. Meine großmüthige Erretterinn, 25
sprach sie, sehen hier zween unverwerfliche Zeugen der
Wahrheit dessen, was ich Ihnen von meiner Geburt und
meinem Leben sagte; ich danke Gott, daß er mich den
Augenblick erleben lassen, wo Ihr Herz die Zufriedenheit
fühlen kann, daß Ihre Güte für mich nicht verloren ist. 30
Nein, fiel Seymour ein, niemals lebte eine Seele, welche
der Verehrung der ganzen Erde würdiger wäre, als die
Dame, welche die Gräfinn errettet haben; so lang ich
athmen werde, sollen Sie, edelmüthige Gräfinn Douglaß,
den ewigen Dank dieses Herzens haben. — Mit thränenden 35
Augen drückte er zugleich die Hand der Gräfinn an seine
Brust. Ich hatte mich indessen gefaßt, um etwas von

unserem Ueberfall zu erklären. Einige Minuten waren
wir alle stille. Ich nahm die Hand der Lady Sternheim;
Können Sie, fragte ich, ohne Schaden Ihrer Ruhe und
Gesundheit von Ihrem Verfolger reden hören? Er ist
5 am Ende seines Lebens, und die größte Sorge seiner
Seele windet sich unaufhörlich, um das Andenken Ihrer
Tugend und seiner Ungerechtigkeiten gegen Sie; Sein
Kummer über Ihren vermeynten Tod ist unaussprechlich;
er hat mich und Lord Seymour zu sich gebeten, und uns
10 schwören lassen, in die Bleygebürge zu reisen, um Ihre
Leiche da aufzuheben, und mit allen Zeugnissen Ihrer
Tugend und seiner Reue in Dumfries beyzusetzen. — Ich
will nicht sagen, wie traurig dieses Amt uns war.
Nachdem wir so lange Zeit vergebens nach Ihnen gesucht
15 hatten, sollten wir Sie todt wieder sehen! — Mein
armer Bruder und — (ich konnte mich nicht verhindern
dazu zu setzen) Ihr armer Freund Rich! — Eine Thräne
zitterte in ihren Augen indem sie sagte: „Lord Derby
ist grausam, sehr grausam mit mir umgegangen. Gott
20 vergebe es ihm; ich will es von Herzen gerne thun —
aber — sehen kann ich ihn niemals wieder, sein Anblick
würde mir tödtlich seyn. — Ihr Kopf sank mit ihrer
sinkenden Stimme bey den letzten Worten auf ihre Brust.
Mein Seymour fühlte die rührende Verlegenheit dieser
25 reinen Seele, und gieng mit sich kämpfend ins Fenster —
Lady Sternheim stund auf und verließ uns; Seymour
und ich sahen ihr bewundernd nach. Nur in schottische
Leinwand gekleidet, war sie reizend schön durch ihren nach
dem vollkommensten Ebenmaaß gebildeten Wuchs, und den
30 schönsten Anstand in Gang und Bewegung; und ob sie
schon hager und blaß geworden, so war dennoch ihre
ganze Seele mit aller ihrer Schönheit und Würde in
ihren Zügen ausgedrückt. Seymour und ich sagten der
Gräfinn Douglaß alles, was die Lady Sternheim angieng,
35 und sie erzählte uns hingegen was sie von ihr wußte,
seitdem sie die Tochter des Bleyminenknechts zu sich
genommen, und wie sie gleich gedacht hätte, diese Person

müsse eine edle Erziehung haben, und in einer unglücklichen
Stunde von ihrer Bestimmung entfernt worden seyn;
zärtliches Mitleiden habe sie eingenommen, besonders da
sie ihre Sorge für das Kind gesehen habe, und sie wäre
gleich entschlossen gewesen, sie zu sich zu nehmen, wenn
sie mit ihrem Bruder zurück gienge; die Krankheit der
Dame hätte es aber früher erfodert. Sie freute sich
ihrem Herzen gefolgt zu haben. Sie gieng hierauf nach
ihrem Gast zu sehen, und wir blieben allein. Gedankenvoll blieb ich sitzen. Seymour kam und fiel mir mit
Weinen um den Hals; Rich! — lieber Bruder, ich bin
mitten im Glücke elend, und werde es bleiben. — Ich
sehe deine Liebe und deine Verdienste um sie. — Ich
fühle, daß sie mißvergnügt mit mir ist; — sie hat Recht,
tausend Recht es zu seyn — Sie hat Recht dir mehr
Vertrauen, mehr Freundschaft zu zeigen; aber ich fühle
es mit einem tödtenden Kummer. Meine Gesundheit
leidet schon lang auf allerley Weise unter dieser Liebe —
Ich habe sie nun gesehen; ich werde um ihrentwillen sterben,
und dieß ist mir genug. Ich drückte ihn mit einer
sonderbaren Bewegung an meine Brust, und ich glaube
ihm etwas kalt und rauh gesagt zu haben: Ja, Seymour,
du bist im Glück unglücklich, aber andere sinds ganz: —
Warum müssen deine Nebenbuhler allezeit mehr Licht
sehen als du? — Derby hat Recht; sie zieht dich vor.
Ihr Zurückhalten beweist mir alles was er sagte. Sey
ihrer würdig, und beneide mir ihre Achtung, ihr Vertrauen
nicht! — „O Rich — o mein Bruder, ist dieses, kann
dieses wahr seyn? betrügt dich deine Leidenschaft nicht,
wie mich die meinige? — O Gott! — ich muß sie
erhalten oder sterben — wer wird für mich reden: wer?
Ich kann nichts sagen, — und du? Ich will es thun,
erwiederte ich, aber heute noch nicht; wir müssen ihre
Empfindlichkeit und geschwächte Gesundheit schonen. Zu
meinen Füßen war er, er umfaßte sie; Bester, edelster
Bruder, rief er, fodre mein Leben, alles, ich kann nicht
genug für dich thun! du willt — du! willt für mich

reden? Gott segne dich ewig, mein treuster, mein gütigster
Freund!" — Ich will nichts, liebster Seymour, als sey
glücklich, sey deines Glücks würdig! du kennst den ganzen
Umfang davon nicht so wie ich; aber ich gönne, ich wünsche
5 dir es, so groß es ist.    Die Damen kamen zurück; wir
redeten von Tweedale, und unsere Freundinn erzählte, wie
gerührt sie gewesen, Gottes schöne Erde wieder zu sehen.
Dann sprach sie von ihrer Entführung und ihren ersten
Tagen im Gebürge. — Abends gab sie mir ihre Papiere;
10 ich las sie mit Seymourn durch. O Freund, was für
eine Seele mahlt sich darinn! Wie unermeßlich wäre
meine Glückseligkeit gewesen! — Aber ich ersticke meine
Wünsche auf ewig. Mein Bruder soll leben! — Seine
Seele kann den Verlust ihrer Hoffnungen nicht noch ein-
15 mal ertragen; meine Jahre und Erfahrung werden mir
durchhelfen. Seymour muß das Maaß der Zufriedenheit
voll haben, sonst genießt er nichts, mir reicht ein Theil
davon zu, dessen Werth ich kenne. Schicken Sie uns
Seymours Briefe an Sie gleich; sie müssen gelesen werden,
20 und für ihn reden.

-------

## von Sternheim an Emilia.

Was wird die Vorsicht noch aus mir machen? In
widrigen Begegnissen, in den empfindlichsten Erschütterungen
aller Kräfte der Seele und des Lebens erhält sie mich.
25 Gewiß nicht zum Unglück, aber zu jeder möglichen Prüfung.
Allein, o meine Liebe, ganz allein, von Niemand als zu-
redenden Freunden umgeben, stund ich an meinem Scheide-
wege. Lord Derby ist todt — diese beyliegenden Blätter
meines Tagebuchs von Tweedale sagen Ihnen Seymours
30 und Richs Ankunft, und den Ersatz, welchen Derby mir
machen wollte. Gott lasse seine ewigen Tage glücklicher
seyn, als er die meinigen machte, die ihm hier in seine
Gewalt gegeben waren! Lord Seymour verfolgt mein
Herz; er liebte mich, o meine Emilia, er liebte mich
35 zärtlich, rein, von dem ersten Tage da er mich sah. Der
Stolz seines Oheims, seine Abhänglichkeit von ihm, und

eine übertriebene feine Empfindung von Tugend und
Ehre wollte, daß er schwieg, biß ich die Versuchungen
des Fürsten überwunden hätte. Sie wissen, was dieses
Schweigen mir zuzog; aber Sie wissen nicht, was Lord
Seymour darunter gelitten hatte. Hier, lesen Sie seine 5
Briefe, mit denen vom Lord Derby, und senden Sie sie
mir mit allen den meinen an Sie zurück. Sie werden
bey Derbys Briesen über den Mißbrauch von Witz, Tugend
und Liebe schaudern. Hätte ich nicht selbst böse seyn
müssen, wenn ich seine Ränke hätte argwöhnen sollen? 10
Was ist Seymours Herz dagegen? Ihren Rath hätte
ich gewünscht, durch einen gemeinsamen Geist erhalten zu
können. Die Gräfinn Douglaß ist eingenommen; Lord
Rich, der edle, unschätzbare Lord Rich, bittet mich seine
Schwester zu werden; Der liebenswürdige Seymour ist 15
täglich zu meinen Füßen! alle Einwendungen meiner
Delicatesse werden bestritten; und, o Freundinn meines
Herzens, du, die du alle seine Bewegungen von Jugend
auf kanntest, dir kann ich, dir will ich es nicht verbergen,
daß eine innerliche Stimme mich meine Vermählung mit 20
Lord Seymour als ein von dem Schicksal gegebenes
Mittel ergreifen heißt, um meiner unstätten Wanderschaft
ein Ende zu machen. Und war er nicht der Mann, den
mein Herz sich wünschte? Er weis es, soll ich nun
zurücke? Lord Rich, fürchte ich, würde an seinen Platz 25
eintreten wollen. Seymour zeigte mir viele Tage
die heftigste zärtlichste Liebe. Lord Rich hatte lange
Unterredungen mit ihm, war aber kalt, ruhig, sah oft
tiefdenkend lange mich an, und brachte mich dadurch zu
dem Entschluß unverheurathet zu bleiben. Aber zwey Tage 30
nach Seymours Briefe brachte er mir mein Tagebuch und
die noch dabey gelegenen letzten Briefe von Summerhall
in mein Zimmer; mit einer rührenden, vielbedeutenden
Mine trat er zu mir, küßte die Blätter meines Tagebuchs,
drückte sie an seine Brust, und bat mich um Vergebung, 35
eine Abschrift davon genommen zu haben, welche er aber
mit der Urschrift in meine Gewalt gebe. Aber erlauben

Sie mir, fuhr er fort, Sie um dieses Urbild Ihrer
Empfindungen zu bitten; lassen Sie, meine englische
Freundinn, mich diese Züge Ihrer Seele besitzen, und
erhören Sie meinen Bruder Seymour.   Das Paquet
5 seiner Briefe wird Ihnen die unerfahrne Redlichkeit seines
Herzens bewiesen haben.   Sie werden ihn durch An-
nehmung seiner Hand zu dem glücklichsten und recht-
schaffensten Mann machen.   Nach einigem Stillschweigen
legte er seine Hand auf die Brust, sah mich zärtlich und
10 ehrerbietig an, und fuhr mit gerührtem Ton fort: Sie
kennen die unbegrenzte Verehrung, die ewig in diesem
Herzen für Sie leben wird; Sie kennen die Wünsche, die
ich machte, die nicht aufgehört haben, aber unterdrückt
sind.   Ich würde gewiß meine seligsten Tage, dafern es
15 nur Hoffnungstage wären, nicht aufopfern, wenn ich nicht
mitten unter der Anbetung, unter dem Verlangen meiner
Seele, sagen müßte, und sagen könnte: Seymour sey
Ihrer würdig, er verdiene Ihre Achtung und Ihr Mitleiden. — Er sah mich hier sehr aufmerksam an, und
20 hielt inne.   Mit einem halb erstickten Seufzen sagte ich:
O Lord Rich! — und er fuhr mit einem männlich
freundlichen Tone fort: Sie haben die Gewalt, einen edlen
jungen Mann in der Marter einer verworfenen Liebe
vergehen zu machen; wenden Sie, beste weibliche Seele,
25 diese Gewalt zu dem Glück einer ganzen Familie an!
Sie können meiner Mutter, einer würdigen Frau, den
Kummer abnehmen, Ihre Söhne unverheurathet zu sehen.
Ihre schwesterliche Liebe wird mich glücklich machen, und
sie werden alle Ihre Tugenden in einem großen wirk-
30 samen Kreis gesetzt sehen! — Theurer Lord Rich, antwortete ich gerührt, wie nahe dringen Sie in mich!
Sehen Sie meine Bedenklichkeiten nicht? — Ich verbarg
mein Gesicht mit meinen Händen; er schloß mich in seine
Arme und küßte meine Stirne.   „Beste, geliebteste Seele,
35 „ja ich kenne ihre feinen Bedenklichkeiten; Sie verdienen
„die vermehrte Anbetung meines Bruders; aber Sie
„sollen den Bau seiner Hoffnung nicht zerstören.   Lassen

„Sie mich, ich bitte Sie, ihm die Erlaubniß bringen zu
„hoffen." Mit thränenden Augen sah der würdige Mann
mich an; eine Zähre der meinigen fiel ihm auf seine
Hand; er betrachtete sie mit inniger Rührung; als aber
das anfangende Zittern seiner Hände sie bewegte, so küßte 5
er sie hinweg, und seine Blicke blieben einige Minuten
auf die Erde geheftet. Ich nahm das Original meiner
Briefe und des Tagebuchs, und reichte es ihm mit der
Anrede: Nehmen Sie dieses, würdigster Mann, was Sie
das Urbild meiner Seele nennen zum Unterpfand der 10
zärtlichen und reinen Freundschaft! — Meine Schwester,
fiel er mir ins Wort. — Keine List, Lord Rich! Ich
will ohne Kunst werden, was Sie so sehnlich wünschen,
daß ich seyn möge. — Er ließ sich auf ein Knie nieder,
segnete mich, küßte meine Hände mit eifriger Zärtlichkeit 15
und eilte weg. Sagen Sie noch nichts, rief ich ihm nach,
ich bitte Sie. Da war ich und weinte, und entschloß
mich Lady Seymour zu werden; ich bekräftigte diesen
Entschluß am Ende eines Gebets an die göttliche Vorsicht.

Nachschrift. Nun weis es Lord Seymour. Seine 20
Entzückungen gehen über die Kräfte meiner Feder. Meine
Gräfinn Douglaß umarmte mich mütterlich, Lord Rich
als ein zärtlicher Bruder. Der gute Lord Seymour
bewacht mich, als ob er besorgte es möchte Jemand meine
Entschließung ändern. Sein Kammerdiener ist an seine 25
Frau Mutter geschickt, welche an Tugend und Geist eine
zweyte Lady Summers seyn muß. O segnen Sie mich,
meine Freunde! Mein Herz schlägt ruhig. Wie selig
macht eine Entschließung, die von Tugend, Weisheit und
Rechtschaffenheit gebilliget wird! Nun freue ich mich auf 30
die Reise zu dem Grabe meiner Aeltern. Zu den Füßen
ihres Leichensteins will ich mit meinem Gemahl knien,
und ihren himmlischen Segen auf diese Verbindung er=
flehen. Thränen des Danks will ich auf ihre Asche ver=
gießen, für die Liebe der Tugend und der Wohlthätigkeit, 35
die sie in meine Seele gossen, und für die Sorge, die
sie nahmen, mir richtige Begriffe von wahrem Glück und

Unglück zu geben! — Meine Emilia werd' ich umarmen,
meine Unterthanen ſehen! O glückliche, ſelige Ausſichten!
Mein lieber Lord Seymour ſucht ſeinem Bruder nachzu=
folgen; in allem fragt er Ihn — und mit wie vieler
5 zärtlicher Erkenntlichkeit ſehe ich Lord Richs Bemühung
um meine Glückſeligkeit, indem er alles verſucht, den un=
gleichen und oft reiſſenden Lauf von Seymours Charakter ins
gleiche und ſanfte zu ändern. Er iſt, ſagt er, ein ſchöner
aber ſtark rauſchender Bach, der im Grund eine Menge
10 reiner Goldkörner führt.

---

## Lord Rich an Doctor T.

Ich komme vom Altar, wo mein Bruder eine ewige
Verbindung, und ich eine ewige Freyheit meiner Hand
beſchworen. Ich gab ihm jene Hand, die mein Herz ſich
15 lange wünſchte, und von deren Mitwerbung ich abſtund,
weil ich mehr Stärke in mir fühlte einen Verluſt zu
ertragen als er hat. Es war die Seele, die Geſinnungen
der Lady Seymour, die ich liebte. Ihre Papiere, die ſie
in der vollen Aufrichtigkeit ihres Herzens ſchrieb, beweiſen
20 mir, daß ſie das Beſte mir ſchenkte, ſo in ihrer Gewalt
war; wahre Hochachtung für meinen Charakter, wahres
Vertrauen, zärtliche Wünſche für mein Glück. Der un=
auflöslich rätzelhafte Eigenſinn eines einmal gefaßten
Vorzugs hatte ſchon lange und unwillkührlich die Reigung
25 ihres Herzens gefeſſelt. — Ich kenne den hohen Werth
ihrer Seele; ihre Freundſchaft iſt zärtlicher, als die Um=
armungen der Liebe einer andern Perſon. Die Herbſt=
jahre des Lebens, in denen ich mich befinde, laſſen mich
alle reine Süßigkeit der Freundſchaft mit Ruhe genießen.
30 Ich werde bey dieſen Glücklichen leben; der zweyte Sohn
ſoll Lord Rich, ſoll der Sohn meines Herzens, ſeyn!
Alle Tage werde ich mit Lady Seymour ſprechen, und
die Schönheit ihres Geiſtes iſt mein Eigenthum; ich trage
zu ihrer Glückſeligkeit bey. Meine Mutter ſegnet mich

über den Entschluß von ihrem geliebten Seymour, und
mein Glück haftet an dem von den würdigsten und liebsten
Personen die ich kenne. — Bald, mein Freund, sehe ich
sie und spreche sie.

———

**Lady Seymour aus Seymourhouse an Emilia.**          5

Die erste freye Stunde meiner Bewohnung eines
Familienhauses gebührte dem Dank an die Vorsicht, die
allen meinen Kummer und die fürchterlichen Irrwege
meines Geschicks in dem Umfang vollkommener Glück=
seligkeit endigte; Aber die zweyte Stunde gehört der 10
treuen Freundinn, die alles Leiden mit mir theilte, die
mir es durch ihren Trost und ihre Liebe erleichterte, und
deren Beyspiel und Rath ich die Stärke meiner Anhänglichkeit
an Tugend und Klugheit zu danken habe. Emilia, ich
bin glücklich; ich bin es vollkommen, denn ich kann die 15
seligsten, die heiligsten Pflichten alle Tage meines Lebens
erfüllen. Meine tugendhafte Zärtlichkeit macht das Glück
meines Gemahls; meine kindliche Verehrung und Liebe
wird von seiner würdigen Mutter als die Belohnung
ihrer geübten Tugenden angesehen. Meine schwesterliche 20
Freundschaft gießt Zufriedenheit in das große aber sehr
empfindliche Herz meines werthen Lords Rich. Lord
Seymour hat weitläuftige Güther; er ist reich, und hat
mir eine unumschränkte Gewalt zum Wohlthun gegeben.
O mein Kind, es war gut, daß alle meine Empfindungen 25
durch widrige Begebenheiten aufgeweckt und geprüft wurden;
ich bin um so viel fähiger geworden, jeden Tropfen
meines Maaßes von Glückseligkeit zu schmecken. Sie
wissen, daß ich Gott dankte, daß er in meinem Elende
mir den Gebrauch meiner Talente zu Verminderung 30
desselben gelassen hatte, und meinem Herzen die Freude
nicht entzog, wohlthätig zu seyn. Ich fühle nun mit aller
Stärke die verdoppelten Pflichten des Glücklichen; Nun
muß meine Gelassenheit, Demuth, und meine Unterwerfung

zur Dankbegierde werden. Meine Kenntnisse, die die
Stütze meiner leidenden Eigenliebe und die Hülfsmittel
waren, durch welche ich hier und da einzelne Theile von
Vergnügen erreichte, sollen dem Dienst der Menschenliebe
5 geweyhet seyn, sie zum Glück derer, die um mich leben
und zu Ausspähung jedes kleinen, jedes verborgenen
Jammers meiner Nebenmenschen zu verwenden, um bald
große, bald kleine liebreiche Hülfe ausfindig zu machen.
Kenntnisse des Geistes, Güte des Herzens — die Erfahrung
10 hat mir bis an dem Rande meines Grabes bewiesen, daß
ihr allein unsere wahre irrdische Glückseligkeit ausmachet!
An euch stützte meine Seele sich, als der Kummer sie der
Verzweiflung zuführen wollte; Ihr sollt die Pfeiler meines
Glücks werden; auf euch will ich in der Ruhe des
15 Wohlseyns mich lehnen, und die ewige Güte bitten, mich
fähig zu machen, an der Seite meines edelmüthigen
menschenfreundlichen Gemahls ein Beyspiel wohlverwendteter
Gewalt und Reichthümer zu werden! —

Sie sehen, meine Freundinn, daß alle meine Be=
20 denklichkeiten meinen Empfindungen weichen mußten. Ich
sah das Vergnügen so vieler rechtschaffenen Herzen an
das Glück des meinigen gebunden, daß ich meine Hand
gerne zum Unterpfand meiner Liebe für ihre Zufriedenheit
gab. Mylord will ein Schulhaus und ein Hospital nach
25 der Einrichtung der sternheimischen erbauen lassen; er
betreibt den Plan, weil er den Bau während unserer
deutschen Reise führen lassen will. Künftige Woche gehen
wir nach Summerhall; dort wollen wir die Briefe meines
Oncles von R— erwarten, und dann (sagen Seymour und
30 Rich) wollen sie jede heilige Stätte besuchen, wo mich
mein Kummer herum geführet habe. Sie werden also
meine Emilia sehen, und überzeugt werden, daß die erste
und stärkste Neigung meines Herzens der würdigsten
Person meines Geschlechts gewidmet war. Morgen kommen
35 Mylord Craston und Sir Thomas Watson, meiner Groß=
mutter Bruders Sohn, zu uns; ich werde aber meine
übrigen Verwandten, London und den großen Kreis

meiner Nachbarn erst nach unserer Zurückkunft aus
Deutschland sehen.


### Mylord Rich an Doctor T.

Ich bin wieder in Seymourhouse, weil mir ohne
die Familie meines Bruders die ganze Erde leer ist. 5
Mit tausendfachen geistigen Banden hat mich die Lady
Seymour gefesselt, und die Herbsttage meines Lebens
wurden so glühend, daß unsere Reise mich beynahe mein
Leben kostete. Ich sah sie in Summerhall; zu Vaels bey
ihrer Emilia; in ihrem Gesindhause; in D* bey Hofe; 10
in Sternheim bey ihren Unterthanen; bey dem Grabe
ihrer Aeltern! — die anbetungswürdige Frau! In allen
Gelegenheiten, in allen Stellen, wohin der Lauf des
Lebens sie führt, zeigt sie sich als das ächte Urbild des
wahren weiblichen Genies, und der übenden Tugenden 15
ihres Geschlechts. — Auf unserer Rückreise wurde sie
Mutter; — und was für eine Mutter! O Doctor! ich
hätte mehr, viel mehr als Mensch seyn müssen; wenn der
Wunsch, sie zu meiner Gattinn, zu der Mutter meiner
Kinder zu haben, nicht tausendmal in meinem Herzen 20
entstanden wäre! Mit wie vielem Recht besitzt die Tugend
der großmüthigen Aufopferung unsers Glücks die erste
Stelle des Ruhms! Wie theuer kostet sie auch ein edel=
gewöhntes Herz! — Wundern Sie sich ja nicht, wenn sie
selten ist. — Doch eine Probe wie diejenige, die ich 25
machte, hat nicht leicht Statt. Mit Vergnügen hab' ich
das Glück meines Bruders dem meinigen vorgezogen.
Die Handlung reuet mich nicht, ich litt nicht durch
niederträchtigen Neid, sondern allein durch das gezwungene
Stillschweigen meiner Empfindungen, die ich keinem Un= 30
heiligen anvertrauen will, um die falsche Beurtheilungen
meiner ehrerbietigen Leidenschaft zu vermeiden, und die
reine Freundschaft meiner edlen Schwester in kein zwey=
deutiges Licht zu bringen. Ich fiel in eine düstre

Melancholie, und entzog mich Seymours Hause auf einige
Monate. Die Stille meines Landguts, wo ich ehemals
von meiner großen Reise ausruhete, gab mir dießmal kein
ganzes Maaß von Frieden; ich wollte mich überwinden;
5 aber ich bin an den süßen Umgang der fühlbarsten Seele
gewöhnt; ihre schönen Briefe sind nicht sie selbst. Mein
Lord Rich wurde geboren, und ich flog nach Seymour=
house; eine selige Stunde war es, in welcher Lady
Seymour mir dieses Kind auf die Arme gab, und mit
10 allem Reiz ihrer seelenvollen Phisionomie und Stimme
sagte: Hier haben Sie ihren jungen Rich; Gott gebe
ihm mit Ihrem Namen Ihren Geist, und ihr Herz!
— Ein entzückender Schmerz durchdrang meine Seele.
Er ruht in mir; Niemand soll jemals eine Beschreibung
15 von ihm haben. Der kleine Rich hat die Züge seiner
Mutter; diese Aehnlichkeit schließt ein großes Glück für
mich in sich; — Wenn ich das Leben behalte, soll dieser
Knabe keinen andern Hofmeister, keinen andern Begleiter
auf seinen Reisen haben, als mich. — Alle Ausgaben für
20 ihn, sind meine; seine Leute sind doppelt belohnt; ich
schlafe neben seinem Zimmer; ja ich baue ein Haus am
Ende des Gartens, in das ich mit ihm ziehen werde,
wenn er volle zwey Jahre alt seyn wird. Indessen bilde
ich mir die Leute, die um ihn seyn werden. Dieses Kind
25 ist die Stütze meiner Vernunft und meiner Ruhe geworden.
Wie werth macht ihn mir jede Umarmung, jede zärtliche
Sorge, die er von seiner Mutter erhält — und wie
glücklich wächst er und sein Bruder auf! Jede Handlung
ihrer Aeltern sind Beyspiele von Güte und Edelmüthigkeit.
30 Segen und Freude blühen in jedem Gefilde der Gebiete
meines Bruders; Danksagungen und Wünsche begleiten
jeden Schritt den er mit seiner Gattinn macht. Mit einer
Hand stützen sie das leidende Verdienst und helfen andrer
Elende ab; mit der andern streuen sie Verzierungen in
35 der ganzen Herrschaft aus, aber dieß mit der feinsten
Unterscheidung. Denn die Lady Seymour sagt: niemals
müsse auf dem Lande die Kunst die Natur beherrschen:

man solle nur die Fußstapfen ihrer flüchtigen Durchreise
und hier und da einen kleinen Platz sehen, wo sie ein
wenig ausgeruhet hätte.     Unsere Abende, und unsere
Mahlzeiten sind reizend; ein muntrer Geist und die
Mäßigkeit beleben und regieren sie.     Fröhlich treten wir  5
in die Reihen der Landtänze unserer Pächter, deren Freude
wir durch unsern Antheil verdoppeln.     Die Gesellschaft
der Lady Seymour wird von dem Verdienst gesucht, so
wie Laster und Dummheit vor ihr fliehen; Sie können
hoffen, in unserem Hause wechselsweise jede Schattierung, 10
von Talenten und Tugenden zu finden, die in dem Kreise
von etlichen Meilen um uns wohnen.     Und hier hat der
Charakter meiner geliebten Lady Seymour einen neuen
Glanz dadurch erhalten, daß sie die Verdienste anderer
Personen Ihres Geschlechts so lebhaft fühlt und schätzt. 15
Mein Bruder ist der beste Ehemann und würdigste Gebieter
von etlichen Hundert Unterthanen geworden; Seligkeit ist
in seinem Gesichte, wenn er seinen Sohn, an der Brust
der besten Frau, Tugend einsaugen sieht; und jeder Tag
nimmt etwas von dem lodernden Feuer hinweg, welches 20
in alle seine Empfindungen gedrungen wäre.     Er hat die
schwere Kunst gelernt, sein Glück zu genießen, ohne irgend
Jemand durch ein außerordentliches Geräusche mit seinem
Glücke Schmerzen zu machen.     Das einfache obgleich edle
Aussehen unserer Kleidung und unsers Hauses läßt auch die 25
ärmste Familie unserer Nachbarschaft mit Zuversicht und
Freude zu uns kommen.     Von diesen Familien nimmt
Lady Seymour von Zeit zu Zeit ein Paar Töchter zu
sich, und flößt durch Beyspiel und liebreiches Bezeugen
die Liebe der Tugend und schönen Kenntnisse in sie.     Der 30
reizende Enthusiasmus von Wohlthätigkeit, die lebendige
Empfindung des Edlen und Guten beseelt jeden Athemzug
meiner geliebten Schwester.     Sie begnügt sich nicht gut
zu denken; alle ihre Gesinnungen müssen Handlungen
werden.     Gewiß ist niemals kein inniger Gebet zum 35
Himmel gegangen, als die Danksagung war, welche ich
die Lady Seymour für die Empfindsamkeit ihres Herzens,

und für die Macht Gutes zu thun mit thränenden Augen
aussprechen hörte.     Wie viel Segen, wie viele Belohnung
verdienen die, welche uns den Beweis geben, daß alles,
was die Moral fodert, möglich sey, und daß diese
Uebungen den Genuß der Freuden des Lebens nicht
stören, sondern sie veredeln und bestätigen, und unser
wahres Glück in allen Zufällen des Lebens sind!

# Anmerkungen.

5,16 „Auspfeiffern.“ La Fite: „censeurs“.

5,17–18 „Doch diese . . . fürchte“ lässt die La Fite fort.

5,32 „welche man lesen kann ohne gelehrt zu seyn“ lässt die La Fite fort.

12,1–4 vgl. Pam. IV, 68, 69.

12,23–25 lässt die La Fite fort.

24,22 ff. Charlotte von P. entspricht der Mylady Davers in der „Pamela“.

26,2–11 bezieht sich direkt auf Pam. II, 283—284.

27,36–28,7 vgl. La Fite I, 30.

28,9 ff. Der Brief ist wohl durch Pamelas Brief II, 56—79 angeregt. Die Personen sind getauscht.

31,25–29 vgl. Pam. II, 64.

32,9–23 vgl. La Fite I, 37.

32,22 ff. mit der Fürsorge für die Untergebenen in der „Sternheim“ vgl. Pam. II, 62. IV, 283—284. Clar. VIII, 212—213. Grand. VI, 41—42.

35,27 vgl. Pam. II, 73.

36,21 ff. vgl. Rousseau, La Nouvelle Héloïse, 1782, II, 4, 65, 66. vgl. überhaupt zu 32,29—41,12 den 2. Teil der „Héloïse“.

41,12–21 vgl. La Fite I, 52.

41,26–27 Graf und Gräfin Löbau ähneln Clarissas Bruder Jakob und Schwester Arabella. Clar. I, 81.

42,1–20 vgl. Grand. I, 10.

42,20–24 vgl. Pam. III, 369, 393. IV, 119. Grand. I, 252. III, 366, 367. Clar. VIII, 203.

42,24–25 vgl. Pam. II. 96, Clar. VIII, 207. Grand. I, 251.

42,26–32 vgl. Pam. I, 92, 93. II, 271. Grand. III, 341, 342.

42,35—43,5 vgl. Pam. II, 61, 62. Clar. VIII, 203—206.

43,5–10 vgl. Pam. II, 265.

43,16–17 vgl. Grand. I, 46.

46,15–16 lässt die La Fite fort.

46,17 Hierzu Anmerkung der La Fite: „L'amie de Mlle De Sternheim, qu'on suppose avoir recueilli ces mémoires, est une des filles du Curé." Diese Rosine ähnelt der Jenny, der Jungfer der Charlotte Grandison. Grand. I, 252.

49,9—10 Hierzu Anmerkung der La Fite: „Pourquoi chercher à la détruire après la lettre qu'il avoit reçu du Colonel mourant? Voyez p. 60. Sans doute parce que le bon Curé, entouré de gens simples, que ses leçons et son exemple avoient rendus honnêtes, ne croyoit point aux méchans. Note du Traducteur."

49,21 22 Brechter und Frau. vgl. Einl. S. VII. Ofterdinger, Chr. M. Wielands Leben und Wirken in Schwaben und in der Schweiz. Heilbronn. 1877. S. 197. Asmus, G. M. De La Roche. Karlsruhe. 1899. S. 58.

49,25—50,13 In dieser Schilderung ihrer Heldin hat die La Roche ihr eigenes Aussehen und die charakteristischen Züge der Richardsonschen Heldinnen miteinander verwebt. vgl. L. Assing, a. a. O. S. 18—19. Clar. VIII, 196 ff., 206.

50,7 - 11 rückt die La Fite richtig hinter 50,1.

52,11- 18 La Fite: „Au lieu de continuer à présent mon récit, je crois que je ferai bien de vous envoyer une suite de lettres originales écrites par Mlle de Sternheim: elles vous feront mieux connoître d'un côté son caractere et son esprit, de l'autre ce qui lui est arrivé de remarquable durant son séjour à D. que les extraits que j'en pourrois tirer. J'y joins la copie de quelques lettres, qui serviront à éclaircir les siennes et à completter ses mémoires: la suite vous apprendra, ma chere amie, par quel concours de circonstances elles ont pu tomber entre mes mains."

52,20 ff. Das Vorbild des in unserem Roman geschilderten Fürstenhofes ist wohl der des Herzogs Karl Eugen von Württemberg. vgl. Asmus, a. a. O. S. 40.

64,20—30 vgl. Grand. III, 366—367.

67,32—33 lässt die La Fite fort.

69,28 „ſt. ſt." La Fite: „Doucement, parlez donc bas."

70,6 „Vetter." La Fite richtig: „neveu."

70,9—12 vgl. Pam. II, 171, 207, 208. Clar. VIII, 206. Grand. I, 283.

74,7 Die La Fite fügt hinter „Gedanken" als Vorbereitung für die nächste Erzählung ein: „Selon toute apparence vous ne recevrez pas sitôt de mes nouvelles; nous projettons un petit voyage, dont ma première lettre vous apprendra le sujet et les détails." Das Nächste überschreibt sie dann mit „Quatrieme lettre."

75,19 ff. Warthausen. vgl. Horn, a. a. O. S. 138—140. Ofterdinger, a. a. O. S. 177—178. Asmus, a. a. O. S. 32, 33.

75,25—76,9 Graf Friedrich von Stadion, Vater und Gönner La Roches. vgl. L. Assing, a. a. O. S. 136. Asmus, a. a. O. S. 8. Über die Familie Stadion: Ofterdinger, a. a. O. S. 176—178.

76,13 „§errn Br." Brechter. La Fite, Anmerkung: „C'est l'épou d'Emilie."

76,13—77,25 vgl. Pam. II, 63. Clar. VIII, 211, 212.

77,35—37 vgl. Clar. III, 331—338.

78,1—79,16 Gräfin Maximiliane von Stadion, Stiftsdame des gefürsteten Freiweltl. Reichsstifts zu Buchau, seit 1775 Fürstin und Äbtissin in Buchau. Ofterdinger, a. a. O. S. 172, 175—176, 178.

78,19—23 Wieland, Musarion I.

80,22 Zusatz der La Fite: „Adieu, ma très-chere Emilie, mon cœur n'est jamais absent de vous. Je me réjouis de ce que vous avez trouvé le moyen de prolonger votre séjour chez votre digne pere."

83,32 Die La Fite macht mit Recht hinter „foften follte" einen Absatz mit *****.

87,4ff. vgl. Pam. IV, 56ff.

87,15–20 direkter Hinweis auf Pam. IV, 84.

87,20—88,8 vgl. Pam. IV, 72, 76, 81, 83.

88,22–32 vgl. Pam. I, 10. Grand. I, 322.

90,1ff. vgl. Clar. I, 197, 204. III, 72, 73, 107.

91,31f. vgl. Clar. I, 237.

92,6–14 vgl. Clar. IV, 200—203. IV, 60 u. o. VIII, 196, 197, 206.

92,17 „Landjungfer", vgl. 218,22 „Landmädchen". vgl. Pam. III, 339f. IV, 1—3 u. o. Grand. I, 57, 91, 109.

92,19–30 vgl. die Dienste der Diener bei Richardson, bes. Joseph Lehmann in der „Clarissa". Clar. I, 200. III, 1, 2.

96,17 Unnötiger und störender Zusatz der La Fite: „Adieu, mon ami, vous ouvrir mon cœur, en épancher les peines dans votre sein, n'est-ce pas vous prouver combien je vous aime."

100,26—29 vgl. Pam. IV, 51, 311, 312.

101,20–21 vgl. Pam. III, 152; von der La Fite fortgelassen.

102,16 Zusatz der La Fite: „Je ne vous fais point d'apologie pour cette longue suite de réflexions: l'histoire de mes idées, dites vous, vous intéresse autant que le journal de mon séjour à D. je reprendrai celui-ci dans une autre lettre. Adieu, mon Emilie, vous connoissez le cœur de votre Sternheim."

103,4–9 lässt die La Fite fort.

108,27 lässt die La Fite fort Dafür: „Adieu, ma très-chere Emilie."

110,29 „Die Sternheim." Die La Fite setzt hierfür und ebenso für „das Fräulein" u. ähnl. gern „Sophie" ein.

115,7 Die La Fite ungeschickt: „tu verras combien mes progrès seront rapides."

116,1ff. Herrn **: Wieland. vgl. Horn, a. a. O. S. 158. L. Wieland, a. a. O. I, 137—139, 119—150. Aus Herders Nachlass III, 75. Allgemeine Deutsche Bibliothek, 1772, S. 478. L. Assing, a. a. O. S. 114—117, 136. Anmerkung der La Fite: „Pour qu'on lise cette lettre avec plus d'intérêt, je crois devoir avertir qu'il y est réellement question d'un des premiers génies de l'Allemagne, et que tout ce qu'on en rapporte ici est dans la plus exacte vérité."

117,15f. vgl. Wielands Brief: Horn, a. a. O. S. 221.

118,18 24 vgl. Wielands Brief: Horn, a a. O. S. 149—150.

119,4 Anmerkung der La Fite: „Voici encore un portrait d'après nature, mais personne je pense ne se mettra en peine d'en deviner l'original."

120,12 14 La Fite: „mais ne l'exposez point au creuset de la critique." Infolge dieser Änderung fällt Wielands Note fort.

122,19f. La Roche, der Gatte der Verfasserin. vgl. Lenz' Brief, Euphorion 1896, S. 532: „Das Portrait Ihres Gemahls habe ich in der Sternheim gefunden, eine Freundin gab mir den Schlüssel." Aus Herders Nachlass, III, 75. Asmus, a. a. O. S. XI, 35, 50, 64. Anmerkung der La Fite: „Cet homme rare joint à tous ces avantages celui d'être l'époux d'une femme comme il y en a peu; tous mes lecteurs en conviendroient s'il m'était permis de le nommer."

122,37—123,11 Fritz von La Roche. vgl. bes. Wielands Briefe aus der Erfurter Zeit, bei Hassencamp, a. a. O.

122,35—123,8 La Fite: „il vient de lui prouver la sienne en se chargeant de l'éducation de son fils ainé, et le soin de sa vie sera d'en faire un homme vertueux."

123,34—124,3 vgl. Clar. III, 3, 4: „1 knew, that the whole stupid family were in a combination to do my business for me. 1 told thee that they were all working for me, like so many nederground moles; and still more blind than the moles are said to be, unknowing that they did so. I myself, the director of their principal motions; which falling in with the malice of their little hearts, they took to be all their own." Clar. III 72: „By a moderate computation a dozen kites might have fallen, while I have been only trying to ensnare this single lark. Nor yet do 1 see when 1 shall be able to bring her to my lure."

124,11 14 La Fite: „et parmi les dames j'ai vu quelques latieres qui n'avoient pas la mine de déroger."

126,6 7 lässt die La Fite fort.

128,5—6 „zur linken Hand vermählt". Anmerkung der La Fite: „C'est une formalité que quelques princes d'Allemagne observent en épousant de simples demoiselles."

131,35—37 vgl. Clarissas Korrespondenz mit Anna Howe und Lovelace, Pamelas mit Williams.

149,21—151,6 vgl. Clar. I, 76.

151,14—16 lässt die La Fita fort.

157,9 Zusatz der La Fite: „Adieu, madame, je réserve d'autres détails pour la première entrevue."

157,11—12 vgl. Clar. III, 3. IV, 244.

157,13—19 vgl. Clar. III, 72 wie zu S. 123—124, dazu: „More innocent days yet, therefore! — But reformation for my stalking-horse, I hope, will be a sure, tho 'a slow method to effect all my purposes."

157,11f. Die La Fite ändert wenig glücklich: „Prends part à ma joie et redouble d'admiration pour mon génie; car enfin le succès n'est plus douteux. Déjà les ailes de mon oiseau sont embarrassées."

160,14—19 vgl. Pam. IV, 367.

160,20—163,8 vgl. die Unterredung Lovelaces mit Clarissa Clar. I, 238—251.

168,7—11 vgl. Clar. I, 271.

174,35—36 „klatschte fröhlich die Hände zusammen". La Fite: „il applaudit joyeusement aux chants de la sirene." (!)

177,27—32 vgl. die bei Richardson üblichen Entführungen.

179,30 „Die Katze". La Fite: „la soubrette."

180,28—34 Die gleiche Isolierung der Heldin Pam. I, 115, 166, 167. Clar. IV, 315. V, 329 u. o.

181,29 37. 183,4ff. ebenso Lovelace Clar. I, 149, 247.

181,37—182,1. 182,20—21 vgl. Clar. III, 72: „Let me see, how many days and nights? — Forty, I believe, after open trenches, spent in the sap only, and never a mine sprung yet."

182,24 vgl. Clar. III, 3: „Securely mine! — Mine for ever!"

182,29—31 vgl. Clar. V, 7: „Her good angel is gone a journey: Is truanting at last." vgl. auch Pam. II, 69, 70.

183,37 „Die gute Hausstaube" lässt die La Fite fort.

184,1—3 Dieser Oheim, Graf R. in Florenz, spielt dieselbe Rolle wie Clarissas Verwandter, Oberst Morden in Florenz.

185,6—9 Dieselbe Absicht hat Lovelace Clar. III, 31—34.

185,10—18 aus Clar. V, 266 herübergenommen.

186,4ff. Die falsche Trauung hat in vielen Zügen Ähnlichkeit mit der Trauung Pamelas und des Lord B. John als falscher Priester (vgl. auch S. 184,13—31) ähnelt dem falschen Geistlichen Grand. 1, 215f.

186,16 19 ebenso Tomlinson Clar. V, 191—192.

191,2 „Zween Monate". Die La Fite schreibt aus Versehen „Deux jours" (vgl. S. 193,22: „un mois après ce dernier
évenement*).

194,25 „Mylord C." (vgl. S. 200,7 8, 12: „Mylord Craston").
La Fite: „Milord G."

196,26—31 vgl. Clar. III, 240, 241.

198,20— 25 lässt die La Fite fort und setzt dafür als
Schluss ein: „Adieu, mon cher B* ayez pitié de votre mal-
heureux ami, c'est lui que la douleur égare".

198,27f. (vgl. 202,31—203,24 u. o.) Die Selbstvorwürfe
der Sternheim gleichen denen Clarissas. Clar. II, 319,
334—339. VI, 177.

199,16ff. ebenso Clarissas Motive Clar. VI, 125. VIII,
124—125.

205,17 Zusatz der La Fite: „D'ailleurs vous m'aimez,
chere Emilie, sans doute vous pardonnez mon silence: votre
amie n'est donc pas malheureuse."

206,32ff. Mit Derbys Enttäuschung und der Offenbarung
der Scheinheirat hat Lovelaces Stimmung und seine Drohung,
Clarissa zu verlassen, grosse Ähnlichkeit. Clar. III, 4, 33.
IV, 248.

207,22—25 vgl. Clar. VII, 364: „But when the persons
nearer approach undeceived me, how did I curse the varlet's
delay, and thee by turns! And how ready was I to draw
my pistol at the stranger, for having the impudence to gallop."

210,19 Die Anmerkung Wielands lässt die La Fite fort.

211,12 16 La Fite: „et qu'elle rejetteroit toujours avec
indignation tout éloge qu'elle ne pourroit obtenir qu'en
blessant la modestie." Anm. Wielands fällt auch hier fort.

212,13—17 La Fite: „Quant à Sophie elle a eu tort de
fruit, il falloit qu'elle rentrât en elle-même: eh bien! je
serai cause de son repentir."

217,37—218,3 vgl. Clar. V, 315—318.

218,7—33 Die gleiche Stimmung Clar. VI, 196, 202.

218,32 33 „und immer von ihr reden höre" lässt die La
Fite fort.

219,15 der Absatz zwischen diesem Brief und Rosinens
Erzählung fehlt bei der La Fite.

220,4 „den zweyten Tag". La Fite: „mais nous par-
tîmes le cinquième jour après la réception de la fatale
lettre." Der Irrtum ist wohl durch S. 214,4 entstanden.

222,1 „Madam Leidens" erklärt die La Fite durch die
Anm. „Souffrance".

223,1— 2 La Fite: „et vous éprouverez sans doute en
les lisant une partie de la satisfaction qu'elles nous donnerent."

223,34—35 La Fite: „les réflexions de Mr. B. me calmerent." „Mr. B." erklärt sie in Anm. als „Epoux d'Emilie".

226,35 Die La Fite fügt hinzu: „même la tendresse de mon Emilie n'eut pas suffi pour ranimer mon courage anéanti."

229,6 11 vgl. Pam. I, 208: „But, O Sir! my Soul is equal Importance with the Soul of a Princess; though my Quality is inferior to that of the meanest Slave. — Save then my Innocence, good Haven, and preserve my Mind spotless."

230,14—26 lässt die La Fite fort.

230,37—231,4 La Fite: „En effet, mon Emilie, j'ai trouvé une nouvelle occasion d'être utile, je vais consacrer quelques jours à une bonne œuvre, et je me flatte que ma premiere lettre vous rendra compte du succès. Adieu, aimez toujours votre Sophie."

231,5 Anm. der La Fite: „Je prie le lecteur de suspendre un instant son jugement sur le style de cette lettre, madame Hills va faire l'aveu qu'elle ne s'entend point du tont à ecrire. Elle est si bonne cette madame Hills qu'elle peut se passer d'avoir de l'esprit, aussi l'auteur et la traductrice ont cru qu'on feroit grace au mauvais tour de se ses phrases en faveur de l'excellent de son cœur."

231,12 „Engel", vgl. Pam. IV, 52.

232,24 „wie meine Ännchens". La Fite: „avec mes propres filleules."

234,5—19 vgl. Pam. III, 338. IV, 265.

237,29 lässt die La Fite fort.

239,19 f. In bezug auf die weibl. Handarbeiten vgl. Pam. I, 93. III, 234. Clar. VIII, 211.

240,11—14 rückt die La Fite vor S. 239,30.

240,15 23 lässt die La Fite fort.

241,30—32 lässt die La Fite fort.

241,36—242,4 lässt die La Fite fort, ebenso Wielands Anmerkung.

242,28 30 lässt die La Fite fort.

243,21 23 La Fite: „Ne vous fâchez point, de grace, et continuez à faire des portraits."

245,9 21 La Fite: „Je ne vous dis rien de votre quatrième prétendant, quoiqu'on m'ait vanté sa figure, son esprit, ses lumieres et ses vertus, ainsique la fortune qu'il possede, et le séjour qu'il habite."

246,9 Zusatz der La Fite: „Adieu, mon Emilie, embrassez pour moi notre Rosine."

246,26 27 „Mylord Crafton". La Fite: „milord".

252,17 Zusatz der La Fite: „L'honneur et l'amitié exigeoient que j'apprisse à Mlle de C.* le changement qui s'est fait dans mon ame: l'innocence de Sophie, que j'aimai la première, ne doit-elle point me justifier à ses yeux?"

253,16—18 La Fite: „et soupçonner un instant sa vertu?"

254,33 -35 lässt die La Fite fort.

261,5 Zusatz der La Fite: „Adieu, mon Emilie, ne trouvez-vous pas qu'il y a bien long-tems que nous sommes séparées: je ne crois pas que je puisse résister au desir de vous aller voir."

261,6 Hierzu Anm. der La Fite: „Il s'est écoulé plusieurs mois d'intervalle entre cette lettre et la précédente."

261,28 29 „einem Aufwartmädchen". La Fite falsch: „Rosine".

262,7—8 „uns ... verschaffte" lässt die La Fite fort.

264,4 Zusatz der La Fite: „Elle seule aussi pourra me consoler de ce que je vais m'éloigner pour un tems de la plus chere des amies."

266,31—267,2 lässt die La Fite fort.

267,20—21 lässt die La Fite fort.

268,3—21 lässt die La Fite fort.

269,1—7 lässt die La Fite fort.

269,37—270,8 La Fite: „Dernièrement je lui demandois son opinion sur quelques unes de mes idées. Je pus conclure par sa réponse enveloppée, qu'il soupçonnoit quelque triste mystere caché au fond de mon cœur; j'évitai de lui répondre en feignant de me méprendre sur les sens de sa pensée."

270,11—13 lässt die La Fite fort.

271,3 Die La Fite lässt Wielands Anm. fort.

272,16—273,2 La Fite: „Je continuai avec le ton du sentiment à faire quelques paralleles entre le monde morale et le monde physique."

273,8—12 La Fite: „Sans doute ma réponse lui plut, car dans un mouvement d'enthousiasme il s'écria:"

275,2 Zusatz der La Fite: „Adieu, mon Emilie; dans cet instant je reçois avec transport une de vos lettres: j'apprends que tout ce que j'aime à Vaels est heureux."

275,4—18 lässt die La Fite fort.

279,23 -30 lässt die La Fite fort.

283,21--22 lässt die La Fite fort.

286,5—7 lässt die La Fite fort.

288,22—24 La Fite: „Son premier soin fut de la (den Brief) mettre en poche; pressée de joindre Miss Emma, sans se donner le tems de détacher la derniere page, elle emporta tout le cahier sur lequel elle étoit écrite." In ganz ähnlicher Weise wird Pamela (Pam. I, 125—126) vor der Ent-

führung mit Schreibpapier für die Zeit der Gefangenschaft
versorgt.

288,24 ff. Die Entführung ähnelt sehr der Pamelas.
Pam. I, 136—137.

289,21—24 lässt die La Fite fort.

289,28 ff. Das Tagebuch der Sternheim ist dem Pamelas
nachgebildet, übertrifft es indes weit.

290,7—12 vgl. Pam. I, 123—124.

290,9—12. 291,19—31 vgl. Pam. I, 124, 126.

290,4—6. 290,34—291,3 vgl. Pam. I. 124.

290,12—13. 291,4—10 vgl. Pam. I, 124, 230, 231.

292,15 ff. vgl. Pam. I, 225.

294,4—9 vgl. Pam. I, 124.

296,33 „zu beſſen Unterhalt". La Fite: „pour l'entretien
de Lidy". Die La Fite setzt auch weiterhin gern die Namen
ein, wo die La Roche anderweitig auf die Personen verweist.
Die Sorge der Sternheim für das Kind Derbys entspricht
der Pamelas für die kleine Goodwin. Pam. I, 361.

298,3—23 vgl. Pam. I, 137, 142, 156, 160.

298,12—13 „ihre Tochter Maria". La Fite: „leur fille
Molly". So auch weiterhin.

298,24—299,3 lässt die La Fite fort.

299,14—17 vgl. Pam. I, 216.

301,12—19 vgl. Pam. II, 201. 202. III, 13, 333.

302,6—8 lässt die La Fite fort.

303,13—30 ebenso Pam. I, 250f.

303,30 ff. Die Leiden der Sternheim sind den Leiden
Pamelas bei ihrem missglückten Fluchtversuche nachgebildet.
Pam. I, 222—237.

304,32—34 vgl. Pam. I, 124, 125.

304,20 ff. Erschöpfung Leibes und der Seele. Sehnsucht
nach dem Tode. vgl. Pam. I, 160, 235, 236.

306,17 ff. Die letzten Aufzeichnungen und Anweisungen
der Sternheim entsprechen den Briefen Clarissas Clar. VII,
234—236 und dem Testamente Clarissas Clar. VIII, 98f.

306,22 Zusatz der La Fite: „dont l'état exact est entre
les mains de votre beau-frere."

306,24—25 lässt die La Fite fort.

308,15 ff. Derbys Reue hat zwei Phasen, die eine nach
dem Verlassen der Sternheim, die andere nach der falschen
Nachricht ihres Todes. Ebenso Lovelaces Reue nach der
Vergewaltigung Clarissas und nach ihrem Tode. Clar. V,
329—331. VI, 239—241, 280, 281. VII, 320, 321. VIII,
126—131. Derbys Ende entspricht dem der Sinclair und
des Belton in „Clarissa", des Hargrave Pollexfen im
„Grandison".

308,24 - 25 La Fite: „dans l'espérance d'y retablir mes forces".

311,9 „Mein Kerl, der Hund". La Fite: „John, ce monstre".

311,10—11 „Er wußte ... gemacht hätte" lässt die La Fite fort.

312,32 —34 La Fite: „vos yeux deviendroient une source de larmes".

314,12 lässt die La Fite fort.

315,34 Zusatz der La Fite: „je profite de cette occasion pour vous apprendre l'heureuse nouvelle . . ."

325,18—20. 326,5 -11. 327,1 -6 Dieselbe Wirkung durch die Briefe Pamelas und der Henriette Byron.

328,28—30. 329,17—18, 25—27. 330,17--18 vgl. mit diesen Äusserungen der La Roche über Liebe Pam. I, 61. IV, 411. Grand. II, 18, 19, 60, 143, 144.

331,35 „Mylord Crafton". La Fite: „milord G*".

332,3 Hierzu Anm. der La Fite: „On va voir qu'il s'est passé environ deux ans entre cette lettre et la précédente." vgl. mit den Schilderungen dieses Briefes des Lord Rich das Leben der Wolmars in Nouv. Hél. II.

333,36—334,3 vgl. Pam. IV, 37—38: „I have heard Mr. B. observe with regard to Gentlemen who build fine Houses, and make fine Gardens, and open fine Prospects, that Art should never take place of, but be subservient to Nature."

Herrosé & Ziemsen, G. m. b. H., Wittenberg.